KB260879

혼성적 사회와
소설의 미래

저자 김미영

제이앤씨
Publishing Corporation

　최근 나는 짬만 나면 다른 나라 다른 풍물을 찾아 나선다. 일상에서 놓여남도 즐겁고, 색다른 곳에서 온전히 깨어나는 감각들도 즐겁기 때문이다. 그러나 그것은 어디까지나 한갓진 여행객일 때뿐 임을 나는 알고 있다. 어떤 곳도 생활의 터전이 되면 매력은 사라지고 힘든 환경으로 우리 앞에 다가온다. 가족을 이끌고 국경을 넘는 사람들에게 낯선 땅의 실감은 복잡다단할 것이다.

　1998년부터 2001년까지 나는 미국 플로리다주에서 살았다. 남편의 학업 때문이었지만, 그곳에서 우리 가족의 생활은 이주민들의 그것과 크게 다르지 않았다. 지금도 나는 낯선 이국에서의 첫 밤을 잊을 수 없다. 막막하고 황량하고 불안하던 밤. 직장을 그만두고 가족을 이끌고 살러간 이국땅에서의 첫날 밤. 화물선으로 보낸 짐이 도착하기 전, 전기도 연결되지 않은 컴컴한 아파트에서 들고 온 이민가방들을 풀어 헤칠 때의 그 기분을. 지금도 가끔 우리 부부는 그 밤을 이야기한다. 영구 이민자들의 첫날밤은 어떠할까. 상상만으로도 가슴이 턱 막혀온다.

　귀국한 뒤 우연히 나는 창래 리(Chang-rae Lee)라는 한국계 미국 작가를 알게 되었고, 그의 소설 ≪네이티브 스피커≫를 읽었다. ≪네이티브 스피커≫는 문학에의 길을 접고 화가로 살려 했던 당시의 나를 다시 문학에의 길로 돌려놓았다. 그 작품은 내가 본 가장 아름다운 소설 가운데 하나였다. 이민 1.5 세대인 '헨리'의 이야기는 "혼성적 사회와 소설의 미래"를 동시에 보여 주었다. 감동에 출렁이면서 나는 곧바로 창래 리의 모든 작품들을 찾아 읽었다. 소설을 읽고 마음이 아리기는 실로 오랜만이었다. 감동은 연구로 이어졌다. 이 책은 그것이 계기가 되어 다시 시작된 내 문학연구의 결실들이다.

어찌 보면 ≪네이티브 스피커≫는 나의 이야기기도 했다. 한국문학연구자로서 한국어를 잃고 지낸 미국에서 나는 '김미영'이 아니라 '한국서 온 작은 체구의 여자'로 지냈다. 그들(미국인들)은 나에게서 나의 생각, 나의 취향이 아니라, 한국인의 모습, 한국의 문화를 보았다. 그곳에서 사귄 다른 나라 출신의 친구들도 다들 그랬다. 본향을 떠나 낯선 땅(land)에 서면, 누구나 자신의 고유한 이름 대신 '어느 나라 사람'이 된다. 그곳에서 사람들은 인종·언어·출신국 만으로 누군가에게 인식되고 기억되는 새로운 세계를 만나게 된다. '메부리코가 인상적인 갈색 눈의 멕시칸 여자'나, '동양인치고는 키가 큰 편인 대머리의 중국계 남자'가 된다. 내가 조금 맛본 디아스포라(diaspora)는 그랬다.

영구적인 이민자 1~2세대는 그런 세계에서 살았다. 의지나 노력 여하, 개성이나 능력이 아니라, 피부색·언어·출신국·억양 같은 외적 표지들에 의해 규정되는 세계. 그로 인해 쉽게 금 밖으로 밀려나는 삶들. 탄생부터 이민자의 나라였던 미국은 더욱 그랬다. 먼저 이민 와서 먼저 네이티브 스피커가 된 사람들(기득권자들)의 대열에 자녀들이나마 동참시키려고 온통 자기를 헌신하는 이민자들. 그들에게 공적 생활은 없었다. '노새같이' 일만하는 사람들. 킴스 패션의 김 집사님, 흑인 상대 뷰티 서플라이의 신 사장님, 도넛 가게와 청소대행업을 하는 박씨 아저씨 등등…

그들이라고 왜 민족적 아이덴티티에 대해 생각이 없겠는가. 다만 그들의 미래가 거기에 있다면, 자녀들이 그곳에서 계속해서 살아야 한다면, 확실한 한쪽의 것을 보다 온전히 익히는 것이 생존에 덜 부대끼는 방법임을 그들은 체험으로 배웠던 것이다. 누가 그들을 동화주의자라 비판할 수 있는가. 자녀들에게 모국어 교육을 강제하지 않음으로써, 그들은 자녀들이 더 완벽하게 미국식으로 발음하고, 미국식 습속이 몸에 배게 도왔다. 그것은 뿌리 뽑힘의 유경험자들이 터득한, 국가나 민족에 앞선, 개인의 생존전략이었다.

미국시민권자들임에도 불구하고, 이민 2~3세대들 역시, '반쯤은' 여전히 한국인이었다. 그들의 몸짓, 표정, 생활습속 하나하나에 한국은 공기처럼, 또 지문처럼 묻어났다. 그들의 발음이 아무리 유창해도, 감각과 사고방식이 아무리 미국화 되었어도, 그곳에서 그들은 여전히 '한국계'로 분류되고 기억됐다. 결국 중요한 것은, 각자의 자리에서, 크게 보면 '자본주의'로 모아지는 '생존의 논리'에 따라 살아가면서도, '기도하는 자기음성', '내면의 소리' 혹은 '양심'에 귀 기울이며 사는 일이라 싶다.

돌아와 보니, 우리나라에도 더운 지방에서 온 외국인 이주노동자들과 연변 동포, 중국인들, 외국어를 가르치는 외국인 강사들, 학업과 직장일로 한국서 생활하는 다양한 나라에서 온 사람들로 붐볐다. 혼성적 (hybrid) 사회는 남의 나라 일만이 아니었다. 나는 이주자들에게 낯선 땅은 새롭기에 덤벼 볼만한 터전이지만, 다르기에 서툴고 서러운 外地임을 안다. 한국에 온 그들을 보면서 그들은 또 어떤 사연으로 저항과 적응, 그리고 동화의 틈새를 살아가고, 정체성의 위기를 견디어 갈까? 나는 자꾸 마음이 쓰였다.

그 때문이었을까? 내가 해온 연구의 결과물들을 모아 보니, 최근 10년 동안 내가 매달려온 주제가 "혼성적 사회와 소설의 미래"였다. 이것이었나 싶다. 한 때 나는 한국문학을 떠나 있어 봤다. 다른 길을 에둘러 온 사람이 새 길에 편입해 가는 과정의 지난함과 외로움. 어느 한 쪽에도 제대로 속하지 못하고 어정쩡한 경계에 선 사람들의 위기감과 불안감. 떠나온 과거 때문에 늘 자신이 없고 위축되는 사람들. 돌이켜보니 내

문학 연구의 첫 번째 주제가 그것이었다.

나는 문학이 좋다. 아니 다시 좋아졌다. 문학은 사람들을 뭉뚱그려 이야기하지 않기 때문이다. 문학은 낱낱의 개인들, 그 속내의 이야기와 정서에 민감하다. 인종·피부색·출신국·억양으로 사람을 재단하는 것은 사람을 뭉뚱그려 보는 것이며, 그것은 가장 비문학적인 인간이해 방식이다. 인종·피부색·출신국·억양은 피투체인 인간의 한계이고, 어쩌면 개인 운명의 90%쯤은 이미 그것으로 정해져 버리는 지도 모른다. 하지만 어쩌랴. 우리들은 나머지의 부분들, 즉, 자신만의 소여분들로 스스로를 갈고 닦으며 분투하며 나아갈 밖에.

문학에의 길에 처음 막 들어섰을 때 나는 문학을 통해 인간들의 숲, 그 전모를 조감할 수 있기를 꿈꿨다. 이제 나는, 문학으로 나무 한 그루 한 그루의 독특한 잎새와 고유한 냄새를 구분하여 그 나무만의 아름다움을 다른 사람들에게 알리고 또 나누고 싶다.

유럽과 북미, 아시아의 거리를 걷고 달리면서, 나는 땅과 사람과 문화가 매우 닮아 있음을 보았다. 나는 '아시아의 반도땅 끝'에서 태어난 '작은 체구의 동양 여자'다. 하지만 내 존재의 아름다움은 문학을 통해 개체들마다의 경이로운 아름다움을 발견하고, 그것을 진솔한 글로서 알리고 나누는 일에서 발양될 터이다. 앞으로 나는 내 몫의 아름다움을 떨치며 살 것이다. 가급적 성실하고 꾸준하게. 더불어 나는 나보다 열악한 위치에 있는 사람들에게 위협적이지 않고 너그럽게, 또 조금 나은 위치의 사람들에게 비굴하지 않고 당당하게, 그렇게 살아갈 것이다. 이것이 ≪네이티브 스피커≫가 내게 준 지혜이자, 어딜 가나 한결같은 산 빛이 내게 준 말씀이다.

창래 리 문학에 대한 글들은 책의 2부에 모았다. 1부는 우리 소설 속에 나타난 타자로서의 미국, 중국, 러시아에 대한 형상화를 고찰한 글들로, 3부는 소설이 변화하는 현실에 어떻게 대처해 왔고 또 대처해 가야 할 것인지에 대한 나의 고민들을 담았다.

문학연구자의 길을 포기하고 싶었을 때 따뜻함으로 힘이 되어준 선생님들과 동료들에게 고마움을 전한다. 출판의 기회를 허락해 주신 제이앤씨출판사 사장님과 관계자분들께도 고마움을 전한다. 내게 사랑을 가르쳐 주신 어머니와 강인함을 물려주신 아버지께, 그리고 가장 가까이서 가장 나중까지 서로를 보듬고 갈 남편과 달콤새콤한 내 딸 영혼에게 사랑을 전한다. 이 책으로써 나는 내 문학연구의 첫 장을 넘긴다.

살피재 연구실에서
김미영

■ 목차

제1부 한국소설에 나타난 타자로서의 미국 · 중국 · 러시아

제2부 혼성적 사회에의 서사적 대응 – 창래 리 문학 연구

제3부 한국문학의 미래

제 1 부
한국소설에 나타난 타자로서의
미국 · 중국 · 러시아

한국 근·현대소설 속 미국 이미지

 문제제기

본 연구의 목적은 한국 근·현대소설에 재현된 미국의 이미지를 개괄적으로 스케치해 보는 데 있다.[1] 소설을 대상으로 그것에 재현된 특정 국가의 이미지를 연구하는 까닭은, 한 나라의 국가 이미지는 사회적 담론을 통해 형성되고 수정·변화되는데, 서사적 담론인 소설은, 범박하게 말해, 사회적 커뮤니케이션의 한 방식이기 때문이다.[2] 한국사회의 구성원 각각은 미국이라는 대상을 보는 나름의 총체적인 시각을 가질 수 있고, 이들의 행동은 어떤 대상에 대한 직접적이고 확실한 지식이나 사실에 근거하기 보다는, 각자가 그린 대상에 대한

---

[1] 본 논문의 주제는 한편의 소논문으로 다루기에는 너무도 버거운 것이어서 다른 연구자들의 부분적인 선행연구를 참조하였음을 밝힌다. 베트남전쟁에 관한 논문이나 기지촌문학에 대한 부분은 그 주제에 한정된 선행 연구 성과를 토대로 기술하였다. 학회의 기획에 의해 시작된 본 연구는 이 밖에도 한국근현대소설사를 포괄하는 것이기에 도식화의 위험도 다분하며, 많은 중요한 작품들을 간과하는 결과도 이미 예견되었으나, 본 주제의 개괄이 필요하다는 취지에 의해 연구가 지속되었다.

[2] 정영수, 「커뮤니케이션학적 관점에서의 Image 형성에 관한 연구」, (서울 : 성균관대 석사논문, 1985), 10 - 11.

이미지에 의존하는 경우가 많다.3) 이미지란 감각을 통해서 얻은 대상에 대한 잡다한 지각을 통일하고 체계화한 것에 해당한다. 따라서 한국(근)현대소설에 재현된 미국의 이미지는 한국인의 심상에 새겨진 미국에 대한 총체적 인식의 반영일 터이고, 이는 한국(인)의 미국과 연관된 특정 선택이나 판단, 행동을 추동하는 현실적인 힘일 것이다. 때문에 소설을 통해 한국(인)이 미국이라는 국가에 대해 어떤 이미지를 가지고 있는지를 재구(再構)해 보는 연구는 의미를 갖는다.

본 연구가 목적으로 하는 이미지화된 미국이란 지역(land)으로서의 아메리카 대륙과 국적(nationality)으로서 미국, 그리고 가장 자본주의화된 가치 체계와 미국 문화, 그 모두를 포괄한다. 한국에 있어서 미국은 1882년 첫 외교관계 수립국이 된 이래, 20세기와 21세기에 걸쳐 가장 깊고도 다양한 연관을 가진 타자로 자리해 왔다.4) 오늘날 한국대중의 일상 속에서 미국 혹은 미국문화는 현실의 일부가 되고 있다. 한국인이 미국이라는 타자를 어떻게 인식하는가의 문제는 이

---

3) 우선영, 「청소년의 개방성과 미국인에 대한 이미지」, (서울 : 고려대 석사논문, 2000), 23.

4) 미국은 일본이 태평양 전쟁을 일으키자 일본을 격퇴하면서 한국해방에 큰 공을 세웠다. 해방 후 남한에 미군정이 들어오면서 한국 내 미국의 영향력은 보다 직접적이 된다. 미국은 한반도 진공시 38선 분단을 주도하였고, 8・15 광복 후 대한민국 정부가 수립되자 최초로 우리 정부를 승인한 나라이다. 서울에 대사관을 제일 먼저 개설한 나라도 미국이고, 한국전쟁 발발시 가장 먼저 달려와 북한의 침략 군대를 무찌른 나라도 미국이다. 한국은 미국의 월남전에 동참하였다. 6・70년대에 미국은 시장을 개방하여 한국 상품을 가장 많이 팔아 준 나라가 된다. 현재 재외한인이 가장 많이 살고 있는 나라도 미국이다. 1990년대 이후 미국의 한국 내 영향력은 군사・경제・정치 분야 외에도 영화와 힙합, 식・음료문화, 스포츠 등 대중의 일상생활과 문화 부문에서 두드러지게 심화된다. 한국경제 역시 IMF이후 대미의존도가 증대일로에 있고, 학문에서의 미국화 경향, 인터넷의 보급으로 인한 영어 의존도의 확대 등으로 인해 미국적 표준(American Standard)이 곧 세계적 표준(Global Standard)으로 혼동될 정도로 한국 내 미국의 영향력은 거의 모든 영역에 편재되어 있고, 또 지대하다. 김원모, 『한미 외교관계 100년사』, (서울 : 철학과 현실사, 2002), 367.

제 한국인의 자기정체성의 부분 인식이 되며, 자기 삶의 내적 규율
장치인 가치체계의 선택문제와도 연관된다. 이에 본 논문은 한국(근)
현대소설을 매개로 거기에 나타난 미국의 이미지를 분석하고, 나아
가 미국이라는 코드를 통해 본, 한국인의 외국·외국인·외국문화
수용상의 어떤 특징을 이해해 보려 한다.

한국(근)현대소설에 미국이 등장하기 시작한 것은 개화기의 신소설
부터이다. 하지만, 1920년대 경까지 한국소설에 나타난 미국은 '먼 상
상의 나라' 혹은, '이상향' 정도로 막연하였다.[5] 디테일의 차원에서
미국에 대한 구체적인 형상화는 1920년대에야 가능하였다. 이마저도
미국유학을 다녀온 사람들의 행태를 통한 간접적인 형상화에 그치고
있다.[6] 미국 자체나, 미국과 한국의 관계에 대한 문학적 형상화는 한
국전과 월남전을 한미(韓美)가 함께 치른 후인 1960년대 후반에 이르
러서야 비로소 본격화된다. 한국전과 월남전에 대한 근거리에서의 총
체적인 조명은 또다시 세월을 요(要)하는 일이어서, 결국 1980년대 후
반경에 이르러서야 한국소설에서 미국은 구체적 서사내용 가운데 포
섭된다. 어쨌든 지금까지 한국소설에 반영된 미국에 관련된 연구가
월남전을 다룬 소설에 대한 논문 몇 편[7]과 반미시(反美詩)에 대한

---

5) John Mark Frankl, "Our Country" : Changing Images of the Foreign in Korean
   Literature and Culture, (Boston : Harvard Uni. Press, 2003). 참조
6) 김주리, 「한국 근대 문학 속의 미국과 미국적 가치」, 한국아메리카학회 제24회 대
   학원생 워크샵 자료집, 『한국인이 본 미국의 전통적 가치』, (서울 : 사단법인 한국
   아메리카학회, 2004), 22 - 24.
7) 월남전을 다룬 한국소설에 대한 연구 결과물로는 다음의 것들이 있다.
   (최근에 발표된 것부터)
   김경수, 「자기위안과 상처의 치유, 그리고 진단 : 베트남 전쟁 소설의 상상력」, 『서
       강인문논총』, 18집,
   박진임, 「한국소설에 나타난 베트남 전쟁의 특성과 참전 한국군의 정체성」, 『한국
       현대문학연구』, 제14집, 2003,12
   고명철, 「베트남전쟁 소설의 형상화에 대한 문제 ; 베트남 전쟁 소설의 전개 양상

논문 몇 편8)이 전부인 것은, 한미관계의 중요도나 오랜 연관을 생각
할 때 놀라운 일이 아닐 수 없다. 이제 우리는 한국문학에 재현된 미
국의 이미지에 대해 개괄적이나마 정리가 필요한 시점에 이르렀다.

을 중심으로」, 『현대소설연구』, 제19호 2003,9.
김승환, 「1980년대와 민족분단의 서사」, 『작가연구』2003년 상반기호
김명인, 「욕스러움의 감각」, 『작가연구』2003년 상반기호
정찬영, 「베트남 전쟁의 소설적 공론화 - ≪하얀전쟁≫을 중심으로」, 『문창어문논집』, 39집, 2002
배양수, 「전쟁이 끝난 자리 : '슬픔의 신'은 아직 앓고 있는가」, 『당대비평』, 12. 2000,9.
고영직, 「한국문학과 베트남 전쟁」, 『작가』, 2000, 여름호
송승민, 「고통의 기억과 초월의 방식」 : Boa Ninh 저, 박찬규 역, 『전쟁의 슬픔』, 서평, 동아시아비평, 4. 2000,4,
최원식, 「한국소설에 나타난 베트남 전쟁」, 『생산적 대화를 위하여』, 창작과 비평사, 1997.
한상규, 「근대세계 속의 인간의 조건」, 『한국소설문학대계 75』, 동아출판사, 1995.
김경수, 「여성비평적 시각에서 본 박영한의 소설」, 『문학의 편견』, 세계사, 1994.
우찬제, 「'틈'의 구조 원리와 사랑의 현상학」, 『욕망의 시학』, 문학과 지성사, 1993.
송승철, 「베트남 전쟁 소설론 : 용병의 교훈」, 『창작과 비평사』, 1993 여름호
신승희, 「베트남 전쟁과 한국문학 : ≪하얀전쟁≫의 문제점」, 『어문연구』, 77 · 78 합본호 1993,6.
권영민, 「박영한 소설의 주제의식」, 『소설과 운명의 언어』, 현대소설사, 1992.
박덕규, 「베트남 전쟁 체험 소설의 문화적 의의 또는 제국주의 비판의 한국적 과제」, 『문학정신』, 54호 1991,3.
김성동, 「영화 ≪람보2≫와 황석영의 소설 ≪무기의 그늘≫ ; 베트남 전쟁을 보는 두 개의 시각」, 『마당』50호, 1985,10.
김윤식, 「사이공탈출의 소설적 의미」, 『월간중앙』, 1980,3.
8) 반미시에 대한 연구로는 김춘선, 「한국 반미시 연구」, 『현대문학의 연구』, 제17집, (2001,8)과 서진영, 「한국 현대시에 나타난 아메리카와 탈식민주의」, 한국아메리카학회 제24회 대학원생 워크숍 자료집 『한국인이 본 미국의 전통적 가치』, (2004,3)가 있다.

 일제강점기 ~ 1960년대 초반 한국소설에 나타난
긍정적인 미국 이미지

1) 일제강점기 한국소설에 나타난 미국 이미지
　　: 문명과 기회의 나라

우리의 근대화는 한반도 내부의 근대화를 예비한 내발적 움직임이나 외세의 침략에 대한 주체적 저항과 더불어 시작되었으나, 서구문명에 대한 모방과 추수의 열정 또한 그 시작을 추동하는 강력하고도 현실적인 동력이었다. 구한말에서 1910년까지 서구·아(亞)서구 열강의 포문에 쇄국의 문이 열리면서, 한민족은 중국이나 오랑캐가 아닌, 새로운 타자를 알게 되고, 나아가 세계 혹은 인류의 존재를 발견하기에 이른다. 이 시기 한반도가 인식한 서구＝근대＝문명의 도식, 그 핵심에 미국이 있었다. 그 증거로는 예컨대, 미국유학자인 서재필이 『독립신문』에서 미국사회의 가치를 역설한 것 뿐 아니라, 한학에 뿌리를 둔 국내파 지성의 대명사인 최남선조차 『소년』 창간호에 신체시 <아브라함, 린커언>(『소년』, 창간호, 1908)과 시사평론 「아메리카는 이리하고야 獨立하얏소」(『소년』, 창간호, 1908) 등을 실었음에서 엿볼 수 있다.9) 국내파건, 해외파건, 이들에게서 공통적으로 발견되는 미국은 문명과 기회의 나라이다. 이들에게는 제국주의적 서양에 대한 방어기제의 흔적과, 근대문명에 대한 동일화와 '모방'의 욕망이 착종된, 복잡한 식민지 지식인의 트라우마(trauma)가 읽힌다.

---

9) 신용하, 「서재필의 민주주의 사상」, 현종민 편, 『서재필과 한국민주주의』, (서울 : 대한교과서, 1990) 참조

　　문학에 형상화된 미국에의 관심은 이인직의 ≪혈의 누≫(광학서포, 1906)에서 처음으로 발견된다. 주인공 ‘김관일’은 민족적 구원의 방법으로 미국 유학길을 선택한다. ‘구완서’와 ‘옥련’도 미국 화성돈(華盛頓)에서 공부한 이들이다. 이광수의 ≪무정≫(우신사, 1917)에서도 서구를 배워 민족을 계도하고자 주인공 ‘김선형’과 ‘리형식’은 미국유학생이 된다. 염상섭의 <E선생>에도 미국이든 독일이든 유학을 갔다 와야겠다고 말하는 ‘E선생’이 등장하고, 최찬식의 ≪추월색≫에는 선교사를 통해 영국의 대학에 진학하는 ‘영창’이 등장한다. 박태원은 1939년 <최노인전 초록>에서 “다 함께 구미 선진국을 따라가려면, 정치만 가지구는 안될 말이라, 똑 크게 공업을 일으키구, 실업 방면으로두 활약을 해야 헐 노릇인데, 자아, 경제과 같은 데 들어가 공부헐 생각은 없오?”라고 묻기도 한다.10) 이와 같은 사실이 말해주는 것은, 이상(李箱)의 수사처럼, 대일본제국의 수도 동경은 “서양을 흉내낸 하나의 세트에 불과”했다11)는 사실이다. 때문에 ≪혈의 누≫의 ‘옥련’을 비롯한 수다(數多)한 반도의 지식인들은 봉건적 시대를 대신할 근대화된 국가재건을 위해, 일본이 아닌, 근대의 기원인 서구를 찾아 나서야 했던 것이다.12) 이 시기 한반도의 지식인들에게 있어 근대문명의 한 기원으로서 미국은 유길준이 『서유견문』에서 ‘別有天地非人間’이라고 말한 그 이상향에 가깝다. 이렇듯 근대

---

10) 박태원, <최노인전 초록>, ≪박태원 단편집≫, (서울 : 학예사, 1939), 193.

11) 이상, 김윤식 편, 『이상 문학 전집 3』, (서울 : 문학사상사, 1991), 234.

12) 이들과는 달리, 미국에 노동이민을 가서 생업과 학업을 병행하는 주인공의 모습은 신소설 ≪송뢰금≫과 ≪월하가인≫에 등장한다. 여기서 미국은 멕시코와 대비되어 문명한 이상사회, 자유와 평등, 풍요와 노동의 기회, 실질적 가치와 과학문명이 존재하는 공간으로 이미지화된다. 김주리, 「한국 근대 문학 속의 미국과 미국적 가치」, 한국아메리카학회 제24회 대학원생 워크샵 자료집, 『한국인이 본 미국의 전통적 가치』, (서울 : 사단법인 한국아메리카학회, 2004), 24.

화 초기 미국은 흠모의 대상으로서 부동(不動)의 이미지를 구축한다.13) 한민족 전체가 나서서 배우고 추수하고자 한 대상으로 미국이 등극한 데는 몇 가지 원인이 있다. 첫째, 미국은 애국계몽기 동안 조선을 직접 침략하지 않았다. 둘째, 미국은 1차 세계대전에서 드러난 유럽문명의 파탄과 무관해 보였고, 일본의 조선 국권침탈에서도 멀리 비껴 있었다. 셋째, 미국은 경제개발에 성공한 신생국의 신선한 이미지를 가지고 있었다. 이러한 연유들로 이 시기 미국은 한반도에서 세계평화와 인류구원의 사도로 인식된다. 한민족과 미국의 관계는 그 초기에, 근대이전 중국과 조선의 수직적 관계와는 달리, 모방을 통해 범접해 갈 수 있는, 수평적 우방국의 새로운 가능성으로서 '먼나라 but 이웃나라'의 이미지를 구축한다. 이러한 흐름은 3·1운동 무렵 정점에 달한다. 3·1운동 이후 전쟁 종식을 위한 미국 윌슨 대통령의 무배상·무합병 주장과 민족자결주의가 선언되자, 한반도에서 미국의 신화적 위상은 더욱 견고해진다.14)

---

13) 1920년대 후반에서 30년대 초반에 발표된 소설 가운데 미국유학생들의 행태를 비판한 작품들에서 미국에 대한 부정적 이미지가 부분적으로 발견되지 않는 것은 아니다. 그럼에도 불구하고 일제강점기 내내 생산된 한국소설에 재현된 미국의 이미지는 시종일관 '문명과 기회의 나라'로서의 아메리카라 할 수 있다. 근대 초기 유학생들이 꿈꾸었던 미국은 미국을 통해 근대문명을 익혀 조선을 개화 계몽시켜 한반도에 문명한 독립국가를 건설하는 것이었다. 그러나 미국 유학을 갔던 일군의 학생들이 돌아와 보이는 행태는 명예와 돈, 개인적 안락과 성욕의 배설에 급급한 모습이었다. 이광수의 ≪흙≫에 등장하는 '이건영 박사'는 그 전형적인 인물이다. ≪사랑의 다각형≫에는 미국에서 노동하며 돈을 벌어 애인 '송은희'를 공부시켰다가 배반당하고 결국 병을 얻어 귀국하는 '한은교'가 등장한다. 그를 통해 작가는 미국유학생들의 타락상을 토로한다. 이 시기 한국소설에 재현된 미국 이미지는 더 이상 이상적인 문명사회가 아니라, '여존남비적 행태'의 나라이며, '자본주의와 기계문명의 병폐'로 골머리를 앓는 나라이다. 1930년대에 이효석은 <스크린의 여왕에게 보내는 편지>에서 헐리우드 여배우에 대한 환상과 동경을 표현하나, 이제 미국은 정신적 가치를 상실한 화려하고 발달된 문명의 외양만이 두드러진 나라로 형상화된다. 이효석, <스크린의 여왕에게 보내는 편지>, 『이효석 전집7』, (서울 : 창미사, 1987), 193. 여기에 대한 자세한 내용은 김주리의 앞의 글 참조

2) 해방 ~ 1960년대 초 한국소설에 나타난 미국 이미지 :
해방군과 우방국

일제강점기하 한반도에서 미국의 존재가 근대문명의 광휘로 빛났다면, 해방이후 한반도에서 미국의 존재는 무엇보다도 전쟁과 안보 문제에서 가장 큰 힘을 발휘한다. 근대 이후 한국은 태평양전, 한국전, 베트남전,[15] 걸프전을 겪었고, 지금은 이라크전에 참전 중이다. 이 모두에 미국은 직접적으로 연관되어 있다. 한국현대사의 전쟁체험, 그 발본적 지점에 미국이 있고, 미국은 현재에도 여전히 우리 안보상의 주요 안전핀이기에, 미국에 대한 소설적 탐구가 오히려 쉽게 이루어질 수 없었는지도 모른다.[16]

해방공간에서 미국의 위상은 강화되는데, 이는 미국이 한반도의 해방에 적극적으로 기여를 하였기 때문이다. 해방 이후 한반도에서 미국은, 일제강점기 인류 공동체의 이상실현을 위한 선두주자라는 막연한 이미지가 아니라, 우리와 직접적인 연관을 가진 우방국으로서 그 이미지가 강화된다. 한국전을 치르면서 우리는 미군과의 혈맹적 연대감을 체험하였다. 1950 - 60년대 초반 한국소설[17]에서 미국이 인

---

14) 권보드래, 「식민지 지식인의 '민족'과 '인류'」, 『정신문화연구』, 통권 100호, (서울 : 한국학중앙연구원, 2005), 316.

15) 미국인들이 베트남전쟁이라고 부르는 이 전쟁을 베트남인들은 '미국전쟁('American War' in Viet Nam)'이라 부른다. 한국에서도 통상적으로 베트남전쟁(Veitnam War)이라 부르는데, 이는 역사기술의 중심을 어디에 두는가의 관점과 연관되어 있다. 이수미, 「아시아계 미국문학에서의 베트남/미국 전쟁 연구」, 『현대영미소설』, 제11권 2호, (2004,2) 참조

16) 동족간의 비극이었던 한국전을 정면에서 다룬 소설이 많지 않음은 한국현대소설사의 특징이라면 특징이다. 한국전 뿐 아니라, 베트남전을 다룬 작품도 많은 편은 아니다. 한국의 전쟁관련 소설에 재현된 미국의 이미지도 따라서 제한적이다. 한국문학에서 전쟁이라는 소재는, 김현의 말처럼, "정면에서 다루는 것이 금기시된" 대상이었는지도 모른다. 김현, 「한계 상황의 인식」, 『김현문학전집 15』, (서울 : 문학과 지성사, 1993), 395.

류의 화합을 위한 평화의 사도라는 이미지에다 '은인이자 혈맹이자 메시아적 보호자 비슷한 것'18)의 이미지를 덧입은 것은 이 때문이다.

　전후(戰後)에 양산된 반공극과 반공소설은 미국에 대한 긍정적인 이미지의 확산을 가속화시키는 계기가 된다. 반공소설 이외에도 1949년 박인환 중심의 공동시화집 ≪새로운 도시와 시민들의 합창≫에 등장하는 미국은 휘트먼과 링컨의 나라, 민주주의와 인류애, 인류평등의 꿈을 실현시킨 나라로서 아메리카이다. 전광용에게 제7회 동인

---

17) 일반적으로 1950 - 60년대 소설은 크게 두 가지로 구별된다. 하나는 '전선 문학'으로 불리는 전쟁참여문학이고, 다른 하나는 전쟁 이후를 다룬 '전후 문학'이다. '전선문학'은 목적의식이 앞서 문학적 성취에서 별다른 진전이 없다는 것이 일반적 평가다. '전후문학'은 세 가지 중요한 특징을 갖는다. 피해 의식과 실존주의, 그리고 휴머니즘이 그것이다. 한계 상황에서 인간 실존 자체를 고민하는 실존주의 문학과 인간 살육 현장을 체험함으로써 역으로 인간의 존엄성을 제고하는 휴머니즘 문학의 제창은 전후에 등장한 '신세대 작가'들의 주된 경향이다. 황순원의 ≪카인의 후예≫, <학>, ≪나무들 비탈에 서다≫, 장용학의 ≪요한 시집≫, 오상원의 <유예>, 선우휘의 ≪불꽃≫, 안수길의 <제 3인간형>, 염상섭의 <취우>, 이범선의 <오발탄>, 손창섭의 <비오는 날>, <잉여인간>, 송병수의 <쑈리 킴>, 김동리의 <밀다원 시대>, <흥남 철수>, 김성한의 <암야행>, 박영준의 <용초도 근해>, 홍성원의 <D데이의 병촌>, 남정현의 ≪糞地≫, 이호철의 <닳아지는 살들>, 전광용의 <꺼삐딴 리> 등이 그 예들이다. 1950 - 60년대 초 한국소설은 전후의 피폐한 상황에서 장용학, 손창섭으로 대표되는 니힐리즘과 자아망실의 늪에서 한동안 몸을 추스르지 못하다가, 재건의 의지를 불태우기 시작한 것은 박경리, 김성한, 선우휘, 오상원에 와서이다. 권영민, 「전후문학의 한계와 그 극복」, 『한국현대문학사 2』, (서울 : 민음사, 2002), 188 - 189. 서기원의 <암사지도>, <이 성숙한 밤의 포옹>, <딸라 이야기> 등은 전후도시의 장기 실업 여파로 인한 경제적 궁핍은 물론, 정신적인 거처상실로 인한 보편적 가치에의 불신, 폐쇄된 자의식으로 인한 비정상적 행동의 만연을 탈영자, 자폐자 등의 형태로 제시한다. 戰後 신문연재소설들에 나타난 퇴폐와 향락의 징후 또한 불안한 주체가 전후의 피폐한 현실에서 미지의 대상으로 미끄러져 가는 형국이라 할 수 있다. 김택호, 「낭만적 희망의 발견과 공동사회로의 복귀의지」, 『한국문예비평연구』, 제16호, 2005. 101.

18) 김승희, 「한국 현대시에 나타난 아메리카의 상상적/상징적 이미지」, *Comparative Korean Studies* 제10권 1호, (2002), 94와, 서진영, 「한국 현대시에 나타난 아메리카와 탈식민주의」, 한국아메리카학회 24회 대학원생 워크샵 자료집, 『한국인이 본 미국의 전통적 가치』, (서울 : 사단법인 한국아메리카학회, 2004,5), 112에서 재인용.

문학상을 안겨준 작품인 <꺼삐딴 리>(≪사상계≫, 1962,7)에 재현된 미국의 이미지도 이와 크게 다르지 않다. 이 소설은 일제강점기에서 미군정기에 이르는 한국의 암울한 시기를 배경으로 '이인국'이라는 기회주의자를 등장시켜 왜곡된 사회지도층 인사의 행태를 풍자한다. 꺼삐딴 리(캡틴 리) '이인국'은 외과의사이자 종합병원 원장이다. 그는 일제강점기에 친일하였고, 광복 후 소련(인)에 아부하고, 1·4후퇴 때 월남한 후에는 미국인에게 접근하여 자기만의 영달을 꾀한다. 한마디로 그는 카멜레온 같은 기회주의자이다. 한국전(韓國戰) 이후 미국의 영향력을 체감한 꺼삐딴 리는 영어를 앞세운 처세술을 동원하여 미국에 가려고 미국 대사관에 찾아가 고려 상감청자를 선물로 바치고 국무부 초청장을 받는다. 이 과정에서 재현된 미국의 이미지는 많은 가능성과 기회의 나라, 든든한 피난처이자 영원한 우방의 모습이다. 이렇듯, 전쟁의 파장이 가시지 않은 50년대 - 60년대 초, 한국(남한)소설에서 공산주의자는 악인이며, 국군과 연합군은 영웅이라는 도식과, 은인이자 영원한 우방으로서의 미국의 존재는 거의 대부분의 작품에서 쉽게 확인되는 공식이다.[19]

한국전문가인 부루스 커밍스는 분단, 빈곤, 외세로 점철된 60년대 한국사회를 반(半) 주권국가, 특히 정치·경제·군사적으로 종속화된 국민국가로 성격화한 적이 있다.[20] 최인훈이 ≪광장≫(1961)에서 '제3의 방향'이라는 중도적 입장을 선언하기까지, 한국은 반공이 국시(國是)인 나라였다. 이 시기에는 한미 상호안전보장 조약 체결과 그 효력의 발효로 문인들에 대한 사상적인 통제 또한 실질적으로 존

---

19) 신영덕, 『한국 전쟁기 종군 작가 연구』, (서울 : 국학자료원, 1998, 118.
20) 부루스 커밍스, 「냉전구조들과 한반도의 지역적·전지구적 안보」, 『창작과 비평』, (2001 여름호), 22.

재하였다. 이 시기 미국에 대한 것 뿐 아니라, 역사적 사실에 대한 한국민의 인식은 당대의 사상적 벽을 넘지 못하였기 때문에 소설을 통한 민족사적 사건의 객관적 조망은 사실상 80년대 이후에 가서야 가능하였다.

 ## 1960 ~ 1990년대 한국소설에 나타난 부정적인 미국 이미지

1) ≪분지≫에 나타난 미국 이미지 : 점령군

사실상 1950년대 한국소설은 한편으로는 양차대전과 동족간의 전쟁을 치른 민족의 피폐함 속에서 니힐리즘과 허무의식이 확산되고 있었고, 다른 일각에서는 반공극과 반공소설이 양산되는 편향을 나타내었다. 이러한 흐름 속에서 1965년 남정현은 ≪분지≫를 출간하였다. 남정현은 이 작품의 출간 때문에 반공법 위반혐의로 구속되었다.[21) ≪분지≫는 미국의 제국주의적 폭력성에 희생당하는 조선민중의 모습과 왜곡된 민족사를 제시함으로써 반미문학의 한 정점이 된다.[22)

---

21) 1965년 『현대문학』 3월호에 <분지>가 발표된 후, 본인도 모르게 이 작품이 북한에 게재되어, 남정현은 반공법 저촉으로 입건 구속되었다가 67년 서울 고등법원에서 선고 유예 판결을 받았다. 또한 그는 74년 4월 대통력 긴급조치 위반으로 구속되었다가 8월 23일 조치 해제로 석방되었다. 김병걸, 「狀況惡에 대한 끈질긴 도전」, ≪분지≫, (서울 : 한겨레, 1987), 352와 한승헌, 「남정현의 필화, '≪분지≫'사건」, 『분지』, (서울 : 한겨레, 1987), 383.

22) ≪분지≫는 미국에 대한 공공연하고 의식적인 반감을 나타내고 있어 미국에 대한 부정정인 이미지화의 정도에 있어 분명 다른 작품들과는 차별화된다. 따라서 이 작품은 한미간의 관계와 연관된 사건이 불거져 나올 때마다 일시적으로 나타나는 반미감정과는 구분되는, 일종의 반미의식을 표출한 작품이라 말할 수 있다.

≪분지≫에서 미군은 더 이상 해방군이 아니라, 점령군으로 인식된다. 1인칭의 고백서사인 이 작품에서 홍길동의 10대 손인 '홍만수'는 어머니가 미군을 환영하러 나갔다가, 도리어 미군에게 겁탈당하여 죽자, 어머니를 목놓아 부르며, 자신의 원통한 사연을 이야기한다. 홍만수의 동생 '분이'는 양공주인데, 그녀는 미군 기지촌에서 미군에 의존해 살아가는 민중의 모습을 대변한다. 지식인들은 미군을 매부로 둔 홍만수를 일종의 '특혜층'으로 인식하여 그에게 접근해 이권을 챙기려 한다. 홍만수는 어머니에 대한 보복과 누이동생 분이가 당한 모욕에 대한 앙갚음으로 분이를 괴롭히는 스미스 상사의 아내를 겁탈한다. 이에 팬타곤은 홍만수가 사는 향미산 기슭을 폭파시킴으로써 홍만수를 응징하겠다는 공식 발표를 내놓는다. 홍만수는 이에 격분하여 어머니를 부르며 하소연한다. 이렇듯 ≪분지≫는 미국의 제국주의적 모습과 매판자본 및 친미정권의 행태, 그리고 거기에 기생해 살아가는 지식인 모두를 고발하고 있다.

≪분지≫는 한국문학사에서 처음으로 4.19혁명 이후, 자주화에 대한 국민적 열망을 배경으로 한국내의 수구냉전적 사고와 숭미주의를 비판하면서 동시에 미국의 제국주의적 면모를 비판한 작품이라 할 수 있다. 김수영이 <가까이 할 수 없는 書籍>이나 <VOGUE> 등의 시에서 미국문화의 제국주의적 독점력과 위엄을 해체해 보였다면, 남정현은 ≪분지≫에서 냉전 체제의 문제점과 독재와 군사 쿠테타의 상관관계, 그로 인한 경제적 빈곤계층의 암울한 현실을 적나라하게 보여주었고, 그 핵심에 미국이 있음을 말하였다. 시에서의 김수영과 소설에서의 남정현의 존재는 60년대 한국문학이 미국을 새롭게 인식하는 하나의 계기가 된다.[23]

≪분지≫를 전후해서 발표된 작품 가운데, 반미정서가 드러난 다

른 작품으로는 하근찬의 <왕릉과 주둔군>(1963)이 있고, 70년대에는 이문구의 <해벽>(1972), 조해일의 <아메리카>(1972), 천승세의 <황구의 비명>(1973)과 현기영의 <순이삼촌>(1978) 등이 있다.[24] 이들은 미국에 대해 부분적으로 언급하는데, 그 내용은 반미적 감정 수준이다. 반미감정과 차별화 되는 반미의식(anti - Americanism)이란, "미국, 미국정부, 미국의 국내 제도들, 미국의 대외정책, 미국의 주요 가치들, 미국의 문화, 미국인들에 대한 적대적인 행위나 표현"이거나,[25] 또는 "미국의 정책에 대한 불만이 아니라, 미국 전체에 대한 획일적 반대"를 의미한다. 문제는 이럴 때 미국은 그 내부적 차이가 철저히 무시되고, 획일적인 대상으로 상정된다는 점이다.[26] 다시 말해 하나의 주의로서 반미는 미국의 어떤 부분을 싫어하거나 미국정부의 특정 정책에 대해 비판적 자세를 견지하는 등, 비교적 소극적인 반미감정(anti - American sentiment)보다는 냉전이데올로기와 결탁한 미국의 제국주의적 면모를 총체적으로 비판하면서 보다 적극적으로 미국을 배척하고 공격적으로 반대하는 입장을 지칭한다고 할 수 있다.[27]

한국현대사가 "반미＝용공＝친북＝불순세력＋급진세력"이라는 공식에 입각해, 이른바 '레드 콤플렉스(red - complex)'로 특정 집단 혹은

---

23) 그러나 이 작품에 대한 문학사적인 평가는 다를 수 있다. 이 작품의 서사의 진행은 너무도 거칠고 작위적이다. 주관적인 정서의 연쇄와 과잉은 물신화된 대상 인식들의 연쇄만큼이나 서사적 연관성을 약화시킨다.
24) 전광용의 <오발탄>(1959)과 최인훈의 <광장>(1960), 오상원의 <황선지대>(1960), 김성일의 <흑색시말서>(1961), 오영수의 <안나의 유서>(1963) 등에서도 반미의식의 편린이 보인다. 이에 대한 자세한 것은 장자영, 「해방이후 소설의 한미관계 수용연구」, (서울 : 중앙대 석사논문, 2004) 참조
25) 김진웅, 『반미』, (서울 : 살림, 2003), 46.
26) 부루스 커밍스 「한국에서의 '반미주의'의 구조적 기반」, 『한미관계, 억압된 역사의 복원』, (서울 : 프레시안, 2003), 20.
27) 김대중, 「반미정서와 반미주의」, 『김대중 칼럼』, (서울 : 조선일보사, 2002,10. 22)

개인들을 정치적으로 탄압해온 것과, 친미정권과 독재정권 그리고 보수세력이 결탁하여 여론형성을 주도하고 또 이를 확대 재생산해 온 것은 한국사회의 폐쇄성의 한 단면이다. 분단체제와 분단체제를 과도하게 빙자한 이러한 폐쇄성이 오랜 기간에 걸쳐 미국에 대한 무조건적 우상화와 일방적 배척, 그 양 극단을 추동해 왔다고 볼 수 있다.

2) 베트남전 소설에 나타난 미국 이미지
: 혈맹(血盟)에서 전범(戰犯)까지

한국군의 베트남전 파병은 1964년 9월부터 8년여에 걸쳐 34만 여 명에 이른 것으로 보고되고 있다.[28] 한국소설 가운데 베트남전이 원경에서나마 최초로 포착되는 작품은 김승옥의 <야행(夜行)>(1968)이다. 이 밖에도 김승옥은 《60년대식》(1976)에서 베트남전을 언급하고 있으나, 그의 작품들에서 베트남전은 소극적이고 우회적으로 비판되고 있을 뿐이다. 이후 1970년대에 이르면, 송영의 <선생과 황태자>(1970), 신상웅의 《심야의 정담》(1973), 송기원의 <경외성서(経外聖書)>(1970), 박영한의 《머나먼 쏭바강》(1978)과 황석영의 단편 <탑>(1970), <낙타누깔>(1972), <몰개월의 새>(1976) 등에서 베트남전은 그 특수성보다 전쟁일반의 한 예로서 등장한다. 이들 작품들에서 미군과 한국군은 혈맹의 관계에 있으며, 베트남전

---

28) 네이버지식 검색에 따르면, 한국은 1964년 의료지원단과 태권도 교관 등 270 여명을 사이공 남쪽 붕타우에 파견함으로써 베트남전에 군사적인 개입을 시작했고, 이후 65년에서 73년까지 약 30만명의 전투부대를 베트남 정부의 요청이라는 미명 아래 베트남전선에 투입했다. 이 과정에서 국군들도 4960여명이 전사했고 10만 여명이 부상당했다.
네이버지식인 http://kin.naver.com/browse/db_detail.php?d1id=11&dir_id=110101&eid 101&eid=SyPj7hgUkXxFCt5UOV8ebj2n GsVCC0kL&ts=1065621842

에 참전하는 한국군과 미군의 입장차는 나타나지 않는다. 이 작품들의 주제는 반전의식과 전쟁일반의 폐해를 설파하는 것이다.[29]

1980년대 - 1990년대 초반에 나온 베트남전쟁을 다룬 소설들에는 황석영의 ≪무기의 그늘≫(상권1985, 하권1988)과 안정효의 ≪하얀 전쟁≫(전3권1989 - 1992), 이상문의 ≪황색인≫(1987), 이원규의 ≪훈장과 굴레≫(1987) 등이 있다. 이들은 공통적으로 베트남 전쟁을 제3세계적 인식에서 해석한다. 베트남전에 참전한 한국군을 미국의 용병으로 인식하는 것이 이 작품들의 가장 두드러진 특징이다. 황석영의 ≪무기의 그늘≫은 전장의 최선선이 아닌, 최후방의 군수물자 암시장에서 미군과 한국군, 베트남 정부군, 베트남 민족해방전선 등의 뒤엉킨 관계 속에서 자본주의의 냉혹한 이해관계로 점철된 전쟁의 또 다른 측면을 조명한다. 다음의 대목은 이 작품이 전쟁도 비즈니스(business)화하는 미국의 자본주의적 팽창주의를 고발하고 있음을 보여준다.

미군의 주둔은 이런 마취된 안도감과 굳게 연결되어 있다. 구두닦이 소년은 그의 더러운 손끝에서 파아란 연기를 올리며 타고 있는 쎌렘 담배 때문에 자신을 둘러싼 지겨운 삶의 조건들과 곧 화해한다. 양키가 머물 때에만 이 축제는 지속될 수 있는 것이다. 축제를 장식할 모든 물건들은 끊임없이 새끼를 쳐서 서로 그물망처럼 굳게 연결

---

29) 베트남전 소설들이 반전소설로만 그친다면, 미국에서 출간된 수다한 베트남전 소설이나 영화에서의 미국 중심의 문화제국적 시각과 차별화되는 한국의 베트남전 소설의 형상화에는 결국 이르지 못하게 될 것이다. 미국인들의 뇌리 속에서 베트남(인)은 그들의 실재와는 무관하게 적, 악의 이미지로 존재해 왔다. 베트남 전쟁을 다룬 미국의 영화나 소설에서 언제나 베트남인은 무기력한 농부, 야만적인 전사, 싸구려 창녀의 이미지로 묘사되었다. 미국인의 일방적 시각이 만들어낸 베트남전쟁 내러티브가 환기하는 베트남(인)의 이미지는 제3세계(인)에 대한 타자화의 과정이자, 오리엔탈리즘의 결과라 할 수 있다.

되어 밖으로 아무 것도 새어나가지 못하게 울타리를 쳐 놓는다. 저 피 밭의 던진 달러, 가이사의 것, 그리고 무기의 그늘 아래서 번성한 핏빛 곰팡이 꽃, 달러는 세계의 돈이며 지배의 도구이다. 달러, 그것은 제국주의 질서의 선도자이며 조직가로서의 아메리카의 신분증이다. 전세계에 광범하게 펼쳐진 군대와 정치적 힘 보태기, 다국적 기업망의 그물로 거두어진 미국 자본의 기름진 영양 보태기, 지불과 신용과 예금의 중요한 국제적 매개체로 정착된 달러 보태기, 다국적 은행의 번창 등의 결합 위에 핏빛 꽃은 피어난다.[30]

작가는 이 작품에서 필리핀에 이어 동남아시아 내륙 전체를 시장화하려는 미국 자본주의의 팽창력이 가장 신속하고도 효율적인 수단인 전쟁을 필요로 하였음을 보여준다. 이 작품에서 베트남전[31]은 프랑스에서 미국으로 이어지는 제국주의적 식민화로부터 제3세계인 베트남(인) 민족해방전쟁으로 인식된다. 그러나 그것이 '선언적' 차원의 강조에 그칠 뿐, 그 이상의 어떤 문학적 형상화에는 이르지 못하고 있다.[32]

안정효의 ≪하얀전쟁≫은 베트남전 참전 용사 출신인 출판사 부장 '한기주'와 전쟁의 상흔에 시달리는 '변진수'를 중심으로 전쟁의 광기와 폭력에 의해 훼손된 개인의 실존을 보여준다. 그러나 이 작품에도 용병으로 참전한 자의 입장에서 본 베트남전의 의미나 전쟁도발국인 미국에 대한 정확한 이해는 드러나 있지 않다. 이 작품은 70년대에 베트남전을 다룬 소설과 크게 다르지 않다고 평가할 수 있다.

1990년대 이후에 발표된 베트남전 소설로는 오현미의 ≪붉은 아오자이≫(1995)와 이대환의 ≪슬로우불릿≫(2001)이 있다. 이들은

---

30) 황석영, ≪무기의 그늘≫(하), (서울 : 형성사, 1988), 251.
31) 베트남전과 한미관계에 대해서는 김기태, 「한국의 베트남전 참전과 한미관계」, 한국외대, 박사논문. 1983참조
32) 황석영, ≪무기의 그늘≫, 하권, (서울 : 형성사, 1988), 233 - 234.

전쟁후일담 소설들로, 전자는 '라이따이한'의 문제를, 후자는 '고엽제 환자'의 이야기를 통해 베트남전의 영향력이 현재에까지 미치고 있음을 보여준다. 이들 작품은 한국사회가 베트남 참전 피해자를 끌어안고 포용하기보다는, 대중의 관심 밖으로 밀어내어 소외시킴으로써 타자화하는 과정을 고발한다.[33] 이렇듯 90년대 이후 베트남전쟁 소설들은 이전의 관점과 다른 각도에서 베트남전쟁을 조명하고 있다. 그럼에도 불구하고 이들은 소재의 지평을 확장했다는 의미를 넘어서는 새로운 인식의 획득에는 이르지 못한 것으로 평가된다.[34]

이상의 사실들에서 베트남전을 소재로 한 작품들에서 미국은 혈맹이자 전범의 이미지를 동시에 가지고 있으나, 소설의 간행시점이 참전 경험으로부터 멀어질수록 미국은 혈맹에서 전쟁도발국의 이미지 쪽으로 이동하는 경향이 있음을 알 수 있다.

3) 기지촌 소설에 나타난 미국 이미지 : 수탈자와 억압자

1945년 해방으로 한반도가 일제치하에서 벗어는 났으나, 일본으로

---

33) 한국의 베트남전 소설들이 베트남전쟁에 참전한 한국군이 베트남인들의 민족해방 전선의 가해자이자 피해자로서 갖는 독특한 성격을 이해하고, 또 제국주의의 침탈로 인한 파행적인 근대성의 극복이라는 제3세계적 인식에서 기억의 연대를 위해 베트남전의 의미를 복원해 내는 작업을 하지 않는다면, 단순한 반전소설을 넘어서 베트남전의 의미를 짚어내는 작품이 되기는 어려울 것이다. 고명철, 「베트남전쟁 소설의 형상화에 대한 문제」, 『현대소설연구』, 제19호 (2003,9), 305 - 308.

34) 한국작가들이 베트남전을 베트남의 입장에서 이해하지 못한 것과는 달리, 오히려 재호작가 돈오 킴(Don'o Kim) ≪내 이름은 띠안(My name is Tian)≫(Angus & Robertson, 1969)은 한국계 호주인으로서 작가가 경험한 유색인종의 차별적 체험이 바탕이 되어, 베트남인의 고통을 베트남인의 시각에서 형상화하는데 성공하고 있다. 이는 마치 태평양전쟁의 폐해를 정신대 피해여성의 시각에서 형상화함으로써 태평양전쟁의 제국주의적 면모를 고발한 한국계 미국인 작가 노라옥자 켈러(Nora Okja Keller)의 ≪종국위안부(Comfort Woman)≫(1996)이나 창래 리(Chang - rae Lee)의 ≪제스처 라이프(A Gesture Life)≫(1999)의 성과와도 비견된다.

부터 독자적인 경제구조 형성에는 이르지 못했기에, 한국경제는 당분간 미국의 원조에 의존하지 않을 수 없었다. 한국전으로 인한 산업기반 시설의 파괴, 미국 원조 삭감 등에 이승만 정권의 토지개혁 불철저와 경제정책의 실패가 겹쳐 50년대에서 60년대 초에 이르는 시기, 한국 민중의 생활고는 극에 달했다. 50 - 60년대 전쟁 피난민과 제대군인의 도시집중화는 판자촌 형성으로 가시화되고, 미군부대 앞에서 먹을 것을 찾는 어린 아이들의 행렬은 끊이지 않았다. 생존을 위협하는 절대 빈곤과 여성의 낮은 사회적 지위는 젊은 여성을 기지촌으로 내모는 원인이 되기도 하였다. 땅 한 평 없이 농사짓다 빚더미만 안게 된 이야기, 여자라서 학교교육이라곤 받지 못하고, 아홉이나 되는 형제들 속에서 굶주린 이야기, 병든 부모를 돌보고 동생들의 학비를 벌어야 하는 이야기는 당시 기지촌 여성들의 공통의 서사였다.[35]

기지촌소설은 기지촌[36]을 배경으로 그곳에서 일하는 한국 매춘여성과 미군과의 관계를 중심으로 구성된다. 1960년대 이전 기지촌소설에는 미군에 대한 판단 이전에 양공주의 삶을 사는 여성들의 가난

---

35) 캐서린 H.S. 문, 이정주 역, 『동맹 속의 섹스』, (서울 : 삼인, 2002). 46.
36) 기지촌, 즉 미군주둔지의 독특한 문화는 해방이후 미군정기에 시작된다. 해방공간에서 주한미군의 주둔은 북한의 군사적 도발 가능성이 높은 데다, 남한의 군사력이 열세였기 때문에 지속되었다. 한국전의 종결과 분단체제의 정착 후에도 한국의 대미정책이 언제나 강조된 것은 안전보장이 우리의 최우선 국가과제였기 때문이다. 53년 7월 27일 휴전협정 조인 이후 미군의 한국 내 주둔문제는 안보에 불리한 영향을 미치지 않는 범위 내에서 진행되는 한편, 국군의 전력증강을 위한 미국의 군사원조도 지속되었다. 한ㆍ미 상호방위조약이 54년 11월 17일부터 발효됨으로써, 미국은 한국의 안전보장에 있어서 가장 중요한 동맹국으로서, 한국의 안보를 위한 외교정책 마련에도 참여할 수 있는 법적ㆍ제도적 장치를 마련하였다. 현재 주한미군은 70년대 8만에서 약 3만 정도로 줄어 5만여 명이며, 군산, 매향리, 평택, 동두천, 파주, 의정부 등지에 주둔하고 있다. 기지촌은 군산, 매향리, 평택, 동두천, 파주, 의정부, 문산, 왜관, 대구, 부산, 송탄, 이태원 등지에 여전히 남아 있다. http://usacrime.or.kr/maybbs/pds/us/Kijichon/saewoom.hwp

이 서사의 중심을 이룬다. 생존 앞에서 윤리가 무색해지는, 비참한 전후현실의 형상화를 위해 그 극명한 예로서 양공주의 삶이 동원되고 취급된다.[37] 굳이 나누자면, 이들은 일종의 전후 빈궁문학에 가깝다. 박용구의 <고요한 밤>(1951), 오상원의 <난영(亂影)>(1956)과 <보수>(1959), 송병수의 <쑈리킴>(1957)과 유주현의 <유산>, 전광용의 <해도초>(1958) 등이 그 예이다.

반면, 베트남전 이후에 발표된 기지촌문학의 경우, 남성작가에 의한 기지촌문학과 여성작가의 그것이 내용에 있어 서로 다른 양상을 보인다.[38] 남성작가의 작품인 이문구의 ≪기지촌의 밤≫(1969), 조해일의 ≪아메리카≫(1972), 천승세의 ≪황구의 비명≫(1974), 안정효의 ≪은마는 오지 않는다≫(1991) 등은 여성수난의 이야기 구조를 보이는데, 거기서 미국은 민족적 순결을 강탈한 폭력적 존재로 이미지화된다. 예컨대 천승세의 ≪황구의 비명≫(1974)에서 미국은 큰

---

37) 한국근대소설사에서 기지촌의 삶을 그린 작품은 1950년대부터 시작된다. 박용구의 <고요한 밤>(1951), 오상원의 <난영(亂影)>(1956)과 <보수>(1959), 송병수의 <쑈리 킴>(1957)과 유주현의 <유산>, 전광용의 <해도초>(1958) 등이 1960년 이전의 것이라면, 이문구의 ≪기지촌의 밤≫(1969), 조해일의 ≪아메리카≫(1972), 천승세의 ≪황구의 비명≫(1974) 등은 1960년~70년대 작품이고, 강석경의 ≪밤과 요람≫(1983)과 ≪낮과 밤≫(1983), 안정효의 ≪은마는 오지 않는다≫(1991), 안일순의 ≪뺏뺄≫(1995)과 윤이나의 ≪베이비≫(1996) 등은 80년대 이후 것이다. 지금껏 이는 분단문학의 하위장르로 취급되어 왔다. 김정자, 「한국 기지촌 소설의 기법적 연구」, 『한국문학논총』 제16집, 1995. 378. 기지촌소설은 최근 분단 이데올로기보다는 여성주의적 시각에서 새롭게 조명되고 있다. 이러한 흐름의 예로는 박선애, 「기지촌 소설에 나타난 매춘 여성의 문제」, 『현대소설연구』, 24호, 2004.를 비롯하여, 김은실, 「민족 담론과 여성」, 『한국여성학』, 10집, 1994, 김은하, 「탈식민화의 신성한 사명과 양공주의 섹슈얼리티」, 『한국문학에 나타난 전쟁과 여성』, 한국여성문학회 10회 학술대회, (2003), 권명아, 「여성수난사 이야기와 파시즘의 젠더 정치학」, 『문학 속의 파시즘』, (서울 : 삼인, 2001) 등이 있다. 기지촌 매춘여성은 민족문제와 여성문제의 접점에 위치하기 때문에 탈식민 담론의 주요 대상이 된 것이다.
38) 박선애, 「기지촌 소설에 나타난 매춘 여성의 문제」, 『현대소설연구』, 24호, (2004). 278 - 297. 참조

워커나 미국산 개가 상징하듯, 폭력적이고 부정적인 이미지로 등장
한다. 경제개발 독재시 민족 서사에서 훼손당한 남성의 주체성을 확
립하고자 하는 시대적 강박이 기지촌 매춘 여성을 서사화함에 있어
이민족에 의해 훼손된 순결로서의 한국을 형상화하게 된 이유로 보
인다. 외세의 남성성에 자민족 여성이 수탈당하는 메타포는 한국남
성의 손상된 자존심과 민족적 굴욕감의 한 원천이 되기도 하였다.[39]

  기지촌여성에 대한 민족내부의 폭력성은 국적＝순혈주의(純血主
義)라는 한국인의 오랜 고정관념에서 비롯된다. 순혈주의란 '가족주
의', '우리주의(Weness)'를 중심으로 내집단과 외집단을 명확히 구분
짓고, 이를 통해 외부사회를 인식하고 문화적 범위를 구분하는 것을
일컫는다. '우리성(탈자기적 우리성)'이라는 용어가 개체를 탈자기적
'우리' 집단 속에 함몰시키는 것을 의미한다면, 서양인의 우리성은
'공통점 우리(distributive weness)'에 가깝다. 반면, 한국인의 우리성
은 '단일체적 우리(collective weness)'로 특징지을 수 있다.[40] 한국인
의 이러한 순수 혈통주의적 단일성 강조는 결국 여성이라는 젠더에
게 정조 이데올로기의 틀을 덧씌우는 근원적인 이데올로기가 된다.

  반면, 여성작자의 기지촌소설들에서 미군의 존재는 대체로 한국인
남성에 비해 덜 억압적인 존재로 형상화되고 있어 특이하다. 여성작
가 가운데 기지촌여성의 이야기를 가장 먼저 형상화한 사람은 강석
경이다. 그는 ≪밤과 요람≫(1983)과 ≪낮과 밤≫(1983)이라는 작품

---

39) 안정효의 ≪은마는 오지 않는다≫(1991)의 '황노인'은 남편없이 사는 '언례'가
   외국군에게 강제 유린을 당하자, 양잿물을 먹고 스스로 목숨을 끊으라며, 불결한
   상황에 빠진 여자의 삶을 종결짓기를 강요한다. 이 작품은 전쟁, 외국군 남성에
   게 당한 성폭력에다 정조이데올로기의 폭력성까지 더해져, 외부에서 당한 민족적
   남성성의 훼손을 여성에게 전가시켜 이중의 끔찍하고 질긴 폭력성을 만들어낸
   민족 내부의 남성중심적 사고를 고발하고 있다.
40) 우선영, 「청소년의 개방성과 미국인에 대한 이미지」, (서울 : 고려대 석사논문. 2000)

에서 집안의 불화나 과잉의 자의식 때문에 소통에 어려움을 겪는 성격의 소유자가 기지촌에 들어와 미군을 사랑하기도 하지만, 끝내 혼란을 이기지 못하고 미국행을 결심하는 과정을 그린다. 강석경 소설에서 미군의 존재는 특별히 외국군으로서의 정체성은 약하고, 군인, 남성으로서의 성격이 더 도드라진다. 남성, 군인으로서의 미군은 한국여성에게 있어 한국남성보다 덜 폭력적이고 가부장제적 의식에 있어서도 덜 심각한 정도로 그려져 있다. 이는 한국여성의 질곡은 한국남성 혹은 한국남성과의 관계에 있음을 말해준다.

자신의 정체성에 대해 자각하는 기지촌 여성의 모습은 90년대 기지촌소설에 나타난다. 윤이나의 ≪베이비≫(1996)는 기지촌 여성 내부의 시선으로 기지촌 여성들이 젠더 정체성을 찾아가는 과정을 보여준다. 안일순의 ≪뺏뺄≫(1995)은 전쟁, 군사문화, 독점 자본주의, 가부장제의 질곡 속에서도 기지촌 여성이 자기 삶에 대해 주체적 의식을 지닌 존재로 거듭나는 모습을 형상화하고 있다. ≪뺏뺄≫은 한번 발을 들여 놓으면 빼지도 박지도 못하는 기지촌 여성들의 삶과 그들의 2세인 혼혈아들의 피폐한 삶을 통해, 안보논리에 의해 인권의 사각지대로 존재하는 기지촌의 구조적 모순을 파헤친다. 이 작품은 미군의 제국주의적 면모는 물론, 공범자로서의 친미정권과 기지촌의 존재를 외면하는 한국 내부의 소시민적 허위의식과 이기주의를 동시에 질타하고 있다.41)

이상의 사실을 종합해 볼 때, 기지촌 매춘여성을 다룬 소설들에서 미군이 대표하는 미국은 수탈자와 억압자의 이미지를 갖는다고 할 수 있다. 미군의 존재는 한국의 현실에서 분단체제 최대의 안전핀이

---

41) 졸고, 「同事攝의 行으로서의 글쓰기 - 안일순론」, 안일순, ≪과천미인≫의 해설, (서울 : 초당, 1998), 참조

지만, 기지촌소설에서 미군의 이미지는 근본적으로 '서구/백인/남성/ 군인' 對 '동양/황인/여성/창녀'의 구도에 입각한 이중삼중의 여성수 탈자 내지 억압자의 이미지에 가깝다. 가부장제적 이데올로기와 훼 손된 민족성의 이중 억압이 이들 기지촌여성에의 배척으로 이어져, 기지촌 여성들은 결국 한국사회에서의 이탈을 열망하게 된다. ≪뱃 뻘≫에서 주인공 '옥주'의 미국행[42]은, 아이를 밴 채 막달에 국경을 넘는 멕시코 여성들의 무모한 미국행처럼, 생존을 위한 처절한 선택 이었다. 기지촌 여성들에게 있어 한국남성과 온전한 가정에 정착하 는 것은 불가능한 꿈이기에 미국행은 이들에게 있어 새로운 삶으로 의 비월을 가능케 해주는 유일한 길이 된다.

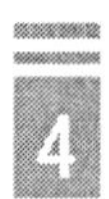

4 최근 한국소설에 나타난 다중적인 미국 이미지

1) ≪화두≫에 나타난 미국 이미지 : 선진국과 제국의 이중성

최인훈의 ≪화두≫(1997)는 전통적인 플롯에 의한 서사구성을 보 이는 소설들과는 달리, 작가 나름의 세계상에 대한 해석을 주로 담 고 있어 에세이적인 소설로 평가된다. 이 작품은 2차 대전 이후의 한민족사와 세계사를 개인사의 맥락에서 성찰하는, 일종의 '문학적 역사해석'을 지향한다. ≪화두≫의 주제를 한마디로 요약한다면, 작 가의 탈식민의식의 표현인데,[43] 이는 작가가 도달한, 중심 대(對) 주

---

42) 안일순, ≪뱃뻘≫하권, (서울 : 공간미디어, 1991), 24.
43) ≪화두≫에서 작가인식은 미국이라는 특정 국가에의 모방 열망만이 아니라, 계 급구조를 지속시키려는 충동이 내재되어 있어 식민적 무의식을 노정하는 한계를

변이라는 제국주의적 질서에 바탕한 자본주의 세계체제의 극복대안
인 셈이다.

≪화두≫의 주인공은 세 번에 걸쳐 미국을 여행하면서(1973, 1979,
1987) 미국에 대해 통찰한다. 그 결과 그에게 있어 미국은 제국이고
노예소유자이며, 세계체제의 중심이다. 이러한 ≪화두≫의 인식은
≪광장≫(1961)이나 ≪회색인≫(1963)에서 이미 그 싹을 보이던 것
이다. 주인공은 미국과 구소련을 여행함으로써 현실 사회주의의 붕
괴과정을 목도하고, 현실사회주의는 결국 미국이라는 제국을 중심으
로 한 세계체제의 한 부분에 불과했음을 인식한다. 세계체제란 중심
부 자본주의에 의해 지배되는 제국주의 체제이며, 그런 점에서 현실
사회주의의 몰락은 시기가 문제였을 뿐, 예정된 운명이었다는 것이
작가의 통찰이다.

이 작품에 드러난 작가의 미국에 관한 시선은 이중적이다. 『화두』
에 따르면, 미국은 "자기네 나라에서는 대통령이 선거법을 위반했다
고 해서 (대통령을) 대통령 직에서 물러나게 하는 정치문명을 가진
나라"이며, 동시에 "30년에 걸친 군사독재를, 하필이면 식민지 군대
의 용병 출신들을 핵으로 삼아 조종한" 나라이기도 하다.44) 반면,
미국에 대한 선망의 시선 또한 포착된다. 작가는 미국의 중산층과
중산층에 편입하는 데 성공한 이민자의 현실에 주목한다. 재미동포
들의 용모는 한국인 그대로이지만, 고향의 종족들에 비해서 표정이
나 몸가짐이 너그럽고 덜 서두르는 편이다. 그들은 "아메리카는, 객
지가 어디나 그런 것처럼 모든 나그네들에게 고향을 가르쳐준다. 나

드러낸다. 작가의 탈식민 의식이 중산층의 그것이라는 계급적 제한성을 지적하는
논자도 있다. 하정일, 「탈식민 서사와 식민적 무의식 - ≪화두≫論」, 『작가연구』,
제14호(서울 : 깊은 샘. 2002,10), 123.
44) 최인훈, ≪화두≫2권 (서울 : 민음사, 1994), 163.

그네가 객지를 고향 삼을 수 있다는 '가능성의 고향'까지를" 이라며,
아메리카에 무한한 선망의 시선을 던진다.45)

≪화두≫는 로마제국에 해당하는 영화를 누리는 현재의 미국에
대한 이중적인 시선 이면에 현실사회주의의 몰락에 대한 작가의 인
식, 즉 사회주의 본래의 탈식민 기획이 거세된, 따라서 식민주의와
공모관계에 있는 변질된 사회주의의 몰락을 구소련의 여행담을 통해
들려준다. ≪화두≫에서 작가는 사회주의를 식민지 없는 세계체제를
만들려는 탈식민 기획으로 재해석하면서 그것이 스탈린 시대로부터
변질되기 시작했다고 말한다. 이 변질 과정은 스탈린 사후 급속히
진행되어 고르바초프의 개혁에 이르러 완결되는데, 이런 점에서 작
가는 구소련의 자본주의 세계체제로의 편입과 현실 사회주의의 몰락
을 예정된 귀결로 본다.

2) 안정효 소설에 나타난 미국 이미지 :
풍요롭지만 이민자에게 앙가쥬망을 허용하지 않는 나라

미국과 특별한 인연을 지닌 작가 안정효의 주요 작품들은 한국과 미
국의 대립적인 구도에 기반하고 있다. 따라서 안정효의 소설들은 미국
이라는 거울을 통해 한국 혹은 한국인의 자기정체성(identity)에 대한
인식의 일면을 고찰해 볼 수 있는 적절한 텍스트가 된다. 안정효 소설
에 나타난 미국의 이미지는 미국인에 의해 인식되거나 이해되어진 것
이 아니라, 한국인 출신의 이민자의 눈에 비친 미국의 이미지이거나,
한국인 여행자의 눈에 비친 미국의 이미지이다. 작품의 주요 등장인물
은 LA나 뉴욕 등지의 대도시에 사는 한인 이민자들이며, 따라서 작품

---

45) 최인훈, ≪화두≫1권 (서울 : 민음사, 1994), 349.

내에 제시된 미국의 이미지는 미국 내 한인사회와 접촉된 부면의 것이라는 제한을 갖는다.

안정효의 초기 작품에서 미국은 ≪헐리우드 키드의 생애≫에서처럼, 동경의 대상으로 재현된다. 이후로 갈수록 그의 작품들에서 미국의 이미지는 보다 구체적이 된다. 첫째, <미국인의 아버지>나 <荒野> 등, 작품집 ≪미늘≫(1991)에 실린 작품에서 미국은 '물질적인 풍요로움의 나라', '돈 벌기가 쉬운 나라'로 제시된다. 둘째, <회귀>에서 미국은 다민족·다인종·다문화의 거대국가로서 이민자들에게 '익명의 피난처'라는 이미지를 갖는다. 마음 놓고 자신을 숨겨도 좋을 만큼 넓은 땅, 텍사스는 한국에서 시달리다 한국을 떠나온 사람들이 가고 싶어 하는 곳, 아무도 없고 아무도 신경을 쓰지 않아도 좋을 광활한 사막인 무인지대(無人地帶)를 상징한다. 미국은 너무 넓고 커서 개인성의 존재가 남들의 눈에 띠지 않는 나라, '아무도 없다'는 개념을 호흡함으로써 자신으로부터도 행방불명이 가능한 곳이다. 그러나 다른 한편, 이곳은 너무 광활해서 한 존재가 죽어도 시체가 다 썩도록 알지 못하는 곳, 버려진 주검이 외로운 나라이기도 하다.[46] 세 번째, 안정효 작품에 나타난 미국의 이미지는 마약 중독과 에이즈 등 성(性)과 관련된 타락한 도시 문명의 나라라는 것이다. 작품집 ≪낭만파 남편의 편지≫(서울 : 민음사, 1995)에 실려 있는 단편 <회귀>에서 미국은 정신과 영혼이 부재하는 나라, 육체적인 노동과 그것이 가져다주는 물질적인 풍요로움의 구가가 전부인 나라의 이미지로 등장한다. 이민자들은 경제적으로 어느 정도 안착한 다음에는 공간만 넓을 뿐 우리 속의 돼지나 양계장의 닭과 별로 다를 바 없이 '앙가주망이 박탈된 삶', 즉 공적 공간에의 참

---

46) 안정효, ≪낭만파 남편의 편지≫, (서울 : 민음사, 1995), 118.

여의 길이 막혀 있는 미국의 현실을 발견한다. 이들에게 포착된 미국의 이미지가 부정적인 것은 경제적인 성공에도 불구하고, 얼굴색과 문화가 다른 이민족에게 미국사회에의 사회적·정치적 진입장벽이 높게 느껴지기 때문이다. 안정효 작품에 등장하는 한인이민자 1세대에게 있어 미국은 디아스포라(diaspora)의 공간이었던 것이다.47)

최인훈의 ≪화두≫에 나타난 미국의 이미지가 비판과 선망의 대상으로 이중적이듯, 안정효의 소설 속 '미국의 한국인들'에게 아메리카 합중국은 풍요롭긴 하지만, 동양인이 '씀바귀같은 고향'으로 삼으면서 살기에는 적합하지 않은, 풍요와 동시에 결락감(欠落感)의 땅이다.48) 최근 한국소설에 반영된 미국은 오늘날 한미관계의 복잡성만큼이나, 하나의 고정된 이미지가 아닌, 다중적인 양상을 띤다.

5 결론

한국(근)현대소설에 재현된 미국의 이미지는 일제강점기로부터 1960년대 중반까지 찬양과 추수의 대상이자, 이상적인 이웃나라의 이미지로 긍정적이다가, 1965년 남정현의 ≪분지≫를 기점으로, 1990년대 중반까지는 침략자과 겁탈자의 이미지로 부정적으로 변모되고, 다시 1990년대 말에서 현재에 이르는 시기에는 부정과 긍정의 이미지가 혼재된, 다중적인 양상으로 변모된다.

---

47) 졸고, 「안정효 소설에 나타난 미국의 이미지 연구」, 『미국학논집』, 36집 3호 (서울 : 사단법인 한국아메리카학회, 2004), 25 - 53.
48) 안정효의 작품에서 많은 주인공들이 고국으로의 회귀를 꿈꾸는 것은 그 때문이다. 안정효, 위의 작품, 107.

한국(근)현대소설의 검토를 통해본 한국인의 미국에 대한 인식에서의 가장 큰 특징은 오랜 동안 한국(인)은 미국에 대한 획일화되고 고정된 이미지를 가져왔다는 사실이다. 미국은 한국의 안보에 결정적인 영향력을 미치는 나라이고, 경제적·정치적·문화적으로도 가장 중요한 교역과 교섭, 교류 대상국이다. 미국 내부의 다양한 시각들의 차이에 대한 고려 없이, 우상화이든 반미의식이든, 획일화된 이해나 판단의 생경한 노출이 1990년대 초반까지 한국소설에서 확인된 한국의 타자에 대한 인식에 있어서의 특징이다. 60년대 중반을 기점으로 호오(好惡)가 분명한 양대 반응의 교차는 한국소설의 현실 인식력과 대응력이 유연치 못했음과 정치하지 못했음을 반영함은 물론, 문학이 단순한 재미 이상의, 현실에 대한 반성적 성찰을 촉구하는 역할, 즉 한미관계에 대한 정확한 인식과 그를 통한 우리의 정체성 인식에 책임을 다하지 못했다는 평가를 면하기 어렵게 한다.

분명한 것은 문학이 현실의 다양한 층위, 다양한 측면에 대한 다관점적인 접근으로 표면적 지층 그 너머의 섬세한 편차들을 읽어 낼 때, 현실에 대한 통찰을 가능케 하고, 성찰과 반성을 촉구하는 문학 본연의 힘을 회복할 수 있을 것이라는 사실이다.[49] 따라서 단순하고 획일화된 고정적 이미지로 대상을 바라보는 친미냐, 반미냐의 이분법적 태도는 한미관계의 진전에도, 우리 자신의 정체성 이해에도 도움이 되지 않을 것이다. 한 가지 다행인 것은 최근 한국소설은 최인

---

[49] 김지하의 <오적>이나 김남주, 김명인의 패권주의적 미국 이미지에 대한 직설적 비판, 오세영의 시집 ≪아메리카 시편≫(문학동네, 1997) 등의 예처럼, 시 분야에서는 신식민주의 논리의 허구성 폭로 등은 단순한 반미의식을 넘어서 문화적, 경제적 제국주의 전체에 대한 비판적 인식으로 확장된다. 자본주의적 근대의 자기 동일화 과정 이면에 온존하는 주체와 타자의 경계를 공고히 하려는 서구 중심적 논리에 대한 비판도 담겨 있다. 이에 관한 자세한 논의는 박진임, 「경계에서의 글쓰기」, 『오세영의 시의 깊이와 넓이』, (서울 : 국학자료원, 2002). 참조

훈과 안정효의 예처럼, 미국의 다면적 실체에 대해 조금씩 눈뜨기 시작했다는 점이다. 한국 내부의 미국에 대한 새로운 인식 즉, 하나의 이미지가 아닌, 다양한 이미지의 중첩지로서 미국에 대한 새로운 이해는 미국에 거주하는 한인이민자나 재미교포문학에 나타난 미국에 대한 이해와 서로 교호(交互)하면서, 체계적이고 다각적인 인식으로 현실화되고 발전해 가야 할 것이다.

2 안정효 소설에 나타난 미국

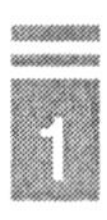 안정효 소설과 미국

　본 논문은 한국인들이 미국 혹은 미국적 가치에 대해 어떻게 이해하고 있는가?의 문제를 미국과 특별한 인연을 가진 작가 안정효의 소설에 나타난 미국 이미지 분석을 통해 살펴보는 데 목적이 있다.

　미국은 냉전 구조의 붕괴 이후, 군사·금융·매스미디어·대중문화 등 거의 모든 분야에서 세계화(Globalization)가 마치 미국화(Americanization)의 다른 이름인 듯 세계시장에서의 패권을 강화해 가고 있다.[1] 이에 세계는 미국 중심의 글로벌한 획일화의 이미지 확산에 긴장하면서, 인종·민족·종교·젠더 등 각종 차이의 인식에 대한 새로운 해석들을 제시하고 있다.[2] 글로벌리즘이라는 현상은 이제 일상의 아비투

---

1) 문화의 핵분열을 촉진시키는 글로벌화는 특정한 장소와 결합된 문화의 동일성을 무너뜨리고 집합적 기억의 망각을 추진해 가는 힘으로 작용한다. 이때 내셔널 아이덴티티를 재생시키려고 국민의 집합적 기억으로서의 역사를 날조해 내는 글로벌화의 이름을 쓴 신우파적 내셔널리즘이 나타난다. 강상중·요시미슌야, 임성모 역, 「혼성화 사회를 찾아서 - 내셔널리티의 저편으로」, 『당대비평』, 10호. 2000년 봄호 (서울 : 삼인, 2000), 215.

2) 강상중·요시미슌야, 위의 글, 208.

스(habitus)와 커뮤니케이션, 자기 정체성, 타자의 표상 등, 문화적 변용전반을 포회하게 되었다.

이러한 추이 속에서 우리는 올해 미국과 외교관계 수립 122주년을 맞이하였다. 미국은 1882년 한국의 첫 외교관계 수립국이 된 후, 20세기와 21세기에 걸쳐 한국과 가장 깊고도 다양한 연관을 가진 나라로 자리해 왔다.『한미 외교관계 100년사』에 따르면, 미국은 조선과 최초로 외교관계를 수립하였으나, 영국과 협력하여 일제의 조선침략을 방조·묵인하였고, 1905년 을사조약을 체결, 외교권이 박탈되자 제일 먼저 주한 공사관을 철수한 나라이고, 합방 전 조선정부가 허용한 금광 채굴권을 얻어서 1938년까지 한국의 금을 거의 다 캐어감으로써 한국의 자원고갈의 책임이 있는 나라이다. 그런 가운데 미국인 선교사들은 조선에 기독교를 전파하고 신교육과 의술, 문화사업 등을 통해 조선의 문맹퇴치는 물론 근대화에 앞장섰고, 미국인 외교관들은 본국 정부에 조선의 독립을 요구하면서 헌신을 다 바쳤다. 또한 미국은 일본이 태평양 전쟁을 일으키자 일본을 격퇴하면서 한국해방에 큰 공을 세우기도 하였다. 그러나 미국은 한반도 진공시 38선 분단을 주도하였고, 8·15 광복 후 대한민국 정부가 수립되자 최초로 우리 정부를 승인한 나라가 되었으며, 서울에 대사관을 제일 먼저 개설하기도 하였다. 한국전쟁 발발시 가장 먼저 달려 와서 북한의 침략군대를 무찌른 나라도 미국이다. 60년대와 70년대에 시장을 개방하여 한국 상품을 가장 많이 팔아 준 나라도 미국이며, 한국인들이 지금 가장 많이 살고 있는 나라도 바로 미국이다.[3] 최근에는 영화와 가요 등 한국대중문화와 스포츠에서 미국의 영향력은 더욱 심화되고 있다. 또한 IMF이후 한국경제의 대미의존도의 심화와 학문에서의 미국화 경향, 그리고 인터넷의 보급

―――――――――――――――――

3) 김원모,『한미 외교관계 100년사』, (서울 : 철학과 현실사, 2002), 367.

으로 인한 영어 의존도의 확대 등으로 인해 세계적 표준(Global Standard)이 미국적 표준(American Standard)과 혼동되고 있는 것이 우리의 현실이며, 이에 대한 우려의 목소리 또한 만만찮다.[4]

중요한 사실은 한국인들에게 있어 미국이 지역(land)으로서의 아메리카 대륙을 말하든, 국적(nationality)로서의 미국을 지칭하든, 혹은 가장 자본주의적인 가치 체계(value system)나, 아니면 힙합·햄버거·헐리우드 영화가 표상하는 미국적 문화(American Culture)를 말하든, 이제 미국은 대부분의 한국인들에게 현실의 일부가 되어버렸다는 점이다. 따라서 한국인의 미국과의 관계맺음의 문제는 곧바로 한국인의 한국적 현실에 대한 이해나 세계사의 변화에 대한 인식과 불가분의 관계에 놓이게 되었다. 이제 한국 내부의 미국에 대한 인식문제는 한국인의 자기 정체성의 부분 인식이 되었으며, 자기 삶의 내적 규율 장치인 가치체계의 선택문제와도 연관이 되는 시점에 이르렀다.

사정이 이러할 때, 작가 안정효의 작품세계가 갖는 의미는 새롭게 다가온다. 우선 그는 번역가로서의 명성 외에도 대학시절부터 영어로 소설을 쓰기 시작하였으며, 영어로 쓴 작품을 미국서 출간한 것도 세 차례나 된다. 또한 그는 동시통역대학원에서 영작을 가르치고 있다. 즉, 그는 한국문단에서 드물게 영어권 문화나 사고체계에 익숙한 작가이다. 이력을 보면 그는 일제말기인 1941년에 태어나 해방을 거쳐 청소년기에 한국전을 치렀고, 스물 안팎의 청년기에 4·19와 5·16을 거쳐 월남전에 참전하였으며, 『코리아헤럴드』의 기자로, 또 『한국브리테니커』와 『코리아타임즈』의 편집국 부장으로 일한 바 있다. 그의 경력들이 말해주는 그와 미국이라는 나라의 운명적인 연관은 그의 작품

---

4) 장윤영 외, 「한국은 미국의 51번째 주인가?」, 『뉴스메이커』, 2000,5. 4. (서울: 경향신문사, 2000), 16 - 28.

들 속에서 한국과 미국의 대립적인 이미지를 통해 형상적 언어로 재현
되고 있다. 따라서 안정효의 소설들은 미국, 혹은 미국문화에 대한 한
국인의 인식을 보여주는 흔치않는 작품들로서, 미국이라는 거울을 통
해 한국 혹은 한국인의 자기정체성(identity)에 대한 인식의 일면을 고
찰해 볼 수 있는 적절한 텍스트가 될 수 있다.

  본론에 앞서 안정효 소설에 대한 기왕의 논의들을 발표년도 순으로
살펴보면, 먼저 김경수는 안정효의 중편소설인 <가을바다 사람들>
(1985)과 <미늘>(1990) 등의 작품에서 도시적 삶 내부에 잠재해 있는
죽음의 편재성에 대해 읽어 낸다.[5] 윤정헌은 안정효 소설 전반을 개괄
하여 그의 작품들이 거의 예외없이 상처입은 주인공들의 심향회귀구조
(心鄕回歸構造)로 이루어진 것을 찾아내었고,[6] 특히 <회귀>, <황야
(荒野)>, <미국인의 아버지> 등, 안정효의 미국이민소재 작품들을
분석하여 이들이 '코메리컨의 코리안시오니즘'(Korean - Zionism)을 다
루고 있음을 논증하였다.[7] 한편, 이용욱은 안정효의『헐리우드 키드의
생애』를 분석하여 영화라는 상상계에 갇혀 현실이라는 상징계로의 진
입을 거부한 인물을 통해 성장이 멈춘 성장의 서사(Bildungs-roman)로
서의 특징을 읽어내었고,[8] 곽봉재는 안정효의 장편 ≪하얀전쟁≫이
월남전을 통해 개별적인 삶의 우연적 동기에 비극성을 부여하는 제도
적 폭력 혹은 허구적 이데올로기에 대한 성찰을 담고 있다고 평가한

---

5) 김경수, 「도시적 삶 속에 내재한 죽음 - 안정효의 소설을 중심으로」, 『문학정신』,
   제66호. 1992,4. (서울 : 문학정신사, 1992), 38 - 44.
6) 윤정헌, 「안정효 소설의 휴머니티」, 『영남어문학』, 제26집. 1994,12. (대구 : 영남대
   학교 출판부, 1994) 127.
7) 윤정헌, 「미국 이민 소재 소설에 나타난 "탈향민의 뿌리찾기"」, 『영남어문학』, 제
   30집. 1996,12. (대구 : 영남대학교 출판부, 1996), 361.
8) 이용욱, 「안정효 ≪헐리우드 키드의 생애≫에 대한 해체적 독법」, 『한남어문학』,
   제20호. 1995,4. (대전 : 한남대학교출판부, 1995), 523 - 524.

바 있다.[9] 반면, 문홍술은 안정효의 중편소설집『낭만과 남편의 편지』
(1995)에 대한 서평에서 이 작품집에 실린 작품들은 낭만적이면서도
순수한 사랑이 넘치던 과거의 공간으로부터 자본의 폭력과 저급한 수
준의 정치문화가 만연한 현실과의 거리 좁히기에 실패한 주인공의 죽
음, 방황, 과거로의 회귀 과정을 담고 있다고 분석한 바 있다.[10]

이상의 선행연구들은 안정효 작품세계의 한 측면을 분석한 것으로
서 각각 의의를 갖는다.[11] 위의 연구결과를 종합해 볼 때, 안정효 작품
세계의 주제어가 전쟁, 도시, 미국, 한국, 영화, 낭만, 고향, 죽음 등이
라는 사실을 알 수 있다. 그의 작품들에서 작품 내적 화자나 주인공들
은 공간적으로는 문화적인 안식의 공간을 동경하고, 시간상으로는 유
년의 순수가 숨쉬는 낭만적 시간을 자주 그리워한다. 그리고 그 매개
항으로 미국이 등장하는데, 미국은 때로는 동경의 대상으로 때로는 극

---

9) 곽봉재, 「전쟁의 광기로부터 눈뜨기 - 안정효 원작, 정지영 감독 ≪하얀전쟁≫」,
『문학과 창작』, 33권. 1998,5. (서울 : 문학아카데미, 1998), 171 - 172.

10) 문홍술, 「자본의 폭력에 대처하는 방식 : ≪낭만과 남편의 편지≫ 안정효 著/
≪아늑한 길≫, 정찬 著」,『세계의 문학』, 79호, 1996,2. (서울 : 세계의 문학,
1996), 316.

11) 그의 대표 장편소설 ≪하얀전쟁≫(1부는 ≪전쟁과 도시≫(서울 : 실천문학,1983),
2부는 ≪전쟁의 숲≫(서울 : 시사토픽,1991), 3부는 ≪에필로그를 위한 전쟁≫(서
울 : 고려원, 1993)은 월남전에 참전한 두 병사 '한기주'와 '변진수'가 귀국 후 월
남전후의 한국사회에 적응하지 못하는 과정을 통해 전쟁의 허무와 연관된 존재
의 불안을 다룬 장편소설이다. ≪헐리우드 키드의 일생≫(1992, 민족과 문학사)
은 영화와 현실의 구분을 잃어버린 한 영화광인 '헐리우드 키드, 임병석'을 통해
문화부재시대의 한 순수한 영혼의 현실 부적응과정을 보여주고 있다. ≪은마는
오지 않는다≫(서울 : 고려원,1990), (원제 ≪갈쌈≫(서울 : 책세상, 1987))는 한국
전쟁의 과정과 이후를 겪는 비운의 과부 '언례'가 텍사스촌과 금산리에서 양공주
로 살며 남매를 키워가는 이야기를 담고 있다. 이 밖에도 <가을바다 사람들>
(서울 : 고려원, 1985)과 <미늘>(서울 : 문학정신, 1990) 등의 작품은 상처를 입은
영혼들의 그 극복과정을 다루고 있다. 그가 미국을 직접 방문한 이후인 1980년
대 후반에 발표된 중편소설 <회귀>(『불교문학』, 1988, 봄), <황야>(『문학정
신』, 1991), <미국인의 아버지>(『현대소설』, 1990)과 장편 ≪나비 소리를 내는
여자≫(서울 : 현암사, 1994)는 이민자의 모습을 통해 한국과 미국 그 어느 곳에
서도 정착이 쉽지 않은 사람들의 이야기를 담아내고 있다.

복의 대상으로 재현되고 있다.

본 논문은 그의 작품세계의 한 주요 고리로 등장하는 미국의 이미지와, 그 대립항으로 설정된 한국의 이미지를 분석하여 문화적 혼성화(hybridization) 사회를 향해 치닫고 있는 오늘날의 현실 속에서 내셔널리티의 문제에 대한 우리의 인식과 태도를 점검해 보고자 한다.

본 연구는 안정효의 소설 가운데 미국의 이미지가 직접 드러나 있는 작품만을 대상으로 한정하였다. 구체적으로는 중편소설 <회귀(回歸)>(『불교문학』, 1988), <황야(荒野)>(『문학정신』, 1991), <미국인의 아버지>(『현대소설』, 1990), 등 세 편과, 장편소설 ≪헐리우드 키드의 생애≫(민족과 문학사, 1992)과 ≪나비 소리를 내는 여자≫(현암사, 1994) 등 두 편이 그것이다. 논문의 순서는 위의 작품들에 나타난 미국과 한국의 이미지 분석을 통한 공간적 대립구도를 보여주고, 이들로부터의 탈출로서 유년에의 회귀라는 시간 분석으로 나아갈 것이다.

2 안정효 소설에 나타난 미국의 이미지

안정효 소설에 나타난 미국의 이미지는 미국인에 의해 인식되거나 이해되어진 것이 아니라, 한국인 출신의 이민자의 눈에 비친 미국의 이미지이거나, 한국인 여행자의 눈에 비친 미국의 이미지이다. 다시 말해 그것은 한국인 등장인물의 시선이나 의식에 포착된 것들이다. 작품의 주요 등장인물은 LA나 뉴욕 등지의 대도시에 사는 한인 이민자들이며, 따라서 작품 내에 제시된 미국의 이미지는 미국 내 한인사회와 접촉된 부면의 것이라는 제한을 갖는다.

따라서 안정효 작품에 재현된 미국의 이미지는 작품 속에 등장하는 한인이민자들의 미국에 대한 인식을 보여주는데, 이는 이들이 미국으로 이민을 오게 된 동기에서부터 이미 어느 정도 규정된 측면이 없지 않다. 안정효 소설에서 이민자들의 미국이주의 주된 동기는 무엇보다도 고국의 가난 때문으로 제시되어 있다. 그의 소설에서 가장 빈번히, 또 반복적으로 나타나는 미국의 이미지가 '돈 벌기가 쉬운 나라'인 것은 이 때문이다.

> 부산으로 가는 가장 넓은 국도가 2차선이어서 도로변 마을의 일소들과 자동차들이 같은 길로 다녀야했던 시절의 **한국, 그 가난한 시절**에 8차선이어서 오는 차가 네 줄 가는 차가 네 줄씩 다니는 어마어마한 도로가 즐비하다는 **미국은 가히 환상의 나라였으며**, 그 꿈나라를 찾아 한국인들은 줄지어 태평양을 건너와 기나긴 고생 끝에 이제는 버젓한 미국인 노릇을 하고,[12]('진하게' 처리는 필자)

> 미국의 북간도 **가난을 피해** 객지로 나가 방황하는 민족. 어떤 사람들은 해외진출이니 국력신장이라는 표현을 쓸지도 모르겠지만, 상호(상호가 아니라 실은 병구의 눈에 비친)는 한국 교포들을 '행복이 아니라 생존을 추구하는 유목민'이라고 표현했었다.[13]

> **돈을 벌겠다는 단순하고도 슬픈 이유로 태평양을 건너온 사람들.** 30년 전에는 밀항을 해서라도 일본이나 미국 땅을 밟기만 하면 조선 땅에 남은 백성들이 외국으로 진출한 그들을 대단히 출세를 한 것으로 생각하던 시대였다. 돈을 벌기 좋은 나라여서 이 크고 풍요한 땅으로 건너와 뜨내기 삶을 살아야 하는 사람들. 배가 고픈 삶은 끝났어도 마음은 아직도 고픈 사람들.[14]

---

12) 안정효, 「미국인의 아버지」, 『미늘』, (서울 : 열음사, 1991), 120.
13) 안정효, 「荒野」, 『미늘』, (서울 : 열음사, 1991), 193.

실제로 한국전 이후 1960년대에 '황화(黃禍)'로 표현될 만큼 아시아인의 미주이민은 많았는데, 한국인의 미주지역 이민 역시 이 시기에 집중되었다. 뿌리를 잘라버리고 유목민처럼 살지언정 가난만은 떨쳐내고 싶은 자들에게 미국은 물질적인 풍요로움의 나라, '돈 벌기 좋은 나라'로 비춰진다. 그러나 1980년대 이후가 되면 악덕 사업가와 정치모리배, 그리고 여자문제 때문에 은신처를 필요로 하는 사람들이 익명성을 보장해 주는 피난처를 찾아 미국으로 이주해가는 현상이 일어난다. 이는 중편 <미국인의 아버지>에 잘 드러나 있다.

> 가난하고 불쌍한 사람들에게 새로운 삶을 누리는 기회를 마련해 주는 피난처였던 이 나라가 이제는 삼류인간 집단을 숨겨주는 은신처 노릇도 했다. 여자문제로 궁지에 몰려 피난 오는 놈팡이, 사기치고 떼돈을 꿍쳐 뺑소니쳐 오는 악덕 사업가들, 협잡으로 긁어모은 재산을 도피시키려는 얼치기 정치가들.[15]

8·90년대 한인들의 미주이주의 동기가 다양해지자, 미국 내 한인 이민자 사회는 더욱 혼탁해지고, 문화적으로도 그 동질성을 유지하기가 훨씬 어려워진다. 게다가 이민생활이 세대를 거듭해 갈수록 이민 1세대와 2세대, 3세대 간의 미국화의 정도에 따른 문화적인 이질감은 심화된다. 한인이민자사회 뿐 아니라, 미국 전체가 원래 태생적인 민족성이 아닌, 개인의 의지에 의해 국적을 선택한 자들이나 그들의 후손으로 구성된 연방체이므로, 미국은 애초에 인종·언어·문화 등의 부면에서 동질성과는 거리가 먼 국가였다. 미국은 그 속에 들어가기만 하면 자신의 고유한 색채나 성격은 없어지고 동일한 빛깔과 성격으로

---

14) 안정효 「미국인의 아버지」, 『미늘』, (서울 : 열음사, 1991), 128 - 129.
15) 안정효 위의 작품, 130.

다시 태어나는 용광로(melting pot)가 아니라, 멀리서 보면 하나의 그림이지만 자세히 들여다보면 각기 자기의 고유한 색채와 성격을 여전히 간직하고 있는, 무수히 많은 조각들이 모인 모자이크의 나라에 가깝다. 따라서 미국은 유럽의 귀족적 질서나 아시아의 가족적 질서와는 구분되는, 법치적 전통을 존중하는 나라가 되었고, 문화적·인종적 다양성이야말로 미국의 고유한 특성이 되어 왔다.

일반적으로 근대세계의 특징 중 하나로, 세계무대의 기본적 행위주체인 민족국가(nation - states)의 발전을 꼽는데, 근대민족국가는 일정한 영토에 대한 행정의 독점권을 유지하는 제도적 통치형태로서 국내외의 폭력 수단에 대해 직접적인 통제권을 발휘하며 법에 의해 그 권위를 보장받는다. 미국은 이러한 의미에서 근대적인 민족국가의 특징을 가장 잘 간직하고 있는 나라이다.16) 미국민을 지칭할 때, 한국인이나 독일인을 지칭할 때의 '민족(volk)'보다는 '민족(nation)'이 더 적절한 것도 이 때문이다. 이러한 미국의 특성이 미국문화가 반권위주의적이고 반국가주의적인, 나아가 개인주의적인(Individual) 성격을 띠게 된 토양이 된다.17) 미국의 경제적·신분적·지적인 평등주의 역시 이와 무관하지 않은 것일 수도 있다.

각각의 특성을 간직한 모자이크의 조각과도 같은 미국 내 다양한 이민자집단의 문화는 혼성적 속성을 강하게 띨 수 밖에 없다. 그리고 그것에는 일반적으로 하위문화(subculture)의 특징 가운데 하나로 꼽는 성(性)적인 요소가 직접적으로 노출되는 경향이 있다. 안정효 작품에 나타난 미국의 첫 번째 주된 이미지가 '돈벌기 쉬운 나라'라면, 두 번

---

16) Anthony Giddens, The Nation - State and Violence (1985), 진덕규 역. 『민족국가와 폭력』, (서울 : 삼지원, 1993), 149.

17) 김형인, 「미국 사회주의의 좌절」, 『미국사 연구』, 제14집. 2001,11. (서울 : 한국미국사학회, 2001), 149, 표 2 참조

째 주된 이미지는 '익명의 피난처'이고, 그 세 번째 이미지는 성(性)과 관련된 것이다.

중편소설 <미국인의 아버지>라는 작품은 LA로 이민 와서 한국인 관광객을 상대로 오리엔트 투어라는 관광회사를 운영하는 주인공 '우식'과, 그의 아내 '임경숙', 그리고 딸 '미아' 사이의 갈등을 다루고 있다. 아버지 '우식'은 미국국적은 취득하였으나 사고방식이나 정서에 있어서 여전히 한국인이며, 아내 '경숙(미국식 이름은 Key)'은 거의 완벽하게 미국사회에 적응해 간 인물이며, 딸 '미아Mia(美雅)'는 미국서 태어난 미국 시민권자이다. '미아'는 문화나 정서적으로도 완전한 미국인이다. 따라서 이들 간의 가치관의 차이나 문화적인 갈등은 한국인과 미국화된 한국인, 그리고 태생적으로 미국인인 삼자 간의 대립에 해당한다고 볼 수 있다. 이민 1·2세대로 이루어진 이들 가족은 법적으로는 모두 미국인이나, 서로 동화되지 않는 이질성을 날마다 체험한다. 이들 가운데 가장 많이 부대끼는 인물은 '우식'인데, 그는 가정 밖에서 활발한 성생활을 하는 아내가 출장갔다 돌아오면 **"썩은 걸레를 베고 있는 듯한 기분"**을 느끼며, 16세된 딸의 책상서랍에서 무더기로 쏟아져 나온 콘돔을 하나씩 챙겨 다시 딸의 서랍에 차곡차곡 넣으면서 참담한 절망감에 젖는다. 아내나 딸의 성적인 자유로움을 '우식'은 '타락'으로 이해하며, 그것의 원인을 미국화에서 찾는다. 바로 이 부분이 작가 안정효가 만들어낸 미국 혹은 미국문화의 이미지일 터인데, 그것은 한마디로 성적인 방만함이다. '우식'은 아내가 미국인이나 히스패닉과 성적인 관계를 맺는 것을 지저분한 이미지로 상상하는데, 물론 이 대목은 혼인의 순결함을 아무렇지도 않게 여기는 '경숙'이란 기혼여성의 낮은 도덕심을 비판적으로 그려내는 것이기도 하지만, 그 밖에도 인종이 다른 남녀 간의 성적 결합에 대한 작가의 부정적인 시선을 느끼게 한다. 작가의 이런 태도는 <회귀>에서 '병구'의 눈에 비친 미국 대도시의 풍경 묘사 부분에서도 확인할 수 있다.

> **마약 중독자, 에이즈를 담고 다니는 사람들, 개가 아무 데서나 똥**을 누지 못하게 조심하라는 길거리 간판, <너무 시끄럽다고 생각하면 당신은 너무 늙었다(If you think it's too loud, you're too old)>라는 글이 버젓하게 가슴팍에 박힌 티셔츠를 입고 지나가는 금발의 아가씨, 아직도 파업중인 지하철, 끄르르르륵 컴퓨터의 트림소리, 철망 쓰레기통에서 두툼한 신문을 꺼내 툭툭 털어 뒤적이며 걸어가는 **허름하고 뚱뚱한 중년 여자,** 헬리콥터로 출퇴근하는 사람들이 사용하는 헨리 허드슨 파크웨이의 착륙장, **아침 열시에 길거리에서 서성거리는 흑인 창녀의** 검은 피부에다 새빨갛게 개칠한 립스틱....18)

마약 중독자, 에이즈 환자, 길거리를 점령한 애완견들의 모습, 아침부터 거리를 서성이는 흑인창녀 등으로 묘사된 뉴욕의 거리풍경은 더럽고 지저분한 하위문화의 온상으로서 대도시뿐 아니라, 미국이라는 나라 전체의 이미지로 확장된다. 이러한 풍경묘사는 돈을 벌고자 하는 목적에서 모여든 사람들의 나라라는 미국의 첫 번째 이미지와 연결되어, 급기야 <회귀>에 오면 미국은 **정신과 영혼이 부재하는 나라,** 육체적인 노동과 그것이 가져다주는 물질적인 풍요로움의 구가가 전부인 나라라는 이미지로 확대 재생산된다.

> 아무것이라도 한 가지만 잘 해서 돈을 풍족하게 벌면 한평생 편히 살아가게 되는 나라여서 르네상스적인 완전한 인간이 되기 위해 두뇌를 괴롭히며 노력할 필요가 없고, 그 따위 이상은 아예 부재하는 듯싶은 곳에서, 그들은 계산하는 이성과 서양적인 관점이 지배하는 곳에

---

18) 안정효, 「회귀」『낭만파 남편의 편지』, (서울 : 민음사, 1995), 136.

서, 정신과 영혼의 역할이 불필요한 생존 방식을 배웠는지도 모른다고 덕문은 생각했다. 그의 주변에서, 식탁 주변에서, 서양의 물질적 사고로 인하여 동양의 정신력이 붕괴되는 소리가 푸석거리며 들려오는 것 같았다.[19]

안정효의 소설 속 미주 지역 대도시의 한인들이 인식한 미국의 이미지는 물질적으로 풍요로운 나라, 열심히 일하면 경제적인 면에서 생활의 안정을 보장해 주는 나라이다. 실제로 이러한 인식은 1999년 통계자료에 의해 뒷받침된다. 통계에 의하면 미주이민자 그룹들 가운데 아시아계 이주민의 연간 소득이 가장 높은 것으로 나타나 있다.[20] 그렇지만 한인이민자들이 실제로 맞딱뜨리는 미국의 문화는 소설 속에서 성적으로 방종하며, 정신적인 방면의 결핍이 있는 것으로 재현되고 있다. 반면 한국은 가난하긴 하지만 전통적인 도덕성이 갖추어진 나라로 형상화되어 있다. 이는 작중 화자나 주인공들이 주로 미국화를 거부하거나, 미국문화가 생래적으로 잘 맞지 않는 인물들로 설정되어 있는 사실과도 연관된다.

한국의 한국인도 아니요 미국의 미국인도 아닌, 미국의 한국인으로서, 미국인인 딸을 둔 한국인 아버지로서, 우식은 그 인종적 상황의 울타리를 결코 벗어날 수가 없는 듯 싶었다. 아무래도 반쪽짜리 미국인이라는 인식으로부터 영원히 벗어날 수 없으리라는 좌절감과 더불어 우식은 자신의 딸을 IQ와 영어 실력에 있어서 도저히 따라 갈 수 없다는 열등감으로 인해서 자꾸만 구석으로 몰리는 기분이었다.[21]

---

19) 안정효, 위의 작품, 143.
20) 김형인, 앞의 글, 152, 표2 참조
21) 안정효, 「미국인의 아버지」, 『미늘』, (서울: 열음사, 1991), 152.

미국에 살면서, 법적으로 미국인이면서 미국화를 거부하거나 생래적으로 미국화가 되지 않는 한인들, 결국 이들은 한국인도, 미국인도 아닌, 유목민으로서 디아스포라적(diaspora, 流浪/離散) 상태에 있다. 디아스포라란 기원의 토지와 공간적으로 분리되면서도 심상적으로는 그 장소와 어떤 식으로든지 유대를 계속 유지하고 있는 상태를 말한다.[22] 영주시민인 동시에 환태평양 지역의 국가횡단적인 주체로 등장해가고 있는 재미한인의 디아스포라적 상황은 앞으로도 더욱 편재화(遍在化) 될 전망이다. 왜냐하면 20세기 이후 국경을 횡단하는 월경적인 이동 인구의 증가는 가히 폭발적이기 때문이다. 보고된 자료에 따르면, 현재 커뮤니케이션과 이동 기술이 고도화되면서 디아스포라적 코리안만 해도 대략 500만명 정도로 추정되며, 그 중 재미한인은 약 100만에 이른다고 한다. 이들을 단지 내셔널리티라는 객관적 표식에 의해 강요된 아이덴티티만으로 실질적인 복수의 아이덴티티를 살고 있는 이들의 다층성을 해명할 수 없음은 자명하다. 이들은 19세기적인 자민족 중심의 내셔널리즘으로부터 탈피하여 이중언어·이중문화의 이산적 구성체가 되어, 허구의 애스니시티(ethnicity)로서의 미국인이라는 관념을 가진, 즉 국가 횡단적인 에스닉 그룹이라 할 수 있다. 이들은 본국지향의 내

---

22) "디아스포라적인 공간은 글로벌하게 이산하면서 동시에 어떤 종류의 혼성적인 공동성을 계속 지향하는 이중성을 띠고 있다. 그리고 이 이중성 속에 이 공간의 포착 곤란성과 가능성이 공존하고 있다. 그것은 한편으로 결코 단순히 본질주의적인 민족 공동체로 회귀하지 않을 것이며, 또 한편으로 글로벌한 무경계(borderless)화로 해소되지도 않을 것이다. 오히려 경계는 사라지는 것이 아니라, 그 자체가 새로운 항쟁적 자장을 몇 겹이고 구성해 나갈 것이며, 민족이나 국민은 그러한 자장 속에 증식해갈 이산적인 네트워크에서 내파(內波)되어 갈 것이다. 우리는 이러한 경계, 정체성의 매개적이고 항쟁적인 장 속에서 국민 국가적인 공공성으로 회수되지 않을, 좀더 혼성적인 공적 공간이 부상하는 것을 계속 읽어 낼 생각이다." 강상중·요시미순야, 임성모 역, 「혼성화 사회를 찾아서 - 내셔널리티의 저편으로」, 『당대비평』, 10호. 2000년 봄호. (서울 :삼인, 2000), 228.

셔널리즘과 미국사회 내의 동화와 배제라는 틈새에 찢겨 이동과 귀속의 양의성을 살아내고 있다. 재미 한인의 경우, 미국이라는 다민족 합중국의 바다에 떠 있는, 디아스포라적으로 산종(散種)하면서 월경적으로 확대되는, 다국적·다문화적 혼성적 아시아 사회의 한 접촉면이다. 이들은 문화적 정체성에 있어서도 내부의 혼성적 차이를 지니고 있는데, 이는 혼란이나 분열을 넘어서, 복합적 정체성의 한 가능성으로 이해되어야 할 것이다.

디아스포라적 상태에 있는 이들 한인이민자들과는 달리, 한국인 여행자의 시선에 포착된 L.A.나 뉴욕 등의 한인타운은 20년 뒤처진 한국의 이태원 같은 풍경으로 비춰진다. 안정효 작품 세계에서 여행자가 전해들은, 미주지역 한인타운의 이민자들의 가장 큰 문제점은 공적 공간과의 '단절감'이다. 경제적으로 어느 정도 안착한 다음 이민자들은 공간만 넓을 뿐 '우리 속의 돼지나 양계장의 닭'과 별로 다를 바 없이 '앙가주망이 박탈된 삶', 즉 공적 공간에의 참여의 길이 막혀 있는 현실을 발견한다. "인권과 노동력이 한국보다 이곳에서는 상대적으로 높은 가치를 지니기는 했어도, 막상 낯설고 황량한 벌판에서 홀로 살게 되었을 때 그들은 사막에서 길을 잃은 기분"23)을 느낀다. 미국화에 실패하고 고국으로의 회귀를 결심하는 이민자의 가장 주된 이유도 이것이다. "인간을 인간으로 여기지 않는 썩은 권력이 군림하는 거지같은 대한민국을 버리고, 일종의 복수심 같은 쾌감을 맛보기 위하여" 미국행을 결심하였으나, 그들에게 미국은 '익명의 모래사막' 속에서 삶의 목적을 잃고 헤매거나, 개인주의의 팽배로 인해 '버려진 주검의 외로움'을 안겨다 주는 곳이었다. 결국 안정효의 소설에 등장하는 미국의

---

23) 안정효, 「회귀」, 『낭만파 남편의 편지』, (서울 : 민음사, 1995), 106.

한국인들은 아메리카 합중국이라는 나라는 돈을 벌기에는 좋을지 몰라도 동양인이 '씀바귀 같은 고향'으로 삼으면서 살기에는 적합하지 않은 곳이라는 사실을 깨닫고, 회귀를 꿈꾸게 된다.[24]

어느 관광객이 가지고 있던 만 원짜리 한국 지폐를 보고 반가워서 20달러를 줄 테니 팔라고 하던 산타아나 프리웨이 길가의 식당 주인. 처음 몇 년 동안 이민 생활이 너무나 고생스러워 가끔 밤이면 **산타모니카 바닷가로 나가 태평양 너머 한국 쪽을 쳐다보며 울고는 했다던 윌셔의 제과점 주인.** 한글로 적힌 만화와 책을 빌려다 보며 한국을 만났다고 착각하는 사람들. 따로 소일거리가 없어 저녁이면 모여 핏발을 세우고 고스톱을 치는 아주머니들. 미국에 처음 와서는 길에서 지나가는 한국인 얼굴만 보이면 하염없이 눈물이 나오더라던 캐나다 세탁집의 할머니. 버몬트 버스 정거장에 거의 날마다 나와 부채를 들고 벤치에 앉아 지나가는 차들을 멍하니 구경하며 소일하는 어느 할아버지....[25]

텍사스의 광활한 대지, 모든 것이 편안하게 바닥으로 깔린 풍경, 마음 놓고 자신을 숨겨도 좋을 만큼 넓은 땅, 텍사스 너무나 시달리던 나머지 한국을 버리고 나올 때 덕문이 가고 싶었던 곳, 아무도 없고 아무도 신경을 쓰지 않아도 좋을 광활한 **사막인 무인지대(無人地帶),** 너무 넓고 커서 개인성의 존재가 남들의 눈에 띠지 않는 나라, <아무도 없다>는 개념을 호흡함으로써 자신으로부터도 행방불명이 가능한 곳, 그러나 개인주의의 문제점이듯, 광활한 이곳에서 한 존재가 죽어도 시체가 다 썩도록 알지 못하는 곳, **버려진 주검의 외로움.**[26]

---

24) 안정효, 위의 작품, 107.
25) 안정효 「미국인의 아버지」, 『미늘』, (서울 : 열음사, 1991), 128 - 129.
26) 안정효, 「회귀」, 118.

결국 안정효 작품에 등장하는 한인이민자 1세대에게 있어 미국은 **디아스포라적 공간이었다.** 가난이나 정치적 이유 때문에 이주한 그들에게 미국은 경제적인 안착은 가능한 곳이었으나, 지역사회의 공적인 담론의 장에 정치적으로건, 사회문화적으로건 참여가 배제됨으로써, '쏨바퀴같은 고향'이 결코 될 수 없는 **결락감(欠落感)의 공간이었다.**

3 안정효 소설에 나타난 한국의 이미지

안정효에게 제3회 김유정 문학상을 안겨준 작품 <악부전(惡父伝)>(『현대문학』, 1991,11)은 집 안에서는 야수 같은 폭군이면서 집 밖에서는 초라한 존재인 부끄러운 아버지가 아들인 주인공에게 있어 고통의 근원임을 그리고 있다. 한국문학사에서 흔치 않는 이 악부(惡父)의 이미지는 곧 그의 다른 작품에서 조국에 대한 부정적인 인식이나 통찰로 연결된다. ≪헐리우드 키드의 생애≫에서 작가는 영화감독이 된 작중화자 '윤명길'과 '헐리우드 키드'인 '임병석'을 통해 가난하고 또 문화적으로도 불모지인, 한국전쟁 이후의 한국을, 다음과 같이 묘사하고 있다.

너무나 굶주리며 살았기에 모두들 포식해서 배 터져 죽는 것이 소원이었으며 비만한 여자들을 부잣집 마나님이라고 부러워했으며 똥배가 나온 사람을 보면 '사장배'라고 존경하던 시절, 구두창이 닳지 말라고 쇠로 징을 만들어 박아 쩔거덕거리며 돌아다니던 시절, 주인이 슬쩍 잘라 먹고는 해서 오징어 한 마리를 사려면 눈깔과 다리 열 개가 모두 무사히 달려 있는지를 확인한 다음에야만 돈을 내고는 하던 시절, 반찬이 아까워 보리밥 한 숟가락에 콩자반을 한 알씩 밖에는 먹을 수 없었던 시절, 병원에서 애 낳는 것은 사치여서 골목마다 조산원이나 산파 간판이 전봇대에 붙어 있던 시절, 조금 씹으면 단물이 다 빠져 찝질한 고무맛 밖에 안 나는데도 한참 씹은 껌을 책상다리에 붙여두고 외출을 했다가 돌아오면 다시 떼어 계속해서 씹고는 하던 시절, 접시 닦이가 식당에서 설거지나 하는 천한 일이라는 뜻인 줄도 모르고 미국에 이민 가서 접시 닦이로 돈을 잘 번다는 사람들 얘기를 들으면 그렇게 부러울 수가 없었던 시절, 그 시절은 **문화적으로 원시 시대**일 수 밖에 없었고 그래서 그 시대에 자라나던 우리들에게는 어떻게 성장해야 하는지를 가르쳐 줄 여유를 가진 사람이 아무도 없었다. **성장은커녕 생존도 힘들었기 때문에.**[27]

너무 배가 고파서 포식하다 배가 터져 죽는 것이 소원이던 시절의 한국. 작가의 표현에 따르면 "단체로 가난"해서 가난이 오히려 특별하지 않던 6 · 25 직후 한국의 이미지는 한마디로 '가난'과 '문화적인 원시시대'이다. 성장은커녕 생존이 문제이던 시절, 한국의 '누추한 현실'에는 '가난'뿐 아니라 폭력적인 아버지나 선생님의 존재가 표상하는 비민주적이면서 세련되지 못한 문화적 환경도 포함되어 있었다. 따라서 단체기합이나 매질로 윽박지르는 부모나 선생님만 겪어온 '벼랑창' 아이들에게 '간곡히 설득하는 아버지'의 존재를 보여준 헐리우드 영화 속 서양세계는 꿈이 되고 희망이 되기에 부족함이 없었다.

딱딱이 역사선생이 나왕 나무를 곱게 깎아 떡살만하게 만들어 출석부와 함께 들고 다녔던 몽둥이는 결코 '사랑의 회초리'는 아니었으며, 그토록 무수한 학생이 그 몽둥이로 뒤통수를 후려맞고도 죽은 사람이 하나도 없다는 것이 나로서는 늘 신비처럼 여겨졌었다. 웬만한 선생들

---

27) 안정효, 『헐리우드 키드의 생애』, (서울 : 민족과 문학사, 1992), 68 - 69.

은 항상 몽둥이를 휴대하고 다녔으며, 유도 실력이 대단했던 수학 선생 왕두꺼비는 단체 기합을 줄 때면 아이들을 줄지어 교탁 앞에 세워 놓은 다음 하나씩 교단에서 복도로 집어던지는 괴력으로 유명했었다. 아무런 저항의 권리가 없었던 우리들은 이렇듯 맹렬한 사랑의 매를 맞아야 하는 현실로부터의 도피처를 청소년을 조금이나마 인간답게 대우해 주는 영화에서 찾고는 했다. 이 세상 어디에서인지는 우리들처럼 어린 인간들이 저렇게 마음 놓고 살기도 하는구나 생각하면서. 진 네굴레스코 감독의 <축복(Count Your Blessings)>에서 롯사니 브릿지가 어린 아들을 주먹으로 후려갈기는 대신 아비의 뜻을 따라 달라고 간곡히 설득하는 장면을 보고 나는 **아, 서양에는 저런 아버지도 있구나 하면서 얼마나 감격했었던가.**[28]

병석이와 내가 <녹원의 천사>를 보았던 것은 1950년대, 지금의 신세계 백화점 건물 5층에 있던 삼류 극장 동화 영화관에서 였는데, 나는 그날 참으로 억울하다는 생각을 했었다. 그 영화에서는 열두살 난 엘리자베드 테일러가 주인공이었는데, 구질구질하기 짝이 없는 나의 삶과는 달리 그녀는 꽃이 만발하고 갈매기들이 날아다니는 바닷가에서 꿈을 키우며 말을 타고 달리는 소녀였다. 고양이 먹이 통조림이 될 운명에 처한 애마를 구하기 위해 세계 최고의 경마 대회에 나가려고 말이다. 그리고 옛날 수영 선수였던 어머니는 엘리자베드 테일러에게 이런 아름다운 충고를 했다. "누구나 일생에 한번쯤은 쓸데없는 일에 열중할 필요가 있는 거야. 너희 아빠는 쓸데없는 일의 중요성을 알지 못하지만 말이다." 이 영화를 찍다가 낙마 사고를 당해 엘리자베드 테일러가 요즈음에도 그 후유증으로 무척 고생을 한다고는 하지만, 그 후유증은 먹을 것이 없어서 퀭한 눈과 쓰라린 뱃가죽으로 고생하던 우리들의 현실에 비하면 그 또한 얼마나 **화려한 고통**이었던가.[29]

---

28) 안정효, 위의 작품, 27.
29) 안정효, 위의 작품, 49.

'먹을 것이 없어서 퀭한 눈과 쓰라린 뱃가죽으로 고생하던 벼랑창 아이들'에게 '고양이 먹이 통조림이 될 운명에 처한 애마를 구하기 위해' 세계 최고의 경마대회에 출전하는 문제를 놓고 고민하는 영화 <녹원의 천사>속 엘리자베드 테일러의 모습은 '화려한 고통'이었다. ≪헐리우드 키드의 생에≫에 나타난 전후(戰後) 한국의 이미지는 물질적인, 그리고 문화적인 의미의 총체적 '빈곤'이라 할 수 있다. 전후의 한국현실과, 2차 세계대전의 승전국으로서 세계 최고의 경제대국으로 부상하기 시작한 1950 - 60년대 미국을 배경으로 한 헐리우드 영화 속 미국과의 거리는 '벼랑창' 아이들에게는 절망적인 것이었다. 주지하다시피 미국은 헐리우드 영화를 통해 전 세계에서 가장 영향력 있는 문화주도국으로 자리해 왔다. 이미 1960년대에 헐리우드 영화는 미국문화의 전위대로서, 전세계인에게 의식적으로든 무의식적으로든 서구중심주의 내지 미국중심주의를 주입시켜 왔다.[30] 헐리우드 영화는 제작 당시의 미국사회를 반영함은 물론, 미국인들에게조차 꿈인 미국의 이미지를 생산해내기도 하였다. 미국 영화산업의 활성기였던 1950 - 60년대 헐리우드 영화는 이미 이미지 생산의 주체로서 미국인들에게조차

---

30) 유재건은 그의 논문, 「근대 서구의 타자 인식과 서구중심주의」에서 오늘날 미국 중심의 서구중심주의(Eurocentrism)는 보편주의의 이름으로 타자를 배제하는데, 이때 서구중심주의자들이 말하는 '문명'은 복수의 문명이 아니라, 야만에 대조된 단수의 문명이라고 주장한다. (『역사와 경제』, 46호 2003.3. 부산경남사학회. 32 - 37.) 또한 강정인과 안외순은 서구중심주의(Eurocentrism)는 한국의 전통사회에 지대한 영향력을 행사한 중화주의(Sinocentrism)와 그 기원은 유사하나, 보편적 역사주의나 근대주의의 탈을 쓰고 있기 때문에 더욱 문제적이라고 지적하기도 한다. 결국 미국 중심의 서구중심주의는 타자를 바깥으로 배제하는 저차원의 자기중심주의가 아니라, 보편주의의 틀 안에서 타자를 수용하되 위계적인 권력관계로 재구성하는 뛰어난 전략적 장치라는 것이다. 이 담론의 틀 안에서는 문명화 가능성의 지평 안에서 상상된 타자는 동질화와 차별화가 동시적으로 진행되는 대상이 되고, 지역간의 불균등 발전은 이들의 물질적 토대로서 발전·강화된다는 것이다. 강정인·안외순, 「서구중심주의와 중화주의의 비교 연구」, 『국제정치논총』, 제40권 3호 2000.11. 103 - 104.

꿈인 미국을 그려내고 있었다.[31] 따라서 전후 한국사회에서 본 헐리우드 영화 속의 미국의 모습은 한국과의 격차로 인해 '벼랑창 아이들'에게 고통으로 다가왔다.

성년에 이른 등장인물의 눈에 비친 한국의 이미지는 유년기의 그것과는 또 다른데, 이때 가장 고통스럽게 다가오는 한국의 현실은 '정치적 낙후성'이었다. 중편소설 <회귀(回歸)>의 다음 대목을 보자.

오랜 독재 통치 밑에서 정치인들은 정통 정치의 **훈련을 받을 만한** 기회가 없어 오히려 시민과 학생의 정치의식이 앞서 나가는 가운데 교착된 정국의 해결점은 막막하고, 지랄탄과 닭장차와 전투 경찰과 가택 연금과 선동적인 구호가 일상생활이 되고, 산업경제는 첨단으로 치닫는다면서 **정치는 원시 상태를 벗어나지 못하고,** 분단국가로서 북한의 남침 위험을 이승만 자유당 정권 시절부터 선전과 방편과 군사 독재 정권을 정당화하는 구실의 다양한 함수로서 받아들이는 현실 속에서, 계속되는 데모와 분규 속에서, **미래가 너무나 불투명한 나라에서** 는 국가의 위기가 너무나 직접적으로 모든 개인에게 압박해 왔으며, 그래서 인간으로서의 주체성을 간직하기가 너무나 힘겨운 일이었다. 문화가 깊이와 역사와 예술성을 지니기에는 너무 **불안한 풍토여서** 머나먼 미래를 내다볼 여유가 없고, 유치하고 **저속한 껍질의 화려함을 벗기면 진실의 알맹이가 존재하지 못하는** 환경, 지하 매체와 통신 수단이 극단적으로 발달하는 데도 일제 시대의 통제 방법으로 선전과 강제 설득으로 정치를 하려는 군대 출신의 사람들, 이러한 **과분수 사회 구조** 속에서 그는 마냥 허우적거렸다.[32]

---

31) Marc Fero, Cinema et Historie(1993), 주경철 역, 『역사와 영화』, (서울 : 까치, 1999), 19.
32) 안정효, 「회귀」, 123.

<회귀(回歸)>의 주인공 ‘조덕문’은 한국에서 국문과 교수였으나, 정치적 현실의 낙후성을 견디다 못해 ‘대학교수의 정치적 양심선언’의 주동자로 나섰다가 이후 그것이 문제가 되자, 학교를 그만두고 동생의 초대로 미국에 간 인물이다. 그의 진술을 통해 묘사된 한국의 현실은 정치적인 불안과 폭력의 잠재성이 항존하는, 한마디로 정치적인 후진국의 이미지로 나타나 있다. 한국의 정치적 현실에 대한 비판적인 인식은 안정효의 작품에서 자주 목도되는 요소이다. 장편소설 ≪나비소리를 내는 여자≫에서도 한국의 정치이야기는 독재자 이승만이 하와이에서 보낸 말년 이야기에 이르기까지 다양하게 제시되어 있다. 하와이에 이민온 ‘세석’과 한국인 불법체류자인 ‘예진’의 대화에서도 한국인의 시간관념이나 김포공항의 악질 택시 운전수 이야기, LA의 한국인 청소년 갱 이야기, 미국의 한인 슈퍼마켓에서 빌려주는 한국 텔레비전 방송 프로그램 이야기, 한국식으로 탈세하다 IRS에 꼬리가 잡혀 혼쭐이 난 교포 상인 이야기 등이 등장하는데, 이들은 주로 부정적인 한국, 한국인의 이미지를 강화한다.

또한 중편 <미국인의 아버지>에서 LA에서 관광업을 하는 한인이민자 ‘우식’에게 한국의 부유한 중장년 남자 관광객들이 “깜둥이 창녀하고 붙여달라거나 호텔에서 침모로 일하는 멕시코 여자하고 어떻게 안 되겠느냐”고 하면서 뚜장이 노릇을 요구하기도 한다. 그 때 주인공 ‘우식’은 심한 굴욕감과 반발의식을 넘어 어떤 민족적인 열등의식마저 느낀다. 타일바닥에 가래침이나 뱉는 사람들의 시중을 들어가며 밥벌이를 해야 하는 자신의 처지를 생각하면서 ‘우식’은 스스로를 영원히 낯선 나라의 나그네로 느낀다. 언어장벽과 문화적인 이질감 때문에 현지 문화에의 적응은 어렵다 할지라도, 그것을 넘어선 어떤 후진적이고 낮은 수준의 민도를 지닌 한국인의 모습들에서 ‘우식’은 굴욕감과 반

발의식, 그리고 열등의식을 느낀다.

안정효의 소설에서 한국의 이미지는 이렇듯 부정적인 것 일색만은 아니다. '가난'과 '문화적 불모지', '정치적 후진성'과 '저급한 수준의 민도'의 이미지로 나타난 한국은 그럼에도 불구하고 '씀바귀 같은 고향'으로서의 이미지를 동시에 갖고 있다. 이러한 모습은 주로 회상의 장치를 통해 과거의 기억으로 제시된다. 다음은 <황야(荒野)>에 나오는 주인공 '병구'의 회상 부분에 나타난 한국의 모습인데, 부정적인 이미지에서 긍정적인 것으로 옮아가는 과정이 시간상으로 현재에서 과거로의 퇴행과 병행구조를 이루고 있다.

참으로 보잘 것 없었던 그들의 소년기에는 별로 추억거리라고 내세울 만한 얘기도 없었다. 나약하고 가난한 나라를 정치모리배들이 짓밟던 이승만 시절, 그들은 야경비를 낼 돈이 넉넉지 못한 부모의 가난 때문에 '몸으로 때우느라고' 여름밤이면 직접 딱딱이를 치며 장터 야경을 돌고, 마포 종점으로 땅바닥에 떨어진 전차표를 주우러 가거나 용돈을 벌기 위해 신문을 팔고, 개울가 오리장으로 가서 오리알이나 훔쳐다 삶아 먹고, 딱지와 구슬치기와 경보극장 '쌔벼 들어가기' 와 전차 레일에다 못을 납작하게 눌러서 칼을 만드는 따위의 장난이 고작인 세월을 보냈다. 전후의 눈 덮인 벌판에서 연을 날리던 시절, 아름다움과 꿈이라고는 전혀 없던 시절, 참으로 멋도 없고 추억도 없던 시절, 가난하고 슬펐기 때문에 그 억울함을 공통된 재산으로 삼았던 시절, 그 시절이 너무나 궁핍했기 때문에 어린 시절의 그들은 인간끼리나마 서로 아끼지 않으면 안 되었었다. 간직할 것이 없었으므로 해서 그들은 서로 상대방을 소중히 간직했고, 줄 것이 없었기 때문에 우정을 그만큼 더 베풀어 주면서[33]

---

33) 안정효, 「荒野」, 『미늘』, (서울 : 열음사, 1991), 175.

가난하고 슬픈 기억 속에 보석처럼 빛나고 있는 것은 바로 유년의 우정이다. 안정효의 작품에서 우정은 매우 드물게 긍정적으로 묘사된 가치인데, 이는 주로 '풋스러움'의 시절인 유년과 청년기로 거슬러 올라간 과거의 기억 속에서만 존재하는 것으로 설정되어 있다.

> 병구가 어떻게 그 옛 시절을 잊겠는가? 마음의 현이 가냘퍼 감정의 충격이 강렬하던 시절, 개울물과 별빛이 유난히도 맑고 밝아 보이던 시절, 숨김이 없어서 모든 표정이 선명하던 시절, 일기장이 그토록 소중하게 여겨지던 시절, 삶의 더러움을 타지 않아 그만큼 여리고 나약했으면서도 순결의 힘찬 활력을 지녔던 시절, 겁내지 않고 웃을 줄 알았던 시절, 영원할 듯만 싶었던 그 시절의 꿈과 믿음과 소망과 사랑 그리고 슬픔, 그 가운데 지금까지 고스란히 남은 것이 무엇이었나? 이제는 마음까지도 늙었고, 평생 서로 가장 소중하리라던 네 사람의 친구는 뿔뿔이 흩어져 기나긴 세월을 따로 보냈다.[34]

마음의 현이 가냘프던 시절, 개울물과 별빛의 맑음을 볼 줄 알던 시절, 여리고 나약했지만, 겁내지 않고 웃을 줄 알던 시절이 바로 그 '가난'과 '문화적 불모지'와 '정치적 후진성'의 공간을 그나마 견딜 수 있게 해 준 힘이었다. 안정효 소설에서 한국인들의 미국 이주의 동기는 가난이나 정치적인 후진성으로 제한되어 있어 다양한 양태의 이민이 존재하는 오늘의 현실과는 다소 거리감이 있다. 어쨌든 이들은 결국 '앙가쥬망이 없는' 미국에서의 삶을 견디지 못하고 한국으로 회귀하는 구조를 보이는데, 이들 주인공들이 회귀를 결심하게 하는 이유는 바로 '쓴바퀴 같은 고향'과 '풋스러움'에의 기억 때문이다. 안정효 소설에서 회귀를 추동하는 요소가 현재가 아닌, 기억 속의 것이기 때문에 주인

---

34) 안정효, 위의 작품, 167.

공들의 회귀는 결코 완전한 귀국으로 이어지지 못한다. 한인이민자들이 향수에 시달리다 고국을 방문하지만, 한번만 방문하게 되면 다시는 그 같은 향수병에 시달리지 않게 된다는 체험을 설파하는 다음의 대목에서 이같은 사실은 확인된다.

> 미국 생활을 2년쯤 해서 이 곳 문화에 자신도 모르게 제법 길이 들어 있을 무렵에 막상 한국으로 돌아가서 보면 "길거리에서 밀치고도 미안하다는 말 한 마디 없는 무례한 사람들이나, 창피하기 짝이 없을 정도로 부패한 정치가들의 꼬락서니나, 더러운 도시의 길거리나, 아무데서나 침을 뱉고 지하철에서 습관적으로 새치기를 하는 젊은이들과 대학생들이나, 일류대학을 졸업하고도 취직이 안되는 좁아터진 조국에서 노동력을 착취당하는 가엾은 사람들이나, 불친절하기로 세계 제일이라는 악명 높은 서울의 택시 운전수들과 한국인들의 미치광이 같은 운전 습관 따위의 야만적이고도 고질적인 흉터들을 다시 접하고, 그러면 미국에서 사는 동안 잊고 있었던 한국의 추악한 양상들이 갑자기 기억에서 되살아나기 때문이라고 사람들은 말했다. … (중략)… 말하자면 한국을 다녀온다는 것은 결국 한국을 완전히 잊고 그리움과 미련을 버리기 위해서 치르는 무슨 예식이나 아니면 어떤 충격 요법하고 마찬가지예요 …어쨌든 그런 식으로 일단 고향을 다녀오고 나면 이곳이 타향이라는 감각도 별로 없어지고, 대한민국이 조국이라는 사실도 아득한 하나의 개념으로 밖에는 존재하지 않게 된답니다. 고향이란 어린 시절의 모든 것이 그렇듯 막연히 마음속에 간직하고 싶은 하나의 소망으로서만 남게 되죠 오랜 세월이 흐른 다음에 헤어진 첫 사랑의 여인이 좋은 시절을 다른 남자에게 모두 쏟아 넣고 쭉정이 껍데기만 남아서 다시 찾아오면 한번은 만날지언정 다시는 보고 싶어지지 않는 그 심정 이해하시죠?"[35]

---

35) 안정효, 『나비 소리를 내는 여자』, 33 - 34.

이민자들에게 고국방문은 고국과의 완전한 결별을 위한 통과의례 같은 것으로서, 결국 고국의 낙후된 문화적 환경과 낮은 민도를 그들에게 재확인시켜 줄 뿐이다. 이상의 사실들을 종합해 보면, 안정효 작품 속에서 한국의 이미지는 가난, 문화적 불모지, 낮은 민도, 정치적 후진국, 비민주적 유교문화 등을 통해 대체로 부정적으로 형상화되어 있음을 알 수 있다.

 4 미국과 한국의 공간적 대립구조로부터의 탈출 : 유년(기억)으로의 퇴행

안정효의 문학에서 한국과 미국이라는 국가적, 지역문화적 대립구도는 후반으로 갈수록 세대론적인 대립구도로 변모되어 간다. <미국인의 아버지>에서 '우식'과 딸 '미아'의 사고방식의 차이가 초반에는 한국인과 미국인의 차이로 부각되다가 후반으로 갈수록 가족주의적 사고에 젖어있는 구세대와 개인주의적 가치관을 지닌 신세대의 대립으로 갈등의 구조가 변화된다. 개성을 존중하고 차이를 다양성으로 이해하기보다는 동질적인 집단의식을 강조하는 유교적 가족주의 문화에 뿌리를 둔 '우식'은 마리화나나 마약을 해 본 경험을 아무렇지도 않게 아빠에게 말하며 남자친구들과 캠핑 갈 준비를 하면서 콘돔을 챙기는 딸을 받아들일 수가 없다. '우식'은 그러한 딸의 행동들이 '과잉 섹스의 나라, 미국' 때문으로 이해하고, 딸이 미국화되어 도덕관념이 붕괴된 결과로 생각한다. '우식'은 끝내 "너는 미국인이지만, 나는 한국인이란 말야!"[36]라고 외칠 뿐, 미국인인 딸의 사고방식에 반박하지 못한다. 한

---

36) 안정효 「미국인의 아버지」, 『미늘』, (서울 : 열음사, 1991), 161.

인 이민 2세대로서 미국인인 딸과 한인 이민 1세대로서 여전히 문화나 정서적으로 한국인인 '우식'의 갈등은 미주 한인 사회의 세대 간의 문화적인 격차의 문제를 잘 보여준다. 한인이민자 사회에는 언어와 사고방식에 있어서 미국화가 되어가는 한국인과 미국화가 잘 되지 않은 한국인, 그리고 완전한 미국인이라는 세 가지 존재 양태가 혼재한다. 미국화의 정도에 따라 전혀 다른 문화를 체험하고 있는 이들은 단일한 내셔널리티로 규정할 수 없는 혼성적 문화집단이다. 거기에 세대론적인 갈등이 첨가되면서 한국의 구세대와 미국의 신세대 간의 대립으로 구도가 확장되면서 갈등의 폭이 심화되고 있다.

안정효의 소설에서 '우식'처럼 이민자이지만 정서적으로는 여전히 한국인인 디아스포라적 상황에 있는 등장인물들이 그리워하는 한국의 전통문화는 장유유서와 가부장제적 질서이다. 일례로 <미국인의 아버지>에서 '우식'은 어른들과 함께 한 파티에서 여자애가 담배를 피우는 장면을 목격하고 화를 내거나, ≪나비 소리를 내는 여자≫에서 주인공 '세석'이 아내와 이혼 후 자신이 원하는 이상적인 부인상에 대해 다음과 같이 술회하고 있는 부분이 이를 입증한다.

이상적인 결혼 생활이니 현모양처이니 바람직한 여성상이니 하는 계통의 어휘들과 연관지어 세석이 생각하던 개념들이랄까 소망 사항들, 그것들은 비교적 간단하고 단순한 것이었다. 그가 결혼한 다음 같이 살 게 될 아내에게서 바랐던 바는 출근하는 남편에게 구두를 닦아 내놓고 양복저고리를 입혀 주고 손수건을 차곡차곡 접어서 챙겨 호주머니에 넣어 주면서 일찍 집으로 오면 맛있는 반찬을 준비해 놓겠다고 약속한다든가, 벌어 온 돈이나 작은 선물을 손에 쥐어 주면 필요 이상으로 감격한다든가, 창턱에 가끔 꽃을 화려하게 늘어 놓는다거나, 비오는 날 저녁 우산을 들고 그의 퇴근길에 나와서 기다려 준다거나,

외출을 나가면 팔짱을 끼고 남편에게 기대기를 좋아한다거나, 지나가
는 예쁜 여자를 쳐다보는 남편을 질투하느라고 제법 흘길 줄도 안다
거나 하는 정도였다.[37]

위의 인용문은 미국 이주민인 한국인 남성 '세석'이 생활의 근거지가
하와이임에도 불구하고 일상생활의 사고방식이나 가치 체계의 일정 부분
에서 여전히 유교적이고 가부장제적인 문화에 완강히 뿌리내리고 있음을
보여준다. '세석'의 이상적인 여성상은 유교적인 전통에 연루된 '현모양
처'이다. 그리고 그것은 다분히 가부장적인 남성 중심의 면모를 지닌다.
흔히 한국전쟁 이후 전통적인 가치와 규범체계는 약화되고 상대적으
로 근대적인 의식, 즉 물질주의와 개인주의적 요소가 새롭게 유입되거
나 형성되었다고들 말한다.[38] 이러한 논리를 펴는 사람들이 말하는 한
국사회의 전통적 가치는 자연에 대한 순응과 조화, 위계에 상응하는 규
범과 가치의 존중, 그리고 가족, 지역공동체, 국가공동체 등 여러 수준
의 집합체 가운데서도 특히 '가족주의적 집합주의'를 특징적으로 꼽는
다. '효'의 윤리가 백행의 근본으로 규정되고 모든 사회윤리의 원형으
로 인식되며, 지역공동체·국가공동체까지도 혈연적 가족관계의 연장
으로 파악되어 온 것도 이 때문이다.[39] 안정효 작품에 등장하는 미국화
에 실패(?)한 주인공들도 대체로 이러한 한국의 전통적 가치를 존중하
는 인물들로 그려져 있다. 이에 반해 신세대이자 미국인이 된 한인이민
자 2·3세대들은 미국적 가치를 표상하는 데, 그 구체적인 내용은 자
유로운 성(性) 관념, 거침없는 자기주장, 개인주의적 행동태도 등이다.

---

37) 안정효, ≪나비 소리를 내는 여자≫, 82 - 83.
38) 유팔무, 「한국전쟁과 문화운동」, 『아시아문화』, 제16호 2000.12. 215.
39) 임희섭, 「해방후의 대미인식」, 유영익·송병기·양호민·임희섭, 『한국인의 대미
　　인식』, (서울 : 민음사, 1994), 98 - 100.

여기서 미국화 된다는 것, 혹은 미국적 가치를 받아들인다는 것은 무엇일까? 이에 대해 미국인의 해답은 안정효 소설의 경우와 많이 다르다. 미국의 가치에 대해 연구한 미국인 학자 콜스(L. Robert Kohls)는 미국의 가치를 13개 항목으로 정리한 바 있다. 그가 말하는 미국적 가치는 인간에 의한 환경의 지배, 변화에 대한 낙관, 시간관리, 평등, 개인주의와 사생활, 자조자립정신, 경쟁과 자유기업, 미래지향, 행동지향, 격식을 차리지 않음, 솔직 개방 단도직입, 실용성과 효율성, 그리고 물질추구 등이다.40) 미국인들이 생각하는 '용감한 자들의 땅(land of the brave)'으로서 미국의 이미지에는 서부 정복시에 있었던 인디언 대학살이나,41) 노예 해방 전쟁, 그리고 월남전을 비롯한 많은 국지전의 도발국으로서의 미국의 이미지는 없다.42) 그러나 유럽인들의 경우, 미국 혹은 미국적 가치에 대한 인식은 또 다른데, 유럽인들은 우선 유럽과 미국의 공통점보다는 차이점에, 그리고 미국이 갖는 긍정적인 측면보다는 부정적인 이미지를 강조하는 특성이 있다. 이들은 미국의 근대 자본주의적 물질문명의 역동적인 발전에 대한 감탄이나 사회진보에 대

---

40) L. Robert Kohls, "The Values American Live By," in *Explorations in American Culture*, ed Kathrine Jason and Holly Posner (Boston : Heinle&Heinle Publishers, 1995), 4 - 12. 신조영, 「미국적 가치관 비판: 개인주의와 물질주의를 중심으로」, 『미국사연구』, 제13집. 2001,5. (서울 : 한국미국사학회, 2001), 194에서 재인용.

41) 미국은 실제로 인디언 거주지역에서 대학살을 자행하였으며, 인디언들의 주식의 하나인 버팔로를 몰살시키고 그곳을 백인들의 주식인 쇠고기 생산을 위한 목초지로 만들어 가축의 사육지로 만듦으로써 서부개척은 물론, 인디언조차 자신들이 생산한 쇠고기의 수비자로 만들었다. Jeremy Rifkin, Beyond Beef (1993). 신현승 역, 『육식의 종말』, (서울 : 시공사, 2002), 제2부. 미국 서부 정복기, 75 - 134, 참조.

42) 미국의 5학년과 8학년 학생들을 대상으로 하여 실제로 The origins of the United States와 관련해 미국의 역사에 대해 연구한 한 조사에 따르면, 학생들은 실제로 이에 대해 공부하지만 the arrival of European settlers, the French and Indian War, the Revolutionary War, the Declaration of Independence, the U.S. Constitution 사이의 관련성에 대해 잘 말할 수 있도록 교육되지 않고 있는 것으로 나타났다. Wertsch, Mind as Action, (New York Oxford : Oxford University Press, 1998), 81 - 87.

한 기대감보다는, 미국 자본주의 속에 내재한 문화적 천박함, 미성숙 내지는 야만성을 강조한다. 유럽의 교양시민층은 우월한 유럽의 '문화'와 미국의 천박한 '문명'을 자주 비교하곤 한다.[43)]

이렇듯 어떤 종족이나 국가 혹은 집단의 대미관은 그 집단의 자기인식과 연관된다. 안정효의 작품에 등장하는 한인이민자의 시선에 포착된 미국의 이미지는 물질적 풍요, 문화적인 세련성, 성적 타락과 에이즈·마약 등의 문제, 안하무인격의 부정적인 뉘앙스의 개인주의적 가치체계로 묘사되어 있다. 반면, 한국의 이미지는 가난, 문화적 불모지, 정치적 후진성, 유교적인 전통문화의 이미지로 제시되어 있다. 또한 시간의 관점에서 볼 때, 한국은 유년의 기억 등 과거를 표상하며, 미국은 현재와 미래를 표상하는 것으로 나타나 있다.

결국 안정효의 작품 속 등장인물들은 한국과 미국이라는 공간적 대립구도 속에서 그 어느 곳에서도 안주의 공간을 발견하지 못하고, 유년기의 따뜻한 기억과 우정이라는 과거로의 퇴행 속에서 일시적인 안식을 발견한다.

---

43) 이들이 말하는 '문화'는 이상적인 교육 내지 교양과 밀접하게 결합된 채 시민계급의 자기 정당화를 위해 외면적인 '문명'과는 다른 내면적이고 정직하며 정신적인 가치를 의미하는 개념을 말하고, '문명'은 피상성, 외면적 예절, 비정직성 등을 의미하는 부정적인 용법으로 사용된다. 또한 유럽인들은 세계의 위협적인 미국화에 대해 우려를 표명하기도 한다. 나인호, 「'미국'과 '미국적인 것'에 대한 독일인들의 인식」, 『미국사연 구』, 제16집. 한국미국사학회, (2002.11), 306 - 307.

 # 혼성화 사회와 내셔널리티의 문제

이 논문은 안정효 소설이라는 텍스트를 통해 한국인의 심상에 그려진 미국의 다양한 이미지를 객관화시켜 보고자 한 데서 시작되었다. 나아가 혼성화 사회를 향해 가고 있는 작금의 현실 속에서 우리에게 있어 미국은 무엇인지, 또한 이민자 집단과 같은 월경적인 존재들에게 있어 내셔널리티란 무엇인가에 대해 다시 한번 생각해 보고자 기획되었다. 작가 안정효가 LA나 뉴욕에서 미국을 본 것이 아니라 한인이민자사회를 본 것처럼, 본 논문은 미국·미국문화라는 코드를 통해 한국인의 이문화에 대한 인식태도와 문화적 정체성의 문제를 생각해 보고자 구상되었다.

본문을 요약해 보면, 이민자들의 삶을 다룬 안정효 소설은 대체로 한국과 미국의 이분법적인 공간적 대립구도를 근저로 하고 있다. 작품 속에 제시된 한국과 미국의 이미지는 대체로 부정적이었으며, 등장인물들은 양대 지역적 대립구도에서 안주의 공간을 발견하지 못한 채 유년의 순수와 우정이라는 기억의 시간 속으로 결국 퇴행하는 구조를 보인다. 결국 이들은 현재나 미래가 아닌, 과거에서 안식을 발견하고 있기 때문에 과거의 기억을 찾아 떠나는 고국으로의 일시적 회귀는 끝내 정주로 이어질 가능성은 거의 없는, 어쩌면 완전한 탈한국을 위한 통과의례적 성격을 띠는 것으로 나타났다.

안정효의 소설에서 해외 이민자들의 삶의 재현양상은 본래의 국적에서 이탈하여 다른 나라의 이주민이 된 에스닉 그룹의 문화적·정치적 내셔널리티의 인식에 대한 전향적인 사고가 필요함을 웅변하고 있다. 특히 미국에 이주한 한인이민자들에게 미국은 무엇이며, 내셔널리티는 무엇이며, 한국과 미국의 문화적 차이는 어떻게 극복해 가야할 것인가에 대해 문제제기는 한국근대소설사에서 독특한 안정효의 문학적 주제의 하나라고 할 수 있다.

주지하다시피 미합중국은 그 자체로 선례가 없는, 역사의 새로운 실험이기 때문에 도전과 변화를 본질로 한다. 현재까지 미국은 풍요한 자연자원과 이민의 다량유입, 미국적 가치의 형성이라는 토대 위에 막강한 경제대국으로 성장해 왔다. 대외적인 영향력 뿐 아니라, 내부적으로도 최상위층과 최하위층을 뺀 중간계층 60%가 국민총생산의 반을 차지하며,[44] 67%의 인구가 가옥을 소유하고 있고 인구의 반 이상이 대학에 진학하는 등,[45] 견실한 경제구조를 가진 나라이다. 그런데 최근 '자유를 위한 전쟁'을 표방했던 미국이 '전쟁을 위한 자유'를 구가하는 듯한 조짐을 보이면서 민주와 자유의 모델로서 갖는 미국의 위상은 다소 퇴색되고 오히려 미국의 패권화(覇權化)에 대한 우려의 목소리가 높아가고 있다.

이러한 시점에서 우리의 미국에 대한 올바른 이해와 적절한 관계의 설정은 한국 내의 미국화 경향과 미국 내 한인 이민자 사회의 문화적 정체성의 문제를 동시에 고려한 것이어야 할 것이다.[46] 국가횡단적인 (transnational) 공간으로서 글로벌 시티(global city)가 많아질수록 세계

---

44) 김형인, 「미국 사회주의의 좌절」, 『미국사 연구』, 제14집. (2001,11), 132.

45) 김형인, 위의 글, 149.

46) 미국에서의 베이스볼(baseball)과 한국이나 일본에서의 야구가 다르고, 미국의 젠 (Zen)이 한국의 선과도 다르고 일본의 선과도 다른, 즉 변용된 것이다. 그것들은 이미 혼성적인 산물인 것이다. 동아시아에서의 미국화는 주로 대중문화와 대중소비에서 두드러진 반면, 미국의 아시아화는 정신적인 방면, 즉 수묵화와 같은 동양예술이나 선불교의 영향, 그리고 인도의 힌두교의 영향 등으로 그 내용에 있어 다르다. 하세봉, 「동아시아는 미국의 문화제국주의의 식민지인가」, 『역사와 경제』, 46호 (2003,3), 118 - 119.

적인 대도시의 월경적(越境的, border-crossing)인 네트워크와 이민자 집단의 격리된(segregative) 지역 문화는 중층적으로 교차하며 중심부로 침투하게 될 것이다. 따라서 이들 지역적(regional) 공간과 디아스포라적 환경에 처한 이민자집단은 국가 횡단적이고 지방적인(local) 다층적 권역으로 이해되어야 할 것이다.[47] 또한 이민자 집단 외에도 미래사회로 갈수록 문화의 혼성화 현상은 주변부와 중심부를 떠나 불가피할 것으로 예견된다.

여기서 문화의 '혼성화'(hybridization)란 외래문화의 수용과 배제 (reception / rejection)를 통한 변증법적 변화를 의미한다. 미국의 이민자 집단에서건 한국사회 내부의 미국화이건, 한국문화와 미국문화의 접촉 부면에서 생기는 한인이민자 집단의 '미국화'(Americanization)와 미국내 한국문화의 유입으로 인한 문화적 변용들은 동시적인 현상이므로, 이제 자기사회의 과제해결과 다른 나라의 변혁이 불가분의 관계에 놓이게 되었다. 따라서 타자나 이(異)문화에 대한 정확한 이해는 올바른 자기 정체성과 자문화 이해의 선행조건이 된다. 뿐만 아니라, 개별 인자의 차원에서건, 민족적인 단위에서건 자존감은 자신에 대한 평가에 기초한 전반적인 자기감정(Feeling of Self)을 말하지만,[48] 이는 결국 타자라는 존재에 의해 규정되어지는 부분이 있는 개념이기 때문에,[49] 특별히 타자나 이(異)문화에 대한 열린 시각과 태도가 요청된다.

이러한 맥락에서 볼 때, 본 논문에서 다룬 안정효의 작품들 속에 형

---

47) 강상중·요시미슌야, 앞의 글, 211.

48) 전은경, 「자존감의 개념적 고찰과 분석」, 숙대 학생생활상담소, 『학생생활연구』, 제23집. (2001,2), 41-66.

49) *Buss, A. Personality, Temperament, Social Beavior, and the Self*, Needham Heights. MAS Allyn & Bacon, 1995. 서수균·권석만, 「자존감 및 자기애 성향과 공격성의 관계」, 『한국심리학회지』, 제21권 제4호 (2002,11), 812에서 재인용.

상화된 디아스포라적인 존재로서의 미주지역 한인이민자들의 삶의 모습들은, 실질적으로 복수의 내셔널리티를 살고 있는 이들의 문화적인 혼성화 상태를 혼란이나 분열로 파악하기보다는 복합적 정체성의 한 가능성으로 이해하여야 할 것임을 웅변하는 텍스트로 이해되어야 할 것이다. 한국 대 미국의 대립구도 속에서는 어느 곳에서도 안주의 공간을 발견하지 못하는 이들의 모습은 결국 민족적 귀속성이나 문서상의 내셔널리티의 차원을 넘어서, 포스트모더니즘 사회의 문화적 혼성화 현상에 대한 새로운 인식의 필요성을 제기하는 에스닉 그룹으로서 이들을 새롭게 인식할 때가 되었음을 말해준다.

3 이효석 作 ≪벽공무한(碧空無限)≫(1941)에 나타난 중국과 러시아

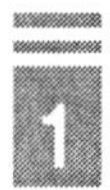 이효석 문학과 북국체험

1) 이효석 문학에서의 중국과 러시아

<메밀꽃 필 무렵>(1936)의 작가 可山 이효석(李孝石:1907 - 1942)은 경성제대 법학부 영어영문학 전공자로, 1925년 문단에 데뷔하여 1942년 사망까지 총 7권 분량의 시, 소설, 수필, 희곡, 시나리오를 창작하였고 번역활동도 하였다.[1] 그가 활동한 1925년부터 1942년까지의 기간은 한국근대사에 있어서 질곡과 격랑의 시기였고, 한국근대문학사에 있어서도 다양한 실험들과 구체적인 성장들이 이루어진, 갈등과 변화의 시기였다.

이효석은 대학에 재학하던 시절(1925 - 1930)에 <都市와 幽靈>(『朝鮮之光』79, 1928,7) 등, 경향적인 작품들을 발표하여 유진오,

---

[1] 2003년 창미사에서 총 8권으로 이효석 전집은 간행하였으나, 이 중 제 8권은 이효석에 관한 다른 사람들의 글을 모은 것이다.

이무영과 함께 '동반작가'란 칭호를 얻었다.[2] 1930년에 이미 그는
『朝鮮日報』가 선정한 '5대 작가'에 유진오, 방인근, 이기영 등과 함
께 선정될 정도로 문단 안팎의 인기가 높았다.[3] 1931년, KAPF의
맹원이었던 이갑기가 이효석이 총독부 경무국 도서과의 검열관으로
일하게 된 것을 빗대어 민족 배반자라 비난한 사건이 계기가 되어
그는 1931년부터 33년까지 절필한다.[4] 이후 그는 경향적 문학을 버
리고 순문학으로 방향을 선회하여, 1933년에 김기림, 정지용, 이태준
과 함께 <九人會> 창립에 가담하게 되나, 생래적으로 집단적 활동
이 맞지 않던 그는 경성에서의 교편생활을 핑계로 서울에서의 번잡
한 활동들을 접고 조용히 창작에 몰두한다.[5] 1931년에 이경원과 결
혼한 그는 1932년에 처가가 있는 함경북도 경성(鏡成)의 농업학교
교사로 부임하게 된다. 경성시절 그는 오랜 가난에서 벗어나 경제적·
심리적 안정을 되찾고, 자신만의 문학세계를 본격적으로 열어간다.
<豚>(『朝鮮文學』3. 1933,4)은 이 시기를 대표하는 그의 작품이다.

---

2) "당시의 문단에서는 (주로 임화의 견해) 효석과 나 이무영 등을 묶어서 '동반작자'
   라 하였다."라는 유진오의 말(유진오, ≪젊음이 깃을 칠 때≫, 微文出版社, 1978.
   130.)과 달리, 당시 카프의 맹원이었던 박영희는 이 용어를 "당파에 들지 아니한
   작가들은 소시민적이니, 자유주의적이니 하여 '아직 덜 되었다'는 의미로서 다만
   동반자라고 불렀던 것이다."고 술회하여 다소 멸시하는 뉘앙스를 풍긴 것으로 사
   용하였다. (박영희, <초년기의 문단측면사>, ≪현대문학≫, 1960,4. 227.)
3) 유진오, 「이효석과 나 - 학생시대 신진작가 시대의 일들」, 『朝光』, 1942,7. 85.
4) 최정희, <≪노령근해≫무렵의 이효석>, ≪현대문학≫, 1962,12. 224.
5) 이효석 전집(창미사 刊, 2003) 제 7권의 작가연보에 따르면, 1933년(27세)때 효석
   은 이무영, 이태준, 정지용, 조용만, 유치진, 김기림, 김유영, 이종명과 더불어 순
   수문학의 예술파를 지향한 '구인회'를 결성했으나 곧바로 탈퇴한 것으로 되어 있
   다. 이효석, ≪이효석 전집 7≫, 창미사, 2003, 364. 탈퇴 원인은 조용만의 증언
   에 의하면 효석의 구인회 참가 자체가 김유영의 강권에 의한 것이었기 때문이라
   고 한다. (조용만, <이효석의 소설>, ≪춤≫, 1991,5. 88 - 89.) 또 이상옥에 의하
   면, 효석이 함경북도 경성에서 교원생활을 하게 되면서 서울에서의 모임에 자주
   참석할 수 없었고, 그의 기질상 단체활동을 즐기는 편이 아니었기 때문이라 한다.
   이상옥, 『이효석의 삶과 문학』, 서문 집문당, 2004, 69.

1936년 5월 평양의 숭실전문학교에 교수로 부임한 효석은,[6] <메밀꽃 필 무렵>(『朝光』12, 1936,10), <산>(『三千里』, 69, 1936,1), <들>(『신동아』,53, 1936,3), <薔薇 病 들다>(『삼천리문학』1, 1938,1) 등을 발표한다. 1938년 3월 숭전의 폐교조치와 함께 교수직을 퇴임한 효석은 평양 대동공업전문학교 교수로 부임한다. 1940년경, 일제의 대륙침략이 노골화됨에 따라 더욱 열악해진 정세 속에서 『조선일보』와 『동아일보』가 폐간되고, 1941년, 한글사용이 전면 금지된다. <은은한 빛>, <素服과 靑磁>, <엉겅퀴의 章>, ≪綠色의 塔≫, <봄 衣裳> 등은 친일문학 논의에서 그를 자유로울 수 없게 만든, 이 시기에 그가 일본어로 발표한 작품들이다. 그러나 효석은 2002년에 민족문학작가회의 및 계간 『실천문학』이 공동 조사하여 발표한 <친일문학인 42인> 명단에는 들지 않았다. 친일문학의 판단 기준은 "식민주의와 파시즘 옹호에 적극적으로 부합하였는가의 여부"였는데,[7] 이효석은 집단적이고 조직적인 활동이나 당대의 주류적 이데올로기에 적극적으로 동참하는 성격이 아니었고, 국민문학에도 적극 가담하지는 않았던 것으로 판명되었다. 1942년(당시 36세) 폐결핵으로 짧은 생을 마감하였기에 그는 본격적인 친일문학에의 기회를 가질 수도 없었다.

이효석은 1920년대 중반부터 1940년대 초에 걸쳐 장편 2편, 중단편 70여 편, 기타 에세이 등 120여 편을 발표하였다. 이제껏 그의 문학을 설명하는 데 '경향적', '탐미적', '이국적', '성애적'이란 표현이 빠지지 않았다. 그 가운데 '이국적'이란 말은 그의 작품세계에서 러시아, 중국, 일본 등 당시 한반도 주변나라들에 대한 그의 독특한

---

6) 숭실대학교, 『숭실대학교 90년사』, 숭실대학교 출판부, 1987. 259.
7) 『중앙일보』, 2002,8. 14.

취향과 경사가 1920년대 말부터 줄곧 그의 작품들에 아주 직접적으로 표상되고 있기 때문이다. 그의 작품들 가운데 일본어로 발표되었고, 일본(인)에 관한 묘사가 두드러진 작품들을 제외하면, 그의 이국 취향은 북국으로 통칭되는 만주를 포함한 중국과 러시아를 향해 있으며, 특히 러시아의 근저에는 구라파가 자리해 있다. 그는 중국(만주)과 러시아, 유럽을 통칭하여 북국이라 하는데,8) 그의 작품에 북국이 등장하는 것은 1929년경 시작된다. 1929년 6월 『조선문예』에 발표한 <행진곡(行進曲)>과 『조선지광』에 발표한 <奇遇>에 '봉천역'과 '할빈'이 등장하고, 1930년에 발표했다 1931년에 펴낸 단편집 ≪노령근해(露領近海)≫에 수록한 <노령근해>, <상륙(上陸)>, <북국사신(北國私信)>, <도시와 유령>, <북국점경> 에도 연해주와 넬진스크 치타 방면, 블라디보스토크 항이 등장한다.

  이러한 그의 북국에의 관심은 1941년에 간행한 장편소설 ≪碧空

---

8) 여기서 잠시 만주, 연해주, 시베리아, 러시아 등이 정확히 어디를 의미하는지를 짚고 넘어갈 필요가 있다. 국립국어원에 따르면, 만주(滿洲)는 중국 둥베이(東北) 지방을 이르는 말로, 랴오닝(遼寧), 지린(吉林), 헤이룽 강(黑龍江)의 둥베이 삼성(東北三省)으로 구성되어 있다. 동쪽과 북쪽은 러시아와 접해 있고, 남쪽은 압록강과 두만강을 경계로 한반도와 접해 있는데, 주요 도시로는 선양, 단둥, 장춘, 지린, 하얼빈, 치치하얼 등이 있다. 만주 가운데, 젠다오(間島)는 우리나라에서 보통 간도라 부르는 지역인데, 이는 주로 동간도를 말한다. 딱히 어느 지역을 부르는 것이라기보다는 조선족자치주 주도인 옌지(연길)를 중심으로 만주 지방에서 한국과 접하면서 조선족이 많이 거주하고 있는 곳을 말한다. 반면, 연해주는 러시아의 프리모르스키주를 말하는데, 러시아 지도를 보면 시베리아 동쪽 아래에 북한 및 중국과 접하는 지방을 말한다. 연해주의 주요 도시는 블라디보스토크, 나홋카 등이 있다. 한편, 시베리아(Siberia)는 러시아의 우랄 산맥에서 태평양 연안에 이르는 북아시아 지역을 일컫는다. 석유, 천연가스, 철, 금 따위의 지하자원이 풍부하고, 16세기 말에 우즈베크계의 시비르한국(Sibir汗國)이 멸망한 후 모두 러시아령이 되었다. 러시아 혁명 이후 풍부한 자원이 개발되어 세계적으로 주목의 대상이 되었다. 면적은 1380만 7037㎢에 이른다. 이상의 정보를 종합해 보면, 만주는 주로 중국 영토이나 러시아와 한국과의 접경지역에 해당하며, 만주 가운데서도 특히 조선족이 많이 사는 지역은 간도라 한다. 반면, 연해주와 시베리아는 러시아 영토이다. 국립국어원 홈 페이지 자료검색 사이트 참조

無限≫에 이르면, 신경, 할빈 등 만주지역을 배경으로 하여 러시아 인들이 주요등장인물로 서사의 중심을 이끌어가면서 정점에 이른다. 이효석 문학에 있어서 일본의 존재는 그의 국민문학론과 더불어 검 토되어야 할 대상이라면, 그의 북국에의 관심은 문화선진국인 구라 파를 향한 그의 동경과 열정에 초점을 맞추어 1930 - 40년대 식민지 조선에서의 문화주의가 갖는 역사적 의미와 한계를 짚는 차원에서 검토되어야 할 문제라 할 수 있다.

2) ≪碧空無限≫에 관한 선생연구사 검토

이효석의 ≪碧空無限≫은 1940년 1월부터 4월까지 『每日新報』 에 총 148회 연재된 소설 ≪蒼空≫을 개제(改題)하여 박문서관에서 소화 16년(1941)에 간행한 장편소설이다. 총 500페이지가 넘는 이 작품은 산화(酸化)되어 소실되었으나, 현재 마이크로필름 형태로 국 회도서관에 소장되어 있다.

≪碧空無限≫의 서사는 조선의 문화사업가(문화평론가)인 주인공 '천일마'가 현대일보 후원으로 경성에 하얼빈교향악단 초청공연을 갖 기 위해 할빈에 갔다가 사랑도 얻고 부도 얻어 귀향한다는 줄거리를 근간으로 한다. 작품의 배경은 만주의 할빈과 경성인데, 등장인물인 조선인과 백계 러시아인들은 주로 '로서아어'와 '영어'를 사용하여 대화한다. 이들이 향유하는 문화는 구라파의 예술과 러시아와 경성 상류층의 소비문화이다.

지금껏 이효석 문학에 관한 연구 성과물들에서 ≪碧空無限≫에 대한 관심은 그리 큰 비중을 갖지 못했다. 불문학자인 정명환이 일 찍이 이효석의 문학을 들어 지성의 고행을 포기한 채 미의 사도임을 자처하였으나, 결국 그의 문학의 본질은 '순응주의'임[9]을 날카롭게 비판한 이후로, 이효석의 문학사적 위상에 대한 연구자들의 평가는 대체로 소극적이거나 부정적인 방향으로 흘렀다. 1980 - 90년대에 간행된 한국문학사와 소설사에서 이효석의 존재가 지워지거나 미미했던 것도 이와 무관하지 않다. 1970년대 후반에 김윤식은 1920 - 30년대 한국문단을 가람 이병기나 상허 이태준 류의 민족문학적 흐름과, KAPF가 대표하는 프로문학, 그리고 모더니즘의 세 갈래로 대별하면서 이효석의 문학은 크게 보아 모더니즘의 한 하위 부류로 자리매김했다.[10] 이 밖에도 김상태의 「이효석의 문체」나, 우한용의 「<메밀꽃 필 무렵의 기호학적 해석>」 등도 이효석 문학에 관한 주요 연구성과물들인데, 이들은 주로 <메밀꽃 필 무렵>을 중점 분석하고 있다. 이러한 글들에서 ≪벽공무한≫은 언급되지 않고 있다.[11]

≪벽공무한≫은 ≪화분≫과 더불어 이효석의 2편뿐인 장편소설 가운데 하나인데, 이에 대한 본격적인 언급은 영문학자인 이상옥에 의해 이루어진다. 이상옥은 이효석의 문학세계를 심미주의로 파악하면서 특히 효석의 이국취향에 주목하였다. 이상옥은 ≪벽공무한≫에 나타난 '단영'과 '미려'에 대한 묘사 부분에서 ≪녹색의 탑≫(1941)과 ≪화분≫(1939)에서와 마찬가지로 작가의 악마주의적 특성을 읽어낸다. 그는 이러한 부분이 '약한 것', '병적인 것', '퇴폐적인 것', '슬픈 것'에 경사하는 효석의 심미주의적 경향과도 연결된다고 보았다.[12] 한편, 한민주는 「일제말기 소설 연구 - 파시즘의 소설적 형상화

---

9) 정명환, 「이효석 또는 위장된 순응주의」, 『창작과 비평』, 1968, 겨울호, 708 - 11.
10) 김윤식, 「모더니즘의 정신사적 기반」, 『문학과 지성』, 177. 겨울호, 983 - 1006.
11) 이효석의 문학에 관한 대표적인 논의들은 이상옥 편, 『이효석』, 서강대출판부, 1996에 실려 있다.
12) 이상옥, 『이효석의 삶과 문학』, 서문 집문당, 2004, 171 - 179.

를 중심으로」라는 박사논문에서 이효석의 ≪벽공무한≫은 이민족간의 부조화와 편견 극복을 서사화하는 것이 목적인 작품으로 평가하고, 이를 파시즘 문학의 한 예로 평가한 바 있다.[13]

이 글은 ≪碧空無限≫에 관한 이상의 논의들을 수용하면서, 이 작품에 나타난 작가의 북국취향이 1930 - 40년대 조선 지식인들이 만주와 러시아, 유럽 등 異文化를 어떻게 바라보았는지, 그 구체적인 이해의 폭과 동경의 정도를 알아보고, 그것이 함의하는 정신사적인 의미를 짚어보고자 기획되었다.

2 『벽공무한』에 나타난 北國의 表象 認識

≪碧空無限≫에 표상된 異國의 이미지는 첫째, 문화와 예술의 나라, 둘째, 근대적 소비문물의 도시, 셋째, 아름다움의 기준인 백계 미인들의 나라로 채워져 있다.

1) 보편적 미의 구현체 – 고전음악의 세계

≪碧空無限≫에서 사건을 이끄는 중심은 서양의 고전음악이다. '천일마'가 할빈교향악단을 초청하기 위해 문화사절로서 할빈을 방문하는 것도 그러하거니와, '미려', '혜주', '단영' 세 여자 주인공이 '녹성음악원'을 통해 생활과 예술의 합치를 실천하려는 결말부분까지

---

13) 한민주, 「일제말기 소설 연구 - 파시즘의 소설적 형상화를 중심으로」, 서강대 박사논문, 2004. 99.

도 그러하다. 할빈교향악단의 공연이 시작되던 날, 수천 명의 음악팬들이 회장 안에 모여 베토벤의 <운명> 교향곡과 차이코프스키의 <호도인형>을 경청하는 경성 연주회 장면(제11장 <뮤즈의 선물>)에서 등장인물들은 "북국의 정서가 묻어나는 작품"을 감상하며 "음악이라는 인위적인 창조물의 아름다움"에 대해 찬탄하면서 "인류의 보편적 정서"에 대해 이야기를 나눈다.14) 작가 이효석은 개인적으로도 음악애호가이자 쇼팽과 모차르트를 연주할 정도로 피아노 연주 실력이 뛰어났다고 한다.15) ≪碧空無限≫의 14장 <夫婦의 길>에는 대학교수 '안상달' 부부의 일상생활이 묘사되어 있다. '안상달'과 그의 아내 '혜주'는 "조용한 대청안을 화려하고 조금 슬프게 장식"하는 '모찰트의 실내악'을 들으며 휴일 오전의 적막을 즐긴다.16) 또 ≪碧空無限≫에 등장하는 주요 인물들은 서양의 고전음악을 모든 것에 우선시한다. 심지어 15장 <생활 설계>에서 천일마의 친구인 '종세'는 음악은 "생활의 밥이요, 아니 밥 이상"이라고 말한다. 이 작품에 등장하는 남녀 모든 등장인물들에게 있어 "음악은 세상에서 제일 좋은 것이며, 밥, 옷, 사랑, 야심보다 좋은 것"이다. 그들이 말하는 음악은 유럽의 고전음악이며, 이를 연주하는 악단은 할빈(만주) 교향악단이다.

이효석의 ≪碧空無限≫에는 서구의 고전음악을 중심으로 한 작가의 문화주의적 취향이 뚜렷이 드러나 있다. 예컨대 '안상달' 부부의 휴일아침 풍경 장면에서 안상달은 모차르트를 듣고, 그의 아내는 남편의 스키이복을 뜨개질한다. 이들 부부는 무자식의 적적함과 일

---

14) 이효석, ≪碧空無限≫, 박문서관, 1941. 323 - 4.
15) 이재현, <이효석 선생 看護記>, 『朝光』, 1942,8. 116.
16) 이효석, ≪碧空無限≫, 박문서관, 1941. 411 - 3.

상적인 무료함 때문에 투닥거리다가 외출하여 양식당에서 점심을 먹고 영화관에 들러 구라파 영화 <남방비행>을 본 후 찻집에 들러 여주인공의 행동과 구라파인들의 개인주의에 대해 설전을 벌이기도 한다. 작가는 이러한 등장인물들의 휴일이 '주기적으로 반복되는 당시 지식인들의 일상'임을 다음과 같이 서술하고 있다.

"피차 마찬가진데 그렇게 얼굴 붉힐것이 없구 - 영화 구경이나 떠납시다." 일요일의 운명이란 결국 그지경이 가장 무난한것이었다. 대개 식당에서 점심을 먹고 그길로 영화관에 들어가 반날을 지우고 하는 판에 박은듯한 일요일의 과정을 그날도 그대로 밟는 것이었으나 신기한 자극은 없으면서도 주기적으로 돌아오는 그 행사가 역시 일요일의 기분을 느끼게는했다.

이 작품의 주제의식은 결말부분인 <생활설계> 章에 드러나 있는데, 그것은 한마디로 사랑하는 사람과 행복한 가정을 잘 설계하는 것이 삶에 있어서 얼마나 소중한가는 의식이다. '천일마'가 '나아자'와 행복한 결혼에 이른 것을 본 독신주의자 '훈'까지도 결말부분에서는 결혼생활을 열망하게 된다. 그런데 작가는 ≪碧空無限≫에서 행복한 가정은 '생활과 예술의 합치'로서 완성되며, 이때 예술은 서구의 고전음악, 즉, 유럽의 고급문화라고 서사를 통해 거듭 강조하고 있다.
이상의 사실들은 효석의 ≪碧空無限≫이 김남천의 ≪사랑의 수족관≫(『朝鮮日報』,1939 - 40)과 유진오의 ≪화상보(華想譜)≫(『東亞日報』,1938), 이태준의 ≪청춘무성≫(1940)과 함께 음악이라는 언어의 장벽을 넘어선 인류 보편의 문화를 내세워 문화주의를 강조하고 있음을 보여준다. 이들 작품들은 한결같이 인류의 이상인 '사랑의 나라'를 세울 수 있도록 인류의 화합을 조장하는 힘을 음악에서 찾고있다. 이들의 문화주의는 과학주의와 마찬가지로 보편적인 문제를 들고 나와, 당대 조선의 특수성인 파시즘에의 대응이라는 시급한 과제를 회피하는 수단으로 기능한 측면이 없지 않다.

또한 이런 사실은 '천일마'가 "누가 서양을 숭배하나, 아름다운 것을 숭배하는 것이지. 아름다운 것은 태양과 같이 절대니까. 서양의 것이든 동양의 것이든 아름다운 것 앞에서는 사족을 못써두 좋구, 엎드려 백 배 천 배 해두 좋거든. 부끄러울 것두 없구, 추태두 아니야."[17]라고 명시적으로 말한 부분에서 드러나듯, 구라파다 동양이다는 구분을 떠난, 세계주의적인 발상으로 발전해 간다. 이는 효석이 의식했건 안했건, 외형적으로는 피식민지인과 식민지인의 경계를 허무는 논리로 보이기도 하기에, 대화혼을 강조한 일본의 대동아 공영권 논리와 이는 그리 멀리 떨어진 것은 아니라고 할 수 있다.

2) 근대적 소비문물의 도시 – 할빈

천일마가 할빈에서 들린 곳은 '북만호텔'. '추림백화점', '댄스홀' <모스끄바>, 그리고 경마장이다. 호텔과 백화점, 댄스홀, 경마장은 근대적인 소비문물의 첨병이자, 상징이다. 단영은 경마장에서 사용할 쌍안경을 사러 秋林백화점에 갔다가 로서아어와 영어가 뒤섞인 그곳이 "천여년을 쌓아온 구라파 문명의 진열장"임을 체험하고 "문명의 특이한 냄새를 진짬으로 맡"는다.[18]

또한 천일마가 러시아 여성 '나아쟈'를 만나는 곳도, '에미랴'를 만나는 곳도 모두 댄스홀 <모스끄바>이다. 1930년대 조선에 댄스

---

17) 이효석, 《碧空無限》, 박문서관, 1941. 231.
18) 이효석, 《碧空無限》, 박문서관, 1941. 143 - 4.

홀과 극장의 존재는 서구의 영화가 도입되면서 형성된 근대적인 대중문화의 새로운 감수성을 상징한다. 모던함의 한 표징인 춤을 통해 조선의 청년과 러시아의 여성은 피식민지인의 현실이나 문화적인 차이에서 오는 소격함을 모두 지우고, 대륙적인 역동성을 몸으로 실현하면서 '피'나 '말'의 차이를 떠나, 젊은 남녀로만 만난다. 나아가 그들은 '국제결혼'이라는, 당시로는 매우 낯선 풍경인, 국제인으로서 이색적인 연대에의 가능성을 발견한다.

　일마의 할빈 여행은 나아자와의 연애로 시작되어 유민채표 당첨과 경마장에서의 우승으로 마무리된다. 복권이나 경마의 등장은 이 작품이 총독부 기관지인 『매일신보』에 연재된 소설로, 식민지 자본주의라는 열악한 현실 속에서 배태된 일종의 성공의 환타지임을 말해준다. 일마를 비롯한 대부분의 주인공들이 모이는 '북만호텔'은 할빈 안의 유럽으로 선진유럽의 문화를 고스란히 담지한 곳으로 그려져 있다.

　하지만 일마와 단영 등은 유럽의 고급상품들이 진열되고 외국인들로 붐비는 秋林百貨店이나, '북만호텔'에서 국제인으로 대접받는 생활을한 것과는 대조적으로, 할빈의 거리에서 거지나 꽃 파는 여자 등 남루한 사람들을 만난다. 일마는 하층민으로 들끓는 할빈의 거리를 "국적과 인종의 진열장"으로 인식한다.

　　거리에 나서면 태반이 가난한 사람이요, 불상한 사람이다 ...(중략)... 거리거리에는 사람의 씨가 필요이상으로 많고, 그 대부분이 개미떼같이 그렇게 많이 생겨나서 불행속에서 히덕이고 스물거리는 것일까. 인간은 고귀하기는 커녕 미천하기 짝없다. 뭇 동물하고 다를바 없이 흔하고 천하고 누추하다. 물위에 뜬 해꺼운 쪽쟁이다. 무겁고 단단한 것만이 아래에 가라앉고 찌그러지고 비인 쪽쟁이 베씨는 위에 떠서 할일없이 떠돌고 헤매인다. 인간의 대부분이 그 쪽쟁이다. 어느 도회가

> 그렇지않으랴만 할빈은 어디보다도 심한 쪽젱이의 도회이다. 거리는
> 국제적 쪽젱이의 진렬장이다.[19]

일마가 보기에 '이바놉', '에미라', '나아자', '일마'는 물론, 캬바
레 <모스끄바>에 모인 다양한 외국인들 모두가 '쪽젱이'다. 한 때
동반자적 경향의 작품을 썼음에도 불구하고, 이효석은 ≪碧空無限≫
에서 이념과는 무관한 러시아인들만 등장 시키고 있다. 일마의 눈에
는 가난한 첼리스트 '이봐놉'이나, 마약에 찌든 댄스홀의 아가씨 '에
미라'는 "물 위에 뜬 해꺼운 쪽정이 같은 인간"[20]일 뿐이다.

일마가 체험한 러시아인들은 혁명을 선취한 나라의 국민다운 면모
는 전혀 없다. 오히려 일부 러시아인들은 매우 퇴폐적으로 묘사되고
있다. 에미라를 비롯한 캬바레 여자들의 약물중독, 할빈 사람들의 유
민채표(일종의 복권)에의 열광, 연일 도박성 투기에 몰두하는 경마장
의 사람들, 대륙당 사건으로 할빈에 피신해 있던 운산이 갱단에 납
치되었다가 돈 삼십만원에 풀려난 예까지도 그러하다. 만주의 근대
화된 도시인 할빈은 이미 자본주의적 부패로 물들어 있다. 만주의
부패에는 조선인도 개입되어 있다. 4장 <대륙의 밤>에는 "조선인
하면 모두 마약을 소지하고 판매하는 사람"으로 착각할 만큼 만주에
서 조선인의 마약판매가 일상화되어 있고, '운산' 역시 그것으로 부
당하게 치부한 인물로 등장한다. 불의를 보지 못하는 '벽수'의 시선
을 빌어 작가는 "만주는 복잡한 구렁이야. 넓기두 하지만 속속들이
루 무슨 세상이 숨어있는지 헤아릴 수 있어야지."라고 한탄한다.[21]

---

19) 이효석, ≪碧空無限≫, 박문서관, 1941. 190 - 1.
20) 이효석, ≪碧空無限≫, 박문서관, 1941. 191.
21) 이효석, ≪碧空無限≫, 박문서관, 1941. 101.

이런 할빈시의 면모는 1930년대 이후 조선의 군산 등지에서의 미두와, 마작 등 노름의 창궐, 금광업의 부상 등, 투기성 산업의 번창과도 맞물린, 식민지 자본주의의 특성이라 볼 수 있다.

3) 새로운 여성상의 기준 – 러시아 여성

이효석의 작품을 논할 때 性은 빠뜨릴 수 없는 키워드다. 섬세하고 소심한 성격의 소유자였던 이효석은 이국여성에 대한 묘사에 특히 많은 신경을 쓰고 있다. 이국여성들은 그의 이국취향과 성에 대한 관심이 만나는 접점에 위치해 있기 때문이다.

이효석은 식민지 지식인이었던 만큼 그에게 있어 가장 뚜렷한 異國은 아마도 일본이었을 것이다. 그의 문학에서 일본과 일본인의 존재는 후기로 갈수록 매우 뚜렷하게 나타난다. <아자미(엉겅퀴)의 章>에서 그는 일본여성을 "화장기 없는 보오얀 살결이 광채를 띠며 동그란 눈동자가 번들번들 빛났다. 마치 무대에 서서 집중조명을 받았을 때처럼 요기 서렸을 정도로 물기를 담고 빛나는 그 고운 눈동자를 현은 그날 밤만큼 아름답다고 생각한 일이 없었다. 치마 밑으로 걸쳐놓은 맨다리는 수액을 품은 어린 나무결처럼 요염하고, 작은 발은 젖빛으로 아련하였다"[22]고 묘사한다. 신문기자인 조선인 '현'에게 애욕을 불러일으키는 일본인 여성 '아자미'는 한마디로 '엉겅퀴'의 이미지로 표현된다. 술집과 다방에서 일하는 아자미는 성격이 정열적이고 저돌적이어서 광적인 발작을 일으키기도 한다. 현은 아자미가 집안 살림만 하는 여성의 자리를 지켜가기가 어려울 것을 느끼

---

22) 이효석, <아자미(엉겅퀴)의 章> 『국민일보』, 1941년 11월 창간호, 日文으로 발표 김병걸, 김규동 편, 『친일문학작품선집』, 1986. 217.

지만, "서양 엉겅퀴마냥 재잘하고 새빨갛게 타면서, 그러면서도 귀엽게 노여움을 품은 듯한 얼굴", "장식단추마냥 자그마하게 타고 가만히 가라앉아 있으면서도 어느 구석인가 화려하고도 분방한 꽃잎" 같은 아자미(阿佐美)와의 애욕적 생활에서 헤어나지 못한다. 현은 아버지를 비롯한 집안의 반대를 무릅쓰고 술집에서 만난 아자미와 6개월째 동거 중이다. 집안에서는 현의 배우자감으로 '려희(麗姬)'라는 조선여자를 추천한다. 현은 아자미가 일본인 '청목'을 만나는 것을 목도한다. 현은 그녀가 언제 도망갈지 노심초사하면서도 그녀가 자기로부터 도망쳐 주기를 기다리기도 한다. 이런 어정쩡한 날들의 이야기가 이 작품의 줄거리이다. 한편, ≪녹색의 탑≫에 등장하는, 제국대학 영문학과 조수인 '안민영'과 결혼하는 일본인 여성 '요코'는 좀더 생활인의 이미지가 짙다.

조선인 남성과 일본인 여성과의 연애나 결혼을 그림에 있어 이효석은 피식민지 남성과 식민지 여성의 결합이라는 문제나, 언어와 전통, 문화의 차이에서 오는 갈등이나 어려움의 문제 등은 완전히 소거시킨다. 오히려 이국적이기에 더욱 강렬하게 애욕을 자극하는 대상으로만 그려져 있는 것이 특징이다.

이런 이효석에게 있어 러시아 여성은 인종적으로 백계이기에 가장 선명한 이국적 아름다움의 화신으로 인식된다. 1930년 9월 『신소설』에 발표한 <北國私信>에 등장하는 블라디보스토크 항의 <카페 우스리>에서 주인공 '나'는 카페 주인의 딸 '사-샤'에 반한다. 샤샤는 '슬라브인의 독특한 아름다운 살결'과 '능금같이 신선한 용모', '북국의 하늘같이 맑은 눈', '어글어글한 몸맵시'를 지닌, '풍부한 육체'의, 한마디로 북국의 헬렌'이다. 그녀를 본 화자는 "손가락 하나 대지 말고 신선한 향기 그대로, 맑은 자태 그대로를, 하루면 종일

바라보고도 싶고 가지 채 곱게 꺾어 향기 채 꽃송이 채 한입에 넣고 잘강잘강 씹어버리고도 싶은 아름다운 꽃"으로 그녀를 느낀다.23) 1932년 3월 『삼천리』에 발표한 이효석의 단편 <북국점경>에서 러시아 여성은 "팔과 목덜미를 드러내 놓고 거리를 다니는 아라사 미인, 온천물에 철벅거리는 아라사 미인"이다. "찬 나라의 언 살을 녹이는 뜨거운 물, 그 속에 헤이는 미인의 무리, 안개 깊은 바다, 인어의 무리 같은 깊숙이 물에 잠겼다가 생전에 나와 느릿한 허리를 척척 누이는 풍류, 옛적 양귀비의 그것보다도 훨씬 정취가 깊을 것 같다. 창으로 새어드는 햇빛에 비쳐 김 오르는 살 빛, 젖가슴, 허리, 배, 두 다리 할 것 없이 백설같이 현란하다. 미끈미끈한 짐승의 무리. 하아얀 짐승의 무리"24)이다. 작가는 백계 러시아 여성의 "백설같"은 피부를 강조하면서 "하아얀 짐승의 무리"로 그들을 비유하여 에로티즘의 대상으로 보고 있다.

≪碧空無限≫의 경우, '나아자'는 "캬바레 <모스코빠>에서 춤을 출망정 아무나 하고 자지 않는 여자"이고, "외국여자 치고는, 그다지 야단스런 품성이 아닌 나아자에게는 어디인지 동양사람다운 침착한 데가 보"이는 여자다.25) 나아자는 만주리에서 아버지를 여의고, 할빈에서 어머니마저 여의고 백모의 집에서 살면서 일급 일원이 안 되는 돈을 받고 고용살이를 하는 외로운 처지의 여성이다. 천일마는 그녀를 '하늘 위의 별'이라 칭한다. 천일마의 친구인 '종세'와 '능보', '훈'의 눈에 비친 나아자는 경탄 그 자체인데, "별 같은 눈망울의 백인 미인"이자 "눈이며 눈썹 매무새가 동양적인 나아자"는 피부색

---

23) 이효석, <북국사신>, ≪이효석 전집 1≫, 창미사, 2003, 210.
24) 이효석, <북국점경>, ≪이효석 전집 1≫, 창미사, 2003, 246.
25) 이효석, ≪碧空無限≫, 박문서관, 1941. 70.

이 희고 머리가 금발이지만 동양적인 여성으로 인텔리인 세 친구들의 이상형으로 묘사된다. 그들은 "그 오똑한 조각(나아자)를 보구 난 뒤엔, 거리의 여자란 여자가 죄다 널쪽 같이 납작하게만 보인단 말야."라고 말한다. 나아자를 본 (조선)남자들은 '은파'(꽤나 미인인 조선여성)와 같은 조선의 미인도 "말뚝을 대하는 것 같"이 보여, "이미 더 이상은 여자가 아니"라고 여긴다.[26]

≪碧空無限≫의 남성 등장인물들의 한결같은 러시아여성에 대한 찬사는 외모에만 국한되어 있지 않다. "외국여자는, 맘의 애정을 첫째로 쳐서 아무런 수단에두 좀해 굴하는법이 없는데 - 그렇게 수월하게 맘을 잡았을젠 자넨 이만저만한 난군이 아닌 모양야."[27]라며, 지조있는 여성으로 찬양한다. 천일마를 따라 경성에 온 나아자는 "당신을 이렇게 따라 나온건 꽤니 바람에 불려서가 아니예요 의외의 행운을 얻은 것을 부러워한 까닭두 아니구, 피차의 계급이 같은 것을 만만히 봐서두 아니구 - 참으로 당신을 믿구 사랑하니까 모든 것을 버리구 이렇게 길을 가치한 것이죠"라고 말해 '금발미인'에 '지조있는 여성'으로까지 이상화되고 있다. 게다가 천일마가 나아자에게 경성을 보여주며 "조선은 전체가 한 커다란 빈민굴이라우"라고 말할 때, 나아자는 서양식 호텔의 화려함뿐 아니라, 조선의 옛가옥도 좋아한다며, 자신은 조선과 일마를 있는 그대로 모두 사랑한다고 고백한다. 이렇듯 러시아 여성은 일마와 벗들의 '이상형'으로 묘사되고 있다.

'나아자'에 대한 우호적인 묘사는 사랑보다 돈을 택한 천일마의 첫사랑 '남미려'와 여배우 '단영'의 속물적인 삶에 대한 묘사에서 뚜렷한 대조를 나타낸다. 남미려는, 사랑(천일마)보다 황금(류만해)을 택

---

26) 이효석, ≪碧空無限≫, 박문서관, 1941. 257.
27) 이효석, ≪碧空無限≫, 박문서관, 1941. 59.

한 세속적인 여성으로,[28] 독부형의 요부인 여배우 단영은 행실이 바르지 못해 '악의 꽃'이자, '퇴폐미학'의 구현자로 그려진다. 나아자에 대한 묘사가 러시아여성 일반에 대한 것으로 확대되듯, 미려와 단영에 대한 비판적 묘사는 조선여성 전체에 대한 냉혹한 시선으로 확대되고 있다.

 『벽공무한』을 통해 본 이효석의 북국 취향의 특성

1) 이효석과 북국의 매개항 : 아내 '이경원' 과 도시 '경성'

이효석의 작품들에서 러시아와 만주 등 북국이 등장하는 것은 언제부터일까? 이효석과 만주, 러시아의 관련은 1931년에 펴낸 첫 단편집 ≪露領近海≫에 수록된 <노령근해>, <上陸>, <북국사신(北國私信)>에서 이미 등장한다. 세 작품은 '운동'을 위해 반도를 떠나 연해주의 각지를 위시하여 넬진스크 치타 방면을 떠돌다 블라디보스토크 항으로 가는 한 청년의 밀항과정과 그가 항구에 상륙하여 정착하기까지의 이야기를 다룬 3부작이다. 여기서 효석은 러시아를 "건강한 미학", "신흥한 나라"[29]라고 찬탄하면서 긍정적인 묘사로 일관하고 있다. 러시아로 떠나는 배의 삼등선실에 탄 사람들은 북국을 "미주 동부 사람들이 금나는 서부 캘리포니아를 꿈꾸듯", "돈

---

28) "속세에 있어서 사랑에 이기는 무기는 역시 가장 손쉽게 황금인 모양이다. 일마와 만해 두 사람의 승패도 이 범속한 기준을 넘지는 않았다. 일마가 패한 것은 문과 출신의 가난뱅이 학사였던 까닭이요 만해가 이긴 것은 백만금의 상속을 받은 법학사였던 까닭이다." 이효석, ≪碧空無限≫, 박문서관, 1941. 37 - 8.
29) 이효석, <북국사신(北國私信)>, ≪이효석 전집 1≫, 창미사, 2003, 183.

벌기 좋은 곳”, “금덩이 구는 북국”, “부자도 없고 가난한 사람도 없고 다 같이 살기 좋은 나라”로 여긴다.30) ≪노령근해≫에 실린 <도시와 유령>, <기우>, <행진곡>, <북국점경> 등도 시베리아의 연해주 체험을 담고 있다. 1941년에 간행된 ≪碧空無限≫에는 신경, 할빈 등 만주지역과 러시아인들이 작품의 중심에 등장한다.

1930 - 40년대의 조선 지식인에게 러시아의 존재는 무엇보다도 1917년 혁명에 성공한 나라의 이미지가 강할 터이다. 1921년 레닌에 의해 신경제 정책(NEP)이 실시되었고, 1922년에는 소비에트 사회주의 공화국 연방이 수립되었으며, 1928년 스탈린이 경제개발 5개년 계획을 추진하여 공업화에 박차를 가한 결과, 러시아는 1932년에 전체 산업에서 공업의 비중이 70%를 차지하는 등, 발전을 거듭하였다.31) 1905년 러일전쟁에서 일본이 승리하면서 만주에는 일본이 획득한 특수권익이 있었으나, 중국의 국권회복운동이 거세게 일고, 소련이 1928년부터 추진한 제1차 5개년계획의 진척 등이 관동군을 자극하여, 1931년 일본은 봉천(奉天:瀋陽) 외곽에서 스스로 만철(滿鐵) 선로를 폭파하고 이를 중국측 소행이라고 트집잡아 만주 일대에서 군사행동을 개시함으로써 만주사변을 일으킨다. 일본군은 1932년 초까지 거의 만주 전역을 점령하고, 일본의 괴뢰국가인 만주국의 성립을 선포하여 만주를 일본 침략전쟁의 병참기지로 만들었다. 국제연맹은 중국측의 제소(提訴)에 일본군의 철수를 권고하였으나, 일본은 이를 거부하고 1933년 3월 국제연맹을 탈퇴하기에 이른다. 이를 계기로 일본은 파시즘 체제로 전환하여 1937년의 중일전쟁과 1941년

---

30) 이효석, <노령근해>, ≪이효석 전집 1≫, 창미사, 2003, 111.
31) 니꼴라이 V. 랴자노프스키, 이길주 역, 『러시아의 역사 2 (1801 - 1979)』, 까치, 1990, 10장에서 14장까지 참조

의 태평양전쟁을 일으킨다. 이효석의 문학에서 러시아, 만주(중국)가 등장하는 1930 - 40년대에는 일본의 기세가 그들 국가를 누른 상태였다. 하지만 이효석은 1940년 이후 일본어로 발표한 몇몇 작품을 제외하고는 일본보다는 러시아와 만주(중국)에 대한 관심을 끊임없이 표현한다. 이미 그는 1930년에 발표한 <북국사신>에서 러시아를 "제삼 인터내쇼날의 비범한 활동"이 있는 나라이자, "새 시대의 풍경"을 간직한 나라로 묘사하였다. ≪碧空無限≫은 할빈 등 만주지역을 공간적 배경으로 하면서도 주로 러시아의 문화와 러시아 인들을 등장시키고 있는데, 이효석의 문학에서 시베리아, 연해주, 블라디보스토크 등의 러시아와 할빈, 신경 등의 중국(만주) 지역은 통칭 '북국'이라 칭하며 혼종되어 있는 셈이다.

　　그런데 창미사에서 간행한 ≪이효석 전집≫ 제7권 (총8권, 2003)의 작가연보에 따르면, 이효석이 구체적으로 러시아를 방문한 기록이 없다. 경성(鏡成)시절(1932 - 1936) 그는 나남[32]과 주을온천 등지에서 러시아인들과 접촉했으며,[33] 1940년에 부인 이경원과 차남 영주를 연이어 잃고 난 뒤, 중국과 만주 등지로 방황한 기록이 있을 뿐이다.[34] 이효석의 문학에서 러시아가 등장하는 것은 언제부터일까? 원래 제국대학의 영어영문학과를 우수한 성적으로 졸업한 효석이었고, 유럽문화에 대한 동경이 강했던 그였으나,[35] "대학시절에 블라이

---

[32] 나남(羅南)은 함경(咸鏡) 북도(北道) 청진시(淸津市)의 한 구역(區域)으로 경성군(城郡) 동북(東北)에 위치(位置)하며, 삼면이 구릉으로 싸인 바른 네모꼴 모양의 평지에 자리 잡고 있다. 중앙(中央)이 광장이고 방사선으로 구획(區劃)된 근대시가(市街)로, 부근(附近)에 주을(朱乙) 온천(溫泉)이 있어 많은 휴양객이 모여든다. 특산품은 청량 음료수이며, 전에 도청 소재지(所在地)였으나 일제 말기(末期)에 청진시에 편입(編入)된다.

[33] 유진오, <이효석과 나>, ≪다시 창랑정에서≫, 창미사, 1985. 37.

[34] 이효석, ≪이효석 전집 7≫ 창미사, 2003, 364.

[35] "수목이나 자연의 풍물을 제외하고 인간적인 것으로 가령 서반구의 아름다운 것

스Blyth 교수의 총애를 받은 것을 제외하고는 서양 사람과 가까이 지내본 경험이 거의 없던" 그는, 경성시절 "이국촌의 풍경과 습속에 이내 심취하게 되었다"고 술회한다. 다시 말해 그가 러시아에 관심을 갖게 된 것은 이경원이라는 경성출신 여성과 만나면서 부터인 셈이다. 이효석의 아내 이경원은 전주 이씨 집안의 여성으로, 경성의 유복한 가정의 외동딸로 1930년 나남서고녀를 졸업한 인텔리였다. 이경원은 일본 유학을 준비하던 중 이효석의 끈질긴 구혼으로 그와 결혼한다.36) 이효석은 대학 3학년이던 1929년, 이경원의 고녀졸업전람회에 왔다가 그녀의 그림과 글 솜씨에 반해, 제일고보 선배인 박채길을 통해 이경원의 주소를 알아내어 경성까지 찾아가서 그녀와 사귀기 시작하고, 2년만인 1931년 7월에 그녀와 결혼한다.37) 이효석이 이경원과 사귀기 시작한 1929년 무렵, 1929년 6월『조선문예』에 실은 <行進曲>에서 '봉천역'으로 가는 기차를 탄 소년이 열정을 가지고 북으로 달려가는 이야기를 필두로, 1929년 6월『조선지광』에 발표한 <奇遇>에도 '할빈'이 등장하기 시작한다. 즉, 이효석 문학에서 북극이 등장하는 것은 이 무렵, 1929년 6월경 부터이다.

　이효석의 작품에 등장하는 러시아는 특히 경성시절 주을온천 등지에서 그가 만난 러시아아인을 통한 것에 기초한 것이 분명해 보인다. 그는 1932년 아내와 함께 한반도 동북단의 소도시 경성으로 내려가 36년까지 약 4년간 머물게 되는데, 유진오의 증언도 그가 이 경성에서 러시아아인에 대한 이국취미가 생겨났다고 한다.

　을 당할 만한 무엇이 이 땅에 있는가?" 이효석, <花春意匠> ≪이효석 전집 7≫, 창미사, 2003, 140.
36) 이나미, <그리운 어머니>,『마지막 날의 아버지 이효석』, 창미사, 1999. 36 - 7.
37) 이상옥,『이효석의 삶과 문학』, 집문당, 2004. 56.

경성생활은 그의 문학적 생애로 보면 실로 좋은 결과를 가져온 것이었다. 그는 그곳에서 바닷바람을 쏘여가며 그때까지의 약간 부화하였던 작가적 태도를 버리고 한갓 문학의 길에 정진하였다. 극도로 생략된 독특의 아름다운 문체를 수득한 것도 그곳에서였고, 가위 그의 대표작이라고 할 수 있는 <豚>, <메밀꽃 필 무렵> 등을 쓴 것도 그곳에서였다. 백계 러시아인에 대한 이국 취미도 그 근처 주을 온천 '양코스키' 一族에게서 얻은 것이다.[38]

이효석의 작품에 그려진 러시아는 그곳을 직접 방문해본 사람들이 기록함직한 러시아의 실상들, 예컨대, 자연과 도시의 외관, 음식문화와 사람들의 의복 등 실생활 부면에서 눈에 띄는 차이들이 나타나 있지 않다. 그보다는 러시아, 북국의 막연한 정취에 들떠 있거나, 러시아 여성에 대한 찬탄으로 일관되고 있을 뿐이다.

2) 구라파주의의 대체물로서 북국

35세의 노총각인 천일마는 '경성역 → 봉천역 → 사평가 → 공주령 → 신경역 → 할빈'을 왕복하는데, 그가 경성역에서 신경역행 기차에 오를 때 전송 나온 벗들은 할빈에 가서 '윈저공과 같은 세계적인 연애'를 하고 돌아오라 축원한다. 문화 에이전트로서 하얼빈에 간 천일마는 댄서인 러시아 여인 '나아자'를 만나 사랑하게 되어 결혼에 이른다. 천일마는 백만금을 상속받은 법학사 출신의 동양무역회사 '류만해' 사장에게 애인 '남미려'를 빼앗긴 첫사랑의 상처를 갖고 있다. 류만해는 철광업과 금광에 손을 대어 모험에 가까운 사업확장을

---

38) 유진오, <이효석과 나>, ≪다시 창랑정에서≫, 창미사, 1985. 37.

하는 실업가로, 천일마의 문화사업의 후원자이기도 하다. 천일마는 '나아자'와 사귀는 중, 행운이 겹쳐 만주국 정부 발행의 복권인 '유민채표(裕民彩票)'가 당첨되고, 나아자와 함께 놀러간 경마장에서 아무도 돈을 걸지 않는 '아킬레스'에 돈을 걸었다가 횡재를 하여 사랑과 부를 동시에 거머쥐고 금의환향한다. ≪碧空無限≫의 중심서사는 '천일마'의 부와 사랑의 성취를 둘러싼 판타지와 류만해와 남미려 부부의 파산과 파경이 대비되는 구조로 구성되어 있다.

이효석은 영문학 전공자로서 이미 유럽문화에 대한 남다른 애착과 동경을 도처에서 밝혀왔다. "주위의 가난한 꼴들을 보다가두 먼 곳에 구라파라는 풍성한 곳이 준비되어 있다는 것을 생각하면 신기한 느낌이 나면서 그래두 내뺄 곳이 있구나 하구 든든해져요." 이는 ≪화분≫의 주인공 '영훈'의 말이다.[39] 영훈은 세계를 하나의 커다란 정원으로 본다면 유럽이야말로 "가장 아름다운 화단"이라고 말한다. ≪화분≫에서 영훈의 구라파주의는 '코스모폴리터니즘'과 상통한다.[40] ≪벽공무한≫에서도 이는 마찬가지이다. 천일마의 친구인 '훈'은 "서양을 숭배하는 것은 아름다운 것을 숭배하는 것"이라고 말한다. 할빈에 도착한 난영은 추림백화점에서 "구라파적인 은은한 윤택과 탐탁한 맛"을 느끼며 이것이 곧 "문명의 냄새"라고 좋아하기도 한다.[41] 이렇듯 서양숭배의식은 ≪벽공무한≫에 등장하는 인물들 모두의 것이자, 작가 이효석의 것이기도 하다. 이효석과 평생지기였던 유진오는 효석의 서구 취향이 물질주의가 아니라, 유럽식 교양에 근거한, 정신의 향연을 구하는 것이었다고 증언한 바 있다.[42] 한수철은

---

39) 이효석, ≪화분≫, 『이효석 전집 4』, 창미사, 2003, 180.
40) 이효석, ≪화분≫, 『이효석 전집 4』, 창미사, 2003, 178.
41) 이효석, ≪碧空無限≫, 박문서관, 1941. 298 - 9.
42) 유진오, 「이효석과 나 - 학생시대 신진작가 시대의 일들」, 『朝光』, 1942,7. 83 - 7.

효석이 일상생활과 문학 모두에서 한마디로 '로맨티스트'이자 '스타일리스트'였다고 회상한다.[43]

이효석은 ≪벽공무한≫에서 러시아 여성과 조선 남성의 '국제부부'化를 매우 긍정적으로 묘사한다. 이는 ≪녹색의 탑≫에서 조선인 남성과 일본인 여성 간의 소위 '內鮮戀愛'를 적극적으로 추구하는 면모와도 관련된다. 이러한 면모들은 이효석의 작가적 입각점이 일제 파시즘이 기획한 동화의 논리에서 그리 떨어져 있지 않다는 평가를 가능하게 하는 빌미가 되기도 하지만, "나라두 다르구 피도 다르구 말도 달라도" 공감을 중시하는 그의 코스모폴리탄적인 세계주의 혹은 보편주의적 지향으로 읽을 수 있다.

3) 편향적인 북국인식의 원인

≪碧空無限≫에 나타난 '러시아'와 '만주' 등 북국에 대한 작가의 편향적 인식은 작품이 산출된 1940년대라는 시대적 요소와 이효석의 개인적 원인이 맞물려진 결과로 보인다.

먼저 시대적으로 1940년은 이념논쟁이 퇴화하고 일본의 전시동원령 체제가 본격적으로 작동되던 시기이다. 1935년 이후 프롤레타리아 문예운동은 KAPF의 해체로 실질적으로 중단되었으며, 1940년에는 한글사용이 금지되었고, 양대 민족지가 폐간되는 등, 상황이 열악하여 민족문학조차 활동이 불가능해진다. 신체제론에 입각한 국민문학론이 등장하던 이 시기, 경성을 비롯한 조선의 도시에는 신문, 잡지 등의 영향으로 대중적 감수성이 어느새 상당히 서구화되어 가고

---

43) 韓壽哲, <噫! 李孝石>, 『朝光』, 1942,7. 78 - 81.

있었다. 1930년을 전후한 시기의 『조선일보』, 『동아일보』나 ≪신여성≫을 비롯한 여성잡지를 훑어보면, 문화와 예술에 대한 대중들의 취향의 변화되고 있음이 쉽게 감지된다. 일간지나 잡지에 등장하는 미인의 그림이나 사진은 백계 미인의 얼굴이 대부분인 바, 서양여성이 이 시기 아름다운 여성의 표준으로 제시되고 있다. 당시 일간지에 실린 여성용 피부미용치료제 '하루나'의 광고를 예로 들면, 이 약품을 사용하면 "흑인이 변하여 미인이 된다"는 문구와 함께 백인 여성의 얼굴이 곁들여져 있다.44) 1930년대 서구영화의 도입과 잡지, 신문에 등장한 서양여성의 사진과 그림 등은 내적인 자아를 강조하던 문화에서 외양, 소비를 강조하는 새로운 도시적 감수성이 삶의 중요한 요소로 등장하고 있음을 말해주는 바, 이효석의 작품에 등장하는 러시아계 여성의 이미지 역시, 이러한 당시 대중적 감수성의 변화가 문학 속에 삼투된 측면이 없지 않다.

그러나 이보다는 이효석의 개인적 사정들이 문학에서 그가 러시아인과 러시아 문화에 대해 다소 편파적인 인식을 드러낸 원인으로 작동한 것으로 보인다. 외국문학 전공자로서 효석은 전통과 한국적인 것 대신에 '세계주의'의 세례를 받았다. 그의 대표작인 <메밀꽃 필 무렵>의 성취와는 달리, 실제 그는 많은 수필들에서 자신의 고향과 생장환경에 대한 부정적인 인식을 드러낸 바 있다. 예컨대, 1937년에 발표한 <화춘의장(花春意匠)>에서 그는 고국과 고향에 대해 아무것도 기대할 것이 없는 '여윈 땅'이란 표현을 쓰고 있고, 서반구를 '풍윤한 땅'이라 표현한다. "그 모든 아름다운 것은 외래의 것"이고, 조선의 미의 빈곤은 "지리적 천연적 거의 숙명적"이라 본다.45) 이러

---

44) 강심호, 『대중적 감수성의 탄생 - 도박, 백화점, 유행』, 살림, 2005, 63.
45) 이효석, <화춘의장(花春意匠)>, ≪이효석 전집 7≫, 창미사, 2003, 142.

한 그의 인식은 ≪벽공무한≫에 오면, "조선은 전체가 한 커다란 빈민굴"[46]로 인식되고, ≪화분≫(1940)에서는 "버려둔 정원이나 빈민굴"[47]이라는 조선의 현실에 대한 환멸로 비화되기에 이른다.

유진오에 따르면, 이효석은 당대의 멋쟁이였다.[48] 최정희도 그를 '가난한 멋쟁이'로 기억한다. 효석의 '스마트한 양복'과 나비 장식이 붙은 '칠피단화'는 당시 문인들 사이에서 유명했다. 1930년대에 '모카mocha'니 '퍼콜레이터percolator'니 하는 말들을 즐겨 사용하고 있는 효석은 커피에 대해 매우 까탈스런 애호가였다고 한다.[49] 한편, 그의 부인인 이경원은 서양화가였고, 나중에는 ≪삼천리≫ 등에 글을 발표하기도 한다.[50] 경성시절 그는 '세르팡'이란 다방에서 차이코프스키의 교향곡 <비창>과 베토벤의 피아노 트리오 <대공>을 즐겼으며, '인조버터'에 식상하여 '순수버터'를 구하러 장거리를 마다하지 않고 다녀온 일화나[51] 겨울엔 오랫동안 벼르던 스키를 꼭 타겠노라며 다짐하는 일화[52], 직접 피아노로 쇼팽의 곡을 즐겨 연주한 대목[53] 등에서 그가 2차 대전이 발발하던 전후의 세계정세나 한반도의 위기상황과는 달리, 이국문화에 깊이 빠져 생활했음을 알 수 있다. 다음은 이효석에 대한 한흑구의 회고담의 부분인데, 이 시기 그가

---

46) 이효석, ≪碧空無限≫, 박문서관, 1941. 257.
47) 이효석, ≪화분≫, 『이효석 전집4』, 창미사, 2003, 180.
48) 유진오, <이효석과 나>, ≪조광(朝光)≫, 1942,7. 84 - 5.
49) 이효석, <단상(斷想)의 가을>, ≪이효석 전집 7≫, 창미사, 2003, 21.
50) 이에 대해서 이갑기는 이경원의 글들이 이효석이 쓴 것이라며 비판하기도 한다. 이갑기, 「문단촌침」, 『비판』, 통권 9호, 1932,1. 121.
51) 이효석, <야채찬(野菜讚) - 하르빈의 가구채원(街區菜園)>, ≪이효석 전집 7≫, 창미사, 2003, 258 - 259.
52) 한흑구, <효석과 석훈>, 『현대문학』, 1971,8. 336 - 7.
53) 이재현, 「이효석 선생 간호기」, 『조광』, 1942,8. 116.
   최정희, 「≪쇼팡≫을 치든 印象」, 『三千里』, 1942,7. 231.

얼마나 서구취향에 젖어 있었는지를 잘 보여준다.

> 그를 만나기 쉬운 곳은 다방이었고, 서양 고전음악의 판이 늘 돌아
> 가고 있는 세르팡 다방이었다.……그는 옷도 서구적인 것을 좋아했고,
> 꽃도 나무도 서구적인 것을 사랑했고, 음식도 서구적인 것을 좋아해
> 서, 평양사람이 즐겨먹는 냉면도 맛이 없다고 했다.…또한 그는 날씬
> 한 신사와 같은 체격을 갖고 있었지만 서구적인 스포츠를 좋아했다.
> 물론 스포츠의 대부분이 서양에서 왔지마는, 그는 특히 스릴이 있고,
> 멋이 있는 스포츠를 좋아했다. 그는 대동강 빙상 위에서 스케이트를
> 타지 않으면 스키를 갖고 산에 오르는 것이 겨울 방학의 일과이다 싶
> 었다.54)

한마디로 이 시기 이효석은 '서양풍의 신사'였다. 그의 이러한 서
구 취향의 근저에는 고아의식 혹은 실향민 의식이 자리하고 있다.
이효석의 장녀 이나미가 쓴 ≪마지막 날의 아버지 이효석≫(창미사,
1999)에 따르면, 이효석의 부친인 이시후(李始厚)는 서울 한성사범
학교 출신으로 1910년에 서울 근교에서 교편을 잡은 적이 있으며,
강원도 평창군 진부면의 면장을 역임한 사관(仕官)이었는데, 벤저민
플랭클린의 자서전을 편역한 『플랑클린전(富蘭克林傳)』(1911)을 보
급서관에서 출판한 적이 있는 지식인이었다.55) 그러나 효석은 아버
지와 사이가 별로 좋지 않았다. 이는 효석의 생모인 평산 신씨가 효
석이 5세인 1911년에 세상을 떠났고,56) 이후 효석의 아버지는 강홍
경을 새 아내로 맞아 들였는데, 효석과 새 어머니의 사이가 좋지 않
았기 때문이다. 효석의 부친은 어린 아들을 봉평에서 약 40킬로나

---

54) 한흑구, <효석과 석훈>, 『현대문학』, 1971,8. 336 - 7.
55) 이나미, ≪마지막 날의 아버지 이효석≫, 창미사, 1999, 62.
56) 이나미, ≪마지막 날의 아버지 이효석≫, 창미사, 1999, 63 - 4.

떨어진 평창읍내의 평창공립보통학교로 보내 6년간 하숙을 하게 하였고, 훗날 효석의 결혼식에도 새 어머니 강씨는 참석하지 않은 것으로 기록되어 있다. 이효석 문학을 오랫동안 연구해온 이상옥에 따르면, 미처 철이 들기도 전 생모를 잃고, 이후 부모와 격리된 생활을 해야 했던 어린 효석에게 상모증(喪母症), 혹은 고아의식(孤兒意識)이 훗날 그의 서구 취향의 한 요인이 되지 않았을까 싶다고 한다.[57) 그래서인지 효석은 자신이 "고향없는 이방인 같"다고 자주 언급하고 있다. "고향에 관한 시절의 글의 부탁을 받을 때마다 나는 언제든지 잠시간은 어느 곳 이야기를 썼으면 좋을까를 생각하고 망설이고 주저한다. 나의 반생을 푸근히 싸주고 감정을 그 고장의 독특한 성격에 맞도록 늑진히 길러준 고향이 없기 때문이다."는 술회도 그러하다.[58) 자신의 뿌리에 관한 견고하지 못한 유대감은 고향에 대한 애착이나, 나아가 민족적 정체성의 약화로 이어져 그는 자국문화에 대한 긍정적인 인식을 갖지 못한 것이 아닐까. 자기가 태어난 나라에서 정신적인 실향민이 되어 버린 효석은 서구적인 것들 속에서 새로이 '고향'을 찾았다. 오랜 가난으로 학업을 몇 번이나 중단해야 했던 효석이고 보면, 이광수의 고아의식이 친일 행적으로 이어졌던 것처럼, 그의 고아의식이 그의 정신적, 심리적 지향을 구라파나 이국으로 향하게 하지 않았나 싶다.

이효석의 서구취향의 또 하나의 요인으로 프롤레타리아 문학운동을 비롯한 서울 중심의 기성문단에 대한 반감을 들 수 있다. 동반자 문학에 경도되었던 그가 충독부 경무국 검열계에 근무한 열흘간의 전력으로 인해 공론의 장에서 반민족적 인사로 거론되고 특히 카프

---

57) 이상옥, 『이효석의 삶과 문학』, 집문당, 2004, 24.
58) 이효석, <영서(嶺西)의 기억>, ≪이효석 전집 7≫, 창미사, 2003, 103.

의 맹원이었던 이갑기로부터 "너도 개가 다 됐구나" 운운하는 혹독
한 발언을 듣게 된다. 그즈음 그가 구인회에 잠시 몸을 담았다가 바
로 탈퇴한 것은 프로문학에 대한 인식은 물론, 조선의 기성문단 전
체에 대한 불신이 작용하였던 것으로 보인다. 경성시절 이후 효석은
유진오, 최정희 등 몇몇의 문우를 제외하고는 다른 문인들과 별다른
왕래를 하지 않고 오랜 시절 고독한 생활습속을 유지했음은 이를 말
해준다. 이러한 그의 고립감과 기성문단에의 환멸이 서구 취향의 그
를 낳은 한 동인이 되지 않았을까 한다.[59]

4 민족적 정체성과 이국체험 문제

1) 『벽공무한』의 코스모폴리타니즘과 이효석의 '국민문학론'

이효석의 삶과 문학을 오랫동안 연구해온 영문학자 이상옥에 따르
면, 이효석의 문학은 일제 강점기하 물질적 가난은 물론 정신적 빈
곤까지를 포괄하는 '민족적 궁핍의 극복'이라는 문제에 바쳐져 있
다.[60] "小說의 형식을 가지고 詩를 읊은 작가"라는 평가[61]처럼, 그

---

59) 유진오의 증언에 따르면, 이효석이 동반자적 태도에서 순수문학의 방향으로 발길
  을 돌린 것은 이 사건을 계기로 해서라고 한다. 유진오, <이효석과 나>, ≪조
  광≫, 1942,7. 85.
60) "이효석의 문학은 당대의 현실 속에서 부족 혹은 결손을 인식하는 데서 출발했
  다고 할 수 있다. 이 점은 그의 소설뿐만 아니라 비소설 산문을 꼼꼼히 읽어보
  는 사람들에 의해서 쉽게 확인될 수 있을 것이다. 여기서 부족 혹은 결손이라
  함은 이효석이 살던 시대에 우리나라가 처해 있던 상황을 특징짓던 물질적 가난
  은 물론이요 정신적 빈곤까지 포함한다. 이 결손감은 더러 그로 하여금 현실에
  대해서 절망하게 했지만, 또 더러는 이 민족적 궁핍을 극복하기 위해서 문화창조
  의 필요성이 절실하다는 것을 인식하게 했다." 이상옥, 『이효석의 삶과 문학』,

는 치밀한 서사적 전개보다 이미지 위주의 묘사에 치중하고 있어, 산문정신에 비해 시정신이 승한 작가로 정평이 나 있다.[62] 초기의 '경향적 색채'나, 중후기의 탐미적 습성과 이국적 정취, 성(性)과 자연에의 경사와 문화생활에 대한 도취 등은 이효석 문학의 특장으로 꼽힌다. 그는 1925년 카프에 대한 1차 검거사건이 시작되던 해로부터 작품활동을 시작하여 1931년 만주사변 무렵 동반자적 경향을 버리고 순문학으로 방향을 선회한 후, 1930년대 말 '신체제론'의 강풍 속에서 김동인, 이광수, 모윤숙, 김기진, 박영희, 백철, 서정주까지 '대화혼'을 강조한 '국민문학'을 부르짖을 때, '비국민적(非國民的) 회의적 자유주의적인' 독특한 국민문학[63]을 실천함으로써, 일제의 파시즘과 식민주의를 직접 옹호하는 입장에서는 벗어날 수 있었다.[64]

이효석은 소설과 수필 등에서 선진 구라파 문화와 예술에의 동경을 러시아와 만주 등 가까운 북국에의 취향으로 풀어냈다. 그는 구라파에의 동경을 아름다움에의 추구와 동궤에 놓는데, 이는 곧 그것이 고국의 추한 현실에 대한 환멸감의 다른 표현임을 말해 준다. 식민지 고국, 가난한 고국, 새 어머니에게 빼앗긴 아버지, 어려서부터 가족으로부터의 고립됨, 이갑기와의 일로 인한 문단에의 환멸 등은 이효석의 낮은 민족적 정체성의 원인이 되었을 것으로 보인다. 그가

서문, 집문당, 2004,12.
61) 유진오, 「작가 이효석」, 『국민문학』, 1942,7. 15. 이원조, 「이효석론 - ≪해바라기≫ 저자에게 부치는 서한」, 『인문평론』, 1939,10. 60.
62) 이상옥, 『이효석의 삶과 문학』, 서문, 집문당, 2004, 330.
63) 임종국, 「이효석론」, 『친일문학론』, 평화출판사, 1966. 331 - 332.
64) 그의 후기작 가운데 친일문학으로 치부되기도 하는 ≪녹색의 탑≫을 읽어보면, 이효석이 은근히 조선인의 민족적 정체성을 강조하고 있음을 알 수 있다. <소복과 청자>나 <가을> 등의 작품에서도 조선인의 고유문화에 대한 주인공들의 애착에 묻어 있는 작가의 민족적 정체성을 느낄 수 있다. 하지만 ≪벽공무한≫에서 그러한 인식은 그 편린조차 찾아볼 수 없다.

이국정취와 풍물, 고전음악이 표상하는 보편적인 아름다움의 세계에 그토록 매혹되어 자신을 내어주게 된 것은 이 때문일 것이다.

이효석은 ≪벽공무한≫의 천일마를 통해 "인간은 고귀하기는커녕 미천하기 짝이 없다. 뭇 동물하고 다를 바 없이 흔하고 천하고 누추하다."[65]고 부정적인 인간관을 피력하고 있고, 고향에 대해서도 <嶺西의 기억>이란 글에서 "고향이 모두 너무 초라한 까닭"을 운운하고 있다.[66] 그에게 조선은 "여윈 땅"이자 "빈민굴"로 인식되며, 따라서 러시아를 통한 구라파 문화에의 동경은 그에게 또 다른 '고향'을 느끼게 해 주었다. 이효석은 그의 문학과 글에서 스스로 된장과 김치를 먹고 온돌의 과학을 좋아하면서도 '누렁둥이 죠세핀 베이커'의 노래에서 잃어버린 '고향'을 느끼는, 자신의 이중성을 가감없이 노출하였다.[67] 그는 "환멸에서 인간을 구하는 審美役"을 다하는 것이 문학 본연의 책무로 여겼는데,[68] 그 자신 문학 속에서 러시아와 만주를 넘나들고, 유럽의 문화를 향유하며, 백계 러시아 여인들과 사랑을 나눔으로써 환멸의 현실로부터 스스로를 구하고자 하였는지 모른다.

이효석이 ≪벽공무한≫에서 도달한 지점은 천일마의 "쭉정이 사상"이란 용어에 집약된다. 12장 <사건>장에서 일마는 '김종세'와 '나아자'에게 보낸 편지를 통해 "할빈은 향수의 도시, 공포의 도시, 전율의 도시, 위험하고 무서운 도시. 영화 같은 일이 일어나는 도시"라고 비판한다. 이어 그는 다양한 외국인들로 넘쳐나는 국제도시 할빈에서 인종과 국적을 떠난 무산자 계층의 공통위상을 느낀다. 일마는 캬바레 <승가리>에서 일하는 에미랴를 위해 그녀의 석달치 밀

---

65) 이효석, ≪벽공무한≫, 『이효석 전집 5』, 창미사, 2003. 137.
66) 이효석, <嶺西의 기억>, 『이효석 전집 7』, 창미사, 2003. 102.
67) 이효석, <斷想의 가을>, 『이효석 전집7』, 창미사, 2003. 89 - 90.
68) 이효석, 「문학진폭 옹호의 辯」, 『이효석 전집 6』, 234.

린 방값을 계산해주고, "에미라도 별수없이 음악가나 꽃장수와 가릴 바 없는 하나의 쭉젱이다. 사회의 최하층에 묻혀서 광명도 희망도 가지지 못하는 고달픈 인생인 것이다. 혈족의 차이도 피의 빛깔로 쭉젱이라는 사실과는 아무 관계가 없다. 혈족의 단결이 쭉젱이를 구해주지 못하는 것이오, 쭉젱이는 쭉젱이 끼리만 피와 피부를 넘어 피차를 생각하고, 구원하고 합할 수 있는 것"이라 한다.[69] 국제결혼에 대해서도 일마는 "나라두 다르구 피도 다르구 말도 달라도 눈빛으로 맘을 전하는 그들의 사랑"만 있으면 가능하다고 주장한다. 천일마의 인식은 <아자미의 章>에서 현의 아버지가 아들과 일본여성과의 동거를 "아들 세대의 분방한 짓"이라 꾸짖고 오륜(五倫)의 길을 풀어내면서 "피가 현격하게 다른 혼인이 정상이 아닌 그 소이연을 들려주곤 했"던 것과는 대조적이다.[70] 이러한 부분에서 드러난 작가 이효석의 의식은 가히 코스모폴리탄적이다.

이효석의 코스모폴리타니즘의 밑그림에는 유럽중심의 서구문화에 대한 짝사랑과 조선의 현실에 대한 환멸이 동시에 자리한다. 그의 이국취향이 자국의 문제점과 현실, 민족애의 재발견의 계기로서 기능하는 차원에 이르지 못한 것도 이 때문일 것이다. 식민지라는 조국의 특수성에 가장 착목하여야할 시점에 서구의 고전음악이 대표하는 보편주의로 비약해 버린 효석의 문학은 현실도피의 또 다른 논리일 수 있고, 친일의 혐의로부터도 완전히 자유로울 수 없는 한계를 갖는다.

---

69) 이효석, ≪碧空無限≫, 박문서관, 1941. 365
70) 이효석, <아자미(엉겅퀴)의 章>『국민일보』, 1941년 11월 창간호, 日文으로 발표 김병걸, 김규동 편, 『친일문학작품선집』, 1986. 221

2) 자국의 재발견을 위한 이국체험의 길

안정효가 허리우드를 한번도 가보지 않은 상태에서 쓴 ≪헐리우드 키드의 생애≫가 허리우드가 표상하는 '미국적 대중문화'에의 말할 수 없는 동경으로 가득 차 있듯, 이효석은 그 땅을 밟아 보지 못한 상태에서 만주와 러시아를 통한 유럽에의 동경을 판타지로 그려냈다. 만약 그가 좀 더 오래 살아서 그 땅들을 직접 누비고 여행하였더라면, 그 여행에서 이국과 異문화뿐 아니라, 조선의 현실에 대해서도 새롭게 눈뜨는 계기를 갖게 되었을 것이다. 프루스트가 ≪잃어버린 시간을 찾아서≫에서 말했듯이, 진정한 여행은 장소의 이동이 아니라, 새로운 시각의 획득을 가져다 주는 것이기 때문이다.

≪벽공무한≫을 비롯한 이효석의 작품들에 나타난 독특한 서구취향의 선례는 민족적 정체성이 선행되지 않을 때 선진문화나 異문화체험은 자민족, 자국의 문화창달에 효과적인 자양분으로 활용되기보다는, 선진문화의 눈부신 매혹에 점점 더 깊이 빠져들게 하여 끝내 그곳에서 헤어나지 못하게 하는 측면이 있음을 보여준다. 이는 자기가 속해 있는 현실로부터 '저 너머의 세계'로 눈을 돌리게 만든다는 차원에서 현실탈각적인 태도로 이어질 수 있다.

▪ 1장 참고문헌

⁞⁞ 1차 자료

이인직, ≪혈의 누≫, (서울 : 광학서포, 1906)
이광수, ≪무정≫, (서울 : 우신사, 1917)
남정현, ≪분지≫, (서울 : 한겨레, 1987)
안일순, ≪뺏벌≫(상·하), (서울 : 공간미디어, 1991)
안정효, ≪헐리우드 키드의 생애≫, (서울 : 민족과 문학사, 1993)
＿＿＿, ≪미늘≫, (서울 : 열음사, 1993)
＿＿＿, ≪하연전쟁≫ 제1 - 3부, (서울 : 고려원, 1993)
＿＿＿, ≪나비 소리를 내는 여자≫, (서울 : 현암사, 1994)
＿＿＿, ≪낭만파 남편의 편지≫, (서울 : 민음사, 1995)
황석영, ≪무기의 그늘≫(상·하), (서울 : 창작과 비평사, 1992)
최인훈, ≪화두≫(1·2), (서울 : 민음사, 1994)

⁞⁞ 2차 자료

고명철, 「베트남전쟁 소설의 형상화에 대한 문제」, 『현대소설연구』, 제19호 2003,9.
권보드래, 「식민지 지식인의 '민족'과 '인류'」, 『정신문화연구』, 제28권 제3호 통권 100호, (서울 : 한국학중앙연구원, 2005).
권명아, 「여성수난사 이야기와 파시즘의 젠더 정치학」, 『문학 속의 파시즘』, (서울 : 삼인, 2001)
김기태, 「한국의 베트남전 참전과 한미관계」, 한국외대 박사논문. 1983.
김대중, 「반미정서와 반미주의」, 『김대중 칼럼』, 조선일보, 2002,10. 22.
김미영, 「안정효 소설에 나타난 미국의 이미지 연구」, 『미국학논집』, 36집 3호 2004년 겨울.
＿＿＿, 「同事攝의 行으로서의 글쓰기 - 안일순론」, 안일순 단편집 『과천미인』의 작품해설, (서울 : 초당, 1998).

김병걸, 「狀況惡에 대한 끈질긴 도전」, ≪분지≫, (서울 : 한겨레, 1987).
김원모, 『한미 외교관계 100년사』, (서울 : 철학과 현실사, 2002).
김윤식 편, 『이상문학전집3』, (서울 : 문학사상사, 1991).
김은실, 「민족 담론과 여성」, 『한국여성학』, 10집, 1994,
김은하, 「타식민화의 신성한 사명과 양공주의 섹슈얼리티」, 『한국문학에 나타
　　　난 전쟁과 여성』, 한국여성문학회 10회 학술대회, 2003,
김정자, 「한국 기지촌 소설의 기법적 연구」, 『한국문학논총』제16집, 1995. 378.
김진웅, 『반미』, (서울 : 살림, 2003).
김주리, 「한국 근대 문학 속의 미국과 미국적 가치」, 한국아메리카학회 제24
　　　회 대학원생 워크샵 자료집, 『한국인이 본 미국의 전통적 가치』, 2004.
김택호, 「낭만적 희망의 발견과 공동사회로의 복귀의지」, 『한국문예비평연구』,
　　　제16호, 2005.
김 현, 「한계 상황의 인식」, 『김현문학전집 15』, (서울 : 문학과 지성사, 1993).
박선애, 「기지촌 소설에 나타난 매춘 여성의 문제」, 『현대소설연구』, 24호, 2004.
박진임, 「경계에서의 글쓰기」, 『오세영의 시 깊이와 넓이』, (서울 : 국학자료원,
　　　2002).
박태원, <최노인전 초록>, ≪박태원단편집≫, (서울 : 학예사, 1939).
손창묵, 『안에서 본 미국 밖에서 본 한국』, (서울 : 용안미디어, 2000).
신영덕, 『한국 전쟁기 종군 작가 연구』, (서울 : 국학자료원, 1998).
우선영, 「청소년의 개방성과 미국인에 대한 이미지」, 고려대 석사논문. 2000.
이경훈, 「노란 피부, 노란 가면」, 『오늘의 문예비평』, 42호 2001 가을호
이문수, 「국어사랑」, (http://munsu.new21.org/sosul-main.htm)
이상갑, 「제 3세계 문학론과 탈식민화의 과제 ; 리얼리즘론의 정초과정을 중심
　　　으로」, 『한민족어문학』, 제14집. 2002,12.
이수미, 「아시아계 미국문학에서의 베트남/미국 전쟁 연구」, 『현대영미소설』,
　　　제11권 2호, 2004.
이완근 · 이학준, 「희망의 문학」, (http://www.seelotus.com/frame_h.htm)
이정호, 「안정효의≪헐리우드 키드≫에 나타난 모사와 초실재로서의 영화」,
　　　『예술문화연구』, 4집. 1994,11.
장윤영 외, 「한국은 미국의 51번째 주인가?」, 『뉴스메이커』, 2000,5. 4. (서울
　　　: 경향신문사, 2000).
장자영, 「해방 이후 소설의 한미관계 수용 연구」, 중앙대 석사논문, 2004.

정영수, 「커뮤니케이션학적 관점에서의 Image 형성에 관한 연구」, 성균관대 석사논문, 1985.

하정일, 「탈식민 서사와 식민적 무의식 - ≪화두≫論」, 『작가연구』, 제14호 (서울 : 깊은 샘, 2002,10).

한국아메리카학회 24회 대학원생 워크샵 자료집, 『한국인이 본 미국의 전통적 가치』, 2004.5.

한승헌, 「남정현의 필화, '≪분지≫'사건」, 『분지』, (서울 : 한겨레, 1987).

현종민 편, 『서재필과 한국 민주주의』, (서울 : 대한교과서, 1990).

부루스 커밍스, 「냉전구조들과 한반도의 지역적·전진적 안보」, 『창작과 비평』, 2000 여름호

___________, 「한국에서의 '반미주의'의 구조적 기반」, 『한미관계, 억압된 역사의 복원』, (서울, 프레시안, 2003,2.20).

캐서린 H.S. 문, 이정주 역, 『동맹 속의 섹스』, (서울 : 삼인, 2002).

John Mark Frankl, "Our Country" : Changing Images of the Foreign in Korean Literature and Culture, (Boston : Harvard Uni. Press, 2003).

▪ 2장 인용문헌

⁛ 1차 자료

안정효, ≪전쟁과 도시≫, 서울 : 실천문학, 1983.

_____, ≪전쟁의 숲≫, 서울 : 시사토픽, 1991.

_____, ≪에필로그를 위한 전쟁≫, 서울 : 고려원, 1993,

_____, ≪헐리우드 키드의 생애≫, 서울 : 민족과 문학사, 1992,

_____, ≪은마는 오지 않는다≫, 서울 : 고려원, 1990.

_____, <가을바다 사람들>, 서울 : 고려원, 1985,

_____, <미늘>, 『문학정신』, 서울 : 문학정신사, 1990.

_____, <회귀>, 『불교문학』, (1988)

_____, <황야>, 『문학정신』, (1991년 봄호)

_____, <미국인의 아버지>, 『현대소설』, (1990년 봄호)

_____, ≪나비 소리를 내는 여자≫, 서울 : 현암사, 1994.

⁞⁞ 2차 자료

강상중 · 요시미순야, 임성모 역, 「혼성화 사회를 찾아서 - 내셔널리티의 저편으로」, 『당대비평』, 제10호, 서울 : 삼인, 2000.

강정인 · 안외순, 「서구 중심주의와중화주의의 비교 연구」, 『국제정치논총』, 제40권 3호 (2000,11)

강치원, 『미국은 우리에게 무엇인가』 서울 : 백의, 2000.

곽봉재, 「전쟁의 광기로부터 눈뜨기 ; 안정효 원작. 정지영 감독 ≪하얀전쟁≫」, 『문학과 창작』, 제33호, (1998,5)

김경수, 「도시적 삶, 그리고 삶 속에 내재한 죽음 ; 안정효의 소설을 중심으로」, 『문학정신』, 제66호, (1992,4)

김원모, 『한미 외교관계 100년사』 서울 : 철학과 현실사, 2002.

김형인, 「미국 사회주의의 좌절」, 『미국사 연구』, 제14집, (2001,11)

나인호, 「'미국'과 '미국적인 것'에 대한 독일인들의 인식」, 『미국사연구』, 제16집, (2002,11).

류철균, 「안정효와 엄우흠의 소설」, 『세계의 문학』, 제61호, (1991,8)

문흥술, 「자본의 폭력에 대처하는 방식; <낭만파 남편의 편지>, 안정효 著/<아늑한 길>, 정찬 著」, 『세계의 문학』, 제79호, (1996,2)

서석준, 「복제신화 혹은 가짜 낙원, 그 황홀과 허무의 변주곡 : "헐리우드 키드의 생애"」, 경남대학교 문과대학 국어국문학과, 『어문논집』, 제7 · 8호, (1995.12)

서수균 · 권석만, 「자존감 및 자기애 성향과 공격성의 관계」, 『한국심리학회지』, 제21권 제4호 (2002,11)

신조영, 「미국적 가치관 비판 : 개인주의와 물질주의를 중심으로」, 『미국사 연구』, 제13집, (2001,5)

유팔무, 「한국전쟁과 문화운동」, 『아시아문화』, 제16호, (2000,12)

유재건, 「근대 서구의 타자 인식과 서구중심주의」, 부산경남사학회. 『역사와 경제』, 제46호, (2003,3)

윤정헌, 「미국 이민 소재 소설에 나타난 "탈향민의 뿌리찾기" ; 안정효의 세 작품 <회귀>, <미국인의 아버지>, <황야>를 중심으로」, 『영남어문학』, 제30호, (1996,12)

윤정헌, 「안정효 소설의 휴머니티」, 『영남어문학』, 제26호, (1994.12)

이상갑, 「제3세계 문학론과 탈식민화의 과제 ; 리얼리즘의 정초과정을 중심으로」, 『한민족어문학』, 제14집, (2002,12)

이용욱, 「안정효 ≪헐리우드 키드≫에 대한 해체적 독법」, 『한남어문학』, 제20호, (1995,4)

이정호, 「안정효의 ≪헐리우드 키드의 생애≫에 나타난 모사와 초실재로서의 영화」, 『예술문화연구』, 제4집. (1994.11)

임지현, 「한반도 민족주의와 권력 담론 - 비교사적 문제 제기」, 『당대비평』, 제10호 (2000년 봄호), 서울 : 삼인, 2000.

임희섭, 「해방후의 대미인식」, 유영익·송병기·양호민·임희섭, 『한국인의 대미인식』 서울 : 민음사, 1994.

장윤영 외, 「한국은 미국의 51번째 주인가?」, 『뉴스메이커』, (2000,5. 4)

전은경, 「자존감의 개념적 고찰과 분석」, 숙대 학생 생활상담소, 『학생생활연구』, 제23집. (2001,2)

하세봉, 「동아시아는 미국의 문화제국주의의 식민지인가」, 부산경남사학회, 『역사와 경제』, 제46호, (2003,3)

학술단체협의회편, 『우리 학문 속의 미국』 서울 : 한울 아카데미, 2003.

Anthony Giddens, 진덕규 역. *The Nation - State and Violence* (1985), 『민족국가와 폭력』 서울 : 삼지원, 1993.

Jeremy Rifkin, 신현승 역, *Beyond Beef* (1993). 『육식의 종말』 서울 : 시공사, 2002.

Marc Fero, 주경철 역, *Cinema et Historie* (1993), 『역사와 영화』, 서울 : 까치, 1999.

Wertsch, *Mind as Action,* New York Oxford, Oxford University Press, 1998.

제2부

혼성적 사회에의 서사적 대응

- 창래 리 문학 연구

1 ≪네이티브 스피커(Native Speaker)≫를 통해본 우리시대 본격소설의 가능성

1 소설적인 너무나 소설적인 ≪네이티브 스피커(Native Speaker)≫

　영상문화의 대중적 확산이 본격문학의 시장축소의 직접적 원인은 아니겠지만, 오늘날 우리가 목도하는 문학의 위축은 21세기 디지털 영상문화시대와 문학이 본질적으로 화합하지 못하는 게 아닐까 하는 의심의 빌미가 되기는 한다. 대중의 가슴 속에 본격문학에의 불씨는 꺼져가고 영화와 디지털게임과 웰빙열풍 등이 그 자리를 대체해가는, "문학 자체가 도전받는 시기"에,[1] 서울로부터 지구 반 바퀴만큼 떨어진 도시 뉴욕에서 소설가 창래 리(Chang - Rae Lee)는 ≪네이티브 스피커(Native Speaker)≫를 발표했다.[2]

　소설적인, 너무나 소설적인 이 작품을 두고, 피부색과 언어를 초월

---

1) 조남현, 「1990년대 비평의 성과와 과제」, 『문학동네』, 1999년 가울호, 377.
2) 이 글에서 작가의 이름을 '창래 리(Chang - rae Lee)'로 표현함은 '창래 리'가 고유명사이기 때문이다. 작가는 한국계 미국인이고, 그의 이름은 '이창래'가 아니라 '창래 리'이다. 이 이름에는 작가 특유의 고유성이 담겨 있다. 이 글에서 인용한 책은 정영목이 번역한 『영원한 이방인(Native Speaker)』, 나무와 숲, 2003의 것이다. 작품의 제목은 주제와 연관된 원제를 그대로 사용하였다.

한 많은 사람들이 저마다의 감동어린 찬사를 보냈다. 나 역시 이 아름다운 작품에서 작가의 빛나는 통찰을 보았다. 강단에서 소설을 가르치고, 소설을 연구하며, 소설평을 쓰는 직업을 가진 나는 처음 이 작품을 읽었을 때 책에서 눈을 뗄 수가 없었다. 정말 오랜만에 가슴이 쿵쿵 뛰었다. 나는 이 작품에서 우리시대 본격소설의 힘과 가능성을 보았다. 나는 나의 감동을 다른 사람과 나누고자, 또 이 작품에 나타난 우리시대 본격소설의 모습을 정리해 보고자 이 글을 쓴다.

여기까지 읽은 독자는 내게 의문을 제기할 수 있다. 한국의 문학을 이야기하면서 미국작품을 거론하는 것이 과연 적절한가. 그렇다. 작가 창래 리(Chang - rae Lee)는 미국인이며, ≪네이티브 스피커(Native Speaker)≫는 영어로 발표되었다가 한국어로 번역 출간된 작품이다. 굳이 나누자면 이 작품은 영어로 된 문학이다. 오늘날은 비평과 학문, 또 학문과 학문 간의 경계를 지키는 미덕보다 영역간의 포개짐과 겹쳐짐에도 불구하고 각각의 연구와 비평이 갖는 새로움과 의미가 관건인 시대다. 한국문학이다, 아니다의 구분 이전에, 창래 리의 문학은 세계 문학의 한 성취이다. 또한 도스토예프스키 문학이 러시아 문학으로서 우리에게 의미를 가지기보다, 그저 도스토예프스키 문학으로 이해되듯이, 이 작품은 한국문학이다, 미국문학이다 이전에 창래 리의 문학이다. 창래 리는 서울에서 열린 초청강연회에서 자신의 작품은 그저 창래 리의 문학으로 이해해 달라 하였다. 이 말에는 많은 의미가 담겨 있다. 작가의 물적·사회적 토대인 미국 내 이주민사회는 민족주의나 국가이데올로기가 개인 삶의 규정력이라기보다, 개인의 생존원리가 민족과 국가에 앞서는, 잡종의 사회(hybrid society)이다.

누가 진정한 네이티브 스피커인가 라는 질문이 담겨있는 이 작품의 제목에서 네이티브 스피커란 기득권계층을 의미한다. 기존의 네이티브 스피커들과 새로이 그 대열에 합류하려는 자들, 혹은 어느 관계망 속에서는 네이티브 스피커이면서 또 다른 관계망 속에서는 네이티브 스피커가 아닌 사람들의 이야기. 자본주의라는 거대한 체제 아래에서 다면적인 정체성을 지니고 사는 현대인들의 모습이 뉴욕 이민자사회를 통해 재현된다. ≪네이티브 스피커≫에 그려진 도시는 뉴욕뿐 아니라, 서울의 모습이기도 한 것이다. 이 작품을 미국 내 일부 언론이나 평단이 이민자문학 운운하며 소수민족의 이야기로 평가하는 것은 창래 리의 문학이 가지는 보편성의 차원을 덮어버리는 논의이다.

우리시대 본격소설의 가능성과 힘을 탐색하면서 창래 리의 문학을 경유하는 것은 그의 작품이 지닌 보편적인 문제의식과 탁월한 문학적 성취 때문이다. 나는 박경리의 문학이나 토니 모리슨의 작품을 다루듯 그의 작품을 나누고 쪼갤 것이다. 그리하여 그 속에 화석처럼 묻혀있는 진리를 발견해갈 것이다.

인터넷 소설과 장르문학, 디지털 게임서사나 하이퍼텍스트 내러티브에서 결코 맛볼 수 없는 소설만의 즐거움인 인간과 세계에 대한 새로운 통찰과 인식을 발견해 가는 기쁨을 맛보게 되면 소설의 힘에 대한 믿음의 불씨를 살려낼 수 있게 될 것이다. 소설적인, 너무나 소설적인 창래 리의 문학은 소설을 사랑하는 사람들에게는 분명 하나의 '사건'이다.

 ## 희미한 서사(glimmering plot)와 경계의 삶

《네이티브 스피커》는 월트 휘트먼의 시구로 시작된다. "돌아서지만 벗어나지는 않는다. 혼란스러워 과거를 읽고, 또 읽지만, 아직은 어둠." 이 에피그라프(epigraph, '제사(題詞)')'는 《네이티브 스피커》의 주제와 의미, 분위기를 예고한다. 한국계 미국인 이민 1.5세대인 주인공 헨리 박(Henry Park)은 나이 서른 셋에, 직업은 유령회사인 '글리머 앤 컴퍼니'(Glimmer & Company) 소속으로, 개인신상정보를 수집하는 일종의 '스파이'이다. 그는 지금 혼란에 빠져 있다. 어떻게 살아야 하는지 그 해답을 찾으려 자신의 과거인 아버지, 어머니, 그리고 기억들을 더듬어 보지만, 내가 누구인지, 어떻게 살아야 할지, 도무지 길이 보이질 않는다. 헨리는, 그의 회사명처럼, 어렴풋하고 희미한(글리머링 : glimmering), 뭔가 뚜렷이 그 정체나 전모를 알 수 없는 상태, 세계도, 타인도, 자기자신조차도 희미해서 도무지 실체를 알 수 없는 상태에 처해 있다. 왜일까? 그의 미래인 아들이 죽었고, 일상이자 현재인 아내가 그를 떠났기 때문이다. 그래서 그는 자기의 현재위상과 미래를 되찾으려고 과거를 돌아본다. 작품의 전반부는 헨리의 과거 기억에 대한 기록이다.

자기에 대한 명상록. 1995년 《네이티브 스피커》를 출간되었을 때 쏟아진 미국 언론의 찬사 가운데 유독 '명상적'이라는 평가가 많았다. 특히 『뉴욕』은 "정체성, 무너진 자존심, 그리고 문화적 혼돈에 대한 예술적 명상이다."라는 단평을 게재했다. 세계 각처에서 새로운 생활 터전을, 새로운 미래와 조국을 찾아 몰려든 사람들의 공간 뉴욕. 개인의 의지로 국적의 선택이 가능한 나라 미국. 그 미국의 한 가운데인 다인종·다언어·다문화의 대도시, 뉴욕. 이 작품의 마지막 장 첫 구절은 "이 말들의 도시. 우리는 이곳에 산다."로 시작된다. 성서의 창세기에서 노아의 후손들이 홍수 이후 타락을 거듭하다 급기야 탑을 건설할 때, 하나님은 이 타락한 도시 바벨을 징치하려 사람들의 말을 갈라 놓았다. 말이 달라 서로 소통치 못하는 도시 바벨. 현대판 바벨인 뉴욕. 택시운전수가 되려면 강도를 만났을 때를 대비하여 자비를 베풀어 달라는 말을 40개의 언어로 말할 줄 알아야 살아남을 수 있는 도시. ≪네이티브 스피커≫에 대한 뉴욕커들의 통찰이 정확했던 것은 이 작품이 뉴욕을 이야기하기 때문이다. 정도의 차이는 있지만, 거대도시 서울에 사는 오늘 우리의 모습도 거기에 담겨 있다.

우선 작품의 이해를 위해 줄거리의 희미함을 거둬내 보자. 대부분의 연구자들이 이 작품의 기본 줄거리를 찾지 못해 애를 먹는데, 이는 주인공 헨리 박(Henry Park)이 빠진 혼란의 은유인 듯, 달리 보면 작가의 전언인 듯, 기본서사조차 희미하게 제시되어 있기 때문이다. 사정이 이러하니, 헨리는 왜 혼란에 빠지게 되었는가? 라는 질문의 답 찾기로부터 줄거리를 추리해 가자. 첫째 그것은 아들 밋(Mitt)의 죽음. 둘째는 아내 릴리아(Rilia)의 떠남. 셋째는 스파이라는 일의 문제. 물론 이 셋은 서로 맞물려 있다.

스코틀랜드계 백인여자 릴리아와 결혼 10년째인 헨리는 7살된 외아들 밋을 잃었다. 백인아이들이 밋을 놀리며 장난치다 어처구니없는 사고로 밋이 죽었다. 어처구니없이, 철없는 아이들의 놀림과 놀이 가운데 밋이 죽었기에, 헨리는 "시베리아처럼 고요해진다." 아들의 죽음 이후 헨리와 릴리아는 "마치 무릎까지 찬 등유 속을 걸어 다니는 사람들" 같다. 부부는 말도 섞지 않고 서로를 피하면서, 소동도 로맨스도 없는 침묵의 시간을 살아낸다. 혀와 심장과 마음이 담긴 침묵. 가장 사랑하는 사람의 얼굴에서 단단한 표정을 불러 일으키는 위력을 지닌 침묵. 헨리와 릴리아가 진정 슬픈 것은 언젠가는 밋의 죽음조차도 모두 희미해질 것이라는 사실 때문이다.

넓은 얼굴과 누런 피부, 아무리 매끄럽게 영어를 말해도 자기 발음을 끊임없이 의식하는 또 다른 자신이 보이는 상황. 그 속에서 어린 시절은 살아온 헨리는 어린 시절 동네 백인 아이들이 자기를 칭크, 잽, 국 등으로 놀릴 때를 기억해 낸다. 아들이 자기가 당한 일을 되풀이하게 되었을 때, 아비로서 자신은 그 백인 아이들의 집을 방문하여 아버지가 어린 시절 그러하셨던 것처럼 너무도 정중하고 예의바른 모습으로 그 백인 아이들의 부모에게 항의를 한다. 그 예의바름과 정중함에 대한 자괴감이라니! 좀 더 당당하고 거칠게 항의하지 못하는 아버지를 보던 어린 시절 자신의 분노. 그것을 생생히 기억하면서도 너무도 정중한 지금의 자기. 아름다운 아들 밋은 혼혈아가 아니었으면 죽지 않았을 것이기에, 황인종 아비 헨리는 시베리아처럼 고요해진다. 덕분에 릴리아와의 소격함은 더욱 깊어진다.

뉴욕에서 사람들은 누군가를 기억해 낼 때, "메부리코가 멋진 흰 남미계 여자"라고 말한다. 헨리도 릴리아를 처음 만났을 때, 그녀가 영어를 말할 때 내는 독특한 목소리와 "인도의 사리보다 느슨한 모래 빛깔의 천을 두른, 푸른색에 가까운 투명한 피부" 때문에 그녀에게 호감을 느끼게 되었다고 술회하고 있다. 피부색·인종·언어·문화 등의 외적 기표가 개인의 많은 것을 규정해버리는 사회. 이민자의 경우 영어를 말하는 자신의 발음이 자꾸 의식되는 상태. 문화의 교섭과 적응, 수용과 배제와 갈등의 역학을 포괄하는, 탈영토화된 상태에서의 이질성과 다양성의 자기화 과정에서 수반되는, 변형과 차이를 통해 새롭게 자신을 구성해내는, 이산의 정체성으로서의 디아스포라(diaspora)는 바로 이것이 아닐까. 이주민인 자기에게도 내재화되어 버린 요소, 즉 주어진 조건들, 의지나 노력으로 바꾸려고 해도 난공불락인 요소들, 그것들에 의해, 좌지우지되는 삶. 아름다운 아들 밋이 죽은 것은 결국 이 때문이다.

오랜 시간이 흐른 다음에도 릴리아는 둘째를 가지기를 거부하는데, 이는 뉴욕이라는 사회가 혼혈아를 받아들일 준비가 되어있지 않다고 판단해서보다는, 헨리에 대한 신뢰에 문제가 있기 때문으로 설정되어 있다. 아들에서 아내로의 이동. 헨리는 자신이 하고 있는 일을 아내에게 끝내 밝히지 않는다. 아내에게 숨겨야 할 일을 직업으로 삼고 있다는 뜻. 헨리는 이주민 가운데 경제적으로 성공하여 명망을 얻은 소수인종 출신의 유력인사들을 뒷조사하여 리포팅하는, 일종의 첩자로 일한다. 그의 상부는 철저히 베일에 가려져 작품 내내 실체를 드러내지 않는다. 글리머 앤 컴퍼니(Glimmer & Company)의 주 고객층은 부자인 백인 우익인사 개인일 수도 있고, 미국 내 보수 우익단체일 수도 있다. 점조직에 가까운 이 회사는 외부에 업무의 성격이 노출되지 않게 보안에 철저하다. 헨리가 속해 있는, 호글랜드가 관리하는 사무실은 CIA보다 기민한 수사력을 보유한 조직으로 재능있는 인재로 구성되어 있다. 헨리는 대학을 마치고 대학원 진학을 준비하던 중, 호글랜드에 의해 픽업되어 이 일을 몇 년째 하고 있다. 이 분야는 동양인 특유의 권위에의 복종심과 질서의식, 그리고 감정을 드러내지 않는 진중함과 충직함이 요구되는데, 호글랜드는 헨리가 이 일의 적격자라고 평가한다. 하지만 릴리아는 헨리의 일에 대해 불안해하나, 헨리는 "까다롭고 변화가 많은 일이지만 잘 풀리고 있다."는 헨리식의 답변으로 일관한다. 릴리아의 불신은 날이 갈수록 커져 둘째 낳기를 꺼리다 결국 헨리에 대한 평가목록서를 남기고 돌아올 구체적인 기약없이 헨리를 떠나는 것으로 가시화 된다.

가족해체의 국면을 맞은 헨리. 이민자사회에서 가족은 모든 것에 값한다. 아버지는 '불굴의 노새', '나의 비천한 주인', '인간 연금같은 사람'이라는 평가를 헨리로부터 들으면서도 당신 인생을 모두 가족을 위해 접었다. 어머니가 일찍 돌아가신 탓에 아버지가 말하는 가족은 외아들 헨리를 뜻했다. 그 아버지의 아들 헨리는 아버지를 잃었고 아들을 잃었다. 그리고 지금 아내 릴리아를 잃어간다. 헨리는 돌아가시기 직전 뇌경색을 앓던 아버지를 방문했던 때를 이렇게 떠올린다.

나는 아버지가 손쉬운 과녁이 될 것이라고 생각했다. 뻣뻣했기 때문에, 마비되었기 때문에. 그러나 고뇌는 나의 몫이었다. 아버지는 움직일 수 없었다. 나는 또 아버지가 그 입, 늘어져서 벌어진 입으로 나를 조롱하고 있다고 생각했다. 내가 하는 어떤 말도 아버지를 뚫고 들어가지 못하는 것 같았다. 하지만 내 말이 뭐였단 말인가? 아버지는 나를 이국땅에서 길렀고, 나를 대학에 보냈으며, 오래전에 땅에 묻힌 어머니를 대신하여 내 결혼을 지켜보았고, 내가 아버지처럼 몸부림을 치지 않고도 내 자식들에게 아버지가 나에게 해 주었던 것과 똑같은 일을 해주기에 충분한 돈을 남겼다. 복잡하지 않았던 아버지의 의무들은 어떤 면에서 보건 완수되었다. 미국의 유명한 게토에서 25년간 청과상을 하도록 아버지를 밀어붙인 그 일편단심의 결의는 마지막 며칠간에도 아버지를 배신하지 않아, 나의 빈약한 매도(罵倒)를 모두 헤치고 나아가게 해주었다.(96)

이 대목은 아버지의 삶을 묘사하면서 동시에 서사의 진행을 추동하고 있다. 아버지와 아들 간의 삶의 방식의 차이와 그 차이를 뛰어 넘는 가족으로서의 이해가 뜨거움으로 깔려 있다. 공기같은 존재 가족. 공기의 소멸. 드디어 헨리는 일에서도 위기를 맞는다. 헨리는 필리핀 출신의 정신과 의사인 닥터 루잔에 대해 리포팅하던 중, 그에게 매료되어 중도에 잭에게 일을 넘긴 일이 있다. 루잔은 반미적인 정치적 성향을 지닌 마르코스의 고국 귀환을 후원하는 소규모 운동의 조직가로서 반아키노 시위를 위한 자금모금운동을 이끄는 인물이다. 루잔에게 환자를 가장해 접근했던 헨리는 루잔과의 정신치료 상담을 위해 '지어낸 서사'가 궁지에 몰리자, 아니 루잔의 인격에 호감을 느끼게 되어 그와의 만남을 기다리게 되면서, 지어낸 서사가 아닌, 자신의 '실제서사'로 상담에 임하게 되었다. 헨리가 루잔과 진정으로 소통하게 됨을 눈치챈 호글랜드는 헨리를 감시하는 인물을 붙이고, 결국 헨리는 중도에 그 일에서 밀려나 커리어에 오점을 남겼다.

이번에 헨리는 한국계 미국인 사업가이자 뉴욕 시의원인 존 강이라는 사람을 맡았다. 존 강의 선거사무실에 자원봉사자를 가장해 들어가 그의 일거수일투족을 정탐하여 보고서를 작성하는 것이 그의 새로운 일이다. '인간 먹구름 호글랜드'는 루잔 때처럼 헨리 뒤에 또 다른 정탐꾼을 붙여 헨리를 끊임없이 감시한다. 변호사이자 경영학 박사이며, 사업가로서 자수성가한 존 강은 '동부의 떠오르는 별', '노던 블러바드의 군주'로 불리면서 현 뉴욕시장이자 민주당원인 백인 데 루스에 맞서 차기 뉴욕시장 선거에 출마가 유력시되는 인물이다. 이민자 모두가 구멍가게에서의 생활과 교회에서의 안전만을 원할 때, 존 강은 공적인 규모로 드러난 정체성의 대명사로 이주민 모두의 희망이 된다. 그는 소수인종 출신 이민자들에게 "우리가 공통으로 가지고 있는 것, 그 슬픔과 고통과 불의가 언제나 우리의 차이들보다 더 강하다"고 강조한다. 존 강에게서 희망을 찾으려 다양한 이주민들이 몰려든다. 한국인, 인도인, 베트남인, 하이티인, 콜롬비아인, 나이지리아인으로 이루어진 익명의 소수인종 출신의 이주민 부대는 존 강에게서 자신들의 미래를 본다. 사람들은 그에게 자신들의 희망이 되어달라고 후원금을 보낸다. 헨리는 존 강에게 점차 빠져들수록 호글랜드 사무실에 보고서를 쓰는 일이 어려워진다. 호글랜드는 헨리의 보고서에 존 강에 대한 신뢰와 존경이 묻어남을 알아차린다. 그럼에도 불구하고 점차 존 강이라는 인물에 매료되는 헨리. 존 강은 단순한 정치꾼이 아닌, 진정으로 소수인종에게 희망이고자 하는 인물이며, 그들의 공적인 언로가 되어줄 사람이다. 헨리는 아버지의 결락부분을 존 강에게서 발견한다. 선거운동이 시작되고, 현 시장인 데 루스와 흑인 소녀 키키와의 불미스런 관계가 노출된다. 이어 존 강의 선거사무실에 폭탄테러가 발생하고 존 강의 신임을 받던 자금담당자 에두아르도가 사망한다. 이후 헨리가 에두아르도의 일을 이어받는다. 존 강의 충직한 자원봉사자였던 에두아르도가 맨하튼에 큰 아파트를 가지고 있었던 것이 밝혀지자, 그가 존 강의 정치후원금의 일부를 도용한 것이 아닐까 하는 의혹이 불거진다.

폭탄테러에 대한 보도가 TV 전파를 타는 과정에서 언론과 경찰청은 뉴욕시민들에게 소수인종의 정치참여는 결국 안정을 해치는 소란스런 일을 유발시킨다는 우려의 분위기를 유포시킨다. 테러에 대한 경찰의 조사는 계속되고, 테러의 범인이 누구인지 모른 채, 선거사무실의 모든 사람들은 소문과 가설을 교환하느라 바쁘다. 호글랜드는 헨리에게 존 강의 후원금 모금이 불법선거자금 모집이라 문제 삼고, 주요 후원자 명단을 넘겨줄 것을 종용한다. 갈등하는 헨리. 호글랜드는 불법정치자금과 탈세 등의 혐의로 존강의 후원자들을 체포하거나 세무사찰을 하여 존 강의 세력을 약화시키고자 한다. 호글랜드의 뒤 멀찌감치엔 데 루스가 있을까? 혹은 연방정부? 작가는 독자에게 그 무엇도 명쾌하게 밝혀주지 않는다. 언제나 지략가인 데 루스는 전면에 나서는 법이 없다. 뉴욕시 경찰국장이 언론을 선방하고, 우익 백인들이 존 강의 집 앞에서 "미국 땅은 미국인에게"라는 플랭카드를 들고 시위를 한다. 역시 얼굴빛이 다른 사람들은 뭔가 안정을 해치는, 시끄럽고 불미스런 일들을 만드는 사람이라는 이미지만 대중에게 심어주면 되는 것.

존 강의 선거사무실 폭탄테러에 대한 현장검증이 실시되고 이것이 중계되던 날, 존 강이 직접 나서서 테러에 대한 기자회견을 하여야 하는데, 이때 존 강의 사람들은 언론에 비친 그들의 다양함을 보여주기 위해 '꽃꽂이를 하듯이' 유색인종들 사이사이에 백인 자원봉사자들을 동원하여 섞어 세운다. TV화면에 전체 색조가 지나치게 갈색 일변도이면, 좋지 않다는 판단이다. 그러나 전반적인 존 강 측의 열세를 반전시키기에는 역부족. 존 강의 정치적 입지는 갈수록 좁아진다.

존 강의 정치후원금 모금은 한국 교회와 한국식 '계'를 통해 이루어지는데, 백인들은 그것을 불법으로 치부한다. 헨리는 결국 호글랜드 측에 후원자 명단을 건넨다. 정계진출이 어려워진 존 강은 헨리에게 선거사무실 폭탄테러가 자작극임을 실토한다. 존 강이 자작극을 꾸민 이유가 폭탄테러를 데 루스나 보수우익 백인들의 소수인종에 대한 정치적 탄압으로 몰아갈 계산에서였는지, 정치후원금을 유용한 것이 탄로날까봐 꾸민 것인지, 또 존 강은 에두아르도의 자금횡령을 알고 있었는지, 등도 명확하게 나타나 있지 않다. 예상치 못하게 야근하던 에두아르도와 독일 출신의 청소부 헬더 블랜데이스가 죽는 불상사가 발생하였다. 헨리는 측근으로서 존 강의 사생활까지 알게 되자 혼란은 더욱 가중된다. 존 강의 선거사무실이 거의 해체 위기에 달했을 무렵, 존 강은 한국식 요정에서 불법체류중인 미성년 한국여성 접대부와의 추문과 불법음주운전으로 체포되고, 재판과 보석을 거쳐 결국 한국으로 돌아간다.

헨리는 존 강이 한국인 출신으로서 백인 주류사회의 일원이 되어 소수인종들의 문제를 제도권 안에서 대신 발언해주기를, 또 많은 소수민족 출신의 이주민들에게 그와 같이 될 수 있다는 희망으로 존재해 주기를 바랐다. 그러나 그것은 존 강 내부의 문제와 백인 기득권층의 장벽으로 무산된다. 헨리는 존 강에게서 공적인 아버지를 보았고, 따라서 그에게 존경과 우정의 마음을 가졌지만, 헨리 자신이 존 강의 붕괴에 결정타가 될 주요 후원자명부를 호글랜드 측에 건네준 장본인이기도 하다. 헨리가 건네준 명부에 어느 선까지의 사실과 명단이 기록되었는지, 이 또한 작가는 밝히지 않는다. 결국 헨리는 존 강의 붕괴에 개입한 것일까? 릴리아가 헨리에게 에두아르도가 아니라, 당신이 테러 당시 야근을 했으면, 죽었을 수도 있었던 상황이었음을 지적하자, 헨리는 또다시 시베리아처럼 고요해진다. 존 강은 정말 미국 내 소수인종 출신의 하층민들을 그의 구호처럼 ‘가족’으로 여겼던 것일까? 아니면 “자신이 자연스럽게 등장할 수 있는 좀더 넓은 배경”을 원했던 것일까? 호글랜드의 감시의 눈길 때문에 헨리는 존 강을 파멸시키는 데 일조한 것일까?

존 강은 그를 후원하는 사람들을 진정으로 걱정하고 염려하는 인물이었지만, 집에서 아내 메이에게는 가부장적이고, 자기중심적인 남편이고, 두 아들에게는 무뚝뚝하고 권위적인 전통적 한국 아버지였다. 이 모든 것을 지켜본 헨리는 어디까지가 그의 진실일까? 혼란스럽다. 헨리는 존 강에 대한 자신의 곤혹스러운 애정도 정리가 되지 않는다. 작품의 여러 곳에서 다른 사람의 언어로 언젠가 헨리가 지금 존 강의 역할을 하게 될 것이라고 예견되어 있는데, 정작 헨리는 먼훗날 자신이 지금의 존 강처럼 미국 내 하층민들을 위해 정치적인 행동에 나설 것인지 아닌지에 대해 어떤 암시도 없이 작품은 끝난다.

결말 부분에서 헨리는 릴리아와 함께 존 강이 살았던 집을 부동산업자의 안내로 방문한다. 그러나 작가는 여기에서도 릴리아와 헨리가 그 집을 구입할 것인지 아닌지에 대해 확실하게 말하지 않는다. 부동산 업자는 이 집에 외국인들이 살다가 자기나라로 가버렸다고 심드렁하게 말한다. 미국인들에게 있어 존 강의 이야기는 그저 한 외국인이 백인 부자동네에 살다가 자기나라로 가버린 이야기에 불과한 것이다.

작품의 중반에 릴리아가 유럽에서 돌아와서 친구집에 머무르다, 결말쯤에서 헨리와 다시 합친다. 현재 헨리는 존 강의 일을 끝으로 호글랜드 사무실 일을 정리하고, 릴리아의 일인 아동의 언어교정사 일을 돕는다. 이 조그만 일상 속에서 헨리가 다시 안정을 되찾을 수 있을 것인지……

≪네이티브 스피커≫에는 경과가 분명하고 인과관계가 명확히 설명되어진 사건은 별로 없다. 플롯의 중심에 해당하는 중심사건(kernels)이나 방계의 사건들(satellite)도 시작과 끝이 명확하지 않다. 때문에 독자는 작품의 서사를 따라가기가 쉽지 않다. 한 마디로 이 작품의 플롯은 희미(glimmering)하다.

전통적인 아리스토텔레스식의 문예학에서 플롯은 시작 - 중간 - 끝이 있고, 각각의 사건은 인과적으로 연계되어 있다. 플롯은 소설이나 영화에서 행동, 인물, 사상 등의 요소를 작가 자신의 힘으로 특수하게 시간적으로 종합한 것이며, 이야기에 질서나 규칙을 부여하는 힘이자, 산만하게 흩어진 것들을 하나로 묶는 작용이나 그렇게 하는 힘이었다. 그런데 ≪네이티브 스피커≫는 플롯이 희미할 뿐 아니라, 줄거리 자체도 매우 복잡하다.

희미하고 복잡다단한 플롯은 이민자라는 경계인의 위상과 삶에 연관되어 있다. 이러한 서사는 정치적·사회적·문화적 혼란과 갈등인 디아스포라(diaspora)를 날마다 체험하면서 새로운 삶의 통일성을 구축해 가는 과정인 이들의 경계에서의 삶의 방식에서 유래한다. 이와 연관해서 최원식은 창래 리의 문학이 가지는 복합서사를 일종의 실험적 서사체라 규정한 바 있다. 이러한 실험적 서사는 민족의 경계를 사는 이산자들의 삶의 통일성이 무너진, 해체의 감각에서 근원하고 있다고 밝힌 바 있다.[3]

오늘날에는 소설이 객관적 현실을 풍부하고 포괄적으로, 또 다면적이고도 동적으로 재현한다면, 서사의 줄기가 명쾌하고 선명하며, 시작-중간-끝이 있는 플롯을 가지기가 어렵다. 소설이란 작가가 실존적 시간 경험에 질서를 부여하여 하나의 의미구조를 만들어낸 것이다. 실제 인간의 삶 속에는 불일치가 일치를 압도하는 것이 사실이지만, 전통적인 소설에는 일치가 불일치를 압도해 왔다.[4] 이는 인간은 자연의 혼돈보다는 인위적인 질서를 좋아하고 형식이 주는 위안을 즐기는 탓이다. 인간은 잘 배열된 이야기의 구조에서 불안을 잠재우고, 실존의 고뇌를 덜며, 삶의 의미를 해독해 왔다.[5]

그런데 중심서사가 뚜렷하지 않은 소설의 출현은 이성의 행진으로서의 역사전개나 전지구적 동질화를 추구하는 계몽적 근대사회에 대한 반성적 성찰과 무관하지 않다. 이제 탈근대적 사고는 어떤 사고의 틀 지움이나 명쾌한 것들의 해체를 선언하고, 인간체험을 재코드화하려는 지배적 장치로부터 벗어나는 일종의 유목민의 탈주를 감행하고 있다. 다양성과 이질성이 존중되고, 상호존재(interbeing)나 서로엮기(intertwining)와 같은 뿌리줄기의 횡적 운동과 유연성이 강조되는 리좀(rhizome)적 사회를 꿈꾸기 시작한 것이다. 탈조직화되고 분산적이며 고정되지 않은 형식을 추구하면서 문화는 탈근대사회의 변화를 담아내기 시작하였다. 소설의 경우, 작가가 사건, 인물, 주제 등의 요소를 시간적으로

---

3) 최원식, 「민족문학과 디아스포라 - 해외동포작품을 읽고」, 『창작과 비평』, 119. 2003년 봄호 18 - 9.
4) 폴 리꾀르, 김한식 · 이경래 역, 『시간과 이야기 1』, 문학과지성사, 1999. 51.
5) 엘리자베드 디플, 문우상 역, 『플롯』, 서울대출판부, 1984. 60.

통합하는 방식으로서 플롯은 작가나 등장인물이 세계를 이해하는 하나
의 모델이므로 이데올로기적인데, 무한히 짜여지는 과정으로서의 플롯
은 그 자체가 개방적이며 대화적이다.6) 결국 흐릿하고 불분명하며 완
결적이지 않는 서사는 리종적 사회를 반영한 작품의 새로운 의미 생산
기제로 작동한다.

3 디아스포라를 넘어, 보편 서사로서 ≪네이티브 스피커≫

≪네이티브 스피커≫에서 디아스포라의 표피를 거두어 내면, 전지구
적 자본주의 체제 하의 보편적 인간의 서사가 보인다. 거기엔 첫째, 생
래적으로 부여받은 조건들과 인간 개개인의 의지와 노력 여하에 따라
개척 가능한 삶의 부분들과의 대립과 갈등이 있다. 부여받은 조건이 난
공불락인 환경에서는 이문융합(異文融合)이라는 적응의 고통이 따른다.
부모의 선택으로 한두 살 때 미국으로 이주한 헨리는 미국인으로 미국
에서 살아가야 하는데, 한국인의 외모와 집에서의 한국어 사용과 한국
식 문화는 문화적 다양함으로만 이해될 수 없는, 미국 내 인종적 서열
화의 벽에 부딪친다. 아들 밋의 죽음은 이를 상징한다. 다양함이란 서
로 대등한 위치에서만 누릴 수 있는 삶의 풍부함일 뿐, 자본주의적 체
제로 내부적으로는 무시무시하게 서열화된 사회인 대도시 뉴욕에서의
삶에는 아직도 갈등과 대립이 존재한다. 존 강의 붕괴의 과정은 이를
보여준다. 때문에 밖에서 이들을 동화주의자라 비난할 수 있을지 모르

---

6) 김욱동, 『포스트모더니즘과 포스트구조주의』, 현암사, 1992. 286.

나, 내부의 당사자들에게 이문융합은 생존의 문제이다. 존 강은 헨리에게 고백한다. 미국을 자신의 일부로 받아들이기 시작하자 그의 성격, 정체성에 핵심적인 도약이 있었다고 헨리는 그런 존 강을 따른다.

헨리는 언제나 튀지 않게, 그렇지만 권위를 존중하는 사람으로 환경에 적응해 간다. 그 하나의 지표로서, 헨리는 아들 밋이 한국어를 익히지 않기를 희망하는데, 이는 자신의 경험법칙이 혼혈아로 미국땅에서 살아가려면, 하나의 감각만으로 성장하여 하나의 목소리로 이루어진 삶을 사는 것이 반은 노란색으로 얻을 수 없는 자신감과 권위를 얻을 수 있다고 가르치기 때문이었다. 헨리는 스스로 자신의 이런 선택을 동화주의적 감성이라 말한다. 헨리는 이런 동화주의적 감성은 이민 1.5세대인 자신과 이 땅(미국)의 추하고 또 반은 맹목적인 로맨스의 일부라고 표현한다. 헨리는 자신의 의지와 무관하게 부여받은 특성들 때문에 자기 삶의 결정적인 부분이 정해지는 현실을 아버지와 존 강의 삶에서 목도하면서, 자신의 아들은 그 고통을 피해가기를 희망한 것이다. 민족보다는 개인의 생존원리가 앞서는 것이 곧 환경에 적응해 가는 과정일 수 있고, 달리 보면, 이는 자신의 의지나 노력으로 자기 삶의 주요부분을 이루어 가는 방식의 삶을 선택한 것일 수 있다.

둘째, ≪네이티브 스피커≫에는 세상에 완벽한 사람은 없다는 작가의 통찰이 있다. 헨리나 아버지, 어머니, 존 강도 실수하는 인간임을, 또한 분투하는 인간임을 작가는 담담히 보여준다. 세상에 의인은 없나니, 단 하나도 없나니, 라는 성경의 구절처럼, 누구나 실수도 하고, 자신의 경험치 안에서의 판단을 고집하기도 한다. 다른 한 가지, 언제나, 또 누구나 약간의 문제점과 더불어 산다는 것이 작가가 이 작품에서 전하는 또 하나의 통찰이다. 헨리는 루잔과의 대화에서 자신이 저지른 실수를 고백한다. 존 강과의 일련의 일에서도 명확하게는 아니지만 이는 감지된다.

셋째, 자본주의의 거대한 사슬 속에서 개개인 모두가 한 고리를 이루고 있다는 작가의 통찰은 이 작품의 서사를 이주민의 삶이라는 특수성으로부터 보편성의 차원으로 끌어올리는 부분이다. 자본주의의 체제는 너무도 견고하여 그 속에 있는 우리 모두는 이 고리사슬 속에서 보다 열악한 위치에 있는 자들을 알게 모르게 착취하며, 또 자신보다 상대적으로 우월한 위치에 있는 사람들에게 알게 모르게 착취당하며 살고 있다는 인식이다. 누가 네이티브 스피커인가는 질문에서 먼저 이주해온 자들은 세대를 거듭할수록 현지의 언어가 마더 텅이 되는 네이티브 스피커가 되고, 또 새롭게 이주해 온 자들은 먼저 이주해온 네이티브 스피커들에게 자신들은 착취를 당하면서도 후손들은 네이티브 스피커가 되도록 희생하는 삶을 산다. 이주민 1세대는, 즉 네이티브 스피커가 아닌 사람들은 후대의 네이티브 스피커들의 발판이 된다.

헨리의 아버지가 이민 초기 청과상에서 일을 해서 돈을 열심히 모아, 5개의 청과상을 운영하게 되었을 때, 자기처럼, 이제 막 이주해 온 유색인들을 고용한다. 그들을 기다리고 있을 아이들을 생각하여 팔다 남은 과일을 퇴근길에 들려 보내는 대목을 헨리는 이렇게 회상한다. "아버지 때문에 외로웠을 김씨와 윤씨의 자식들은 아버지가 그들에게 가져다 주는 것을 무엇이든 고맙게 먹었을 것이라고 나는 지금도 상상한다. 너무 익어 거의 썩은 망고, 파파야, 키위, 파인애플. 그들의 놀라운 새 나라의 이국적이 맛들. 이제는 뭘 좀 아는 사람들. 거의 원주민에 가까운 우리들. 그들보다 앞서 미국인이 된 우리들에게는 이제 너무 물렁하고 너무 단 이 기쁨을 주는 과일들."(104 - 5) 이 연쇄의 고리 속에 개개인은 저마다의 위치에서 최선을 다해 살아간다. 자신보다 열악한 자들에게 너무 인색하거나 후하지도 않게, 자신보다 우월한 위치에 있는 자들에게 너무 비굴하거나 주제넘지도 않게 몸을 낮추고 조용히 살아간다. 크게 보면 ≪네이티브 스피커≫는 이들의 장대한 행렬의 부분화이다.

넷째, 이 작품이 다다른 새로운 인식은 그럼에도 불구하고 우리 삶에 구원은 있다면, 그것은 가정, 혹은 동반자의 존재라는 것. 자신의 곁에 아내가 있다는 것의 엄청난 축복됨을 깨닫는 헨리와 등장인물들. 여자는 남자의 미래인 것. 헨리가 혼란의 터널을 건널 수 있었고, 또 미래를 꿈꿀 수 있었다면 그것은 릴리아의 사랑 때문이었다. 창래 리 문학에서 사랑은 이 세상에서 인간을 구원하는 유일한 방법으로 제시되어 있다. 장경렬은 창래 리의 두 번째 작품인 ≪제스처 라이프≫와 도스토예프스키의 ≪카라마조프가의 형제들≫을 비교하면서, 두 작품 모두가 인간의 야수성을 고발하면서도 종국적으로는 사랑을 통한 구원의 가능성을 보여주고 있는 점에서 유사하다고 지적한 바 있다. 그는 또한 ≪네이티브 스피커≫에서는 헨리가 스파이 일을 청산하고 진정한 미국 국민으로서 미국 사회가 구성원들에게 요구하는 바를 적극적으로 수용하는 과정에 이르고 있어 이 작품은 일종의 성장소설로도 읽힐 수 있다고 보았다.[7] 헨리의 성장과 적응에는 릴리아의 존재가 절대적인 힘이다.

다섯째, 인간의 연쇄정체성의 문제는 이 작품이 캐낸 탁월한 진리이다. 개인이란 존재는 관계의 네트워크 마다에 독특한 의미와 맥락과 진실을 갖는다. 동일한 한 사람과의 관계에 있어서조차도 개인은 서로 다른 모습을 보일 수 있다. 개인은 하나의 사안에 대해서도 시간에 따라 편차가 있는 이해를 내보이기도 한다. 연쇄정체성 혹은 다중정체성의 진실은 장을 달리하여 이야기하기로 한다.

---

7) 장경렬, 「정체성의 위기, 언어의 안과 밖에서 - 창래 리의 ≪네이티브 스피커≫ 읽기」, 『문학·판』, 2002년 여름호 289.

 4 개성있는 인물들의 연쇄 정체성

≪네이티브 스피커≫를 읽으면, 서사의 골격이 희미하다는 것 외에도 전체 이야기가 마치 진수성찬의 상차림처럼 일품요리와는 다른 다채로움을 맛 볼 수 있다. 소설의 본질이야 내러티브이며, ≪네이티브 스피커≫의 내러티브는 사건의 전환점이나 작은 서사의 마디들이 희미하다는 것과 전체 구조가 탈중심적이라는 점이 두드러진다. 전통적 소설이 상황 변화에 따른 플롯 중심의 서사라면, 이 작품은 등장인물의 성격화와 작품의 주제나 작가의 통찰들, 그리고 플롯이 작품 내에서 거의 대등한 지위나 역할을 하고 있다. 이 작품이 다채롭다 함은 여기에서 비롯된다.

전통적인 아리스토텔레스의 문예학에서 인물은 플롯의 산물이고, 인물의 지위는 기능적이어서 플롯에 종속되었다. 이 말은 인물이 이야기 속에서 무엇인가가 문제라기보다 무엇을 하는가가 더욱 중요했고, 따라서 분석의 대상이 되어 왔다는 사실을 뜻한다. 인물들의 외모, 나이, 성별, 관심사, 지위 등은 단순한 차이에 불과하며, 기능의 유사함만이 유일하게 중요한 것이었다. 민담이나 전설 등의 이야기(fabula)에서 인물의 성격화가 거의 필요치 않음은 주지의 사실이다. 이후로도 프랑스를 비롯한 많은 나라의 서사학자들은 인물을 서사의 목적이 아닌 수단으로 이해하였다. 인물은 일종의 에이전트였던 셈이다.

한편 러시안 포말리스트인 토마셰프스키 같은 학자는 서사물이 정서와 도덕적 감정에 호소하기 때문에 독자가 인물과 더불어 흥미와 적대감을 공유하기를 원하므로 플롯의 부차적인 요소로서 인물의 중요성을 조금 인정하였다.8) 인물에 대한 심사숙고는 현대적 서사물에서 두드러진 즐거움으로 등장한다. 그러나 여전히 현대의 서사물에서도 플롯은 인물보다 우선(priority)하는데, 이는 이야기는 사건적 요소와 사물적 요소가 함께 존재할 때만 가능하기 때문이다.

전통적으로 소설은 일정한 길이의 이야기를 갖는다. 이야기 혹은 스토리가 넓은 의미에서 인간이 세계를 인식하는 한 방법이라면, 좁은 의미의 그것은 일정한 삶의 시간을 우리에게 들려주되, 정서적 감응에 호소하는 양식이라고 할 수 있다. 인간의 삶은 시간의 연속이고, 이야기는 사건의 시간적 기억이다. 작가가 인간 삶 속의 다양한 사건들로부터 하나의 통일되고 완전한 스토리를 끌어내어 통합적 역동체로 허구화시킨 것이 소설이다.

소설에서 작가가 사건, 인물, 주제 등의 요소를 시간적으로 통합하는 방식이 플롯인데, ≪네이티브 스피커≫는 잘 배열된 스토리 라인을 가지고 있지 않아 탈이데올로기적이다. 고구마 줄기처럼 중심이 따로 없는 다수의 사건들이 실타래처럼 얽혀 있어 희미하고 불투명한 서사를 만든다. 이러한 스토리 라인은 다양한 성격화를 통해 독특한 다성악적 서사구성을 완성한다.

헨리 박이나 릴리아, 아버지와 어머니, 닥터 루잔과 존 강, 그리고 호글랜드와 잭, 제니스 등 대부분의 등장인물들이 에이전트가 아닌, 살아있는 개성의 소유자로 형상화되어 있다. 헨리는 "언제나 자기 자신의 말에 귀를 기울이는 사람", "자신만의 한 장소에 살면서 원할 때마다 반걸음씩 내딛는 인간" 등으로 자기감정을 잘 드러내지 않는, 그러면서도 권위에 충직한 진중한 성격으로 묘사되어 있다. 헨

---

8) S. 채트먼, 한용환 역, 『이야기와 담론』, 푸른사상, 2003. 144.

리는 스파이가 직업이므로, 끊임없이 새로운 정체성을 가장해야 한다. 자신의 연쇄정체성을 만들어 가면서 타인의 정체성을 밝히는 것이 곧 그의 직무이다.

한편, 헨리의 아버지는 '강철같은', '노새같은', '감정적 언어를 평생 입 밖에 내지 않은', '오래 죽은 신', '비천한 주인', '논쟁과 질문과 다툼을 용납하지 않는 질서' 등으로 성격화된다. 어머니는 '잘 다려진 바지와 공손한 태도, 깨끗한 위생'과 '눈에 띠지 않는 삶의 방식', '낯선 사람들에 대한 공포'로 헨리에게 기억되고, 릴리아는 "엄격함을 갖춘 관능", "영국 국교의 여신 같은 여자", "언제나 현재 위치에 좌표를 찍고자 하는 지도의 여인"으로 남아있다.

호글랜드는 "결코 문을 두드리는 법이 없이 불쑥 남들 뒤에서 나타나는 사람", "우리가 볼 수 없는 각도에서 다가오는 사람", "인간 먹구름" 등으로 그려져 있다. 존 강은 백만장자에 지능과 성실성을 갖춘 법학 박사이자 경영학 석사인 사람으로, "아름다운, 거의 형식미를 갖춘 영어를 구사하는 인물"이다. 그를 처음 TV로 보았을 때 헨리는 "잘 생긴 데다 무엇 하나 흠 잡을 데가 없었다. 가장자리를 따라 은빛이 어른거리는 느낌이었다. 약간 난공불락의 느낌을 주었다"고 묘사한다. 폴란드계 미국인이자 명민한 젊은 변호사인 제니스는 존 강의 선거사무실의 운동원인데, 그녀는 존 강이 거리에서 군중들 사이를 지나는 장면이 TV에 방송될 것을 고려하여, 존 강의 걸음걸이와 잠시 멈춰서는 위치, 카메라의 앵글과 군중의 위치까지 고심하여 존 강을 돋보이게 연출하는 총괄자이다. 제니스는 존 강 주위에 모여든 군중의 피부색을 고려하여 "꼿꼿이 비슷해요 신중해야 돼죠 색깔이 너무 많으면 아둔해 보이거든."이라며 사무실의 금발들을 데려와 군중 속에 섞을 것을 지시한다. 또한 헨리의 유순한 아이다운 얼굴로 군중을 진정시키라는 뜻으로 헨리를 전방위에 배치하는 퍼포먼스 아티스트로 묘사되고 성격화된다.

이러한 등장인물의 성격화는 작가가 인간을 그 개인성에 착목하여 이해하며, 현실은 다양한 개성의 소유자들이 제각각의 진실을 가지고 부딪치면서 내는 다성악적인 것으로 이해하고 있음을 말해준다. 이 모든 인간들이 완벽하게 의롭지는 않으나 나름의 진실 또한 지니고 있음을 작가는 서사를 통해 보여준다. 각각의 개인이 연쇄정체성의 소유자이기도 한 데, 잭은 대표적으로 그러한 예이다. 헨리는 잭이 "몸짓에 뭔가 어울리지 않는 면이 있다. 마치 삽화가 그려진 텍스트에서 표정이나 몸짓을 배운 것 같은 사람" 같다고 느낀다. 잭은 키프로스에서 자기를 지키던 사람을 살해하고, 오초아 - 페레스 부인을 유혹하며, 암으로 투병하는 아내 소피를 극진히 간병하고 사랑한다. 이 각각의 잭은 한 사람이라고는 도저히 믿기 어려울 정도로 서로 다른 모습인데, 이를 헨리는 연쇄정체성이라고 말한다. 세상이 복잡하고 개개의 네트워크 별로 그 특성이 다를 때, 현대인은 다중의 성격으로 자신을 관리하고, 그 결과 형성된 개인의 연쇄정체성은 세계를 더욱 복잡하게, 그리고 희미하게 만든다. 때문에 이를 반영한 작품의 서사는 희미하고도 복잡하다.

존 강은 미래의 정치가가 될 헨리에게 이런 준비를 일러준다. "당신이 나와 같은 사람일 경우, 당신은 동시에 많은 사람이 되어야 한다. 당신은 아버지이고, 하인이고, 이 땅이 알고 있는 가장 기민한 배우다. 그리고 그런 역할을 하면서도 당신은 또한 사람들이 가장 좋아하는 순결한 사랑의 대상이 되어야 한다."(481) 이 대목은 정치가의 다양한 역할을 말하는 것이기도 하지만, 자신이 가정에서와 거리에서 전혀 다른 인물이듯, 오늘의 사회는 다중의 연쇄정체성을 요구하는 사회임을 기억하라는 말이기도 하다.

≪네이티브 스피커≫는 딱히 중심서사를 해체하는 것도 아니면서 지방분권적인 서사구성과 개성있는 인물의 성격화로 뉴욕으로 대표되는 대도시에 사는 현대인의 자화상을 적확하게 재현해 낸다. 이 작품의 고유성을 서사론적 맥락에서 말해보면, 근대적인 플롯중심 서사의 이데올로기적 한계를 넘어선, 탈중심적 서사구성과 탈중심적 성격화가 특징적인 작품이라 할 수 있다. 주인공 헨리가 서사를 이끌긴 하지만, 주인공 한 사람의 개성이나 그를 중심으로 한 서사구성이 아니라, 각각의 인물이 나름의 개성과 역할로서 서사를 함께 이끌어 간다. 마치 뚜렷한 중심 행성(kernels)과 몇 개의 위성(satellites)의 구도가 아니라, 수많은 행성들로 이루어진 은하수(galaxy)같다고나 할까?

인물의 형상화는 단지 기법의 문제가 아니다. 그것은 변증법적 사고로 우리의 사고 속에 고정적으로 나타나는 사물들을 그 사물들이 실제로 존재하는 형태인 과정에로 용해시키는 것이다.[9] 창래 리의 문학텍스트는 탈민족주의적 시각에서 자본주의의 주변부, 그 속에서의 삶의 중층적 역동성을 발견케 하는 일종의 생존문학으로 이해할 수 있다. 이는 인물의 연쇄정체성을 통해 잘 드러난다. 그의 소설에서 등장인물의 성격화는 매우 입체적이어서, 살아있는 느낌을 준다. 서사는 점차 흐려지고 불분명해지는데, 인물은 더욱 뚜렷해진다. 주인공이자 화자인 헨리의 의식은 희미해져가는 서사의 결절점 때문에 정체성의 혼란을 더해 가는데, 역으로 헨리의 성격화는 점차 더 뚜렷해진다. 기억과 현재 시점의 혼융, 성격화가 분명한 인물들, 그러나 여전히 불투명한 서사의 근간은 결국 이 작품의 주제와 연결되어

---

9) 루카치, 최유찬 외 역, 「서사냐 묘사냐」, 『리얼리즘과 문학』, 지문사, 1985. 192.

있다. 다성악적인 세계, 자본주의의 연쇄고리 가운데 한 고리로서 존재하는 개인, 그 개인의 자기중심적 사고에서의 탈피, 다시 말해 인종 혹은 내셔널리즘의 문제나 정체성의 혼란의 문제는 결국 그것이 민족이나 국가, 인종의 단위이건 개인의 단위이건, 자기중심성을 버리는 것에서 해결의 실마리를 발견해 갈 수 있다는 탈식민적 사유는 다성악적 성격화를 통해, 그리고 탈중심적 서사의 전개를 통해 이 작품이 도달한 인식의 지점이다.

 ## 문학의 언어와 작가의 통찰

≪네이티브 스피커≫는 재미있는 소설이다. 소설을 읽는 것은 재미를 통한 진리의 발견과정인데, 이 작품은 재미에서도, 진리발견에서도 다른 소설의 평균치를 훌쩍 넘는다. 독서를 마치고 책을 덮으면 아무것도 분명하게 잡히지 않는 이야기인데, 읽을 때는 무척 재미있었다고 이 책의 독자들은 한결같이 말한다. 주인공 헨리가 자기 삶의 협화음을 찾으려고 사유의 끈을 한순간도 놓치지 않음에서 묻어나는 인간과 삶에 대한 빼어난 통찰들, 그것을 담아낸 아름다운 문장들이 이 작품을 소설답게 만들고, 독자에게 읽는 즐거움을 선사한 것이리라.

예를 들어 "촛불 외에 별다른 조명이 없는 하나의 넓은 공간 전체로 이야기들이 걸러지지 않고 퍼져 나갔다"(30)는 대목이나, 제니스의 성격묘사에서 "원래 시카고 출신인 제니스는 말이 날카롭고, 마찰을 잘 일으키며, 야심이 크고, 이렇게 말하는 것이 어떨지 모르지만 가장 친한 친구의 품위없는 누나처럼 섹시했다.”(155)고 표현하여 실감을 획득한다. 릴리아를 처음 만났을 때 헨리는 “그녀의 입은 어두운 집을 돌아다니며 불을 켤 수 있는 지점들을 점점이 또는 줄줄이 완벽하게 짚어내는 사람처럼 자신의 문장들 속을 휩쓸고 다녔다. 어떤 엄격함을 갖춘 관능”이라고 릴리아의 첫인상을 그려낸다. 뉴욕의 이주민거리에 모여사는, 뚱뚱해도 왠지 야위어 보이는 소수인종 출신의 이민자들을 헨리의 눈을 빌어 작가는 이렇게 묘사한다.

플러싱의 메인 스트리트 나는 완행 열차의 지방적인 속도가 마음에 들었다. 그곳에서는 철로 아래 거리에서 펼쳐지는 인간 동작들의 공연을 구경할 수 있었다. 내가 지켜보는 가운데 사람들은 적나라한 아침 빛 속에서 앞으로 몸을 옮기려고 애를 썼으며, 자기 앞에 놓인 일을 할 준비를 했다. 그들의 유령 같은 형체들은 상점 진열장과 차고와 창고의 너저분한 멀떠구니로부터 부유하듯 들락날락했다. 사람들은 여위었다. 심지어 뚱뚱해 보이는 사람도 여위었다. 목과 얼굴 주변을 잡아들인 것 같았다. 이른 시간인데도 사람들은 담배나 시가를 피우고 있었다. 연무나 다른 불들에서 나오는 증기. 그것을 들이마시기. 사람들은 경트럭과 큐브 밴드 옆에 서서 철심을 박은 나무 상자들과 삼베 자루들을 쉬지 않고 올리고 내렸다. 순무나 지카마 등의 농산물이 불룩불룩 튀어나온 자루들은 그들의 기우는 어깨에 집에 아직 잠들어 있는 자식들의 몸만큼이나 무거워 보였다. 물줄기를 이루어 일을 하고 거래를 하는 이 사람들. 한국인, 인도인, 베트남인, 하이티인, 콜롬비아인, 나이지리아인으로 이루어진 이 다양한 소대들. 이 갈색과 노란색과 무슨 색인지 알 수 없는 사람들. 누구인지 알 수 없는 사람들. 헤아릴 수 없이 많은, 들어 보지도 못한, 아무 것도 아닌 사람들. 일년 매일 매분 각자 시장에 김치, 열매, 바나나, 검은콩, 두유, 코코넛 밀크, 생강, 그루퍼, 아히, 노란 커리, 쿠치프리토, 할라페뇨(인종 고유 음식들을 나열한 것 - 옮긴이), 그들의 모든 것을 도매로 제공하

는 사람들. 어떤 것이든 서로에게, 자기자신에게 파는 사람들. 존 강의 사람들."(149 - 150)

헨리는 한국어를 알아듣지만, 말하지 못하는 자신의 처지를 다음과 같이 묘사한다. "나는 한국 세탁소나 과자점에 들어갈 때마다, 일어서서 프리마돈나와 함께 노래 부르라는 요청을 청중으로부터 받은 듯한 느낌이 든다. 모든 가락과 음정을 알지만 도저히 소리를 입 밖으로 내 놓을 수가 없다."(440) 이 밖에도 "셰리는 페밀리 웨건 뒷자리에 앉은 소녀처럼 늘어져 있었다."(502) 등과 같이 구체적인 정경으로 다가오는 묘사는 작품의 리얼리티를 배가한다.

단편적인 묘사 외에도 묘사가 서사를 추동하는 힘으로 전환되는 예도 많이 있다. 헨리가 돌아가신 아버지를 회상하는 대목은 혼란을 통한 그의 성숙의 과정이자 아버지 삶에 대한 새로운 이해를 보여준다. 새로운 언어와 문화에 대한 빈약한 지식을 토대로 자신의 삶을 재편성하여 자신이 원하는 인간을 다시 발명해야 했던 아버지의 삶에 대해 이제 헨리는 이렇게 말한다. "내가 그의 삶에 대해 여전히 가지고 있는 그 곤혹스러운 경외와 경멸과 경건. 안타깝지만 이것은 오래 지속될 것이다. 그가 지금 나를 용서해 줄까. 내가 내 삶을 가지고 만들어 놓은 것은 그의 꿈 - 어딘가에 들어가 몸과 혀로 원어민의 언어를 구사해도 아무도 외면하며 문을 가리키지 않는 것 - 이 가장 어둡게 실현된 모습인데."라며 아버지라는 고리의 삶을 그리움과 회한으로 이해한다.

소금장수 이야기가 아닌, 근대를 대표하는 서사양식으로서의 소설은 단순히 줄거리로 도저히 요약되지 않는 그 부분에 소설다움의 한 핵심이 있다. 도스토예프스키의 ≪카라마조프가의 형제들≫이나 톨

스토이의 ≪안나 카레리나≫가 어떤 작품인지를 말하려면, 그 작품 전체를 첫 글자로부터 마지막 구두점까지를 다 말하지 않고서는 안 된다고 말하는 것도 이 때문이다. 창래 리의 ≪네이티브 스피커≫도 그러하다. 이 작품은 줄거리라는 뼈대(skeleton)만으로는 도저히 그 풍부한 육체의 아름다움을 전할 수 없다. 이는 마치 여인의 얼굴과 같아서, 섬세한 피부와 미세한 근육들, 잘 어우러진 화장이 만들어 낸 생기 있는 표정과 아름다운 낯빛은 눈, 코, 입의 구조만으로는 설명할 수 없는 무한대의 차이가 존재하는 것과 같다. 창래 리의 ≪네이티브 스피커≫는 소금장수 이야기로 환원되지 않는 그 무엇, 수많은 표현과 어휘, 행간에서 뚝뚝 묻어나는 등장인물들의 복잡다단한 내면과 통찰, 작가만의 개성과 표현 등이 유기적으로 작동하는 풍부한 언어적 구성물이다.

6 21세기 본격소설의 가능성

오늘의 현실에서 포스트모던한 징후들이 포착되지 않는 것은 아니지만, 이 시대를 추동하는 근본동력은 여전히 자본주의의 힘인 것처럼, 장르문학과 디지털 내러티브, 게임서사의 범람 속에서도 본격 소설의 역할과 기능은 유유히 존재한다. 디지털매체의 대중화와 영상산업의 약진 뿐 아니라, 게임, 광고, 테마파크, 쇼핑몰, 등 다양한 문화영역에서의 내러티브의 차용은, 달리보면, 내러티브가 본질인 소설의 잠재력을 재확인시켜주는 현상이기도 하다.

전통적인 소설의 내러티브와 내러티브적 요소를 차용한 문화적 변형태들에 나타난 내러티브 사이에는 본질적인 차이가 존재한다. 디지털게임 등의 내러티브는 하이퍼텍스트적이어서 독자가 스스로 서사를 구성하고 추동해 간다. 전통적인 서사물인 소설에서 독자는 주인공의 행위에 동참하거나, 관찰하면서 서사 전체의 행로에 대해 반성적으로 성찰한다. 소설의 독자는 서사 자체나 서사의 주체와 거리두기가 가능한 한편, 서사의 전 행로를 기억하고 있어야 그것의 의미를 읽어낼 수 있다. 이에 반해, 디지털 게임이나 하이퍼텍스트 내러티브에서는 주어진 서사로서의 텍스톤과 독자나 유저가 나름대로 구성해낸 스크립톤 가운데 스크립톤의 비중이 크고, 또 누구도 자신이 지나온 서사의 행로를 기억할 필요가 없다.

이러한 차이는 소설과 디지털 서사물의 근본적인 목적이 다르기 때문에 발생한 것으로 보인다. 소설에서의 서사는 재미를 통해 삶과 인간과 세계에 대한 인식과 성찰에 이르기 위해 존재한다. 디지털 내러티브는 미션의 성취, 높은 점수나 적을 물리침 등을 통한 재미의 획득을 위해 디자인된다. 따라서 매 순간만이 의미를 가지지, 전체 구조의 기억이나 맥락은 의미를 갖지 못한다. 따라서 하이퍼텍스트 내러티브는 본질적으로 소설과는 다른 디지털문화의 한 하위장르이다. 결국 인간과 세계에 대한 근원적인 성찰은 개인의 낱낱의 경험들 사이에 존재하는 연관에 대한 통찰이 가능한 본격소설의 몫으로 남는다.

최근 들어 문학의 위기를 운운하는 담론들이 많이 생산되고 있다. ‘위기는 또 다른 기회’라는 흔한 말처럼, 문학의 위기는 그것의 본질에 대한 새로운 인식으로만 극복의 실마리를 풀어갈 수 있을 것이다. 본격소설의 품격과 세계인식에 있어서의 깊이를 갖춘, 창래 리의 ≪네이티브 스피커≫는 탈식민주의의 노력이 요청되는 21세기에 근대적 서사양식을 대표하는 소설이 그 서사적 본질에 있어서 어떻게 변화되고 있는지, 미학적 변화의 징후를 들여다볼 수 있게 하는 적절한 텍스트이다. 이 작품은 지방분권적인 리좀식 서사구조와 각각의 앵커인 등장인물들의 개성있는 성격화 등, 서사의 본질적인 부분들이 탈식민적 세계인식과 잘 어우러져 있다. 거기에 기억과, 서사의 현재 지속 시간 사이의 적절한 리듬감과, 인간과 세계에 대한 탁월한 통찰들, 그리고 서정적인 문체는 본격소설의 미덕을 한껏 맛보게 한다.

≪네이티브 스피커≫는 자본주의의 근간이 얼마나 뿌리 깊은 것인지, 그것과 민족의 문제는 또 얼마나 긴밀하게 연계되어 있는지, 그 속에서 하나의 고리로 존재하는 각각의 인간은 개성을 지닌 독자적인 유기체로서, 그러나 네트워크마다의 진정성을 지닌 연쇄정체성 혹은 다중 정체성의 모습으로 얼마나 분투하고 있는지를 파노라마처럼 펼쳐 보인다. 불투명하고 희미한 전체 서사구조와 상대적으로 선명한 개인들의 성격화는 민족이나 국가, 인종의 차원으로 쉽게 귀결시킬 수 없는, 개인적 삶의 고유성이 보다 부각되는, 탈민족주의 시대의 보편적 개인의 모습을 보여준다. 또한 이작품은 개인의 차원에서건, 민족이나 인종의 차원에서건, 자기정체성의 혼란이나 내셔널리즘의 극복문제는 자기중심주의 혹은 자민족중심주의의 탈피에서 그 길을 찾아야 한다고 말하고 있다.

결말부분에서 헨리는 릴리아를 따라 맨허튼의 이스트사이드 남부에 있는 학교로 함께 가서 집에서 외국어를 사용하는 아이들에게 '두려워할 것이 없다'는 것을 알려준다. 말을 가르키는 것이 아니라, 아이들이 영어를 엉터리로 말해도 아무 상관이 없다는 것을 보여주려 애쓴다. 헨리는 아이들 이름이 적힌 스티커를 아이들 가슴에 달아주고, 릴리아는 최대한 성의를 다해 아이들 이름을 하나하나 호명한다. 릴리아가 고저와 억양까지 세심하게 주의를 기울여 '우부메'나 '부호아우메'와 같은, 원주민의 아름다운 언어로, 우리가 누구인지 말해주는 그 어려운 아이들의 이름들을 부르는 소리를 헨리와 독자가 함께 들으며 작품은 여운이 긴 종말을 이루어낸다.

2 ≪제스처 라이프≫에 나타난 숭고미의 교육적 가치

 소설의 교육적 가치

소설을 비롯한 문학의 교육적 기능에 대한 언급은 아리스토텔레스로부터 시작된다. 플라톤은 예술을 정치적·윤리적·종교적인 부분에 도움을 주는 것 정도로 다소 그 역할을 편협하게 이해한 반면, 아리스토텔레스는 예술의 교육적 기능, 정화 기능, 오락 기능, 쾌락적 기능을 발견하였다. 그러나 아리스토텔레스는 예술의 다기능성을 발견만 하였지, 이들을 유기적으로 상호작용하는 모순적 통일물로 파악하는 데는 이르지 못하였다. 이에 체르니세프스키의 이론이 주목된다. 체르니세프스키는 현실과 예술의 관계를 '자연에 따른 모방'으로 보는 데서 나아가, '삶의 재현', '삶의 해명', '삶에 대한 판단' 등으로 재정의 하였다.[1] 그는 예술적 생산이 주체를 위한 대상 뿐 아니라, 대상을 위한 주체를 생산해 내고, 그리하여 가치와 욕구를 동시에 산출해 낸다고 보았다. 그에 따르면, 예술적 생산은 예술적

---

1) M.S. 까간, 진중권 역, 『미학강의 I』, 벼리, 1989. 65.

창조의 방법 뿐 아니라, 대중의 취미까지도 형성시킨다.[2]

한마디로 체르니세프스키의 예술관은 예술이 현실의 반영일 뿐 아니라, 적극적인 구성이라는 것으로 집약될 수 있다. 예술의 이러한 구성적 기능은 미적 전유의 과정에서 실현된다. '미적 전유'에서 미는 '감각적 지각의 완전성'을 의미한다. 이때 미는 윤리학과 논리학의 범주인 선(Guten)과 진(Wahrheit)에 관련되어 있다.[3] 왜냐하면 작가의 작품창작이, 비록 그가 그것을 의식하지 못한다 할지라도, 그의 미학적 견해나 세계관에 의해 매개되며, 독자의 작품 수용 역시 독자의 미학적 견해에 의해 매개되기 때문이다.

맑스와 엥겔스, 그리고 레닌이 문예에 대해 가졌던 지대한 관심 역시, 문학이 사람의 인식과 행동을 변화시킬 수 있는 유력한 장치였기 때문이었다. 맑스주의 미학에서 미란 우리에 대해 존재하는 대상이자 동시에 우리 주관의 상태이기도 하다.[4] 형상적 언어 구성물인 문학작품을 읽는 독자는 주어진 감각적인 정보를 재구성하여 능동적으로 의미체계를 생산해낸다. 이 조작적인 참여과정이야말로 인민대중의 미적이고 창의적인 학습 과정이기도 하다. 맑스주의 미학의 근본테제는 세계를 단순히 해석하는 것이 아니라, 변혁하는 것이 목적이기 때문에, 문학을 통한 인민교육은 항상 그들의 관심의 대상이었다.

그런데 문학이 실제 독자의 내면에서 작동하려면 현실(reality) 세계의 변화무쌍함과 그를 추동하는 다변적인 요소들에 대한 총체적인 자각이 개념적 사유인 철학적 인식의 한계를 훨씬 넘어, 인간의 정

---

2) 체르니세프스키에 따르면, 세계의 미적 전유에 관한 포괄적인 과정은 물질적인 것과 정신적인 것, 실제적인 것과 이상적인 것, 객관적인 것과 주관적인 것의 현실적이며 모순적인 통일로서의 사회적 실천에서 자라나올 수 있다. Ibid., 20.
3) 이러한 견해는 미학의 창시자인 바움가르텐의 것이기도 하다. Ibid., 22.
4) Ibid., 34.

서적·심리적 지층에까지 가닿는 감응으로 전해져야 한다. 총체적인 감응만이 인간 행위의 변화를 추동할 수 있다. 개념적이고 추상적인 사유체계를 담고 있는 철학이나 과학과는 달리, 문학이나 예술 등 구상적이고 총체적이며 직관적인 인식 형식이 갖는 또다른 가능성의 영역이 바로 이것이다.

이런 연유에서 좋은 소설은 우리에게 어떤 개념적 사유로도 가닿기 힘든, 삶의 진경들을 펼쳐 보인다. 독자는 소설을 읽음으로써 인생과 세계에 대한 통찰에 이르고, 자기 삶을 성찰케 된다. 작품의 가치는 독자의 마음속에 강렬한 내적 반향을 불러일으켜 독자를 체험과 사유로 인도할 때 발현된다. 소설을 읽을 때 일어나는 예술적 지각은 진리의 발견과정일 뿐 아니라, 구성적인 배움이 일어나는 역동적인 학습의 과정이기도 한 것은 바로 이 때문이다.

서사의 도달점이 어디이든, 소설을 통해 발견된 진리는 미적 가치를 지향하고, 미적 가치는 독자의 도덕적 가치와 세계관에 의해 매개되므로, 소설은 독특한 교육적 가치를 갖는다. 감상자에게 스스로 의미구성에 참여시켜 독특한 배움을 일궈내는 본격소설은 영상물이나 장르소설 혹은 게임서사가 지닌 즉시성과 수동성에 길들여진 빈약한 상상력과 사고력을 자극하고 고양시킨다. 문자예술의 진수로서 삶에 대한 깊은 통찰과 숭고한 아름다움을 일깨워주는 창래 리(Chang - rae Lee)[5]의 작품을 분석하려는 이유도 그것이 본격소설의 면모를 충실히 구현하고 있기 때문이다. 이 글은 창래 리[6]의 두 번

---

[5] 작가 창래 리를 한국에서는 창래 리로 칭하기도 한다. 그러나 그의 이름 창래 리는 그의 고유성, 즉 한국계 미국인으로서의 특성을 그대로 보여줄 뿐 아니라 작가의 고유명이므로, 이글에서는 '창래 리'로 씀을 밝혀둔다.

[6] 창래 리는 아주 어릴 때 부모를 따라 미국으로 이민 가서 미국인으로 30년 이상을 살았다. 한국계 미국문학은 1928년 유일한의 <한국에서의 유년시절(When I

째 작품인 <제스처 라이프Gesture Life>[7](1999)의 숭고미를 분석하여, 본격소설이 지닌 교육적 효과에 대해 살펴보려 한다.

 ## <제스처 라이프>의 서사 분석 I

1) 표층서사 : 제스처로서의 삶

<제스처 라이프>의 표면적 서사는 '프랭클린 구로하타'라는 일흔이 넘은 동양계 미국 노인의 잔잔한 일상을 따라 진행된다. 그는 베들리런(Bedley Run)에 사는데, 마을 사람들은 그를 '닥 하타'라고 부른다. 그는 원래 조선의 갓바치와 넝마주의의 외아들로 태어났다. 오씨 성을 가진 그는 일제시대 때 톱니바퀴를 만드는 공장을 운영하는 자식이 없는 부자 일본인 부부에게 입양되었다. 양부모에게 양육과 훈육을 받은 그는 일본 해군대대의 소위로, 일본 천황의 성군으로 태평양전쟁에 참전한다. 전쟁의 참상을 체험한 하타는 '관계와의 유대'에 이끌렸던 삶을 2차 대전 참전으로 종결짓고, 이후 미국을 선택하여 일본계 미국인으로 살아간다. 하타는 1963년 이후, 작고 조용한 타운 베들리런에 정착한다. 그는 얼마전 삼십여 년 간 운영해

Was a Boy in Korea)>로부터 시작된다. 강용흘, 김은국, 테레사 학경 차, 김난영, 노라 옥자 켈러, 하인즈 인수 펜클, 레어나드 장, 수잔 최, 창래 리와 같은 작가들이 그 뒤를 잇는다. 이 가운데 미국 문단으로부터 각광을 받은 작가로는 1930년대에 <초당(Grass Roof)>를 쓴 작가 강용흘과 1960년대에 <순교자(The Martyred)>를 발표한 김은국, 그리고 최근 창래 리가 있다. 구은숙, 「세계적 작가로 발돋움하는 한국계 미국작가 창래 리」, 『문학사상』, 387호, 259.

7) 이 글에서 사용하는 텍스트는 창래 리, 정영문 역, <제스처 라이프>1 · 2권, 공간미디어, 2000 이다.

온 '서니의료기기'라는 가게를 팔았다. 최근 그는 삶의 주요 서사가 모두 끝난 듯, 수영과 산책으로 채워진, 조용하고도 느릿느릿한 일상을 만끽하며 지낸다. 지금껏 그는 결혼도 않고, 예절 바르고 품위 있는 동양계 이웃으로서 타운에서 두터운 신망을 얻으며, 풍족하고도 여유로운 여생을 보내 왔다.

그러던 어느 날, 십삼 년 전 가출한 입양딸 서니가 베들리런 근처로 돌아오면서 그의 일상의 고요함은 흔들리기 시작한다. 꺼내지 않으려 꼭꼭 묻어둔 그의 과거 기억이 떠오른다. 그가 평정을 잃었음은 30년간 아끼고 가꾸어온 자신의 집 거실을 태우는 화재를 낸 부주의함으로 표출된다. 그 불로 그는 병원에 입원하였고, 퇴원 후 그는 서니와 서니의 아들 토미를 만난다. 하타가 운영하다 넘긴 서니의료기기상을 인수했던 앤히치 부인이 교통사고로 사망하자, 하타는 그녀의 장례식에 참석한다. 하타는 토미를 돌보며 불이 난 집을 수리한다. 어느 날 토미와 아이들이 바닷가에서 수영하며 놀다 물에 빠진다. 하타의 집에 관심이 많은 부동산업자인 리브와 레니가 아이들을 구하러 물에 들어갔다가 레니가 심장마비를 일으킨다. 하타는 물에 뛰어들어 토미를 먼저 구한 뒤, 레니도 구한다. 하타는 불이 난 자신의 집, 삽십 년 간 가꾸어온 베들뷰 57번지 튜더 왕조식 2층집을 수리하여 팔고, 가산을 정리한다. 하타는 히치씨의 파산을 막아주고, 서니의료기기상을 다시 인수한다. 하타는 히치의 아들 패트릭의 병원비를 기부한 후, 서니와 토미에게 서니의료기기상 가게를 물려주고, 가게 이층에 아파트도 마련해준다. 유산 정리를 마친 하타가 남부나 서부의 작은 해안가로 떠나기로 하는 데서 이 작품의 표면적 서사는 끝난다.

서사의 현재 시점에서 닥 하타의 일상은 미국의 성공한 중산층의 퇴직 후 모습의 한 전형이지만, 삼십년 간 닥 하타의 일상은 개인주의화된 미국 중산층의 한 전형에 해당한다. 만년의 자신의 가족 상황에 대해 만족하는 사람이 많지 않다고 하지만, 하타는 오래 전부터 소박하면서도 균형잡힌 작은 타운에서 평생 열심히 일한 대가로 작은 소유가 주는 기쁨과 행복을 누리며, 자신의 집이라는 제한된 영역 안에서만큼은 "소박한 형태의 왕권 같은 것"을 느끼며 살아 왔다. 그는 이웃에게 "동양적인 숭상을 받는 웃어른"이자, 마을 사람들과 "붙임성 있게 잡담을 나누고", 그들 개인사의 잡다한 일의 의논 상대가 되어주는 삶을 살아왔다. 하타의 원래 소망은 인종은 다르지만 "그가 지나가도 표정 없는 눈길이 다가오는 일은 거의 없고, 익숙함에서 오는 작지만 비길 데 없는 즐거움을 누리며 사는 일상"이었다. 하타는 자신이 직접 꾸며 놓은 아름다운 뒤뜰 풀장에서, "늘 입을 다물고 눈에 띄지 않은 채로 살아가는 은밀한 한 사람의 헤엄꾼"으로 살아 왔다. 30년 전부터 하타는 이렇게 노인처럼 살아왔다.

하타의 인생에는 가족이나 연인과 같은 심각한 인간관계는 모두 소거되어 있다. 인간관계는 이웃이라는 가장 제한된 의미의 친밀함만을 나누는 관계로 채워져 있다. 즉, 자기충족적인 인간관계의 향유와 품위있고 예절바른 이웃이라는 주위의 평가를 맞바꾼 것이다. 이것이 하타의 제스처뿐인 삶이다.

그러나 이 작품의 핵심은 제스처뿐인 현재시점에서의 하타의 일상에 있지 않고, 하타의 기억 속에 있는 과거의 사건에 있다. 따라서 이 작품은 '행위하는 하타(과거)'에 비해 과거의 사건을 기억해 내고 이를 '서술하는 하타(현재)'가 더욱 핵심적인 역할을 한다. 이 작품은 1인칭 서술자 시점을 따르고 있고, '서술하는 하타'는 스스로 자신의 삶을 '제스처 라이프'라고 명명한다. 인생의 가장 주요부분을 개인의 의지로 소거시킨 삶, 결락(欠落)의 인생, 타자에 대한 제한된 관련과 배려만을 베풀고 그 보상으로서 품위를 인정받고자 하는 삶, 가장 범상한 이웃이고자 하는 삶, 그것이 하타 스스로 말하는 '제스처 라이프'이다.[8]

2) 심층서사 : '불의 고리' 혹은 세 개의 '검은 깃발'

인간이 누리는 평온은 삶의 서사적 요소를 제거해서 도달될 수 있는 지점은 아니다. 삶의 다양한 요소들이 서로 부딪치고 또 서로를 자극하되, 자율적인 저항의 길을 열려놓고, 또한 그 하나하나가 개인의 형성(Bilden)의 자양분이 되는 체험 가운데서 맞는 평온이 진정한 가치를 가질 것이다. 형성으로서 자기성숙에 이르는 도정, 주체적인 참여와 판단에 의해 인식이 고양되는 과정들의 누적 속에서 배어나오는 가치있는 평온을 왜 하타는 소망할 수 없었을까? 식물처럼 하루하루를 조용히 살아가기 혹은 죽어가기의 방식을 취하기까지 도대체 하타의 인생에는 무슨 일이 있었던 것일까? 작가 창래 리는 이 작품과 관련된 한 인터뷰 기사에서 이 작품의 문제의식이 "무엇이 그 사람을 현재의 그로 만들었는가"임을 밝힌 바 있다.[9] 하타는

---

8) 김학면은 <제스처 라이프>를 인생의 결핍을 구조화한 서사로 보았다. 그는 과거를 회상하는 하타의 진술이 의미차원이 드러나기 이전의 언어에 해당한다고 보았다. 그는 <제스처 라이프>의 인식론적 층위는 경험하는 하타보다 서술하는 하타가 더 높다고 보았는데, 필자는 이점이 매우 중요하다고 생각한다. 김학면, 「창래 리 소설에 나타난 '고통'의 의미 - <제스처 라이프>를 중심으로」, 『국제한인문학연구』, 제1호, 창간호. 2004,12.

9) 작가가 생각하는 문학은 TV나 대중소설과는 다른 것이다. 대중소설은 TV에 가깝다는 것이 작가의 견해이다. 작가는 소설에서 줄거리가 중요하다기보다 문체와 스타일이 중요한데, 작가 자신이 글을 쓰는 이유도 "언어를 통해 작가의 목소리를 전달하는 것"이라고 밝히고 있다. 작가가 관심을 가지는 부분은 "무엇이 그 사람을 현재의 그로 만들었는가"임을 밝힌 바 있다.

왜 제스처 라이프를 선택하였을까?

하타는 서니가 베들리런 근처에 나타난 후, 집 뒤뜰 수영장에서 헤엄을 치면서 검은 물 밑바닥에 꿈틀거리고 있는 '불의 고리', 혹은 '검은 불덩이'가 수면 위로 떠오르는 것을 목도한다. "자신의 삶이 구체화되고 진실해지는 바로 그 순간에 삶의 정확한 양식과 내용을 깨닫는다는 것" 또한 대단히 매혹적인 일이다. 하타는 "밀어내고 밀어내고 또다시 밀어냈는데도 옛 수로 표지등들이 다시 한번 까닥하며 떠올라, 눈앞의 물에 점점이 박혀 빛나는 불의 고리"(1권 137면)를 이루는 광경을 본다. "내 수영장의 물은 해가 밝을 때건 어스름이건, 거의 빛이 없는 것처럼 보인다. 그래서 가끔 물에서, 물질적이고 진실한 어떤 것 속에서 헤엄을 치는 것이 아니라, 신비한 저항체 안에서 맹목적으로 앞으로 밀고 나간다는 생각이 든다. 그는 컴컴한 물 속에서 자유로움을 느낀다."[10] 하타는 무의식적 영역이고 어두운, 그래서 노출을 꺼려하는 과거 자신의 기억으로부터 자유롭기를 갈망한다. 그래서 그는 물 속에서 헤엄치는 것을 즐긴다. 섬세한 저항체로서의 물은 불의 고리를 덮을 수 있는 유일한 물질이기 때문이다. 물 속에 있을 때 하타는 오히려 마음의 눈은 갑자기 모든 것의 형태를 다 알 수 있는 저 높은 곳에서 조망하는 듯한 상태에 젖어든다. 그러나 서니의 출현을 확인한 날 그는, 물이라는 저항체의 속성도 잊은 듯, "몸 밑에서 불길처럼 휘저어 대는 덩굴손들 속에서 천천히 드러나는 과거의 검은 불들을 본다."(1권 201면) 기억의 연쇄작용. 물과 불의 상상력. 검은 불의 형체들은 과거의 기억인 전쟁을

---

10) 이 부분은 조셉 콘라드의 단편 <은밀한 동숙자(The Secret Sharer)>와 연관된다고 작가는 말한다. 이영옥, 「언어와 정체성을 통해 적나라하게 표현해 낸 이민자의 삶」, 『문학사상』, 통권 387호 2005,1. 279.

일깨운다. 서니(sunny)라는 이름도 불과 관련된 이미지이다. 집에서의 화재와 서니의 타락. 그러나 그것은 물이라는 저항체의 불의 기억들이고, 하타는 그것을 뚫고 앞으로 나아간다. 하타는 자신의 부주의로 자기 집에서 불이 난 사실에 당혹해하며, 사람들이 자신에게 혹시 그가 모든 것을 불 지르고 싶었던 것은 아닌지를 집요하게 악마처럼 묻지 않을까 두려워한다.

창래 리의 작품들은 서사의 불명확함이 한 특징인데,11) <네이티브 스피커>(1995)에서, <제스처 라이프>(1999), <가족>(2004)으로 갈수록 이 같은 경향은 약화된다. 이주민의 정체성에 대한 문제의식이 약화되고, 현대사회의 일반적인 문제점을 작품화하는 쪽으로 옮아갈수록, 정체성 혼란의 반영인 듯 불명확했던 서사가 차츰 덜 혼란스러운 방향으로 변모된다. <제스처 라이프>에서도 '서술하는 하타'는 선조적인데, '행동하는 하타'는 비선조적이다. 화자로서 서사를 이끌어가는 하타의 서술은 이어져 있으나, 회상되는 기억의 내용들은 단절되어 있다. 하지만 하타의 기억들을 종합해 보면, '불의 고리' 혹은 세 개의 '검은 깃발'로 상징되는 하타의 트라우마(trauma)를 검출해 볼 수 있다.

첫 번째 검은 깃발은 하타 자신이다. 자기 삶에도 참회가 이루어지는 순간이 찾아오지 않을까 하는 희망 때문에 30년 동안 '검은 깃발로 싼 권총'을 장롱 깊숙이 숨겨둔 하타는 몇 번의 자살충동을 간신히 눌러왔다. "나는 품위있는 인간으로서 보지 말고 겪지 말아야 했을 일을 겪었음에도 역사의 차가운 장치의 심판은 받지 않았다. 또한 내가 누리는 마지막 자리에서 늘 좋은 지위를 확보하고 따

---

11) 졸고, 「<네이티브 스피커>를 통해 본 본격소설의 가능성」, 『문학수첩』, 2005년 가을호, 345 - 367.

뜻하고 특권도 줄지 않은 삶을 살고 있다"고 스스로 말하는 하타 내면의 부채감은 그의 깊은 상처와 연관되어 있다. 그의 상처 혹은 공포의 진원은 '구로하타'라는 이름을 얻게 된 자신의 내력으로부터 시작된다. '구로하타'는 '검은 깃발'이라는 뜻의 일본어이다. 조선인 부모로부터 포기된 하타는 약제사의 후손이었던 일본인 양부모에게 맡겨졌다. 양부모의 선조가 옛날 마을에 전염병이 돌 때, 경고의 표시로 세워두던 검은 깃발이 그네의 가문이름이 된 것이다. 중금이 퍼진다는 표시인 검은 깃발. 그들의 조상은 전염병이 도는 마을에 들어가 어떤 알 수 없는 이유로 그 불길한 이름을 가지게 되었다. '검은 깃발'을 뜻하는 자신의 이름에서 그는 자주 불길한 징조를 읽는다.[12] 어떤 순간에는 자신을 주위를 불행하게 만드는 병원균 같은 존재로 여기기도 한다. '검은 깃발'은 불길한 징조, 배타적 구역, 전염성의 균(菌), 격리와 소외 등을 복합적으로 상징한다.

하타는 미국으로 국적을 옮긴 후, 소속감을 획득하기 위해 전력투구한다. 조선인도, 일본인도, 완전한 미국인도 아닌 그는 소속감의 부재를 극복하기 위해 장소에 집착한다. 삼십년간 혼자서 가꾼 집에 대한 애착과 열망이 그 예이다. 오랫동안 자신이 뿌리내릴 토양을 찾지 못해 늘 목말라 한 하타는, 스스로 자신의 상처이자 두려움(fear)의 진원이 "공적이고 전체적인 의무를 이행하지 못해 동료나 사회전체에 짐을 지우는 결과를 초래하는 것"이라고(1권 70면) 말한다. 이는 마치 어린 시절 자신을 포기한 조선인 부모를 염두에 둔 것 같은 발언이다. 친부모로부터 포기되었고, 의무감으로 무장한 양

---

12) 권택영은 구로하타 이름의 '검은 깃발'이 일본 파시즘의 배타성을 암시하는 것으로 이해하였다. 권택영, 「종군 위안부 : 노라 옥자 켈러와 창래 리의 고향의식」, 『국제한인문학연구』, 창간호, 2004. 49.

부모에 의해 양육된 그는 지나치게 겸양하고, 권위에 복종적이며, 품위를 잃지 않고 예절 바르고자 노력하는 성격의 소유자가 된다. 입양아로서 하타나 서니는 양부모를 원망하는 것이 아니라, 자신이 입양아라는 사실 자체에 화가 나고 상처를 받는다. 이 소설의 시작은 "이곳 사람들은 나를 안다"이다. 하타는 자동차 수리소에서 길을 묻거나 껌을 사러 과자점에서 같은 작은 가게에 들르면, 사람들은 갑자기 조용해지곤 했는데, 그때마다 그는 사람들의 "말을 아끼는 듯한 쌀쌀함을 느낀다. 누가 대놓고 뭐란 적은 없지만, 오래 뭉그적거릴 만큼 환영받지 못한다는 것은 분명히 알 수 있는 상황들"이었다. 하타는 삼십년간 노력해서 베들리런(Bedley Run)이라는 마을에 자신의 자리를 만들었다. 하타는 풍경 속의 자연스런 한 인물이 되는 것을 위해, 자기충족적인 인간관계를 모두 포기한 것이다.

두 번째 검은 깃발은 1944년 랑군 외곽, 125Km 떨어진 옛 버마의 산길슭 마을에서 펄럭인다. 종군위안부인 '끝애(K : Korea의 상징인 듯 : 필자)'와 군의관 '오노대위' 그리고 오노와 싱크로나이즈 선수처럼 쌍둥이 같았던 준 의료원 하타 자신이 얽힌 기억의 한 가운데 검은 깃발은 펄럭이고 있다. 귀족적인 학자집안에서 태어난 '끝애(K)'는 군수물자공장에서 일하기 위해 일본행 배를 탔다가 시모노세키에서 싱가포르로 또 버마로 영문도 모른 채 끌려온, 스물이 채 안된 조선인 종군위안부였다. 끝애의 남다른 명민함을 본 오노대위는 그녀를 다른 위안부들과 달리 전초기지 보급물자 창고 안에 격리 수용시키고 하타에게 그 관리를 맡겼다. 오노가 보기에 끝애는 천황 중심의 대동아공영권 내에서 보호되어야 할 피였던 것이다. 아침에 검은 깃발이 진료소 앞에 내걸리면, 끝애를 이시마 대령에게 바치기 위한 준비를 시키라는 것이 오노가 하타에게 내린 명령이었다. 그러나 하타는 끝애를 돌보는 사이 그녀를 사랑하게 된다. 그는 위안부들의 위생을 담당하는 준의료원으로 복무 중이었는데, 의대를 지원한 상태에서 입대를 하게 되어 위안부의 위생을 맡게 된 것이다. 하타는 끝애가 자살할 수 있게 도와달라고 간곡히 청한 것을 번번이 거절한다. 결국 하타는 끝애가 오노를 살해한 뒤, 가장 비참하고 불명예스러운 죽음을 맞는 것을 목도하게 된다. 오노 사망 후, 오노의 역할을 대신 맡게 된 하타는 자신이 소중한 사람을 보호하거나 구하지 못한 것은 물론, 그를 가장 비참하게 죽게 방임하였음을 깨닫는다. 하타는 끝애를 여기까지 오게 한 사람들 무리의 한 가운데 자신이 중심인물로서 있음을 깨닫는다. 이 대목은 매우 디테일하게 회상되고 있는데, 일흔이 넘는 하타가 50여년 전의 일을 이토록 소상히 기억하고 있는 것은 그 체험이 그에게 어떤 의미를 가지는지를 짐작케 한다. 어쨌든 그는 조선인 위안부문제에 있어서 '엔도상병'처럼 적극적으로 저항하지 못하였다. 엔도상병이 끝애의 언니인 종군위안부의 자살을 돕고 스스로 처형된 것과는 달리, 그는 '끝애'에게 끝까지 살아남아 자신과 가족을 일구자고 말하였다. 이는 그의 끝애에 대한 사랑의 열기와 그때까지의 소박한 상황인식 때문이기도 하겠지만, 그 시절 그가 가장 두려워한 것은 "주위사람들의 후원으로부터 소외"되는 것이었기 때문이기도 하다. 아래의 대목은 이를 보여준다.

어쨌든 나는 나에게 어떤 짐이 떨어지든 감당할 수 있기를, 꾸준히 내 의무를 이행하고 내 책임을 완수할 수 있기를, 어떤 상황에서 어떤 기준에 의해서도 흔들림이 없기를 나 자신에게 바랄 뿐이었다. 아주 단순한 생각이지만, 엔도 상병처럼 실패의 오점을 남기는 것이 두려웠기 때문이다. 그것은 에고나 자아의 실패가 아니었다. 공적이고 전체적인 의무를 이행하지 못한 것이었다. 그것은 또 자신의 동료들로 이루어진 사회 전체에 짐을 지우는 결과를 낳았다. 나는 평생 그것을 두려워했다. 내가 구로하타 집안에 양자로 들어간 날부터 제국 육군에 입대한 날까지 계속된 두려움이었다. 심지어 서니의료기기의 문을 연 날에 이르기까지도 계속된 두려움이었다. 나는 가게를 열어 놓고 처음 몇 시간 동안 동료 상인들에게 불명예를 안길지 모른다는 두려움 때문에 몸이 거의 마비되다시피 했다. 사실 주위의 상인들은 아직 나에게 접근하지도 않은 상태였고, 몇 주 뒤에 가서나 그들과 만날 일이 생길 터였다. 내가 가장 걱정했던 것은 진정한 후원을 받을 수 있느냐 하는 문제였던 것 같다. 거기서 인간적인 위로나 온기를 구할 수는 없겠지만, 그럼에도 나는 그런 유대를 늘 중요하게 여겼다.13)

소속으로부터의 소외, 그것이 하타에게 있어 공포의 근원이었던 것이다. 끝애의 죽음조차 이렇게 입양이라는 그의 운명에 연관되어 있다.

세 번째 검은 깃발을 하타는 입양한 딸 서니와의 기억에서 본다. 서니는 호기심에서 집안을 뒤지다 검은 깃발에 싸인 권총 한 자루를 발견한다. 마흔이 넘어 결혼도 하지 않은 하타가 무리하게 불법을 자행하면서 동양인 여자아이를 입양하고자 했던 것도 본국에의 부채감과 끝애와의 상처, 그리고 어떤 누군가에게 자신이 가장 품위있고 질서있는 자리가 되어 주고 싶어서였다. 그렇게 입양한 딸 서니(朝鮮의 '鮮'에서 따온 이름인 듯 : 필자)가 커가는 모습을 아빠로서 하타는 "자부심과 경이감, 그리고 가장 순수한 수준의 갈망을 느끼며, 영원히 더럽혀지지 않고 원시의 상태 그대로를 유지해 주었으면 하는 아린 희망을 품고" 바라본다. 서니가 열여섯 살 때 하타는 서니 나이의 두 배도 넘는 남자들과 덩치가 큰 흑인들과 어울려 서니가

---

13) 창래 리, 정영문 역, <제스처 라이프>1권, 공간미디어, 2000, 71 ~ 72.

마약을 하며 춤과 섹스를 하는 장면을 목격한다. 나중에 하타는 그 순간을 이렇게 회상한다.

> 그들의 행위를 낱낱이 지켜보면서 서니가 더 이상 내 친족이나 딸, 심지어는 내가 책임지는 사람(후견인)이 아닌, 그저 여느 여자이기를 바랐다. 나(하타)는 강퍅해진 마음으로 소리없이 층계를 내려왔다. 내 피는 이미 잊으려 하고 있었다. 차가워지고 있었다.[14]

서니가 가출하였다가 임신한 채로 집에 돌아왔을 때, 하타는 이십 팔 주도 넘은 뱃속 아이를 마취된 상태에서 서니의 동의없이 없애는 수술을 동료 의사에게 의뢰한다. 그때 하타는 또다시 검은 깃발을 본다. 하타는 십대인 서니를 통해 검은 깃발에 덮인 끝애까지를 한 꺼번에 본다. 사랑하지만 자신을 포기해야했던 조선의 친부모, 의무 감에서지만 자신을 아들처럼 양육해준, 그러나 끝내 자신의 입으로 사랑한다는 말이 나오지 않았던 양부모, 그리고 랑군의 전선에서 만 난 사랑하는 여자 끝애, 미국에서 어느 정도 안정된 후, 그 아이를 통해 새로운 삶을 시작하리라, 가족을 일구어보리라 다짐하며 무리 하게 입양한 딸 서니, 서니에게 어머니가 필요하다는 판단에서 좋은 어머니감으로 생각하여 만났던 메리번즈, 그 모든 관계의 결별 혹은 실패는 하타의 제스처 라이프의 이면을 이룬다. 하타의 삶은 가족이 나 연인 등, 가장 소중한 관계의 실패와 결별이 제스처 라이프에 의 해 포장되어 있는 형국이다.

---

14) Ibid., 153.

3 <제스처 라이프>의 서사 분석 Ⅱ

1) '육체/상처'와 '운명/공포'

하타의 의문은 "훈련과 양육이 인간의 본질을 이루는 단순한 흙과 재와 피보다 더 큰 힘을 지니는 것일까, 아니면 사회적 단련은 결국 죽은 자들의 썩어 가는 옷처럼 떨어져 나가고 결국 그 밑의 뼈가 드러나는 것일까?"는 것이다. 인간을 구성하는 흙·재·피·뼈는 무엇이고 사회적 훈육은 무엇인가? 하타는 기억이란 불완전한 거울이어서 개인의 과거를 객관적으로 구성할 수 없다고 말한다. 불완전하고 비객관적인 기억, 다시 말해 그의 과거가 지금의 그를 형성한 동력은 아니라는 것이다. "다 아는 일이지만 과거란 결국 매우 불안정한 거울이어서 너무 가혹하면서도 동시에 지나치게 비위를 맞추어 주기 십상이며, 따라서 사람들이 믿고 싶어 하는 것과는 달리 절대 진실을 비추어 주지 않기 때문"에 조작될 수 있고 따라서 객관적이지 않다. 과거의 많은 일들에도 불구하고 그(그의 육체)는 현재 좋은 이웃들과 아름다운 타운에서 여생을 즐기고 있다. 그렇다면 인간의 의지나 선택이, 혹은 사회적 훈육의 과정이 그의 인생에 결정적인 방향타가 아니라, 육체성, 피, 혹은 조물주의 의지에 의해 인간의 운명은 결정된다는 것을 작가는 말하고 싶었던 것일까? 이 작품의 결말도 이와 연관된 내용으로 되어 있다.

나는 내 운명이나 숙명을 찾아 나서지는 않을 것이다. 나는 창조주의 얼굴에서 위로를 구하지 않을 것이며, 죽은 자들에게서 용서를 구하려 하지 않을 것이다. 그저 내 살, 그리고 내 피, 그리고 뼈를 짊어지고 가겠다. 깃발을 흔들겠다. 내일, 이 집이 그득해지고 활기가 넘칠 때 나는 밖에서 들여다보겠다. 나는 이미 어딘가를 걷고 있을 것이다. 그곳은 이 타운일 수도 있고 다음 타운일 수도 있고, 아니면 팔천 킬로미터 떨어진 곳일 수도 있다. 나는 한바퀴 돌아서 다시 이곳에 이를 것이다. 마치 귀향을 하듯.[15]

숙명이나 운명을 거부하고, 창조주에 의지하지도 않고 끝까지 검은 깃발로서 자신을 흔들면서, 자신의 피와 뼈를 짊어지고 가겠다는 것은 무엇을 의미하는가? 후발 선진국으로서 일본이 서구적 근대성을 단숨에 수용하려 과욕을 부림으로써 야기된 태평양전쟁에서 종군위안부의 존재는, 일본제국주의적 만행의 한 정점이다. 종군위안부인 끝애가 피식민지 여성의 훼손된 육체를 상징한다면, 끝애는 자결로서 육체를 소멸시킴으로써 그들의 만행으로부터 스스로를 보호하고자 하였다. 끝애가 하타에게 양부모를 사랑하느냐고 물었을 때 하타는 대답 대신, "영혼이 육체에 살고 있을지도 모른다"고 답한다. 육체성의 이끌림. 하타는 "계속 나아가고자 하는, 지속하고자 하는 의지를 가진 것처럼 보이는 그 솔직한 잿빛 조직인 육체"는 "살아 있든 아니든 세상의 어떤 표지, 더 폭넓은 환경을 가리키는 어떤 기호"가 되고, 인간의 의지인 훈육과 양육이 범접할 수 없는 부분, 즉 인종이나 혈연, 혹은 조물주의 섭리에 의해 이미 규정된 부분 같은 것이 개인 삶의 규정력이라는 사실을 인지한다. 그러나 결과적으로 하타는 끝애의 육체를 완전히 수탈하는 제국의 군인으로서 자신의 자리를 지켜낸

---

15) 창래 리, 정영문 역, <제스처 라이프>2권, 공간미디어, 2000, 223.

셈이 되고, 아이러니컬하게도 오노의 뒤를 이어 부대를 통솔하게 됨으로써 그들의 앞잡이가 된다. 하타의 육체적 근원으로서의 조선, 끝애, 서니는 기실 동일한 기의를 의미하는 각기 다른 기표일 수 있다. 하타가 서니를 입양한 일은 가족이 되려고, 다시 한번 관계에의 엮임에 대한 소망을 가져본 것이다. 하타는 일본여아를 원했으나, 조선에서 여아가 오면서 결과적으로 하타가 조선과 화해할 수 있는 기회를 갖게 된다. 하지만, 하타는 서니와의 관계에도 실패하고, 또 스스로를 계속해서 일본계 미국인으로 이해한다. 어쨌든 하타가 서니를 통해 가족을 형성하여 이주민의 디아스포라(diaspora)를 극복해 보려한 것은 그의 근원적인 존재조건으로부터 시작된 욕망이다.[16]

하타는, 조선인 생부모는 자신을 포기하였지만 끝내 자신을 사랑했을 것이라고 믿는 반면, 양부모는 자기를 사랑하였는지 아닌지에 대해 확신이 없다. 본향으로부터(타의에 의해) 이탈되어 얼굴빛이 동일한 이민족 틈에 동족인양 끼어, 그들의 제국주의적 만행 그 한 복판에서 사랑하는 여인을 지켜내기는 커녕 결과적으로 그를 죽음으로 내몬 장본인이 된 운명. 얼굴빛이 다른 이민족 틈에서 '가장 범상한 이웃'으로 취급되기를 갈망하며, 30년간 이웃에 공을 들여온 그에게 피, 뼈, 흙, 육체성의 문제는 아주 근원적인 것일 터이다. 하타는 자신의 의지로 제국의 군인이 되어 천황의 성전에 참전하였고, 자신의 의지로 끝애의 자살을 말렸고, 자신의 의지로 미국 국적을 획득하였고, 자신의 의지로 조선인 출신 서니를 입양하였고, 자신의 의지로 메리번즈와 가족이 되려 하였다. 자신의 의지로 한 일들은 한결같이 하타

---

16) 이 부분에서 구은숙은 하타가 미국인에게 더 잘 보이기 위해, 더 완벽한 중산층 미국인이 되기 위해서라고 보고 있다. 그러나 필자는 하타의 가족을 이루고자 하는 열망은 이보다 더 근원적인 자신의 존재조건 '입양된 자'라는 사실에 연관되어 있다고 본다. 구은숙, Op.cit., 262.

에게 더 깊은 상처와 고통만 남겼다. 그러나 타의로 일본에 입양되어 현재에 이른 그는 작지만 품위있는 마을을 우연히 발견했고, 그곳에서 우연히 아주 좋은 이웃들을 만났으며, 마을 사람들과 손님들의 너그러운 태도와 환대의 자연스런 결과물로서 거기서 시작한 서니 의료기기상이 잘되어 현재 그는 소유를 즐기며, 풍족한 말년을 보내고 있다. 자신의 의지가 미치지 않는 영역에서 그는 언제나 운이 좋았다. 그를 현재의 그에 이르게 한 것은 바로 그 힘이었다. '검은 깃발'이라는 자신의 불길한 이름처럼, 사랑하는 사람들의 아픔을 방기하거나, 그것에 적극적으로 기여한 전염성 병원균과도 같은 존재인 자신이 말년에 누리는 평화로운 일상이 이웃의 호의에 의한 것이라면, 또한 조물주의 섭리에 의한 것이라면, 그는 어떤 선택으로 스스로 구원에 이를 수 있을까? 이것이 하타를 통한 작가의 문제의식이다.

2) 사랑과 구원

하타는 앤히치 부인의 장례식에 참석하여 먼발치에서 숨죽여 운다. 자신이 도달하고 싶은 인간상이자 흠모하는 여인상인 그녀는 지극히 부정적인 운명에도 불구하고 인간으로서의 품위를 잃지 않고, 주위의 사람들에게 진심어린 감사와 친절을 베푼 사람이었다. 외아들의 선천성 심장이상으로 심장 기증자를 기다리는 하염없는 나날 속에서, 경기불황으로 인한 사업의 실패와 병원비의 산적, 때마침 의료보험비는 바닥이 나고, 그런 외중에 남편의 분노와 짜증은 나날이 심해져 가는데도, 앤히치 부인은 다른 사람들에게 언제나 웃어 주었다. 그런 앤히치 부인이 교통사고로 죽었다. 앤히치 부인의 교통사고 역시, 인간의 훈육과 의지가 인간의 삶을 모양지어가는 것은 아니라는 사실을 말해준다.

　하타가 끝애 이후, 사랑이라는 단어를 떠올리는 것은 토미의 손을 잡았을 때이다. 하타는 토미와 손을 잡는 육체적인 접촉을 통해, 서니와 자기 사이에 의무만이 아닌, 무엇인가가 있었음을 전광석화처럼 깨닫는다. 자신이 의지를 동원해 했던 일의 대부분에서 가장 중요한 사랑이 빠져 있었음을 깨닫는다. 자신의 운명에서 받는 상처는 공포를 낳고, 그 공포 때문에 과도하게 예민해진 하타는 사랑의 방식보다는 의무감에 의해 추동되는 삶을 살아왔다. 상대의 입장에서 그들의 욕구와 필요를 돌보지 못하고, 자신의 판단과 의지로 모든 것을 재단하려 했기에 결국 가장 고통스러운 사람은 자신이 된 것이다. 그 고통이 두려워, 삶의 서사를 더 이상 만들지 않으려고 움츠려 사는 상태, 그것이 제스처 라이프였다. 그저 익숙한 풍경 속의 익숙한 사람이 되어 낯선 타인의 눈길이 더 이상 자신을 훑거나 자기에게 머무르지 않는 삶을 꿈꾸어온 것이다.

　그럼에도 불구하고 현재 그는 건강과 재산과 딸 서니와 손주라는 행운을 누리고 산다. 하타는 토미를 통해 사랑을, 구원의 가능성을 희미하게 감지한다. 토미와 서니를 생각하면 하타는 "가족의 지속에 대한 희망, 예측할 수 없이 풍부하게 진화해 가는 존재에 대한 희망"을 느낀다. 토미를 통해 하타는 서니의 아이를 강제로 없앤 일이 자신의 잘못이었음을 깨닫고, 이를 서니에게 고백한다. 하타는 배가 부른 서니가 집에 왔을 때 "나는 그애에게 닥칠 일이 얼마나 겁나고 끔찍한 일인지를 헤아리기보다 서로에 대한 실패를 표시하는 깃발처럼 여겼고, 집 주위에 내걸릴 임박한 수치와 당혹만을 느꼈다"고 회상한 바 있다.[17] 서니의 부른 배에서 하타는 자신의 패배를 보았고, 자신의 이름인 '검은 깃발'을 보았던 것이다. 하타는 부른 배의 서니나 미얀마의 K를 떠올릴 때, '검은 천을 두르고 슬픈 웃음을 띤' 그녀들을 본다. "내 의지대로 할 수 있는 일이라면, 언제까지나 아무도 그 숨은 역사를 말로도 노래로도 드러내지 못하게 막고 싶었던" 검은 불을 본다. 하타는 "나는 이 세계, 인류와도 어떤 행위와 흔적의 줄을 댄 적이 없는 것처럼 조용히 웅크리고 앉아 태아처럼 그대로 머무르는 방법을 원한다. 순수를 원했다기보다는 뒤로 거슬러 올라가 지울 수 있는 지우개를 원했다. 시작 이전을 원했다. 내 모든 세월을 팔아 버리고 어떤 앞선 시점으로 돌아가 다시는 앞으로 나아가지 않을 수 있다면, 나는 의문 없이, 아무런 두려움 없이 그렇게 할 것이다"18)고 술회한다.

하타는 병원에 입원해 있으면서 만난 비로니커를 통해 자신이 서니를 입양한 것이 자기 욕심이었음을 깨닫는다. 하타는 자신 역시 입양아의 입장이었고, 양부모가 원했던 것은 단지 자식이었지 특정인인 하타 자신이 아니었음에 어떤 근원적인 공포를 느낀다. 사정이 조금만 달랐어도 대체가 되었을 존재의 불안감. 서니 역시, 하타에게 꼭 자신을 집어서 데려온 것은 아니었지 않냐고 말한다. 서니는 버려진 아이였고, 기독교 고아원 출신이었다. 버려진 아이의 입장. 언제나 대체가 가능했던 대상. 마치 그의 그림을 완성시키는 데 필요한 악세서리같은 느낌. 서니는 딱 하타가 본국과 끝애에의 부채감에서 조선여자아이를 입양하였고, 자신의 품위와 존경받는 동양인 출신의 웃어른으로서의 품격을 위해 자신을 의무감에서 양육하였다고 주장한다. 서니는 하타가 제스처와 예의만 아는 사람이라며, 아빠는 늘 다른 사람에게 이상적인 파트너이자 동료가 되려고만 노력하지 그를 진심에서

---

17) 창래 리, 정영문 역, <제스처 라이프>2권, 공간미디어, 2000, 206.
18) Ibid., 143 ~ 4.

사랑하고, 격이 없이 대하진 못한다고 지적한다. 서니는 때문에 마을 사람들이 결국 그런 아빠를 보고 진짜 속마음으로는 "쓰레기와 보도 청소 일정을 잘 짜는 '착한 찰리'라고 생각할 것"이라고 말한다. "아빠는 인심을 다른 사람들에게 짐을 지운 것"이라고 말한다. 뿐만 아니라, 서니는 언제나 당신이 나를 필요로 했지, 내가 당신을 필요로 한 적은 없다고 말한다. 메리번즈 역시 하타는 자신이 맹세한 의무인 것처럼 자기를 사랑하려 노력한다고 하타를 평가하였다.

하타는 자신의 옛조국에 마땅히 그 정도 선물은 해야 한다는 생각에서 자기 욕망의 관철을 위해 불법을 자행하면서 서니를 입양하였다. 하타는 그 아이가 도착하는 순간을 기점으로 자기의 삶이 다시 시작되기를 바랐다.[19] 그러나 하타는 서니를 처음 보았을 때, 여위고 관절이 불거진 아이인 서니가 자기가 생각했던 것보다 훨씬 품위없는 환경의 산물일 가능성에 대해 미처 생각하지 못한 자신을 발견하기도 하였다. 하타는 그런 자신의 첫느낌 때문인지, "순간 출발부터, 그 어린 여자 애는 내 눈에서 머뭇거림, 시들어 버린 희망을 느꼈다고 보는 것이 옳을지도 모른다"고 술회한다.[20] 사춘기 이후 서니의 저항은 거셌고, 사랑하는 사람이 스스로를 방기하는 것을 지켜보는 자의 상처가 그의 또 다른 검은 깃발이 된다. 반항의 원인제공자로서 딸 서니가 망가지는 것을 바라보는 아빠의 아픔. 오십줄에 만난 연인 메리번즈와의 관계가 실패로 끝난 것도 서니에게 어머니를 만들어주려는 과도한 의무감에서 비롯된 관계, 즉 자기만족적인 연애가 아닌, 의무감과 스스로 한 맹세를 지키기 위한 것이어서 결국 실패로 끝난다.

---

19) Ibid., 102 ~ 3.
20) Ibid., 40 ~ 1.

서른이 넘어 아이 어머니로서 안정감 있는 여인이 된 서니의 이야기에 의하면, 그 당시 서니는 에반스를 진심으로 사랑하였고, 지금도 그때 지운 아이를 그리워한다고 한다. 다시 말해 문제는 그 당시 부른 서니의 배를 보고 실패를 감지한 하타의 관점에 있다. 1인칭 소설 가운데서도 특히 이 작품은 구로하타라는 한 인물에 집중된 정도가 심한 편이다. 다른 인물들이 등장하지만, 그들의 어떤 부분도 구로하타에 의해 서술될 뿐 아니라, 구로하타의 삶에 어떤 의미를 지니는가의 측면에서만 기술된다.

하타는 "평생을 바쳐 얻으려고 노력했던 것. 매우 품위있는 타운에 정착한 품위있는 인간이고 싶었던 나, 일본인 부모의 손을 잡고 정규학교에 입학했을 때, 영광스러운 전쟁으로 일컬어진 전쟁에 군인으로 참여할 때까지, 그리고 품위있는 타운에 정착할 때까지 그것이 내 오랜 어리석음, 나의 지속적인 실패가 아닐까?"를 토미의 존재를 통해 깨닫는다. 그 무렵 하타는 서니의 가게 종업원의 옷깃에 매우 현대적으로 보이는 예수의 초상이 그려져 있고, 그 밑에 "사랑은 모든 것을 정복한다"고 적혀있는 것을 본다. 하타는 의무감에 이끌린 행위가 사랑하는 사람들을 불행하게 만들고, 죽음에 이르게 하였음을 깨닫는다. 의무감은 또 다른 자기욕심이었다. 하타는 "아이(토미)의 오동통한 손가락들이 내 손에 닿는 순간, 수천의 손이 나(하타)를 잡아끄는 것 같은 느낌을 받았다. 나는 간신이 아이 어머니의 무언의(그러나 아주 분명한) 소망에 따라 위엄있는 얼굴로 무사히 아이를 떠나 올 수 있었다"고 말하고, 서니와 자기 사이에도 사랑 같은 것이 있음을 느낀다. 토미와 서니를 만나면서도 하타는 "사랑 같은 것이 영원히 승리를 거두고, 진정 모두를 정복하는 것일까? 아니면 나처럼 온전히 주권을 유지하는 사람들, 여전히 정복당하지 않고 사는 사람들도 있는 것일까?"를 자문한다.[21] 그러나 하타는 토미와 레니를 구한 후, 이제 많은 말을 하지 않는다. '서술하는 하타'는 말없이 '행동하는 하타'가 되어, 가산을 정리하여 주위의 사랑하는 사람들에게 골고루 나누어준다.

사랑에 정복당하지 않으려 안간힘을 쓰며 버텨온 자기 삶의 결락 부분을 보면서 하타는 곧바로 옷장의 옻칠한 상자 속의 널찍한 천과 전쟁 마지막 몇 달간의 끝애를 생각한다. 하타는 끝애에 대한 자신의 생각이 "부자의 생각과 비슷했을 것"이라고 반성한다. "자기 집이나 소유지에서 일하는 수많은 하인들을, 그들의 노력과 몸부림을 거의 인식하지 못하는 부자, 그들을 그의 삶이라는 메커니즘의 부품으로만, 매일 밤낮없이 꾸준히 돌아가는 기계로만 보는 부자"였다고 술회한다. 하타는 자신 역시 끝애를 만나지 않았더라면 그녀들(종군위안부)을 "부드러운 살덩어리로만 생각했을 것"이며, "사라지기 전에 얼른 가져야 할 짧고 따뜻한 쾌락으로" 생각했을 것이라 고백한다. 그것이 전시의 기본 방식이며, 끝내 자신은 그 범위 안에 있는 존재였음을 시인한다. 하타는 오노대위가 끝애를 안는 것을 보았을 때, "전쟁이라는 기계에 우리 자신을, 또 서로를 먹이로 내주고 말았다는 사실"을 깨달았다. "그녀나 나(하타)나 받아들여지는 속에 자신의 자리를 갖고 싶었을 뿐. 훌륭한 품성을 지닌 여인이 되어 그녀의 아버지에게 남동생만큼이나 의미있는 존재가 되고 싶었을 뿐이었다. 내가 바란 것은 큰 집단의 한 부분이 되는 것이었다. 제스처들뿐인 삶 이상의 어떤 것을 가지고 그 과정을 마치고 싶었을 뿐"이었다고 말한다.

끝애가 죽어가는 장면을 가까스로 떠올리는 하타. 죽어가는 그녀

---

21) 창래 리, 정영문 역, <제스처 라이프>1권, 공간미디어, 2000, 42 ~ 58.

를 바라보는 자신은 "그녀의 다른 조그만 형체, 형체를 분간할 수 없는 그녀. 아직 깨지지 않은, 방해받지 않은 그 시원의 잠. 나는 내가 무엇을 하는지 알 수 없었고, 어떤 부분도 기억할 수 없었다."[22] 입력해 두기에 너무도 버거운 기억의 자연스러운 왜곡, 혹은 그 기억으로부터의 자유롭고자 하는 자신. 장롱 속의 검은 깃발처럼, 꼭꼭 싸매둔 상처와 고통과 공포의 진원지. 왜 끝애는 죽고, 끝애의 언니도 죽고, 엔도상병도 죽고, 앤히치도 죽고, 메리번즈도 죽고, 자신은 살아서 영화를 누리는가.[23] 물에 빠진 토미와 레니를 구하러 물에 뛰어드는 하타에 대해 '서술하는 하타'는 말한다. "두 번 다시 내 삶의 방기는 견딜 수 없기 때문에 나는 사력을 다했다"고 기술한다. 이 대목에서 '서술하는 하타'는 '행동하는 하타'를 아주 간략히 묘사한다. 토미와 레니를 구한 후, 하타는 자신이 할 수 있는 것은 주위에 아직 남아 있는 착한 사람들을 사랑하는 것, 사랑만이 모든 것을 정복함을 실천하는 것임을 깨닫는다. 인간의 구원은 거기서 비롯되는 것임을 하타와 독자는 동시에 깨닫는다. 하타도, 독자도, 거기서 숭고한 인간 정신의 승리를 본다.

 **4** <제스처 라이프>의 숭고미

운명이 개입된 비극이 주는 고통은 그 고통 속에 있는 인간에게는 고통의 임계치에 해당할 것이다. 그러나 <제스처 라이프>에서

---

22) Ibid., 163.
23) 구은숙은 창래 리의 작품에서 죽음은 과거에 대한 기억을 불러오는 역할을 한다고 말하는데, 필자는 이에 공감한다. 구은숙, Op.cit., 264.

하타가 겪은 오랜 고통은 값없는 것이 아니었다. 왜냐하면 그는 그 것을 통해 새로운 인식에 이르기 때문이다. 고통의 순간 자체에 단지 빠져 버리는 것(immerse)이 아니라, 그것에 주체적으로 참여하는 몰입(engagement)이 되면, 거기에는 보상으로서 의미(meaning)의 창조가 발생한다. 근육의 활동이나 인지적 활동이 아닌, 영혼이 개입된 차원의 몰입(engagement)은 예술이나 종교적 의식이 보다 잘 감당할 수 있는 영역일 것이다. 고통 속에서 의미의 생산이나 새로운 인식의 획득, 다시 말해 인간의 내적 성숙(Bilden)이 일어나는 과정을 담고 있는 예술 작품에는 미적 가치로서의 숭고미가 매개되어 있는 경우가 많다. 창래 리의 <제스처 라이프>의 결말부분을 읽는 독자들이 체험하는 일종의 '숭고미'도 그러한 경우에 해당할 것이다.24) 소설 속의 인물인 하타가 행동으로 참여하는(handelnd beteiligt) 사건들을 바라보는 독자는 관중이 되어 그 사건들을 동반 체험(erleben)한다. 그러한 동반 체험 가운데 독자는 '서술하는 하타'의 인식을 따라가면서 스스로의 인식구조 속에서 하타의 인식에 근본적으로는 토대하지만 결코 동일하지는 않는 새로운 의미생성으로 나아갈 것이다.

이러한 의미 구성적 과정은 다른 어떤 형식의 교육이나 학문에서 배울 수 없는 진리의 발견, 그것도 그 과정이 주체적이며 능동적인 과정인 진리의 발견 과정에 다름 아니다. 그것은 인지적일 뿐 아니라, 정서적이고 심리적인 감응을 동반한, 그야말로 총체적인 체험으로서

---

24) 최원식, 장경렬의 글에서 이들은 한결같이 창래리의 <제스처 라이프>를 읽으면서 도스토예프스키 소설의 결말을 읽는 것과 같은 감동을 체험하였다고 진술하고 있다. 그들이 말하는 감동의 실체는 사랑을 통한 인간의 구원이라는 내용을 공통적으로 포함한다. 최원식, 「민족문학과 디아스포라 - 해외동포문학을 읽고」, 『창작과 비평』, 제31권 제1호, 통권 119호 2003년 봄호 19 - 39. 장경렬, 「정체성의 위기, 언어의 안과 밖에서 - 창래 리의 소설 <네이티브 스피커>읽기」, 『문학판』, 제1권 제3호, 통권 제3호 2002년 여름호, 280 - 300.

개인 삶의 대전환(far transfer)을 가능케 하는 경험이다. <제스처 라이프>에서 '서술하는 하타'에게 발생한 의미의 생성이 독자에게 감염되는 경로는 무엇이며, 왜 본격소설에서 그 같은 배움은 가능한 것일까? 여기에 답하기 위해서 우선 숭고미가 무엇인지부터 살펴보자.

쉴러의 『인간의 미적 교육에 관한 편지』에 따르면, 숭고미는 어떤 대상, 어떤 현상, 혹은 어떤 행위 속에 인간의 이상이 비상한 힘과 비범한 위력과 압도적인 에네르기를 가지고 드러날 때, 그것을 '숭고하다'고 한다. 반면, 어떤 성격이나 행위 속에 우리의 이상에 적대적인 특질이 과도하게, 그리고 다른 것을 억누르며 구현되어 있을 때, 이를 '비속한 것'이라 말한다. 다시 말해 쉴러는 '비속'의 상대 개념으로서 '숭고'를 설정한다. 일반적으로 인간은 접근가능하며 인간의 힘에 조응하는, 자그마한 대상에서 자유로움을 느끼는 반면, 측량할 길 없이 거대하여 우리를 압도하는 대상에게서 색다른 미적 경험을 갖는다. 후자에는 인간의 미약함, 가능성, 상상을 능가하는 것에 대한 경외의 감정이 내재되어 있다. 인간을 완전한 심적 만족감, 조화로운 평정감, 그리고 매혹감으로 옮겨놓는 미의 감정과는 달리, 숭고의 감정은 자포자기, 자기희생, 행동에로 이끄는 무언가 불안한 것, 자극적인 것, 역동적인 것을 자체 내에 포함한다. 왜냐하면 숭고는 인간을 친숙한 것, 일상적인 것으로부터 끌어올리며, 그가 자신을 넘어서도록 고양시키기 때문이다.[25]

쉴러는 숭고를 실제 세계에서 가능한 것이 아니라 하나의 이상으로 보았다. 쉴러에게 있어서는 아름다움의 본질은 경험에서 얻어질 수 없는 것이다. 그에게 있어 숭고는 하나의 이념이며 절대적인 명

---

25) M.S. 까간, Op.cit., 170.

령이기 때문에, 거기에 점차 접근해 가는 것으로서 예술의 과제를 삼을 수 있을 뿐이다.

이러한 숭고에 대한 인식은 맑스주의 미학에 오면 다소 변형된다. 맑스주의 미학자들은 개인적인 소망, 개인적인 행복을 국가, 민중, 공공, 계급을 위해 희생하는 데 숭고가 있다고 보았다. 이들은 특히 프로메테우스나 그리스도의 예처럼 영웅적인 것과 숭고한 것을 연결지어 사고하였다. 이들에 의하면 숭고는 인류보편적인 절대적 계기가 사라지면, 왜곡되거나 그릇된 것으로 판명되는 관념이다. 즉 어떤 계급의 이기적 이해가 아니라, 전 민중의 이상, 인류보편적인 성질의 이상을 대표하는 한에서만 진실한 것을 숭고로 보았다.

이상에서 알 수 있듯이, 일반적으로 숭고는 인간들에게 특히 강력한 정서적 영향력을 행사한다. 비범함과 장엄함을 통해 경이를 야기하고, 인간의 나약한 힘과 가능성이 비교될 수 없음으로 해서 열광을 일으키고, 우리로 하여금 경외심을 갖도록 강제한다. 휴머니즘, 리얼리즘적 예술에서의 숭고는 인간에게 인간의 위대한 가능성에 대한 신념과, 숭고한 영웅을 본받아 그와 비슷해지거나 혹은 동일해지려는 소망을 일깨워 주는데 봉사하도록 노력한다. 초인, 압도, 공포나 노예적 부정이 아닌, 사랑, 열광, 긍지를 환기시켜 줌으로써 인류를 혹은 그 영웅을 상찬케 하는 것이다. 비극은 숭고한 영웅 없이는 생각할 수 없는 데 반해, 희극은 숭고한 인물과 행위가 들어설 여지가 없는 충돌을 묘사한다.

오늘날과 같은 후기산업시대의 미적 의식 가운데 숭고는 더 이상 엄청난 크기나 비범한 힘과 같은 것이 아니라, 인격이나 정신력이나 윤리적 '성장'의 미적 특질로 이해하여야 할 것이다. 숭고는 인간으로 하여금 육체적 괴로움, 고통, 개인적 소망을 극복하고, 다른 사람

들에게 인간 속의 초인적인 것의 모범을 보여줄 수 있는, 인간 정신
력의 비범하며 보기 드문 크기이다. 왜냐하면 인간 정신력의 비범함
은 총체적 탁월함에서 비롯되는데, 철학이나 과학이 인간 능력을 분
리해서 발전시킴으로써 세계의 총체적 특성을 지닌 참된 진리는 쉽
사리 인식되지 않기 때문이다. 그럼에도 불구하고 현대 철학이나 과
학의 개별적 분과의 발달이 총체성의 희생을 통해서 개별적인 힘들
의 함양을 성취해 갈 것으로 보는 것은 오류일 가능성이 높다.26) 예
술적 가상의 세계인 소설 속에서 인간은 원래의 총체성을 회복하고
참다운 인성의 실현이 가능한, 미적 가치의 세계를 체험한다. 이 때
미적 가치와 세계관의 연결지점에 숭고는 가장 강력한 교육적 효과
를 지닌 것으로서 존재한다. 가장 중요한 인간의 내적 전환의 계기
로서 숭고라는 진리의 발견은 총체성을 어느 정도 보존한 상태에서
가능하다. 이제 집단적이거나 유적 존재로서 인류를 대표하는 영웅
의 개념과 연관된 숭고가 아닌, 개체로서의 인간 내면의 성숙이 이
루어지는 순간의 질적 변화와 연관된 숭고의 개념이 도출되어야 한
다. 문학을 통한 숭고는 독자를 자극하되 자율적인 저항을 하도록
자극하고, 내용을 주되 내면의 자체적인 의미의 형성Bilden이 가능하
도록 주어야 한다.27) 그것이 숭고가 교육적 효과에 이르는 과정이자
가능성일 수 있다.

이러한 관점에서 보면, 하타의 변화는 '사랑은 모든 것을 정복한
다'는 인식의 발견이며, 그 실천력의 획득이라는 측면에서 숭고한
것으로 볼 수 있다. 하타는 친부모/본국에서의 포기와 양부모/타국에

---

26) 프리드리히 쉴러, 안인회 역, 『인간의 미적 교육에 관한 편지』, 청하, 1995.
　　40 ~ 41.
27) Ibid., 161.

서의 입양이라는 운명적 과정을 거치면서, 미국이라는 제3의 사회를 자의로 선택함으로써 타의에 의해 휘둘리는 삶의 종결을 꾀하려 하였다. 자기 삶의 주인이 자기가 되어 처음부터 자신의 서사를 다시 쓰고 싶었던 것이다. 그는 자신이 택한 사회가 요구하는 인간형으로 거듭나고자, 자기충족적인 인관관계를 망실하는 대가를 지불한다. 하타가 서니를 입양한 것도 결국 서니를 통해 새롭게 인생을 출발하고자, 더 품위 있고 안정된 가족의 모습 속에 자신을 자리하게 하고자 하는 욕망 때문이었다. 하타의 이러한 모습은 이민자로 구성된 미국 사회의 한 전형적 인간유형의 것일 수 있다. 그러나 '사랑'이라는 구원의 새로운 길의 존재를 깨닫기 시작한 '서술하는 하타'는 여전히 창조주에게 의지하지 않고, 자신의 뼈와 피로서, '검은 깃발'의 운명을 흔들며 나아갈 것이라고 호언한다. 그러나 '행동하는 하타'의 삶에 변화는 이미 시작되었다. "평생을 통한 수면 아래에서의 수영 끝에 하타는 인종과 젠더, 그리고 국가에 대한 모순된 원칙을 포용하면서, 성숙하고 융화하는 모습으로 수면 위로 떠오른" 것이다.[28] 하타의 변화에 참여(engagement)하면서 독자는 숭고함을 체험한다. 고통의 끝에서 깨달은 스스로를 구원하는 질적 변환의 계기로서의 진리는 숭고미의 광휘 속에서 빛난다. 독자는 하타를 동반 체험함으로써, 내면에서 스스로 의미구성에 이르는 과정을 추체험한다. 하타의 삶에서의 질적 고양은 이로써 독자의 삶으로 전이된다.[29]

---

28) 이영옥, 「언어와 정체성을 통해 적나라하게 표현해 낸 이민자의 삶」, 『문학사상』, 통권 387호 282.

29) 문제는 <제스처 라이프>에 재현된 작가의 문제의식이 탈민족적 차원의 것이라는 사실이다. 이 작품은 종군위안부 문제를 형상화함에 있어 가해자를 서술자로 내세워 조명한다. 아직 당사국인 한·일 간에 완결되지 않은 사안을 작가는 미국, 지금을 사는 인물 하타의 운명과의 연관 속에서 형상화한다. 작가가 왜 종군위안부를 다루었는지는 그가 이 작품을 풀어가는 방식 속에 해답이 있을 것이다.

 **5** 숭고미의 교육적 효과

소설을 읽음으로써 독자가 다른 어떤 언어적 구성물에 의해서도 대체될 수 없는 진리의 발견을 체험한다면, 그것은 일종의 학습적 과정일 것이다. 진리의 발견으로서 새로운 인식은 독서자가 그것을 자신의 행동 인지 도식에 동화시키는 가운데, 스스로를 자신에게 유용하게 만드는 재창조 혹은 재구성의 과정을 수반한다. 무언가 새로운 사실을 인식한다는 것은 실재로 타자의 것을 복제하는 것이 아니라, 실재에 영향을 주고, 그러한 영향을 주는 행동작용이 결부된 변형체계의 기능 속에서 실재를 이해하도록 실재를 변환시킨다는 것을 의미한다.[30]

<제스처 라이프>에서 하타는 인식의 변화를 통해 자신이라는 실

단순히 막연한 인도주의적 관점에서나, 사실 자체의 드라마틱한 요소 때문이 아니라면, 작가의 문화에 대한 총체적인 지식과 역사의 경험을 통해 볼 때, 거기엔 작가의 현재적 문제의식과 연관된 어떤 부분이 있기 때문에 선택되었을 것이다. 종군위안부의 문제는 태평양전쟁기의 문제이고, 직접 당사국인 한국과 일본이 연관되어 있고, 태평양 전쟁의 승전국이자, 현재 작가가 속해 있는 미국과도 무관하지는 않다. 작가가 창조한 인물인 하타는 작가가 가장 잘 이해할 수 있는 인물, 즉 이주민인 미국인의 입장에서 한국과 일본의 대결점인 종군위안부 문제를 들여다보기란 무엇인가? 미국적 시각에서 동양을 타자화시키는 것은 아닐까? 동양계 미국인의 현재를 설명할 수 있는 길 찾기로서의 종군위안부는 그렇게도 볼 수 있다. 동양계 미국인의 제스처 라이프 그 이면의 설정으로서 종군위안부에 얽힌 일화보다 더 드라마틱한 것은 달리 없었을 것이다. 중요한 것은, 작가가 한 인터뷰에서 밝히고 있듯이(창래 리, 정영목 역, <제스처라이프1> 한국어판 서문. 랜덤하우스중앙, 2002,7), 이 작품은 종군위안부에 대한 이야기가 아니고, 종군위안부를 통해 삶 전체가 바뀐 한 남성의 이야기이다. 작가는 스스로 이 작품을 '남성성과 침묵, 절제가 갖는 힘을 다룬 작품'이라고 규정한 바 있다. 종군위안부의 형상화조차 그 관점에서 바라보아야 한다.

30) 이는 피아제가 『생물학과 인식』에서 말한 내용이다. 지크프리트 J. 슈미트 편저, 박여성 역, 『구성주의』, 까치, 1995. 43쪽과 이상구, 『구성주의 문학교육론』, 박이정, 2002. 43쪽에서 재인용.

재 자체를 변화시킨다. 작품의 결말이 아주 명확한 것은 아니지만, 하타의 변화를 읽어내기에는 충분하다. 하타의 변화는 독자로 하여금 숭고미를 느끼게 한다. 자신이 현재 도달한 풍요로운 삶의 지점과 자기가 사랑했던 사람들의 무고한 죽음이나 혹은 슬픈 결별은 그의 고통과 상처의 진원지이다. 그럼에도 불구하고 그는 그 모든 것을 포용하고 성숙에 성큼 다가간다. 고통 자체에서, 상처 자체에서, 바로 새로운 깨달음에 이른 것은 아니지만, 토미의 존재를 통해 그는 너무도 자연스럽게 인식의 전환을 맞는다.

하타의 전환은 숭고미를 매개로 독자의 전환으로 확대 재생산된다. 칸트의 견해처럼, 숭고는 예술 자체에 있다기보다 예술작품에 대해 관조하는 인간의 내면에서 나온다.[31] 숭고는 좋은 형식의 위안을 거부하고, 취미의 합의를 거부하며, 제시될 수 없는 것을 제시하기 위한 새로운 재현 가운데 독자가 체험하게 되는 무엇이다. 인간은 존재론적 상승이나 내적인 충만함 혹은 고양을 참된 진리의 인식을 통해 예비하고 경험한다. 도스토예프스키의 소설과 같은 본격소설의 교육적 효과는 바로 이것이다. 독서를 통한 새로운 인식의 획득은 자기 내부의 능동적인 의미의 생산을 통해 가능하다. 따라서 새로운 인식은 계속적인 의미구성의 결과이다. 독자가 하타의 삶의 변환을 이해하고 공감한다는 것은 자신의 인식 지도 안에서 의미생산의 창조적인 과정에 그것을 어느 정도 포함시킨다는 것을 의미한다. 인간의 내면적 성숙은 이전의 외적 세계나 인식 주체의 마음속에 없었던 새로운 진리 인식에 의해 가능해진다.[32] <제스처 라이프>의 서문

---

31) 장 프랑소와 료타르, 김광명 역, 『칸트의 숭고미에 대하여』, 현대미학사, 2000, 292.
32) P. G. Richmond, 강인원 역, 『피아제 이론 입문』, 학지사, 1994. 8쪽에서 재인용.

에서 작가가 밝힌 "많은 것을 잃고 난 뒤, 그러나 우리는 우리에게 남은 것들, 주어진 것들을 누리는 법을 우리의 아이들에게 다시 가르치기 시작할 것입니다"라는 말도 본격소설의 교육적 효과와 연관시켜 이해할 수 있다.

3 다인종 · 다문화 시대의 가족
- 창래 리의 ≪가족(Aloft)≫(2004) 연구

1 서론

1) ≪가족≫연구의 중요성과 문제의식

한국문학연구자들의 해외동포문학이나 해외이주민문학에 대한 관심이 증대되고 있다. 이러한 현상은 한국문학의 외연을 확장하는 일일 뿐 아니라, 민족과 국가의 경계를 넘나드는 월경적 문화의 혼종화가 세계적 추세인 오늘의 현실을 문학연구가 반영한 것이기도 하다.1) 한국문학의 범주를 한국인에 의해 생산된 한국어문학이라는 협소한 영역에 가두는 아집을 버린다면, 한국인(해외한인사회 포함), 한국문화, 한국사회의 문제들을 '밖'의 관점에서 조명한 작품들에 대한 연구를 한국문학연구가 마다할 이유는 없다.

이주민문학, 특히 미주지역 이민자 문인들의 활동과 작품에 대한

---

1) 최근 '디아스포라'라는 개념을 중심으로 해외교포문학과 해외이주민문학에 대한 연구성과들이 속속 제출되고 있다. 우즈베키스탄지역, 만주지역, 중국연변일대, 일본지역, 미주지역, 호주지역의 한인문인들에 대한, 혹은 이주민문인들의 성과에 대한 연구들이 그것이다. 이에 관한 자세한 논의는 최원식(2003), 16 - 39.

연구는 이제 시작이다. 한국계 미국 이주민 작가의 문학은 1928년 유일한의 《한국에서의 유년시절(When I Was a Boy in Korea)》로 부터 시작되어, 강용흘, 김은국, 테레사 학경 차, 김난영, 노라 옥자 켈러, 하인즈 인수 펜클, 레어나드 장, 수잔 최, 창래 리와 같은 작가들로 이어져 왔다.(구은숙 : 2005, 259)

최근 미국 문단의 주목받는 작가로 떠오른 창래 리(Chang - rae Lee)[2]의 문학은, 1930년대 강용흘의 《초당(Grass Roof)》과 1960년대 김은국의 《순교자(The Martyred)》의 뒤를 이어, 미국 내 한국 출신 작가의 문화적 위상을 높인 값진 성과에 해당한다. 그는 《네이티브 스피커》(1995)와 《제스처 라이프》(1999)를 통해, 미국 내 다인종 이민자사회의 문제점과 이민자들의 정체성 탐구라는 문학적 주제를 다룸에 있어서 빼어난 통찰과 시적인 문체, 독특한 인물구성과 플롯전략으로 예술성과 대중성 모두에서 뚜렷한 성취를 남겼다. 특히 그의 작가적 위상은 국가의 경계를 넘는 월경적 인구가 세계적으로 증가일로에 있고, 그럼에도 불구하고 국제사회에서의 이해 관철은 여전히 국민국가나 민족 단위로 이루어지고 있는 현실에 의해 뒷받침된다. 문화적 민족주의와 경제적 국민국가 중심주의의 견고한 결합은 여전히 지구촌 인구의 가장 강력한 정체성의 단위이자 소속감의 근저를 이룬다. 따라서 다문화·다인종 속에서 정체성의 혼란

---

2) 작가 창래 리는 1965년 서울에서 태어나, 세 살 때 부모를 따라 이민을 가서 미국인으로 30년 이상을 살았다. 그의 이름 '창래 리(Chang-rae Lee)'는 고유명 사이므로 이 글에서는 그대로 쓴다. 이 이름에는 한국계 미국인이라는 이주민의 정체성이 고스란히 담겨있다. 창래 리는 11년 동안 세 편의 장편을 발표하였는데, 하나는 미국내 한인이민자의 삶을 그린 《네이티브 스피커(Native Speaker)》(1994)이며, 다른 하나는 태평양 전쟁기 종군위안부의 문제를 가해자의 시각에서 다룬 《제스처 라이프(Gesture Life)》(1999)이고, 나머지 하나는 미국 사회의 보편적인 가족의 문제점들을 형상화한 《가족(Aloft)》(2004)이다. 그는 현재 네 번째 작품을 집필 중인데, 이는 한국전을 소재로 한 것이라고 한다.

을 겪고 있는 경계인으로서 이주민의 문제는 이 시대의 가장 강력한 문학적 주제가 된다.

그의 세 번째 장편인 ≪가족≫은 조상 때 이민 와서 몇 대째 미국에서 살면서 경제적으로 또 문화적으로 안정적인 토대를 구축한 인물 제리 배틀을 등장시켜, 현대사회의 보편적인 가정의 문제점을 파헤친다. 배틀가(家)는 이주민으로 구성된 미국사회의 대표적인 가족 형태의 하나인 다인종 가계(家系)이다. 하지만, 이 작품에서 인종이나 문화적인 차이가 가족 구성원 간의 갈등을 유발시키는 원인으로 작동하지는 않는다. 오히려 이 작품에서는 각각의 가족 구성원들의 개성과 자유에 대한 추구가 가족 간의 책임 문제와 부딪치거나, 의사결정에 있어서 가족 구성원 간의 입장 차이가 빚는 갈등의 해결과정 등이 비교적 전통적인 가족소설의 틀을 유지하면서 재현되고 있다.

이 글은 창래 리 문학연구의 한 부분작업으로서, 아직 한 번도 연구된 적 없는 그의 세 번째 작품 ≪가족≫[3]을 분석하여, 다인종·다문화 가족의 특성을 살펴보고, 나아가 작가가 제시한 현대사회에서의 진정한 가족의 의미를 짚어 보고자 한다.

2) 창래 리 문학에 대한 선행연구사 검토

창래 리 문학에 대한 기존의 연구는 주로 영문학자에 의해 주도되었다. 한인 1.5세대인 작가의 자전적 사실에 기초해서 ≪네이티브 스피커≫와 ≪제스처 라이프≫에 대해 주로 이민자의 정체성 문제에 초점을 맞추어 논구되었으며, ≪가족≫은 아직까지는 연구되지 않았다.

---

3) 이 글에서 인용에 사용된 텍스트는 창래 리, 정영문 역, ≪가족≫1·2권, 랜덤하우스중앙, 2005 임.

≪네이티브 스피커≫에 대한 아직까지는 연구로는 이주민의 정체성에 대한 혼란과 언어의 문제를 연결지어 고찰한 것으로 장경렬과 고부응, 그리고 박수정의 것이 있다.(장경렬(2002), 280 - 300. 고부응(2002a), 22 - 43. 고부응(2002b), 619 - 638. 박수정(2004), 111 - 131.) 필자는 이 작품을 자본주의의 거대한 고리 속에서 미국 뉴욕으로 상징되는 다인종·다문화 사회에서 기존의 네이티브 스피커들과 새로이 네이티브 스피커가 되고자 하는 집단 간의 갈등을 언어문제를 매개로 구현한 작품으로 보았다.(김미영 : 2005, 405) 이에 반해, ≪제스처 라이프≫는 좀 더 본격적으로 연구된 편이다. 장경렬은 ≪제스처 라이프≫를 읽으면서 도스토예프스키 소설의 결말을 읽는 것과 같은 감동을 체험하였음을 술회하면서 그 감동의 실체는 사랑을 통한 인간의 구원에서 비롯된 것으로 보았다.(장경렬 : 2002, 280 - 300) 최원식은 ≪제스처 라이프≫에 재현된 작가의 문제의식이 탈민족적 차원의 것임을 지적하였고,(최원식 : 2003, 19 - 39) 김학면은 이 작품이 '하타'라는 동양계 미국인의 인생의 결핍을 구조화한 서사로 보았다.(김학면 : 2004, 69 - 99)

한편, 권택영은 라깡의 이론을 원용하여 ≪제스처 라이프≫를 분석하였다. 그는 상징계 / 상상계의 관계와 '응시'의 개념으로 이 작품을 분석하여, 창래 리가 종군위안부 문제를 다룸에 있어 미국적 시각에 입각함으로써 동양인 여성을 타자화하고 있음을 지적하였다. 권택영은 ≪제스처 라이프≫와 옥자 켈러의 종군위안부를 다룬 작품인 ≪Comport Woman≫을 비교분석하기도 하였다.(권택영 : 2004, 49) 이 밖에도 이영옥은 창래 리의 ≪제스처 라이프≫와 조셉 콘라드의 단편 <은밀한 동숙자(The Secret Sharer)>를 연관시켜 논의하였고,(이영옥 : 2001, 266 - 284) 구은숙은 창래 리의 작품에서 특히 죽음의 의미에 주목하여, 죽음이란 과거에 대한 기억을 불러오는 역할을 함을 밝혔다.(구은숙 : 2005, 258 - 265) 한편, 필자는 이 작품을 중산층 미국인의 일상을 통해 "무엇이 현재의 그를 있게 하였는가"라는 다소 인간의 본질적이고 존재론적인 질문에 대한 답찾기의 과정으로 이해하였다. 종군위안부 문제를 다루지만, 작품의 주제는 개인의 삶에 있어서 의지에 의한 부분과 의지와 무관하게 진행되는 부분 가운데 무엇이 개인 운명의 향방에 결정적인가에 있다고 보았다. 과거가 개인을 추동하는 것이 아니라, 다른 어떤 힘이 그를 현재에 이르게 하였음을 깨달아 가는 화자가 주어진 운명을 수용함으로써 내면적 성숙에 이르는 과정을 보여준 작품으로 파악하였다.(김미영 : 2005, 24 - 42)

≪네이티브 스피커≫와 ≪제스처 라이프≫에 비해 ≪가족≫은 플롯이 선명하다는 뚜렷한 특징이 있다. 이주민들의 정체성문제를 다룬 작품들이 경계인으로서 이주민들의 희미한 정체성만큼이나 서사의 전개 역시 희미한 구성을 보였음에 비해, ≪가족≫은 미국의 중산층 가정의 모습을 통해 개인성과 가족적 연대성 사이의 갈등을 통해 현대사회에서의 가족의 의미를 탐색한다는 보다 단일한 주제에 서사가 집중되어 있어, 이야기의 전개가 비교적 뚜렷하다.

 2 ≪가족≫의 서사분석

1) ≪가족(Aloft)≫의 표층서사

≪가족≫의 서사는 롱 아일랜드에 사는 이탈리아계 미국인 제리 배틀의 가족이야기를 따라 전개된다. 제리의 딸 테레사와 그의 남자친구 폴의 결혼문제, 아들 잭의 사업이야기가 서사의 중심축을 이루고, 제리의 아버지 행크가 양로원을 이탈한 에피소드가 덧붙여지면서 가족 구성원 간의 끊임없는 갈등을 그리고 있다. 본격적인 서사의 진행은 테레사가 암에 걸려 뱃속 아이의 출산이 어렵게 되고, 잭이 사업을 지나치게 확장하여 배틀家의 가업이 파산위기를 맞게 되면서 시작된다. 그 동안 덮어만 두었던 제리의 전(前) 아내이자 테레사와 잭의 엄마인 데이지 한의 의문의 죽음과 제리의 형 보비의 죽음이 환기되면서, 가족사에 얽힌 기억과 아픔 그리고 갈등이 표면화된다. 모처럼 제리의 가족이 아들 잭의 집에 모두 모이면서 서사는 시작되고, 이를 서술하는 화자는 제리이다.

총 12장 구성에서 전반부 여섯 개 장은 제리, 제리의 여자친구였던 리타, 딸 테레사, 전(前)아내인 데이지, 아들 잭과 잭의 여자친구인 유니스, 아버지 행크와 죽은 형 보비가 중심이 된다. 후반 여섯 개 장은 리타의 현재 남자친구인 리치 집에서의 파티, 잭의 집에서의 파티, 테레사와 폴의 결혼문제와 임신, 그리고 테레사의 암 이야기, 데이지의 죽음과 잭의 어두운 기억, 잭의 파산위기와 이를 막으려는 제리의 노력, 제리와 테레사와의 비행(飛行), 바르트의 탄생과 테레사의 죽음, 리타와 제리의 재결합 등으로 구성된다.

2) 제리 배틀의 가족관계

이제 곧 60세가 되는 제리 배틀은 성(性)과 일, 가족문제에 관해 지쳐갈 나이이자, 정력과 자신에 대한 정의가 불안과 두려움에 대한 것으로 변해가는 연령의 인물이다. 제리는 이즈음 스스로가 LP판처럼 되어간다고 느낀다. 제리는 "만년의 가족상황에 대해 만족해하는 사람이 거의 없는" 미국사회의 장년층을 상징한다. 그는 젊어서 그다지 열정적이지는 않았지만 나름대로 열심히 일했고 자신에게 주어지는 것들에 대해 한 번도 당연한 것으로 받아들인 적이 없으며, "뭔가가 또는 누군가가 나(자신)보다 아래에 있다고 생각한 적이 없다. 그리고 아무것도 포기하지 않았다"고 자평할 만큼의 도덕성은 지닌 인물이다. 그는 사업에서 은퇴하고, 현재 파트타임으로 퍼레이드 여행사에서 일하고 있다. 원래 제리는 비행기 조종사가 되는 것이 꿈이었으나, 아버지의 선택에 따라 가업(家業)을 이어갔다. 제리는 자신이 소유한 '도니'라는 이름의 소형 스카이호크기를 타고 창공을 나는 취미를 갖고 있다. 제리는 가족으로 아버지, 아들, 딸이 있다.

제리와 헤어진 지 몇 년 된 前여자친구 리타는 푸에토리코 출신의 유색인 여성이다. 리타는 구하기 쉽고 저렴한 재료로 맛있는 음식을 잘 만들며, 성품이 자상하고 따뜻하다. 리타와 제리는 20년 이상 사랑하는 관계로 함께 생활하다 최근 헤어졌다. 리타는 제리의 아들딸인 잭과 테레사의 십대 이후를 엄마처럼 돌보았고, 제리의 가족 모두를 사랑하였으나, 제리가 끝내 그녀에게 청혼하지 않고 그녀의 마음을 알아주지 않자 그녀는 끝내 그를 떠났다. 리타는 30대 때 제리의 아이를 낳고 싶어 했으나 제리가 원하지 않아 그렇게 하지 못하였다. 리타는 제리의 자기중심적이고 이기적인 성격 때문에 그를 떠난 것이다. 현재 리타는 새 남자친구인 리치로부터 청혼을 받은 상태이다. 리치는 뉴욕의 잘 나가는 법률회사의 동업자로, 페라리를 수집하고 머턴 타운의 맨션에서 혼자 사는 이혼남이다. 리치는 제리와 대학동창이자, 친구이기도 하다. 현재 제리는, "리치는 일생 동안 사랑할 여자를 만난 것이 틀림없고, 자신은 그 기회를 잃었음"을 시인하지 않을 수 없는 처지이다.

제리의 아들 잭 배틀은 제리가 운영하던 '배틀 브라더스'(회반죽과 벽돌을 만드는 회사)를 최근 주택 리모델링회사인 '배틀 브라더스 엑스컬리버'로 확대·개편하여 사업영역을 컴퓨터 사업 쪽으로까지 뻗칠 계획을 한다. 잭은 롱 아일랜드 근처에 대저택을 지어 여자친구인 유니스와 살고 있다. 독일계인 유니스는 음식을 잘 만들지 못하지만, 쇼핑을 좋아하는, 마음씨 착한 여성이다.

제리의 딸이자 잭의 한 살 아래 여동생인 테레사 배틀(삼십대)은 하버드대출신의 박사다. 제리는 테레사를 믿으면서도 그녀가 지나치게 똑똑한 것이 늘 마음에 걸린다. 최근 테레사는 약혼자 폴 편과 오리곤에서 롱 아일랜드에 있는 잭의 집으로 왔다. 폴 편은 한국계 미국인 소설가로서 주로 자신에 대한 소설을 쓰며, 성품이 온화하고 테레사의 입장을 잘 이해하며 음식만들기를 즐긴다.

한편, 제리의 아버지 행크 배틀은 매월 5천5백 불을 지불함으로써, '아이비 에이커스' 양로원에서 세상사로부터 보호받으며 사는 팔십오 세의 노인이다. 제리는 행크와의 관계를 "시적이지 않는 신비 속에 오랫동안 빠져 있는 상태"라고 표현한다. 행크는 (제리의) 어머니가 살아 있을 때에도 끊임없이 바람을 피워 어머니를 힘들게 하였고,

현재에도 양로원에서 포르노를 즐겨보며 양로원의 할머니들에게 끊임없이 관심을 표명한다.

서사의 표면에 등장하는 가족들은 여기까지이다.[4] 그러나 제리를 비롯한 가족들의 마음 저 깊이에 존재하는, 이미 죽고 곁에 없는 가족들의 존재, '데이지 한'과 '보비'는 이 작품의 심층서사를 이룬다. 제리의 죽은 아내 데이지 한은 한국계이다. 데이지 한(한국의 들국화를 연상시키는 이름)은 히스테릭한 여성으로, 조증과 울증에 시달리다 잭과 테레사가 6,7세 무렵 죽은 것으로 설정되어 있다. 보비(로버트 헨리 배틀)는 제리의 형인데, 오래 전에 죽었다. 야구를 좋아한 보비는 해병대에 지원해서 베트남전에 참전했다가 영영 돌아오지 않았다. 그는 마이너 리그 입단 계약과 대학 전액 장학금을 포기하고 해병대에 지원했었고, 당시 가족들은 그가 베트남에 가는 것의 의미를, 얼마간 동남아에 가서 구경 잘하다 돌아오는 것쯤으로 생각했었다. 잘하는 것이 많은 보비는 언제나 인기였고, 그의 장례식은 파티 분위기가 날 정도로 성황이었다. 누구에게나 환영받는 존재였던 보비와는 달리, 아버지 행크와 제리는 그렇지 않다는 점에서 서로 너무도 닮았다.

---

4) '배틀 브라더스'는 할아버지가 대공황 때 창건한 기업인데, 아버지 행크 배틀(탱크로 불림)과 삼촌들이 그곳을 조경회사로 바꾸었고, 나중에 행크가 다시 이를 벽돌과 회반죽 회사로 만들어 제리는 이를 현상유지, 관리만 하다가 아들 잭이 이를 주택 리모델링 회사로 개조하면서 회사의 세를 다방면으로 확장하는 중에 있다. 제리 가족의 본명은 '바타글리아'였는데, 아버지와 삼촌들이 이민자 가족의 이름은 친숙하고 쉬운 것이어야 한다는 이유에서 '배틀'로 바꾸었다.

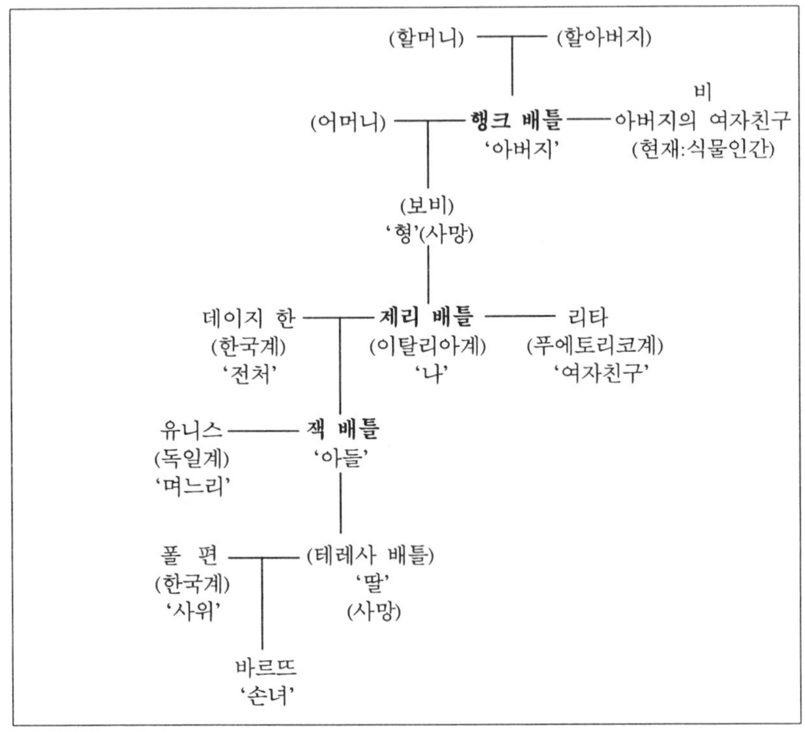

(그림1) 배틀家의 가계도

3) 가족으로부터의 이탈과 귀환의 욕망

≪가족≫의 원제는 "Aloft"인데, 이는 '멀리', '저 높이', '고상한' 이란 뜻이다. 주인공 제리는 가족으로부터 이탈에의 소망을 가지고 있고, 그 때문인지 끊임없이 비행을 꿈꾼다. 제리는 경비행기를 타고 자신의 집 지붕에 표시해둔 X자 표시로부터 멀리 사라져서 X자가 보이지 않게 되길 꿈꾼다. 어느 날 제리는 cnn뉴스에서 해럴드 경이 라는 백만장자의 이야기를 본다. 기구를 타고 세계를 비행한다는 해

럴드 경의 소식에 제리는 환호하면서 인터넷을 통해 그에게 지지 메일을 보내기도 한다. 제리가 보기에 해럴드 경은 자신의 한계나 첨단 장치들이 아니라, 바람과 날씨와 구름과 같은, 악의라곤 없는 것들에 의해 그 기구 비행의 궁극적인 성공과 실패가 결정될 것임을 알고도 비행에 나섰다는 점에서 용기 있는 사람이다. 평소에 제리는 철저히 사전에 일기예보를 체크하고, 비행기의 안전을 점검하지 않고서는 절대로 비행에 나서지 않는 성격의 소유자이다. 그는 예보에 없던 안개를 만나면 자신은 그 안개를 뚫고 나올 수 없을 것 같은 예감에 시달리는 인물이다.(1권 220) 이 작품에서 안개와 난기류는 여러 번 등장하는 메타포인데, 가족 간의 갈등이나 난맥상, 껄끄러움 등을 표상한다.

제리의 가족 혹은 집으로부터의 이탈욕구는 두 가지 관계에서 비롯된다. 하나는 행크와 제리, 그리고 잭으로 이어지는 부자관계의 껄끄러움이고, 다른 하나는 데이지 한의 자살사건의 충격과 리타가 자신을 떠나는 등, 동반자와의 원만치 못한 관계맺음이다.

제리와 행크, 잭 사이에는 "서로가 예상하는 이상한 난기류"가 감지된다. 아버지 행크는 언제나 문제의 핵심을 바로 파고드는 존재였다. 행크는 양로원에서 만난 여자친구인 비가 음식을 먹다 기도가 막혀 쓰러지자 어머니나 데이지, 보비가 죽었을 때조차 보이지 않던 눈물을 흘려 제리를 당혹시켰으나, 다음날 곧바로 비가 제대로 운신하지 못하고 침대신세를 지는 할머니가 되자, 비와 확실한 거리를 둔다. 제리는 그런 아버지에게 친밀함을 느끼지 못한다. 아버지는 양로원의 시설을 두고 노인들을 에어컨이 설치된 기업형 강제 수용소에 고립시켜 질병과 장애의 모든 징후를 대중의 시선으로부터 차단하고, 죽음뿐만 아니라 그것의 존재까지 부인하는 음모를 위생 처리하는 미국의 계획에 대해 분통을 터뜨린다. 제리는 아버지가 못내 못마땅한데, 그것은 자기정체성에 대한 것이기도 하다. 데이지가 죽기 직전 7천불자리 옷을 사와 집안 전체가 놀란 적이 있었다. 그때 행크는 제리에게 데이지를 잡는 방법을 일러주고 제리는 아버지의 사주에 따라 데이지의 차 열쇠와 수표, 현금을 모두 빼앗고 그녀를 일주일간 집에 가둔 적이 있었다. 이 일화는 행크가 미국 상류층 가정의 남성중심적 가부장 문화를 대변하는 인물임을 보여준다. 제리 또한 그의 아버지와 크게 다르지 않다.

한편, 제리는 잭의 사치스런 사무실을 보면서, 과도한 사업 확장과 지출들을 확인한다. 제리와 잭 사이에도 "이미 예상된 난기류, 즉 아무도 인정하고 있지 않은 지식, 어느 지점에서 제리와 잭이 그것을 해결하려고 시도는 할 수 있지만, 그것을 비껴 갈 수는 없는 난기류"의 존재를 느낀다. 잭의 파산은 곧 가업(家業)의 쇠락(衰落)을 의미하므로, 제리는 이를 막으려고 리타의 남자친구인 리치를 찾아가 도움을 청한다.

한편, 잭은 어린 시절 어머니가 자살하는 날의 풍경을 뚜렷이 기억하고 있다. 캠프를 갔다가 집에 일찍 돌아오게 된 잭은 어머니와 맥주를 마시고 침대에 있다가 나간 남자를 기억하고 있다. 하지만 잭은 작품 어디에서도 그가 누구였는지를 밝히지 않는다. 잭은 다만 그때 자신이 어머니를 보호하거나 자살을 말리지 못한 것에 대한 회한이 깊다. 잭은 어머니가 그 지경에 처하게 된 데 대해 아버지의 책임도 있다고 생각한다. 잭의 사업 확장을 핑계로 한 과도한 지출은 갈피를 잡지 못하는 마음의 표현이다. 아버지와 잭의 관계가 미끄러지는 근본적인 이유도 여기에 있다.

이 밖에도 잭은 암에 걸린 테레사가 아이의 출산 문제를 자신에게 말하지 않는 것에 대해 못내 섭섭해한다. 이렇듯 가족 구성원 간의 사랑은 적절한 표현을 얻지 못해 서로 미끄러지고 비껴간다. 불편한 무엇인가가 그들 사이에 자꾸 끼어들어 그들은 난기류를 벗어날 기회를 좀체 찾지 못한다.

거기에 비해서 제리와 데이지, 리타, 테레사의 관계는 방계적이다. 데이지 한은 오랫동안 우울증에 시달려 왔는데, 그 이유가 작품 내 서사에서 명확하게 제시되어 있지는 않지만, 행크나 제리의 태도를 보건대, 남성들의 이기주의적 태도와 한국계 미국인으로서 영어도 서툴고, 문화적으로도 소외감을 느낀 때문이 아닐까 추정된다. 창래리 문학의 한 특징인 불명확한 사건이나 서사의 진행은 이 작품에서 특히 데이지 한의 죽음 부분에서 나타난다. 잭의 진술에 따르면, 데이지 한의 죽음은 자살이다. 데이지가 죽기 얼마 전 집에 불이 났다. 가족들은 이 불을 단순한 사고로 보고 재빨리 진화했지만, 이는 분명 데이지 한의 불안정한 상태가 표출된 사건이었다. 제리는 가슴도 작고 다리도 짧고 상체도 가는 데이지의 몸을 좋아하였는데, 나중에 테레사는 제리의 데이지에 대한 취향을 '사이공 신드롬'이라고 비판하기도 한다. 제리 스스로 자신이 데이지에게 느꼈던 것은 성적인 것이 전부였다고 술회한다. 그런데 데이지가 자살할 무렵 그들은 대화도 나누지 않는 노 섹스의 부부였다. 데이지의 우울증은 밤에 잠을 자지 않는 것에서 옷을 다 벗고 수영을 하는 것 등의 광기로 번져갔다. 한국계인 데이지가 영어를 어느 정도 할 수 있게 된 이후로도 그들은 대화를 나누지 않았는데, 어느 날 데이지는 밤에 초등학교 운동장에 가 있다 경찰에 인도되어 집에 온다. 그날 밤 데이지가 던진 칼이 제리의 목을 약간 비껴간 사건이 발생했고, 그날 이후 제리는 집을 떠나고 싶어하는 즉, 비행에의 열망에 시달린다. 의사는 데이지가 조증에서 우울증을 오락가락한다며 바륨을 처방해 주었다. 그녀는 결국 8월 무더운 날 밤 바륨을 한 알 먹고 맥주를 한 병 마신 후 수영장에서 "바닷새처럼 하늘을 난 후, 바닥으로 곤두박질 쳐서 죽는다." 데이지의 죽음 이후 제리는 잭이 어머니의 죽음을 기억하고 있다는 사실을 알게 되기까지 데이지에 대해 단 한마디의 언급도 하지 않는다. 제리는 말을 잃고 몇 개월을 지내다 리타를 만나 다시 사랑하게 되고, 리타가 떠나기 직전 비행을 배우게 되면서 리타마저 떠난 후 제리는 집과 가족, 혹은 자신으로부터 이탈을 꿈꾼다.

한국계 여성인 데이지가 소외와 광기, 우울증 증세와 화재, 그리고 자살로 이어지는 제리 인생의 우울한 밑그림이라면, 푸에토리코계인 리타는 자상함과 사려깊은 여성의 이미지로 등장한다. 제리에게 데이지는 청년기를 함께한 성적 여성, 이브였고, 리타는 장년기를 함께 보낸, 따뜻한 음식이 표상하는 마리아적인 여성이다. 제리는 "리타는 팔과 다리뿐만 아니라 다른 모든 곳이 사랑스럽게 여겨질 정도로 통통한데, 그 모습은 나(제리) 같은 남자들로 하여금 정복하거나 파괴하거나, 아니면 내 식대로 세상을 통치하기보다는 그저 머물고, 빈둥거리며, 짐을 벗어던지고 잠시 떠 있고 싶은 마음이 들게 한다."(2권 32)고 묘사한다. 제리가 리타를 사랑한 가장 큰 이유는 그녀가 구하기 쉽고 싼 재료로 음식을 잘 만든다는 사실이었다.(1권 121) 리타는 자신이 제리를 떠난 이유를 "자신이 죽음을 앞두게 되었는데, 마침 그때가 점심시간이 되었다면, 제리가 자신에게 조각낸 검정 올리브와 달콤한 피클을 넣은 자신만의 특별한 샐러드를 어떻게 만드는지 물은 후 침실로 재료가 담긴 사발을 가져와 어떻게 하는지 시범을 보여 달라고 할 것"이기 때문이었다고 말한다.(2권 136) 제리의 자기중심적인 성격, 가부장제적 문화에 젖은 남성의 이기심이 리타가 제리를 떠난 이유이자, 제리가 동반자를 잃고 좌표없는 노년을 맞게 된 원인이다.

제리와 특별한 마찰없이 지낸 유일한 인물은 테레사였다. 하지만 테레사가 림프종에 걸린 사실을 알게 된 후, 제리는 테레사의 치료와 아이의 출산 문제를 놓고 테레사와 견해차이로 인해 갈등하게 된다. 제리는 테레사를 무척 사랑하지만 테레사가 원하는 방식이 아닌, 자기 방식대로 딸 테레사를 사랑한다. 제리의 어머니는 바람난 남편 행크 때문에 자신의 삶이 복잡해지는 것을 원하지 않았다. 제리의 어머니는 어차피 인생을 다시 시작할 수는 없는 나이라면, 더 많이 알고 더 많이 생각할수록 더 비참해지는 것이 자신의 삶이므로, 삶을 간소화하기 위해 아무것도 더 이상 알려고 하지 않는, 아니 모르려고 적극적으로 노력하다 죽는다. 제리의 성욕충족을 위한 존재였던 데이지는 자살하고, 제리에게 맛있는 음식을 제공해주고 제리의 아이들을 보살펴준 자상한 여자 리타는 20년의 동거에도 불구하고 끝내 그의 가족이 되지 못하였으며, 제리가 사랑하는 딸 테레사는 암으로 죽는다.

'어머니 - 데이지 - 리타 - 테레사'로 이어지는 이들 여성들은 개인의 자유추구나 권리보다는 의무가 강조된 삶을 살았고, 배우자의 부정을 알고도 모른 채 삶을 견뎌야 했고, 그러다 조울증에 시달리며 죽어가거나 혹은 정식 배틀가의 일원이 아니라 배틀가의 외곽에서 20년간을 서성대야 했다. 이 작품에 나타난 배틀가의 구도는 '행크 - 제리 - 잭 - 바르뜨'로 이어지는 가부장제적 적통을 잇는 부계 라인이 물적, 문화적 중심축을 이룬다. 여성들은 적통인 남성들의 삶에 있어서 실질적인 토양이 됨에도 불구하고 다인종·다문화 가족의 외부나 경계에 위치할 뿐이다.[5]

이상의 사실을 정리해 보면, 현대 미국사회의 가장 일반적인 가족의 형태를 보여주었다는 평을 받고 있는 이 작품에[6] 드러난 가족관계의 특징은 첫째, 인종적인 혼종성이며, 둘째, 그 인종적 혼종성이 문화적인 갈등을 유발하지는 않는다는 점이다. 셋째, 가부장제적 보수성이 주류 미국사회 가족 구도의 본질이라는 점과, 넷째, 가부장적 문화에 토대한 다인종의 이민자 가족은 유색인이자 여성인 존재들에게 세상의 모든 것을 요구하는 백인남성이 중심인 구성을 보인다는 것이다.[7]

서사의 종결은 테레사의 죽음과 바르뜨의 탄생으로 이루어진다. 작가는 아버지의 양로원 이탈과 병의 깊어감, 테레사의 비호지크 림프종의 발병, 잭의 파산, 제리의 리타 상실 등의 문제를 결국 '새로운 가족의 탄생'이라는 다소 진부한 코드로 해소시킨다. 배틀가의 새로운 세대의 시작을 알리는 남아의 탄생은 가족 간 화해의 계기가 된다. 이를 위해 사랑스런 여성 테레사의 죽음이라는 대가가 필요하였다.[8]

---

5) 창래 리의 문학에서 남성 주인공들의 삶이나 인식의 고양은 대부분 여성주인공들의 죽음이나 희생에 토대해 있다. ≪가족≫에서의 데이지의 죽음과 테레사의 죽음. ≪제스처 라이프≫에서 끝애와 앤히치, 메리번즈의 죽음. ≪네이티브 스피커≫에서의 어머니의 죽음 등이 그것이다. 창래 리의 작품 속에 등장하는 주된 여성인물은 두 가지 유형으로 정리되는데, 하나는 동양계 여성이나 혼혈인 여성들이며, 다른 하나는 조상 때 이민 와서 이미 미국인으로 완전히 동화된 여성의 존재가 그것이다. 그 둘의 구분 표지는 우선 미국이라는 현지에 언어적, 문화적으로 얼마나 적응, 혹은 동화되었는가에 따라 구분된다. 주로 전자는 현지적응이 잘 안되는 경우로서, 일단 영어를 잘못하고, 집 밖의 세계로부터 소외되어 있으며, 우울증, 광기, 히스테리의 인물로 성격화된다. 이들은 서사 내에서 이미 죽었거나, 사건의 진행과정 중에 죽는다. 반면 후자는 주인공 혹은 중심화자가 사랑하는 여성들로 설정되며, 자상하고 지혜로우며, 음식을 만들거나 아이들을 돌보는 일에서 남다른 재능을 지닌 여성들로 등장한다. 창래 리 문학의 남성화자들에게 있어 주로 전자 여성들은 다시 떠올리고 싶지 않은 과거 기억 속의 존재들이며, 후자의 여성들은 현실적인 동반자로 설정되어 있다. 이러한 측면들은 분명 창래 리 문학이 동양계 여성에 대해 타자화된 인식을 드러낸다는 평가를 면할 수 없게 한다.

6) The Boston Globe의 평가. Chang - rae Lee, Aloft, Riverhead Books, New York : 2004.

7) 자부심에 차 있는 제리의 아버지 행크는 "완고한 배틀가의 남자들은 특히 여자들에게 세상의 전부를, 혹은 세상 자체를 요구한다"고 당당히 아들 제리에게 말한다.

8) 창래 리 소설에서 주인공이나 화자가 사랑하는 여성이 죽는 모티프가 반복적으로 나온다. 그의 작품에서 주인공 혹은 화자의 내적 성숙이나 인생 혹은 자신에 대한

 현대사회의 새로운 가족문화

1) 혼종적 가족구성과 성별화된 역할

≪가족≫에 나타난 바와 같이, 미국사회는 동거율이 높으므로 실제 이혼율은 동거하다 헤어지는 사실혼의 종결을 모두 계산에 넣을 경우 공식적인 통계치를 훨씬 상회한다. 미국사회에서 동거는 법적으로 어느 정도 인정되므로, 미국 사회에서 가족의 범위는 한국사회에서와는 다른 식으로 규정될 수 있다. 전통적으로 가족은 결혼, 출산, 양자라는 제한된 방식으로만 그 자격의 획득이 가능하였지만, 미국사회에서 가족은 거기에다 여자친구, 남자친구, 전부인, 전남편, 전여자친구, 전남자친구 등으로 그 범위가 다르게 이해될 수 있다.

≪가족≫에서 작가가 등장인물의 말을 통해 정의한 가족은 '가족파티에 초대되는 범위'까지이다. 앞 장에서 살펴본 바에 의하면, 제리를 중심으로 한 배틀家의 층위구조는 가업의 상속책임자를 중심으로 남성중심적 구성을 보인다. 아래 그림은 배틀가의 가족파티에 초대되는 사람들을 가족 내 역할을 중심으로 구도화시켜 본 것이다. 가장 가운데 원 속의 인물들은 배틀 브라더스사를 운영하는 부계의 인물들이다. 두 번째 원 속의 사람들은 출산과 육아, 음식만들기 등의 가사를 감당하는 여성들이다. 이들은 가족 구성원에서 이탈이 가능한 존재들이다. 정식 가족 구성원이거나 그렇지 않을 수도 있는 이들은 권리보다는 의무가 강조되는, 기능적인 존재들이다. 주로 이들은 유색인이거나 동양인이며, 또 여성이다.

새로운 통찰의 획득은 언제나 그와 같은 여성의 죽음이라는 희생제의를 요구한다.

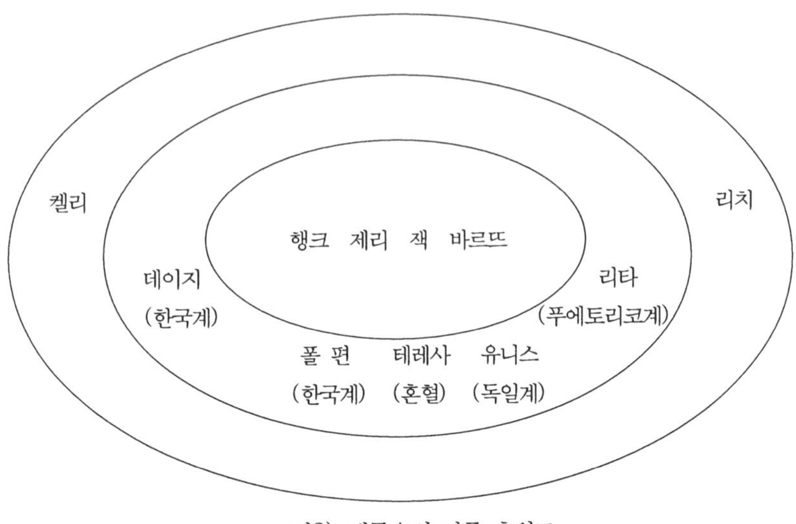

그림2) 배틀家의 가족 층위도

　　원래 가족 구성원의 역할은 "지위의 동적(動的) 측면"이다.9) 개인
이 사회적으로 어떤 지위를 갖게 되면 다른 지위와의 관련 속에서
그 지위를 유지하게 되며, 자기의 지위에 따른 권리와 의무를 수행
할 때 그는 역할을 수행하는 것이 된다. 전통적으로 가족 내 역할
분담은 일반적으로 성과 세대를 중심으로 이루어져 왔다. 가족은 사
회적인 단위일 뿐 아니라, 경제적인 단위이기도 하기 때문에 이 단
위의 통합성을 유지하고 효율성을 증진시키기 위해서는 경제적(도구
적) 역할과 사회적(표현적) 역할이 모두 수행되어야 한다. 여기서 도
구적 역할이란 생계생산(subsistence production - 수렵, 어업, 동물사육,
농업, 상업, 등 경제활동)을 의미하며, 표현적 역할은 집수리, 육아와
가사, 친척과의 접촉으로부터, 괴로울 때 이야기를 나누는 일, 그날

---

9) R. Linton, The Study Of Man, New York : Appleton - Century - Crofts, 1936. 114.
　　한남제(1991), 151쪽에서 재인용.

무슨 일을 했는가에 대해서 묻는 일, 자신이 좋아하는 일을 했을 때 상대방을 칭찬하는 일 등을 말한다.(한남제:1991, 153) 전통적인 부계사회에서 남편과 부인은 각각 도구적 역할과 표현적 역할을 주로 수행했는데, 이는 상대적인 의미에서 그렇다.[10] 배틀가의 경우, 이와 같은 전통적인 가정 내 성 역할 구분에 충실한 편이다. 이렇듯, 미국 내 주류사회 가정의 보수적인 경향은 성 역할론에서 확인된다.

2) 연대성과 개인성의 갈등

일반적으로 선진적인 사회의 가족일수록 가부장제적 연대성(공동체주의)보다는 구성원의 개인성(개인주의적)을 중시하는 것으로 알려져 왔다.(안병철 · 서동인 : 1993, 71) 하지만 ≪가족≫에서 개인성의 존중은 아버지(행크) - 나(제리) - 아들(잭)로 연결되는 남성등장인물들의 특권적인 경향일 뿐이다. 남성 등장인물들은 행위나 선택에 있어서 가족공동체에 대한 책임감보다는 개인의 자유구가를 앞세운다. 행크는 여성편력에서, 제리는 리타가 결혼이나 이주(移住)하려고 할 때 이를 번번이 강제로 막는 것, 잭은 기업운영상의 의사결정에 있어서 자기 개인의 판단을 강하게 관철시켜 나가는 데서 이러한 사실은 확인된다.

반대로 여성들에게는 가족으로서의 연대성이 개인성보다 강조되고 있다.[11] 인종의 다양함을 떠나서, 사실혼과 정식결혼이 혼재된 배틀

---

10) 미국의 경우, 중간계층의 부모들은 동성의 자녀에게는 도구적으로 대하고, 반대 성(反對性)의 자녀들에게는 감정적으로 뒷받침하는 경향을 보인다.(한남제 : 1991, 153) 성에 따른 분업은 거의 대부분의 문화에서 발견된다.(한남제 : 1991, 164)

11) 창래 리 소설에서 여성의 성격화와 특히 여성의 죽음은 독립된 연구를 필요로 한다. 창래 리 소설의 한 특징은 지나치게 작품이 화자 개인에 집중되어 있다는

가의 가족관계는 가족 내·외의 경계가 한국의 일반적인 가족의 경우보다 불명확하거나, 혹은 넓은 범위로 확장될 수 있다. 분명한 것은 가계의 중심은 가업 상속권을 가진 부자관계에 있고, 여성 배우자의 입지나 존재감은 상대적으로 매우 취약하다. 즉 이들은 이탈과 대체가 가능한 존재들이다. 그럼에도 불구하고 배틀가의 남성들은 한결같이 여성 배우자에게 '세계의 전부'를 거침없이 요구한다. 행크도 제리도, 마치 대지(大地)가 언제나 거기 있기 때문에 늘 그곳으로부터 떠나고 싶어 하는 것처럼, 여성 배우자의 내면적 욕구는 아랑곳하지 않고, 배우자에게서 자신들의 필요만을 끊임없이 채워가려 한다. ≪가족≫에서 의사결정권을 가진 부계를 잇는 백인남성들은 자신들의 개인성, 즉 개인의 자율권을 주창하면서, 가족의 외곽에 불안정하게 위치한 유색인 여성들에게는 가족의 연대성과 책임감만을 강조하고 있다.

3) 가족주의의 강화

이민자들에게 있어 가족은 독특한 의미와 지위를 갖는데, 이주의 역사가 짧은 가족일수록 가족의 의미는 세상의 모든 것에 값할 정도로 큰 것이 일반적이다. 본향을 떠났기에 뿌리내릴 새로운 생활 터전을 확보해야 하는 이주민에게 있어 가족은 단순히 휴식과 재충전의 거점이 아니라 삶의 목적이자 생존의 이유이다. 창래 리의 첫 번

사실이다. '자기정체성의 탐색'이라는 주제를 벗어나지 못하는 바로 이와 같은 사실이 작가 창래 리의 이민자적 특이성을 반영한 것이자 작가로서 디아스포라를 겪고 있음을 반증한다고 필자는 생각한다. ≪가족≫은 그런 면에서 정도가 덜한 편이다. 다른 인물들도 인물로서 기능을 한다. 그런 의미에서 보다 다성악적으로 그의 작품세계가 변모되고 있다고 본다.

째 작품인 ≪네이티브 스피커≫에서 이민 1세대인 '헨리의 아버지'는 새로운 땅과 언어, 문화 속에 자신의 후손이 정착할 수 있도록 터전을 마련하기 위해 '노새같이 일만'한다. 작가는 헨리 아버지의 목소리를 빌어 공적인 삶의 길이 차단된 이민자들에게 있어 '가족은 세상의 전부'라고 거듭 말한다. 두 번째 작품인 ≪제스처 라이프≫에서도 한국에서 태어나 일본에 입양되었다가 어른이 된 후 미국으로 이주해온 주인공 '하타'는 소속감을 가질 수 있는 거점을 마련하고자 평생을 바쳐 일한다. 하타는 경제적인 안정을 얻자 보다 완전한 가족구성을 갈망하여 불법을 자행하면서까지 한국계 여아를 입양한다. ≪가족≫의 배틀家도 가족을 매우 소중히 여기는데, 이는 그들의 사업과 일상, 사회생활 그 모두가 가족 중심적으로 구성되어 있음에서 알 수 있다.

4 결론

1) 다인종 · 다문화 가족의 특성

≪가족≫에 나타난 가족주의는 한국의 가부장제 문화에 익숙한 가장들이 가정보다 일을 중시하는 이데올로기를 갖고 있는 경우와는 다르다. 그들은 가족과 일의 조화와 균형을 추구하고 또 실천한다. 물론 한국 신(新)중산층 젊은 남성들이 '가족보다는 일이 중요하다'는 의식을 가진 것은 공동체적인 가치의 구현을 강조하는 유교적 남성성에서 비롯된다. 그리고 이러한 사실이 곧 그들이 가족을 중요시

하지 않는 것을 의미하지는 않는다. 오히려 한국의 경우는 남자 구
성원의 출세와 성공을 중요시하는 전통적 가족주의와 성별 역할 구
분론의 결합에서 이와 같은 경향이 나온다.(김은희 : 1997, 238)

《가족》의 가족주의는 근원적으로 이민자사회라는 특수성을 지닌
미국사회의 특성인 가족주의에 토대하고 있다. 그리고 이러한 가족주
의는 성별간·인종간 뚜렷한 성층화(成層化)를 토대로 한다.[12] 일반
적으로 가정 내에서 성에 따른 역할 분담이 문명이 발달한 사회일수
록 덜 엄격한 방향으로 변화된다는 사실을 상기할 때, 《가족》의 이
러한 특징은 이민자 사회의 보수성과 가족단위로 개별화 경향이 갈수
록 뚜렷해지는 선진미국사회의 특성과도 연관된 것으로 볼 수 있다.

2) 현대사회에서의 가족의 의미

가족은 인간의 공동체적 욕구를 실현시키는 가장 기초적 생활단위
로서, 생존과 재생산을 위한 양성과 세대 간의 상호보완적이며 의존
적인 연대에 기반한 특수관계의 공동체로 정의될 수 있다.(이효재 :
1995, 14) 가족의 기능은 국가사회의 복지제도나 사회집단이나 기관
의 기능으로 전적으로 대체될 수 없다. 이혼, 별거, 죽음, 병, 갈등
등으로 인한 가족의 내적 해체에도 불구하고 재혼, 입양, 재결합, 탄
생 등을 통해 가족은 스스로를 끊임없이 재구성하며 공동체적 기반

---

12) 이러한 사실의 원인에 대해서 한 학자는 이렇게 설명한다. 미국에 이민온 사람들
　　의 가족 내 성 역할은 이민온 시기와 연관되는데, 이는 먼저 이민 와서 미국에
　　서 정착한 사람들보다 이후에 이민온 사람들이 더 전통적인 사회에서 성장하여
　　이민을 왔기 때문에 동일 시점에서 비교하면 이민온 지 오래되지 않은 사람들이
　　오래된 사람들보다 가족 내 역할 수행에 대한 인식에 있어 보다 보수적이라는
　　것이다.(한남제 : 1991, 200)

을 재구축한다. 전쟁, 자연재해, 약탈 등의 외부적 위협과 파괴력으로 이산당하고 해체당하지만 살아남은 자들은 다시 공동체를 모색하여 가족적 삶을 영위한다.

창래 리의 《가족》은 "지상에서 8백 미터 떨어진 이곳에서 모든 것이 완벽해 보인다."로 시작된다. 멀리서 보면 모든 것이 완벽해 보이는 제리 배틀의 삶은 실상 위기 자체였다. 제리는 딸 테레사가 무리한 출산보다는 본인의 암치료에 전념해주기를 바라나, 딸은 자신의 목숨을 걸고 출산을 고집한다. 아들은 아버지의 우려를 뒤로하고 갈수록 사업 확장을 과도하게 지속하고, 리타의 새 남자친구는 자신과 비교도 안될 정도로 좋은 신랑감이다. 아들 잭은 자신을 낳아준 어머니 데이지의 자살 건을 생생히 기억하고 있고, 어머니의 죽음에 원인제공자로서 아버지에 대한 원망을 침묵과 과도한 지출과 사업확장으로 표현한다. 제리는 아버지의 끝없는 난봉과 철저히 계산적인 태도에 진력이 난다. 그런 가족은 제리에게 끊임없이 가족으로부터, 집으로부터 도망치게 하는 감옥이다.

제리는 자신과 딸이 탄 비행기가 난파 위기에 처하자, 세상의 모든 일이 그다지 어려워만 보이지 않음을, 가까운 사람들이 자신이 원하는 방식으로 자신을 사랑하는지 그렇지 않는지는 중요하지 않고, 다만 그들이 성가시기도 하지만 가까이 있다는 것만으로 인생의 좋은 어느 시점에 이를 수 있음을 깨닫는다. 가족은 일상적인 감옥일 수 있지만, 결국 그 감옥이야말로 영혼의 가장 편안한 안식처임을 위기의 순간에 터득한다. 감옥과 안식처를 오가는 가족, 혹은 집은 현대인의 마음속에 이탈과 귀환의 욕망의 대상으로 존재한다. 쓰러진 행크를 실은 구급차에서 한 구급대원 여자의 입을 통해 작가는 가족의 의미를 이렇게 설명한다.

예언자들이 우리가 세상 전체에 (혹은 한 사람에게) 정의와 기쁨을 안겨줄 만큼 은총을 타고 났다고 얘기하고 있음에도 불구하고, 우리들 대부분은 그렇게 하질 못한다는 것이다. 우리의 그러한 능력은 순수하게 잠재적인 것으로, 그저 순수한 가능성에 지나지 않는 것이다. 그리고 우리의 드높은 가능성과 끔찍한 실재의 틈을 가장 자주 목격하고 그것을 견디는 사람들은 우리가 사랑하거나 사랑해야 하는 사람들이다.(2권 215)

제리가 가장 사랑한 딸 테레사는 죽고, 테레사의 아들 바르트는 조산아실에 있다. 모든 가족들이 모여 살기 시작하면서 제리는 서로 꽤 괜찮은 사람들이 되어감을 느낀다. 서로에게 점잖았으며, 괜찮았으며, 서로 기꺼이 대화하려고 하는 상태에까지 이른 가족들을 본다. 제리는 행크와 함께 데이지를 위한 무덤과 묘비를 만들어주자는 데 합의하고, 잭은 어머니 데이지가 빠져 죽고 난 후 흙으로 메워버렸던 수영장을 아이들을 위해 다시 판다. 제리는 리타가 있어서 얼마나 다행인지 모르겠다고 말하고 리타에게 사랑의 노래를 불러준다. 제리는 데이지에게도, 어머니에게도, 리타에게도 아닌, 하늘나라에 있는 딸 테레사에게 자신과 같이 현세적인 사람을 용서해달라고 말한다. 제리는 앞으로 자신은 멀리 날아갈 수도 없고 그것을 바라지도 않을 것임을 느낀다.(2권 261) 종장의 제목은 "지상의 삶은 여전히 아름답다"이다.

《가족》에 나타난 미국사회의 가족은 다인종, 다문화적인 혼종적(Hybrid) 구성이 특징이다. 거기에는 가부장제적 성 역할론이 여전히 온존하며, 유색인 여성의 주변화 경향 역시 나타나는 등, 보수적인 특징이 강하다. 그럼에도 불구하고 《가족》은 현대사회의 개인들에게 있어 보편적인 가족의 의미를 전해준다. 가족은 모든 세상 사람들에게 인간으로서의 자신의 드높은 가능성과 끔찍한 자신의 실재,

그 사이의 틈을 가장 자주 목격하고 또 정확히 보아왔지만, 그것을 견뎌주며 또 자신이 더 나은 존재로 고양될 수 있도록 격려해주고 함께 지켜봐주는 유일한 존재들이라는 것. ≪가족≫을 통해 작가가 캐낸 진리는 바로 이것이다.

4 창래 리 소설에 나타난 한국여성의 이미지와 한국문화에 대한 인식 연구

 한국문학에서 창래 리 소설이 가지는 의미

이른바 '文學 자체가 挑戰받는 時代'다.[1) 디지털매체의 擴散과 영상산업의 躍進 가운데, 文學은 점점 독자를 잃어가고 있다. 文學 談論의 새로운 突破口 摸索의 길은 쉽사리 보이질 않는다. 이런 현 실 속에서 최근 海外同胞文學이나 海外 移住民文學에 대한 한국문 학연구자들의 관심이 부쩍 커지고 있다. 그 일차적 원인은 민족과 국 가의 境界를 넘나드는 文化의 混成化(hybridity) 현상이 세계적 추세 가 되고 있는 오늘의 現實에 있을 터이다.[2) 韓國文學의 範疇를 韓 國人에 의해 생산된 韓國語文學이라는 협소한 영역에 가두려는 我 執만을 버린다면, '밖'의 관점에서 조명한 한국인, 한국문화, 한국사회 를 형상화한 작품들을 한국문학연구가 包括하지 못할 이유는 없다.

---

1) 조남현(1999), 「1990년대 批評의 成果와 課題」, 『문학동네』, 377.
2) 최근 '디아스포라'라는 개념을 중심으로 해외교포문학과 해외이주민문학에 대한 연구 성과들이 속속 제출되고 있다. 우즈베키스탄지역, 만주지역, 중국연변일대, 일본지역, 미주지역, 호주지역의 韓人文人에 대한, 혹은 移住民文人들의 성과에 대한 연구들이 그것이다. 이에 관한 자세한 논의는 최원식(2003), 「민족문학과 디 아스포라 - 해외동포들의 작품을 읽고」, 『창작과 비평』, 통권 119호, 16 - 39 참조

한국문학의 外廓에 자리한 해외동포와 이주민 문학에 대한 연구 가운데, 미국 移住民文學에 대한 국내 연구는 近者에 몇몇 영문학자에 의해 開始되었다.3) 지금껏 주로 논의된 작가는 강용홀(Younghill Kang)4)과 차학경(Theresa Hak Kyung Cha, 1951 ~ 1982), 창래 리(Chang - rae Lee, 1965~)와 노라 옥자 켈러(Nora Okja Keller, 1965~) 등이다. 이들 작가들은 개인적인 이민체험은 물론, 한국정부나 한국 국민이 그동안 소홀히 해온 美洲移住民의 歷史를 韓國文學史에 喚起시켰다.5) 뿐만 아니라, 이들의 작품들은 한 개인에게 있어 과거가 의미하는 바가 무엇이며, 相異한 두 문화 사이의 교호 과정에

---

3) 예를 들어 고부응(1999), 「초민족시대의 민족정체성」, 『비교문학』, 제24호,
　　　　　　(2002), 「창래 리의 ≪원어민≫ - 비어있는 기표의 정체성」, 『영어영문학』, 제48권 3호
　　　구은숙(2005), 「세계적 작가로 발돋움하는 한국계 미국작가 창래 리」, 『문학사상』, 제 387호
　　　권택영(2004), 「종군 위안부: 노라 옥자 켈러와 창래 리의 고향의식」, 『국제한인문학연구』, 창간호
　　　　　　(2005), 「계몽과 부정성;＜마오2＞와 ＜네이티브 스피커＞에 나타난 한국 이미지」, 『미국학논집』, 제37집 2호
　　　박수정(2004), 「누가 '네이티브 스피커'인가? - 창래 리의 ≪네이티브 스피커≫에 나타난 인종과 언어의 관계」, 『효원영어영문학』, 제22집.
　　　이영옥(2005), 「한국계 미국문학 : N. 켈러의≪종군위안부≫」, 『젠더와 역사 - 미국소수인종문학의 이해』, 태학사.
　　　　　　(2005), 「언어와 정체성을 통해 적나라하게 표현해 낸 이민자의 삶」, 『문학사상』, 통권 387호
　　　장경렬(2002), 「정체성의 위기, 언어의 안과 밖에서 - 창래 리의 소설 ≪네이티브 스피커≫ 읽기」, 『문학판』, 통권 제3호
　등의 연구가 그것이다.
4) 미국 내에서 이루어진 한국 작가에 대한 개별 연구로는 김만중, 김광규, 한설야, 강용홀, 허난설헌에 대한 논문이 각각 1편씩 있다. 권석우(2005), 「한국문학의 영어권에 있어서의 수용 및 연구 現況 - 미국을 중심으로」, 유럽사회문화연구소, 『한국문학의 해외 수용과 연구 현황』, 연세대 출판부, 6.
5) 권택영(2005), 「계몽과 부정성; ＜마오2＞와 ＜네이티브 스피커＞에 나타난 한국 이미지」, 『미국학논집』, 제37집 2호, 13.

그것이 어떤 영향을 미치는지를 보여 주었다. 최초 한국계 작가들에 의해 창작된 미국 이주민문학은 개인의 경험에 普遍性과 多文化性, 和合과 디아스포라(diaspora)의 境地를 열어, 한국과의 연속성을 가진 이민문학의 특성을 지니면서도 궁극적인 인간 根源의 価値를 탐구하는 보편적인 주제로 나아가고 있다.[6]

이들 가운데, 창래 리(Chang - Rae Lee)는 文學性과 大衆性 獲得 모두에서 성공한 경우다. 창래 리의 작품세계는 미국 內 多人種 移民社會의 문제점과 이민자들의 正体性 탐구에 집중된다. 국경을 넘는 越境的 인구의 증가에도 불구하고 文化的 民族主義와 経濟的 國民國家 中心主義의 견고한 결합이 여전히 지구촌 인구의 가장 강력한 正体性의 單位이자 所屬感의 根底가 되고 있는 이즈음, 多人種·多文化 사회에서 정체성의 혼란을 겪고 있는 境界人인 移住民들의 문제는 이 시대 가장 普遍的인 文學的 主題의 하나라고 할 수 있다.

창래 리 소설이 多文化主義(multiculturalism)文學으로서 全一的인 自己同一性에 의한 啓蒙的 近代性의 논리를 뛰어넘어 多樣性, 混種性의 시대를 예고한다면, 그의 작품들은 이주민에게 있어 과거 문화와 현재 문화의 濕合의 齣示 가운데 대표격인 한국문화와 미국문화의 融合이 어떻게 이루어지는지, 그럴 경우, 地域文化로서 韓國文化는 어떻게 이해되고 있는지에 대해 짚어 볼만한 컨텐츠가 된다.

이 글의 목적은 창래 리의 ≪네이티브 스피커Native Speaker, 1994≫, ≪제스처 라이프Gesture Life,1999≫, ≪가족Aloft,2004≫에 나타난 한국 혹은 한국문화의 특성을 검토하여, 밖에서 본 한국 이

---

6) 이영옥(2005), 「한국계 미국문학 : N. 켈러의 ≪종군위안부≫」, 『젠더와 역사 - 미국 소수인종 문학의 이해』, 태학사, 177 - 9.

미지를 再構해 보는 데 있다. 이들 작품 속에 서양의 帝國主義的 視線에 의해 동양을 他者(the other)로 規定하는 方式이 묻어 있다면, 그 또한 이 글의 분석 대상이 될 것이다.

 ## 2 창래 리 소설에 나타난 한국의 이미지

1) 창래 리 小說에 形象化된 韓國女性

창래 리 소설에서 韓國이 이민자의 過去라면, 美國은 後續 世代의 것, 즉 未來에 해당한다. 창래 리의 작품에는 주로 어린 시절 부모와 함께 이민 왔기에, 한국에 대한 記憶을 거의 가지고 있지 않은 인물들이 중심화자로 등장한다. 현재 시점에서 화자가 體驗하는 한국은 주로 韓國系 女性登場人物을 통해서 이거나, 부모의 행동양태나 생활습관에 녹아있는 한국문화의 伝統的 痕迹들이다. 한국계 여성등장인물로는 《네이티브 스피커》의 '헨리의 어머니'와 《제스처 라이프》의 구로하타의 연인이었던 從軍慰安婦 '끝애', 그리고 《가족》의 제리 배틀의 前妻인 '데이지 한'이 있다. 헨리의 어머니나 끝애, 데이지 한은 本國을 떠나 뉴욕, 미얀마의 랑군, 롱 아일랜드 等地에 산다. 이들은 成年이 된 후 他地로 옮겨온 경우들이어서 아이덴티티가 현저히 韓國的이다. 넓게 보면, 《네이티브 스피커》의 '부추아줌마'도 여기에 속한다. 반면, 《제스처 라이프》에서 하타의 입양 딸인 '서니'는 한국계이나, 어린 나이에 미국가정에 入養되어 養育되었으므로, 한국적 여성은 아니다.

(1) ≪네이티브 스피커≫의 헨리 어머니 : 白人/黑人에 대한 恐怖

≪네이티브 스피커≫에 登場하는 헨리의 어머니는 우선 이름으로 불리지 않고, 關係로만 指称되는 存在다. 헨리의 진술에 따르면, "어머니는 감정을 드러내는 것이 사람 사이의 어떤 失敗의 신호"라고 믿는 분이었다. 헨리가 어머니에게서 물려받은 것은 旣成 權威에의 尊重 혹은 畏敬心이다. 헨리는 이주민 가운데 経濟的으로 成功하여 名望을 얻은 소수인종 출신의 有力人士들을 뒷조사하여 리포팅하는, 일종의 諜者로 일한다. 헨리는 權威에 服從的이며, 每事에 鎭重한 성격의 소유자인데, 이러한 그의 성격은 개인적 특성이기도 하다. 그러나 미국인들은 이러한 헨리의 성격이 東洋的인 家父長制的 伝統 속에서 그가 養育되었기 때문인 것으로 理解한다. 헨리의 아버지는 家父長的인 人物이며, 헨리의 어머니는 덩치 큰 서양인에게 일종의 恐怖에 가까운 두려움을 지닌 존재이다. 헨리는, 자신이 10살 무렵 돌아가신 어머니를 回想할 때면 늘 무언가로 아프던 모습이 떠오른다. 아버지는 헨리의 약한 머리카락을 보고도 어머니의 弱함을 닮았다고는 언짢아 하셨다. 成人이 된 헨리는 出處를 알 수 없는 恐怖를 자주 체험하는데, 이는 그의 한국인 어머니에게서 淵源한 것으로 보인다.7) 살아 生前 헨리의 어머니는 秩序意識의 培養이 아닌, 秩序意識에의 強迫에 시달리는 사람같이 行動하였다. 지금도 헨리는 어머니가 무엇을 그렇게 두려워했는지 궁금하기만 하다. 어머니는 생일 케이크를 굽다가도 달걀이나 베이킹

---

7) 이러한 공포는 ≪제스처 라이프≫의 주인공 구로하타에게서도 감지된다. ≪가족≫에서 자살한 것으로 드러난 제리 배틀의 前妻인 데이지 한 역시 어떤 알 수 없는 恐怖에 사로잡혀 鬱症과 躁症을 앓다 자살한 것으로 되어 있다. 창래 리 소설에 나타난 정체를 알 수 없는 어떤 근원적인 공포는 장을 달리하여 고찰해 보아야 할 연구의 주제이다.

파우더가 떨어지면 이웃이나 친구에게 그것을 얻으러 가기가 부끄러워 차라리 케이크를 망치는 사람이었다. 헨리의 어머니는 아버지를 따라 미국으로 移民 와서 집안일로 一生을 보내다 韓國熱에 걸려 돌아가신 후, 한국 墓地에 묻혔다. 영어도 잘 못하고, 現地 地理에도 서툰 한국여성 어머니는 西洋人에 대한 두려움을 過度한 秩序意識과 淸潔함으로 表現하곤 하였는데, 이는 다음의 문장에 잘 드러나 있다.

얼마나 나쁜 일이 생기기에 사람들이 우리를 어떻게 생각하는지 그렇게 신경을 쓸까 궁금해 하던 기억이 난다. 흠 하나 없는 우리 동네를 통과할 때면 마치 발이 아파 조심하듯 천천히 걸어야 했다. 와습(WASP : 앵글로 색슨계 백인 신교도 미국의 지배적인 특권 계급을 형성하고 있다 - 옮긴이)이나 유태인들과 접해 살던 우리는 그들과 스칠 때면 반드시 웃음을 지어야 했다. 마치 우리에게는 늘 모든 일이 괜찮은 것처럼, 그 어떤 것도 우리를 움직일 수 없고, 우리에게서 분노나 슬픔을 끌어낼 수 없는 것처럼 깔끔하고 예의 바르게 꾸미고 다녀야 했다. 안 그러면 얼마나 나쁜 일이 생기기에 우리는 미국적인 것이면 다 믿어야 하고, 미국인들에게 감명을 주어야 하고, 돈을 벌고, 한밤중에 사과를 반들반들하게 닦아야 할까. 완벽하게 다림질한 바지. 완벽한 신용, 완벽해지는 것, 흑인들을 쏘면서도, 우리 가게와 사무실이 불에 타 재가 되는 것을 지켜보면서도[8]

靑果商의 아들인 헨리는 陳列台의 사과를 매일 반들반들하게 닦아야 했고, 완벽하게 다림질된 바지와 完璧한 信用으로 白人들에게 欠 없는 存在가 되어야 했다. 헨리의 어머니는 미국이라는 낯선 땅, 낯선 사람들에 대한 恐怖를 품고서 仔詳함이라곤 없는 男便과 平

---

8) 창래 리(2003), 정영목 역, ≪네이티브 스피커≫, 나무와 숲, 101.

生을 살다갔다. 어머니는 언제나 아버지 가게 일에 대해서 묻지 않았고, 아버지가 歸家하면 편히 쉬게 해 드리는 조용한 內助者의 面貌를 보여주었다. 어머니는 헨리에게 늘 "아버지가 너를 위해서 그 일을 하시니, 그런 아버지께 말동무를 해 드림으로써 네 할 바를 하라"고 말하였다. ≪네이티브 스피커≫에서 한국여성은 미국사회에 잘 適応하지 못하여, 西洋 혹은 西洋人에 대한 두려움을 가진 존재이며, 그렇지만 집안에서는 훌륭한 內助者이자, 참을성 많은 캐릭터로 등장한다.9)

(2) ≪제스처 라이프≫의 '끝애' : 家父長制와 帝國主義의 被害者

한편 ≪제스처 라이프≫에 등장하는 '끝애'는 태평양 전쟁 때 미얀마에 從軍慰安婦로 끌려온 朝鮮 여성이다.10) 주인공 '프랭클린 구로하타'는 베들리런(Bedley Run)에 살고 있는 東洋系 美國 老人인데, 그는 現在 제스처로서의 삶을 살고 있다. 그의 가슴 깊은 곳에 자리한 朝鮮女性 '끝애'는 1944년 랑군 外廓, 125Km 떨어진 옛 버마의 산길숲 마을에서 그가 準軍医官 身分으로 日本帝國의

---

9) 어머니가 돌아가신 후 아버지를 돌보면서 집안일을 20년간 도와준 '부추아줌마' 역시 한국여성이다. 자신의 삶과 가족을 떠나 아무 교제나 운동도 하지 않고 소리없이 집안일만 하는 부추아줌마는 머리에 쪽을 지고 있으며, 영어는 단 세마디도 하지 못하며, 운전도 하지 못한다. 늘 운동복에 낡은 블라우스를 입고 생활하던 그녀는 미국인들에게 완전히 外界人 취급을 당한다. 부추아줌마는 가끔 아버지와 함께 자기도 하였는데, 헨리는 나중에 부추아줌마와 아버지가 돌아가신 후, 아버지가 헨리가 열한 살 무렵 어머니가 돌아가신 후 그 나름의 말로 할 수 없는 그늘진 방식으로 고통을 겪었다는 것을 이해하게 되고, 부추아줌마의 존재에 고마움을 느낀다. 이 부추아줌마 역시 말없이 집안일만 하는, 미국사회에 적응하지 못한 채, 여러모로 소외된 여성을 상징한다. 창래 리(2003), 정영목 역, ≪네이티브 스피커≫, 나무와 숲, 144.
10) '끝애'는 'K'로도 불리는데, 'K'라는 이름은 마치 Korea의 약자인 듯 하고, '끝애'는 반도라는 한국의 地政學的 特性을 聯想시키는 이름이기도 하다.

海軍服을 입고 있던 時節 만난 朝鮮女性이다. '끝애'는 貴族的인 學者집안 出身으로 軍需物資工場에서 일하기 위해 日本行 배를 탔다가 시모노세키에서 싱가포르로 또 버마로 영문도 모른 채 끌려온, 스물이 채 안된 조선인 종군위안부였다. '끝애'는 明敏하면서도 용기있는 여성이지만, 시대를 잘못 만나 不幸하게 삶을 마감한다. 하타는 '끝애'에 대해, 소중한 사람을 保護하거나 求하지 못한 채 그가 비참하게 죽도록 放任하였다는 自責感에 시달린다. 하타의 제스처로서의 삶이나, 韓國女兒 서니의 入養은 그런 自責과 聯關된다. '끝애'와의 일을 겪은 후, 하타는 자신이 진 짐을 어떻게든 堪當할 수 있는 사람이 되려고 더욱 발버둥친다.

어쨌든 나는 나에게 어떤 짐이 떨어지든 감당할 수 있기를, 꾸준히 내 의무를 이행하고 내 책임을 완수할 수 있기를, 어떤 상황에서 어떤 기준에 의해서도 흔들림이 없기를 나 자신에게 바랄 뿐이었다. 아주 단순한 생각이지만, 엔도 상병처럼 실패의 오점을 남기는 것이 두려웠기 때문이다. 그것은 에고나 자아의 실패가 아니었다. 공적이고 전체적인 의무를 이행하지 못한 것이었다. 그것은 또 자신의 동료들로 이루어진 사회 전체에 짐을 지우는 결과를 낳았다. 나는 평생 그것을 두려워했다. 내가 구로하타 집안에 양자로 들어간 날부터 제국 육군에 입대한 날까지 계속된 두려움이었다. 심지어 서니의료기기의 문을 연 날에 이르기까지도 계속된 두려움이었다. 나는 가게를 열어 놓고 처음 몇 시간 동안 동료 상인들에게 불명예를 안길지 모른다는 두려움 때문에 몸이 거의 마비되다시피 했다. 사실 주위의 상인들은 아직 나에게 접근하지도 않은 상태였고, 몇 주 뒤에 가서나 그들과 만날 일이 생길 터였다. 내가 가장 걱정했던 것은 진정한 후원을 받을 수 있느냐 하는 문제였던 것 같다. 거기서 인간적인 위로나 온기를 구할 수는 없겠지만, 그럼에도 나는 그런 유대를 늘 중요하게 여겼다.[11)

하타의 直屬上官이자 軍医官이었던 오노 대위는 K에게서 肉体的인 아름다움을 넘어, 教育받은 女子의 아름다움을 느낀다. 오노는 끝애를 '어떤 超越的이고 神聖한 것', '區分된 存在'로 받아들여, '天皇制를 위해 保存되어야 할 피'로 생각한다. 하타는 끝애의 죽음을 보면서, 끝애에 대한 자신의 생각이 "자기 집이나 소유지에서 일하는 수많은 하인들을, 그들의 노력과 몸부림을 거의 인식하지 못하는 부자, 그들을 그의 삶이라는 메커니즘의 부품으로만, 매일 밤낮없이 꾸준히 돌아가는 기계로만 보는 부자"의 것이었음을 깨닫는다. 하타는 끝애의 肉体를 완전히 收奪하는 帝國의 軍人으로서 자신의 자리를 지켜낸 셈이 되고, 아이러니컬하게도 오노의 뒤를 이어 部隊를 統率하게 됨으로써 그들의 앞잡이가 된다. 끝애는 결국 帝國主義의 犧牲者이자, 家父長制의 犧牲物인 朝鮮女性을 代表한다. 後發先進國으로서 일본이 西歐的 近代性을 단숨에 受用하려 過慾을 부림으로써 惹起된 太平洋戰爭에서 從軍慰安婦의 존재는, 일본 제국주의적 蛮行의 한 頂点이다. 종군위안부인 끝애가 피식민지 여성의 毁損된 肉体를 象徵한다면, 끝애는 自決로서 스스로 육체를 消滅시킴으로써 그들의 蛮行으로부터 스스로를 保護하고자 하였다.

끝애는 스스로 배우려고 노력하는 여성으로, 훌륭한 品性을 지닌 여인이 되어 아버지에게 남동생만큼이나 意味있는 존재가 되고 싶어 日本行 배를 탔다가 종군위안부로 끌려온다. 끝애의 記憶 속에 아버지는 學識이 많고 漢詩暗誦을 잘 하던 분으로, 아시아의 遺産을 존중하고, 외국의 영향으로부터 그것을 보호해야한다고 생각하는 知性人이었다. 아버지는 중국인이든 일본인이든 조선인이든 모두 共

---

11) 창래 리(2005), 정영목 역, ≪제스처 라이프≫, 제1권, 랜덤 하우스, 71 - 72.

通의 文化와 精神에 뿌리를 두고 있으므로, 서로의 差異는 제쳐두고 함께 일해야한다고 늘 말씀하셨다. 그러나 아버지는 家父長制的인 文化로부터 자유롭지 못하였다.[12] 따라서 끝애는 여성이어서 가부장제적 의식을 지닌 아버지에게서 오빠들처럼 인정받고자 일본행 배를 탔다가 종군위안부로 죽음에 이른 것이다. 따라서 끝애는 帝國主義와 家父長制的 桎梏의 犧牲者로서 한국여성을 象徵한다.

(3) ≪家族≫의 '데이지 한' : 白人 男性의 '사이공 신드롬'의 犧牲者

창래 리의 세 번째 장편소설인 ≪가족(Aloft)≫(2004)은 다인종사회인 미국 주류사회의 家族 風俗圖를 담아내어 소수인종의 정체성 문제가 아닌, 미국사회의 보편적인 문제점을 파헤친 작품으로 美國 評檀에서 高評되었다. 이 작품에는 이탈리아계를 중심으로 독일계, 히스패닉, 푸에토리코계, 한국계 등 다양한 미국 內 소수인종으로 구성된 다인종·다문화 가족이 등장한다. 이 가운데 한국계로는 작가의 分身格인 '폴'이라는 소설가와 제리의 죽은 前妻인 '데이지 한'이 등장한다. 배틀家라는 多人種 家系에서 유색인이자 少數人種

---

12) 구로하타 역시 자신이 風景의 가장 自然스런 一部가 될 수 있는, 그런 풍경을 만나기를 소망한다. 헨리는 "끝애나 헨리 자신이나 받아들여지는 속에 자신의 자리를 갖고 싶었을 뿐, 제스처들뿐인 삶 이상의 어떤 것을 가지고 그 과정을 마치고 싶었을 뿐"이었다고 말한다. 즉 所屬感이 그의 꿈이었다. 구로하타는 조선의 갓바치와 넝마주의의 아들로 태어난, 조선인이었다. 그런데 그 부모가 어렸을 때 그를 일본인 부부에게 養子로 入籍시켰다. 본국, 부모로부터의 이탈은 구로하타의 性格形成에 큰 영향을 미친다. 하타는 소속으로부터의 소외로부터 근원적인 공포를 느꼈고, 그것이 그가 한국에 대해 가지는 애증의 시발점이 된다. 구로하타는 일본가정에서 일본식 교육을 받고 자라, 일본군 해군으로 태평양 전쟁에 參戰하였다. 군위관이자 구로하타의 직속상관인 오노대위는 끝애가 天皇 중심의 大東亞 공영권 내에서 보호되어야 할 피임을 알아본다. 하지만 끝애는 終戰이 되더라도 일제가 위안부들을 살려두지 않을 것임을 눈치채고 자살을 시도하려 하나, 번번이 실패하고 끝내 비참하고 불명예스러운 죽음을 맞는다.

출신인 여성들은 家事担当者라는 道具的 存在로 그 역할이 限定되어 있다. 이 가운데 '데이지 한'의 성격화는 매우 독특하다. 데이지 한은 憂鬱症과 히스테리의 所有者로, 그녀가 죽은 날, 제리네 집에 작은 불이 났다.[13] 작품 내 중심화자인 이탈리아계 미국인인 제리 배틀는 젊은 시절 10여년을 함께 산 前婦人인 데이지 한을 오직 섹스의 파트너로만 회상한다. 미국 문화와 현실에 잘 適応하지 못한 한국여성인 데이지는 家事와 제리의 섹스 파트너로서 그 역할을 다해 왔다. 제리는 데이지가 가슴도 작고 다리도 짧고 上体도 가늘지만 그것을 좋아하였다고 述懷한다. 그녀를 보면 섹스 이외의 것은 떠오르지 않았다고 말한다. 마른 上体와 貧弱한 下体를 지닌, 다리가 짧은 동양여성의 몸을 보면서 끝없는 性慾을 느끼는 제리에게는 제국주의적인 남성의 시선이 묻어 있다. 딸 테레사는 제리의 어머니 데이지에 대한 생각을 '사이공 신드롬'으로 비판하기도 한다.

---

13) 창래 리의 세 장편소설에는 모두 '火災의 발생'이라는 공통의 모티브가 등장한다. 화재는 그리 큰 것은 아니지만, 작품 내 서사가 새로운 전환을 일으키는 계기로 작용한다. ≪네이티브 스피커≫에서는 헨리가 일하는 존 강의 선거사무실에서 작은 화재가 발생하여 에두아르도가 죽는다. 이는 존 강의 선거 전초전에서의 상승세가 하강세로 돌아서는 전환점이 되며, 헨리에게도 존 강에 대한 信賴가 흔들리기 시작하는 계기가 된다. ≪제스처 라이프≫에서 구로하타네 집에서의 화재는 하타가 거실에서 옛 사진들과 기록들을 꺼내보며 回想에 빠지는 대목에서 정확한 원인을 알 수 없이 발생하여 하타가 입원하고 집을 수리하여 파는 계기가 된다. 화재는 기실, 서니가 다시 베들리런 근처에 나타나면서 하타의 제스처로서의 일상이 흔들리면서 시작된 것이다. ≪가족≫에서의 화재는 제리 배틀의 前婦人인 데이지 한이 남편과 시아버지에 의해 일주일간 집에 갇히게 되는 사건 이후에 발생한다. 躁鬱症과 히스테리에 시달리던 데이지 한이 7천 불짜리 의상을 사와 식구들을 驚愕시키자 행크 배틀과 제리 배틀은 아내를 일주일간 집안에 가둔다. 그 후 데이지의 이상 증세는 심해지고, 어느 날 밤엔가는 그녀가 던진 칼이 제리 배틀을 가까스로 피해가기도 한다. 이후 데이지 한이 저지른 불인지, 혹은 주방에 음식을 올려놓았다가 火災가 난 것인지 명확한 원인을 알 수 없는 화재가 발생한다. 이렇듯 반복되는 화재는 창래 리 소설에서 어떤 열쇠가 되고 있음은 분명하다.

　데이지는 제리와의 사이에 더 이상 섹스가 없어지자, 憂鬱症과 異常行動을 보이기 시작한다. 불이 나기 전 어느 날 데이지는 7천 불자리 옷을 사온 적이 있었다. 당시 제리의 年俸은 2만불 수준이었다. 아버지 행크는 데이지를 잡기 위한 방법으로서 그녀의 차 열쇠와 수표, 그리고 현금을 모두 빼앗고 그녀를 일주일간 집에 가두라고 제리에게 말한다. 제리는 행크의 말 대로 그녀를 가둔다. 데이지는 결국 8월 무더운 날 밤 바룸을 먹고 맥주를 마신 후 수영장에 빠져 죽는다.

　자부심에 차 있고, 頑固한 주류 미국 사회에서 동양여성은 스스로의 내면적 慾求나 自己實現慾을 인정받지 못하는 존재로 위치지어진다. 서구의 식민주의적 시선은 피식민자에게 오리엔탈리즘적인 정체성을 부여한다. 그러나 피식민자의 진정한 정체성은 그런 시각에 의해 결코 보여질 수 없으며, 失踪된 人格이나 脫落된 正體性으로 남게 된다. 데이지 한의 自殺은 바로 이에 대한 온몸으로의 抵抗이라고 할 수 있다.

　미국 內 주류사회의 가족관계는 백인남성 중심의 가부장제적 문화에 토대하고 있어, 유색인이며 이민족 출신의 여성은 주변적인 존재이다. 父系를 잇는 남성들은 経濟的(道具的) 역할을 감당하며, 가족의 連帶性 못지않게 개인적인 자유를 구가하지만, 여성들은 가족 내에서 社會的(表現的) 역할을 遂行하며 개인성보다는 연대성을 요구받는다. ≪가족≫에 그려진 데이지 한은 미국 사회에 잘 適応하지 못한 心弱한 한국계 여성이다. 동양여성에게 끊임없이 세상의 전부를 요구하는 이탈리아계 남성들의 橫暴 속에서 데이지 한은 끝내 자신의 설 자리를 찾지 못해 온몸으로 저항해간 한국여성을 상징한다.

2) 창래 리 小說에 再現된 韓國文化의 特性

창래 리는 데뷔작인 ≪네이티브 스피커≫에서 모자이크적인 多人種 사회인 미국에서 소수인종으로 살아가는 사람들의 문화적, 정치적 아이덴티티의 문제를 다룬 바 있다. 한국계 미국인인 헨리 박(Henry Park)을 통해 작가는 미국과 한국의 문화적 차이를 아주 쉽다는 뜻의 표현인 "숲 속의 산책"과 "식은 죽"의 差異로 설명한다.14) 헨리는 부모님을 따라 어려서 한국에서 미국으로 건너왔으나, 집안에서 한국적인 문화와 관습에 따라 생활하는 부모님들 덕분에 한국과 미국의 文化的 差異를 정확히 체험으로 알고 있다. 창래 리의 작품들에 등장하는 한국 혹은 한국문화는 미국 혹은 미국문화의 視覺에서 口述되어 있는 感이 없지 않으나, 다른 어떤 문화에도 속하지 않는 한국의 他者는 存在하지 않으므로, 그 자체가 밖에서 본 한국의 實体의 뚜렷한 예가 된다.

(1) 진실은 결국 누가 하는 말이냐에 달려 있는 나라, 한국

작가 창래 리의 물적·사회적 토대인 미국 內 이주민사회는 민족주의나 國家이데올로기가 개인 삶의 規定力이라기보다, 개인의 生存原理가 民族과 國家에 앞서는, 雜種의 社會(hybrid society)이다. ≪네이티브 스피커≫의 헨리는 스파이인데, 스파이는 자신의 신분은 감추고, 남의 삶을 끊임없이 廉探하는 직업이다. 그는 어차피 아무리 애를 써도 原語民처럼 發音할 수 없다는 사실과 자신의 一舉手一投足에 指紋처럼 묻어있는 한국인으로서의 문화적인 특성, 그 모두

---

14) 창래 리(2003), 정영목 역, ≪네이티브 스피커≫, 나무와 숲, 54.

를 감추고 싶어 스파이라는 직업을 선택하였는지도 모른다. 헨리는 대학을 마치고 대학원 진학을 앞두고 있던 시절 호글랜드에게 拔擢 되어 스파이로서의 길에 들어서지만,15) 주위 사람들은 그의 성격이나 氣質, 敎育的 環境이 스파이라는 職種에 매우 적합하다고 평가한다.

작품 내에서 헨리는 자기 속에 內在된 한국인의 문화적 痕迹들에 눈뜰 때마다 매우 놀라워한다. 예를 들어 헨리가 뉴저지에 있는 한 국인 친구 앨버트의 집에 갔을 때, 전혀 모르는 앨버트의 부모를 보고서 헨리는 알 수 없는 親密함을 느낀다. 자신과 앨버트가 전혀 다름에도 불구하고, 앨버트의 어머니와 아버지가 식탁에 앉아 아들 의 학업과 건강에 대해 담소를 나누는 장면을 보면서 헨리는 자신이 클 때 집에서 보고 들었던 것과 똑같은 말과 몸짓으로 걱정을 하는 앨버트의 부모님에게서 친숙함과 동시에 구역질을 느낀다. 여기서 친밀감이야 헨리에게 익숙한 한국적 情緖와 慣習 때문일 것이다. 이것이 이 작가의 한국문화에 대한 개인적인 정서라면, 구역질은 무 엇인가? 이 대목이야말로 이 작품이 단순히 미국 내 소수인종으로서 한국인의 정체성 이야기를 하고 있다는 평가를 넘어서게 하는 부분 이다. 헨리가 느낀 구역질의 의미는 다음의 대목에 잘 나타나 있다.

내가 느낀 구역질은 무엇을 의미할까? 나는 그날 밤 앨버트의 방 이층 침대에서 자면서 앨버트와 내가 신생아실에서 간호사의 부주의 로 바뀌었다면, 우리의 삶이 달라졌을까? 어떤 상실감이나 소외감을

---

15) 권택영은 이런 맥락에서 헨리 박이 어느 쪽에도 속하지 못하는 異邦人으로 본 다. 그는 헨리를 파농(Frantz Fanon)이 批判한 바 있는, 黃色 皮膚 위에 白色 마스크를 쓰고 있는 사람에 比喩한다. 헨리는 황색공포와 백색동화를 渴望하는 자신의 無意識을 은연중에 드러내면서 傷處받은 自我를 치유하고 복원해간다. 권택영(2005), 「계몽과 부정성;<마오2>와 <네이티브 스피커>에 나타난 한국 이미지」, 『미국학논집』, 제37집 2호, 14-5.

느꼈을까? 우리 삶과 관련된 엄청난 잘못을 알기나 했을까? 를 고민
하였다. 여기서 잘못이란 무엇일까? 탄생 때 규정된 조건이 거의 개
인의 규정력이 되고, 개인의 의지나 개성조차 그것의 강력한 지배를
받는다는 사실의 인식이다. 개인이란 무엇이며, 각자의 정체성이란 결
국 주어진 조건과 이미 배당된 환경에 의해 지배된다면, 각자의 정체
성이 무슨 의미를 지닐 것인가의 고민인 것이다.16)

한국계인 앨버트와 이야기를 나누는 앨버트의 아버지와 어머니를
보면서 헨리가 구역질을 느낀 것은 그들의 모습이 자기 집에서의 자
신과 부모님의 이상적 모습과 똑 같아 보였기 때문이다. 다시 말해
헨리가 구역질을 느낀 것은 결국 모든 인간이 주어진 조건과 이미
配當된 環境에 의해 支配된다면, 각자의 정체성이 무슨 의미를 지
닐 것인가라는 것 때문이다.

미국인이 된 지금의 헨리에게 그토록 규정적인 한국문화는 무엇인
가? 헨리에게 그것은 무엇보다도 아버지의 존재로 상징된다. 헨리에
게 있어 어머니는 서양에 대한 두려움을 象徵하는 존재라면, 아버지
는 보다 적극적으로 家父長制적 文化와 儒敎的 秩序를 代辯한다.
헨리의 아버지는 불과 단돈 200불과 몇 마디의 영어실력만으로 아내
와 아들을 데리고 미국으로 건너와, 한국식 '契'를 하면서 모은 돈으
로 청과상을 하여 경제적으로 성공하였다. 청소년 시절 헨리는 "나는
아버지의 인생이 모두 돈과 관련 있다"고 생각했다. 아버지는 셰비를
몰고, 그 다음에는 캐디, 그 다음에는 벤츠를 몰아야 한다는 생각을
아들에게 계속해서 强要한다. 헨리에게 아버지는 스스로가 임의로
정한 것을 도무지 바꾸려 하지 않는 難攻不落의 存在로 기억된다.

---

16) 창래 리(2003), 정영목 역, ≪영원한 이방인(native speaker)≫, 나무와 숲, 171.

아버지의 존재는 "論爭과 질문과 다툼을 容納하지 않는 秩序", "진실은 결국 누가 하는 말이냐에 달려 있는 나라, 한국"을 象徵한다.

그러나 아버지라는 상징은 그것 하나로 끝나지 않는다. 아버지는 소규모의 비즈니스 감각은 있어서 청과상을 성공적으로 운영하여 나중에 헨리가 자식들을 키우기에 부족함이 없게 해 주었다. 현재 헨리의 모든 物的 土台는 아버지로부터 온 것이다. 주위의 白人들은 아버지를 "동양의 猶太人"이라고 놀린다. 아버지는 가족을 위해 노새같이 일만하고 자신의 삶을 즐기지 못하며, 사랑 따위의 감정적인 言語를 평생 입 밖에 내보지 못한 분이다. 아버지는 '인생의 모든 것이 가족인 사람', '나의 비천한 주인', '불굴의 노새', '가차 없고 결코 자기연민을 느끼지 않으며 무시무시하고 고집스럽고 세상을 우습게 아는 영웅'이다. 이렇듯 헨리에게 있어 아버지의 존재는 兩價的이다. 헨리는 자신이 아버지의 삶에 대해 가지고 있는 감정은 "곤혹스러운 敬畏와 輕蔑과 敬虔"이라고 표현한다.17) 헨리는 아버지를 생각하면, "그 섬세하고 무시무시한 序列"과 동시에 "황금같이 소중한 자식"이란 말이 동시에 떠오른다고 말한다. 아버지가 암으로 돌아가시기 직전, 병실을 찾은 헨리는 스스로에게 이렇게 말한다.

> 아버지는 이생에서 나이 들어가는 병사 같은 존재로, 땅달막달하고 몸통이 굵은 전사로, 仮借없고 결코 자기 연민을 느끼지 않으며 무시무시하고 고집스럽고 세상을 우습게 아는 영웅으로 보였다. 죽어가는 아버지에게 나는 아버지가 누구인지를 말해주는 거룩하지 못한 판본들 전체를 최종적으로 이야기 해 줌으로써 그의 신념과 삶의 방식과 사업에 대해 꾸짖는다. 그러나 아버지의(가족을 위해 밑거름이 되고자

---

17) Ibid., 99.

한) 일편단심의 결의는 마지막 며칠간에도 아버지를 배신하지 않아, 나의 貧弱한 罵倒를 모두 헤치고 나아가게 해 주었다.[18]

아버지는 '돈만 아는 노인네'라는 헨리의 貧弱한 罵倒를 모두 헤치고 나아가는 존재였다. 愛憎이 交叉하는 對象으로서의 아버지 혹은, 한국은 헨리 자신에게서도 발견된다. 성년에 이른 헨리는 존 강이라는 인물에게서 그의 아버지에게서 느끼지 못한 公的인 存在感을 체험하고 그에 매혹되어 그를 추종하는 세력에 가세한다. 그러던 어느 날 한국식 스탠드 바에서 존 강의 수청을 수락하는 셰리라는 한국인 접대부를 보면서 헨리는 이렇게 술회한다. "셰리는 나처럼, 아버지를, 가장 거룩하고 연약한 동물의 비위를 가능한 맞추려는 나처럼, 존 강의 청을 수락한다."[19]

한국은 그것을 말하는 자의 權威에 의해 그 말의 眞理値가 결정된다. 대개의 경우, 말하는 자의 권위는 가부장제적 序列에 의해 정해진다. 여성의 입장에서 보면, 한국이나, 미국의 주류사회나 가부장적이긴 마찬가지이다. 아직도 한국에서나 미국에서나 여성은 道具的이고 副次的인 存在로 認識되기 때문이다. ≪가족≫에서 한국계 여성인 데이지 한은 이탈리아계인 남편 제리 배틀과의 관계를 견디지 못하고 自殺하였는데, 그녀가 자살한 이유는 지속적인 人權無視와 文化的인 疏外感의 복합적 결과이다. 데이지 한이 죽기 직전 집에 불이 났다. 그 일로 인해 데이지 한은 집에 일주일간 갇힌다. 불이 난 집을 말끔히 치우라는 남편의 지시를 實行에 옮긴 후, 그녀는 남편에 의해 집에 갇힌다. 나중에 제리는 자신이 그때 그녀를

---

18) Ibid., 97.
19) Ibid., 502.

대했던 태도, 즉, 퉁명스런 말투와 人權을 무시하는 태도가 그녀가
동양인으로서 수수께끼 같은 삶을 살면서 감당해야 했던 어떤 것이
었다고 술회한다. 그는 데이지가 그런 허튼 소리들 때문에 일찍 生
을 마감한 것인지도 모른다는 사실을 그제서야 깨닫는다.[20]

(2) '契'로 象徵되는 韓國文化의 溫情美와 허술함

  창래 리 소설에 再現된 한국의 첫 번째 이미지가 家父長制적 權
威와 과도한 秩序意識이라면, 둘째는 '契'가 象徵하는 信賴에 土
台한 相扶相助의 문화를 들 수 있다. ≪네이티브 스피커≫에서 헨
리의 아버지가 미국 땅에서 経濟的 基盤을 잡을 수 있었던 것도
한국적인 '契' 덕분이었다. 단돈 200달러로 아내와 아기를 데리고
渡美한 아버지가 1960년대 중반 맨하탄에서 가게를 열어 자리를 잡
을 수 있었던 것은 韓人 商店主들끼리 한 '契' 덕분이었다. 그 시
절의 아버지는 초창기의 흥분과 희망으로 한인들과도, 남미계 흑인
과도 잘 어울렸다. 헨리는 아버지의 경험 때문인지, 한국인들의 '계'
라는 독특한 共同体文化에 대해서 긍정적이다.

  헨리네 가족에게 생활의 토양을 마련해 준 한국식 '契'는 존 강의
정치자금 모집에도 활용된다. 존 강은 '契'가 불법인지 몰랐다. 그것
은 그에게 끈질기게 남아 있던 하나의 溫情的 体系였고, 虛榮이었
다. 그는 단지 自發的으로 그에게 지혜를 구하러 오는 사람들에게
하나의 출발점을 제공하였을 뿐이라고 생각한다. 작품의 후반에서
헨리는 존 강의 정치자금을 관리하게 되는데, 존 강의 정치후원금은
한국식 契를 통해 모금된 것이다. 존 강의 후원자들은 契에 바탕을

---

20) 창래 리(2005), 정영문 역, ≪가족≫제1권, 랜덤하우스중앙, 2005. 171 - 2.

둔 後援組織을 짜면서 "이것은 가족이야"라고 말한다.[21]

문화의 교훈들이 일시적인 결핍보다 더 강하게 마련이며, 그것이 어떤 개인적인 약점이나 부족한 점도 누를 수 있을 것이라는 생각에 의존하고 있다. 이 아름다운 동시에 무시무시한 점, 이것이 우리가 강의 커다란 돈 모임, 모두를 위한 거대한 계에서 불러내고자 하는 힘이다. 이것이 존의 이야기의 핵심이다. · · ·(중략)· · ·사람들은 존 강에게 보낸 액수보다 많은 것을 돌려받는다. 그들의 요구가 무엇이든 우리는 그들을 가족처럼 대한다. 당신 요구의 살아 있는 형체를 보이면, 우리는 그것에 응한다. 당신이 잃은, 또는 누군가가 훔쳐간, 또는 사기쳐간 피를 알고 싶다. 당신이 세상으로부터 간절히 돌려받고 싶어 하는 그 피를 알고 싶다.[22]

백인 중심의 미국사회에서 한국인들 뿐 아니라 제 3세계 소수인종 출신의 사람들은 존 강의 정치적인 후원자가 되어 한국식 '契'를 통해 그들의 꿈을 키우고, 그들 모두가 가족임을 확인한다. 한국인, 인도인, 베트남인, 하이티인, 콜롬비아인, 나이지리아인으로 이루어진 匿名의 소수인종 출신의 移住民 部隊는 존 강에게서 자신들의 未來를 본다. 사람들은 그에게 자신들의 희망이 되어달라고 後援金을 보낸다. 그러나 주류 사회의 미국인들은 그런 한국인들을 보면서 한국인은 '契'를 통해 不法으로 돈을 깔대기처럼 빨아들인다고 말하고 이를 사법처리한다. 결국 溫情主義와 共同体主義에 토대한 한국식 '契'는 은행제도에 의존하는 미국사회에서 용인되지 못하는 것이었고, 그것이 빌미가 되어 존 강의 政治的 基盤은 危機를 맞게 된다. '계'에 의한 정치자금의 관리는 매우 허술하여, 그로 인해 정

---

21) 창래 리(2003), Op.cit., 459.
22) Ibid., 459.

치자금의 誤濫用과 自願奉仕者와 組織員 간의 不信을 累積시켜 白人 中心의 미국 주류사회의 치밀한 공격 앞에서 존 강의 세력은 敗北한다.

(3) 過去(한국)와 美國(미래), 그 境界人(移民者世代)의 家族主義

≪네이티브 스피커≫에서 헨리는 존 강이 귀국하자 공적인 삶에로의 진출을 접고, 아내 릴리아의 일을 도우며 가족의 품에 安住한다. ≪제스처 라이프≫에서 구로하타는 주위 사람들(주로 백인 미국인)의 눈치를 끝없이 살피는 東洋契 移住民의 제스처뿐인 삶을 살다, 가족의 발견을 통해 새로운 內的 成熟의 계기를 맞게 된다. ≪가족≫에서 작가는 제리 배틀이라는 이탈리아계 이민자 가계의 家族主義를 그린다. 지금가지 발표된 창래 리의 세 작품은 모두 主要話者가 이민자들로 설정되어 있다. 이들은 이들의 과거이자 뿌리인 本鄕으로부터 멀리 떨어져 있으며, 미래인 미국 주류사회로의 編入은 아직 요원한 상태이다. 과거에서 미래로, 한국인에서 미국인으로 나아가는 중간 단계인 이민 1세대 혹은 1.5세대는 그들의 유일한 현실인 가족에 執着한다. 2001년 외교통산부 보고에 따르면, 在外韓人의 數는 세계 151개국에 걸쳐 약 565만명에 이르는데, 이는 한민족 전체 인구 7500만명의 7.5%에 해당한다.[23] 출입국관리국의 統計年鑑을 보면, 2004년 한해 동안 한국을 출입한 내·외국인의 총 연인원 수는 약 3천만명에 육박한다. 이 가운데 외국으로 나가는 인구가 연인원 2천만명에 이르며, 또한 우리나라를 찾은 외국인은 약 575여만명에 이르는데, 이 가운데 32%, 약 160여만명이 최소 6개월 이상 1년간 한국에 滯留하는 것으

---

23) 외교통산부(2001), 『재외동포현황』, 15

로 報道되었다. 入國 外國人 가운데 80만명 이상이 上陸許可者이
다.[24] 産業技術練修生制의 導入으로 한국에 근로자로 오는 外國人
의 數도 날로 增加趨勢에 있다. 이렇듯 다양한 목적으로 국경을 넘는
越境的 人口는 날로 증가추세인데, 이는 비단 한국만의 사정은 아니
다. 가족과 더불어 국경을 넘는 사람들에게 있어 本鄕과 移住地 사이
의 文化的 間隙을 메우려면 世代가 흘러야 한다. 이 때 이민 1세대
는 주로 새로운 이민지에 후손들의 완전한 정착을 위한 犧牲世代가
된다. 주로 移民 1세대와 1.5세대의 이야기를 다루는 창래 리의 작품
들에 있어서 가족이 갖는 의미가 지대한 이유도 여기에 있다.

　≪네이티브 스피커≫에서 이민 1세대인 헨리의 아버지는 '불굴의
노새', '나의 비천한 주인', '인간 鍊金같은 사람'이라는 평가를 들으
면서도 당신 인생을 모두 가족을 위해 접었다. 이민자사회에서 가족은
모든 것에 값한다. ≪제스처 라이프≫에서 하타는 부모가 없는 누군가
에게 따뜻한 가정을 느끼게 해 주고 싶었고, 또 그 존재를 통해 자신
역시 보다 완전한 가정의 일원이 되고자, 서니를 입양하였다. 어려서
부모로부터 버려져 養父母에게 교육받고 帝國의 海軍으로 天皇의
聖戰에 參戰했다 상처만 깊어져, 스스로 제 3국인 미국을 선택하여
이민온 하타는 경제적으로 안정되고 그 지역의 자연스런 인물이 되자,
서니를 入養한 것이다. 그가 진정 원한 것은 '가족'이었다. 서니가 가
출한 뒤 제스처뿐인 삶을 살던 하타는 서니와 서니의 아들 토미를 다
시 만나면서 사랑과 가족의 참뜻을 깨닫는다. 이는 그의 삶의 한 轉換
点이 되어 七旬이 넘은 구로하타는 이제 자신의 필요보다는 他人을
配慮하는 새로운 삶의 境地에 이른다.

---

24) 출입국관리국(2004), 『통계연감』, http;www.moj.go.kr.

≪가족≫에서 나이 오십에 이른 제리 배틀은 얼마 전에 20년을 함께 지내온 여자친구가 자신을 떠나 버린 데다, 아들 잭은 破産 危機에 處해 있다. 딸 테레사는 암 선고를 받았고, 아버지 행크는 양로원을 離脫하는 등, 그는 지금 進退洋亂의 處地이다. 그는 늘 가족 構成員들과의 亂氣流를 予感하여 왔는데, 이제 그것과 정확히 마닥뜨린 것이다. 그는 스스로가 그 난기류를 뚫고 다시 햇빛 속으로 나올 수 있을지 자신이 없다.[25] 그러나 제리는 딸 테레사의 죽음과 외손주 바르뜨의 출생, 아들 잭의 고백 등을 통해 가족의 의미를 다시금 깨달으며, 자신을 省察할 契機를 맞는다. 작품의 末尾에서 제리는 前婦人인 데이지 한의 墓地를 만들어주고, 잭의 破産을 막으려 노력하면서 자신의 여자친구인 리타에게 사랑의 노래를 불러주는데 이는 제리의 변화를 암시한다.

이상에서 살펴본 바와 같이 이창래 작품들은 한국인 이민자를 포함한 국경을 넘은 境界人들이 과거(本鄕)로부터 미래(移住地)로의 越境을 위한 中間道程으로서 가족주의적인 모습을 잘 보여준다. ≪제스처라이프≫의 序文에서 작가는 이렇게 말한다. "많은 것을 잃고 난 뒤, 그러나 우리는 우리에게 남은 것들, 주어진 것들을 누리는 法을 우리의 아이들에게 다시 가르치기 시작할 것"이다.[26] "주어진 것을 누리는 法"에서 주어진 것 가운데 작가가 가장 강조하고 있는 것이 바로 家族인 것이다.

---

25) 창래 리(2005), 정영문 역, ≪가족(aloft)≫, 제1권, 랜덤하우스중앙, 220.
26) 창래 리(2002), 정영목 역, ≪제스처라이프≫, 제1권, 한국어판 서문. 랜덤하우스중앙, 7.

3 다문화 시대에 있어서 이문융합(異文融合)의 길

≪네이티브 스피커≫에서 작가는 헨리의 여자친구인 릴리아가 칠판에다 헨리의 이름을 쓰는 대목에서 헨리의 말을 빌어 "반복되는 내 이름이 다른 모든 것을 가로 지른다"고 말한다. 주인공 헨리는 '박병호'라는 한국인에서 'Henry Park'이라는 미국민이 되었다. 그의 이름은 한국계 미국인인 그의 사회적 正体性을 代辯한다. 부모를 따라 세 살 때 渡美하여 이민 1·5세대인 작가는 한국과 미국문화의 接点의 현실과 異文化의 混種過程 自体의 복잡다단함을 잘 捕捉해낸다. 그의 소설에서 서사적 줄거리가 다소 희미하고,[27] 내용 파악이 쉽지 않은 것은 그가 形象化한 敍事들이 '짐작이 다가 아닌 현실', '짐작과는 다른 현실', '連鎖正体性의 한 고리로서 디아스포라(diaspora)'를 그리기 때문이다.[28] 한마디로 창래 리의 작품들은 異質的인 旋律들이 모여 交響樂이 되는 세계, 原本과 寫本의 區分이 不必要한 社會, 多文化의 濕合이 異文融合의 풍부함이 되는 세계를 보여준다. 이는 호미바바의 混種性(hybridity) 개념과 매우 가깝다.[29] 이주민이 移住國의 文化를 두려움과 경탄의 시선으로 모방의 반복을 통해 배우면서도 本國의 文化를 愛憎이 交叉하는 속

---

27) 창래 리의 소설들은 딱히 중심서사를 해체하는 것도 아니면서 지방분권적인 서사구성을 보이는데 이러한 기법적인 특성 역시, 이문융합, 즉 서로 맥락이 다른 문화적 토대를 지녔지만 자신의 지방적 색채를 지니면서도 모자이크적으로 融合되어 새로운 문양을 만들어내는 독특한 異文融合의 소설적 방식이 아닐까.

28) 이에 대한 자세한 내용은 拙稿(2005), 「≪네이티브 스피커≫를 통해 본 본격소설의 가능성」, 『문학수첩』, 통권 제11호 405 - 430.

29) 호미바바(2002), 나병철 역, 『문화의 위치』, 소명출판사, 17.

에서 指紋처럼 간직하는 이 복잡한 과정은 문화의 교섭이 단순히
移植이 아니라, 말 그대로 交涉하는 混種性의 과정임을 보여준다.

창래 리의 작품에서 한국 이미지는 한국여성과 한국문화를 통해서
주로 形象化되고 있다. 한국여성은 서구문화에 대해 恐怖에 가까운
두려움을 가지고 있지만, 한국인, 한국문화의 品位를 동시에 유지하
려 하며(≪네이티브 스피커≫의 헨리 어머니), 帝國主義와 家父長
制에 희생되지만, 끝내 주체적이고 능동적인 삶의 태도를 견지해 내
거나(≪제스처 라이프≫의 끝애), 남성중심의 지배적인 문화에 온몸
으로 抵抗하다가 죽음에 이른다(≪가족≫의 데이지 한). 한국은 가
부장적인 서열에 의한 권위로 진리가 정해지는 儒敎 文化的 사회
이지만, '契'에 나타난 바처럼, 溫情主義的이며, 그래서 다소 셈에
는 허술한 문화를 가지고 있다. 이민자에게 있어 과거로서의 한국과
미래로서의 移住地에서의 삶을 연결하는 중간 과정은 온통 家族主
義로 채워져 있다.

창래 리의 문제의식이 혼란스럽지만 정직하게 드러나 있는 첫 작
품 ≪네이티브 스피커≫에서 헨리는 더 이상 스파이로 살지 않기
위해서 "原本의 눈치를 보는 것이 아니라 버전(versions)들을 인정하
는"30) 쪽으로 방향을 잡아간다. 이 부분은 작가 창래 리의 認識이
도달한, 이 문제에 관한 일종의 結論을 暗示한다. 소수민족 내부에
자리한 植民性의 克服은 더 이상 人種的, 文化的, 言語的 葛藤
을 一方的 同化나 回避로서의 無化가 아니라, 能動的으로 그 차
이의 아름다움을 스스로가 인정하는 자세에서 시작될 수 있음을 이
작품의 결말은 보여준다. 境界는 사라지는 것이 아니라, 그 자체가

---

30) 권택영(2005), 「啓蒙과 부정성;<마오2>와 <네이티브 스피커>에 나타난 한국
    이미지」, 『미국학논집』, 제37집 2호, 14 - 5.

새로운 抗爭的 磁場을 몇 겹이고 構成해 나갈 것이며, 민족이나 국민은 그러한 자장 속에 增殖해갈 離散的인 네트워크에서 內波되어갈 것이다. 이러한 경계, 정체성의 媒介的이고 抗爭的인 장 속에서 國民 國家的인 公共性으로 回收되지 않을, 좀 더 混種的인 公的 空間은 계속 浮上할 것이다.[31]

---

31) 강상중·요시미슌야, 임성모 역, 「혼성화 사회를 찾아서 - 내셔널리티의 저편으로」, 『당대 비평』, 10호 2000년 봄호 (서울: 삼인, 2000), 228.

5 창래 리 소설의 서사문법
- 혼성적 사회의 서사적 대응

 ## 왜 창래 리 인가?

이 글은 창래 리(Chang - Rae Lee) 소설의 독특한 사사문법을 분석함으로써, 민족과 국가를 경계로 하는 자본주의 시대의 소설과는 다른, 혼성화(hybridization) 사회에의 소설적 대응전략을 탐색해 보려 한다.

글에 앞서, 창래 리 작품이 국문학 분야에서 논의될 수 있는가라는, 예견되는 질문부터 해소하고 넘어가자. 창래 리(Chang - rae Lee)는 약 10년간 3편의 장편소설, ≪네이티브 스피커*Native Speaker*≫(1995), ≪제스처 라이프*Gesture Life*≫(1999), ≪가족*Aloft*≫(2004)을 발표하여 언론의 찬사를 받았고, 권위있는 문학상들을 석권한 한국계 미국인 작가다. 그의 작품들은 영어로 발표되었고, 한국어로 번역 출간되었다. 그러나 필자는 이 사실이 그의 문학을 국문학자가 논할 수 없는 이유는 되지 못한다고 본다. 분명 그의 문학은 한국어문학은 아니다. 아직은 이른 판단일 터이지만, 필자는 이광수 문학, 채만식 문학, 헤밍웨이 문학, 존 타인벡 문학이 있을 뿐, 한국문학이나 미국문학의 내포는 따로 없다고 생각한다.[1] 필자는 언제나 한국문학보다는 문학이 문제라고 생각해왔다.[2] 물론 한국어문학, 일본어문학, 러시아어문학 등, 특정 언어를 표지로 하는 구분은 언제나 있어왔고, 앞으로도 존속할 것이다. 또 필요에 의해 한국문학, 독일문학, 프랑스문학이라는 분류적 범주도 계속 유지될 것이다. 필자가 지적하고 싶은 것은 한국문학, 일본문학, 미국문학이 각각 독립적 영역으로 떨어져 있지 않고 겹치고 포개지는 부분이 생기기 시작했다는 사실이다. 한국에서 한국어로 간행된 한국문학은 4800만의 삶과 현실을 다루지만, 600만에 이르는 재외한인의 존재와 삶의 진실 또한 넓은 의미에서 한국문학이 포괄해 가야할 부분이 되었다. 한국어문학은 아니지만, 한국전(韓國戰)을 형상화한 김은국의 ≪순교자≫를 한국문학에서 논의해 왔듯이, 늘 한국인과 연관된 문제들을 서사화한 창래 리의 작품들도 한국문학에서 논의할 수 있다는 것이 필자의 생각이다. 특히 창래 리의 작품은 주로 미국에 정착한 한국계이주민의 삶을 형상화하고 있다. 다인종 사회의 소수인종의 문제가 지구인의 보

---

1) 물론 아직은 이 같은 단언은 시기상조인 감이 없지 않다. 그러나 종국적으로는 그렇다는 것이다. '한국문학'은 범주개념일 뿐, '이광수 문학'이나 '채만식 문학'처럼 실체가 있는 것은 아니다.

2) 이와 관련하여 작가 창래 리는 서울에서 열린 초청강연회에서 자신의 작품들은 창래 리의 문학일 뿐, 미국문학에 넣거나 한국문학에 넣거나 하려는 구분은 의미가 없는 일이라고 밝힌 바 있다. 서울대 인문학연구소 초청 <작가와의 대화> 행사에서 창래 리는 자신의 소설을 자기의 독특한 체험에서 나온 것인데, 자신의 체험은 그냥 창래 리의 것일뿐이라고 한정했다. 자기와 같이 한국계 미국인이라도 자신의 사촌의 경험은 자신의 것과 전혀 다르다는 것이다. 그는 자신의 이름을 고수하는 것에 대해서도 언급했는데, 자기는 처음부터 이름이 창래 리였고, 미국에 와서 관습의 차이로 창래 리가 되었을 뿐, 스티브나 제임스 등의 이름으로 바꾸어야 할 필요를 느끼지 못했다는 것이다. 창래 리는 자신은 자신일 뿐. 그것을 이민자 일반의 것으로 홀대하지도 말고, 그의 문학을 그냥 창래 리 문학으로 보아달라고 요구했다. 이 부분에서 창래 리의 생각과 필자의 생각이 다소 유사한데, 이에 대해서는 졸고, 「'한국'문학에서 한국'문학'으로 - 한국문학의 지방성 극복 문제에 관한 제언」, 『한국현대문학연구』, 제14집, 2003. 12에서 이미 밝힌 바 있다.

편적인 현실이 되고 있는 오늘날, 그의 보편적 문제의식과 빼어난 문학성까지 담지한 문학을, 그것도 가장 대표적인 혼성적 사회인 미국을 배경으로 한인의 경우를 통해 혼성적 사회에 대한 문제제기를 하고 있는 그의 작품들을, 언어를 이유로 한국문학이 배척한다면, 결과적으로 한국문학의 범주가 지나치게 협소해질 뿐 아니라, 코시안(Kosian), 코메리칸(Komerican)의 문제가 대두되는 현실의 변화추이를 한국문학이 포용하지 못하는 형국이 될 것이다. 한국문학은 이제 한국에서 한국어로 간행된 한국인 작가의 작품을 주축으로 하면서도 그 외연을 재외한인[3]의 문학들로 넓혀갈 필요가 있다.[4] 국경을 넘나드는 월경적 인구의 증가는 많은 나라의 공통적 현상이고, 물리적으로 국경을 넘나들지 않아도 인터넷의 보급으로 국가의 경계를 넘는 문화간 교류는 급격히 증가하고 있다. 외래문화는 아무리 그 힘이 강력할지라도 고유문화와 만나게 될 때 현지 사람들에 의해 수용되

---

[3] 민족 개념으로 접근할 때는 '한인'이라는 표현보다 '조선인'이라는 표현이 더 적합하다고 본다. '한인'이라는 말은 남한출신의 개념으로 제한되는 감이 없지 않은데, 재외한인의 경우, 1920년대 하와이 이민이나 일제하 일본으로 징용갔다 해방 이후로도 그곳에 정착한 사람들, 1960년대 미주지역 이민자 등, 다양한 양태로 해방이전부터, 즉 북쪽 지역 출신의 이주자들도 많이 포함되어 있기 때문이다. 이러한 시각은 재일조선인 사회에서 많이 제기되고 있다. 서경식, 임성모·이규수 역, 『난민과 국민 사이』, 돌베개, 2006. 117 - 120.

[4] 여기서 한국어의 문제는 매우 중요하다. 원래 인간은 언어를 통해서만 사고할 수 있고, 또 인간의 사고는 언어를 통해서만 표현되고 전달될 수 있는데, 어떤 특정 언어의 문법 규칙은 그 언어를 모국어로 삼는 사람들의 정신 속에 내면화되어 잠재적인 앎을 이룰 뿐 아니라, 그 국민의 사고체계 및 사상과도 연관된다. 이는 니스벳에 의해 인지적 차이와 언어적 차이의 유사성이 존재하는 것으로 주장되면서 더욱 강화되는 감이 없지 않다. 이에 대해서는 이경무, 「한국어와 한국사상」, 『철학논총』, 제39집 2005 1제1권, 참조 그럼에도 불구하고 특정 언어를 사용하여 형상적 인식에 이르는 문학은 특정 지역문화라는 개별성의 차원에서 보편성의 차원을 이뤄내는 특수자의 역할을 하는 것이기에 언어, 그 너머의 세계를 구축할 수 있고, 또 전달할 수 있다. 우리가 도스토예프스키 문학에서 받는 감동은 그의 작품이 담지한 러이사적인 특성 때문이 아니며, 그것은 번역의 누수를 감안하고서도 퇴색하지 않는 어떤 보편성의 부분 때문이다.

거나 배제되는 운명을 면할 수는 없다. 즉, 문화의 혼성화5)란 외래 문화의 수용과 배제(reception/rejection)를 통한 변증법적 변화를 통해 이루어진다. 이러한 과정에서 개인은 본향의 문화를 출발점으로 민족을 증명하는 것이 아니라, 자기 삶의 현장인 정착지에서 기존의 문화에 대한 저항과 동화의 변증법적인 과정 속에서 자신의 문화적 정체성을 찾아가고, 또 표현해 낸다. 창래 리 문학은 이런 의미에서 보편성마저 획득한다.

이 글은 창래 리 소설의 기법적 측면을 주로 탐구한다. 필자가 창래 리 소설에 주목하는 근본적인 이유는, 그의 작품들이 우리시대의 보편적 상황을 꿰뚫고 있고, 인간과 세계에 대한 탁월한 통찰을 재현하는 본격소설로서, 내용과 형식의 독특한 어우러짐으로 잊혀져 가는 본격소설의 품위를 환기시키고 있기 때문이다. 광고, 게임, 영화, 인터넷 쇼핑몰, 교육 분야에서까지 내러티브적 요소가 차용되고 있음에도 불구하고, 그것의 원조격인 소설은 어디론가 떠밀려 가는 듯한 오늘날의 현실에서 그의 작품들은 21세기 본격소설의 한 가능성을 열어 보인다. 필자는, 다문화와 다양성을 핵으로 하는 혼성적 사회의 내러티브가 부르조아 시대의 서사시인 전통적 소설의 그것과

---

5) 혼성화(hybridization)는 잡종화라고도 하는데, 요시미순야가 글로벌화의 이름을 쓴 신 우파적 내셔널리즘에 대한 대항 개념으로 사용한 용어이다. 글로벌화는 특정한 장소와 결합된 문화의 동일성을 무너뜨리고 집합적 기억의 망각을 추진하는 힘으로 작용한다. 이때 내셔널 아이덴티티를 재생시키려고 국민의 집합적 기억을 날조해내는, 글로벌화의 이름을 쓴 신우파적 내셔널리즘이 등장한다. 지방적(local) 문화의 핵분열을 촉진시키는 이러한 신 우파적 내셔널리즘에 대항해 혼성화는 고유문화와 외래문화가 뒤섞이는 현상을 말한다. 이는 결과적으로 새로운 하이브리드 문화를 만들어낸다. 외래문화의 현지화 혹은 토착화를 의미하기도 하는 혼성화는 외래문화가 전부 수용되는 것이 아니라 일부는 배제되고 또 일부는 현지 상황에 따라 그 내용이 생략되거나 변형되어 수용되는 것을 의미한다. 강상중·요시미순야, 임성모 역, 「혼성화 사회를 찾아서 - 내셔널리즘의 저편으로」, 『당대비평』, 10호 2000년 봄호 삼인, 2000. 215.

어떻게 다른가, 영상과 결합된 내러티브의 변종들이 번성하는 현실에서 내러티브의 대표격인 소설은 어떻게 포스트모던한 징후를 받아들이면서 스스로를 변모시켜 가는가, 등 새로운 시대의 본격소설의 향방을 성찰하는 데 그의 작품들은 적절한 텍스트가 될 수 있을 것으로 본다.

창래 리 소설에 대한 기왕의 국내 연구는 주로 영문학 전공자들에 의해 이루어졌다. 장경렬, 권택영, 고부응 등의 영문학 전공자들은 주로 창래 리는 소수민족의 이주사(移住史) 가운데 본향과 정착지 간의 언어적·문화적·정치적·경제적 차이에서 오는 갈등과 대립의 문제를 디아스포라(diaspora)의 관점에서 풀어갔음을 지적하였다.6) 창래 리 문학에 대한 국문학쪽 논의는 최원식으로부터 시작된다. 최원식은 창래 리 문학이 지닌, 디아스포라의 의미를 짚어내면서 창래 리 문학이 가지는 복합서사를 일종의 실험적 서사체로 규정하였다. 그는 복합서사란 민족의 경계를 사는 이산자들의 삶의 통일성이 무너진, 해체의 감각에서 근원하고 있다는 매우 중요한 지적을 하였다.7) 필자는 창래 리의 문제의식이 이주민의 정체성 문제에 국

---

6) 장경렬, 「정체성의 위기, 언어의 안과 밖에서 - 창래 리의 <네이티브 스피커> 읽기」, 『문학판』, 2002년 여름.
　　권택영, 「응시로서의 ≪제스처 인생≫ - 창래 리와 라캉의 다문화적 윤리」, 『영어영문학』, 제48권 1호
　　고부응, 「창래 리의 ≪원어민≫ - 비어있는 기표의 정체성」, 『영어영문학』, 제48권 3호, 2002.
　　이 밖에도 창래 리의 문학에 대한 영문학 쪽의 연구성과들로는 다음의 것들이 있다.
　　박수정, 「누가 '네이티브 스피커'인가? - 창래 리의 ≪네이티브 스피커≫에 나타난 인종과 언어의 관계」, 『효원영어영문학』, 22집. 2004,2.
　　구은숙, 「문화/인간 엿보기 - 네이티브 스피커≫에 나타난 인생 스파이로서의 작가」, 『현대 영미소설』, 7. 2000
　　유선모, 『미국소수민족문학의 이해 : 한국편』, 신아사, 2001
　　왕철, 「≪네이티브 스피커≫에서 엿보기의 의미」, 『현대영미소설』3, 1996.

한되지 않는다고 본다.[8] 표면적으로는 그러하나, 그의 작품은 기득권을 둘러싼 다양한 계층 간의 갈등, 인간의 운명을 결정하는 규정력이 개인의 의지나 노력인가, 아니면, 이와 무관한, 생래적으로 타고난 조건이나 신의 관리 영역인가의 문제, 만약 후자가 옳다면 그것을 알게 된 인간이 취할 수 있는 태도는 무엇인가, 등 인간의 본질적인 존재조건에 대한 문제의식을 제시하고 있다. 현대인에게 가족과 본향이 무엇인가도 이 작가의 문학적 주제이다. 대충 훑어보아도 창래 리 문학에 대한 기존의 논의들에는 두 가지 특징이 포착된다. 첫째, 창래 리 문학연구는 주로 내용이나 주제 분석에 치중되어 왔다. 둘째, 뚜렷한 서사론적 분석이 없었음에도 불구하고 모든 연구자들이 한결같이 창래 리 작품의 높은 문학성에 대해서 동의하고 있다. 본고의 출발점은 여기다. 도대체 창래 리 작품들의 서사론적 특징은 무엇이며, 그의 작품들이 구현한 문학성은 어디에서 비롯된 것인지, 그리고 그것이 작품의 주제와 어떻게 연관되는지가 이 글의 문제의식이다. 이 글은 창래 리 소설의 플롯구성과 인물 형상화의 방식을 혼성적 사회의 특징과 연관시켜 파악하고, 이들과 작가의 문제의식의 상관관계를 해명해 보고자 한다.

---

7) 최원식, 「민족문학과 디아스포라 - 해외동포작품을 읽고」, 『창작과 비평』, 제119호 2003년 봄호

8) 졸고, 「≪네이티브 스피커≫를 통해 본 우리시대 본격소설의 가능성」, 『문학수첩』, 2005년 가을호

____, 「<제스처 라이프>에 나타난 숭고미의 교육적 가치」, 『국어국문학』, 제141호, 2005.12.

____, 「창래 리의 <가족>(2004) 연구」, 『국제어문』, 제35호, 2005.12.

____, 「창래 리 소설에 재현된 한국여성과 한국문화」, 『어문연구』, 제129호, 2006.3.

2 창래 리 소설의 특성

1) 이주민의 디아스포라(diaspora)

먼저, 창래 리 작품의 주인공은 이주민들이다. ≪네이티브 스피커≫의 헨리는 한국계 미국인이고, 그의 아내 릴리아는 스코틀랜드계 미국인이다. ≪제스처 라이프≫의 주인공 구로하타는 한국에서 태어나 일본 가정에 입양되었다가 성년이 된 후 미국국적을 취득한 동양계 미국인이다. ≪가족≫의 주인공 제리 베틀은 이탈리아계 미국인이고 그의 전처(前妻)인 데이지 한은 한국계 미국인이며, 그의 사위도 한국계 미국인이다.

이주민은 자의든 타의든, 본향으로부터 이탈된 자들이고, 이주민의 물적 토대는 혼성 혹은 잡종의 사회(hybrid society)이다. 이주민들은 언어로 표상된 기득권층인 '네이티브 스피커'들에게 습합되기를 열망한다. 창래 리 소설의 물적 토대인 미국사회는 국적을 선택해온 자들로 구성된 연방체로서, 태생적으로 이주민사회다. 따라서 '네이티브 스피커'의 대열에 합류를 원하는 이주민들은 먼저 네이티브 스피커가 된 자들과 갈등과 균열을 빚는다. 이러한 갈등과 분열, 낯선 문화에의 적응은 이주민의 조건이 된다. 따라서 이주민들에게 동화와 적응은 선택이 아닌, 생존의 문제라고 할 수 이다. 이주민사회의 특징은 한마디로 개인의 생존원리가 민족과 국가에 앞선다는 사실에 있다.

창래 리의 첫 번째 작품 ≪네이티브 스피커≫의 주인공 헨리는 한국인의 외양을 가졌다는 이유 때문에 그의 아들이 동네아이들에게 놀림을 당하다 어처구니없이 죽는 일을 당한다. 또 그가 추종하는 한국인 출신의 정치가 존 강이 '한국식 계(契)'를 통해 후원자들로부터 정치 후원금을 모집했다가 사법적 처리의 대상이 되어 시장출마가 무산된다. ≪제스처 라이프≫의 구로하타는 동양계 미국 노인인데, 미국 내 주류사회에 습합되기 위해 숨소리를 낮추고 그야말로 '제스처로서의 라이프'를 살아간다. ≪가족≫에서 한국계 미국인 여성인 데이지 한은 이탈리아계 미국인인 제리 베틀과의 결혼생활에서 소위 '사이공 신드롬'이라는, 백인 남성의 동양여성에 대한 성적 판타지 속에 갇혀 힘든 삶을 살다 끝내 자살한다.

이주민 사회에서는 어떤 사람을 평가할 때 그의 피부색과 그가 사용하는 말이 무엇인지라는, 가리고 덮거나 도저히 지울 수 없는 외적 표지들로 그를 먼저 평가한다. 일테면, '메무리코가 멋진 흰 남미계 여자', '키가 크고 일본적 억양을 사용하는 동양계 남자'라는 식이다. 그 사람에 대한 사회적 구분이나 대접은 이에 따라 일차적으로 결정된다. 이주민들은 본향을 떠났음에도 본향은 그들의 삶에 있어서 1차적인 규정력이 되는 것이다. 민족이나 국가의 보호막 속에 있지 않는 존재들인 이주민에게 오히려 있지도 않은 민족이나 국가는 그 흔적만으로 그들의 운명에 치명적인 역할을 하는 아이러니 속에 그들이 있다. 이런 아이러니 속에서 매순간 생업에 종사하고 아이들을 키워가는 삶은 이들에게 의지나 노력으로 극복할 수 없는, 어떤 견고한 장벽이 삶에 존재함을 일상적으로 체험한다. 본향으로부터의 이탈로, 언어적·문화적 해체를 이미 체험한 이주민들은 새로운 정착지에서 또다시 삶의 인과적 진행을 가로막는 '단절'을 체험케 되는 것이다.

인간은 누구나 '자기 집'에 머물고자 하는 본능의 존재인데, 본향,

혹은 자기 집의 상실은 떠나온 곳에 대한 향수와 새로운 곳에의 적응을 남긴다. 향수는 원래 不在로 인한 고통인데, 그 부재가 생존의 적응을 끊임없이 가로 막고 나선다. 디아스포라란 일차적으로는 본향으로부터의 일탈을 의미하지만, 이주민에게서 그것은 삶의 축적적 형성, 즉 일상의 노력과 선택들로 하나하나 쌓아가고 발전을 도모해 가는 삶이 어느 날 인과성을 무시한 채 하루아침에 무너져 버리는 국면의 존재, 그 속에서 살아가는 자의 일상적 불안상태를 의미하기도 한다. 열심히 일하여 안정적일 만하면 다른 얼굴색을 가진 강도의 총에 맞아 죽거나 많은 것을 잃는 한국출신 수퍼마켙 주인들의 불안이 디아스포라의 핵심이다.

'디아스포라(diaspora)'라는 말은 원래 그리스어로 "흩어진 사람들"을 뜻한다. 팔레스타인을 떠나 온 세계에 흩어져 살면서 유대교의 규범과 생활 관습을 유지하는 유대인을 이르던 말이다. 이들은 흩어졌기에 통일되고 분명한 것과는 다른 삶을 산다. 하나로 꿰어지는 삶, 연속적 삶, 인과적으로 통일된 삶, 하루하루 이루어 나가고 쌓아가는 삶이 아닌 삶이 이주민의 디아스포라를 구성한다. ≪네이티브 스피커≫의 헨리 아들의 죽음, 존 강의 시장출마 무산, ≪제스처 라이프≫의 구로하타의 삶, ≪가족≫의 데이지 한의 비극적 삶이 그러하다.

2) 희미하고도 불연속적인 플롯

창래 리의 소설은 플롯이 매우 불투명한 것이 특징이다. 이는 등장인물의 디아스포라와도 연관된다. ≪네이티브 스피커≫의 헨리 박(Henry Park)은 정체성의 혼란에 빠져 있다. 자신이 누구인지, 어떻게 살아야 할지를 도무지 알 수가 없다. 혼란의 이유는 아들의 죽음과 아내와의 결별, 남의 신상을 뒷조사하는 스파이라는 직업의 문제, 이 모두와 연관되어 있다. "돌아서지만 벗어나지는 않는다. 혼란스러워 과거를 읽고, 또 읽지만, 아직은 어둠"이라는 에피그라프로 사용된 월트 휘트먼의 시는 헨리의 정체성 혼란을 의미한다. 혼란은 그의 정체성을 스스로가 점검하고, 새롭게 구성하는 계기가 되고, 이주민의 정체성 탐구는 이 작품의 주제가 된다.

작품의 줄거리는 두 가지 이야기로 구성된다. 하나는 헨리의 가족 이야기, 다른 하나는 헨리의 일 이야기다. 얼마 전, 헨리의 하나뿐인 7살짜리 아들 밋(Mitt)이 죽었다. 이후, 10년을 함께한 아내 릴리아(Lelia)가 그의 곁을 떠났다. 일찍 어머니를 여읜 그는 최근 아버지마저 잃었다. 그의 아버지는 한국인으로, 헨리가 아주 어렸을 때 미국에 이민 와서 청과상으로 자수성가한 사람이다. 어머니를 잃은 후, 당신의 모든 즐거움과 결별한 채, 청과상에만 매달려 헨리를 키워온 아버지는 '노새같이' 일만 했을 뿐, 공적인 삶은 살지 못했다.

헨리의 직업은 스파이다. 그는 남의 신상을 뒷조사한다. 그의 업무는 CIA보다 더한 데 구체적으로 그는 개인의 비밀정보를 캐내 리포팅하는 일을 한다. 다국적 기업, 외국정부 부처, 재력과 연줄이 있는 개인, 우익 단체 등이 그의 고객들이다. 고객은 언제나 베일에 가려 있고, 헨리는 직속 관리자만 사무실에서 만난다. 헨리는 미국 내 기득권 계층의 안위를 위협하는 인물들, 즉 고국의 반란세력을 후원하는 이민자들, 노조나 급진적 학생조직에 자금을 대는 부유한 인물들, 양심적 작가나 국적을 버린 예술가들 등을 뒷조사하되, 배경조사, 심리평가, 일일활동 점검표 등, 그들의 일거수일투족을 면밀히 캐내어 작성한 방대한 보고서를 꾸민다. 원래 헨리의 꿈은 소설을 쓰는 것이었다. 헨리는 일이 부여되면, 목표물에 다가가기 위해 음모를 꾸미고 전설을 만든다. 즉, 나름의 서사(허구)를 만들어 자신의 가짜 정체성을 덧입음으로써 자신의 스파이로서의 진짜 정체성을 숨긴다. 헨리의 직장 <글루머 앤드 컴퍼니>의 직속상관인 호글랜드는 외부로 노출된 이 회사의 최종심급이다. 호글랜드는 자신의 일을 '문화배차계'라 표현한다. 문화적 조율을 위해 다른 인종이나 국가 출신 가운데, 미국 내에서 활약이나 영향력이 현격한 인물들의 뒤를 캐어 그들의 동향을 관리하는 것이 문화의 재배치라는 것이다. 갈색과 흰색과 노란색의 꽃이 적절히 어우러진 꽃꽂이처럼 그들을 조율한다.

헨리는 존 강(John Kwang)[9]의 뒷조사를 하던 중, 점점 그에게 더 빠져들어 그의 후원자들의 후원금을 관리하는 일까지 맡게 된다. 헨리는, 한국계 미국인으로서 사업에도 성공하고 미국 내 소수인종의 희망으로 떠올라 급기야 뉴욕시장출마를 준비하기에 이른 존 강에게서 공적인 아버지의 면모를 보았다. 존 강은 이민자 사회의 새로운 가능성이었다. 헨리에게 존 강의 뒤를 캐라고 지시한 사람들은 존 강의 경쟁자인 백인 출신의 데 루스라는 現 뉴욕시장이 차기에도 당선되기를 원하는 사람들일 개연성이 크다. 헨리가 아들의 죽음, 아내와의 결별, 아버지의 죽음 등으로 혼란을 겪는 사이, 그는 어느새 존 강의 일에 깊숙이 연루되고 있었다.

그러던 어느 날, 존 강의 선거사무실에 폭탄테러가 자행되고, 존 강 진영의 자원봉사자와 청소부가 사망하는 사고가 발생한다. 이어 존 강측의 선거사무실에서 한국식 契를 통해 정치후원금을 모집한 일이 불법으로 간주되어 사법처리의 대상이 된다. 또한 존 강의 정치

---

9) John Kwang을 '존 쾅'이나 '존 꽝'으로 표지한 번역도 있으나, 그가 한국인으로서 미국에 이주해온 사람이므로 '존 강'으로 번역하는 것이 더 적절하다고 판단되어, 이 글에서는 '존 강'으로 표기한다. '존 쾅'이나 '존 꽝'은 왠지 중국계나 베트남계 같은 느낌이 든다.

후원금 관리에 누수가 발각되고, 때마침 존 강의 한국계 접대부와의 추한 소문들이 확인된다. 존 강 진영은 끝내 선거 직전에 괴멸된다. 존 강은 본국인 한국으로 추방된다.

사실 ≪네이티브 스피커≫는 이렇게 단순히 정리될 수 있는 서사가 아니다. 플롯이 매우 복잡한 실타래처럼 얽혀 있어 그 줄거리를 찾아내기가 매우 힘들다. 그러나 엉성하게나마 작품의 줄거리를 말한 이유는 서사의 주요 결절점마다 구멍이 있음을 설명하기 위함이다. 예컨대, 주인공 헨리 아들의 죽음은 그 아들이 한국인의 얼굴을 하고 있어 이를 백인 아이들이 놀렸기 때문과 무관하지 않다. 그러나 아들의 죽음은 명백히 단순 사고사의 결과기도 했다. 밋을 놀리던 아이들은 헨리와 헨리 아버지가 그 아이들의 부모에게 항의한 후, 밋을 놀리는 일을 반성하고 밋과 친구가 되어 어울려 놀기 시작한다. 사고는 그 이후에 발생한다. 밋은 분명 자신을 놀리던 백인 아이들과 장난을 치다가 어처구니없는 사고로 죽었다. 아들이 죽은 한참 후, 릴리아는 헨리를 떠난다. 릴리아와의 결별과 아들의 죽음이 어떤 연관이 있는지, 왜 릴리아는 헨리를 떠났는지, 작가는 헨리를 통해서도 릴리아를 통해서도 설명하지 않는다. 또 어느 순간 그녀는 다시 헨리 곁으로 돌아오는데, 그것이 그녀의 어떤 심경의 변화 때문인지 작가는 독자들에게 설명하지 않는다. 헨리도, 릴리아도 기실 그 이유를 명확히 알지 못하는 것으로 그려져 있다.

일과 관련된 부분에서는, 헨리가 존 강 선거사무실의 중책을 맡아, 그의 시장 출마 준비를 돕다가, 후원금 모금과 관리문제로 그의 선거캠프가 와해될 때, 헨리 자신이 존 강의 몰락에 어떻게 구체적으로 개입되었는지를 작가는 명확히 제시하지 않는다. 얼굴색이 다른 이민자들이 먹고사는 생업과 불안한 삶의 안위를 위해 교회에 매달려 세월을 보내는 사이, 학문과 사업과 성품 등에서 탄탄한 기반을 쌓아 어느 새 '노던 블러바드'의 희망으로 떠오른 존 강에게서 헨리는 이민자들의 목소리를 대변할 공적 삶의 가능성을 보았는데, 그런 그가 왜 존 강을 배신(?)한 것일까?

작가는 서사의 가장 중요한 부분들을 희미하게 처리하고 있다. 이 부분이 창래 리 서사의 독특함이다. 중요한 것은 이러한 서사처리가 매우 의도적으로 보인다는 사실이다. 필자는 이 부분을 작가가 우리의 삶이 인과적 고리로 연결되어 있는 듯 보이나, 실은 불연속적인 단절들의 연속일 뿐이라는 사실을 서사문법으로 웅변한 것으로 해석한다. 이전의 사건과 다음의 사건은 서로 인과적 고리로 연결되어 있는 듯하나, 인간의 행동이나 선택은 뒤에 오는 일의 원인이 되지 못한다는 것, 앞의 일이 혹시라도 뒤에 오는 일에 어떤 영향을 미쳤다면, 그것이 무엇인지를 정확히 말할 수 없다는 것, 원래 삶은 설명되어지지 않는 부분에 의해 추동된다는 것, 인간의 삶에서 선명한 것은 아무것도 없다는 것을 작가는 서사문법으로 전하고 있다.

이러한 인식은 그의 두 번째 작품 《제스처 라이프》에서도 확인된다. 한국인 갖바치와 넝마주의의 외아들로 태어나, 일본인 부부에게 입양되어 일제국의 해군으로 태평양 전쟁에 참전한 구로하타는 버마 랑군에서 한국인 종군위안부 끝애를 만나 사랑하게 되나, 그녀를 구원하지도 자신을 구원하지도 못하고 그녀를 죽음에 이르게 한 채, 전쟁을 마친다. 이후 미국을 선택하여 스스로 새로운 국적을 취득한 하타는 미국의 조용한 소도시에 정착하여 의료기기상을 운영하며 제스처로서의 삶을 산다. 그는 결혼도 않고 혼자 조용히 안주하여, 교양있는 동양계 노인이자, 늘 예의바르고 따뜻한 성품의 이웃으로서 마을의 풍경 속에 자연스러운 부분으로 습합되고자 한다.

　그런 하타의 삶에 작은 변화가 생긴 것은 자신이 입양했던 딸 서니가 가출 십수 년만에 하타가 사는 마을에 다시 나타났기 때문이다. 서니는 아들을 데리고 혼자 힘겹게 살아가는 삼십대의 single mom이 되어 있었다. 하타는 본인도 입양아로서 살았고, 또 종군위안부이자 연인이었던 조선처녀 끝애를 지켜내지 못한 자괴감에 시달리다가, 누군가에게 따뜻한 가정을 만들어주고 싶다는 열망을 갖게 되어 결혼도 하지 않은 상태에서 한국으로부터 서니를 입양하여 정성껏 키웠다. 서니가 사춘기 무렵 아빠 혼자로는 부족한 듯하여 서니에게 좋은 엄마를 만들어 주고자, 차분하면서도 따뜻한 이웃인 메리번즈와의 결혼을 추진한 적도 있었으나, 실패하였고, 이후 하타와 서니의 불화는 깊어갔다. 하타는 서니가 피아노를 배울 것을 종용하고, 서니는 서른도 넘은 백인 남자와 흑인 남자들과 어울려 춤추고 술 마시는 것을 즐긴다. 열여섯 나이의 서니가 임신한 것을 알게 된 하타는 서니의 동의도 없이 서니를 자신의 친구인 의사에게 데려가 수술을 시킨다. 서니는 그 일 이후 가출했다. 하타는 한 아이의 엄마가 되어 작은 쇼핑몰에서 판매원으로 일하는 서니를 회한에 싸여 만난다. 이를 계기로 칠십대 노인인 하타는 무엇이 자신을 현재에 이르게 했는지를 돌아본다. 서른도 훨씬 넘은 서니는 자신이 열여섯에 만나 사랑한 남자를 지금도 그리워하고 있고, 그의 아이를 잃은 일을 지금도 슬퍼하고 있다. 이를 본 하타는 가슴이 무너진다. 서니는 아빠가 자신을 오해한 그 시절, 혼음도, 마약도 하지 않았으며, 그냥 나이 차이가 좀 나는 한 남자를 사랑한 것뿐이었다고 말한다. 서니는 그 시절 자신이 하타를 오해했음도 고백한다. 서니는 하타가 자기를 입양한 것이 하타 자신의 결락감을 채우기 위한 것이었으며, 끝애와의 일로 인한, 한국여성에 대한 못다한 사랑과 부채감 해소를 위한 것으로 생각했었노라고 고백한다. 하타가 원한 것은 그저 동양여아였지 특정인 서니는 아니었지 않느냐고, 그 사실이 서니 자신에겐 더할 수 없는 상처였다고 말한다. 서니는 다른 누군가(한국여아이기만 하면 되는)로 대체가 가능한 존재였던 것이다. 서니의 말을 듣고 하타는 이러저러한 딸이 있어 자신의 불안정하고 외롭고 언제나 부자연스런 삶이 보다 자연스럽고 따뜻한 그림이 되길 원했던 것은 아니었을까 스스로에게 묻는다. 하타는 자신이 일본인 양부모에게 감사하다는 말은 하였지만 끝내 사랑한다는 소리가 입 밖으로 말이 되어 나오질 않았던 일을 회상한다. 서니의 문제는 곧 하타의 문제였던 것이다. 하타와 서니와의 화해는 서니의 아들을 통해서 가능해진다. 하타는 서니의 아들을 보는 순간, 그 작은 아이의 손을 잡는 순간, 설명할 수 없는 사랑과 충족감을 느낀다. 그에게 용서와 화해의 마음은 그렇게 예기치 않은 순간에 예기치 못한 방식으로 찾아온다.

하타의 삶은 자신의 의지로 선택한 것이 아닌 일들, 즉 현재 동양인인 자신을 범상하게 대해주는 이웃들을 만난 일, 한국의 가난한 갖바치의 아들로 태어나 일본 약제상 부부의 아들로 입양된 일, 해군으로 태평양 전쟁에 참가한 일, 거기서 끝애를 만난 일, 끝애의 죽음에 속수무책일 수 밖에 없었던 일 등, 그의 삶의 행로는 설명되어 질 수 없는 힘에 이끌려 여기에 이른 것이지, 자신의 과거의 행위가 이후에 영향을 미쳐, 또는 원인이 되어 결과로서 현재에 이른 것은 아님을 깨닫는다. 그의 의지가 개입된 행위들은 언제나 진행이 순탄치 못하였다. 세 여성과의 서로 다른 사랑이 그러했다. 끝애, 서니, 메리번즈와의 사랑이 모두 그에게 좌절과 상처와 절망만을 안겨주었고, 또 세 여성에게도 그러했다. 결국 하타의 삶은 자신의 생각을 훌쩍 뛰어넘는 곳에서 플롯이 짜여감을 느낀다. 창래 리 소설에서 인과적 고리가 불분명하고, 흐릿한 플롯의 구조는 결국 이를 드러내기 위한 장치인 것이다. 작가는 하타의 삶을 통해 인간의 삶 속에 내재한 비인과적인 부분을 드러내고 있는 것이다. 어쩌면 그 비인과적 부분들이 개인의 삶에서 결정적인 역할을 하는지도 모른다는 것이 작가의 인식인 것이다.

창래 리의 소설들이 이주민의 삶을 다루면서도 인간 일반의 보편적인 서사로 비월하는 것은 이 때문이다. 그는 인간의 삶 속에 내재된 단절을 플롯의 희미함과 불연속성으로 부각시킨다. 이로써 작가는 전통적 서사체가 지닌 시간성에 대한 새로운 이해를 제시한다. 원래 역사와 문학 등, 모든 서술형태는 인간의 시간에 대한 인식을 담는다. 예컨대 역사는 실제 일어났던 일을 재현하고 문학은 일어날 수 있는 일을 형상화한다. 역사가 실제 일어났던 일을 재현한다고는 하지만 그대로를 되풀이할 수는 없다. 마치 그렇게 일어났던 것처럼 그려 보일 뿐이다. 실재 역사가 아니라, 이야기된 역사에는 역사적 상상력이 개입된다. 다시 말해 역사는 허구의 방식을 빌린다. 그러나 단순히 빌리는 것이 아니라 역사의 재현적 기능, 즉 과거를 기억하면서 생길 수 있는 역사의 빈틈을 메운다. 빈틈을 메움으로써 역사는 실재 역사의 기록이 아니라, 실재에 대한 일종의 비유가 되는데, 이 비유의 양식을 통해 감성을 자극함으로써 역사는 사람들에게 기억된다. 실증적인 것, 즉 실제 역사(history)로서 낱낱의 사실은 쉽게 기억되지 않고 잊혀진다. 인간의 기억의 구조는 본질적으로 이야기적이기 때문이다.

역사에 비해 허구(문학)는 현실로부터 거리를 갖는다. 허구라는 사실 자체에 이미 거리는 내포되어 있다. 하지만 허구적 사건들을 마치 일어난 듯이 그려 보임으로써 실재의 환상을 불러일으킨다는 점에서 허구는 또한 역사를 모방한다. 허구의 사실임직함과 역사적 과거의 잠재성은 그처럼 심충적으로 유사하다. 실제 일어났던 일을 허구적 상상력으로 생생하게 그려보고, 실제 일어나지 않았던 일을 역사적 상상력으로 마치 일어났던 것처럼 그려봄으로써 인간의 시간은 태어난다.10) 인간 밖의 문제인 우주적 시간이나, 시계적 시간이 아니라, 인간의 시간이 탄생하는 것이다. 이야기가 아니고는, 서술을 통하지 않고서는 인간은 인간의 시간을 말할 수 없다.

이런 맥락에서 허구인 소설의 플롯은 통일성을 근간으로 삼음으로써, 인간이 삶이나 세계를 처음 - 중간 - 끝의 통일적이고 인과적인 틀 속에서 이해하는 데 이용되었다. 소설은 현실 속의 한 부분을 떼어 내어 인과적 순차성에 따라 재배열하고, 시작 - 중간 - 끝의 완결성을 추구한 이야기이다. 실제 현실 세계 속에 존재하는 수많은 불일치나 합리를 초월한 부분들, 혹은 인과적 고리의 틈은 인간을 당혹시키고 공포에 몰아넣는다. 인간은 인간의 운명를 좌우하는 거대한 섭리나 초월적 존재 앞에서 한없이 왜소해지고, 인과적 고리의 단절에 직면하면 혼란을 겪는다. 이럴 때 세계는 인간의 이해의 장 저 밖으로 날아가 버린다. 현실과 세계가 일치로 이루어져 있지 않을 때, 인간의 삶은 통제 불가능한 것이 되고, 세계는 공포의 대상이 된다. 삶의 불일치들을 이해하기 위한 노력의 산물로서 소설은 꽉 짜여진 플롯을 통해 삶 속에 내재된 인과성의 고리를 찾는다. 작가는 허구 속에서 인과성을 충실히 실현시킴으로써, 내러티브를 구성하고, 이를 통해 삶과 세계를 해독해 왔다.

루카치는 그리스 예술의 완결성은 그리스 정신과 세계의 총체성

---

10) 폴 리꾀르, 김한식 역, 『이야기와 시간Ⅲ』, 제2장 5절, 참조 문학과 지성사, 2004.
351 - 371.

을 본질적 형식으로 옮겨놓은 것이나, 부르조아 시대의 서사시인 소설은 창조된 총체성을 지닌다고 말했다.[11] 그러나 언어와 문화, 물적 토대로서의 본향에서 이탈함으로써 세계의 단절과 해체를 체험한 이주민문학에는 그러한 '창조된 총체성'이 존재하지 않는다. 이런 의미에서 창래 리 소설은 전통적인 소설과는 다른 서사문법을 보인다. 균열이 균열인 채로, 불분명함은 불분명함인 채로 재현되고 있음은 이 때문이다. 플롯의 희미함이나, 그 속에 존재하는 단절들은 혼돈의 형식으로 나타나는데, 이는 해체되어 불안정한 삶의 외현적 발현태이다. 창래 리 소설은 삶의 인과적 연결들 사이에 내재한 미세한 틈새와 단절들을 보여준다. 서사의 해체를 통해 삶이 통일적이며 완결된 이야기처럼 설명되어질 수 없음을 보여준다.

≪네이티브 스피커≫에는 중심뼈대를 이루는 메인 서사가 뚜렷이 없고, 고구마 줄기처럼 중심이 따로 없는 다수의 사건들이 실타래처럼 얽혀, 희미한 그림을 이루면서 마치 다인종, 다문화의 혼성적 현실의 은유인 듯, 서사가 복잡하고도 불분명하게 제시되어 있다. 이것은 택시강도를 만났을 때 살려달라는 말조차 40여개 국어로 말할 수 있어야 무사할 가능성이 있는 혼성적 도시 뉴욕에 살고 있는 이주민들의 현실과도 상응한다. 언어와 문화, 인종과 계층이 얽힌 사회에 사는 이주민들은 인과적 고리를 찾아 자신의 삶을 통일적으로 이해하려는 노력이 쉽사리 실현될 수 없는 현실에 산다. 실제 현실은 인과적 고리, 그 너머에서 운행되기도 하고, 삶은 그 고리에 대해 침묵하기도 한다. 자신의 노력이나 의지로 극복할 수 없는 삶의 단절과 벽이 있음을 이들은 매순간 체험한다. 또한 자신의 울타리가

---

11) 루카치, 반성완 역,『소설의 이론』, 심설당, 1985. 46 - 51.

되지 못하고, 삶의 터전이 되지 못하는 민족과 국가가 매순간 이마에 붙은 인장이 되어 그들의 삶을 압박한다. 이러한 이주민의 현실을 그릴 때, 작가가 섣부른 인식이나 해석으로 그 삶의 인과성을 찾아 불일치의 틈을 억지로 일치로 메우려 한다면, 그것은 리얼리티와 상충할 것이다. 창래 리는 전통적 서사의 통일성이 무너진 사회, 즉 혼성적 사회의 불안을 서사의 불연속성을 통해, 플롯의 희미함을 통해, 불안인 채로 그대로 드러낸다. 그는 단절과 장벽을 매순간 체험하는 이주민의 삶에 위안이 그리 많지 않음을 불연속적인 서사문법으로 말하고 있는 것이다.

3) 다중적 인물의 구성적 정체성

≪네이티브 스피커≫, ≪제스처 라이프≫, ≪가족≫의 공통적인 특징은 등장인물들의 개성적인 성격화이다. ≪네이티브 스피커≫의 예를 들면, 헨리 박이나 그의 아내 릴리아, 그의 아버지와 어머니, 닥터 루잔과 존 강, 그리고 호글랜드에 이르기까지 각자 다른 개성의 소유자임이 선명히 드러나 있다. 다음의 단락은 ≪네이티브 스피커≫의 주인공인 헨리의 지나치게 조심성이 많은, 소극적 성격이 잘 나타나는 대목이다.

"나는 늘 초대받은 곳, 아니면 초대 없이 가도 환영을 받을 수 있는 곳만 찾아다녔다. 나는 어렸을 때 그쪽에서 먼저 나에게 접근하기 전에는 어떤 학교 클럽이나 조직에도 들어가지 않았다. 나는 미리 계획되지 않았으면 친구 집에서 먹거나 자려 하지 않았다. 나는 누구도 내게 관대할 것이라거나, 어떤 식으로든 도움을 주려 한다고 절대 가정하지 않았다. 내가 무슨 선한 일을 하더라도 승인이나 재가를 기대하는 것이 나의 권리라고 생각한 적이 없다. 아버지는 늘 나에게 아버지도 세상도 나에게 1페니도, 한 번의 기도도 빚진 적이 없다고 강조했지만, 그래도 나에게 페니는 수도 없이 남겨 주었고, 기도 역시 시끄럽게 메아리칠 정도로 남겨 주었다. 따라서 나를 마음대로 불러라. 동화된 아첨꾼. 순종하는 외국인 얼굴의 소년. 나는 예전부터 당신이 말하거나 상상할 수 있는 모든 것이었으며, 늘 두려워하고 원한을 품고 슬퍼하는 신입자의 모든 변형이었다."(271 - 2, 강조는 인용자)

그는 누런 얼굴색과 가부장적인 문화, 같은 영어를 말해도 어쩔 수 없는 미세한 발음의 차이 등이 인장처럼 이마에 붙어 있는 삶을 산다. 다툼이 생기면 일반적으로 "그쪽 아이들(백인들)한테 유리한 쪽으로 흘러감"이 늘 감지되는 삶. "언어에는 방패가 있고 우리로서는 공평하게 싸울 수단이 없"음을 늘 의식하는 삶(403). 그 속에서 자란 헨리는 "언제나 자기 자신의 말에 귀를 기울이는 사람", "자신만의 한 장소에 살면서 원할 때마다 반걸음씩 내딛는 인간", "적당할 때 존재하면서도 자신을 누르고 不在로 존재하는 인간"으로 성격화된다. 그는 또한 "자신의 동화주의적 모습에 대한 분노"로 늘 부대낀다.

한편, 그의 상사인 호글랜드는 "결코 문을 두드리는 법이 없이 불쑥 남들 뒤에서 나타나는 사람", "우리가 볼 수 없는 각도에서 다가오는 사람", "인간 먹구름" 등으로 그려져 있고, 잭은 "몸짓에 뭔가 어울리지 않는 면이 있는 인물"로, 마치 "삽화가 그려진 텍스트에서 표정이나 몸짓을 배운 것 같은 사람"으로 묘사되어 있다. 이렇듯 창래 리의 인물들은 각자의 개성에 따라 생생하게 살아있는 인물로 성격화되어 있다.

이들은 또한 긍정적인 인물과 부정적인 인물로 쉽게 양분되지 않는 특성을 보인다. 존 강은 이웃들에게 존경과 신뢰를 이끌어낸 인물이지만, 가정에서는 아내 메이를 괴롭히는 가부장적 남편이며, 가끔 메이를 구타하기도 하고, 아들에게는 권위를 앞세우는 아버지이기도 하다. 릴리아가 좋아하는 잭은 키프로스에서 자기를 지키던 사람을 살해한 적이 있는 냉혈한인데, 오초아 - 페레스 부인을 유혹하기도 하며, 아내인 소피가 아플 때, 지극한 정성으로 그녀를 돌본 애처가이기도 하다. 또한 작가는 "아무리 똑똑해도 누구도 온 세상을 볼만큼 똑똑할 수는 없다는 것"을 늘 의식적으로 드러내는 식으로 인물을 구성한다. 인간은 각각의 관계망 속에서 자신이 볼 수 있는 것만을 볼 수 있을 뿐임을 작가는 서술의 관점을 교차시키지 않고도 보여준다.

≪네이티브 스피커≫에서 서술하는 화자는 헨리이지만, 작가는 릴리아나 다른 사람의 관점을 헨리의 입장에서가 아닌, 각자의 입장에서 기술하는 방법을 개발하여 그들의 내면을 직접 보여준다. 예컨대, 헨리의 아버지가 돌아가신 후, 릴리아가 헨리 아버지의 유물들을 정리하는 부분에서 작가는 릴리아가 쓴 이야기라고 능청을 떨면서 릴리아의 소회를 이렇게 간접적이면서도 직접적인 방식으로 전한다.

시아버지가 죽은 뒤 그의 집을 정리하는 여자의 이야기였다. 그녀는 시아버지의 소유물과 재산을 처리하면서 자신의 상상력에만 의존하여 가질 것과 버릴 것을 분류한다. 그녀는 집 안을 돌아다니다가 시아버지의 소유물 가운데 실제로 개인적인 것, 내밀한 것이 거의 없다는 사실을 깨닫는다. 그녀는 마치 공동 소유의 방갈로, 이상하게도 아무도 점유한 것 같지 않은 집의 물건들을 걸러 내는 듯한 느낌을 받는다. 그녀는 계속해서 궁금해 한다. 이 죽은 이민자가 위층 복도에 걸어 놓은 평범한 사과 정물화를 두 번 본 일이 있을까? 화장실 수조 위에 올려놓은 장미 꽃다발을 다시 만져 본 일이 있을까? 그의 옷장 - 일을 쉬는 날 사들이곤 했지만 한 번도 입거나 신은 적이 없는 양복이나 구두로 가득 차 있었다 - 안의 수많은 옷들을 편안하게 입어 본 일이 있을까? 그의 인간적 존재를 말해주는 몇 가지 이야기도 있다. 여자는 그의 침실에서 노란색 낡은 레인코트로 짙은 색 양말과 속옷을 조심스럽게 싼다. 침대 옆 탁자 서랍에서 1978년 4월에 나온 포르노 잡지 한 권, 그리고 낱개 콘돔 몇 개를 발견한다. 그녀는 칫솔 냄새를 맡아 본다 - 페퍼민트와 먼지 냄새. 그녀는 다락방의 구두 상자 안에서 고무줄로 묶은 벽돌 크기의 20달러짜리 뭉치를 발견한다. 아마 청과상을 하던 초기에 국세청의 눈을 피해 미래를 위해 감추어 두었던 돈, 오래전에 잊어버렸고 또 그 이후로 한 번도 필요하지 않았던 돈일 것이다. 그녀는 시아버지의 책상에서 줄이 쳐진 공책에서 뜯어낸 색 바랜 종이 몇 장을 발견한다. 거기에는 아버지가 정하기는 했으나 한 번도 사용한 적이 없는 미국식 이름(내가 그녀에게 말해 준 적이 있다)이 빽빽이 적혀 있다. 조지 워싱턴 박. 아버지는 서명하는 연습을 하고 있었다. 이어 여자의 의식은 죽은 아버지로부터 집에 없는 아들, 그녀의 남편에게로 옮겨간다. 그녀는 궁금해한다. 물건들의 차가운 느낌은 이어지고 있는 걸까? 그녀는 자신의 아파트, 남편과 함께 쓰는 침대를 생각한다. 그녀는 자신의 아파트에서 그를 나타낼 수 있는 것들을 생각하면서, 그의 진짜 이름을 부르려 한다. 페이퍼백 책 한 권, 이가 부러진 낡은 빗. 이어 그녀는 자기 자신을 생각하면서 의문을 느낀다. 낯선 사람이 자신을 보면 남편이 누구인지 알 수 있을까? 그녀는 낯선 사람이 두루마리에 적힌 글을 읽듯이 그녀의 얼굴과 몸을 읽는 모습을 상상한다. 거기에 적힌 글은 뭐라고 말을 할까? *너희는 도대체 사랑을 하기는 하는 거냐? 애초에 너희들 사이에 있었던 것은 무엇이냐? 지금은 뭐가 남은 거냐?* (361 - 3. 강조는 인용자)

    작가는 헨리의 관점으로 작품의 서사를 모아가면서도 개별 등장
인물의 직접적인 인식이나 감정을 또 다른 방법으로 보충해 감으로
써, 각각의 인물을 살아있게 만든다. ≪제스처 라이프≫의 경우, 3
인칭 관찰자 시점으로 서술되나, 작가는 구로하타를 중심에 놓고 회
상 속의 시점과 현재시점에서의 사건 진행을 각기 끝애와 서니, 기
타 다른 인물의 관점들로 골고루 초점을 맞추어 서술한다. ≪가족≫
에서는 3인칭 관찰자 시점으로 장별로 중심인물을 달리하여 각자의
관점에서 본 배틀가의 문제점과 관계들을 각각 제시하는 방식으로
서사가 진행된다.

    그의 작품에서 개인의 성격은 자신이 가진 개성의 특정 측면이
부각되는 독특한 관계들의 다발로 구성된다. 한 인물의 개성은 하나
로 통일되지는 않지만, 그 다발로부터 거리를 두고 떨어져서 보면,
혹은 시간을 가지고 살펴보면 전체 윤곽이 흐릿하게 잡힌다. 이렇듯,
플롯이 선명하지 않는 창래 리의 작품은 작중 인물의 다양한 성격화
를 통해 독특한 다성악적 서사구성을 완성해 내는데, 통일성보다는
리좀적 네트워크에서 각각의 앵커인 인물들의 개성을 살리는 방식을
취한다. 작가는 등장인물 모두는 개성적이나, 어떤 개인도 완벽할 수
없고, 인간은 누구도 의인(義人)일 수 없음을 보여준다. 작가는 긍정
성도 부정성도 한두 인물에 몰아주지 않는다. 따라서 창래 리 소설
에서 인물들의 정체성은 자연스레 구성적(constructive)인 특성을 갖
는다. 인물들은 서사의 진행에 따라 끊임없이 변화하지만, 정체성은
연쇄적이고 다중적인 관계망 속에서, 서사의 진행을 통해 구성된다.
각각의 인물들은 서서히 개인과 세계를 이해해간다. 즉, 창래 리 소
설의 등장인물은 서사 내에서 처음부터 특정 성격을 부여받기보다는
서사가 진행되는 과정에서 다양한 모습들로 변신하면서 서서히 스스

로의 정체성을 구성해간다.

창래 리 소설의 인물구성은 한마디로 주인공에 집중되는 방식이 아니라, 다양한 인물들에 의한 리좀적 구성이 특징이라 할 수 있다. 창래 리 소설에서는 각각의 인물이 나름의 뚜렷한 개성과 역할을 갖고 있다. 마치, 하나의 확실한 중심 행성이 있는 것이 아니라, 여러 개의 위성들이 각기 작은 중심을 이룬 형국이라 할 수 있다. 이런 지방분권적 인물구성은 각각의 진실과 약간의 문제점을 안고 사는 인물들의 성격화와 더불어 다양성을 근간으로 하는 후기산업사회의 인간관계에 정확히 대응되는 인물형상화 방식이라 할 수 있다. 등장 인물의 정체성 역시 다면적인데, 이는 복잡한 네트워킹의 시대를 살고 있는 현대인의 정체성을 반영한다. 이를 통털어 필자는 탈중심적 성격화라고 칭하고자 한다. 탈중심적 성격화란 서사 전체도 중심화자 한 명의 관점에 의해서 일방적으로 서술되지 않으면서, 또 한 인물의 성격도 하나의 단일한 성격으로 고정되지 않음을 동시에 일컫는다. 이는 서사의 진행에 따라 주인공들의 정체성이 서서히 구성되어 감도 포괄하는 개념이다.

탈중심적 인물화는 중심서사가 뚜렷하지 않는 창래 리 소설의 서사적 특성과도 맞아 떨어진다. 그의 작품들에서 개개의 인물들은 개성있고 다양한 모습으로 성격화되고 있는데, 그들이 서로 관계 맺는 방식이나, 그들로 이루어진 전체 사회의 모습은 오히려 선명하지가 않다. 개개의 인물들은 다중적이며, 또 관계마다 각각의 진실이 존재한다. 희미한 플롯은 인물의 선명한 성격화와는 좋은 대조를 이룬다. 인물의 개성은 분명하지만, 그것이 하나로 고정되지는 않는다. 그러나 한 인물의 전체 성격을 조망하면 그림이 그려지지 않는 것은 또 아니다. 그런 성격화의 특성 때문에 플롯의 전개는 여러 가닥의 선이 얽힌, 불분명하고 복잡한 형태가 된다.

창래 리 문학의 탈중심적인 서사구성은 삶이 단일한 플롯처럼 선명한 길을 보여주는 것이 아니라는 것, 그리고 그의 탈중심적이면서도 개성적인 인물형상화는 결국 인간은 개별적 주체일 수 밖에 없다는 작가의 인식을 말해 준다. 창래 리의 문학은 민족이나 인종 혹은 국가에 앞서 '개인'의 존재 자체가 자기정체성의 규정력이 되는 탈민족주의 시대, 혼성적 사회의 인간을 탈중심적 서사구성을 통해 보여준다. 원을 닫고, 자민족이나, 자기를 중심화하거나 총체화하는 것이 아니라, 다양한 가닥들이 실타래처럼 얽혀 있는, 흐릿하고도 환원 불가능한 복수성의 세계를 내용과 형식으로 열어 보인다.

3 창래 리 소설의 문제성
– 자문화 중심주의의 해체와 이문융합의 길

창래 리의 가장 문제적인 작품은 ≪네이티브 스피커≫이다. ≪네이티브 스피커≫는 작가의 문제의식과 실험정신이 고스란히 담겨있고, 주인공 헨리의 마지막 부분에서의 선택은 작가가 도달한 인식의 최대치를 보여주기 때문이다. 이 작품에서 주인공 헨리는 한국과 미국문화를 모두 체험한 후, 어떤 한 문화가 모두 옳거나 좋은 것은 아니며, 좋은 점과 그렇지 못한 점이 있음을 이해한다. 존 강이 한국식 契가 미국 사회에서 불법인지 아닌지를 몰랐음은 그의 온정주의의 표현이자 허영이었다고 헨리는 냉정히 말한다. 이민 1세대인 헨리의 아버지는 "나라가 개인에게 시련이고, 가족 역시 시련(234)"이라고 말한 적이 있다. 헨리가 존 강에게 마음이 쏠렸던 것은 "아버지, 어머니, 우리에게 수치를 주거나 우리를 학대하려 하는 자들을 늘 경계하던 나의 부모와 달리 그(존 강)에게는 두려움이 없는 것 같았"기 때문이었다. 헨리는 자신이 건넨 존 강의 후원자 명단으로 인해, 많은 사람들이 추방되고 잡혀가리란 걸 알았지만 그것을 호글랜드 측에 넘겨줌으로써 존 강의 붕괴에 일조하였다. 넘겨 줄 것인지, 아니면 자신이 존 강 측에서 일했음 때문에 호글랜드 측으로부터 버려지고 또 어떤 보복을 당할 것인지, 선택의 기로에서 헨리는 본인이 살기 위해 그들을 희생시키는 쪽을 택한다. 헨리는 이에 대해 "나는 그들을 내가 살기 위해 희생시켰다. 그것이 미국이 내게 교육시킨 것의 전부"라고 명시적으로 말한다. "아버지에 대한 원망으로, 아버지의 삶과는 다른 방식의 삶을 살고자 그들을 희생시켰다"고도 말한다.

언뜻 보면 헨리가 동화주의자의 길을 택한 것 같이 보인다.[12] 예컨대, 헨리는 아들 밋에게 한국어를 가르칠 것인가의 문제를 놓고 릴리아와 생각이 달랐다. 헨리는 아들에게 한국어 교육을 시키지 않으려 했고, 릴리아는 시키자고 했다. 헨리는 아들을 한쪽으로 온전히 귀화시켜 자신과 같은 혼란을 되풀이시키고 싶지 않다는 열망을 이렇게 피력한다.

> 그 애가 자신의 세계에 대하여 하나의 감각만을 가지고 성장하는 것이 내 희망이기도 했다. 하나의 목소리로 이루어진 삶. 그래야만 아이의 반은 노란색인 넓적한 얼굴로는 얻을 수 없는 권위와 자신감을 얻을 수 있을 것 같았다. 물론 이것은 동화주의(同化主義)적 감정이며, 나 자신과 이 땅(미국)의 추하고 또 반은 맹목적인 로맨스의 일부이기도 하다.(239)

---

12) 몇몇 비평가들이 이에 대해 비판하기도 한다.

헨리는 아버지가 표상하는 "자신(부모)의 희생을 통해 암묵적으로 타자(아들)의 삶을 통제하려는 한국식 父性"도 버린다. 헨리는 존 강의 본 모습을 본 뒤 공적 삶의 추구에 대한 열망을 접는다. 그러나 헨리가 존 강을 버리는 것이 '契'가 상징하는 온정주의적이고, 계산속이 허술한 한국식 문화를 버리는 것을 의미하지는 않는다고 보여진다. 왜냐하면, 작가는 한국식 계를 작품의 도처에서 높이 평가하고 있기 때문이다. 존 강은 자신의 선거캠프의 폭탄테러를 자작극으로 꾸몄고, 정치후원금의 일부를 오용하기도 하였다. 또 존 강은 한국출신 16세의 불법체류자인 어린 접대부가 "나(헨리)처럼… 가장 거룩하고 연약한 동물(아버지, 존 강, 국가)의 비위를 가능한 맞추려는 나처럼" 그의 청을 수락했으나, 거칠고 함부로 접대부를 대하였다. 이 모두를 목도하면서 헨리는 공적 삶에의 진출에 대한 열망을 재검토한다. 그러나 그는 그것이 결코 한국 혹은 "어머니의 숨결같은 행복한 악취"와의 결별이라고 쉽게 말할 수 없다고 본다. 왜냐면, 결말에서 헨리는 릴리아를 도와 그가 외국인에게 자신들의 어눌하고 독특한 발음이 아름답다는 사실을 일깨워 주고 그들이 다른 언어를 말해도 자신감을 가질 수 있도록 지도하는 일을 선택하고 있기 때문이다.

헨리는 아버지나 존 강과는 다른 선택을 의식적으로 하였으나, 그들과 다른 선택이 곧 그들의 삶을 부정하는 것이 아니라, 헨리가 서 있는 위치가 그들과 다르기 때문이다. 무엇보다도 헨리는 그곳에서 앞으로도 살아야 하고, 그의 아이들 역시 그곳에서 살아가야 하기 때문이다. 헨리의 선택 기준은 문화적인 색채보다는 그 세계가 합리적인지, 그렇지 않고 혼탁한 세계인지에 대한 개인적 판단에 있었다.

한국식 음식점에서 술을 마시면서 헨리는 존 강으로부터 "검은 색과 흰 색보다 갈색과 노란색이 많은 세계", "악마나 성자보다 흐릿한 영혼의 대다수의 사람들이 지배하는 세계"에서 "진실을 말해도 악마나 배반자가 되지 않는 방법은 무엇일까?"는 질문을 받는다. 이에 헨리는 "작은 소리로, 그리고 자신에게만은"이라고 답한다. 그리고 헨리가 릴리아를 도와 새로 이주해온 사람들의 아이들의 언어교육을 돕는 일을 택한다. 헨리는 릴리아가 다양한 인종의 어린이들에게 원주민의 아름다운 언어(그들의 본국의 언어)로 그들이 누구인지를 말해주는 그 어려운 이름들을 하나씩 부르는 것을 들으며 서사는 끝난다.

이상의 사실들에서 필자는 헨리로 표상된 작가의 선택은 동화주의자의 길이 아니라, 자민족중심주의, 자기중심주의에서의 탈피에 있다고 판단한다. 이는 삶의 뚜렷한 하나의 지표로서 민족주의나 혹은 개인 삶의 뚜렷한 플롯을 추구하는 자기중심성에서 탈피하여 좀 '더 큰 진실' 즉, 삶을 있는 그대로, 현실을 있는 그대로 겸허하게 받아들이는 태도로 나아감을 의미한다. 이주민의 혼란처럼 삶에 내재된 설명되어 질 수 없는 단절이나 해체의 국면에서 인간은 자아의 위축이나, "자신의 삶에만 집중"하는 자기중심성에 갇히기 쉽다. 하지만 헨리를 통해 작가는 "작은 목소리로", 그러나 "자신에게만은" 의미 있는 일을 찾아 조금씩 해 나아갈 수 밖에 없다는 것, "나보다 약한 자들에게 힘을 내세우거나 야박하게 굴지 않고, 나보다 강한 자들에게 비굴하거나 제 목소리를 잃지 않으며 사는 것", 그것이야말로 "이질적인 선율들의 세계"에서 요청되는 덕목이며, 생존전략임을 보여준다. 자문화라서 고수할 것도, 타문화라서 배척할 일도 아니며, 선택은 언제나 자신의 처지와 필요, 그리고 관점에 의한 것이되, 그것이 인생에서 결코 성패를 좌우하지도 않을 것이라는 것이 창래 리의 전언이다. 작가는 주인공을 통해 "창조주의 얼굴에서 위로를 구하려 하지 않을 것이며, 죽은 자들에게서 용서를 구하려 하지 않을 것이다. 그저 내 살, 그리고 피, 그리고 뼈를 짊어지고 가겠다. 깃발을 흔들겠다"(≪제스처 라이프≫2 - 223)고 말함으로써, '검은 깃발'을 의미하는 자신의 이름(운명)인 '구로하타'로서 살아가겠다는 의지를 표명한다. 이로써 작가는 있는 그대로의 삶을 겸허하게 수용하는 태도를 제시한다 하겠다.

4 혼성적 사회와 소설의 대응전략

창래 리의 작품들은 혼성적사회의 인간 조건을 형상화하고 있다. 작가는 매우 불완전한 중개자를 자청한 듯, 확정된 서사가 주는 과잉이자 결핍 즉, 지나치게 교훈적이거나 독자에게 창조적 활동의 여지를 남겨두지 않아 권태롭게 하는 방식을 버리고, 취약한 서사적 통일성으로 삶의 불완전함을 보여주고, 독자의 사유를 작동시키는 방식으로 포스트모더니티를 재현한다. 개성적이되, 갇혀있지 않은 인물구성은 근대이후의 '형성 중인 주체'를 실현하고 있다. 이러한 창래 리의 서사문법은 마치 덜 구상적인 그림이 관람자의 사유의 폭을 제한하지 않는 것처럼, 독자에게 각자의 서사를 재구성해 볼 것을 은근히 재촉한다. 수용미학자인 이저의 말처럼, 그의 작품들의 독서는 "저자가 말을 가져오고 독자는 의미작용을 가져오는, 그러한 소풍놀이"13)에 해당한다.

필자는 창래 리 작품들의 시간이해가 포스트모더니즘적 사회의 어떤 면을 반영한다고 생각한다. 그의 작품들에 나타난 시간에 대한

---

13) 김한식, 「옮긴이 해제」, 폴 리꾀르, 김한식 역, 『이야기와 시간Ⅲ』, 제2장 5절, 참조 문학과 지성사, 2004. 552.

인식은 레이몽 아롱 식의 역사관 위에 서 있다고 할 수 있다. 레이몽 아롱은 "역사적 사실은 본질상 질서로 환원될 수가 없다. 우연은 역사의 토대다"고 보았다. 이 말은 그가 헤겔로부터 벗어나 있음을 보여준다. 헤겔은 "존재하는 것은 이치에 맞는 것이며, 이치에 맞는 것은 존재한다"고 말함으로써, 우연을 추방하고 역사의 필연성을 내세웠다. 그 핵심은 주지하다시피 '이성의 간계'라는 개념이다. 이성은 자기 자신을 위해 정열이 움직이도록 내버려둔다는 점에서 간계를 부리는 것이다. 이성의 간계에 상응하는 시간적인 개념으로 "발전 단계"라는 개념이 있다. 루카치의 『소설의 이론』은 이러한 헤겔적인 역사관에 토대해 있는데, 부르조아 시대의 서사시 개념은 여기에 근거한다. 그러나 폴 리꾀르나 레이몽 아롱 등은 헤겔로부터 작별하여 과거, 현재, 미래를 경험공간, 행동주도력, 기대지평의 변증법적 관계로 해석함으로써, 결정론적 과거나 공허한 유토피아에서 벗어나 살아있는 현재, 역사적 현재의 개념을 정립한 바 있다.

이들에 따르면, 우리시대의 특징은 멀어지는 기대 지평과 줄어드는 경험 공간으로 규정된다. 경험은 시간을 통합하며 기대는 전망들을 펼친다. 그런데 기대가 경험에서 그냥 생기는 것은 아니지만, 경험의 짐을 너무 가볍게 여기면 바뀜 자체도 없다. 이들은 진보의 가속화를 비판하면서 기대지평과 경험 공간 사이에서의 긴장을 유지하는 일의 중요성을 강조한다. 지나치게 과거에 얽매여 있는 것도, 지나치게 과거에서 자유로운 것도 아닌, 현재 속에서 역사를 받아들이고 만들어가야 한다는 것이다. 경험 공간과 유리된 기대 지평은 유토피아적인 기대의 유혹에 빠질 수 있고, 지나치게 규정되어 닫힌 경험공간은 죽어버린 전통에 지나지 않기 때문이다. 일반적인 통념과는 반대로, 미래는 규정되어야 하고 과거는 열려 있어야 한다는

것이 이들의 주장이다.[14)]

　창래 리의 소설은 ≪네이티브 스피커≫나 ≪제스처 라이프≫, ≪가족≫에 이르기까지 모두가 어떤 계기를 통해 과거를 되돌아보는 데서 시작하여, 과거에 갇혔다가 다시 과거를 열어두고 미래를 향해 반걸음쯤 내딛는 데서 끝나는 구조로 이루어져 있다. 연속적이며 일직선적인 시간개념과는 달리, 수많은 단절들을 내포한 시간이며, 수많은 중심들 가운데 작은 한 점에 불과한 주체지만, 그 자체의 삶을 겸허한 자세로 수용하는 데서 그의 서사들은 끝난다. 그의 인물들은 미약하지만, 언제나 내적 성장의 조짐을 보인다. ≪네이티브 스피커≫에서 닥터 루잔이 헨리에게 "젊은 친구, 당신은 평생 누구였습니까?"라고 질문하는 대목이 있다. 루잔은 헨리에게 "이야기 형식을 잡아서 답"하되, "단독적인 양식으로 삶을 보지 말고, 더 큰 내러티브의 도가니(the crucible of a large narrative)를 통해서 보라"며, "인간의 사건과 시간을 망라하는 우리의 불가결한 허구들 속에 자리잡고 있는 더 큰 진실을 알아야 한다"고 말한다. 헨리가 찾은 '더 큰 진실'이란 결국, "삶을 있는 그대로 겸허하게 받아들이는 것"이었다. 단절을 단절 그대로 보여주기, "서로 다른 멜로디를 가진 가장 진실한 세계"를 있는 그대로 인정하고 수용하기, 이것이 자문화중심주의(ethnocentrism)[15)]와 자기중심주의를 해체하는 첫걸음인 것이다.

---

14) 김한식, 「옮긴이 해제」, 폴 리꾀르, 『이야기와 시간Ⅲ』, 문학과 지성사, 2004. 524 - 540.

15) 그리스어로 인종 또는 민족을 나타내는 ethnos와 중심을 나타내는 kentron이 결합하여 생긴 말이다. 민족에 국한하지 않고 여러 사회적 계층에 있어서 자기가 속한 내집단(內集団)과 자기가 속하지 않은 외집단(外集団)과의 차별을 강력히 의식하고 내집단에는 긍정적·복종적 태도를, 외집단에는 부정적·적대적 태도를 취하는 정신적 경향을 가리키기도 한다. 어떤 민족, 어떤 집단에도 이런 경향은 내재하고 있지만 정도가 심해지면 나치스의 유대인 박해와 같은 극단적인 배외주의(排外主義)로 나갈 염려가 있다.

▪ 2장 참고문헌

⁛ 1차 자료

구은숙, 「세계적 작가로 발돋움하는 한국계 미국작가 창래 리」, 『문학사상』, 통권 387호, 2005년 1월호 : 258 ~ 265.

권택영, 「종군 위안부 : 노라 옥자 켈러와 창래 리의 고향의식」, 『국제한인문학 연구』, 창간호, 2004 : 43 ~ 67.

김미영, 「<네이티브 스피커>를 통해 본 본격소설의 가능성」, 『문학수첩』, 2005년 가을호 : 345 - 367.

김학면, 「창래 리 소설에 나타난 '고통'의 의미 - <제스처 라이프>를 중심으로」, 『국제한인문학연구』, 제1호, 창간호 2004 : 69 ~ 99.

이상구, 『구성주의 문학교육론』, 박이정, 2002 : 1 ~ 338.

이영옥, 「언어와 정체성을 통해 적나라하게 표현해 낸 이민자의 삶」, 『문학사상』, 통권 387호 2005,1 : 266 ~ 284.

장경렬, 「정체성의 위기, 언어의 안과 밖에서 - 창래 리의 소설 <네이티브 스피커> 읽기」, 『문학판』, 제1권 제3호, 통권 제3호 2002년 여름호 : 280 ~ 300.

최원식, 「민족문학과 디아스포라 - 해외동포문학을 읽고」, 『창작과 비평』, 제31권 제1호, 통권 119호 2003년 봄호 : 19 ~ 39.

장 프랑소와 료타르, 김광명 역, 『칸트의 숭고미에 대하여』, 현대미학사, 2000 : 197 ~ 234.

지크프리트 J. 슈미트 편저, 박여성 역, 『구성주의』, 까치, 1995 : 1 ~ 487.

M.S. 까간, 진중권 역, 『미학강의 Ⅰ』, 벼리, 1989 : 1 ~ 391.

프리드리히 쉴러, 안인희 역, 『인간의 미적 교육에 관한 편지』, 청하, 1995 : 1 ~ 206.

P. G. Richmond, 강인원 역, 『피아제 이론 입문』, 학지사, 1994 : 1 ~ 327.

▪ 3장 참고문헌

고부응, 「초민족시대의 민족정체성」, 『비교문학』 1999, 22 - 43.

고부응, 「창래 리의 ≪원어민≫ - 비어있는 기표의 정체성」, 『영어영문학』, 제 48권 3호 2002, 619 - 638.

구은숙, 「세계적 작가로 발돋움하는 한국계 미국작가 창래 리」, 『문학사상』, 387호, 2005,1. 258 - 265.

권택영, 「종군 위안부 : 노라 옥자 켈러와 창래 리의 고향의식」, 『국제한인문학연구』, 창간호, 2004. 43 - 67.

김미영, 「≪네이티브 스피커≫를 통해 본 본격소설의 가능성」, 『문학수첩』, 2005년 가을호, 405 - 430.

김미영, 「≪제스처 라이프≫의 숭고미를 통해본 본격소설의 교육적 가치」, 『한국어문연구학회 학술대회발표자료집』, 2005. 24 - 41.

김은희, 「신중산층의 일·가족·그리고 성역할의 의미」, 임돈희 외, 『성, 가족, 그리고 문화』, 집문당, 1997. 235 - 256.

김학면, 「창래 리 소설에 나타난 '고통'의 의미 - ≪제스처 라이프≫를 중심으로」, 『국제한인문학연구』, 제1호, 창간호 2004. 69 - 99.

박수정, 「누가 '네이티브 스피커'인가? - 창래 리의 ≪네이티브 스피커≫에 나타난 인종과 언어의 관계」, 『효원영어영문학』, 제22집, 2004, 111 - 131.

손승영, 「한국사회의 변화와 가족」, 한국여성사회연구회 편, 『한국가족문화의 오늘과 내일』, 사회문화연구소, 1995. 23 - 55.

안병철·서동인 저, 『가족 사회학』, 을유문화사, 1993. 1 - 298.

이영옥, 「언어와 정체성을 통해 적나라하게 표현해 낸 이민자의 삶」, 『문학사상』, 통권 387호 2005,1. 266 - 284.

이효재, 「한국사회의 민주화와 가족」, 한국여성사회연구회 편, 『한국가족문화의 오늘과 내일』, 사회문화연구소, 1995,9 - 21.

장경렬, 「정체성의 위기, 언어의 안과 밖에서 - 창래 리의 소설 ≪네이티브 스피커≫ 읽기」, 『문학판』, 제1권 제3호, 통권 제3호 2002년 여름호 280 - 300

최원식, 「민족문학과 디아스포라 - 해외동포들의 작품을 읽고」, 『창작과 비평』, 제31권 제1호 통권 119호, 2003, 16 - 39.

한남제, 『미국의 가족제도』, 경북대학교출판부, 1991. 1 - 361.

▪ 4장 참고문헌

⠿ 1차 자료

창래 리, 정영목 역, 『영원한 이방인(Native Speaker)』, 나무와 숲, 2003. 1-586
______, 정영목 역, 『제스처 라이프(Gesture Life)』, 제1권, 제2권, 랜덤하우스, 2005. 1-459
______, 정영문 역, 『가족(Aloft)』, 제1권, 제2권, 랜덤하우스중앙, 2005. 1-521

⠿ 2차 자료

고부응(1999), 「초민족시대의 민족정체성」, 『비교문학』, 제24호, 22 - 43.
______(2002), 「창래 리의 ≪원어민≫ - 비어있는 기표의 정체성」, 『영어영문학』, 제48권 3호 619 - 638.
구은숙(2005), 「세계적 작가로 발돋움하는 한국계 미국작가 창래 리」, 『문학사상』, 제 387호, 258 - 265.
권석우(2005), 「한국문학의 영어권에 있어서의 수용 및 연구 현황 - 미국을 중심으로」, 유럽사회 문화연구소, 『한국문학의 해외 수용과 연구 현황』, 연세대 출판부, 1-518
권택영(2004), 「종군 위안부 : 노라 옥자 켈러와 창래 리의 고향의식」, 『국제한인문학연구』, 창간호, 43 - 67.
______(2005), 「계몽과 부정성 ; ＜마오2＞와 ＜네이티브 스피커＞에 나타난 한국 이미지」, 『미국학논집』, 제37집 2호, 5 - 28.
김미영(2005), 「≪네이티브 스피커≫를 통해 본 본격소설의 가능성」, 『문학수첩』, 통권 제 호 405 - 430.
______ (2005), 「≪제스처 라이프≫의 숭고미를 통해본 본격소설의 교육적 가치」, 『한국어문연구학회 학술대회발표자료집』, 24 - 41
김욱동(1992), 『포스트모더니즘과 포스트구조주의』, 현암사, 286.
김은희(1997), 「신중산층의 일 · 가족 · 그리고 성역할의 의미」, 임돈희 외, 『성, 가족, 그리고 문화』, 집문당, 238.
김학면(2004), 「창래 리 소설에 나타난 '고통'의 의미 - ≪제스처 라이프≫를 중심으로」, 『국제한인문학연구』, 창간호 69 - 99.

박수정(2004), 「누가 '네이티브 스피커'인가? - 창래 리의 ≪네이티브 스피커≫에 나타난 인종과 언어의 관계」, 『효원영어영문학』, 제22집, 111 - 131.

손승영(1995), 「한국사회의 변화와 가족」, 여성한국사회연구회 편, 『한국가족문화의 오늘과 내일』, 사회문화연구소, 47.

외교통산부(2001), 『재외동포현황』, 1 - 276.

이영옥(2005), 「한국계 미국문학 : N. 켈러의 ≪종군위안부≫」, 『젠더와 역사 - 미국소수인종문학의 이해』, 태학사, 177 - 9.

______(2005), 「언어와 정체성을 통해 적나라하게 표현해 낸 이민자의 삶」, 『문학사상』, 통권 387호 266 - 284.

이종훈(2005), 「한민족공동체와 한국정부의 역할」, 『재외한인학회 연례학술대회 발표논문집』, 30.

이효재(1995), 「한국사회의 민주화와 가족」, 한국여성사회연구회 편, 『한국 가족문화의 오늘과 내일』, 사회문화연구소, 14.

장경렬(2002), 「정체성의 위기, 언어의 안과 밖에서 - 창래 리의 소설 ≪네이티브 스피커≫ 읽기」, 『문학판』, 통권 제3호 280 - 300.

조남현(1999), 「1990년대 비평의 성과와 과제」, 『문학동네』, 377.

최원식(2003), 「민족문학과 디아스포라 - 해외동포들의 작품을 읽고」, 『창작과 비평』, 통권 119호, 16 - 39.

한남제(1991), 『미국의 가족제도』, 경북대학교출판부, 1 - 361.

엘리자베드 디플(1984), 문우상 역, 『플롯』, 서울대출판부, 60.

강상중 · 요시미순야(2000), 임성모 역, 「혼성화 사회를 찾아서 - 내셔널리티의 저편으로」, 『당대 비평』, 10호 삼인, 207 - 228.

게오르그 루카치(1985), 반성완 역, 『소설의 이론』, 심설당, 1 - 215.

페이스 R. 엘리엇, 안병철 · 서동인 공역(1993), 『가족 사회학』, 을유문화사, 1 - 298.

폴 리꾀르(1999), 김한식 · 이경래 역, 『시간과 이야기1』, 문학과지성사, 1 - 446.

출입국관리국(2004), 『통계연감』, http;www.moj.go.kr.

호미바바(2002), 나병철 역, 『문화의 위치』, 소명출판사, 1 - 488.

▪ 5장 참고문헌

⠿ 1차 자료

창래 리, 정영목 역, ≪영원한 이방인≫ 나무와 숲, 2003,

창래 리, 정영목 역, ≪제스처 라이프 1≫, 랜덤하우스중앙, 2005.

창래 리, 정영목 역, ≪제스처 라이프 2≫, 랜덤하우스중앙, 2005.

창래 리, 정영문 역, ≪가족 1≫, 랜덤하우스중앙, 2005

창래 리, 정영문 역, ≪가족 2≫, 랜덤하우스중앙, 2005

Chang - rae Lee, *Native Speaker*, New York : Penguin Putnam Inc. 1995.

Chang - rae Lee, *A Gesture Life*, New York : Penguin Group Inc. 2004.

Chang - rae Lee, *Aloft*, New York : Penguin Group Inc. 2004.

⠿ 2차 자료

고부응, 「창래 리의 ≪원어민≫ - 비어있는 기표의 정체성」, 『영어영문학』, 제
        48권 3호 2002 : 619 ~ 638.

구은숙, 「문화/인간 엿보기 - ≪네이티브 스피커≫에 나타난 인생 스파이로서의
        작가」, 『현대 영미소설』, 7권 1호 2000 : 47 ~ 63.

권택영, 「응시로서의 ≪제스처 인생≫ - 창래 리와 라캉의 다문화적 윤리」,
        『영어영문학』, 제48권 1호 2002 : 243 ~ 261.

김미영, 「≪네이티브 스피커≫를 통해 본 우리시대 본격소설의 가능성」, 『문
        학수첩』, 2005년 가을호 2005 : 403 ~ 430.

______, 「<제스처 라이프>에 나타난 숭고미의 교육적 가치」, 『국어국문학』,
        제141호, 2005 : 429 ~ 458.

______, 「창래 리의 <가족>(2004) 연구」, 『국제어문』, 제35호, 2005 : 331 ~ 356.

______, 「창래 리 소설에 재현된 한국여성과 한국문화」, 『어문연구』, 제129호,
        2006 : 229 ~ 250.

김욱동, 『포스트모더니즘과 포스트구조주의』, 현암사, 1992

김인호, 「이야기의 힘, 새롭게 확장된 플롯의 역할」, 한국서사학회, 『내러티
        브』, 제5호 2002 : 9 ~ 31.

박수정, 「누가 '네이티브 스피커'인가? - 창래 리의 ≪네이티브 스피커≫에 나타난 인종과 언어의 관계」, 『효원영어영문학』, 제 22집. 2004 : 111 ~ 131.

박인찬, 「포스트모더니즘 소설의 하이퍼텍스트 내러티브」, 한국서사학회, 『내러티브』, 제5호, 2002 : 154 ~ 174.

서명수, 「제라르 쥬네트(Gerard Genette)의 <서술체 담화(Discours du recit)>에서 시간의 범주」, 한국서사학회, 『내러티브』, 제5호, 2002 : 232 ~ 262.

오창은, 「이주문학에 나타난 정체성 변화에 대한 고찰」, 『국제한인문학연구』, 창간호 2004 : 367 ~ 385.

왕 철, 「≪네이티브 스피커≫에서 엿보기의 의미」, 『현대영미소설』, 제3호 1996 : 23 ~ 39.

유선모, 『미국 소수민족문학의 이해 : 한국편』, 신아사. 2001.

이경무, 「한국어와 한국사상」, 『철학논총』, 제39집 제1권, 2005 : 329 ~ 347.

장경렬, 「정체성의 위기, 언어의 안과 밖에서 - 창래 리의 <네이티브 스피커> 읽기」, 『문학판』, 2002년 여름. 2002 : 280 ~ 300.

최병우, 「선택되는 플롯, 창조되는 플롯」, 『내러티브』, 제5호 2002 : 282 ~ 300.

최시한, 「사건이 개념과 갈래 - 서술 층위를 중심으로」, 한국문학이론과 비평학회, 『한국문학이론과 비평』, 제15집, 2002 : 349 ~ 370.

최원식, 「민족문학과 디아스포라 - 해외동포작품을 읽고」, 『창작과비평』, 119호 2003 봄호 : 19 ~ 39.

한용환, 「닫힌 서사에서 열린 서사로」, 『내러티브』, 제5호, 2002 : 32 ~ 50.

강상중 · 요시미순야, 임성모 역, 「혼성화 사회를 찾아서 - 내셔널리즘의 저편으로」, 『당대 비평』, 10호 2000년 봄호 삼인, 2000 : 207 ~ 228.

서경식, 임성모 · 이규수 역, 『난민과 국민 사이』, 돌베개, 2006.

로버트 캘로그, 임병권 역, 『서사의 본질』, 예림기획. 2001.

레이 초우. 장수현 · 김우영 역, 『디아스포라의 지식인』, 이산, 2005.

마이클 J 툴란, 김병옥 · 오연희 역, 『서사론』, 형설, 1995.

마이클 라이언, 나병철 · 이경훈 역, 『해체론과 변증법』, 평민사, 1994.

미케 발, 한용환 · 강덕화 역, 『서사란 무엇인가』, 문예출판사, 1999.

시모어 채트먼, 김경수 역, 『영화와 소설의 서사구조』, 문학과 지성사, 1985.

앨릭스 캘리니코스, 박형신 · 박선권 역, 『이론과 서사』, 일신사, 2000.

엘리자베드 디플, 문우상 역, 『플롯』, 서울대출판부, 1984.

조셉 칠더스 · 게리 렌치 편저, 황종연 역, 『현대문학 · 문화비평 용어사전』, 문학동네, 1999.
패트릭 오닐, 이호 역, 『담화의 허구』, 예림기획, 1996.
폴 리꾀르, 김한식 · 이경래 역, 『시간과 이야기 1』, 문학과 지성사, 1999.
프랭크 커모드, 조초희 역, 『종말의식과 인간적 시간』, 문학과 지성사, 1993.
George Landow, *Hypertext 2.0. : Convergence of Contemporary Critical Theory and Technology* (Baltimore : Johns Hopkins UP), 1997.

제 3 부
한국문학의 미래

1 역사기술과 변별되는,
문학적 내러티브의 특성

 고통의 역사와 기억, 그리고 내러티브

일본 당국에 사죄와 보상을 요구하며 농성중인 前 종군위안부 할머니들의 존재에도 불구하고 광복 61주년 기념일에 일본 총리는 한반도와 중국을 침략한 전범들을 공식 참배하였다. 이 사실은 역사적 '사건'에 대한 기억과 의미부여는 현재의 관점과 미래를 소급한 결과임을 말해준다. 민족이든 개인이든, 어제의 내(우리)가 오늘의 나(우리)와 동일체인 것은 시간의 流速을 견뎌낸 기억을 공유하기 때문일 것이다. 나치의 홀로코스트holocaust, 중국의 난징 양민 대학살 사건, 팔레스타인 난민 학살 사건, 일본 제국 군대의 종군위안부 사건 등, 쉽게 지워지지 않는 '역사적 사건'의 傷痕(trauma)은 희생자나 가해자, 방관자나 기록자 모두를 그것의 경험시간에서 해방되기 어렵게 한다. 문학이나 역사 기술 등의 내러티브가 말이 되지 못한 채 사적 기억의 저장고에 갇혀 있는 시간을 복구·재현·기록한다면, 그것이 희생자들을 경험공간에서 미래지평으로 이끌어 내는 데

도움이 되지 않을까 하는 데서 이 글은 출발한다.

프루스트Proust의 소설 ≪잃어버린 시간을 찾아서A la recherche du temps perdu≫(1909 - 1922)는 시간에 대한 가장 깊은 통찰을 담고 있는 책 가운데 하나이다. 프루스트는 마르셀의 기억을 서술하면서 생과 존재의 의미에 대한 탐색은 시간의 본질을 해명하는 것과 같은 일임을 보여주었다. 이 작품은 실재實在란 기억 속에서만 존재하며, 기억記憶이란 시간에 길항拮抗하는 것이란 인식을 드러낸다. 또, '기억을 말한다(기술하다)'는 것은 곧 존재한다는 것이자, 그 자체가 의미라는 인식을 보여준다. 시간이 인간의 의식과 맺는 관계를 기억이라 할 때, 내러티브narrative는 인간이 스스로를 보고 느끼고 생각하는 과정이자, 시간적 존재인 인간의 한계를 초극하는 방법이다. 영화 ≪흐르는 강물처럼A river runs through it≫의 도입부에 노년의 폴 맥클래인이 "글로 쓰는 것 즉, 이야기를 만드는 것만이 유일하게 우리가 무엇을, 왜 하였는지를 알 수 있게 해 준다"고 되뇌이는 장면은 내러티브의 이러한 본질을 짚은 말이다. 인간의 외부에 스스로 존재하는 우주적 시간이나, 선형적이고 수량화된 시계적 시간이 아닌, '인간의 시간'은 문학이나 역사처럼 언술된 내러티브narrative를 통해서만 자기존재를 드러낸다. '있었던 일'을 기록하는 역사나, '있었던 일'에 근거하여 '있었던 일처럼 기록'하는 문학은 각기 고유한 방식으로 집단과 개인의 기억을 언어화하고, 그래서 사회화한다. 망각과 더불어 기억은, 시간의 외연인 역사를 아우르면서 시간과 자아의 결합인 개인의 정체성 문제를 포회한다. 언어가 아니고서는 현실 혹은 실재에 가 닿을 수 없는 인간의 인지구조 때문에 내러티브는 인간이 기억을 풀어내는 유일한 방식이자, 시간적 존재인 인간을 인식하고 그 한계를 극복하는 가장 유력한 길이다.

최근 역사철학과 문예미학 분야에서 기억과 증언, 역사서술의 상관성에 관한 연구들이 활발히 진행되고 있다. 예컨대, 프랑스에서 1980년대 중반 라카프라는 『기억의 터Les lieux memoire』를 출간하여 2차 세계대전 기간에 발생한 나치정권의 유대인 대량학살 사건의 기억과 역사청산의 문제를 언어적 전환에서 윤리적 전환의 차원으로 재구성해 냈다.[1] 또 폴 리꾀르는 역작 『시간과 이야기Temps et Recit』에서 역사 이야기(역사 기술)[2]와 허구 이야기(문학)의 문제를 시간의 관점에서 재해석하면서, 오랫동안 역사기술의 하위항목으로 간주되어 온 허구(문학)의 위상을 인간의 시간을 구성하는 주된 방법으로 재평가했다. 그는 문학이나 역사와 같은 해석학이 열린 것이 되려면, 자체의 원을 닫고 지식을 중심화하거나 총체화하지 않고, 오히려 담론의 환원 불가능한 복수성을 계속해서 열어놓아야 한다고 역설했다.[3] 한편, 고통스런 역사적 '사건'의 치유문제를 꾸준히 연구해온 일본학자 오카 마리는 『기억/서사』에서 추상화된 역사인식과 파편화된 정보 사이를 매개하는 개념으로 사회적 관계 속에서 형성되는 '기억'을 문제 삼았다.[4] 그녀는 기억이라는 동일자 내로 흡수되지 않는 타

---

1) 육영수(2004), 「기억, 트라우마, 정신분석학 - 도미니크 라카프라와 홀로코스트」, 『미국학논집』, 36집 3호 (172 - 199). 174.
2) 프랑스의 철학자 폴 리꾀르Paul Riqurre에 따르면, 역사는 실재 역사와 이야기된 역사로 구분된다. 프랑스어의 'histoire'는 영어의 'history'와 'story'를 모두 포괄한다. 포괄적인 역사란 이야기된 역사의 층위와 실제 역사의 층위에서 진행되는 두 가지 전체화 과정을 감싸는 어떤 단수 집합명사이다. 통상 내러티브narrative라는 말은 일반적인 서술을 포괄하는 개념이기도 하고 플롯을 지닌 이야기를 지칭하기도 한다. 역사도 실재 역사가 아닌, 이야기된 역사는 일반적인 서술로서의 narrative의 일종이다. 실재 역사와 구분되는 내러티브로서의 역사를 그는 역사 이야기라 부른다. 그는 소설도 내러티브로서의 속성을 강조하여 허구 이야기라 부른다. 폴 리꾀르(2004), 김한식 역, 『이야기와 시간3』, 문학과 지성사, 12.
3) 폴 리꾀르(2004), 김한식 역, 『시간과 이야기3』, 문학과 지성사, 13.
4) 오카 마리(2000), 김병구 역, 『기억/이야기』, 岩波書店, 8.

자의 체험을 分有(partage)하면서 공동체의 과거인식을 새롭게 하는 것을 역사적 '사건'의 치유를 위한 하나의 대안으로 제시하였다.

이 글은 이상의 논의들의 성과에 힘입어 한국인 종군위안부에 관한 문학적 형상화가 어떻게 역사적 고통의 경험시간을 분유하는지, 언어의 표상한계를 넘어서는 고통의 기억으로부터 역사와 개인이 미래의 기대지평을 열어가는 데 내러티브가 어떠한 기여를 하는지를 살펴보고, 나아가 역사기술과 변별되는 문학의 내러티브만이 가진 고유한 힘을 알아보려 한다.

2 한국인 종군위안부 소설

1) 한국인 종군위안부 소설의 두 유형

종군위안부5)는 반세기 동안 역사에서 지워진 존재였다. 이미 널리 통용되어 일반명사가 되다시피 한 '종군위안부'의 보다 정확한 표현은 '군성노(military sexual slavery)'인데, 이들은 일본 제국 군대에 존재했던 '종군위안부 제도'에 의해 '군 위안소'로 강제 연행되어 조직적이고도 강제적으로 또 반복적으로 성폭행당한 여성들로서, 대략

---

5) '종군위안부'를 지칭하는 용어로 한국에서는 '정신대'란 용어가 사용되기도 하는데, 이는 원래 남녀노소를 가리지 않고, 국가를 위해 몸을 바친 '근로정신대(Voluntary Service Corps)'를 의미하였다. 여자 근로정신대 가운데 다수의 여성들이 '위안부' 생활을 하였다. '종군위안부'란 용어의 부적절성을 지적하는 사람들은 이 표현이 가해자인 일본군의 일방적인 인식을 보여줄 뿐, 피해자 측의 시각이 전혀 들어있지 않다고 말한다. 국제적으로 통용되는 '군성노(military sexual slavery)'란 용어를 사용하자고 주장한다.(Chunghee Sarah Soh, "The Korean Comfort Women" Asian Survey 36.12. Dec. 1996. 1226 (1226 ~ 40))

20 - 30 만 명6)에 이른다. 이들의 존재가 한일 간의 공식 역사의 장에 편입되기 시작한 것은 1991년 12월, 3명의 한국인 전前 종군위안부가 일본으로 건너가 전前 군인·군속과 그 유족에게 사죄와 보상을 요구하며 소송을 제기하면서 이다. 이듬해인 1992년 1월 11일 <아사히 신문>이 종군위안부의 징집, 위안소의 개설, 경영, 위생관리에 군이 관여했음을 입증하는 자료 6점을 일면 톱기사로 보도하면서 이 문제는 한일 양국 언론에 노출된다.7) 이듬해에 일본에서 사료집이 간행되었고,8) 한국과 일본, 미국에서 생존자들의 녹취 테잎이 제작되었으며, 증언집도 출간되었다.9) 비슷한 시점에 TV다큐멘터리

---

6) 종군위안부의 규모에 대해서는 아직 정확하게 제시된 바가 없다. 다만 종군위안부는 한국, 일본, 중국, 필리핀 등의 여성이 동원되었고, 그 수는 약 20여만 명에 이른 것으로 추정된다. 이 숫자는 최혜실(2002), 「식민자/피식민자, 남성/여성, 부자/빈자 - 노라 옥자 켈러의 <종군위안부>를 중심으로」, 『여성문학연구』, 통권7호(2002,6) 7 - 25에 근거한다.

7) 吉見義明 편집해설(1993), 김순호 원문 번역, 『자료집 - 종군위안부』, 서문당, 51 - 53.

8) 묻혀있던 사료들이 발굴되어 『자료집 - 종군위안부』, 서문당, 1993가 吉見義明의 편집해설로 간행되었다. 이후로도 자료집의 출간은 계속되었다. 최근의 것으로는 다음의 것들이 있다.

국사편찬위원회 ; 한일역사공동연구위원회 한국측위원회 공편, 『후지코시 강제동원 소송기록,1 - 4』, 국사편찬위원회, 2005,

여성부, 『일본군 '위안부' 관련 국제기구 권고 자료집』, 여성부 권익기획과, 2004.

여성부, 『일본군 '위안부' 신문기사 자료집』, 여성부 권익기획과, 2004

정진성 외저, 여성부 편, 『일본군위안부 문제에 관한 국외자료조사 연구2』, 여성부 권익기획과, 2003.

김인덕 편저, 『강제연행사 연구』, 경인문화사, 2002

여성부, 『2000년 일본군성노예전범 여성국제법정 자료집』, 여성부 권익기획과, 2004.

여성부, 『국외거주 일본군 '위안부' 피해자 실태조사』, 여성부 권익기획과, 2002.

한국정신대문제대책협의회, 국회 일본군 '위안부'문제 연구모임 공편, 『'여성과 인권' 관련 UN 자료집』, 1998

9) 모리카와 마치코 글, 김정성 옮김 『버마전선 일본군 '위안부', 문옥주』, 아름다운 사람들, 2005

프로그램과10) 영화도 제작·상영되었다.11)

일본에서의 공론화 이전에 한국에서 종군위안부의 삶을 다룬 소설 두 편이 이미 출간되었다.12) 김성종은 1975년부터 일간지에 ≪여명의 눈동자≫를 연재하였다. '여옥'은 최대치와 장하림과 함께 일제치하-해방기-한국전의 격동기를 헤쳐 가는데, 그녀는 태평양전쟁 중 종군위안부 생활을 한 것으로 설정되어 있다.13) 1982년 윤정모는 ≪에미 이름은 조센삐였다≫14)에서 일제시대 오빠의 징용을 대신해 정신대에 끌려간 '순이'의 삶을 형상화하였다.15) 한일 양국에서 종군

한국정신대문제대책협의회 부설 전쟁과 여성 인권센터 연구팀, 『역사를 만드는 이야기 : 일본군 '위안부' 여성들의 경험과 기억』, 여성과 인권, 2004

기독살림여성회, 『전북지역 일본군 '위안부' 생존자의 이야기』, 기독살림여성회, 2004.

한국정신대연구소 편, 『중국으로 끌려간 조선인 군위안부들2』, 한울, 2003

일본군 성노예 전범 여성국제법정 한국위원회 증언팀 편, 『강제로 끌려간 조선의 군위안부들4 : 기억으로 다시 쓰는 역사』, 한국정신대문제대책협의회, 2002.

김명혜 외저, 『그 말을 어디다 다 할꼬 : 일본군 위안부 증언자료집』, 여성부 편. 2001.

10) 이에 대한 자세한 것은 도츠카 에츠료 지음(2001), 박홍규 역, 『'위안부'가 나이라, '성노예'이다』, 소나무, 참조

11) 한국의 영화는 1996년 변영주 감독의 작품, 『나눔의 집』(주 판도라)이 있고, 일본의 것은 2000년에 제작되어 2001년 12월 도쿄에서 상영된 다큐멘터리 영화 <일본의 젊은 폭력자들>(제작 및 감독 마쓰이 미노루, 제작 및 촬영, 오구리 켄이치)가 있다.

12) 윤정모가 ≪에미 이름은 조센삐였다≫의 후기에서 밝힌 바에 따르면, 작가는 이 작품을 구상하기 전 임종국의 『정신대실록』을 읽었고, 일본인이 쓴 『정신대 사냥꾼』이라는 책을 읽은 것으로 나온다. 또 소설을 구상하고 집필하던 1981 ~ 1982년 당시 정신대 할머니의 이야기를 다룬 ≪봉선의 하늘≫이라는 드라마가 방영되었다고 증언한다. 이러한 사실로 미루어 볼 때 1980년대 초에 이미 한국에서는 이에 대한 논의들이 서서히 시작되고 있었음을 알 수 있다. 윤정모(1997), ≪에미 이름은 조센삐였다≫, 당대, 209 - 211

13) 신문연재소설인 이 작품은 1977년에 대하소설 ≪여명의 눈동자1 - 3권≫(태종출판사)로 간행되었고, 이후 4 - 10권은 남도출판사에서 1981년에 간행되었다.

14) 윤정모의 이 작품은 1991년 지영호 감독에 의해 동명의 영화 <에미 이름은 조센삐였다>로도 제작되었다.

15) 이 작품의 서사는 전후반으로 뚜렷이 나뉘어 있다. 순이의 아들 '배문하'가 아버지 '배광수'의 사망을 계기로 어머니와, 아버지, 아버지의 '안동여자'와의 얽힌

위안부 문제가 사회화된 이후, 미국과 프랑스에서도 한국인 출신 종군위안부의 삶을 다룬 작품들이 네 편 출간되었다.16) 미국에서 테레즈 박(Therese Park)의 ≪천황의 선물*A Gift of the Emperor*≫(1997), 노라 옥자 켈러(Nora Okja Keller)의 ≪종군위안부*Comfort Woman*≫(1997), 창래 리(Chang - rae Lee)의 ≪제스처 라이프*Gesture Life*≫(1999)가, 프랑스에서 줄리엣 모리요(Juliette Morillot)의 ≪상하이의 붉은 난초들*Les Orchids Rouges de Shanghai*≫(2001)이 발표되었다.17) 최근 한국에서 고혜정의 ≪날아라 금빛 날개를 타고≫(2006) 가 간행되었다.18)

역사적 사건에 대한 문학적 형상화에서 중요한 것은 작가가 그

삶을 이해해 가는 과정이 서사의 전반부를 이루고, 남편의 죽음을 계기로 아들 문하에게 자신의 종군위안부로서의 과거 이야기를 들려주는 어머니 '순이'의 구술이 후반을 이룬다.

16) 일본에서도 일본인 위안부의 비참한 삶을 그린 작품들이 있다. 후지 마사하루의 『동정』(1952)과 다무라 야스지로의 『메뚜기』(1959), 비교적 최근작인 후루야마 고마오의 ≪매미의 추억≫(『新潮』, 1993)이 황군과 일본인 위안부 간의 문제를 재현한 작품들이다. 이에 대한 보다 자세한 것은 김윤식, 「사소설의 미학 비판 - <매미의 추억>에 관하여」, 『한국문학』, 1993.11월, 12월호와, 박화자 일역, 『사상의 과학』, 1995년 10월호, 그리고 가나이 케이코, 「일본군 병사의 섹슈얼리티를 둘러싼 표상」, 『여성문학연 구』, 통권 7호, 2002,6 등을 참조하기 바란다. 일본에서도 소설 이외에도 종군위안부에 대한 증언집이 간행되었다. 1994년 마리아 로사 L 헨손의 『어느 일본군 '의안부'의 회상-필리핀의 현대사를 살아오며』(후지메 유키 역, 岩波書店, 1995)가 영어로 출간되었고, 니시노 루미코가 쓴 『종군위안부?? 병사들의 증언』(明石書店, 1992)이 그것이다. 이 밖에도 일본에서는 태평양 전쟁 직후인 1940년대 후반에 작가들의 직접 종군체험을 바탕으로 종군위안부와 황군의 생활을 담은 소설들이 다수 창작되었다. 예컨대 다무라 야스지로의 <육체의 문>(『군상』, 1947,3)과 <우리>(『신조』, 1947,10)가 있고, ≪춘부전≫(은좌출판사, 1977,5) 등이 그러하다.

17) 전자는 한국계 미국인 작가에 의해 한국인 종군위안부를 다룬 소설들이며, 후자는 프랑스인으로 한국서 5년간 교편을 잡은 적이 있는 작가가 프랑스에서 불어로 발표한 한국인 종군위안부에 관한 소설이다.

18) 한국인 종군위안부를 다룬 소설 이외에도 일본에서는 일본인 종군위안부의 이야기를 다룬 소설이 간행되었고, 필리핀에서도 필리핀 출신 종군위안부의 이야기를 서사화한 작품이 출간되었다.

사실을 어떻게 바라보는가의 문제일 터이다. 누구를 화자로 내세워, 어느 시점에서 그것을 조망할 것인가의 문제는 작가의 역사관과 문학관에 연관된다. 종군위안부를 그린 소설은 종군위안부 체험을 지닌 사람을 화자로 등장시켜 직접 체험을 당시를 배경으로 그려간 작품들과, 당사자나 혹은 제삼의 인물을 통해 기억의 진술이나 혹은 목격 또는 전해들은 이야기를 현재시점에서 서술해가는 작품들이 있다. 전자에는 김성종, 고혜정, 테레즈 박의 것이, 후자에는 노라 옥자 켈러, 창래 리의 작품이 속한다.[19] 고혜정의 것은 액자소설의 틀을 취하고 있으나 외화外話가 매우 형식적이고, 내화內話인 '오마당순'의 이야기는 서술되는 시점과 서술하는 시점이 동일한 독립된 서사로 제시되어 있어 전자에 가깝다고 할 수 있다.

고혜정의 《날아라 금빛 날개를 타고》의 내화內話는 일제시대에 12세 소녀 '오마당순'이 일본에 강제로 끌려가 종군위안부의 삶을 살게 된 경위와 전장에서의 위안부 체험, 일본 패망 후 고향에 돌아오기까지의 과정을 시간의 흐름에 따라 재현하고 있다. 테레즈 박의 『천황의 선물』도 이와 흡사한데, 17세 한국 소녀 '순아(Soon - ah)'가 강제로 끌려가 종군위안부의 삶을 살다 일본 패망 이후 귀향하는 이야기가 시간의 흐름에 따라 순차적으로 제시되어 있다. 한국인 종군

---

19) 이 글에서는 전자의 대표로 고혜정의 《날아라 금빛 날개를 타고》를, 후자로서 윤정모의 《에미 이름은 조센삐였다》의 후반부와 노라 옥자 켈러의 《종군위안부》와 창래 리의 《제스처 라이프》를 주로 논할 것이다. 그 이유는 김성종의 《여명의 눈동 자》에는 종군위안부 이야기가 10권 중 1 - 2권에만 나온다. 작가는 10권 후기에서 이 작품의 연재를 시작하던 1975년 12월 당시, 종군위안부에 대한 자료를 한국과 일본 어디서도 구할 수 없었음을 술회하고 있다. 이 작품은 일제치하 뿐 아니라 해방정국과 한국전을 모두 다루는 대하장편이어서 종군위안부 문제가 이 작품의 핵심적인 주제는 아니다. 또 테레즈 박의 작품은 불어로 출간되어 아직 번역되지 않아서 발표자가 읽지 못했다. 한편, 윤정모 작품의 경우는 전 종군위안부가 직접 구술하지만, 현재에서 기억을 진술하고 있어 서술하는 시점과 서술되는 시점은 일치하지 않고 있다.

위안부에 관한 문학적 형상화의 첫 번째 유형인 이들 작품들은 식민 조국과 그것을 강탈하여 유린하는 제국주의의 논리를 직접 대립시키고 그 사이에서 가부장제적 제국주의의 희생물로서 종군위안부의 실상을 재현해 보인다. 원래 종군위안부의 문제는 제국주의적 식민주의의 문제점과 민족적 그리고 성적 대립구도까지가 착종된 지점의 문제이다. 피식민지 여성의 신체에 대한 가부장제적 자본주의의 만행은 인간을 물질화·도구화하는 논리의 한 극치를 보여준다. 종군위안부 삶을 직접 재구한 서사화는 과거와 현재의 시간적 거리를 없애고 현재를 예전에 존재했던 것과 동일화하는 작업, 즉 과거를 재실행reenactment함으로써, 제국주의화한 가부장제적 자본주의의 문제점을 적나라하게 보여준다. 생존자들의 증언을 전경화한 소설들은 증언집의 실연performance에 해당하는데, 이는 과거를 직접 재구성한다는 측면에서 역사기술과 그리 멀지 않은 서술이라 할 수 있다.

이렇게 역사기술에 가까운 문학적 형상화에서 언어는 그 자체가 세계를 나타내고 세계와 동일하며 동등하게 간주된다는 점이 장점이자 한계일 수 있다. 역사 기술에서도 마찬가지이다. 역사기술은 기호의 임의성을 자연스럽게 하고, 기표와 기의 사이에 동일성을 부여한다.[20] 이는 마치 문학에서 리얼리즘의 전통을 설명하는 '핍진성 Vraisemblance'의 개념과도 상통한다. 기표와 기의 사이의 동일성은 리얼리즘 작품에서 확립된 것이다. 이는 핍진성과 관습적으로 받아들여지는 자연스런 세계관을 드러낼 수 있는 선결조건이 된다. 이것은 역사기술을 그것을 지은 사람의 목소리로 여기는 것이 아니라 사실처럼 보이게 만든다. 종군위안부의 삶을 그대로 재현한 ≪천황의

---

20) 류샤오평(2001), 조미원 ; 박계화 ; 손수영 공역, 『역사에서 허구로 : 중국의 서사학』, 길, 29.

선물≫과 ≪날아라 금빛 날개를 타고≫의 內話는 핍진(逼眞)하고 믿을 만하고 정말 같은 세계를 그리기 때문에 존재가치를 갖는다. 이와 같이 핍진성에 토대한 역사적 실재의 문학화는 광기의 역사를 비판하는 재현의 정치학을 실현한다. 날 것은 살아 있지만 의미를 가지지 못하나, 재현의 미학은 날 것의 시간을 인간의 시간으로 재탄생시킨다.

광기의 역사를 온몸으로 뚫고 살아남은 피해자들의 증언은 작가에게 있어서 문학성을 버리고서라도 진술하지 않으면 안 되는 역사였을 것이다. 이는 어떤 의미에서 문학 이전의 문제이기에, 재현하는 것 자체가 무엇보다도 중요했을 수 있다. 치유되지 못한 채 해결을 기다리는 인류사의 폭력적 사건들의 허구화는 공포에 질린 피해자/화자/독자 모두에게 눈을 준다. 보고 눈물을 흘리고 또 뇌리에 각인시키는 눈을 말이다. 역사의 평면적 재현이라 할지라도 이러한 문학화 작업은 기억의 빗장 속에 갇혀있던 말들의 빗장을 푸는 것만으로도 의미가 있다. 한나 아렌트가 『인간의 조건 *Human Condition*』에서 말했듯이 "모든 슬픔은, 말로 옮겨 이야기로 만들거나 그에 관해 이야기를 한다면, 참을 수 있"을 것이기 때문이다.

역사적 사실과 합쳐진 문학에서 허구화는 역사적 사실의 잊을 수 없음에 봉사한다. 역사에는 잊어서는 안 될 범죄들이 있고, 고통의 대가로 복수보다는 이야기되기를 호소하는 희생자들이 있을 경우, 역사도 문학도 일차적으로 오로지 잊지 않으려는 의지에 충실할 수 있다. 폭력의 망각, 망각의 폭력에 맞서 '사건'을 잊지 않으려는 의지만이 그러한 범죄가 더 이상 발생되지 않도록 하는 가장 강력한 힘이 될 것이기 때문이다. 공유되지 못한 기억은 '없었던 것'이다. 희생자들의 억압된 기억은 공적인 표현수단을 통해 집단적 기억에 편입된다. 기억이 곧 고통인 사람들에게서 기억을 사회가 공유하는 것은 그들을 살리면서 고통을 치유하는 첫걸음일 수 있다.

한국인 종군위안부에 관한 문학적 형상화의 두 번째 유형인 윤정모의 《에미 이름은 조센삐였다》 후반 '순이'의 구술부분과, 노라 옥자 켈러의 《종군위안부》, 창래 리의 《제스처 라이프》에서 종군위안부의 이야기는 등장인물들의 기억 속에 자리해 있다. 이 작품들은 종군위안부의 생활을 현재화하는 것이 아니라, 기억이 끝내 망각되지 않고 자아의 한 부분으로 자리해 등장인물의 정체성을 규정하고 있는 모습을 그린다. 윤정모의 《에미 이름은 조센삐였다》[21] 에서 '순이'는 아들에게 자신의 종군위안부로서의 삶과 남편과의 불화, 아들의 출생에 대한 이야기를 들려준다. 노라 옥자 켈러의 《종군위안부》에서는 한국계 미국인인 '아키코'Akiko(김순효)가 딸 베카 Beccah Bradley(한국이름은 '백합')에게 남긴 녹음테이프를 통해, 태평양전쟁 때 강제로 끌려가 위안부 생활을 한 자신의 전력을 들려준다.[22] 이 작품에서 독특한 것은 '인덕'이라는 혼령의 존재이다. 종군

---

21) 윤정모의 《에미 이름은 조센삐였다》는 전후반부가 뚜렷이 구분되는 특징을 보인다. 전반부는 '순이'의 아들 '배문하'가 일인칭 화자로 등장하여 아버지의 사망을 연락받고 장례식에 참석하는 이야기이고, 후반은 진주 출신인 순이가 열여덟의 나이에 오빠의 징용을 대신하여 규수에 있는 군대 세탁부로 공출되어 정신대로 나서는 이야기이다. 요코하마와 거쳐 남양군도에 이른 순이는 필리핀 마닐라 지역에서 미찌꼬라는 이름으로 위안부 생활을 강요당한다. 순이는 패전 이후 퇴각하다 부상병 배광수를 만난다. 그는 부상이 심해 동료들에 의해 버려져 있었는데, 순이를 그를 구해준다. 그것이 인연이 되어 종전 이후 부산에 정착한 순이는 배광수의 아들 문하를 낳지만, 배광수는 순이의 위안부시절의 악몽 때문에 그녀와 문하를 버린다. 안동여자와 살면서 가끔 나타나 돈이나 뜯어가는 배광수를 순이는 아들에게 "평생 마음의 고향을 찾지 못해 허공을 떠돌아다닌 넋"이니 네가 그를 용서하라고 말한다.
22) 노라 옥자 켈러의 《종군위안부》는 미국에 사는 한국인 '아키코'Akiko(김순효)와 그녀의 딸 베카Beccah Bradley(한국이름은 '백합') 간의 갈등과 화해의 과정이 서사의 주축을 이룬다. 이는 '아키코'의 종군위안부로서의 숨겨진 과거가 드러나고, 이를 알게 된 베카의 혼란과 결국 어머니의 삶을 포용하고 이해해 가는 과정에서

위안부로 지내다 죽음을 당한 '인덕'은 애도받지 못해 떠도는 혼령이 되는데, 이 작품을 분석한 권택영은 '인덕'의 혼령을 '역사의 잉여'라 보았다.[23] 혼령은 과거의 아픔 뿐 아니라, 그 경험의 시간이 상징화되는 순간의 문제점조차 드러내어, 그것의 시정을 요구하는, 보이지 않지만 분명히 존재하는 억압된 음성으로서, '아키코'의 삶을 끌어가는 동인이기도 하다.

한편, 창래 리의 《제스처 라이프》에서는 미국 뉴욕시 교외 베들리 런Bedley Run이라는 백인 동네에 사는 프랭클린 구로하타Flanklin Hata라는 동양계 노인이 화자로 등장한다. 일제 말기 종군위안부 사건의 가해자였던 남성화자 '하타'는 사랑했으나 끝내 구원해 주지 못한 한국인 종군위안부 '끝애'를 기억한다. '하타'는 한국인으로 태어나 일본에 입양되어 일본해군으로 태평양 전쟁에 참전했고, 덕망 있는 가문의 딸이자 총명한 처자 '끝애'와 태평양전쟁 때 미얀마전선에서 만나 비극적 사랑을 했다.[24] '하타'는 위안부 '끝애'가 목전

베카가 새로운 자기 정체성을 획득해 가는 과정으로 나타난다. 이 작품에서 '인덕'의 혼인 유령이 '아키코'의 삶을 추동한다. '아키코'는 '인덕'의 혼령인 유령의 도움으로 기억으로 역사를 환기함으로써 스스로 치유를 시작한다. 베카는 어머니의 서사를 이야기로 만듦으로써 애도되지 못하고 떠도는 수많은 유령들에게 언어의 옷을 입혀 그들의 존재를 사회화하고, 스스로도 어머니의 상처를 치유한다.

23) 권택영(2005), 「기억의 방식과 켈러의 <종군위안부>」 『호손과 미국소설 연구』, 제12권. 1호. 217.

24) '하타'는 원래 조선에서 태어났으나, 가난 때문에 일본에 양자로 보내져 일본인 양부모 아래서 양육된다. '하타'는 일제말기 태평양 전쟁, 버마전선에 일본제국의 해군 의무 보조병으로 참전하였다가 랑군에서 종군위안부로 끌려온 조선인 여성 '끝애'를 만나 사랑하게 된 것이다. 이 작품은 가해자이자 피해자이기도 한 일본군 출신의 남성화자를 내세워 종군위안부, 그 존재의 비극성을 조명해 낸다. 남성화자인 '하타'는 가해자로서의 죄의식과 사랑하는 연인을 구원하지 못한 자책감에서 비롯된 오랜 침묵의 시간을 산다. 그가 침묵의 시간을 성찰의 시간들로 전환시킬 수 있었던 것은 자기의 아집을 버리고 타자('서니')를 타자의 입장에서 이해하는, 배려와 사랑의 마음을 회복했을 때 가능해진다. 그러나 그 계기는 자신의 의지와는 무관하게 뜻밖의 선물로 다가온 것이었다. '하타'의 성찰과 겸허

에서 처참한 죽음을 맞는 것을 목도하고 종전을 맞는다. 이후 '하타'는 미국 시민권을 획득하여 미국인으로 살아가는데, 서사는 '하타'가 결혼도 하지 않고 한국으로부터 여아를 입양하여 키우면서 겪는 이러저러한 어려움과 갈등을 중심으로 전개된다. '하타'의 인생에서 버마전선은 인생의 한 변곡점이었고, 거기서 만난 조선인 종군위안부 '끝애'는 지워지지 않는 트라우마로 지속의 존재였다.

　이들 두 번째 유형의 작품들은 주체가 경험된 시간을 서술함으로 역사적 '사건'의 기억을 구성해 간다. 이 때 과거의 흔적은 과거를 대신하고, 재현이 곧 기억의 환기이자 경험시간이 된다. 기억은 등장인물들의 현재 정체성의 주요 부분이자, 그들의 현재와 미래를 추동하는 동력이다. 이들 작품에서 서술하는 시점과 서술되는 시점 사이의 거리는 기억과 현실을 매개하는 화자에게 그 사건에 대한 해석의 여지를 부여한다. 경험시간을 기억으로 불러내는 방식, 즉, 서술하기는 과거의 경험 자체를 현재의 퍼스펙티브로 재구성하는 과정이다. 사건의 진행을 준-과거 시점에서 재현함은 '있었던 일처럼' 보여주기 위한, 일종의 허구화의 시간구성 방식 때문이다. 허구화의 시간구성은 경험이라는 맥락 속에서 또는 경험의 총화인 생애의 맥락 속에서 가려 뽑아져 새롭게 재구성됨으로써 터득된 시간을 의미한다. 물론 역사기술에서의 시간도 역사가에 의해 선택된 시간들이 역사가마다 비중을 달리하면서 기술된다. 하지만 기억에 의해 재구성되고, 터득된 시간인 문학에서의 경험시간은 독자를 경험의 외부에 세워 두지 않는다는 데 특징이 있다. 문학에서의 기억은 기억의 재구성이라

함이 그 행운을 불러들인 것이다. '하타'는 일련의 혼란과 성찰을 통해 작지만 유의미한 내적 성숙을 향해 나아간다. 아프고 더러운 상처의 흔적에서 새살이 돋아나기 시작한 것이다. 이에 대해 보다 자세한 것은 졸고(2005), 「<네이티브 스피커>를 통해 본 우리시대 본격소설의 가능성」, 『문학수첩』, 제11호 참조

는 지극히 문학 내적인 장치를 통해 이야기하는 화자나 서술자의 목
소리 위에 독자를 싣는다. 독서는 화자의 기억 환기에 독자의 현재
시간을 포개는 과정이다. 화자/서술자와 독자의 경계는 독서의 순간
에 바로 무너진다. 화자의 기억은 독자의 내면에 쌓여 스스로 새로
운 기억이 된다. 화자는 진술하면서 과거에서 미래로 밀고 나가고,
독자는 화자의 과거에 자기 자신의 현재를 되비추고 재구성한다. 따
라서 화자의 서술과 독자의 성찰은 동시에 이루어진다. 이 때 독서
는, 수용미학자인 이저Wolfgang Iser의 말처럼, "저자가 말을 가져오
고 독자는 의미작용을 가져오는, 그러한 소풍놀이"가 된다.25) 기억의
분유(partage)는 이 과정에서 동반되고, 이는 고통스런 역사의 치유가
시작되는 순간에 다름 아니다.

　보여주기로서의 과거의 재현은 독자가 화자의 시점에 동화되어 역
사적 사건을 보다가 어느 시점에 이르면 독자는 현재 '나'의 시점으
로 그들을 조망하거나, 그들과 '나' 사이에 어떤 분명한 거리가 존재
함을 발견하게 된다. 다시 말해, 독자가 현재의 퍼스펙티브에서 화자
/타자의 과거를 보거나, 독자는 자신과 이야기, 혹은 화자 사이의 명
백한 분기를 깨닫게 된다. 이런 까닭에 문학에서 과거의 평면적 재
현은 오히려 지금은 현존하지 않는 과거시간 즉, 타자의 고백이 될
수도 있다. 명백한 과거 시점에서의 서사화는 시간적 거리의 복원이
며, 나아가서 일종의 시간적 이국정서에까지 이르는 차이의 옹호로
작동할 수 있다. 시간적 거리는 자칫 나와 남의 차이로 발전될 수
있다. 따라서 타자화된 과거 재현으로서 문학은 역사의 보조적인 복
원수단에 그칠 가능성이 있다.26) 하지만 역사기술을 통해 밝게 드러

---

25) 폴 리꾀르(2004), 김한식 역, 『이야기와 시간3』, 문학과 지성사, 552.
26) 김한식(2004), 「옮긴이 해제」, 리꾀르, 김한식 역, 『이야기와 시간3』, 문학과 지

나는 기억과 사라져가는 기억을 되살릴 수 있는 문학의 상보적 작업
은 기억과 역사의 정치학을 온전히 만들 수 있는 가능성 또한 크다.
희생자들의 억압된 기억은 공적인 표현수단을 통해 집단적 기억에
편입된다. 공유되지 못한 기억이 '없었던 것'이 되는 현상과 역으로,
역사적 현장 내부의 경험을 기억으로 간직한 사람들이 경험이 과거
가 된 지금, 고통의 기억을 사회가 공유하는 것은 그들을 살리면서
치유의 길을 가는 첫걸음일 수 있다. 『기억/서사』에서 오카 마리는
팔레스타인의 여성 작가 리야나 바드리Liana Badr의 소설 『거울의
눈』(1991)에 담긴 아이샤(15세의 팔레스타인 소녀)의 서사를 통해
'탈 자이타르'에서 수년간 자행된 레바논의 우파 기독교도에 의한
테러의 참상을 접했을 때, "당시 나는 어디에서 무엇을 하고 있었던
가"라고 반문함으로써 그 경험시간을 분유하고 나아가 자신을 성찰
하는 계기가 되었음을 고백한 것은 그 한 예라 할 수 있다.27)

2) 기억의 分有를 통한 역사의 專有

니체는 『반시대적 고찰』에서 근대성에 대해 이의를 제기하면서,
근대인은 기억할 수 있는 능력을, 짊어져야 할 과거의 짐으로 바꿔
버렸다고 말했다. 니체의 의도는 과거와의 그러한 타락한 관계보다
는 망각할 수 있는 능력을 되찾아 새로운 역사28)를 만들어야 한다는

성사, 546.

27) 오타 마리(2000), 김병구 역, 『기억, 서사』, 소명출판, 34.

28) 니체는 역사를 기념비적 monumentale 역사와 골동품적 antiquaire 양식의 역사,
  그리고 비판적 critique 역사로 유형화하고, 기념비적 역사가 위대함을 창조하기
  위해 과거를 통제하는 강자들의 역사라면, 골동품 양식의 역사는 전통이 제공하
  는 일상적인 것 속에서 보통 사람들이 살아갈 수 있도록 도와주는 역사이며, 비
  판적 역사란 역사를 비판이성이 아닌 삶의 법정에 세우는 역사라고 보았다. 니체

것이었다. 니체는 기념비적 역사나 골동품적 역사가 아닌, 비판적 역사의 견지에서 역사적 현재의 시학적 위상은 한편으로는 각 시대마다 이루어진 역사의 종착역이자, 다른 한편으로는 만들어야 할 역사를 시작하게 하는 힘이거나, 적어도 그런 힘이 될 수 있다고 보았다. 니체가 말한 역사적 현재의 시학적 위상의 실현에 내러티브는 어떤 역할을 할 수 있을까? 이야기 즉, 모든 내러티브는 본질적으로 무의미와 무질서를 극복하기 위해 삶의 뜻, 존재의 뜻을 찾는 행위이다. 인간의 모든 경험은 할 말이 있고, 말해지기를 기다린다. 내러티브란 서술적인 방식으로 경험에 형태를 부여하는 것이며, 여기에는 주체가 개입된다.

내러티브는 이야기의 구조, 즉 형식적 측면에서는 서술학의 문제이며, 의미에 관심을 갖는 측면에서는 해석학의 관점과 연결된다. 가장 뚜렷한 이야기 방식 가운데, 역사는 집단에, 문학은 개인에 주목한다. 내러티브의 두 영역인 역사와 문학(fiction)이 묶일 수 있는 것은 모두가 시간의 단일성을 전제로 하기 때문이다. 그 가운데 역사는 남겨진 흔적을 토대로 과거를 재구성한다.29) 흔적이란 지금은 존재하지 않는 것의 존재를 의미한다. 역사 기술에서 '있었던 것'이 갖는 '지금 관찰할 수 없음'의 특성으로부터, 그 음각에 존재하는 상상적인 것의 위치가 드러난다. '상상적인 것'이 '있었던 것'에 끼어드는 것은 무엇을 일컬어 '사실주의적'이라 하는가라는 논제에 이미 내포된 문제이다. '사실주의적'이라 함은 이야기를 떠나서 가정하거나 논의할 수 없는데, 인간은 역사적 시간을 생각할 수 있고 조작할

(2005), 이진우 옮김 『비극의 탄생·반시대적 고찰』, 책세상, 102 - 110.

29) 아날학파의 한 사람인 프랑수아 시미앙François Simiand은 역사는 "흔적에 의한 지식"이라고 보기도 했다. 폴 리쾨르(2004), 김한식 역, 『이야기와 시간3』, 문학과 지성사, 353.

수 있는 것으로 만드는 특수한 몇몇 이음새들을 구성함으로써 세계의 시간과 체험된 시간 사이의 심연을 넘어설 수 있다.

서술적 시간과 우주적 시간을 연결하는 이 이음쇠들은 상상적인 것이다. 이들은 인간이 체험한 시간을 우주적 시간에 다시 집어넣는다는 의미에서 과거의 과거성을 살리는 것이다. 실재 일어난 일을 다시 그려보는 것과 일어날 수도 있었던 일을 그려보는 것은 서로 다르지만 이렇게 서로에게 기대고 있다. 현실이 갖는 풍부한 의미와 잠재성은 역사나 허구 어느 한쪽만으로는 그것을 포괄해내기가 어렵다. 이 둘이 교차하면서 가리키는 것이 현실이다. 시간의 재형상화에서 역사와 허구의 교차는 허구의 거의 역사적인 순간이라는 상호 맞물림에 근거를 두고 있다. 이러한 교차, 상호 맞물림, 자리바꿈에서 인간의 시간이 탄생한다. 거기서 역사에 의한 과거의 재현과 허구의 상상의 변주는 시간 현상학의 아포리아를 배경으로 결합한다. 이렇듯 역사와 문학은 서로를 어떻게든 빌려와서 시간을 재형상화한다. 문학은 준 - 과거로, 역사는 과거시제로 인간의 시간과 삶의 의미를 기술한다. 준 - 과거는 화자/서술자에게만 과거라는 뜻이다. 역사와 문학은 과거를 열어놓음으로써 미래에 의미가 거하게 한다. 역사의 지향성은 서술적 상상 세계와 관련된 허구화 능력을 자기가 겨냥하는 바에 통합함으로써만 수행될 수 있다. 반면에 문학의 지향성은 실제 과거의 재구성이라는 시도가 그것에 제공하는 역사화 능력을 받아들임으로써만 능동적 행위와 수동적 행위를 찾아내고 변형시키는 효과들을 만들어 낼 수 있다. 인간의 내러티브를 대표하는 역사와 허구/문학은, 움베르토 에코(Umberto Eco)의 표현처럼, '겹쳐 쓴 양피지'[30]로서 '인간의 시간'이라는 텍스트를 구성한다.

오랫동안 시간문제는 철학과 과학, 정신분석학과 문학의 영역에서 탐구되어 왔다. 이 사실은 시간이 인간존재의 본질을 해명할 열쇠를 쥐고 있는, 간학문적 연구의 대상임을 말해준다. 문학에서 특별히 시간이 문제적인 것은 문학의 근간이 이야기이고, 이야기는 기억과 밀접히 연관되어 있으며, 기억은 자아와 시간이 결합된 것이기 때문이다. 시간은 생의 수단이자, 이야기의 수단이기도 하다. 어떤 진리이든 그것은 이야기라는 비유적인 방식으로 밖에 말해질 수 없다. 또한 지식이 표상되는 방식, 지식이 연산되는 방식, 지식의 표상도구는 내러티브이다. 의미는 곧 말해지는 것이라 함도 내러티브의 스키마 schema인 기억의 덩어리가 의미의 크로노토프(chronotope ; 시공간)이기 때문이다. 역사와 문학을 포괄하는 범주인 내러티브 즉, 이야기는 그 자체가 인간의 시간을 만들어내는 미디어인 것이다.

인간은 마치 그런 일이 일어난 듯이, 그렇게 일어난 듯이 다시 그려 보이는 현실만을 인지할 수 있다. 또한 개인이나 집단은 시간 속에서 일어나는 일들을 이야기하고, 이야기를 받아들이면서 주체가 된다. 내러티브에서 서술적 정체성의 존재가 중요해지는 것은 이 때문이다. 그런데 행동의 재현인 이야기 가운데 역사 서술에서의 그것은 서술자의 존재를 특별히 부각시키지 않는 특성이 있다. 종군위안부 문제를 사료집이나 증언집[31])은 완료형의 사실로서 기술하고, 그

---

30) 움베르토 에코(Umberto Eco)의 최신작 『바우돌리노』(2000)에서 주인공 바우돌리노가 스승 오토 주교가 쓴 연대기 - 역사기술을 긁어내고 자신의 개인적인 이야기를 상상력을 가미해서 기록하는데, 이렇듯 역사와 허구의 "겹쳐 쓴 양피지"로서의 텍스트가 인간의 시간을 구성한다. 김운찬(2004), 「역사와 허구 사이 : 에코의 역사 읽기」, 『이탈리아어문학』, 제14집. 한국이탈리아어문학회, 21(21 - 45).

31) 사료집의 예들은 다음의 것들이 있다.
吉見義明 편집해설(1993), 김순호 원문 번역, 『자료집 - 종군위안부』, 서문당,
한국정신대문제대책협의회 · 국회일본군위안부문제연구모임 공편(1998), 『여성과인권 관3련 UN자료집』,
김명혜 외 저(2001), 『그 말을 어디다 다 할꼬 : 일본군 위안부 증언자료집』, 여성부 편.

에 대한 정치적, 법률적, 외교적 대응방식을 찾기 위해 노력한다. 다시 말해, 역사기술은 시간의 밖에서 그 외연을 기록함에 있어서 서술자의 존재를 명확히 드러내지 않고 숨긴다. 이렇게 함으로써 역사기술은 특정 개인의 퍼스펙티브에 의한 기록이라는 인상을 지우고, 보다 보편타당한 존재에 의해 파악되어진 객관적인 것인 양, 기록된 내용의 권위를 사실화한다. 때문에 역사를 읽는 독자는 서술자의 정체성에 대한 고민 없이 이야기의 내용을 사실로서 받아들인다. 역사의 서술 목적은 정보의 제공, 즉 사실의 전달에 있다. 그럼에도 불구하고 역사 기술은 내러티브의 형태로 기억의 구조를 빌지 않으면, 기술된 내용은 전달된 순간부터 유용성과 생명력을 잃게 될 것이기 때문에 내러티브를 차용한다.

반면, 문학은 인간의 시간을 그 내부에서 개인의 관점으로 인지한다. 문학은 화자 - 서술자의 목소리를 드러냄으로써 그렇게 한다. 문

도츠카 에츠료 지음(2001), 박홍규 역, 『'위안부'가 나이라, '성노예'이다』, 소나무,
일본군 성노예전범 여성국제법정 한국위원회 증언팀 편(2002), 『강제로 끌려간 조선의 군위안부들4 : 기억으로 다시 쓰는 역사』, 한국정신대문제대책협의회,
여성부(2002), 『국외거주 일본군 '위안부' 피해자 실태조사』, 여성부 권익기획과,
김인덕 편저(2002), 『강제연행사 연구』, 경인문화사,
한국정신대연구소 편(2003), 『중국으로 끌려간 조선인 군위안부들2』, 한울,
정진성 외 저(2003), 여성부 편, 『일본군위안부 문제에 관한 국외자료조사 연구 2』, 여성부 권익기획과,
여성부(2004), 『일본군 '위안부' 관련 국제기구 권고 자료집』, 여성부 권익기획과,
여성부(2004), 『일본군 '위안부' 신문기사 자료집』 여성부 권익기획과,
여성부(2004), 『2000년 일본군성노예전범 여성국제법정 자료집』, 여성부 권익기획과.
한국정신대문제대책협의회 부설 전쟁과 여성 인권센터 연구팀(2004), 『역사를 만드는 이야기 : 일본군 '위안부' 여성들의 경험과 기억』,
기독살림여성회(2004), 『전북지역 일본군 '위안부' 생존자의 이야기』,
모리카와 마치코 글(2005), 김정성 옮김 『버마전선 일본군 '위안부', 문옥주』, 아름다운 사람들,
국사편찬위원회 · 한일역사공동연구위원회 한국측위원회 공편(2005), 『후지코시 강제동원 소송기록1 - 4』

학의 시제인 준-과거는 내포된 화자-서술적 목소리로 볼 때 과거의 사실이지만 작가가 행하는 기억의 환기는 언제나 현재에 이루어진다. 독자입장에서의 독서과정은 화자의 기억을 함께 환기하면서 분유分有하는 과정이다. 화자가 체험한 역사적 존재나 사건의 기억을 독자는 한낱 '서사'로서 만나는 것이 아니라, 경험시간을 분유한다. 객관적인 정보(information)로서 컨텐츠를 이해하는 것이 아니다. 分有(partage)란 동일자 내로 흡수되지 않는 타자의 체험을 나누어 가짐을 뜻하는, 철학자 낭시의 개념이다. 분유는 마치 개별 존재의 죽음이 당사자의 유한성만을 드러내는 것이 아니라, 그것을 바라보는 사람의 유한성도 드러내고, 이러한 유한성이 개개의 존재를 결정적으로 분리하지만 또한 동시에 무매개적으로 결합시키기도 하는 것과 같은 무엇이다.[32] 고통과 공포의 기억은 그것을 체험한 화자에게 언제나 현재적인 것이고, 그래서 기억의 환기도 그 시공간을 다시 '사는' 것이다. 때문에 기억을 화자와 독자와 작가가 함께 현재 환기해 가는 것, 그것이 분유이다. 역사적 사건의 특정 시공간에 있지 않았던 자들에게 경험을 분유하는 것은, 특히 종군위안부처럼 언어적 표상의 한계를 넘어서는 고통의 경험을 분유하는 것은, 역사가 그것을 넘어서는 유력한 방식일 수 있다.

코젤렉의 표현에 의하면, 분유를 통한 고통의 역사 극복은 미래를 소급하여 과거를 구성하는 방식에 해당한다고 볼 수 있다. 현재에서 아직-아님인 현재, 즉, 미래를 살리기 위해 과거를 새롭게 구성하는 과정에 대해 역사학자 코젤렉Reinhart Koselleck은 『지나간 미래, 역

---

32) Jean-Luc Nancy, La conmminaute des oeuvree, 니시타니 오사무 역, 『無爲の共同体』, 동경 : 이문사, 286. 윤대석(2006), 「문학자의 해방전후」, 『한국현대문학과 역사』, 한국현대문학회, 2006년 하계 학술대회 자료집, 48에서 재인용.

사적 시간의 의미론에 대하여』라는 책에서 유효한 통찰을 제시한 바 있다. 그는 경험공간espace d'experience과 기대지평horizon d'attente이 란 범주를 만들어, 과거, 현재, 미래를 경험공간, 행동주도력, 기대지 평에 각각 대응시킨 후, 결정론적 과거나 공허한 유토피아에서 벗어 나, 살아있는 현재, 역사적 현재의 개념을 새롭게 정립하였다. 그에 따르면, 경험은 기억에 사건들이 통합된, 그리로 되돌아갈 수 있는 현재의 과거를 의미한다.33) 기대지평이란 희망, 두려움, 바람, 욕구, 근심, 합리적 타산, 호기심 등, 미래를 겨냥한 사적인 혹은 공동의 바람을 모두 포함한 개념이다. 그는 미래와 연관된 기대는 경험과 마찬가지로 현재 속에 담겨 있다고 보았다. 그에게 있어 기대란 아 직 - 아님을 향하고 있는 현재가 - 된 - 미래이다.34) 그런데 경험이 결 집될수록 기대 지평은 멀어진다. 여기서 경험 공간과 기대 지평 사 이의 균형의 부재가 부각된다. 경험은 통합하려고 하며, 기대는 전망 들을 파열시키고자 한다. 코젤렉은 기대는 경험 속에서 그냥 파생되 지 않으며, 경험 공간은 결코 기대 지평을 결정하기에 충분하지 않 다고 보았다. 그렇지만 경험의 짐을 너무 가볍게 느끼는 사람은 다 른 것을 바랄 수 없음도 그는 지적한다. 경험 공간과 기대 지평은 서로 대립하지만, 그보다 더 서로를 조건 짓는다. 경험은 기억 속에 결집되는데, 중요한 것은 경험의 시간 구조는 소급적인 기대 없이 결집될 수 없다는 사실이다.35)

---

33) 경험을 공간이라 표현함은 그것이 누적된 과거의 단순한 연대기가 아니라, 층상 구조 속에 결집된 것으로, 층을 이루는 가능성을 환기하기 위함이다. 경험이 쌓 인다는 표현도 이래서 가능하다. 코젤렉Reinhart Koselleck(1998), 한철 역, 『지나 간 미래, 역사적 시간의 의미론에 대하여』, 문학동네. 131.

34) 이를 공간이라 말하지 않고 지평이라 표현한 것은 기대와 결부된 넘어서는 힘과 아울러, 펼쳐놓는 힘을 나타내기 위함이다. 코젤렉Reinhart Koselleck(1998), 한철 역, 『지나간 미래, 역사적 시간의 의미론에 대하여』, 문학동네. 132.

코젤렉의 행동주도력으로서 역사적 현재에 대한 해석은 기억의 문학적 형상화의 의미를 밝혀준다. 미래에 대한 기대의 소급 없이 경험이 기억에 집결될 수 없다는 사실은 기억의 형상화가 정보 전달이 목적인 역사기술과 뚜렷이 변별되는 지점을 보여준다. 물론 역사기술의 궁극적인 목적도 과거의 단순한 복원이 아니라, 미래를 향해 있다. 하지만 역사 기술은 역사의 밖, 즉, 타자가 존재하지 않기 때문에 역사를 읽는 독자의 자아가 역사 속의 주체로 들어갈 길이 없다. 반면, 기억을 재현하는 문학은 화자에 대립되는 타자가 존재하기에 내면성의 길이 열린다. 독자는 화자의 목소리에 실려 화자의 서술이 구성하는 기억을 자신의 경험공간으로 전이시킨다. 공포, 사랑, 고통, 다름 등과 같은 주제는 형상적 인식인 문학의 방식을 통하지 않고서는, 그 복잡다기한 양상과 정서적 구조들을 전달할 방법이 별로 없다. 고통의 기억은 문학을 통한 분유로서 미래를 향해 과거를 열 힘을 얻을 수 있다.

종군위안부라는 역사적 존재의 문학적 형상화는 과거를 열어감으로써 기대지평을 만들어가는 방식으로 전개될 때 단순한 과거의 핍진한 재현 이상의 의미를 갖는다. ≪천황의 선물≫이나 ≪날아라 금빛 날개를 타 고≫처럼 문학이 역사기술에 근접해 있는 경우, 애통한 과거를 보여주기는 하나, 과거의 경험을 미래의 기대지평과 연결시키는 힘은 약할 수 있다. 서사를 통한 과거의 단순 재현은 역사적 사건의 시공간에 있지 않은 타자들을 그 속으로 끌어들이는 힘이 약하다. 소설에서 미래의 기대지평은 평면적인 서사화보다는 과거에 대한 재해석과 그 재해석이 미래로 이어질 수 있는 힘을 가질 때

---

35) 리쾨르(2004), 김한식 역, 『이야기와 시간3』, 문학과 지성사, 400 - 401.

열릴 수 있다. ≪제스처 라이프≫의 경우, 일본의 제국주의적 침탈과 피식민지 조선 역사의 아픔을 고스란히 등에 업은 '하타'와 '끝애'의 운명을 그로부터 50여년이 흐른 현재 '하타'가 어떻게 소화할 것인지에 대한 고민을 독자는 기억을 재구성하는 '하타'와 함께 분유한다. 일본제국의 군인과 한국인 종군위안부로 만난 과거는 현재와의 변증법적인 긴장 속에서 재해석의 여지를 남기고 따라서 이 작품의 내러티브는 독자에게 성찰의 여지를 남긴다. 과거를 규정하여 미래를 열어가는 것이 아니라, 과거를 열어둠으로써 미래를 새롭게 구성해 가는 것이다.

또 미래를 소급해 과거를 재구성하는 기억의 서사화는 역사 서술에서의 인과율과 결합된 객관적인 의미의 시간과는 다른 시간성을 갖는다. 역사적 실재의 문학적 재현에서도 인과적 규준이 시간에 따라 일어난 사건들의 객관적인 배열을 위해 사용된다. 그러나 시간적 연속의 객관적 질서는 기억의 구조에서 필수 불가결하지만 부분적 일면일 뿐이다. 인간의 기억은 통일적 순열성(順列性)을 보이지 않고, 과거 현재 미래의 사건들이 혼융되어 구성된다. 게다가 공포나 수치, 분노, 사랑, 오만 등의 감정이나 꿈과 상상의 대상 자체도 기억내용을 혼란시키고 왜곡시키는 원인이 되기도 한다. 기억 속에 있는 사물들 사이의 인과관계는 자연계에 있어서 사물들의 그것과 달리 객관적이고 통일적이고 일관성 있는 질서를 구성하지 않고, 동적으로 상호 침투되는 경향이 있다. 이 모든 것은 기억이 시간의 문제만이 아니라 시간과 자아가 얽힌 현상이기 때문에 발생한다.[36] 고통의 기억, 공포의 기억은 특히 객관적 역사서술이나 이미 끝난 과거

---

36) 한스 마이어호프(1987), 김준오 역, 『문학과 시간 현상학』, 삼영사, 39.

의 재현만으로는 분유를 일으키지 못한다. 역사는 과거이기에 역사
일 수 있다. 하지만 종군위안부라는 역사적 사건의 생존자들은 지금
도 그것을 살고 있다. 트라우마의 치유는 사건을 분유하는 것, 즉,
독자가 이를 나누어 가지는 기억의 전이를 통해 시작될 수 있다.

두 번째 유형의 작품인 ≪에미 이름은 조센삐였다≫, ≪종군위안
부≫, ≪제스처 라이프≫에 나타난 기억의 전유과정의 특징은 일제
말기라는 시점으로부터 현재까지 지속으로서 종군위안부의 문제를
그려간다는 점이다. 이들 작품은 독자와 화자가 기억을 함께 서술해
감으로써 내러티브를 구성하는데, 이는 과거를 재해석함으로써 미래
의 기대지평을 열어가는 방식이다. 예컨대, ≪종군위안부≫의 '아키
코'와 ≪에미 이름은 조센삐였다≫의 '순이'는 '종군위안부'라는 몸
의 기억을 말하고, 그 폭력성을 고발하며, ≪제스처 라이프≫의 '하
타'는 가해자의 상처와 반성, 나아가 성찰을 표현한다. ≪에미 이름
은 조센삐였다≫에서 '순이'는 위안부로서의 기억을 풀어놓음으로써
스스로는 과거의 고통으로부터 걸어 나오고, 그 이야기를 듣는 아들
'문하'는 아버지의 영혼을 용서할 수 있게 된다. ≪종군위안 부≫에
서 '아키코'는 위안부 체험을 딸에게 밝히는 것이 너무 힘들어 녹음
테이프에 담아 자신의 사후에 딸 '베카'에게 들려준다. 베카는 종군
위안부라는 제국이 저지른 광기의 역사를 알게 되고 그 피해자인 어
머니를 이해하지 못한 채 선교사인 아버지에게로만 기댔던 자신을 반
성하고, 어머니의 혼을 위로하고 애도하는 마음을 갖게 된다. ≪제스
처 라이프≫[37]에서 가해자인 일본군 출신의 '하타'는 조선인 딸 '서

---

37) ≪제스처 라이프≫의 서문에서 창래 리는 정신대로 끌려갔다가 전후 서울의 빈
    민가에서 살게 된 한 여성의 이야기를 썼다가 나중에 위생 장교인 남성화자를
    내세워 작품을 다시 쓰게 되었다고 진술한 바 있다. 창래 리(2005), 정영목 역,
    「한국어판 서문」, 『제스처라이프2』, 랜덤하우스중앙. 7 - 8.

니'를 입양하여 그녀의 인생에 많은 도움을 줌으로써 개인의 기억 속에 상처로 침착이 된 참혹한 역사에서 새 살이 돋는 값진 성숙을 이루어낸다.

이들 작품들에는 역사적 경험을 공유함으로써 '아직 실현되지 않은 조국'(그와 같은 사건이 일어날 수 없는 곳)으로의 귀환을 독자와 함께 꿈꾸고자 하는 작가/화자의 열망이 흘러넘쳐 독자의 기억 속에 분유되어 말로 다 표현되지 못한 표현 너머의 잉여를 공감케 한다. 경험의 시간에서 미래지평을 열어가는 방식은 창작과 독서과정에서 인간의 기억을 구성하는, 잘된 소설의 독특한 시간현상학이라 할 수 있다. 종군위안부의 기억이 독자의 정서와 지식, 경험과 인식체계에 혼융되어 서술의 형식이 되게 만드는 것, 이것이 기억이라는 독특한 문학적 시간의 분유를 가능케 하는 소설의 내러티브가 가지는 힘이다.

3 문학의 내러티브의 힘 : 경험공간에서 기대지평으로

역사와 문학의 근간은 이야기이다. 역사와 구분되는 문학의 특징은 이야기의 목적이 다름에서 비롯된다. 원래 이야기의 목적은 행동의 재현이다. 하지만 역사와는 달리, 문학이 재현하는 것은 행동의 실재성이 아니라, 행동의 논리적 구조와 의미이다. 따라서 허구로서 소설은 현실과 직접적인 대응관계에 있지 않고, 비유적이고 상징적인 관계를 맺는다. 소설에서 묘사된 현실은 현실 자체가 아니라, 어떤 상황에 대한 의식의 반응이며, 해석인 것이다. 다시 말해 소설은 줄거리를 통해 현실을 모방하는 것이 아니라, 진실을 모방한다. 문학이 재현한 행동으로 구성된 텍스트의 세계는 현실에 모습을 부여하고 방향을 설정함으로써 의미를 낳고, 그것은 다시 현실을 만든다. 소설 혹은 문학이 열린 공간임은 그것에서의 언어가 일차적 대상지시를 유보함으로써 이차적 대상지시를 향해 스스로를 열어놓는 방식, 즉 '제약된 자유'를 통해 현실의 감추어진 뜻을 독자가 새롭게 발견하고 현실을 변형시키는 힘을 얻도록 하는 과정에서 실현된다. 소설은 형상화의 측면에서 닫힌 것이나, 독자에게 해석과 수용의 여지를 남긴다는 점에서 열린 공간이다. 문학이라는 상징적 체계는 작품의 관점에서 세계를, 세계의 관점에서 작품을 재조직화 하는데, 잘된 작품일수록 재조직화, 혹은 재형상화는 현실을 가리키고 재현한다는 단순한 지시대상을 넘어서서 현실을 드러내고 변형시키는 힘이 강하다. 즉, 현실을 전유專有하는 능력이 크다. 때문에 문학이 상상력에 의해 이야기되는 시간과 실제시간 사이의 은유적인 관계, 즉 유사성에 기초하여 성립된다고 할 때, 유사성의 범주는 동일성과 타자성을 받아들이면서 넘어선다. '처럼 - 존재한다'는 것은 존재하면서 존재하지 않는 것이라는 점에서 '나타나게 하지 않으면서 뜻하는' 흔적과도 유사하다. 문학적 형상화는 오랜 시간 동안 전달 내용의 생명성과 유용성을 유지하며, 사건, 사물과 함께 체험한 사람의 흔적을 전달한다. 흔적에 의한 역사적 사실의 인식인 형상화 과정에서 사용되는 언어는 대상지시가 간접화되는 특징을 갖는다. 문학은 은유와 마찬가지로 현실에 대한 일차적 대상지시를 유보함으로써 보다 깊고 풍요한 이차적 대상지시를 향한 길을 열어준다.

특히 종군위안부를 다룬 문학은 언어가 매개할 수 없는 잉여, 즉, 말하여진 언어의 부족함, 그 언어와 지시대상의 어긋남, 말해진 것과 표현되지 못한 고통 사이의 끝없는 괴리를 전달하려 한다. 끝나지 않는, 끝날 수 없는, 끝나야만 하는 서사의 문제는 이야기되지 않은, 그러나 이야기되기를 기다리는 현실을 어떻게 이해하고 또 그것에 어떻게 형태를 부여하여 재구성할 것인가 라는 차원에서 시학적 문제로 전환된다. 기표와 기의가 동일성의 체계에 갇히지 않는 문학의 언어로, 다 말해질 수 없는 역사의 잉여를 화자와 독자가 분유하는 것, 그것이 미래를 소급하여 과거를 재구성함으로써 행위주도력으로서의 역사적 현재를 작동시키는 기억의 시학적 힘이다.

2 하이퍼텍스트소설의 가능성 탐색

 디지털문화와 하이퍼텍스트 소설의 출현

21세기 문화적 변화의 키워드는 '디지털'이다. 디지털 기술은 0과 1의 이진법으로 문자, 음성, 영상은 물론 촉각까지 저장하고 이동시 킨다. 디지털 과학의 발전은 인간의 존재론적 태도와 사고의 근본적 인 양상을 변화시켰다. 인터넷의 보급으로 커뮤니케이션의 방법이 달 라지고 사회조직과 일상생활의 패턴도 달라졌다. '디지털'이라는 기술 은 이제 변화하는 시대를 이해하기 위해 가장 먼저 해석해야 할 '메 시아'이자, '충격적 암호'이다.[1]

예술은 기술의 발전에 민감한 분야이면서, 그 자체가 문화적 변화 를 추동하는 힘이다. 20세기 말의 클레, 피카소, 브라크의 회화나, 에이젠슈테인과 제임스 조이스의 소설들은 전기(electronic)가 지닌 순 간적인 속도와 그 순간적인 속도 때문에 사물을 선형적이고 연속적 으로 파악하기 어렵게 된 시대적 변화를 담아낸 바 있다.[2] 디지털

---

1) 마샬 맥루한(M. McLuhan)(1997), 박정규 역, 『미디어의 이해』, 커뮤니케이션북스, 90.

기술의 상용화로 인한 예술 영역의 가장 큰 변화는 예술(art)의 창의력이 기술(technology)의 창의력과 만나지 않고서는 '새로움'의 추구가 쉽지 않아졌다는 사실이다. 인터넷이 대중을 사로잡은 시대에 전통적인 표현방식을 고수하는 예술은 대중과 접촉조차 쉽지 않게 되었다. 디지털 기술과 예술의 관계는 마치 "호랑이를 타고 달리는 사람"처럼 이미 거기서 내려올 수 없게 되었는지도 모른다.[3]

문학 또한 컴퓨터로 인해 글쓰기 환경이 바뀌면서 변화를 겪고 있다. 글쓰기의 방식과 정보의 이동속도가 달라지자, 인터넷상에 새로운 소설들이 출현하고 유포된다. 이들을 '사이버소설'이라 통칭하려면, 최소한 사이버적 속성, 즉 멀티미디어적인 성격과 모자이크적인 커뮤니케이션의 방법이 작품의 미학적 특성으로 드러나야 할 것이다. 그러나 아직 그러한 특징이 선명하게 드러나는 작품의 예는 거의 없다.

본고에서는 인터넷상에서 생산되고 소비되는 작품들을 각기 특성에 맞추어 달리 부르고자 한다.[4] 예를 들어 김근우의 <바람의 마도사>(1996)나 이영도의 <드래곤 라자>(1998) 등은 판타지 소설로,[5]

---

2) 김상환(1999), 「디지털 혁명은 존재론적 혁명이다」, 『예술가를 위한 형이상학』, 민음사, 327.

3) 후버트 마르클(Hubert Markl)(2000), Kluas Frank/Jurgen Scriba, "Ordnung im Chaos," Der Spiegel, 이필렬(2000), 「거리의 소멸, 경계의 소멸 - 디지털혁명과 유전자혁명이 초래할 21세기의 변화」, 『창작과 비평』, 통권109호, 238쪽에서 재인용.

4) 인터넷에서 생산되고 유통되는 서사물에 대해 논자마다 다양한 용어를 제시되고 있다. 나름의 논리를 가지고 사이버서사, 인터넷서사, 디지털 내러티브 등을 주장하고 있으나, 본 연구자는 이들 서사물을 동일한 이름으로 묶을 필요가 없다고 생각한다.

5) 이들은 인터넷상에 게시된 판타지문학일 뿐, 하이퍼텍스트적이지 않다. 이들 작품에는 용, 인간, 엘프, 드워프 등의 다양한 종족이 등장하여 환상적인 마법과 검을 포함한 다양한 무기를 가지고 주로 싸운다. 이러한 환타지는 RPG(Role Playing Game)과 관련된다. 환타지 문학의 등장은 주변부에 있던 장르문학(환타지)이 대중에게 새롭게 부각되는 것을 의미하지, 곧바로 본격문학의 중심주의가 허물어지는 증표로는 볼 수 없다.

스타를 주인공으로 삼아 팬들이 만든 소설은 팬픽(FanFic)으로, 귀여니의 <그 놈은 멋있었다>나 <도레미파솔라시도> 등은 인터넷 게시판 소설로, 그리고 <디지털 구보, 2001>은 하이퍼텍스트 소설로 칭하고자 한다. 디지털 문화가 중앙집중성과 획일화를 거부하듯,[6) 인터넷상에서 창작되고 유통되는 다양한 소설들 역시 하나의 통일된 이름으로 불려야할 필요는 없기 때문이다.

이들 가운데 하이퍼텍스트 소설은 디지털 서사물의 중심에 위치한다. 열려 있는 서사구조, 독자의 선택에 의해 플롯이 창조되는 하이퍼텍스트성(hypertext - uality)은 디지털 서사의 본질적 특성이기 때문이다. 하이퍼텍스트성은 서사를 끊임없이 새롭게 만듦으로써 소설의 절대적인 형태, 즉 중심을 파괴시키고,[7) 자기완결적 서사구조의 '전체성'을 재고하게 한다.[8)

본고는 한국의 하이퍼텍스트 소설의 첫경험인 <디지털 구보, 2001>을 분석하여, 하이퍼텍스트 소설의 본질과 문제점을 이해하고, 그 미

---

6) 20세기 과학기술을 대표하는 것이 입자가속기, 우주개발, 핵개발 이라면, 21세기 과학기술의 핵심은 디지털혁명과 유전자혁명일 것이다. 전자가 보다 중앙 집중적이며 이데올로기로부터 자유롭지 못한 반면, 후자는 규모가 작고 분산적이며 자본과 친밀한 모습을 지닌다. 따라서 후자는 인간의 생활세계에 더욱 깊숙이 침투하여 인간의 삶을 근본적으로 변화시키는 바, 그 사회적·문화적 변화의 핵심을 거리의 소멸(축소), 경계의 소멸(약화)이라 말하기도 한다. 이필렬(2000), 앞의 글. 217.

7) 랜도우의 지적에 의하면, 하이퍼텍스트 소설의 출현은 아리스토텔레스의 플롯개념과 함께, '고정된 연속(fixed sequence)', '확정된 시작과 끝(definite begin ning)', '이야기의 확정적인 크기 혹은 양(a story's certain definite magni tude)' 그리고 '통일성(unity)'이나 '전체성(wholeness)'의 개념을 근본적으로 재검토하게 만든다. George Landow (1997), Hypertext 2.0. : Convergence of Contemporary Critical Theory and Technology (Baltimore : Johns Hopkins UP), 181.

8) 하이퍼텍스트 픽션은 작가 중심의 위계를 전복하는 이질적인 위계의 구조물(hetera rchic a structure of subverted hierachies)이다. Espen J. Arseth(1997), Cybertext, : Perspective on Ergodic Literature (Baltimore : The Johns Hopkins UP) 89. 박인찬 (2002), 「포스트모더니즘 소설의 하이퍼텍스트 내러티브」, 한국서사학회, 『내러티브』, 제5호, 172쪽에서 재인용.

래를 전망해 보려 한다. 행간을 통해서 소설의 본질까지 더불어 고민할 수 있기를 희망한다.

2 하이퍼텍스트 소설의 성취와 문제점

1) 〈디지털 구보, 2001〉의 성취 – 디자인의 측면에서

(1) 디자인에서의 하이퍼텍스트성 구현

<디지털 구보, 2001>은 iMBC와 북토피아가 손잡고, 디지털 시대의 소설에 있어서 하이퍼텍스트성의 실현가능성을 탐색하기 위해 제작한, 한국 최초의 하이퍼텍스트 소설이다. <디지털 구보, 2001>은 북토피아 e-book 코너의 무료연재란에 있다. 상단 인포메이션 항을 클릭하면, 제작진이 밝힌 작품의 제작과정과 의미를 볼 수 있다. 제작진은 이 작품이 "국내 하이퍼텍스트의 확산을 끌어낼 첫 신호탄"이자, "웹 정신의 구현체"라 자평한다.[9]

'자유와 공유'라는 웹 정신의 구현은 하이퍼텍스트성(hypertextuality)에서 비롯된다. 하이퍼텍스트는 비선형적인 정보의 입력·저장·검색·출력이 가능한 텍스트를 말한다. 하이퍼텍스트에서 'hyper'는

---

9) 이 작품은 KAIST의 최혜실 교수와 오내영, 노희준, 이혜진 등 세 명의 작가가 각각 구보, 이상, 어머니의 이야기를 창작했고 iMBC와 북토피아가 설계와 제작을 맡아 진행했다. 또한 김영대 감독에 의해 별도의 디지털단편영화로도 제작되어 사이트 오픈과 동시에 공개되었고, 이 과정을 정보통신부, 한국과학기술원, 영상문화학회가 후원했다. 이해와 영역이 다른 다양한 장르, 기업, 사람이 웹에서 결합되어 제작기간 10개월, 제작비 총 1억 2천만원, 스탭진 50여 명이 하나의 작품을 만든 것이다. (http://www.booktopia.com/booktopia/ebook.asp)

'초월한, 넘어선, 혹은 흥분된'이란 뜻이다. 하이퍼텍스트에서는 현재 보고 있는 텍스트 밖의 어떤 정보든 가상의 공간 내에서 연결이 가능하므로 모든 텍스트는 상호 연결된 텍스트의 일부가 된다. 따라서 하이퍼텍스트는 텍스트를 넘어선 텍스트이며, 간(間)텍스트적이다.

하이퍼텍스트의 기원은 약 반세기 전으로 거슬러 올라간다. 아이디어의 시원은 바네바 부쉬(Vannevar Bush)의 1945년 논문이다. 부쉬는 『애틀랜틱 먼슬리(Atlantic Monthly)』에 발표한 「우리가 생각하는 방식대로(As We May Think)」라는 글에서 활자에 의존한 정보관리 방식, 즉 지식을 분류하고 정리하는 방법(인덱스 방식)이 인간 정신활동의 방식과 달리 유연하지 못하다고 지적하면서, "연상에 의한 선택(selection by association)"을 특징으로 하는 인간 정신활동의 방식과 유사한 장치의 고안을 제안했다. 부쉬는 그것을 '메멕스(Memex, 즉 기억 확장기를 뜻하는 Memory Extender의 약어)'라 칭했다. 이 아이디어는 그의 제자 테오도르 넬슨(Theodor Nelson)에 의해 1965년에 하이퍼텍스트 개념으로 발전한다. 넬슨은 하이퍼텍스트는 비선형적인 글쓰기 방식 즉, 가지를 치고 독자들에게 선택을 허용하는 텍스트, 이음들에 의해 연결된 일련의 텍스트 덩어리들로서 독자에게 다른 경로를 제공하는 텍스트라고 정의하였다.[10] 이러한 아이디어가 오늘날의 하이퍼텍스트 개념으로 본격화될 수 있었던 것은 디지털 기술의 발달 때문이다.[11] 하이퍼텍스트의 특징은 다중선형성, 탈중심성, 통합매체성, 상호작용성이며, 이는 디지털서사의 미학적 핵심이 된다.

---

10) George Landow(1997), Ibid, 3 - 7.
11) 박인찬(2002), 「포스트모더니즘 소설의 하이퍼텍스트 내러티브」, 한국서사학회, 『내러티브』, 제5호, 156 - 157.

여기서 '다중선조성'은 '선조성(線操性)/비선조성(非線操性)'의 구분에서 선조성의 한 하위개념으로 '단선적 선조성'과 대비되는 개념으로서 '다중선조성'을 일컫지는 않는다. 오히려 본고의 '다중선조성'은 일반적으로 하이퍼텍스트의 속성으로 말해지는 비선조성에 보다 가깝다. 원래 서사물은 기본적으로 전혀 선조적이지 않을 수는 없다. 독자에 의해 비선조적으로 선택된 서사구성이라 할지라도 그 나름의 선조성은 있기 마련이다.[12] 때문에 하이퍼텍스트 서사물의 연구자들은 대개 '비선조성'이라는 개념 대신, '다(비)선조성'이나 '비(다)선조성'이라는 용어를 채택하여 사용하고 있다. 그러나 본고는 게임이나 인터넷 쇼핑몰, 광고 등 여타의 디지털 내러티브보다 서사의 선조성이 상대적으로 강한 하이퍼텍스트 소설에 관한 연구이므로, '다(비)선조성'이라는 용어 대신, 보다 명확한 표현인 '다중선조성'이라는 용어를 선택하고자 한다.

<디지털 구보, 2001>에서 하이퍼텍스트성은 렉시아(lexia) 혹은, 노드(node)의 반위계적인 웹 구조에서 실현된다. 이 작품은 등장인물별 시계열체의 렉시아(lexia)가 중심인 다매체적 데이터베이스이다. 메인 화면의 좌편에는 시계열체가 있고, 그 하단에는 소설을 단편영화화한 것이 있다. 우편 상단에는 5개의 부가메뉴('메인으로', '한국문학 명장면', '하이퍼문학 컬렉션', '인포메이션', '사이트 맵')가 있고, 중앙에는 텍스트가 열리는 화면이 배치해 있다. 전체 화면의 하단은 독자참여마당으로서 '이어쓰기'난이 있다.

---

12) "독자가 텍스트를 선택해서 읽는 것은 비선형적이라 하더라도 독자가 한번에 두 개의 텍스트를 동시에 읽을 수는 없기 때문에 비선형적 전자문학에서 독서방법은 선형적이 될 수 밖에 없다. 즉, 하이퍼 소설 전체는 비선형적이나 그 소설을 읽는 독서로 각각의 탐험은 선형적이다." 류현주(2003), 「디지털 시대의 여성적 글쓰기」, 여성정책연구소, 『여성정책논집』 제3권, 72.

<디지털 구보, 2001>의 서사는 인물별 3편의 단편 텍스트의 종합으로 구성된다. 구보와 이상, 구보의 어머니 등, 3인의 하루 일정이 새벽 4시에서 다음날 새벽 2시까지 시계열로 제시된다. 각 인물의 각 시를 클릭하면, 현재시점에서 사건이 진행되고, 등장인물들의 기억과 내면이 나타난다. 서사는 총 69개의 시계열 렉시아로 구성되어 있고, (그 중 13개는 비어 있는데, 제작진은 이 빈 부분이 독자의 참여로 채워지기를 기대한다고 밝히고 있다.) 각 렉시아 속에 410개의 하위 렉시아가 있다. 또 하위 렉시아 안에 링크된 또 다른 렉시아가 있어, 이들을 포함하면 1천여 개의 연결 가능한 링크들이 있다. 이들은 음향, 사진, 혹은 문자나 음악, 때로는 동영상이나 특정 사이트이기도 하다. 독자는 등장인물별, 시간대별로 자유롭게 렉시아를 선택하여 이야기를 따라갈 수 있으며, 링크를 통해 전혀 별개의 세계로 가버릴 수도 있다. 이 작품의 하이퍼텍스트성은 독자가 '독서로(reading path)'를 선택하여 자기 나름의 이야기를 구성해 갈 때 완성된다.

독자는 오전 7시 어머니의 이야기를 보다가 같은 시간대의 구보를 보고 싶으면 구보를 클릭하면 된다. 각 렉시아 속에 등장하는 TV드라마나 음악, 특정 회사, 상표, 기타 다양한 문화 코드에 끌리면 클릭으로 바로 거기로 이동할 수 있다. 즉, 각각의 렉시아는 탈중심적으로 디자인되어 있다. 또한 독자마다 다른 독서로를 선택할 수 있음은 독자가 이야기를 창조할 수도, 멈추게 할 수도 있는 바, 독자가 곧 작가가 됨을 의미한다. 이러한 쌍방향성[13]은 텍스트와 독자 간의

---

13) 하이퍼텍스트는 본질적으로 쌍방향적이므로 소비자(consumer)는 동시에 생산자 (producer)이기도 하여 생산소비자(prosumer)라는 개념이 등장한다. 최병우(1999), 「선택되는 플롯, 창조되는 플롯」, 『내러티브』, 제5호 54.

상호작용으로서, <디지털 구보, 2001>의 다중선형적 서사구성을 통해 하이퍼텍스트성을 실현시킨다. 이로써 형식 디자인의 측면에서 <디지털 구보, 2001>는 하이퍼텍스트의 특성인 다중선형성, 탈중심성, 통합매체성, 상호작용성을 충실히 구현하고 있다고 할 수 있다.

(2) 개방적 서사구조와 탈근대사회의 상동성

<디지털 구보, 2001>는 포스트모더니즘 소설의 징후가 포착되는 작품인 박태원의 <소설가 구보씨의 일일>(1934)을 원텍스트로 한다. 제작진의 이러한 선택은 하이퍼텍스트 소설이 갖는 포스트모더니즘 소설과의 친연성 때문일 것이다.

포스트모더니즘 소설은 서사의 약화가 특징인데, 이는 하이퍼텍스트의 개방적 서사구조와 일맥상통한다. 전통적으로 러시아 형식주의자들이나 신비평가들은 텍스트의 자기완결성을 신봉한데 반해, 바르트, 들뢰즈, 가타리 등 탈구조주의자들은 텍스트를 균열된 쪼가리의 집합으로 이해하였다. 바르트의 '렉시아', 데리다의 '연결', 들뢰즈와 가타리의 '유목민' 등은 개방적 텍스트 개념을 실현시킨 포스트모던 문학이론의 용어들이다.[14] 그런데 이들은 하이퍼텍스트의 속성을 설명하는 데도 유용하게 쓰인다. 바르트에 의하면, 하이퍼텍스트 소설에서 렉시아는 토막난 이야기 조각들로서, 다른 렉시아의 흔적(trace)이다. 무한히 짜여지는 과정 중에 있는 하이퍼텍스트 소설의 개방성과 대화성은 바흐친의 대화주의의 중심개념인 '미결정성(undecidability)'[15]이나 '다성성(polyphonic)' 개념[16]과도 연결될 수 있다.

---

14) 류현주(1999), 「하이퍼텍스트 문학 이론 연구」, 경북대 박사논문, 47.

15) 미결정성은 완전한 공시적 체계화의 불가능을 의미한다. 공시적 체계의 동일성은 관념적 억압을 필요로 하며, 이는 미결정적 요소들의 출현으로 스스로 와해된다. 미결정성은 결국 공시적 체계가 역사적 장 속에서 미끄러짐을 보임을 뜻한다는

이와 같이 포스트모더니즘 소설과 하이퍼텍스트 소설의 문학이해 방식은 흡사하다. 때문에 월리스 마틴은 『소설이론의 역사』에서, 그리고 레이몬드 피더만은 『오늘날의 미국에 있어서의 소설 혹은 현실의 비현실성』에서 포스트모더니즘 소설을 하이퍼텍스트 소설의 전사(前史)로 간주한다. 이들은 오우 헨리의 ≪마지막 잎새≫나, 포우의 ≪검은 고양이≫, 그리고 모파상의 ≪진주목걸이≫ 등, 전통서사에 충실한 19세기 소설들과는 다른 서사적 개방성을 카프카와 마르케스, 버지니아 울프와 토머스 울프, 그리고 제임스 조이스와 푸르스트의 작품들에서 발견하였다. 이들 작품들은 허술하고 느슨한 서사구조를 보이는데, 서사적 개방성이 오히려 작품에서 생산적 탄력성으로 작용하고 있다.[17]

포스트모더니즘 소설에서 이완된 서사구조는 하이퍼텍스트 소설에 이르면 완전히 개방된다. 원래 하이퍼텍스트는 노드(node), 앵커(anchor), 링크(link)로 이루어진다.[18] 노드(혹은 렉시아)는 인터넷 공간에서 한번 클릭하면 호출되는 독립된 텍스트의 '두루마리'를 말한다. 구성적인 측면에서 노드들은 책과 같이 선형성을 지니지 않기 때문에 언제든지 사용자에 의해 재배열되고 흩어진다. 다양한 형태의 노드가 비선조적으로 웹상에 흩어져 있을 때 이들을 서로 연결해 주는 것이 링크다. 링크는 각 노드 안에 만들어져 있는 앵커를 연결고리로 한

점에서 결국 역사를 의미한다. 마이클 라이언(1994), 나병철·이경훈 역, 『해체론과 변증법』, 평민사, 139면.

16) 바흐친의 '다성성'은 작가에 의해 통제받지 않는 다양한 의식이나 목소리들이 독립된 실체로 존재하는 양상을 의미한다. 김욱동(1992), 『포스트모더니즘과 포스트구조주의』, 현암사, 286.

17) 한국에도 처음, 중간, 끝을 설정하지 않는, 열린 서사 형식을 추구한 작품들이 많이 있다. 박태원의 『소설가 구보 씨의 일일』, 최인훈의 『화두』, 이제하의 『독충』, 성석제의 『순정』이나 『홀림』 등이 그러하다. 박인찬(2002), 앞의 논문, 162 - 167.

18) 이에 대한 우리말은 각각 '마디', '닻', '끈'이다.

다. 들뢰즈나 가타리는 하이퍼텍스트의 새로운 텍스트 구조를 설명하기 위해 박하나무 같은 뿌리줄기 식물처럼 사방으로 펼치는, 따라서 중심없는 뿌리인 리좀(rhizome)을 은유로 사용한다. 가운데의 본뿌리를 중심으로 바깥으로 퍼져 나가는 일반적인 뿌리(root)와 대비해 볼 때, 리좀은 분산적이며 횡적 구조로서 위계적이지 않는 것이 특징이다.[19] 들뢰즈나 가타리는 문자의 인쇄로 된 책의 선형성이 인간 체험의 본질을 억압하고 왜곡한다고 본다. 물론 현실 속에서 인간의 삶은 시간의 흐름 속에서 이루어지고, 이 연속이 서사를 발생시킨다. 그러나 문자의 선형적 논리는 자기동일성을 유지하려는 폭력을 행사한다는 점에서 억압적일 수 있다. 이런 맥락에서 보면 중심서사가 뚜렷하지 않는 다중선형적 서사체는 인간체험을 재코드화하려는 지배적 장치로부터 벗어나는 일종의 유목민의 탈주가 된다.[20]

이성의 행진으로서의 역사전개나 전지구적 동질화를 추구하는 계몽적 근대사회에 대한 반성적 성찰은 '틀지움'이나 '명쾌한 것들'의 해체를 선언한다. 대신, 다양성과 이질성이 존중되고, 상호존재(interbeing)나 서로엮기(intertwining)와 같은 뿌리줄기의 횡적 운동과 유연성이 강조되는 리좀적 사회를 꿈꾼다. 이제 문화는 '인쇄술 - 종이책 - 선형적 사고 - 이성중심'에서 '디지털 - 전자책 - 비선형적 사고 - 감성중심'으로 변화되고 있다. 탈조직화되고 분산적이며 고정되지 않은 형식을 추구하면서 문화는 탈근대사회의 변화를 선도한다. 그 중심에 하이퍼텍스트 소설이 있고,[21] <디지털 구보, 2001>의 실험이 있다.

---

19) 배식한(2001), 『인터넷, 하이퍼텍스트 그리고 책의 종말』, 책세상, 107.
20) 최재모(2004), 「하이퍼텍스트 소설 연구 - <디지털 구보, 2001>을 중심으로」, 한국교원대 석사논문, 35.
21) 포스트모더니즘 소설과 하이퍼텍스트 픽션은 프레드릭 제임슨이 진단한 20세기 후반의 총체성 상실의 시대를 유사하게 반영할 뿐 아니라, 세계에 대한 일종의

2) 〈디지털 구보, 2001〉의 문제점 – 내용분석을 중심으로

(1) 다중 선형적 독법의 어려움

<디지털 구보, 2001>이 디자인적인 측면에서 하이퍼텍스트성을 잘 구현하고 있음에도 불구하고, 대중과의 접촉에 실패한 것은 왜일까? 한 가지 원인은 서사의 내용이 독서로에 따른 독법에 맞게 짜여져 있지 않기 때문으로 보인다. 나름의 독서로를 만들어가면서 비선조적으로 이 작품을 읽으면 서사가 전혀 이해되지 않는다. 다중 선형적 구성이 새로운 의미의 생산으로 이어지기 보다는 서사의 맥락을 잃게 하여 소설읽기의 재미를 오히려 반감시킨다.

사이버 공간에서의 소설읽기는 '재미'가 일차적 목적이다. 재미를 통해 독자는 서사에 '몰입'하게 되고, 몰입을 통해 '정서적 감응'을 느끼게 되고, 결국 '의미해독'으로 나아간다. 따라서 재미는 작품의 첫 번째 관건인데, 이는 탄탄한 스토리 구성과 속도감 있는 진행에 의해 뒷받침된다. 사이버 공간에서 독자는 클릭에 의해 링크가 용이한 만큼, 한 곳에 오래 머물지 않는다. 이들은 유목민처럼 사이버공간을 떠다니기에 '디지털 노마드(digital nomad)'라 하지 않던가. 디지털 서사물의 '재미'는 스토리텔링에 의해 이루어진다. 다시 말해 <디지털 구보, 2001>은 스토리텔링이 약하기 때문에 잘 읽히지 않는 것이다.

포스트모더니즘 소설과 하이퍼텍스트 소설은 유사하면서도 명백히 다르다. 인쇄책자와 디지털 매체라는 가시적인 차이 외에도, 포스트모더니즘 소설은 서술자나 등장인물의 내면묘사에 치중하는 반면,

---

포스트모더니즘적 지도만들기의 알레고리란 점에서도 일맥상통한다. "포스트모더니즘 소설은 책을 극복하려는 책이요, 하이퍼텍스트 픽션은 책을 넘어서려는 컴퓨터의 산물이다." Frederic Jameson(1991), *Postmodernism or the Cultural Logic of late Capitalism*, (Durham : Duke UP), 52 - 54 참조

하이퍼텍스트 소설은 이야기에 집중한다. 대개 포스트모더니즘 소설에서 서사구조의 이완은 사건을 생산하기보다는 담론의 추구로 흐른다. 이야기(스토리)가 현재의 시점에서의 사건 진행이라면, 담론은 지나간 사건을 주인공이나 화자가 요약하여 서술하는 방식이다.[22] 포스트모더니즘 소설은 행위보다 주체를 강조하는 경향이 있고, 주체의 시각에 포착된 현실에 대한 해석에 많은 지면을 할애한다. 따라서 이야기성은 약하다. 반면, 디지털 서사물들은 스토리텔링을 강조한다. 예를 들어 인터넷 게시판 소설로서 대중적인 인기를 끌었던 귀여니의 <그 놈은 멋있었다>에는 묘사이든 서술이든 담론은 거의 존재하지 않는다. 현재 일어나고 있는 사건을 축으로 상황의 변화가 빠르게 전개될 뿐이다.

박태원의 <소설가 구보 씨의 일일>(1934)은 몽타쥬 기법이 두드러지는데 반해, <디지털 구보, 2001>은 삽화적 플롯[23]이 뚜렷하게 포착되지 않는다. 후자의 경우, 작품 전체는 오히려 삽화적인데, 서사의 구성은 삽화적이지 않다. 중심서사가 비교적 뚜렷한 편이다. <디지털 구보, 2001>의 주제는 '소통'이고, 서사는 구보와 이상의 관계를 중심으로 진행된다. 거기에 어머니와 구보의 삶의 여정과, 이상의

---

22) 소설의 분석에서 서술의 문제를 논의하려면, '이야기'와 '담론'의 구분이 필요하다. 이야기는 실제의 삶을 사는 사람들과 혼동이 되는 등장인물들을 환기시키는 어떤 현실, 혹은 이미 일어난(지나간) 사건들을 지칭하는 반면, 담론은 보고된 사건(이야기)보다 서술자가 그것을 어떻게 서술하느냐의 차원을 말한다. 이를 다시 시간의 문제와 연관시키려면, '이야기'와 '서술체'라는 용어가 보다 적절하다. 이 때 이야기는 기의 혹은 서술적 내용이고, 서술체는 기표, 발화체, 서술적 담화 또는 텍스트 자체이다. Tzvetan Todorov (1966),"les categories du recit litteriare", in Communication 8, 132, 서명수(2002), 「제라르 쥬네트(Gerard Genette)의 <서술체 담화(Discours du recit)>에서 시간의 범주」, 한국서사학회, 『내러티브』, 제5호, 239쪽에서 재인용.
23) 월터 J. 옹(1997), 이기우 · 임명진 역, 『구술문화와 문자문화』, 문예출판사, 220-221.

사업가로서의 성공담이 곁들여진다. 표면적인 중심 사건은 구보와 이상의 만남이며, 한 소년이 이상의 차량을 훼손시킨 사건이 방계에 놓여 있다. 전체 서사는 비교적 선조적으로 연결되어 있으며, 처음과 중간과 끝이 존재한다. 구보와 어머니의 새벽잠을 깨우는 아버지(남편)의 기억이 작품의 시작이라면, 구보와 어머니, 딸 간의 보이스메일 사건은 서사의 끝에 해당한다. 이 점 또한 일반적인 하이퍼텍스트 소설과 다른, <디지털 구보, 2001>의 특성이며, 독서로에 따른 작품 읽기를 어렵게 하는 이유라 할 수 있다.

하위 렉시아의 존재 역시, 서사의 이해에 별다른 도움을 주지 않거나, 오히려 독서를 산만하게 한다. 예를 들어 구보의 오전 10:00의 한 대목은 "(구보가) 담배 한 개를 피워 물고 체머리를 했다. 옛말에도 풍수지탄이라 했다. 이제 와서 후회해야 소용없는 일이었다." 이다. 이 부분에서 '체머리'는 붉은 글씨로 처리된 핫워드이다. 이를 클릭하면 김한수의 소설 <1994, 그 가을밤>이라는 작품 가운데 '체머리'라는 단어가 들어 있는 대목이 링크된다 <디지털 구보, 2001>에서 '체머리'는 구보가 어릴 때 밖으로만 떠돌던 아버지가 가끔 집으로 찾아와 돈을 빼앗기 위해 어머니를 구타하고, 자신을 마당에 세워둔 냉장고 속에 가두었던 사건을 기억해낸 장면에서 나온다. 구보는 그 기억을 떨치려 담배를 꺼내 물며 체머리를 한 것이다. 그런데 김한수의 글에서 '체머리'는 아내가 임신 소식을 전하며 이사를 가야겠다고 말하자, 심사가 복잡해진 남편이 체머리를 흔든다는 내용에서 나온다. 이렇듯 맥락이 닿지 않는 렉시아 간의 링크는 작품의 서사이해를 방해하는 요인으로 작용한다.

(2) 약한 스토리텔링

<디지털 구보, 2001>에서 독자의 독서로 선택은 제작진의 창작이 완료된 시점에서 시작되는 외형적인 상호작용이다. 그 외에도 컨텐츠와 독자 사이의 상호작용은 여전한데, 여기서 독자는 자신이 지나온 독서로의 내용이나 스토리의 흐름을 기억하고 있어야 소설읽기가 주는 재미와 감동을 느낄 수 있고, 독자와 컨텐츠와의 상호작용도 가능해진다. 그런데 스토리라인의 기억은 스토리가 선조적이거나 순차적인 맥락을 지닐 때 용이하다. 잘 짜여진 스토리라인은 독자의 몰입을 가능케 하고, 앞으로 전개될 사건에 대한 기대와 궁금함을 배가시킨다.

서사에서 스토리가 강조되면 일반적으로 묘사는 줄어든다. 그러나 <디지털 구보, 2001>는 묘사가 꽤 많다.(예; 이상 8:00, 10:00, 14:00, 19:00, 구보 11:00, 1:00, 19:00, 어머니 12:00, 18:00) 내면에 관한 것이든 배경에 대한 것이든 묘사는 시간의 흐름이 정지된 상태에서 이루어지며,[24] 따라서 공간적이다. <디지털 구보, 2001>의 원텍스트 <소설가 구보 씨의 일일>은 영화적이다.[25] <디지털 구보, 2001>도 단편 영화화되어 메인화면의 왼쪽 하단에 자리해 있다. 영화는 원래 공간적인 예술이다. 영화의 공간성은 시각적 예술의 특성과도 연관된다. 영화는 스크린이라는 공간 속에서 또다시 끊임없이

---

24) 쥬네트의 경우, 푸르스트의 《잃어버린 시간을 찾아서》를 분석하면서 주인공의 시선 또는 사색을 통해 이루어지는 묘사는 사색의 대상이 된 사물에 대한 것이 아니라, 사색하는 등장인물의 지각 활동, 그가 점진적으로 발견한 인상, 거리와 지각의 변화, 실수와 교정, 열정, 또는 실망 등에 대한 하나의 분석이자 서술이므로 이러한 묘사는 이야기를 생산하는 서술이라고 보아, 이는 템포의 휴지가 아니라고 보았다. 서명수(2002), 앞의 논문, 250.

25) 이윤진(2002), 「<소설가 구보씨의 일일>의 영화적 수법」, 한국문학이론과 비평학회, 『한국문학이론과 비평』, 제15집, 330 - 348.

공간의 이동을 시각적으로 확인하는 예술이다. 게임서사나 환타지도 서사의 기본축은 시간이 아니라 공간적 확장을 따른다. 영화, 게임, 환타지 등 인터넷 서사물들에서 구술성의 회복은 공간의 이동으로, 즉 모험여행담 형식을 통해 재현된다.

이들과 대비해 볼 때, 소설은 청각적이다. 소설은 리니어(linear)하다는 의미에서 청각적이다. 따라서 시간적이라는 말과도 통한다. 소설은 그 본질이 스토리라는 시퀀스의 연결이고, 시퀀스는 대부분 문자나 음성을 통해 발설되거나 씌어지는 순서가 존재한다는 의미에서 보다 청각적이다. 영화는 장면 제시만으로 소설에서의 장면(대화)과 묘사(요약)를 포괄할 수 있기 때문에 소설보다 묘사에 적합한데, 이러한 사실도 영화의 공간성을 더해준다. <디지털 구보, 2001>에서 구보는 '집 → 지하철역(삼성) → 코엑스몰 → 맥도날드 → 지하철역사 → 롯데월드 → 마르쉐(레스토랑) → 헬스클럽 주차장 → 집'으로 공간 이동한다. 반면, <소설가 구보씨의 일일>에서 구보는 '전차 안→ 다방 → 거리 → 경성역 대합실 → 다방 → 거리 → 술집 → 집(귀가)'로 이동한다. 박태원은 구보의 공간이동을 통해 고현학(考現學)적인 방법론과 그것에 투영된 구보의 의식을 형상화했다. 그는 <소설가 구보 씨의 일일>을 쓸 무렵 영화의 오우버랩 기법에 대해 많은 흥미를 가지고 있었고, 이 작품도 오우버랩 기법을 실험한 것이라고 밝히기도 하였다.[26] 원텍스트로서 박태원의 <소설가 구보 씨의 일일>은 영화에 보다 적합한 작품이고,[27] <디지털 구보, 2001>도 다분히 영화적이고, 공간적이다.

---

26) 박태원(1934.12.31), 「표현 · 묘사 · 기교」, 『조선중앙일보』
27) 박태원의 <소설가 구보 씨의 일일>에 대한 영화적 기법의 분석은 이윤진, (2002), 앞의 논문, 참조

<소설가 구보 씨의 일일>이 몽타쥬 기법으로 구보의 하루일과를 묘사하였다면, <디지털 구보, 2001>은 구보와 어머니의, 과거에서 현재로 이어지는 삶과, 이상의 사업가로서 성공하기까지의 과정까지 다루고 있어 에피소드 중심의 단편서사로 보기에는 서사의 무게가 지나치게 무겁다. 표면적 사건은 이상과 구보의 만남과 관계이지만, 그 그물에 코를 걸면 달려 올라오는 이야기의 망은 어머니의 불행했던 결혼생활과 어린 시절 구보의 상처, 그리고 구보의 사랑과 결혼과 이혼, 구보네 모녀 3대의 관계, 이상의 사업이야기, 구보의 공부 이야기 등, 복잡다단하다. 심층서사의 분량으로 보면 거의 장편소설에 육박한다. '어머니 → 구보 → 딸'로 이어지는 여성 3대의 이야기가 종적 축이라면 '(전)남편 - 구보 - 이상'의 관계가 횡적 축이다. 작품은 한 집에 살면서도 별다른 대화없이 지내는 구보, 어머니, 딸이 디지털매체를 통해 소통의 가능성을 확인하는 장면에서 끝난다. 말 못하는 딸이 '사랑한다'는 문자 메시지를 할머니(구보의 어머니)에게 읽혀서 음성메일로 엄마(구보)에게 보낸다. 딸의 마음이 할머니의 목소리를 통해 구보에게 전달되는데, 디지털 매체가 그들의 매끄럽지 못한 관계의 서먹함을 뛰어넘을 수 있게 해 준다. 이렇듯 <디지털 구보, 2001>은 서사의 축도 있고, 시작과 끝도 있지만, 전체의 표면적 사건은 에피소드적이고, 스토리성은 여전히 약한 편이다.[28]

스토리란 리꾀르의 용어로는 이야기(narrative)이다. 이야기란 '사건의 연쇄'다. '사건(event)'는 '행동'의 결합이거나 그 자체가 하나의 행동일 수 있다.[29] 행동은 사건의 하위개념이면서도 주체의 개별성

---

28) 외국의 많은 작가들은 『해리 포터』를 스토리성이 뛰어난 작품의 예로 들기에 주저하지 않는다.

29) 리꾀르는 뮈토스와 미메시스의 역동성을 강조하면서 줄거리를 생산하는 활동이 여타의 서술에 비해 갖는 우위성을 강조한다. 아리스토텔레스는 『시학』에서 '미

을 강조하는 개념인 반면, '사건'은 보다 '상황' 중심적이다. 사건은 '상황을 변화시키는 행동이나 사태'이다.[30] 사건은 '상황의 변화, 혹은 상황을 변화시키는 동적 요소'로서,[31] 연쇄되어 스토리를 이룬다. 사건과 긴밀한 연관이 있는 개념이 스토리(이야기)와 플롯인데, 이들 간에는 차이가 있다.[32] 사건이 개개의 구슬이라면, 그것을 한 줄로

메시스'를 행동의 모방 또는 재현으로 보았고, 모방이나 재현은 줄거리 구성에 의한 사상들의 배열을 생산한다는 의미에서 중요시하였다. 아리스토텔레스의 시학에서 행동의 재현은 윤리적 기준, 즉 고귀함과 저속함이라는 이분법에 따라서 비극을 보다 우월한 사람을 재현하는 것으로, 희극을 보다 열등한 사람을 재현하는 것으로 정의하고 있다. 또한 서사시와 대비해 희극과 비극은 극이라는 차원에서 서사시와 구별된다. 본질적으로 시인(극시인?) 혹은 화자나 극작가는 줄거리를 만드는 사람이다. 시인은 등장인물들의 행동을 직접 말하거나 혹은 등장인물에게 발언권을 줌으로써 간접적으로 말한다. 아리스토텔레스는 "비극은 인간이 아니라 인간의 행동과 삶, 그리고 행복의 재현이며, 지향된 목표는 자질이 아니라 행동"이라고 말한다. 따라서 비극은 성격이 없어도 있을 수 있는 반면, 행동이 없이는 있을 수 없다. 반면 후대의 프랭크 커모드는 성격을 발전시키기 위해서는 더 많이 이야기해야 하며, 줄거리를 전개하기 위해서는 성격을 풍부하게 해야 한다고 말하였다. 리꾀르는 이러한 맥락에서 윤리학에서의 주체는 도덕적 자질의 영역에서 행동에 선행하는 반면, 시학에서는 시인에 의한 행동의 구성이 성격의 윤리적 자질을 지배한다고 본다. 이는 '행동의 재현'과 '사상(事象)들의 배열'이 동등한 가치를 가짐을 의미한다. 만일 배열이 강조된다면, 모방이나 재현은 사람이라기보다는 행동의 배열이 될 것이다. 폴 리꾀르(1999), 김한식·이경래 역, 「줄거리 구성 - 아리스토텔레스의 《시학》 읽기」, 『시간과 이야기 1』, 제2장, 문학과 지성사, 95 - 103.

30) 미케 발(1999), 한용환·강덕화 역, 『서사란 무엇인가』, 문예출판사, 16.

31) 시모어 채트먼(1985), 김경수 역, 『영화와 소설의 서사구조』, 문학과 지성사, 50 - 51.

32) 플롯과 스토리에 차이에 대한 E.M. 포스터의 설명이 있다. 그는 '왕이 죽었다. 왕비도 죽었다'라는 서사에는 시간은 있지만 논리체계가 누락되어 있는데, 이것은 스토리에 불과하다. 이 서사가 인과성 - 논리체계를 획득하면 '왕이 죽었다. 비탄에 잠긴 나머지 왕비도 죽었다'로 서사가 재구성되어야 하는데, 이것이 플롯이다. 포스터는 이야기에 논리체계를 발생시키는 것을 플롯의 역할로 보았다. 그러나 구조주의자들은 서사는 플롯의 원리에 의존하지 않고도 심미적 구조화가 가능다고 보았다. 왜냐하면 '왕이 죽었다. 왕비도 죽었다' 속에서 인간은 그 양자간의 심리적 인과성을 읽어 낼 수 있기 때문이다. 인간심리에는 구조를 추구하고자 하는 본능적인 성향이 내재되어 있어 별개의 독립적인 두 사건이지만 그것이 쌍으로 묶여 서술되고 있는 데는 이미 인과의 논리관계가 수렴되어 있다는 것이 구조주의자들의 주장이다. 19세기 소설에 비해 20

엮은 것이 스토리이고, 플롯은 다양한 크기와 색깔의 구슬들을 엮은 순서와 방법에 해당한다.[33] 동일한 사건들을 다른 순서나 방식으로 배열하여 같은 스토리를 말하고 있는 사례는 역사와 문학의 도처에 많이 있다. '사건의 연쇄'는 소설의 내부의 여러 요소들, 즉 인물이나 공간 등의 설정도 사건의 전개, 즉 상황의 변화들을 중심으로 설정됨을 의미한다.

스토리가 서사의 내용이라면, 스토리텔링은 서사를 서술하는 방식이다. 디지털 서사물은 스토리가 디지털이라는 매체와 만나 하이퍼텍스트적으로 텔링된다. 묘사적이고 영화적인 작품, 지식인의 내면세계를 뚜렷한 서사없이 형상화한 작품 <소설가 구보 씨의 일일>을 원텍스트로 하여 디지털 매체용 하이퍼텍스트 소설로 구성하는 일은 지난한 과정이었을 것이다. 왜냐하면, 영화적 혹은 공간적인 작품을 시간성의 스토리텔링으로 전환시켜야 하기 때문이다. 따라서 형식적인 측면에서 하이퍼텍스트성을 실현시키기도 쉽지 않았을 것으로 보인다. 그럼에도 불구하고 제작진은 방대하고도 수고로운 작업을 통해,[34] 독서로의 구성이라는 자율권을 독자에게 부여하는데 성공하여, 가시적인 상호텍스트성을 구현해냈다. 그러나 콘텐츠와 독자 간의

세기 문학들이 전반적으로 플롯의 약화를 보이는 데 대해 A.L.베이더는 현대의 작가들이 플롯의 작위성을 거부한 결과로 해석한다. 20세기의 소설들은 경험을 제시하기는 하지만 경험을 해석하거나 평가하지는 않는다는 것이다. 19세기 작가들과는 달리 20세기 작가들은 인생을 산뜻한 사건들의 정연한 결합으로 보지 않기 때문이다. 한용환(2002), 「닫힌 서사에서 열린 서사로」, 『내러티브』 제5호, 42.

33) 조셉 칠더스·게리 렌치 편저(1999), 황종연 역, 『현대문학·문화 비평 용어 사전』, 문학동네, 332.

34) 이 작품의 제작에는 50여명의 스탭이 동원되어 10개월여에 걸친 제작기간과 1억 2천여 만원의 제작비를 지원받았다고 한다. 서사물 자체의 길이는 단편소설 한편 분량이지만, 이 작품을 두고 '대형집단창작물'이라고 칭한 제작진의 표현은 일면 과장되지 않음을 알 수 있다. 북토피아, e - book, <디지털 구보,2001>, 인포메이션.

내적인 상호작용에서는 별다른 성취를 얻어내지 못하였다.[35] 이는 근본적으로 이 작품이 스토리가 아닌, 독자가 텔링할 수 있는 스토리텔링의 데이터베이스로서의 성격이 부족하기 때문으로 보인다.

(3) 서술의 문제와 시간의 구조

대부분의 서사물에서 이야기의 속도인 이야기 시간(지속시간)과 이야기가 실제 텍스트 속에 표현된 줄, 면, 페이지 등의 길이(서술시간 : 텍스트의 길이) 사이에는 간격이 존재한다. 대부분의 소설에서 이 간격은 일정하게 유지되지 않는데 이를 일컬어 부등시(不等時) 현상이라고 한다.[36] 독자로서 소설을 읽을 때 느끼는 서술체의 리듬감은 요약적 제시와 장면적 제시의 교체에서 발생한다.[37] 리듬은 시간의 문제이다. 작품에서 대화의 형식으로 제시된 장면에서는 이야기 시간과 서술시간이 동일한 반면, 요약적인 서술에서는 서술시간이 이야기 시간보다 짧기 때문에 독자는 읽으면서 시간차에서 오는 리듬을 느낀다. 이렇듯 서술적 지속시간(텍스트의 길이)과 이야기 시간(이

---

35) 이상의 이유들 때문에 <디지털 구보, 2001>은 독서로에 따른 독법보다는 선조적으로 읽어야 작품의 내용이나 의미가 이해된다. 이 작품을 연구한 연구자들은 한결같이 논의의 "편의를 위해" 라는 단서를 붙이고 시계열에 따른 독서결과를 전하고 있다. 이러한 예로는, 김명석(2003), 「하이퍼텍스트소설 <디지털 구보, 2001>의 서사분석」, 『현대문학의 연구』, 제20집과 최재모(2004), 「하이퍼텍스트소설 연구 - <디지털 구보, 2001>을 중심으로」, 한국교원대, 석사논문이 있다. 그러나 실제로는 비선조적인 작품 읽기로는 이 작품에 대한 이해가 거의 어렵기 때문으로 보인다. 이는 중요한데, 왜냐하면 독자가 이해하지 못하는 이야기는 즐길 수도, 그 이후의 이야기를 구성해 낼 수도 없기 때문이다. 물론 하이퍼텍스트소설의 독서는 작품 전체의 얼개를 이해하는 것이 목적이 아니라, 끊임없이 링크해 가면서 데이터베이스의 바다를 유목민처럼 떠도는 것 자체가 목적인지도 모른다. 하지만 이 작품이 소설인 바에야 그것을 읽는 독자는 재미를 기대할 것이고, 내용을 이해하려할 것이며, 나아가 거기서 의미를 발견하고자 할 것이다.

36) 부등시 개념에 관한 자세한 내용은 서명수(2002), 앞의 논문, 246 참조

37) 서명수(2002), 위의 논문, 240 - 249.

야기 속 사건이 진행된 시간) 사이의 부등시가 만들어 내는 것이 서술의 리듬효과이다.

<디지털 구보, 2001>의 경우 이 리듬효과를 적절히 살리지 못하고 있다. 예를 들어 <구보 8:00>, <구보4:00>, <구보 5:00>, <이상 9:00>, <어머니 8:00>, <어머니 20:00> 등에서는 서술적 지속시간은 있으되 이야기 시간은 별로 의미가 없다. 별다른 서사의 진행없이 등장인물의 의식이 렉시아를 채우는 경우에도 서술적 지속시간은 거의 같다. 이렇듯 시간대별 균등한 렉시아의 설계가 스토리의 탄력성을 약화시키고, 시간별 일정보고서같이 이야기를 늘어지게 한다. 끊임없는 장면의 제시가 요구되는 디지털 서사물에서 서사의 공백은 서술자의 개입을 부르고, 이는 담론의 생산으로 이어지며, 따라서 스토리(이야기)는 약화된다.

(4) 등장인물의 성격화 문제

주요 등장인물인 구보, 이상,[38] 어머니의 성격화는 작품의 주제인 '소통의 문제'에 비추어 볼 때, 전혀 소통적이지 않은 개성의 소유자로 설정되어 있다. 심지어 구보의 딸은 소통불가의 은유인 듯 농아(聾啞)이다. 컴퓨터 세대가 아닌 어머니뿐 아니라, 하이퍼텍스트성을 연구하고 있는 구보나, 해킹으로 기업을 도산시킬 만큼 컴퓨터에 능통한 프로그래머인 이상조차도 아날로그적 인물로 성격화되고 있다.

---

38) 소설가 구보 이야기는 1930년대의 박태원을 시작으로, 1960년대의 최인훈, 1990년대의 주인석을 거쳐 2001년에 하이퍼텍스트 형식으로 재창작되었다. 웹 정신의 문학적 구현물으로 <디지털 구보, 2001>을 제작함에 있어서 '이상'을 등장시킨 것은 역사적 실존인물인 이상이 '문학의 구조적 혁명가'이며, 작품 자체에 디지털코드를 삽입한 '근대의 프로그래머'이기 때문이라고 제작진은 인포메이션에서 밝히고 있다.

이상은 시인 출신으로서 컴퓨터게임을 개발하는 벤처기업 '시나리오뱅크'의 CEO다. 그는 렉서스를 몰고 다닐 만큼 사업에 성공하였으나, 예민한 성격에 잘 나서지 않는 인물로서 개인적인 정서를 여전히 중시하는 인물이다. 현재 이상은 구보와 친구도 연인도 아닌, 어쩡쩡한 관계에 있다. 구보와 성관계를 맺은 후 그는 수치심을 느끼고 구보에 대해 실망하기도 한다. 하지만 쉽게 자신의 속내를 드러내지 않는다. 한편, 구보는 대학시절 사랑했던 남자 이상에게 어느 봄날 "함께 꽃구경을 가자"고 칠판에 메모했다가 이상이 나타나지 않았을 때, 왜 그랬냐고 이상에게 속 시원히 물어 보지 못한다. 이후 사랑하지도 않는 남편과 결혼했다가 어려움을 겪고, 현재 혼자다. 구보의 어머니는 불행했던 자신의 삶을 구보가 반복할세라 노심초사한다. 구보 역시 그런 엄마와 차별화된 인생을 살기 위해 안쓰럽도록 애쓴다. 어머니는 구보가 더 이상 자기 삶에 개입하지 말라고 하자, 속앓이만 한다.

세 주인공 모두 누구에게도 속내를 드러내지 않는 성격이다. 타자와의 소통에 소극적이고, 또 서툴다. 구보의 어머니는 외로워서 매일 밤 화투점을 친다. 그것도 손님이 오는 점괘가 나올 때까지 한다.(어머니 20:00) 구보와 이상은 늦은 밤 혹은 새벽 컴퓨터에 앉아 끊임없이 채팅을 한다.(구보 5:00, 24:00, 이상 25:00) 네트워킹을 원하는 것이다. 이들을 아날로그적 인간유형이라 함은 소통에도 서툴고, 감각도 386세대나 혹은 그 이전 세대의 것을 이들이 지니고 있기 때문이다. 재밌는 것은 NQ(Network Quotient)가 사회적 성공의 지표로 논의되는 디지털 시대에 소수의 사람과만, 꼭 필요한 대화조차 나누기를 주저하는, 지극히 소외된 인물로 재현된 이들은 소통하지 않기 때문에 역설적으로 다성적일 수 있다. 예를 들면, 구보와 이상은 그들의 성관계를 맺는 일에 대해 서로 다른 의미부여를 한다. 그 일 이후, 구보는 이상에 대해 뭔가를 기대하게 되고,(9:00) 이상은 구보에 대해 실망하게 되어 관계를 정리하는 계기로 삼는다.(9:00) 둘은 서로의 속마음을 알고 싶어 하지만, 끝내 그 궁금함을 드러내지는 않는다. 소통하지 않아서 결과적으로 다성적(polyphonic)으로 남는 부분이다.

<디지털 구보, 2001>은 인물 중심의 작품이다. 여기서 시간은 부차적이다. 독서로의 선택도 인물을 먼저 정한 다음에 시각을 선택하게 설계되어 있다. 대개 인물중심의 서사나 사상 중심의 서사는 현실의 재현보다 현실에 대한 해석에 비중을 두게 되고, 따라서 미적인 추구가 두드러진다.[39] 서사보다 등장인물의 내면세계가 비중을 갖게 되면 서술자가 등장인물의 의중에 자꾸 초점을 맞추게 되고 서술자의 개입이 빈번해진다.[40] 때문에 디지털 매체에 의해 공개되는 하이퍼텍스트 소설이 인물 중심 서사가 되면 스토리텔링[41]을 지향하면서도 이야기에 비해 담론(discourse)이 많아지는 결과에 이르게 된다.

3 '하이퍼텍스트'와 '소설'의 결합은 가능한가?

넓은 의미에서 이야기(스토리)가 인간이 세계를 인식하는 한 방법

---

39) 최시한(2002), 「사건이 개념과 갈래 - 서술 층위를 중심으로」, 한국문학이론과 비평학회, 『한국문학이론과 비평』, 제15집, 360.

40) 강소영(2003), 「서술자의 태도를 나타내는 표지 '보다' - <소설가 구보씨의 일일>을 대상으로」, 한국텍스트언어학회, 『텍스트언어학』, 제14집, 39.

41) 사건진술의 내용을 '스토리'라고 하고, 사건 진술의 형식을 '텔링'이라고 하면 스토리텔링은 이야기를 만들고 그 이야기를 청자에게 전달하는 행위를 포함한다.

이라면, 좁은 의미의 그것은 일정한 삶의 시간을 우리에게 들려주되, 정서적 감응에 호소하는 양식이라고 할 수 있다. 인간의 삶은 시간의 연속이고, 이야기는 사건의 시간적 기억이다. 작가는 서사행위를 통해 실존적 시간 경험에 질서를 부여하여 하나의 의미구조를 만들어낸다.[42] 인간의 실제 삶 속에는 불일치가 일치를 압도하지만, 이야기 속에는 일치가 불일치를 압도한다.[43] 인간들은 자연의 혼돈보다는 인위적인 질서를 좋아하고 형식이 주는 위안을 즐긴다. 잘 배열된 이야기의 구조에서 인간은 불안을 잠재우고, 실존의 고뇌를 덜며, 삶의 의미를 해독한다.[44]

인간 삶 속의 다양한 사건들로부터 하나의 통일되고 완전한 스토리를 끌어내어 통합적 역동체로 허구화시킨 것이 소설이다. 소설에서 작가가 사건, 인물, 주제 등의 요소를 시간적으로 통합하는 방식이 플롯이다. 플롯은 작가나 등장인물이 세계를 이해하는 하나의 모델이므로 이데올로기적이다.[45] 다성적 소설이나 하이퍼텍스트 소설의 시도도 소설의 이데올로기적 한계를 넘어서려는 노력으로 볼 수 있다.

다성적인 특성을 지닌 소설은 문학사에 많이 있다. 그러나 하이퍼텍스트 소설은 서구에서도 몇몇 작품 정도가 실험적인 단계에 있을 뿐이다.[46]'하이퍼텍스트 소설' 즉, 하이퍼텍스트화된 소설의 존재가

---

42) 프랭크 커모드(1993), 조초희 역, 『종말의식과 인간적 시간』, 문학과 지성사, 57.
43) 폴 리꾀르(1999), 김한식·이경래 역, 『시간과 이야기 1』, 문학과지성사, 51.
44) 엘리자베드 디플(1984), 문우상 역, 『플롯』, 서울대 출판부, 60.
45) 김인호(2002), 「이야기의 힘, 새롭게 확장된 플롯의 역할」, 한국서사학회, 『내러티브』, 제5호 25.
46) 미국의 하이퍼텍스트 픽션 작가인 마이클 조이스는 하이퍼텍스트 픽션을 두 가지로 분류한다. 하나는 탐색적(exploratory) 하이퍼텍스트이며, 다른 하나는 구성적(constructive) 하이퍼텍스트이다. 전자는 독자가 선택하는 연결들에 따라 텍스트가 스크린 상에서 달라지지만, 하이퍼텍스트 픽션 자체는 모든 다양한 읽기에도 불구하고 근본적으로 하이퍼텍스트 픽션으로서, 조이스의 《오후, 이야기》와

가능할까? '하이퍼텍스트성'와 '소설'의 물리적 결합이 아니라, 화학적이고도 유기적인 통합은 가능할까? <디지털 구보, 2001>의 성공과 실패는 이 같은 질문을 우리에게 남긴다.

탈구조주의가 텍스트의 구조나 해석에서 개방의 물꼬를 텄다면, 디지털 기술은 이를 대중의 손끝에서 실현시켰다. 분명 유연성과 상호작용성을 특징으로 하는 디지털 매체는 다수의 대안이 가능한 현대를 표현하는 데 적절한 도구이다. 사이버 공간에서 독자의 참여로 이루어지는 디지털 서사물의 경험 역시 다감각적인 몰입(immersion)과 참여적 포맷의 구축, 그리고 결말을 거부하는 서사형태로 각 분야에서 각광받고 있다. 전자게임이나 3차원 입체영화, 각종 광고와 인터넷 쇼핑몰 등에서의 활용은 눈부실 지경이다. 이러한 시기에 <디지털 구보, 2001>은 소설 영역에서 '하이퍼텍스트성'의 실현가능성에 대한 탐색으로서, 실험적 시도가 갖는 의의는 아무리 강조해도 지나치지 않다.

본고는 <디지털 구보, 2001>의 디자인 측면에서 하이퍼텍스트성의 구현방식과, 콘텐츠의 내부구조나 내용에서의 몇 가지 문제점에 대해 살펴보았다. 그 결과, <디지털 구보, 2001>이 독자의 참여유도에 성공하지 못한 것은 '하이퍼텍스트'라는 형식과 '구보 이야기'라는 컨텐츠의 부적절한 접목 때문인 것으로 밝혀졌다.

<디지털 구보, 2001>의 경험은 '하이퍼텍스트'와 '소설'의 결합

같은 비교적 전통적인 작품들이 여기에 속한다. 반면 후자는 셜리 잭슨의 ≪패치워크 소녀(Patchwork Girl)≫와 같이 독자의 참여로 텍스트의 재구성이 가능한 하이퍼텍스트 픽션으로, 저자와 독자의 상호작용과 공동창작을 통해 텍스트가 확산, 생성될 수 있다. 이 밖에도 마크 아메리카의 ≪그래마트론 (Grammatron)≫처럼 문자 텍스트가 그래픽이나 음향, 비디오, 색채 등과 연결된 형식의 경우는 하이퍼미디어 픽션, 혹은 웹소설이라 한다. 박인찬(2002), 앞의 논문, 156.

에 대해 불투명한 전망을 내비춘다. '하이퍼텍스트'와 '소설'은 과연 결합될 수 있을까? 분명한 것은 하이퍼텍스트 소설도 '소설'인 바에야 소설의 우산 아래 있다는 사실이다. 그리고 소설은 일종의 목적(주제)이 있는 이야기이다. 리꾀르는 목적 없는 이야기는 우연한 말의 조합에 불과하기 때문에 의미를 생산하지 못한다고 하였다. 일반적으로 목적(의도나 주제)은 설계(이야기구성이나 디자인)에 선행한다. 포스트모더니즘 소설조차 서사가 불분명한 대로 나름의 주제나 작가의식은 존재한다. 그런데 '하이퍼텍스트'는 서사의 구조가 가변적이다. 하이퍼텍스트의 다중선형적 독법은 서사의 재구성이자, 스토리라인의 디자인 변경이다. 디자인은 목적에 후행하므로, 다자인의 변경은 작품의 목적이나 주제(의도)를 변경시키는 일이고, 결국 그것은 디자인의 문제가 아니라, 그 작품의 해체이자, 나아가 새로운 작품 만들기이다. 이는 마치 포르쉐와 벤츠를 부품(파트)별로 분해해서 그것들을 재조립해 '포 - 벤'이라는 새로운 차를 만들 수 있을 것인가의 문제와 유사하다. 각 차의 부품은 그 차에 맞게 설계되어 있듯이, 서사의 조각들은 새로이 짜 맞출 수가 없다. 혹시 짜 맞춘다고 해도 새로운 의미구성에 이르는 작품을 만들기는 매우 어려울 것이다.[47]

　'하이퍼텍스트 소설'이 아닌, '하이퍼텍스트 내러티브'는 다양한 형태의 디지털 서사물로서 앞으로도 번성할 것이다. 이는 갈수록 개인주의화되어가는 사회에서 소통을 지향하는 모든 인간의 내밀한 열망

---

[47] 최근 교육 분야에서도 학습용 컨텐츠의 개발에 있어서 각각의 부분컨텐츠들을 다른 용도로 재활용하는 것은 적절하지 못하다는 인식이 확산되고 있다. 학습용 컨텐츠의 부분들은 특정 교과목이나 교과과정 중의 한 부분이며, 각각의 학습 객체의 특성에 맞게 설계된 것이다. 따라서 임의로 그 중 몇몇 개를 재조합하여 새로운 학습용 컨텐츠로 활용하는 것은 학습의 전 과정이 가진 유기적인 결합을 염두에 둘 때, 효과적이지 않다는 것이다. 조일현(2004), 「학습 객체 설계모델에 대한 개념적 연구」, 한국기업교육학회, 『기업교육연구』, vol.7 - 2. 76.

에 닿아있기 때문이다. 이러한 디지털 서사물의 심미적 구조화 원리는 스토리텔링이다.[48] 소설을 제외한 디지털 서사물에서 스토리텔링이 갖는 결정적 지위는 이미 입증이 되었다. 다만 본고의 결론은 '하이퍼텍스트성'을 '소설'에 접목시키는 것은 불가능해 보인다는 것이다.

디지털 시대의 새로운 서사물로서 '하이퍼텍스트 내러티브'는 그 자체로 정의하고 개발하고 연구되어야 할 것이다. '하이퍼텍스트 내러티브'는 '소설'의 한 하위양식이 아닌, 전혀 새로운 디지털 서사이다. 그리고 그것은 인쇄된 책으로서의 소설과는 다른 서사 원리에 따라 다른 방식으로 발전해 가면서, 소설과 영향을 주고받을 수도 있을 것이다.

최근 디지털 서사물 외에도 장르문학에 대한 논의가 분분하다. 장르소설은 기존의 전통적인 소설보다 스토리의 비중이 크다. 본고는 장르소설과 하이퍼텍스트의 결합 가능성을 조심스럽게 예견해 본다. 그러나 이 또한 소설로서의 성격보다는 게임에 가까운 내러티브가 되지 않을까 한다. 하이퍼텍스트 내러티브에서 스토리는 다양한 옵션으로서 데이터베이스의 제작진이 설계하고, 스토리의 텔링, 혹은 스토리라인의 전개는 독자의 몫이다. 이는 스토리를 텔링하는 것이므로 일종의 구술문화적 성격을 갖는다. 하이퍼텍스트 내러티브에서는 독자의 클릭이 이어지는 한 스토리는 텔링되고 이야기는 이어진다. 한마디로 스토리텔링은 하이퍼텍스트 내러티브나 모든 디지털

---

48) 디지털 매체에 대한 오랜 현장 경험과 연구를 토대로 『사이버 서사의 미래 : 인터랙티브 스토리텔링』를 쓴 자넷 머래이는 디지털매체를 통해 진행되는 모든 서사의 양태들은 다양한 형태의 인터랙티브 스토리텔링(interactive story telling)을 실현시킨다는 사실을 밝혀냈다. 다매체성, 쌍방향성, 다중선조성, 등은 인터랙티브 스토리텔링의 미학적 특질이 된다. 자넷 머래이(2001), 한용환 · 변지연 역, 『사이버 서사의 미래 : 인터랙티브 스토리텔링』, 안그라픽스, 54.

서사의 미래다.[49)]

한편, 디지털 서사물은 서사의 조각들을 짜 맞추어 새로운 작품을 만들어야 하므로 서사의 조각들은 삽화적이고, 전체 컨텐츠는 스토리로 넘쳐나야 할 것이다. 그리고 삽화적 플롯이나, 또 이렇게도 저렇게도 선택할 수 있는 서사구성으로 인간과 현실의 본질에 대한 탐구를 담아낼 수는 없을 것이다. 결국 하이퍼텍스트 내러티브에서 비극은 영원히 불가능할 것이다.[50)] 디지털시대에도 그것은 결국 본격소설의 몫으로 남는다.

하이퍼텍스트 내러티브는 인쇄된 책으로 된 소설을 소멸시키거나 대체하는 것이 아니라, 시장을 달리하며 소설과 공존할 가능성이 높다.[51)] 하이퍼텍스트 내러티브는 스토리텔링으로 독자에게 흥미와 재미, 그리고 감흥을 선사할 것이며, 본격소설은 독자에게 인간과 세계에 대한 의미 있는 성찰을 촉구할 것이다. 결국 <디지털 구보, 2001>이 대중적으로 성공하지 못한 것도, 이 작품이 디지털매체와 본격소설의 결합을 꿈꾸었기 때문인지도 모른다.

---

49) 모든 서사물에 있어서 스토리의 중요성을 강조한 스티븐 킹의 『유혹하는 글쓰기』의 한 대목을 인용하면서 글을 맺는다. "결국 진주를 만들어내는 것은 조개껍질 속으로 스며드는 모래알이다. 다른 조개들과 어울려 진주 만들기 세미나를 연다고 되는 일이 아니다." 스티븐 킹(2002), 김진준 역, 『유혹하는 글쓰기』, 김영사, 288.

50) 일반적으로 비극은 '운명'을 다룬다. 즉, 비극에서 등장인물은 플롯에 끌려가지 플롯을 이끌어 가지 못한다. 그것은 '운명'이기에 피하거나 선택의 여지가 없는 것이다. 그러나 하이퍼텍스트 소설은 독자에 의해 서사가 끊임없이 가변적으로 구성될 수 있다. 즉 독서로의 선택에 의해 피해 갈 수 있는 서사의 진행은 결국 본질적으로 '운명'을 다룬 '비극'과 양립할 수 없다.

51) 움베르토 에코도 이 부분에서는 본고와 생각이 같았다. 김주환(1996), 「기호학자·소설가 움베르토 에코 인터뷰 <디지털 매체, 책 말살하지 못한다 : 백과사전 같은 참고 서적류에만 영향>」, 『시사저널』, 제372권, 94 - 96 참조

3 한국문학의 지방성 극복에 관하여

1 <세계문학>은 없다

오늘날과 같은 국제화시대에는 국경을 초월한 다국적 기업의 활동만큼이나 문화·예술 분야의 국제적 교류 또한 활발할 것으로 전망된다. 이 시점에서 한국문학의 원활한 발전과 보다 주체적인 외국문학과의 교류 나아가 세계문화에 적극적으로 기여할 수 있는 방법의 모색은 시대적인 요청이라 하지 않을 수 없다. 이에 한국근대문학은 먼저 지난 1세기 신문학사의 성과를 정리하고, 한국문학의 특성을 파악하며, 이를 통해 세계문화 속에서 그 위상을 새롭게 정립할 필요가 있다. 미래의 한국사회는 물론 국제사회가 요구하는 새로운 한국문학의 내포는 그것으로부터 도출될 수 있을 것이다.

이와 같은 맥락에서 이즈음 한국문학의 국제화 전략구상에 관한 논의가 다각도로 진행되고 있다. 이 글은 이러한 흐름이 안고 있는 한 가지 문제점을 지적하고 그것의 극복을 위한 필자 나름의 제안을 하는 것을 목표로 한다. 지나치게 방대한 주제에 대해 개인적인 제안을 하는 것에 불과한 이 글은 논의의 균형점을 잡기가 쉽지 않을 것이다. 그럼에도 불구하고 이 글은 한국문학 연구자인 필자가 외국에 3년간 체류하면서 밖에서 본 한국문학과 그 위상의 재고를 위한 고민의 결과이므로, 한국인만의 한국문학이 아닌, 세계인이 향유하는 한국문학을 만들어 가기 위한 다각적인 의견 수렴에 일조할 수 있으리라 믿는다.

이 글은 먼저 간단하게나마 한국문학의 범위를 한정지은 후, 본론의 전반부는 한국문학의 특수성에 대한 저간의 논의들을 살펴보고 그러한 논의들이 갖는 문제점을 짚어내는 데 할애된다. 후반부는 한국문학과 세계문학의 올바른 관계설정과 한국문학의 국제적 경쟁력의 확보를 위해 한국적인 것에의 천착 뿐 아니라, 문학성에의 재고로 나아가야 한다는 논지의 필자의 주장으로 구성된다. 즉, 글로벌 시대에 한국문학의 주체적인 발전 전략은 한마디로 그것에 대한 논의가 먼저 <한국문학>에 관한 것에서 <한국문학>으로 논점 이동이 되어야 할 것이라는 것이 필자의 주장이다.

흔히 세계문학과 한국문학의 관계를 문제 삼거나, 세계 속에서 한국 문학이 가지는 지방성 극복을 문제 삼는 경우, 세계문학은 하나의 실체로서 질문자의 뇌리 속에 이미 자리해 있기 쉽다. 그러나 세계 속에 한국문학이 존재하고, 동북아문학, 동남아문학, 인도문학, 아랍문학, 유럽문학, 북미문학과 중남미문학, 아프리카문학은 존재하지만, 독립된 실체로서의 세계문학은 따로 없다. 왜냐하면 모든 문학은 특정 지역 혹은 종족 출신의 작가에 의해, 특정 지역의 언어와 문화를 배경으로 한, 지방적(local)인 것이기 때문이다. 다시 말해 하나의 관점으로 정리해낸 세계문학사나 세계문학개론이 존재할 수 없는 것처럼, 세계문학은 독립된 실체로 존재하지 않는다.

오히려 세계문학이란 인류가 지금껏 이룩해 놓은, 모든 지방적 문학 유산의 총체를 일컫는 총합적인 개념에 불과하다.[1] 물론 각국 혹은 각 민족의 신화나 서사시 혹은 민담의 영역에서 세계의 문학적인 공통성이 확인되지 않는 것은 아니다. 또한 앞으로 전개될 세계 각국 문학은 기존의 세계문학의 자양분을 공유할 수 있으므로 '세계문학적 성취'라고 할 수 있는 어떤 보편적 성과에 토대하여 각국의 사회적 상황과 역사적 현실에 맞는 문학으로 발전되어 나갈 것이다. 그럼에도 불구하고 세계문학은 없다. 문학은 지방어로서 각각의 국어를 떠날 수 없고, 작가의 개인적 경험의 시공간과 또 거기서의 현실 인식 방식을 벗어날 수 없으므로, 모든 문학은 지방적이다.

그럼에도 불구하고 '세계문학'은 '전집'의 형태로 존재하는데,[2] 이는 문학적 성취나 작품이 담고 있는 인식의 보편적 호소력에 근거한 것이다. 세계문학전집에 수록된 각각의 작품 자체는 작가의 국적이나 문화적 토양, 언어적 환경과 시대적 특수성을 고스란히 담고 있다. 예를 들어 도스토예프스키의 ≪악령≫은 러시아의 민족성 문제를 신과 인간의 관계를 통해 조망하고 있으며, 빅토르 위고의 ≪장발장≫은 프랑스 혁명의 정신을 보여주는 한편, 인간의 죄성(罪性)과 그것으로부터의 구원의 문제를 동시에 통찰하고 있다. 세계문학의 반열에 올라섬을 의미하는 노벨문학상의 수상이나, 소위 'classic'에의 선택압력은 작가가 자기의 모국어를 탁월하게 조율하여 그들의

---

[1] 이러한 관점에서 조동일은 세계문학이란 "地域的 変移의 總体이면서 歷史的 蓄積의 總体"라는 포괄적인 정의를 내린 바 있다. 조동일, 「한국문학과 세계문학」 김우창·김흥규 공편, 『문학의 지평』, 고려대출판부, 1984, 296면

[2] 오늘날까지 <세계문학전집>이라는 형태로 출간되고 있는 문학서적들의 경우, 세계문학의 전 면목이나 실상을 제대로 파악하고 조명해 보기에는 부적절 하다. 세계문학 전집의 편집은 그 지역적 편중성의 문제가 이미 여러 번 장애로서 지적되어 왔다. 이러한 논의의 예는 조동일의 글에서 발견된다. 「한국문학과 세계문학」, 김우창·김흥규 공편, 『문학의 지평』, 고려대출판부, 1984, 296면

문화적·역사적·시대적 환경 속에서 살고 행동하는 사람들의 이야기를 통해 인간성 본연의 모습을 깊은 통찰력으로 보여주느냐, 그렇지 않으냐의 여부에 달려 있다.

따라서 한국문학과 세계문학과의 관계설정에 관한 질문은 세계 속의 한국문학의 위상에 관한 것으로 수정되어야 하리라고 본다. 나아가 한국문학과 한국학의 활발한 세계 시장 진출을 지향한다면, 한국문학이면서 세계문학의 내포를 확장하는데 적극적으로 기여할 수 있는 문학의 수립을 위한 방안의 모색에 논의의 초점을 맞추어야 할 것이다.

2 일제하 조선문학의 고유항 찾기

한국문학의 범위 설정에 대한 논의는 이미 여러 차례 있어왔다. 한국문학의 범위 문제에서 이견(異見)이 없는 것은 우선 그 결정적 규정력이 일차적으로 한국어라는 사실일 것이다. 그러나 또한 통상 한국문학이란 한국어로 된 문학 뿐 아니라, 외국어로 발표되었다 할지라도 그것이 한국적 현실과 연관되어 있으며, 또 한국인의 생활과 정서에 맞닿아 있는 것이라면 한국문학의 범주에 포함시켜 왔다. 이 글은 이러한 통례를 존중하고자 한다. 구체적으로 이 글에서 말하는 한국문학의 범위는, 남한 문학을 중심으로 하되 북한문학과 재외동포 문학3)을 포괄하면서, 외국에서 외국어로 발표되었으나 한국인 작

---

3) 여기에 대해서는 다음의 글 참조 「재외 동포의 모국어 문학 예술의 현황과 창작 방향」, 설성경 외 4인 공저, 『세계 속의 한국 문학』, 새미, 2002. 463 ~ 566면 참조

가에 의해 한국적 상황과 정서를 담고 있는 문학까지를 아우르는 것이다. 예를 들어 미국에서 작품 활동을 한 강용홀의 『초당』이나 김은국의 『순교자』 등은 한국적인 상황을 배경으로 한국인의 이야기를 영어로 발표한 작품이다. 이들은 한국문학의 범위에 포함된다. 그러나 이후 이 글에서 말하는 한국문학은 주로 남한의 근·현대 문학에 국한되는데, 이는 전적으로 필자의 한계 때문이다.

그렇다면 한국문학의 특징은 무엇인가? 일반적으로 우리는 '한국문학'이란 용어보다 '민족문학'이라는 용어에 더 익숙해 있다. 특히 근대문학 연구자의 경우, 신문학의 역사가 민족문학을 둘러싼 다양한 논의들로 점철되어 왔기에 더욱이 그러하다. 일제강점기하와 해방공간의 민족문학론 수립의 의지는 주지의 사실이다. 6·25로부터 4·19까지의 시기에는 순수·참여문학론이 우세하였고, 1960년대 이후 시민문학론, 리얼리즘론의 양태를 거쳐 민족문학론에 이르는 탐색의 장정 또한 널리 알려진 바와 같다. 1990년대 이후에도 민족문학론은 백낙청, 윤지관 등에 의해 끊임없이 논구되고 있다.

이러한 현상적 현실의 근저에는 우리가 단일민족국가로 오래도록 존재해 왔다는 사실이 자리해 있을 것이다. 통일신라시대 이후 천여 년 간 민족문학을 공유할 수 없는, 즉, 한민족이 아닌 소수민족이 우리의 경우에는 따로 없었다. 우리 민족은 국권의 상실과 회복, 동족간의 전쟁과 체제의 분열이라는 역사의 굴절을 겪으면서도 민족의 일치를 경험하는 혼치않은 행운을 누려왔다. 일제 강점기 하의 신문학기는 특히 국권의 상실기로서 민족 단위의 문학만이 가능하였다. 한국전쟁기와 분단 이후 남·북한 문학의 대립은 또 한번 국가단위의 문학론보다 민족문학이라는 개념을 상정하지 않을 수 없는 현실적인 여건이 되었다. 어쨌든 남한과 북한의 문학을 아우르며, 더불어 분단 극복의 의지를 분명히 하고자하는 민족적 열망까지 더해져 '민족문학'이라는 용어는 지금까지 '한국문학'을 대신해 근대문학론의 핵심적 화두로 자리해 왔다.

그러나 저간의 사정을 인정한다 해도, 이제는 좀더 우리를 객관화시키고 국제화시대에 부응할 수 있는 "한국문학"이라는 용어의 채택이 필요한 시점에 이르렀다고 필자는 생각한다. 민족문학이란 지나치게 우리 내부의 시각 위주라는 감을 지울 수 없다. 특히 비교문학적인 관점에 선 논의라면 한국문학이라는 용어의 채택이 더더욱 요청된다 하겠다.

그렇다면 한국문학이란 무엇인가? 한국문학의 아이덴티티에 관한 질문은 고전문학과 현대문학을 두루 섭렵한 이후에나 정확한 답변이 가능할 것이다. 그러나 영역을 근대문학으로 제한할 경우, 한국 신문학사에 있어서 한국문학의 정체성 혹은 방향성 문제를 처음으로 논의한 인사는 애국계몽기의 단재 신채호이다. 그는 국권상실기에 문화란 불가하다고 하면서도, 조선문학의 방향을 제시한 글을 썼다. 애국계몽기의 문사다운 기개가 느껴지는 글, 「대흑호의 일석담(大黑虎의 一夕淡)」(1925)에서 그는 조선 청년작가들에게 현실의 문제점을 타개하는 데 도움이 되는 문학에 매진할 것을 당부하는, 즉 계몽적인 문학론을 다음과 같이 설파하고 있다.

> 룻소의 民約論의 發表가 君主專制의 虐焰이 한창 熾盛하던 때이며 톨스토이가 아모리 溫和派이지마는 露西亞帝室과의 存亡關係 잇는 希臘敎를 反對한 勇士이다. ‥‥(중략)‥‥ 不滿의 現實---곳 最大威力을 가진 現實에서 逃避하는 者는 隱士이며 屈伏하는 者는 奴隸이며 格鬪하는 者는 戰士이니, 우리는 右의 三者에서 其一을 選擇하지 안할 수 업는 境遇에 선줄을 自覺할지니라.[4](생략은 필자)

위의 글에서 신채호는, 현실의 제반 과업을 떠난 혁명은 "적진이 퇴거한 뒤의 대포"와 같으므로, 모름지기 조선의 청년 작가들은 현실에 맞서 루쏘, 똘스토이와 같이 "현실과 격투하는 전사"가 되어 줄 것을 당부한다. 후기 계몽기에 속하는 일제 치하의 경우, 육당 최남선은 「不咸(Parkan)文化論」이라는 글에서 일제가 한국민족에게 덮어씌운 일선동조론(日鮮同祖論)·일본문화 우월론(日本文化 優越論)에 대항하여 고대문화사를 연구하였다. 이를 통해 그는 한국문화가 일본에 끼친 영향과 그 전파 과정을 분석하였다.[5] 육당의 「살만교차기(薩滿敎箚記)」는 일본의 <신도(神道)>가 <살만교(薩滿敎)>의 일종임을 밝히고 있다.[6] 한편, 안자산(安自山)은 『조선문학사(朝鮮文學史)』에서 일본의 무사도와 신라의 화랑도가 등질적인 것임을 선양하고 있다.[7] 일제시대 계몽적 문사들의 이 같은 노력들은 국권 침탈기에 조선적인 것이 무엇이냐는 문제의 해답을 찾고, 민족 문화의 자긍심을 높이기 위한 작업의 일환들이었다.

1920년대 중·후반에서 1930년대 전반기 한국 신문학사는 좌우 진영의 민족문학론 구상으로 가열찼다. 이후, 양대 진영의 논의를 넘어서는 조선문학, 혹은 조선적인 것에 대해 고민을 정리해 낸 문예이론가는 해방공간의 김동리였다. 김동리의 견해는 특히 오랫동안 한국문학의 고유항을 규정하는 데 영향력을 끼쳐 왔다. 그에 따르면 문학은 "문학적 사상의 문학적 표현"인데, 문학적 사상에서 시대

---

4) 신채호, 「대흑호의 일석담」, 「인도주의 가애」, 1925년 ~ 7년 경, 김병민 편, 『신채호문학유고선집』, 연변대학출판사, 1994. 183 ~ 4면.
5) 최남선, 「不咸文化論」, 『육당 최남선 전집2 - 한국사II』, 현암사, 1973. 43 ~ 76면.
6) 최남선, 「살만교차기(薩滿敎箚記)」, 『啓明』, 19호 1927,5. 『육당최남선 전집2 - 한국사II』, 현암사, 1973. 490 ~ 518면.
7) 안자산, 『조선문학사』, 한일서점, 대정 11년, 김민주 외 2인 편집, 『역대한국문법대계』, 제1부 제7책, 탑 출판사, 1986. 40 ~ 41면.

적·사회적 의의와 공리성은 오히려 부차적이며, 문학의 참된 사상성이란 "시대와 사회를 초월하여 인간이 영원히 가지지 않을 수 없는, 인간의 가장 보편적이요 근본적인 문제에 대한 고도의 해석이나 비평"이라고 말한다.[8] 그에게 있어서 <문학하는 것>이란, 한마디로 "어떤 구경적(究竟的)인 생의 형식"이다. 여기서 "구경적 삶"이란 "우리에게 부여된 우리의 공통된 운명을 발견하고 이것의 타개에 노력하는 것"이라 그는 말한다. 그에 따르면, "종교는 찬송하고 기도하고 귀의하지만, 문학은 사색하고 상상하고 창조(표현)하는 것"으로서, "자기 자신 속의 신명을 찾고 구하는 것"이다.[9] 이어 그는, "문학정신의 본령정계(本領正系)는 인간성의 옹호"이며, "순수문학의 기조는 휴머니즘"으로 본다. 그에게 있어서 민족문학은 "민족정신이 기본이 되는 문학"이며, "민족정신이란 본질적으로 민족 단위의 휴머니즘"이 된다. 이어 그는 순수문학과 민족문학은 본질적으로 별개의 것일 수 없다고 피력한다.[10]

이상 김동리의 논리를 정리하면, 민족정신에 토대한 문학이 민족문학인데, 이때 민족정신 혹은 민족 단위의 휴머니즘이란, <무녀도>나 <역마>의 세계, 즉 샤머니즘이나, 허무주의적 운명론에 다름 아니다. 기실 한국의 전통 문화의 기저에서 유교·도가(道家)·불교를 외래의 것으로 치부할 경우, 남는 것은 샤머니즘이다. 샤머니즘이란 최남선의 「살만교차기(薩滿教箚記)」에 나타난 바와 같이, 고대 이후

---

8) 김동리, 「문학적 사상의 주체와 그 환경 - 본격 문학의 내용적 기반을 위하여」, 『백민』, 15호. 1948,7 『김동리 전집7 - 문학과 인간』, 민음사, 1997. 67면.
9) 김동리, 「문학하는 것에 대한 사고(私考) - 나의 문학 정신의 지향에 대하여」, 『백민』13호. 1948,3 『김동리 전집7 - 문학과 인간』, 민음사, 1997. 70 ~ 75면.
10) 김동리, 「순수문학의 진의 - 민족문학의 당면과제로서」, 『서울신문』, 1946,9.14. 『김동리 전집7 - 문학과 인간』, 민음사, 1997. 79 ~ 80면.

동북아지역 전체의 원시적 사유(原始的 思惟) 패턴에 해당한다. 한국문학의 경우, 그것은 고대 서사시(敍事詩) 문학의 근간을 이루는 사상이기도 하다.11) 김동리가 주창해 마지않던 민족적 휴머니즘 혹은 민족정신의 실체는 곧 샤머니즘적 세계이며, 이 부분에서 그는 최남선과 크게 다르지 않다. 김윤식은 이에 대해 김동리가 찾은 한국적인 것의 실체가 조선적 색채에 멈출 뿐, 보편적인 세계주의로 나아가지 못함을 다음과 같이 지적한 바 있다.

그를 키워 준 모든 근대 사상의 근본적인 요소인 과학주의 · 합리주의 · 실증주의 · 유물주의 등의 관념을 철저히 불신함으로써 비로소 김동리는 안심할 수 있었다. <바위>, <무녀도>, <황토기> 등이 이를 새삼 말해 준다. 그러나 그의 이러한 근대 불신 또는 부정이 그로 하여금 허무에 직면시켜 주기는 했으나, 그 자체가 구원일 수 없다는 데 최대의 사상상의 난점이 있는 것이다. 해방공간에서 그는 이 점을 해명 · 극복해야 했는데, 다음 두 가지 이유로 그 극복은 어려웠다. 삶의 구경적 형식이 민족주의적 문학이념으로 발전해 나갈 수 있는 연결고리 찾기의 난점을 그 하나로 들 것이다. 삶의 구경적 형식이란, 원형적 인물 탐구에서 나오는 것이며, 그것은 저 도스토예프스키 문학에서 한 전범을 찾을 수 있는 것인 만큼 그것이 그대로 민족적 형식으로 나아가기 어려운 노릇이다. 만일 구경적 형식이 도스토예프스키에서처럼 그 자체로 보편적 세계주의로 되지 않는다면, 그것은 한갓 지방성으로 떨어져, 지방색이랄까 조선적 색깔이라든가 정서에 주저앉게 되는 것이다. 제3 휴머니즘을 모색하기도 하고 본령정계의 문학론을 모색하기도 했으나 여전히 김동리는 이 점에서는 불투명한 단계에 있었다. 해방공간이 낳은 수작 <역마>(1948)에서 드러나는 당사주에 입각한 운명론의 초극불능이 이점을 새삼 일깨우고 있다. 주인공 성기

---

11) 김동욱, 「韓國文學의 基底」 김열규 외 3인 편, 『고전문학을 찾아서』, 문학과 지성사, 1976. 8면.

가 역마살이라는 이름의 운명을 극복하고자 했으나, 그것에 순종함으로써 비로소 구원을 얻는 형식이었던 것이니, 이 점에서 보면 당사주라든가 무녀로 말해지는 원형적 인물들이나 사건이 조선주의라는 지방성에서 벗어나지 못하게 된다.[12]

김윤식은 김동리가 근대사상의 근본적인 요소인 과학주의·합리주의·실증주의·유물주의 등의 관념을 철저히 불신하고 한국적인 것, 민족정신의 내용으로 도달한 곳이 '당사주에 입각한 운명론'인 바, 김동리는 조선주의라는 지방성을 극복하지 못하게 되었다고 평가하였다. 김윤식의 평가와 무관하게, 김동리식의 조선주의 논의는 이미 그 시대적 여건을 상실하였다고 보는 것이 옳을 것이다. 한국문학의 특질에 해당하는 민족적 휴머니즘 혹은 민족정신의 실체가 샤머니즘이라고 보는 인식은 김동리 시대의 산물이다. 물론 원시의 신화나 전통으로서 샤머니즘적 요소가 현재까지 한국인 심상의 한 근저를 차지하고 있음을 부인하기는 어려울 것이다. 그러나 김동리가 인식한 민족정신, 혹은 한국적인 것의 실체로서의 샤머니즘적 요소는 이제 시효가 만료된 것으로 보인다. 김동리 문학의 시대와 21세기 개방화시대 사이에 내재된 시간적 거리는 한국문학의 특질을 새로이 탐색해 볼 충분한 이유를 제공해 준다고 본다.

---

12) 김윤식, 「삶의 구경적 형식으로서의 문학」, 『한국근대문학사상연구2 - 문협정통파의 사상구조』, 아세아문화사, 1993. 42 ~ 3면.

3 6 · 25 이후 민족문학의 특질론

1960년대의 순수참여논쟁 이후, 1970년대 중반까지 남한사회의 민족문학에 대한 논의는 한국적 민주주의를 옹호하는 유신정권의 시녀처럼 생각되었던 시절도 있었다. 반면, 1970년대 후반부터 1980년대를 관통하는 시기의 민족문학과 민중문학에 대한 무성한 논의들은 마치 반정부 인사들의 시국 성토문처럼 인식되기도 하였다.13) 그럼에도 불구하고 우리의 민족문학의 내포는 끊임없이 수정되고 세련되어져 오늘에 이르고 있다.

최근 한국문학의 사상적 기저나 특질에 대한 논의는 고전문학을 전공한 학자들에 의해 활발히 논구되고 있다. 먼저, 황패강은 한국문학의 특질을 완판본 춘향전과 심청전의 예를 들어 설명한다. 한국의 고대소설이나 판소리에 등장하는 춘향과 심청은 <구원의 여인상>으로서 서구적인 문예이론에 의한 전형화니, 성격 창조니 하는 차원을 넘어서는, 본질적이고 공고한 것을 추구하는 고전문학의 미의식의 결과라고 말한다. 그는 현실적인 타당성의 차원을 넘어서 예술적인 감동을 추구하는 것을 한국문예의 미의식으로 제시하면서, 허버트 리드의 말을 인용하고 있다. 그 대목을 잠시 살펴보면 다음과 같다.

동양의 예술에 明暗法이 결여되어 있는 것은 그들의 무능력이나 후진성의 소치가 아니다. 그들은 자연을 이해할 때에 그 특수한 공간의 성질을 발견하지 않는데 그 원인이 있다. 그들은 빛과 陰影 대신

---

13) 설성경 외, 「미래 한국문학의 진로」『세계 속의 한국문학』 새미, 2002. 529 ~ 30면.

線的인 율동을 발견한다. 그리고 태양의 광선과 같이 변화하기 쉬운, 일시적인 것에 의하여 대상에게 주어진 우연의 효과보다는 이것이 더 본질적인 것이라고 생각한다. 그들의 취향은 참으로 기본적이며, 공고한 무엇인가를 향해 있다.[14]

한때 많은 예술인들이 한국문예의 특질로 <맛>과 <멋>을 든 적이 있었다.[15] 이러한 전통주의의 사상적 근거는 주자사상(朱子思想)에 관조정신(觀照精神)을 융합한 것으로 보인다.[16] 분석적인 접근이나 합리적인 설명을 넘어서는 자리에 있는 비의적(秘意的) 요소이자, 고즈넉한 아름다움을 관조하는 것을 그렇게 칭한 것이리라. 황패강의 인식도 그것과 크게 다르지 않다고 본다.

이에 반해, 김윤식은 한국문학의 연속성 문제를 논하는 자리에서 한국문학의 특성을 다음의 세 가지로 설명하고 있다. 첫째, 여성적인 편향 female complex, 둘째, 부의식(父意識)의 회복 내지는 옹호, 셋째, 자조적(自嘲的)인 풍자성이 그것이다. 여성적 편향이란 김소월·김영랑·한용운, 기타 한국시의 전통적 흐름이 그 어투나 발상 면에서 현저히 여성적인 모습을 드러냄을 말한다. 부의식(父意識)의 옹호란 조선주의로 대표되는데, 이광수의 ≪단종애사(端宗哀史)≫, 월탄의 ≪금삼(錦衫)의 피≫, 이태준이 대표하는 『文章』파의 고전주의를 지칭하는 것으로서, 왕조에의 애착 및 소멸해 가는 것의 미학적 탐구를 의미한다. 마지막으로 자조적 풍자성은 이상(李箱)의 정직한 절망

---

14) Herbert Read, The Meaning of Art, Penguin Book, Baltimore, 1967. 133. 황패강, 「고전문학의 미의식의 원리」, 김열규 외 3인 편, 『고전문학을 찾아서』 문학과 지성사, 1976. 32면.
15) 김동욱, 「韓國文學의 基底」, 김열규 외 3인 편, 『고전문학을 찾아서』, 문학과 지성사, 1976. 4면,
16) 이러한 인식은 최일수, 「문학의 세계성과 민족성」, 『현대문학』, 1957.12 ~ 1958,4.

과 김유정의 토착적인 유머로 대표된다고 김윤식은 지적한다.17)

반면, 김열규는 우리문화의 특징적 양상으로서 융일주의(融一主義, 신크레티즘syncretism)를 내세우고 있다. 신크레티즘이란 외래적인 요소를 받아들여 우리 나름대로 통합하는 경향을 지칭하는데, 주로 한국문화 혹은 한국문학은 무속신앙, 불교, 유교, 도선사상(道仙思想) 등이 통합되어 영향을 미치고 있음을 의미한다.18)

한편, 조동일은 한국문학을 한국어로 된 한민족의 문학이며, 민족 구성원에게 공감영역이 보장되는 문학으로서, 민족의 현실을 타개하는데 기여하는 문학으로 정의한다. 그에 따르면, 민족문학은 분단 체제 하에서 민족적 동질성이 해체되지 않도록 주체적인 노력으로 통일이라는 민족적 사명을 심층적인 현실문제로서 계속 다루며, 정화 능력과 종합 능력을 발휘하는 문학이다.19) 또한 한국문학은 제3세계 문학의 한 부분이다.

제3세계 문학이 표방하는 민족문학은 민족주의 문학이고 국제적인 유대에 의한 공동노선의 문학이다. 제국주의와 패권주의에 대항해서 민족 해방을 이룩하고 민족의 권리를 찾고, 민족의 역량을 재발견하는

---

17) 이 밖에도 김윤식은 김동리의 허무의지나 서정주의 인간탐구, 염상섭과 채만식의 개인과 사회의 발전에 대한 탐구도 한국문학의 한 특질로서 덧붙이고 있다. 그러나 이같은 김윤식의 한국문학 혹은 그 상위개념으로서 민족문학은 신문학사 이후부터 해방까지의 문학에 한정되어 있고, 또한 부의식의 옹호가 왕조에의 애착과 소멸되어 가는 것에 대한 미학적 탐구라고 본 것은 자조적인 풍자성과 더불어 한국근대문학의 특질을 지나치게 일제암흑기 내로 한정시켜 과거지향적이거나 자조적인 분위기로 몰아 미래지향적인 진취성과는 대조되는 것으로 설정한 감이 없지 않다. 김윤식, 「한국문학의 연속성 문 제」, 김열규 외 3인 편, 『고전문학을 찾아서』, 문학과 지성사, 1976. 134면.
18) 김열규 외 3인, 「한국문학의 사상적 흐름」, 김열규 외 3인 편, 『고전문학을 찾아서』, 문학과 지성사, 1976. 84면.
19) 조동일, 「한국문학과 세계문학」 김우창 · 김흥규 공편, 『문학의 지평』, 고려대출판부, 1984, 306면.

것을 기본 목표로 하고, 각 민족의 평등한 관계에 의거해 억압과 착취가 없는 국제사회를 이룩하자는 것을 이상으로 내세우며, 그 사명을 감당하는 문학이다.[20]

위의 글에서 조동일은 제3세계 문학이자 민족문학으로서 한국문학은 민족의 해방과 민족의 권리찾기, 그리고 민족적 역량의 재발견이라는 목적에 충실하여야 함을 강조하고 있다. 더불어 그는 제 3세계 국가들 사이의 문화교류와 문화 협력의 필요성을 역설하기도 한다. 백낙청의 민족문학론 역시 조동일의 한국문학론과, 민족적 현실의 타개에 복무하는 문학을 주창하고 있어 다르지 않다. 1970년대 이후 백낙청은 민족문학론을 꾸준히 가다듬어 왔는데, 그에 따르면 민족적 현실에 충실한 민족문학과 보편주의가 제3세계에 있어서는 서로 배치되지 않는다.

약소민족의 민족주의라는 것이, 서구에서 민족주의가 나와서 그것이 시민혁명을 이룩한 뒤에는 제국주의가 돼서 식민지를 만들고, 다른 나라를 탄압하던 이런 것에 반대해서, 우리의 민족적인 생존을 지키고 제국주의와는 다른 길을 마련해 보겠다, 그야말로 보편적인 사랑의 원칙에 좀더 가까운 길을 택하겠다는 것이니만큼, 민족문학론의 밑바닥에 깔린 통일을 바라는 감정도 정당한 감정이려니와, 거기서 나오는 우리의 진로 역시 정당한 보편주의와는 전혀 어긋날 것이 없는 것이라고 저는 생각합니다.[21]

---

20) 조동일, 「한국문학과 세계문학」 김우창 · 김홍규 공편, 『문학의 지평』, 고려대출판부, 1984, 315면
21) 백낙청, 「한국문학과 제3세계문학의 사명」, 『민족문학과 세계문학 Ⅱ』, 창작과 비평사, 1985. 271면.

민족적 위기의식을 강조하는 민족문학 개념은 우리 민족의 문학적 유산 가운데서 특수한 일부만을 떼어내어 추켜올리고 나머지는 부당하게 내동댕이치는 억지가 아니라, 적어도 19세기 후반부터 오늘날까지 지속되고 있는 민족적 위기의 상황에서는 우리의 문학유산 전체를 가장 온당하게 평가하고 소화하는 지침이라 할 수 있다. 동시에 그것은 민족 현실의 특수성을 내세워 한국문학을 세계문학의 대열에서 이탈시키기는커녕, 오히려 현단계 세계문학의 가장 선진적인 흐름인 제3세계 민족문학의 일익을 맡게끔 해주는 것이기도 하다.[22]

민족적 현실의 특수성에 착목하는 것이 제3 세계 민족문학의 경우 세계문학의 선진적인 흐름을 이어가는 길이라는 백낙청의 논의는 강조해도 지나침이 없을 것이다.

 ## 4 국제화 시대와 한국문학

제3세계 문학으로서 민족문학이 민족적 현실의 개선에 복무할 때, 그것이 세계문학의 보편성과 선진성을 확보할 수 있다는 백낙청의 민족문학론은 분명 '세계 대 한국'이라는 대립구도 보다는 민족 내부의 현실에 초점이 가 있는 논의이다. 반면, 조선문학의 특질을 샤머니즘적 요소로 본 일제시대나 해방공간의 김동리의 논의를 비롯하여 황패강, 김열규, 김윤식 등의 논의들은 민족적 특질이나 고유성에 의거해 한국문학의 정체성을 구성하고자 한, 즉 외부를 보다 강하게 의식한 논의들로 볼 수 있다. 어쨌든 이상의 논의들을 살펴볼 때, 그동안 한

---

22) 백낙청, 「민족문학의 현단계」, 『민족문학과 세계문학 Ⅱ』, 창작과 비평사, 1985. 271면. 12 ~ 3면.

국문학의 정체성 탐구에서 우선시된 것이 한국적인 것, 한국인의 특징, 혹은 한국문화의 특수성 등에 대한 규명이었음을 알 수 있다.

앞서 설명한 바처럼, 한국적인 것 혹은 한국인 심성의 근저에 대한 김동리의 사유는 육당 최남선이 한국문화의 근간을 샤머니즘으로 설명한 글에서 비롯된 것이다.23) 그런데 한편 육당은 조선인의 민족성에 대한 질문에 대해서는 다음과 같이 답하고 있다.

> 역사를 통하여 조선인의 민족성을 살필진대 그 長處라 할 것은 낙천적이요, 결벽성이요, 耐勞耐乏하고 堅忍持久하고 武勇善鬪함 등이요, 그 단처라 할 것은 형식을 과중함이요, 조직력·단합심·收束性이 약함이요, 勇銳하지 못함·바락스럽지 못함이요, 퇴영·고식함 등을 들 수 있습니다.24)

---

23) 최남선은 「살만교차기(薩滿敎箚記)」에서 한국문화와 샤머니즘의 관계를 '샤아먼'과 '무당'의 비교를 통해 다음과 같이 설명하고 있다.
"亞細亞의 東北部(西比利亞)를 中心으로 하여, 東은 白令(베링)海峽으로부터 西는 <스칸디아나비아>의 國境에 이르는 古亞細亞의 모든 遺民과, 그 南에서는 <아이누>·日本·琉球·朝鮮·滿洲·蒙古로부터, 中央 亞細亞를 지나서 東部 歐羅巴까지에 이르는 <우랄 알타이>의 諸種族의 사이에, 精靈 崇拜(내지 애니미즘)에 基礎를 두고, 呪術(혹은 巫医)가 重要한 職司를 行하는 一種의 原始的 宗敎(내지 自然的 宗敎·宗敎的 呪術·古信仰)가 共通으로 流行하니, 이것을 學者가 薩滿敎(英 Shamanism·獨 Shamanismus·仏 Chamanisme)라고 일컫습니다. 人類學 及 文化史上에서 Asiatic religion 혹 Asiatic culture라고 하면, 이 薩滿敎가 그것을 代表합니다. 이 敎門에는 <샤아먼>(薩滿)이라는 이가 있어, 神(곧 精靈)의 憑依로써 神意를 探知하고 靈能을 行使하여 信仰의 中心을 지으니, <샤아먼>을 보통으로 말하면, 聖者 又 祭司와 같은 것이요, 朝鮮에서로 말하면 <무당>에 当하는 것입니다. 그의 信仰을 據하건대 天地間에는 善惡 種種의 精靈이 充滿하여 있어, 이 精靈을 잘못 건드리면 疾病·饑饉 등 모든 災厄이 發生한다 하니, 이 精靈과 人生과의 사이에 處하여 祈禱, 祓禳 등으로써 消災求福의 聖職을 맡은 이가 이른바 <샤아먼>입니다."
최남선, 「살만교차기(薩滿敎箚記)」, 『啓明』19호 1927,5. 『육당최남선 전집2 - 한국사Ⅱ』, 현암사, 1973. 490면.
24) 최남선, 『매일신보』에 1937년 1월부터 연재된 『朝鮮常識問答』의 제6장 역사편, 「조선의 민족성」, 『육당 최남선 전집3』, 현암사, 1973. 52면.

장·단처를 나누어 조선인의 민족성을 논한 육당의 판단의 근거는 차치하고, 국권침탈의 시기였던 까닭에 이때에는 그와 같이 민족성의 특질을 규명하는 일이 빈번하였던 것으로 보인다. 예를 들어 그 비슷한 시기에 안자산(安自山)은『조선문학사(朝鮮文學史)』(韓一書店, 大正11年)의 부록에서, 조선인의 민족성을 다음의 7가지 항목으로 정리하고 있다. 조상숭배(祖先崇拜), 조직적 정신(組織的 精神), 예절(禮節), 순후다정(淳厚多情), 평화낙천(平和樂天), 실천주의(實踐主義), 정의인도(正義人道)가 그것이다.25)

이들의 논의는 오늘날 한국인의 특성이나 한국문화의 저류에 대한 설명의 기저를 이루게 된다. 오늘날에도 혹자는 일본인의 축소지향의 문화나 서구의 분리·분석적인 사고의 특성과 대비해, 한국인의 특성으로 통합적 사고, 혹은 비빔밥과 같은 어우러짐의 문화나 기질을 내세우기도 한다.

그러나 한 민족의 특성을 한 두 마디로 설명하는 것은 불가능할 뿐 아니라, 필요한 일도 아니라는 것이 필자의 생각이다. 같은 이치로 한국문학의 기저나 특성을 샤머니즘적이다, 여성 편향적이다, 혹은 영원하고 공고한 무엇인가를 추구한다는 등의 정리가 꼭 필요한 것은 아니라고 본다. 이것은 마치 중국문학이란 무엇인가, 미국문학이란 무엇인가, 일본문학이란 무엇인가 혹은 영국문학의 특성은 무엇인가, 라는 식의 질문과도 흡사하다. 그런데 필자는 외국에서 그런 식의 질문을 들어본 예도 없고, 그것에 해답을 찾기 위해 애쓴 글도 발견하지 못하였다. 그보다는 16세기 영국시의 특성은 무엇인가? 라든가, 셰익스피어 비극의 특징은 무엇인가, 혹은 19세기 러시아 문

---

25) 안자산,『조선문학사』, 한일서점, 대정 11년, 김민주 외 2인 편집,『역대한국문법대계』, 제1부 제7책, 탑 출판사, 1986. 40 ~ 41면.

학의 특징은 무엇인가? 라는 질문은 가능할 것이다.

주지하다시피 한국 신문학사는 일제 강점기하에 본격화되기 시작하였다. 때문에 한국근대문학 연구자의 경우, 이식문학론의 극복은 넘어야 할 과제의 하나였고, 우리 근대문학의 내발적인 동인이나 고유항 찾기에 매달리지 않을 수 없었다. 또한 6·25와 분단현실은 민족문학이란 이름으로 문학에 분단극복과 민주화라는 시대적·민족적 과제를 부여한 것, 또한 사실이다.

그러나 이제 한국문학은, 21세기라는 국제화시대를 맞아 지역적 특수성 안에만 더 이상 매몰되지 않고, 세계문학으로서 보다 적극적으로 세계문화의 창달에 앞장서기 위해서 <무엇을>, <어떻게> 해야 할 것인가를 논의해야할 시점에 이르렀다. 바야흐로 이제 한국문학의 세계화를 위해서 <한국문학>에서 <한국적인 요소>가 무엇인가에 대한 논의 뿐 아니라, <한국문학>의 <문학성>을 어떻게 고양시킬 수 있을 것인가에 대해서 사고해야할 시점에 이르렀다는 것이 필자의 생각이다. 한국문학을 논하거나 연구함에 있어서 추수주의나 이식사관, 문화적 자기부정이나 맹목적 선진주의는 분명 경계의 대상이다.26) 우리의 문화와 문학에 내재한 내재적인 역량과 논리를 재인식하는 일은 분명히 필요한 일이다. 그러나 지나치게 그것을 강조함으로써 문학성 자체를 놓치고 있는 것은 아닌지, 이 시점에서 다시 한번 생각해 볼 일이다.

서두에서 밝혔듯이, 모든 문학은 본질적으로 지방적(local)이기 때문에, 지방성은 극복의 대상이 아니라 오히려 민족적 개성으로 존중되

---

26) 김흥규는 한국 비교문학의 과제로서 위의 네 가지 사항의 극복을 강조한 바 있다. 「伝播論的 前提와 比較文學의 문제」, 『문학과 역사적 인간』, 창작과 비평사, 1980. 177면.

어야 할 것이다. 또한 국제화시대에 한국문학의 발전방향은 대내·대외적으로 나누어서 동시에 추구되어야 할 것이다. 우선 내적으로는 한국문학의 문학성의 향상을 위해 노력해야 할 것이다. 일례로 "좋은 작품"의 창작을 지원하는 우수작가 지원 시스템의 구축 등이 시급하다고 본다. 대외적으로는 한국문학의 번역사업 지원과 그 체계의 구축, 그리고 장기적으로는 재외 한국인과 외국인에게 한국어 교육 기회의 확대와 한국문화를 소개하고 교육시킬 수 있는 교육기관이나 기구의 상설화, 한국문화 전반에 있어서 외국 학계와의 정례화된 학술교류 활동 등에 관한 구체적인 논의가 뒤따라야 할 시점이다.

5 <한국문학>에서 <한국문학>으로

언제부턴가 "가장 한국적인 것이 가장 세계적이다" 혹은 "우리 것은 좋은 것"이라는 문구가 특히 문화예술 부분에서 민족 문화에 대한 자긍심을 일깨워 주는 인식으로 통용되어 왔다. 그러나 좀더 곰곰이 따져보면, 우리의 어떤 것이 세계적인 것이 되었을 때, 그것의 "가장 한국적인" 요소가 그것을 "세계적"으로 만들었기보다는, 그 속에 내재된 어떤 보편적인 요소가 세계인에게 깊이 있는 호소력을 획득한 때문인 경우가 많다. 무엇인가가 세계적인 것이 됨, 혹은 어떤 것이 우리에게만 좋은 것이 아니라, 누구나(세계인)에게 좋은 것이 되려면, 그것에 내재된 어떤 보편적인 장점이 인정되어야 한다. 우리 것이 우리에게 좋다는 것 역시, 익숙함의 관점을 넘어서서 그 속에 내재된 적절함, 장점, 혹은 선진성 때문에 좋은 것일 터인데,

그것이 문화적인 토양이 다른 사람들에게도 좋은 것일 경우에야 더 말할 필요가 없을 것이다.

<사물놀이>나 <난타> 공연이 뉴욕의 맨하탄에서 대성황을 이루었고, 또한 호평을 받았다고 할 때, 그것은 <사물놀이>나 <난타>가 보여준 원초적인 리듬감의 강렬함과 아름다움에 현지인들이 공감하였기 때문일 것이다. 캐나다 벤쿠버에서 공연된 유니버셜 발레단의 <심청전>도 현지에서 극찬을 받았다고 한다. 그것에 보내진 찬사 역시, 현지인들의 눈에 비친 '한국적인 것'이 주는 이국적인 매력이나 요소 때문은 아닐 것이다. 그보다는 그 공연이 총체적으로 뛰어난 예술성을 보여준 때문일 것이다. 그러한 예는 무궁무진하다. 옻칠의 우수성도 그러한 예가 될 수 있을 것이다. 옻이 한국에서 생산되고, 한국인이 개발한 방식의 칠문화이기 때문에 세계적으로 평가받는 것이 아니라, 그것이 천연 안료나 도료로서 갖는 내구성과 아름다움, 바닷물이나 미생물에 대해 견디는 능력의 탁월함 등이 옻칠의 우수성의 근거가 될 것이다. 그러한 사정은 마치 한국인이 셰익스피어의 작품을 읽거나, 피카소의 그림을 보고서 감동을 받을 때, 그것이 영국적이거나 스페인적인 것이기 때문이 아님과 마찬가지일 것이다.

한국문학의 세계화를 주장하는 사람들은 흔히 한국적인 것의 선양에 지나치게 주목하는 경향이 있는 것 같다. 그것은 이미 하나의 상투적인 당위론이 된 감마저 없지 않다. 물론 한국문학은 한국적 현실에 대한 인식이자 발언이다. 또한 한국문학은 한국사회의 발전에 긍정적인 방식으로 기여하고자 노력해야 옳다. 한국문학은 한국의 현실에 대한 올바른 인식을 감동을 통하여 전할 수 있어야 하며, 인간에 대한 신뢰와 역사의 진전에 대한 새로운 가능성을 보여 주어야 할 것이다. 한마디로 민족문학은 민족적 현실에 착목하여야 할 것이다.

그러나 이러한 것들은 치열한 작가정신, 즉 인간과 세계에 대한 깊이 있는 통찰력이 적절한 문학적 표현을 획득할 때, 자연스럽게 획득되어질 수 있을 것으로 본다. 오늘날까지 반복적으로 주장되어 온 것, 즉 문화적 다원주의 시대에 민족적 전통을 내세운 민족문학으로 한국문학의 세계화를 달성하자는 논의는 결국 <한국문학>에서 <한국>을 지나치게 강조한 논의일 가능성이 짙다. 그렇다고 해서 한국문학이 지닌 독자성과 세계문학으로서의 보편성을 더불어 획득할 수 있는 보편적 독자성을 발굴하자[27]는 논의로 빠지는 것은 말만 쉬운 절충론일 가능성이 높다.

필자는 한국문학의 진정한 세계화를 위한 유일무이한 방법은 한국문학이 문학적으로 세계적인 수준의 것이 되는 길뿐이라고 생각한다. 더 이상 <한국문학>에서 한국에 방점을 찍고, 한국적인 것, 민족적 현실에 지나치게 갇히지 말자고 말하고 싶다. 문학 자체의 본질에 충실하다면 그 결과물은 세계인의 감성에 호소력을 가질 것이다. "한국적"인 것에 집착하지 않아도 작가의 경험과 언어를 초월할 수 없는 것이 문학이므로, 문학성에만 충실하다면 그 속에서 한국적인 것은 작가의 지문처럼 묻어날 것이다. 왜냐하면, 작품 속에 그려진 현실은 작가가 경험한 세계를 멀리 벗어날 수 없고, 작품 속에 담론화된 현실이란 작가에 의해 체험되어지고 해석되어진 것이기 때문이다.[28] 또한 작가의 인식은 그가 속한 집단적 인식의 오랜 관습을 벗

---

27) 설성경 외. 「한국문학의 주체적 발전을 위한 방안」, 『세계 속의 한국문학』, 새미, 2002. 530면.

28) 영국의 과학철학자 라카토스(I. Lakatos)에 의하면, 절대적으로 순수한 사실·경험·현상이란 존재할 수 없고, 모든 사실·경험·현상은 이미 해석되어진 것들이다. 왜냐하면 우리가 현실이라고 알고 있는 것은 이미 현실에 대해 발언된 것이며, 우리는 담론 밖, 즉, 현실 자체로 이월해 갈 수 없기 때문이다. 라카토스, 「반증과 과학적 연구 프로그램의 방법론」, 라카토스·무스그레이브 편, 조승옥·

어나지 않으며, 그가 사용하는 언어의 인식체계를 벗어 날 수 없기 때문이다.

한국문학의 세계화는 좋은 한국 문학작품을 세계시장에 내 놓으면 달성될 것이다. "좋은 문학"이 관건이지, 그것이 얼마나 한국적인 것이냐, 혹은 어떻게 한국적인 작품을 생산할 것인가에 대해 지나치게 골몰할 필요는 없다는 것이 필자의 생각이다. 좋은 문학이란, 민족이나 국가의, 혹은 작가적 경험의 영역 내에서 개별성에 기초하되, 이 시대의 본질을 꿰뚫는 인간과 세계에 대한 인식을 서사적 구조 속에 녹여 내면서, 미학적이되, 미에 대한 물신적 숭배에 떨어지지 않는 작품일 것이다. 개별적 요소들 속에 묻히지 않는, 아니 그것을 뚫고 나오는 보편적 인간 이해의 깊이를 느낄 수 있는 작품일 것이다. 그것은 마치 화가들이 가장 한국적인 회화를 그리려고 애쓰기보다는 치열한 작가 정신과 회화성 자체의 새로움의 창안에 골몰하는 것과 흡사하다. 굳이 곰방대나 질화로를 그리지 않아도, 또한 감이 매달린 초가집 처마와 마당에 널린 고추들을 그리지 않아도 그들의 그림에 묻어 있는 색감과 정조, 분위기는 이미 동양적이거나 한국적인 것이 배어 있기 마련이며, 혹시 국적을 확연히 알 수 없다 할지라도 그것 자체가 현재의 한국적 현실의 일면을 반영한 것이므로 회화성 자체에 철저하면 되는 것과 흡사하다. 회화의 가치나 창의성이 "무엇"을 그렸는가에 의해 결정되지 않고, "어떻게" 그렸는가에 의해 좌우되는 것처럼, 한국문학은 이제 "한국" 보다는 "문학성"에 보다 집중하여야 할 것이다.

김동식 역, 『현대과학철학 논쟁』, 민음사, 1987. 참조

4 모더니즘 예술에서의 시간문제

 머리말

인간 사유의 선험적 존재이자 본질직관 형식이기도 한 시간과 공
간 문제에 대한 인식은 사회·역사적으로 상대적인 것이며, 그런 한
에서 역사적인 성격을 가진다. 역사적으로 형성되는, 행위와 사고의
선험적 조건으로서의 시간과 공간을 푸코는 '역사적 선험성(a priori
historique)'이라 표현하였다.[1] 이는 그 안에 존재하는 삶을 정의하고,
제한하며, 규정하고 통제한다는 점에서 삶의 형식을 이루는 지반이
며, 결국은 사회마다 그 성원들을 각각의 질서와 규칙에 따라 생산
해내는 메커니즘인 셈이다. 이는 비단 인식론적 차원에서만이 아니
다. 시공간에 대한 인식은 계급구조나 가족 형태, 교육방식이나 이데
올로기, 건축구조나 사회적 조직방식 등이 모두 일정한 사회적 지각
방식을 통과한 것이고, 또 그 과정에서 지각방식의 일정한 조건으로
서 사회적 시간 - 공간의 형태는 이미 그 구조나 형태들에 새겨져 있

---

1) M. Foucault, *L'archeologie du Savoir*, (Gallimard, 1969), 166.

다고 보아야 한다.

이 글은 모더니즘 예술, 특히 모더니즘 회화와 소설을 중심으로 모더니티에서의 시간의식의 변화를 읽어내고 그 철학적 토대를 이해하는데 바쳐질 것이다. 모더니즘 예술에 나타난 시간의식의 징표들은 모더니티에 대한 비판적 인식의 단초를 어떻게 담고 있으며, 그것을 통해 어떻게 절대적이고 초험적인 근대적 시간과 공간 개념을 해체하고 있는지를 보일 것이다. 모더니즘 예술에서의 시간의식의 변모는 데카르트에서 칸트에 이르기까지 불변의 기초로 보았던 유클리트 기하학의 붕괴에 대응된다.2) 1915년에 발표된 일반 상대성 이론은 시간-공간이 별도의 차원이 아니라, 하나의 복합적인 계(界)이며, 시간은 더 이상 선험적인 것이 아니라, 상대적이며 경험적인 것이고,3) 공간은 중력장에 의해 구부러져 있다는 것을 널리 공언하였다.4) 본 논문은 모더니티와 모더니즘 예술에서의 시간의식을 대조적으로 고찰해보고, 그 각각의 특징이 의미하는 바를 정리해 본 것이다.

---

2) 근대에서의 절대적 시간과 공간 개념이 로바체프스키-보야이와 리만의 새로운 기하학으로 그 유일성을 상실했고, 절대공간 개념의 물리학적 잔상이었던 에테르의 존재가 그것을 확증하려던 마이켈슨-몰 실험으로 인해 역설적으로 부정되었으며, 절대적인 시간 개념은 아인슈타인의 특수 상대성 이론으로 인해 무너졌다.

3) 하지만 여기서 경험되는 것이란 말이 경험적인 사실 일반과 동일한 차원에서 취급됨을 뜻하지는 않는다. 시-공간은 경험을 넘어서 존재하는 것은 아니지만 개개의 물리적 사실이나 사건이 그 위에서 발생하고 진행되는 지반이며 빛의 경로를 규정하는 지반이다. 이런 점에서 그것은 절대적인 것, 초험적인 것은 아니지만, 여전히 선험적인 것이다. 그리고 바로 이런 점에서 지각이나 경험을 시간-공간이라는 지반 위에서 파악하려는 칸트의 문제제기는 여전히 유효할 수 있을 것이다. 그러나 그것은 시간, 공간 자체도 상대적이며 가변화할 수 있는 것으로 정의하는 한에서 그러하다.

4) I. Lakatos, (조승욱·김동식 譯), 『현대 과학철학 논쟁』, (서울 : 민음사, 1987)과 H. Reichenbach, (이정우 譯), 『시간과 공간의 철학』, (서울·민음사, 1986) 참조

2 모더니티와 시간

모더니즘 예술에 나타난 시간의식에 관한 고찰은 몇 가지 구별된 인식을 전제하여야 한다. 먼저 모더니티(Modernity) 혹은 모더니즘 (Modernism)이란 용어는 두 가지 서로 다른 맥락 속에서 사용되어 왔다. 첫째는 역사적 발전 단계에 대한 일종의 시대 인식으로서 역사적 모더니티라는 개념이 있다. 이는 과학과 기술의 진보, 산업혁명, 그리고 자본주의에 의해 야기된 광범위한 사회·경제적 변화를 이룩한 문명사의 한 발전단계를 일컫는 개념이다. 둘째는 그러한 역사적 모더니티에 대한 비판적 인식을 토대로 한 예술에서의 모더니즘적 요소를 통칭하는 미적 모더니티라는 개념이 있다. 모더니즘 예술에 나타난 시간의식을 다루기 위해서는 이러한 역사적 모더니티와 미학적 모더니티에 대한 선별적 이해가 선행되어야 한다.[5] 그 뿐 아니라, 시간에 대한 인식 역시 인식론적 차원에서의 그것과 사회적 차원에서의 그것의 층위가 상이(相異)하므로, 모더니즘 예술에 반영된, 혹은 모더니즘 예술의 구성방법으로 스며있는 근대적 시간관념은 이 양자의 측면을 아우르는 철학적 토대에 대한 고찰이 요청된다 하겠다.

---

5) 이렇듯 모더니티를 양분한 것은 하버마스와 칼리니스쿠에 의해서이다. 이들에 의한 역사적 모더니티와 미적 모더니티의 구분은 이후 일반화된다. 이에 관해서는 Jurgen Habermas, "Modernity : An Incomplete Project," *New German Critique*, 1981. Winter (정정호·강내회 편역), 「모던, 미완성의 계획」, 『포스트모더니즘론』, (서울 : 터, 1995), 105 ~ 122면, 과 M, Calinescu, *Five Faces of Modernity*, (Duck Univ. Press, 1987), (이영욱 외 譯), 『모더니티의 다섯 얼굴』, (서울 : 시각과 언어, 1993), 53 - 58면을 참조할 것.

1) 역사적 모더니티와 미적 모더니티

역사적 모더니티는 부르조아 모더니티라 칭해지기도 하는데, 이는 그것이 부르조아에 의해 수립된 문명의 가치를 보존하고 증진시키기 때문에 붙여진 이름이다. 이러한 부르조아적 모더니티의 태동은 일반적으로 서양 계몽주의의 출발점인 1750년을 기점으로 한다. 계몽주의는 합리주의, 이성 중심주의, 진보사관, 개인성 옹호 등, 서양 근대사회를 지배해온 가치관에 근거한 것으로서, 근본적으로 인간의 이성에 의해 자유롭고 창의적으로 연구하여 얻은 지식이 인간을 해방시키고 인류의 생활을 풍요롭게 변모시킬 수 있다는 사실에 대한 신뢰를 토대로 한다. 따라서 부르조아적 모더니티의 역사는 진보의 원리, 과학과 기술의 유용한 활용가능성에 대한 신뢰, 인본주의, 시간상으로는 측정가능한 시간, 다시말해 사고 팔수 있는, 따라서 다른 상품과 마찬가지로 돈으로 계산 가능한 등가물의 시간에 대한 관심의 증대에 기초해 있다.

그러나, 부르조아적 모더니티의 전개는 많은 문제점을 노정하였는데, 서구의 지적 계보는 이와 관련된 다양한 비판을 안출하고 있다. 예를 들어 푸코는 역사적 모더니티의 성격으로 보편사를 쓰려는 욕망을 간파해 내고 이를 비판한 바 있다. 그에 따르면, 부르조아적 모더니티의 역사는 "한 사회의 모든 차이를 하나의 유일한 형식, 하나의 세계관의 조직, 하나의 가치체계의 정립, 하나의 응집된 문명의 유형으로 환원시키려는 포괄적인 역사를 찾아나서는 움직임"으로 본다.6) 이를 아도르노식으로 표현하면, 동일성의 원리에 의한 지배의

---

6) M. Foucault, (이정우 譯), 『지식의 고고학』, (서울 : 민음사, 1992), 24면.

관철이 된다. 아도르노는 부르조아적 모더니티의 진행에 따른 문명의 진보는 곧 동일성의 원리의 총체적 확산과정에 해당한다.[7] 벤야민은 이를 역사주의라 표현하였다. 벤야민에 따르면, 이는 근대 서구 부르조아 중산층의 진보에 대한 확신과 낙관주의를 중심으로 철학적으로는 계몽주의에, 과학적으로는 실증주의에, 기술적으로는 산업자본주의에 토대를 두고 있다. 부르조아 모더니티는 인간이 자신을 주체로 규정짓고 대상으로서의 자연을 설정하였다. 또한 피지배계급을 지배하려는 부르조아의 역사주의에서 역사란, "동질적이고 공허한 시간을 채우기 위해 사실의 더미를 모으는데 급급한, 즉, 보편사를 쓰려는 욕망"에 다름 아니다.[8] 테리 이글턴은 일찍이 이러한 부르조아의 역사주의를 매춘부의 이미지로 비유한 바 있다[9].

한편, 이와는 대조적으로 전위가 될 운명에 처해 있는 미적 모더니티 혹은 예술에서의 모더니즘은 자신의 낭만적 시초에서부터 反부르조아적 태도를 나타낸다. 그것은 부르조아적 모더니티의 가치 척도들에 대한 철저한 거부 및 소멸적인 부정적 열정에 맥락에 닿아 있다. 예술사에 있어서 미적 모더니티의 개념은, 문학의 경우는 보들레르에서 처음 사용되며, 조형예술의 경우는 시간성과 공간성에 대한 새로운 인식을 나타내는 인상파 화가들로부터 시작된다. 1860 · 70년대 마네로부터 시작된 인상파 회화는 주제 대신 '모티프'를, 대상묘사의 정확성 대신, 대상의 물질성에 착목함으로써, 회화의 전통

---

7) M. Horkheimer & T. W. Adorno, (김유동 외 譯), 『계몽의 변증법』, (서울 : 문예출판사, 1995), 27면.
8) W. Benjamin, (반성완 譯,) "Uber den Begriff der Geschichte,"(1942) 「수집가로서의 역사가 푹스」, 『발터 벤야민의 문예이론』, (서울 : 민음사, 1983). 272 - 314면.
9) T. Egleton, (양효실 譯), "Water Benjamin or Towards Revolutionary Criticism," 「Water Benjamin의 미적 모더니즘 연구」, (서울대 미학과 석사논문, 1994), 35면에서 재인용.

적 규범을 거부하고 순수한 색채와 자유로운 회화적 표현을 획득하여 모더니즘 예술의 시발을 알렸다. 문학의 경우, 보들레르는 전통적인 지각방식으로서의 경험이 불가능해진 시대에 반(反)자연으로서의 예술로 '우울(melancholy)'를 내세웠다. 벤야민은 보들레르 연구를 통해 서구 부르조아 모더니티에 대한 안티테제로서 경험의 소멸과 아우라(aura)의 상실을 대체하게 될 '충격'과 '우울'을 미적 모더니티로서 제시한 것이다.

이렇듯 동일성의 논리에 의해 지배되는 계몽의 시대에 계몽의 변증법 찾기 혹은 비동일성의 사고, 비지배적 관계, 비도구적 관계의 회복을 위한 유일한 가능성으로 부정적(negative) 사회비판인 예술에서의 모더니즘, 즉 미적 모더니티는 부르조아적 모더니티에 대한 비판적인 인식에 기초하여 시작되었다.10)

2) 근대와 인식론적 차원에서의 시간

미적 모더니티의 부르조아 모더니티에 대한 비판적 인식이 가장 뚜렷이 포착되는 영역은 시간에 대한 인식 부분이다. 원래 시간과 공간에 대한 개념은, 근대의 산물이라 해도 과언이 아닐만큼, 그것은 근대철학적 사유의 전제가 되는 본질직관 형식으로 간주되어 왔다.11)

서구 철학사에 있어서 근대적인 시간관의 형성은 그 연원이 매우 깊다. 원래 시간에 대한 인식의 단초는 아리스토텔레스의 『자연학』에서 시작된다. 아리스토텔레스가 자연물의 '전후에 관한 운동의 수'로 정의한 시간은 당시 객관적인 존재로 인식되었다. 또한 아우구스

---

10) T. W. Adorno, (방대원 譯), 『신음악의 철학』, (서울 : 까치글방, 1986), 43면.
11) 이진경, 『근대적 시공간의 탄생』, (서울 : 푸른 숲, 1997), 26 - 29면.

티누스(Augustine)는 과거·현재·미래 시(時)의 3계기를 기억·직관·기대의 의식의 3계기로 설명함으로써 시간의 주관성에 대한 인식을 보여주었다. 그러나 이후 기독교적 세계관에 의해 초시간적인 실재인 신의 피조물로서 시간은 다른 모든 피조물과 함께 가현적(仮現的), 제 2의적인 것으로 인식되면서 시간의 주관성에 대한 인식이 배태되었다. 이후 경험적인 세계가 신 혹은 보편적인 이데아를 대체하게 되는 근대에 이르러 시간은 가현적인 것에서 나아가 공간과 함께 본질 직관의 형식으로서 재규정되기에 이른다.

아리스토텔레스에 의해 시간의 문제가 서구 철학사에서 거론된 후, 갈릴레이와 데카르트는 이 문제를 보다 명시적으로 체계화한다. 먼저 근대과학의 기틀이 되는 유클리트 기하학의 체계를 기초한 갈릴레이는 물리학의 근본사상을 "수학적 우주로서의 자연개념"에서 찾았다. 그는 <자연의 수학화>라는 근대과학의 본질을 제기하였다. 갈릴레이에 의한 '코페르니쿠스적 전환'이란, 대상이 되는 현상 가운데 가장 중요한 것만을 추출하여 파악하는, 근대적 사고 전반을 특징짓는 분석적인 방법으로의 전환을 일컫는다. 코페르니쿠스는 분석적인 방법을 과학에 도입하여 '왜?'라는 질문을 변수 간의 정량적인 관계로 대체하였다.[12] 다시 말해 자연의 수학화의 기틀을 마련하였다.

한편 감각적 지각이나 확실성을 발견하지 못했던 데카르트는 진리의 모델을 수학에서 발견하고, 수학을 통해 사유의 모델을 구성하였다. 그는 해석기하학을 창안함으로써 '기하학을 산술화'하고, 이로써

---

[12] 좀 더 근본적으로 코페르니쿠스는 수량화된 시간 t를 도입하여, 공간적 속성인 거리 s를 t의 함수로 표시하였다. 즉, 시간은 대수적인 수로 환원되어 동질적인 양으로 파악된다. 이런 점에서 기계적 시간은 물리적 자연의 수학화를 실질적으로 가능하게 해 주는 결정적인 변수였던 셈이다. 김용운·김용준, 『토폴로지 입문』, (서울 : 우성문화사, 1991), 참조

자연을 수학화하려는 갈릴레이의 이념을 전면적으로 확장했다. 더불어 페르마가 위치를 지표로, 그리고 곡선을 대수적인 방정식으로 표시하는 방안을 창안함으로써 기하학은 완전히 대수학적 영역으로 환원된다. 갈릴레이와 데카르트라는 거인의 어깨 위에 선 뉴턴은 추상적이며 기계적인 시간에 의해 파악한 우주의 질서를 정리해냄으로써 유클리트 기하학을 완성시키게 된다.[13]

여기서 중요한 것은 모든 것을 수학화하려는 근대 과학의 이념과 방법이다. 기하학의 산술화나, 자연의 수학화가 의미하는 바는 기하학적인 성질을 대수적인 수(數)라는 공통 요소로 환원함으로써 차이는 오직 양적일 뿐, 모든 시간이 동질화된다는 사실이다. 이러한 시간 개념은 시간의 누적은 발전이라고 하는 '진화'의 개념으로 이어간다. 예를 들어 다윈의 진화론은 자연도태의 시간적 누적과 축적을 통해 진화의 개념을 설정하고 있으며, 라마르크도 마찬가지이다. 생물학적 목적개념을 역사적 - 시간적 목적 개념으로 전환시킴으로써 성립한 헤겔적 진화론 역시, 크게 보아 동질적·수학적 시간성을 본질로 하는 근대적 시간성의 전제 위에서 성립한다.[14]

이로써 현실계의 모든 대상의 계산가능성은 수학화를 통해 성립된 근대 과학의 가장 중요한 특징이요, 목표가 된다. 이는 근대 유럽사상 전반을 지배한 사상적 원점이자, 계몽주의 철학의 근간이 된다.

---

13) 기하학의 산술화가 갖는 의미에 대해 훗설은 "그것은 어떤 방식으로든 거의 자동적으로 의미의 空洞化로 이끈다."고 지적한다. E. Husserl, (이종훈 譯), 『유럽 학문의 위기와 선험적 현상학』, (서울 : 이론과 실천, 1993), 72면.
14) R. Koselleck, *Vergangene Zukunft*, (Suhrkamp,1979), 14. 이진경, 앞의 책, 101 - 102면에서 재인용.

3) 근대와 사회적 차원에서의 시간

　수학화를 통한 시간의 동질화는 이제 시간이 그 자체 순수한 자연이 아니라, 근대의 과학을 통해서 형성되고 유지되어온, 그리고 대개는 강화되어온 일종의 분절기계라는 점에서 사회적 차원의 인식으로 자연스럽게 확장된다. 분절기계는 선분이나 도형, 혹은 사고와 행위의 분절 방식을 생산함으로써 선분성이나 도형의 성질을, 나아가 삶의 양식을 규정한다. 여기서 기계(Machine)란 "인간의 통제 하에 운동을 전달하고 과제를 수행하기 위해 각각 특정한 기능과 작동을 갖고 있는 고정적 요소들의 결합"을 의미한다.[15]

　결국 근대적 시간의식의 역사철학적 의미는 자연적인 리듬의식의 소멸과 미래지향적인 시간의식으로 요약될 수 있다. 고대의 시간은 천체의 순환적 운동에서 발견되는 리듬이었고, 따라서 순환적이고 반복적인 시간개념을 갖고 있었다. 직선적인 시간의식은 농경문화의 소멸과 더불어 근대산업사회의 등장을 알리는 신호이기도 했다. 산업 사회는 시간의 이용정도에 따라 수많은 자본과 부를 축적함으로써 시간을 절대적 가치의 어떤 것으로 변절시켜 놓았다. 시간에 대한 관념을 변화시키는데 18세기 이후 시계의 대중적인 보급은 결정적인 역할을 한다. 시계는 직선적인 시간을 무한히 등분될 수 있는 것으로 만들었고, 그 결과 각각의 등분된 시간은 원판 위의 숫자 사이의 거리로 표시된 동질적인 양이 되었다[16]. 또한 기독교는 최후의

---

15) 김필호, 「질 들뢰즈와 펠릭스 가타리의 욕망이론에 대한 연구」, (서울대 석사논문, 1996), 43 - 46면.

16) 시간과 공간이 언제나 동질적인 것이 아님은 과학적으로도 입증된 사실이나, 시간에　대한 시계에 의한 정의의 선택은 진리와는 관계없는 기술적인 단순성 때문이다. H.Leichenbach, (이정우 譯), 『시간과 공간의 철학』, (서울 : 서광사, 1986),

심판이라는 종말을 설정함으로써 순환적인 시간관을 선형적인 시간관으로 바꾸어 놓는데 기여한다.

18세기 말이 되면서 시간을 기준으로 하는 고용이 일반화되고, 이제 시간은 애덤 스미스의 말대로 기회비용이요, 가치임이 분명해졌다. 즉 임금이란 일정한 시간동안 일을 시킬 수 있는 권리를 사는 것을 의미한다. 노동 행위는 이제 그 자체가 아니라, 노동시간을 척도로 하여 가치로서 인정된다. 이것은 노동행위가 갖는 다양한 성질이 오직 시계바늘로 계산되는 추상적이고 동질적인 양으로 환원되었음을 의미한다. 시간과 관련해서 볼 때, 분업은 이전에 시간적으로 진행되던 것을 공간적으로 배열하는 것이고, 이런 점에서 시간적 배치를 공간적 배치로 변환하는 것이다. 따라서 그것은 단순협업과는 전혀 다른 종류의, 연속성과 일관성, 규율, 질서 및 노동 강도를 발생시킨다. 19세기 말이 되면 노동자들의 작업시간표는 시간에 따라 미세한 동작 하나하나까지 관리된다. 이러한 맥락에서 테일러주의는 <시간-기계>가 노동자의 활동을 미세한 동작까지 절단·채취함으로써 근

148면. 시간과 마찬가지로 지구 표면 위의 공간 역시 동질적이라는 생각이 자연적이고 절대적인 것처럼 보이지만 그렇지 않다. 투시법(perspective)에 의한 공간 인식, 즉 가까운 것은 크게 그리고, 먼 것은 작게 그리며, 그 단축의 정도에 직선적인 일관성을 부여한 것은 르네상스 이후 였다. 근대적 공간 이해는 투시법에 의한 것으로, 이는 과학에 의해 보장되는 절대적이고 자연적인 공간형식으로 간주되어 왔다. 투시법은 화가나 건축가, 아니 과학을 통해 모든 사람에게 부과되었던 일종의 제도요, 규범이었고, 습속이요 습관이었다. 어떤 한 점을 지나면서 한 직선에 평행한 직선은 오직 하나만 그을 수 있다는 유클리트 공간은 고대 그리스 이래 근대에까지, 투시법이라는 과학에 의해 보장됨으로써 더욱 견고해진, 절대적이고 자연적인 공간으로 간주되었다. 그러나 이러한 공간이해는 19세기에 이르면, 있을 수 있는 여러 공간 중의 하나로 실추하게 된다. 평행선 공리를 다른 것으로 대체하게 됨으로써, 다시 말해 상이한 공리계를 취하게 됨으로써 수학적 공간은 상이한 것으로 가변화되는 것이다. 즉 투시법 역시 사회적 습속에 따른 하나의 상징 형식(symbolische form)이었다. E. Panofsky, *Perspective as Symbolic Form*, Zone Books, 1991. 이진경, 앞의 책, 56면.

대적 <시간 - 기계>를 확장하고 완성시키는 기제라고 할 수 있다.

이제 <시간 - 기계>는 사람들의 활동을 포섭하고 강제할 뿐만 아니라, 포섭된 사람들의 신체를 통해 내면에 침투한다. 또한 그것은 특정하게 코드화된 행동이라는 양상으로, 혹은 습관이라는 양상으로 신체에 새겨지는 일종의 생체권력이 되고, 그 결과 그것은 근대인의 신체에 대한 내적인 통제형식이 된다.[17] 이제 시공간 문제는 산업적 발전과 도시화가 야기한 사회적 차원에서의 공간적 배치와 구획의 결과물로서, 인간의 삶을 조직하고 통제하는 조건이자, '근대적 주체의 삶의 양식(Lebensweise, Lebensform)'으로 인식된다.[18]

3 모더니즘 예술에서의 시간

근대인의 일상생활과 밀접히 관련된 모더니티의 시간성은 <시간·공간 - 개념>의 단순한 '계산가능성'이 아니라, '통제가능성'을 추구하는 <시간·공간 - 기계>이다. 그러나 시간을 절대적인 것으로 가치화시키면서 진행된 진보의 이념들이 오늘날 수많은 부정적인 현상들을 지구촌에 남김으로써 모순을 드러내는 바, 1·2차 세계 대전과 유태인 학살, 수많은 국지전과 환경파괴 등이 그것이다. 이러한 혼란은 근대에 대한 새로운 인식을 가능케 하는 계기가 된다. 미적 모더니티는 이러한 부르조아 모더니티의 역사에 대한 비판적 인식으

---

17) 찰리 채플린의 영화 <모던 타임즈>는 이러한 근대의 시간성에 대한 비판의 의미를 담고 있다.
18) 오늘날은 시공간의 문제는 그것이 사회적 지배질서의 유지를 위한 하나의 '통제 기제'로 인식되어 그것에 대한 연구가 사회학의 새로운 대상이 되고 있는 실정이다. 이진경, 앞의 책, 27 - 29면.

로부터 출발하기 때문에 시간 개념에 대한 인식의 변화는 모더니티
를 비판하는 중요한 구성요소가 된다.

1) 모더니즘 미술에 있어서의 시간

근대적인 시간관념은 인간의 직관형식으로서 시·공간에 대해 본
질규정을 시도한 칸트로부터 시작된다. 칸트(Immanuel Kant)는 본체
계와 시공간적 현상계를 구분하는 2원관에서 시·공간을 주관의 직
관형식으로 보았다. 그는 예술과 관련하여 외감(外感)의 고유한 형식
이 공간형식이며, 내감(內感)의 형식을 시간으로 구분지음으로써, 조
형예술을 공간예술로, 음성과 운동의 예술을 시간예술로 대립시켜
이해하였다.[19] 이후 18세기 레싱(Gotthold E. Lessing)은 모든 예술이
시간과 무관하지 않음을 제시하면서도 시(詩)를 시간예술에, 회화와
조각을 공간예술에 보다 가까운 것으로 규정하였다. 레싱은 라오콘
(Laocoon) 같은 조각은 색(色)과 형(形)에 의존하지만, 모든 물체나
대상이 매 순간마다 다른 현상을 드러내면서 존속하고, 또 각각의
순간적인 모습은 바로 전 순간의 결과이며, 다음 순간의 원인이 되
므로 결국 조각조차도 시간성과 무관하지 않은 것으로 본다.
한편, 중세 미술에서의 이상적 공간의 설정이나 사건의 서술적 묘
사는 근대 이후 사실적인 시공간의 표현으로 대체된다. 르네상스 예
술은 원근법적인 원리와 해부학적인 법칙 등 인간의 이성에 기초한
지식에 근거하여 자연스럽고 합리적인 표현의 획득에 주력하게 되는

---

19) E. Souriau, *Time in the plastic arts*, 新田博衛 編,『芸術哲學の 根本問題』, (東京. 1978), 김광숙,「모더니즘에 나타난 시간성과 공간성」, (충남대 석사논문, 1993), 7 - 8면에서 재인용.

데, 이는 구체적으로 비례와 균형, 통일성과 조화를 미의 기준으로 삼은 레오나르도 다 빈치나 라파엘로, 미켈란젤로에 의해서 완성된다.

　반면, 19세기 중반 이후 인상주의로부터 시작된 모더니즘 예술에 있어서는 시간적 공간적 다차원의 동시적 표현이 특징이 된다. 인간과 사회에 대한 총체적 이해의 가능성에 대한 불신을 토대로 하는 모더니즘 예술의 흐름은 르네상스적인 인본주의에서 벗어나 개인적 경험과 감각의 추구를 중시하는 주관화의 경향을 띠게 된 것이다.[20] 예술의 자율성에 대한 인식을 토대로, 인간의 경험을 순수한 심미적 표현으로 대치하려는 모더니즘 예술은 마티스, 피카소, 독일 표현주의 화가들, 칸딘스키, 뒤샹, 말레비치 등에 의해 주도된다.

　먼저 마네(E. Manet)에게서 시작되어 모네(Claude Monet)에게서 완성되는 인상주의 회화는 자연의 외관에서 이탈하여 감성의 표현으로서 자연공간을 포착하였다.[21] 공간 속에서 진동하는 공기, 수면 위에 반사된 빛의 운동을 색채로 포착하여 순간성에 착목하는 평면화의 부동성(不動性)을 극복함으로써, 모네의 수련화 연작은 시간을 정복하고 정지된 화면에 지속적인 운동적 요소를 부여하였다는 평가를 받는다. 이후 시각감성에 의한 즉물적 상황에의 추구를 특징으로 하는 인상주의 회화는 세잔느와 쇠라의 실험을 거쳐 큐비즘의 형태 탐구로 나아간다. 세잔느는 원추・원통・추로 모든 공간을 단순화시키면서 형태가 아닌 색채의 변화로서 그것의 형태감과 볼륨감을 획득해간다. 그는 편평한 평면을 단순화시키고 모티브를 작은 면의 조각으로 나누어, 각각의 면들이 공간 내에서 부유하면서 서로 중첩되

---

20) 브랜든 테일러, (김수기・김진송 譯), 「모더니즘과 주관성」, 『모더니즘, 포스트모더니즘, 리얼리즘』,(서울 : 시각과 언어, 1993), 27 - 50면 참조
21) 이러한 견해는 홍가이, 『현대미술・문화비평』, (미진사, 1987). 72면.

는 효과를 통해 기존의 공간표현을 갱신하였다. 이러한 세잔느의 노력은 피카소와 브라크를 통해 본격적으로 대상의 구조와 형태에 대한 새로운 해석에 기초한 공간원리의 도출로 이어진다. 피카소에 의해 완성되는 입체주의는 외부세계나 현실을 개념적으로 파악하게 됨을 의미한다. 즉 시간을 초월한, 사물의 본질적인 형태와 구조로 파악하게 됨으로써 큐비즘은 인상주의 회화의 강한 시각성에 비해 보다 개념적 예술에 가깝게 된다. 분석적 입체주의는 거의 형태를 알아볼 수 없을 정도로 추상에 이르는 과정을 보이는 반면, 콜라쥬 기법을 이용한 종합적 입체주의는 분석적 형태, 사물의 원형, 재질감, 물질성, 색채, 의미 등 대상 세계의 모든 측면의 리얼리티를 다루면서 미술에서의 사실이란 무엇인가라는 문제에 대한 새로운 인식의 획득을 시도한다.

인상파 회화를 거쳐 큐비즘으로 한걸음 더 추상화된 모더니즘 예술은 말레비치와 몬드리안, 칸딘스키 등의 자유추상화를 통해 더욱 표현주의 회화에 가까워진다. 이들이 제시한 무의식성과 초현실주의의 자동시술법은 1948년 잭슨폴록의 드립 페인팅(drip painting)과 올 오버 페인팅(all over painting)에 의해, 전면 균질적인 공간구성법에 의한, 완전히 비재현적인 절대적 추상화를 탄생시켰다. 한편 마르셀 뒤샹은 <자전거 바퀴, 1913>와 <병걸이, 1914>, 그리고 <샘, 1917> 등을 통해, 산업생산물의 익명성과 진부함, 그리고 인간적이며 시적인 자질을 박탈당한 산업사회의 본질적인 빈곤함을 고발하면서 일상과 예술, 자연과 예술의 동일성을 주창하였다. 또한 라우젠버그는 예술과 생활의 결합을 추구하는 컴바인 페인팅으로 2차원적인 평면에 3차원적인 오브제를 통합시키기에 이른다. 이 밖에도 다다의 조형예술은 오토마티즘과 데페이즈망의 기법, 에른스트의 꼴라쥬, 만레이의 레잉그램, 달리와 르네 마그리트 등의 쉬르레알리즘적인 회화 등은 다양한 표현기법을 통해 사회적 관습, 전통적인 합리주의에 의해 속박되지 않는 인간정신과 무의식의 자유를 추구하는 가운데 일상적 현실 속에서 인간정신의 해방을 표현하였다.

인상파 회화로부터 시작된 모더니즘 미술의 흐름은 일단 모든 재현적 해석을 거부한다는 데 그 특징이 있다. 이들 전위예술 혹은 아방가르드에 나타난 새로운 시간의식은 사회 내의 유동성, 역사 속의 가속, 일상생활 속의 단절이라는 경험적 현실에 토대하여 일시성, 모호성, 단명성을 그 특징으로 한다. 결국 모더니즘 미술의 시간의식은 순수하고 순결한 안정된 현재에 대한 갈망을 표현한 것으로 볼 수 있다.[22]

레싱 이후 인상주의 말기에 이르기까지 표준적인 인식이었던 시·공간에 대한 분리된 인식을 파기하여[23] 20세기 예술에 지대한 영향을 끼치게 된 이러한 새로운 시간의식의 출현은 베르그송(Bergson)의 '지속(duree)'의 개념에서부터 시작된다. 모더니즘 예술에 있어서의 시간인식의 변화를 추동한 베르그송의 '지속'이라는 용어는 유동적 의식의 창조 속에서 실재의 창조적 진화를 표현한 개념이다. 베르그송의 이 개념은 과거가 현재 속에서 계속 살아있고, 또 그것이 미래 속에 침투되어 있음에 대해 "모든 느낌은 아무리 단순한 것일지라도 이를 경험하는 주체의 과거와 현재 전체를 잠재적으로 포함하고 있다"고 말한 부분에 잘 설명되어 있다. 지속의 관점에 서면, 조형예술에서 공간 속에 신체(body)나 동작(action)을 배열시키는 것은 <공간 속의 공존(co - existence)>으로 볼 수 있다. 한편 시(詩)와 같이 시간

---

22) Jurgen Habermas,, 「모더니티 - 미완성의 계획」, (정정호·강내희 編譯), 『포스트 모더니즘론』, (서울 : 터, 1995), 106 - 108면.
23) A. Houger, (최성만·이병진 역), 『예술의 사회학』, (서울 : 한길사, 1982), 299면

을 매체로 하는 예술은 <시간 속의 연속>이 특징적이라 할 수 있
다.24) 그렇지만 조형예술 역시, 관람자의 심리적 관람 시간과 고유한
작품 내적 시간, 그리고 예술가의 창조 행위에서의 시간 등이 관여
되어 있으므로, 시간성과 무관한 것은 아니다.

이상의 사실은 모더니티, 혹은 근대성과 연관된 시간문제와 모더
니즘 예술에서의 시간이 상이(相異)할 수밖에 없음을 보여준다. 미적
모더니티는 모더니티에 대한 반성과 비판에서 제기된 것이며, 따라
서 모더니즘 예술에서의 시간성은 모더니티의 진보적 시간관에 대한
비판적 성격을 띤다. 모더니즘 예술의 시간성을 한마디로 요약하면,
'동시성'의 강조와 '현대의식'의 부각이라 말할 수 있다. 이는 계몽
의 기획이 갖는 직선적인 역사발전의 낙관적 전망에 대한 비판과 불
안에서 비롯된다. 즉, 시간의식으로서 세계의 총체적 인식의 불가능
성을 대변하며, 따라서 인간 의식의 내부를 지향하는 강한 주관화의
경향을 띤다고 볼 수 있다. 파편성, 단명성, 유동성이 특징적으로 드
러나는 것은 이 때문이며, 예술기법으로서 꼴라쥬나 몽타쥬의 등장
도 이와 연결되어 있다.

2) 모더니즘 문학에 있어서의 시간

초기 모더니즘 예술의 주관적인 경향은 미술사 뿐 아니라, 문학사
에서도 두드러진 현상이다. 주관성(Subjectivity)이라는 것은 미적 모
더니티 전반에 편재하는 하나의 특징적인 현상일 것이다25). 카프카

---

24) 김광숙, 「모더니즘에 나타난 시간성과 공간성」, (충남대 석사논문, 1993), 18면.
25) 브랜든 테일러는 모더니즘 미술을 논하면서 모더니즘 미술의 특징으로 평면성,
    자율성을 주장하던 기존의 논의와 달리, 주관성을 내세우고 있다. 브랜든 테일러,
    (김수기·김진송 譯), 「모더니즘과 주관성」, 『모더니즘, 포스트모더니즘, 리얼리

(Kafka)에서 샤뮤엘 베케트(Beckett)에 이르는 모더니즘 문학의 흐름에 있어서 뚜렷한 공통점은 "외부 세계가 혐오스럽고, 무기력하고, 부패하고, 잔인할 때, 정직하고 감각적인 사람들은 삶에 더 적합한 장소를 자기의 내부에서 찾지 않을 수 없게 된다."는 사실이다. 플로베르(Flaubert)는 이를 가리켜 "영혼은 넘쳐 흐르도록 만들어 졌지만, 결국 그것은 모더니즘 예술 안에서 자신 안으로 집중해 갈 것"이라고 갈파하였다.26)

모더니즘 문학의 초기 단계에 대부분의 소설들이 주관적이고 자전적인 충동을 강하게 나타낸다는 사실은 시간상에 있어서 '내적 독백(innerer Monolog)'이나 '의식의 흐름(stream of consciousness)', 그리고 '동시성(simultaneitat)'이라는 특징들이 뚜렷하게 드러나는 것과 무관하지 않다. 모더니즘 소설의 전면에 등장하는 이 같은 시간적 특징들은 물화된 세계의 인간소외나 고립의 표현이자, 동시에 그에 대한 비판이기도 하다.

예를 들어 이인성의 소설들은 시제의 종횡무진한 혼재, 그리고 독자의 호흡을 끊임없이 방해하는 문장부호와 파격적인 행 배열 등을 통해 보편적인 시간의 흐름을 지우거나 심하게 왜곡시키고 있다. ≪낯선 시간 속으로≫(1983)와 ≪한없이 낮은 숨결≫(1989), 그리고 ≪미쳐 버리고 싶은, 미쳐지지 않는≫(1996), ≪강 어귀에 섬 하나≫(1999) 등 그의 작품들은 현실과 언어와의 관련성을 탐색하여 무의식 속에 담긴 욕망의 구조를 밝혀냄으로써 주체의 분열된 자기정체성을 재구해가는 과정을 담고 있다. 때문에 그의 작품들은 한결같이 자의식적 요소가 강한데, 이러한 자의식적 요소는 시간성

즘』, (서울 : 시각과 언어, 1993), 17 - 18면.
26) 김광숙, 앞의 글, 46면.

을 주축으로 하는 서사성의 약화와, 무의식적 욕망의 노출, 그리고 이를 드러내기 위한 실험적 언어의 유희성으로 표현되고 있다. 이러한 특징적 요소는 결국 작품의 관념성을 배가시키고, 동시성의 과다한 노출을 통해 시간을 해체하는 양상으로 발전한다.[27] 이렇듯 시간의식의 해체는 주체 속에 있는 주체의 기억, 즉 억압적 과거를 내파함으로써 자아를 해체하는 과정에 다름 아니다. 또한 이것은 욕망과 실존의 변증법을 통한 자아의 해체와 재구성의 동시진행적 과정이기도 하다.[28]

루카치의 『소설의 이론』에 따르면, 모더니즘 예술의 시간의식의 전형적인 예는, '발전소설(Entwik lungsroman)'에서가 아니라 '환멸소설(Desillusionsroman)'에서 나타난다.[29] 그는 "환멸소설의 전체적인 내면의 줄거리는 시간의 힘에 대한 투쟁"이라고 기술한 바 있다.[30] 이 말은 환멸 소설 혹은 모더니즘 소설은 완결된 형식 속에서 휴식을 취하는 다른 장르의 소설과는 달리, 생성 중의 어떤 것으로서 과정으로서의 모습을 드러내기 때문에 시간은 곧 그것의 내적 형식이 됨을 의미한다.

---

27) 김아지, 「이인성의 《낯선 시간 속으로》 연구」, (단국대 석사논문, 2003). 제 2 장. 시간의식의 해체 참조

28) 이 과정을 좀더 구체적으로 살펴보면, 그의 첫 작품 『낯선 시간 속으로』에서는 그이면서 나인, 서로 습합되고 융해된 '그'와 '나'가 등장한다. 『한없이 낮은 숨결』은 허구와 현실 속에 동시에 존재하는 '실체로서의 나'를 찾아가는 존재론적 성찰을 그리고 있다. 한편 '나(작가)'와 '당신(독자)'이 함께 '그(등장인물)'를 찾아가 '우리'를 이루는 『미쳐 버리고 싶은, 미쳐지지 않는』에는 과거의 나인 '너'와 현재를 살아가는 실존인 '나', 그리고, 상상된 미래의 나인 '그'가 등장한다. 이는 자아의 분열과 해체를 통한 새로운 자아정체성의 구성과정으로 볼 수 있다.

29) 발전소설이란 과정, 생성, 발전이 소설형식의 본질적인 원칙인 소설을 일컫는다. 발전소설에서 질적인 변화를 일으키는 힘은 진보적인 시간의 몫이다. G. Lukcas, (반성완 譯), 『소설의 이론』, (서울 : 심설당, 1985), 146면.

30) 같은 책, 126면.

때문에 모더니즘 소설에서는 피서술 시간(Erzahlte zeit)보다 서술시간(Erzahl zeit)이 중요시된다. 소설에서의 시간을 피서술 시간과 서술시간으로 나누어 고찰한 퀸터 뮐러에 따르면, 피서술시간은 작품 내에 기술된 시간으로서, 상상의 시간인 반면, 서술시간은 작품의 수용과 관련을 맺는다. 따라서 서술시간은 상상의 피서술시간과 달리 경험적 시간을 대표한다.[31] 의식의 흐름의 소설에서는 서술시간과 피서술시간이 일치하는 경우가 많으며, 순수 의식소설의 경우 이는 완전히 일치하기도 한다. 내면 독백의 소설[32]이란 사건의 시간과 이야기의 시간 사이에 가로놓여 있는 온갖 거리를 상상적으로 제거한 1인칭 소설을 뜻한다. 따라서 이 경우에는 서술 시간이 피서술 시간에 비해 늘어나는 경우가 많다. 대표적인 예로 제임스 조이스(James Joyce)의 ≪율리시즈(Ulysses)≫에 나타난 시간은 외적인 경험 세계를 초시간적인 내적 깊이로 재창조함으로써, 베르그송적인 차원에서 말한다면 각 개인의 감성을 통해 epiphany(顯現)의 순간에 포착, 감지

---

31) Jurgen Schramke, *Zur Theorie des Modernen Romans*, (원당회 외 譯), 『현대소설의 이론』, (서울 : 문예출판사, 1995), 177면.

32) 모더니즘 소설의 주요한 특징인 내적 독백의 문제는 미적 주체의 자의식과 관련되어 있다. 중국계 미국인 지리학자인 Yi - fu Tuan은 「분절된 세계와 자아("Segmented Worlds and Self : Group Life and Individual Consciousness")」라는 글에서 근대사회에서 공간의 분절화가 어떻게 자의식 내지 자의식적인 개인을 발생시켰는지에 대한 흥미로운 연구를 보여주고 있다. 그 과정을 요약하면, 이른바 사적인 공간 내지 프라이버시로 집약되는 공간의 분절과 개별화란 인간과 환경 사이의 관계가, 그리고 인간과 타자 사이의 관계가 거리를 두고 연관된다는 것을 뜻한다. 그에 따라 인간의 여러 가지 지각 가운데 거리의 격차를 넘어설 수 있는 시지각이 특권화되고, 지각 작용 중심적 역할을 차지하게 된다. 이런 점에서 대상과 지각의 분리가 이루어지는데, 이는 공간적 분리를 통해 작용하는 체험의 일반적 양상을 규정한다. 나아가 공간과 지각, 공간과 개인의 시각을 통해 작용하게 됨에 따라, 개개인은 자신을 바라보는 타자의 시선을 의식하게 되고, 그 시선이 결국은 개개인의 의식 내부로 침투해 의식 내부에 자리 잡게 된다. 근대적 개인을 특징짓는 자의식은 분절된 공간을 통해서 이런 방식으로 형성된 것이다. 이진경, 앞의 책, 70면.

되는 영원의 상태로 시간이 등장한다.[33] 의식의 자유로운 흐름을 기조로 하며, 연대기적 시간의 흐름을 배제하고 무의식적 정신활동에서 진실을 찾는 조이스의 이러한 시간 인식은 모더니즘 소설의 동시성을 해명해 주는 열쇠가 될 수 있다.[34] 다시 말해 서술시간은 오직 모더니즘 소설에서만 중요성을 갖는데, 그 이유는 줄거리의 지평에서 더 이상 효과적인 전개에 이르지 못하는 서사적 시간은 그 대신 구성의 지평을 통해 특별한 활력으로 등장하기 때문이다.

이와 관련해 번스타인(J.M.Bernstein)은 소설의 스토리와 담론을 구분하여 소설의 스케마티즘을 분석한 바 있다. 그에 의하면, 스토리는 사건들과 행위들의 시컨스에 해당하는 반면, 담론은 이러한 사건들의 형식부여된 서술(in - formed narrative)이다. 사건들의 담론적 제시에서는 개개의 사건들이 하나의 전체에 대한 부분들로서 결합된다.[35] 그런데 그는 여기서 소설 속에 재현된 세계가 사물화되면 될 수록 스토리와 담론을 분리시키는 거리는 더욱 커질 것이며, 원초적인 서사적 행위가 어려워지면 질수록 의미는 더욱더 형식의 차원에서만 거주하게 될 것임을 보여 주었다. 그는 이어 경향적으로 소설의 역사는 플롯소설의 쇠퇴를 명시적으로 보여주며, 결과적으로 모더니스트들의 글쓰기가 형식과 삶, 담론과 스토리 간의 갭을 은폐하기보다 강조한다고 지적한다.[36] 모더니즘 예술에서의 새로운 시간의식은 단지 유동화된 사회의 경험이나, 가속화된 역사의 경험 또는 단절된 일상의 경험만을 표현하지 않는다. 일시적인 것, 찰나적인 것,

---

33) 박성수, 『제임스 조이스 소설 연구』, (서울 : 한신문화사, 1993), 13면.
34) 같은 책, 70면.
35) 이는 Paul Riquerre의 이야기와 서술시간에 관한 해석과 유사하다.
36) J.M.Bernstein, "The Novel's Schematism," *The Philosophy of the Novel*, (The Harvester Press, 1984). 109.

덧없는 것에 대한 가치부여는, 모더니즘이 진정한 현재(Prasenz)에 대한 동경임을 역설한다.

이러한 모더니즘 예술의 시간의식은 그것이 대량상품문화 시대의 산물임과 무관하지 않다. 이글턴에 따르면 모더니즘은 예술작품의 상품에 대한 전략이고 자신을 교환대상으로 전락시키는 사회적 세력들을 가까스로 견뎌내는 전략이다.[37] 상품적 지위로 전락하는 것을 막기 위해 모더니즘 작품은 작품의 지시 내용(signifie) 혹은 역사적 실제세계에 대한 판단을 중지하고 작품의 구성을 복잡하게 하며 즉각적인 소비를 막기 위해 형식을 교란시킨다. 또한 모더니즘 작품은 실재와의 모든 오염된 거래로부터 벗어나 신비로운 자기 목적적 대상이 되고자 자신의 주위에 자신의 언어로 방어망을 구축한다. 그러나 역설적이게도 모더니즘 작품은 이런 과정에서 상품화의 한 형식으로부터 탈출하지만, 결국 그것은 또 다른 형식의 희생물이 된다. 자율적이고 자애적이며, 이해하기 힘든 모더니즘 예술작품은 고립된 광휘 속에서 물화라는 측면에 대한 해결책으로서 스스로 교환으로서의 상품을 거부하는 물신으로서의 상품이 된다.

이러한 맥락에서 볼 때, 벤야민의 표현처럼, 모더니즘의 시간은 상품의 시간이고 그것은 공허하고 동시에 동질적인 시간이다. 그것은 경험이 불가능해진 시대의 시간이며, 신문과 정보의 시간이고 알레고리의 시간이다. 알레고리는 총체성과의 연관 속에서 부분을 떼어냄으로서 그 본래의 기능을 박탈하고, 비유가(문학자)는 그것을 조립함으로써 거기에 새로운 의미를 부여한 것이다. 따라서 알레고리는 본질적으로 파편적인데, 이는 자연스럽게 '1차적 현실'을 예술작

---

37) Terry Egleton, 「자본주의 · 모더니즘 · 포스트모더니즘 · 포스트모더니즘론」, (정정호 · 강내회 편역), 『포스트모더니즘론』, (서울 : 터, 1995), 215면.

품 내부로 '침투시키기(Eindringenlassen)'라는 말로 정의되는 몽타쥬[38]와 연결된다. 몽타쥬를 통해 모더니즘의 시간문제는 공간문제와 연결된다.

모더니즘 예술에 나타난 이성의 절대성에 대한 재인식은 시간상에 있어서 전진하는 시간의 파편화, 공간화로 표현된다. 더 이상 현재는 시간의 경과에 의해서 구성되는 것이 아니라, 시간 속에서 구성되어야 하는, 불확실성의 심연이 되었고, 그리하여 진리의 결정 불가능성은 더욱 심화되었다. 모더니즘의 모더니티에 대한 비판적 탐구와 유토피아 의식이 강력히 대두된 것도 바로 이러한 현실과 연관되어 있다. 이제 모더니스트들에게 있어 시간이란 객관적인 경험의 영역에서 구성되는 것이 아니라, 주관적인 경험의 영역에서 구성되는 것이며,[39] 그럴 경우에만 파편화된 역사적 현실에서 의미를 가질 수 있다. 일례로 칼리니스쿠는 시간의 양분화를 이야기한다. 그는 자본주의 문명의 객관화된, 사회적으로 측정 가능한 시간, 즉, 시장에서 사고파는 다소 귀중한 상품으로서의 시간과, 개인적, 주관적, 상상적 지속, 즉 자아의 전개에 의해 창조된 사적인 시간으로 시간을 나눈다. 그는 후자의 시간과 자아의 동일성이 모더니즘 문화의 기초를 이룬다고 말한다.

예술에서의 모더니즘은 일반적으로 통일된 전망이나 일치된 미학적 실체를 드러내지 않는다고 말하지만, 그럼에도 불구하고 유진 런은 모더니즘 일반의 공통된 미학적 형태와 사회적 전망의 중요한 지향점

---

38) J. Schramke, 앞의 책, 138면.

39) 칼리니스쿠에 의하면, 시대개념으로서의 모더니즘은 모더니티의 다섯가지 얼굴(모더니즘, 아방가르드, 키치, 데카당스, 포스트모더니즘) 중 하나로서, 모더니티가 처음으로 구체화된 것이다. M. Calinescu, (이영욱 외 譯), 『모더니티의 다섯 얼굴』, (서울 : 시각과 언어, 1998), 3면.

을 ①미학적 자의식 혹은 자기반영성, ②동시성, 병치 또는 몽타주, ③패러독스, 모호성, 불확실성, ④비인간화와 통합적인 개인 주체 혹은 개성의 붕괴, 등 네 가지로 제시하였다.[40] 이에 반해 페터 뷔르거는 모더니즘 혹은 아방가르드 문학의 특징을 개개의 부분들이 전체에 대해 본질적으로 독립성을 갖는 비유기적 형상물로 규정하고, 새로움(Das Neue), 우연(Der Zufall), 알레고리(Allegorie), 몽타주(Montage)를 그 특징으로 제시한 바 있다.[41] 이들이 지적한 모더니즘 예술의 공통점 가운데 시간과 관련해서 보면, 결국 동시성의 강조와 현재의식의 부각이 모더니즘 예술의 시간이해의 핵심임을 알 수 있다.

4 모더니즘 예술에 나타난 시간의식의 철학적 의미

모더니즘 예술에서의 시간성 문제에 대한 철학적 토대는 베르그송, 하이데거이다. 베르그송은 그의 고유한 시간 개념인 '지속(duree)'을 단순한 수치로 측정할 수 있는 표면화되고 공간화된 '시간(temps)'과 대비시킨다. 그는 '동질적이고 공허한' 매개로서의 외부적 시간과 반대로, 역사적 시간은 동질적이지 않고 공허하지도 않으며 오히려 내용이 채워져 있고 자체의 고유한 리듬에 따른다고 설명한다. 왜냐하면 실제 역사적인 과정은 늘상 똑같은 시간의 흐름과는 본질적으로 다르기 때문이다. 이러한 베르그송의 생성철학은 기존의 칸트의

---

40) 유진 런, (김병익 譯), 『마르크시즘과 모더니즘』, (서울 : 문학과 지성사, 1986), 46 - 50면.

41) P. Burger, *Theorie der Avantgarde*, (최성만 譯), 『전위예술의 새로운 이해』, (서울 : 심설당, 1986), 100 - 142면.

선험적 직관형식으로서의 시간·공간론과 정면으로 충돌한다. 베그르송에 의한 칸트의 시·공간론에 대한 비판의 요지는 칸트의 시간이 갖는 동질성에 있다. 그에 따르면 칸트는 실재적 지속이 서로서로 내면적 계기들로 구성되어 있음을 보지 못하고, 자아 자체와 자아의 상징적 표상을 혼동함으로써 <공간화된 시간론>을 전개하였다는 것이다.[42] 베르그송은 의식 상태의 '공간화(Verraumlichung)'와 '물화(Verdinglichung)'는 질적인 체험의 '지속(duree)'이 동질적인 '시간(temps)'의 방향으로 표면화된 것으로, 이는 시간 자체의 성격에서라기보다 그것의 사회적인 발현양상일 뿐임을 강조한다[43].

한편, 하이데거는 내적 시간성(Inner - zeitlichkeit)으로서 그리고 역사성으로서의 시간과, 시계로 표시되는 일상적 통속적 시간을 구별한다. 통속적 시간성(das alltaglichvulgare Zeit)은 시간성이 갖는 <시간화>라는 특성을 놓쳐 버리고 일종의 거리로 양화된 것인데, 근대의 시계적 시간이 그 대표적인 것이다. 하이데거의 이러한 시간 비판은 근대적 시간성에 대한 최초의 근본적 비판으로서 성격을 갖는다.

이들 중 베르그송의 순수지속으로서의 시간의식은 특히 모더니즘 문학의 내면문제와 연관되어 특별히 중요하게 다루어져 왔다.[44] 그러나 베르그송의 지속 개념[45]으로는 현재성의 몰입을 특징으로 하는

---

42) 김형효, 『베르그송의 철학』, (서울 : 민음사, 1991), 108면.
43) J. Schuramke, (원당회 역), 『현대소설의 이론』, (서울 : 문예출판사, 1995), 188면.
44) 이 밖에도 푸르스트의 ≪잃어버린 시간을 찾아서≫와 베르그송의 지속 개념의 상관관계에 대한 연구는 서구 문학사의 중요한 테마 중의 하나이다. 김형효, 「내면적 자아의 지속」, 『베르그송의 철학』, (서울 : 민음사, 1995), 46면.
45) 베르그송의 지속 개념은 기억의 작용을 떠나서는 설명될 수 없다. 왜냐하면 기억이란 개인의 특이한 체험에 근거한 표상이요 직관이고, 시간적으로 순수 과거에 속하는 객관적인 시간과 무관하게 작용하는, 의식의 흐름인 까닭이다. 즉 기억에는 정신의 노력이 내재되어 있는 것으로, 정신의 노력은 현재의 상황에 가장 잘 개입될 수 있는 표상들을 현재에로 인도하기 위해서 과거 속에서 어떤 표상들을 찾는 행위인 것이다.

모더니즘 문학의 시간성을 해석하는데 일정한 한계를 가진다. 왜냐하면 그것은 현재를 지속의 단절로 인식하고, 시간의 생성이라는 연속성 가운데서 현재 순간은 우리의 지각이 흐르는 도상의 순간적인 절단에 의해서 형성되는 것으로 보기 때문이다. 그에게 현재는 하나의 '순수무(純粹無)'의 상태일 뿐이다. 이러한 현상은 그의 철학이 과거와 미래를 바로 연결하는 데서 오는 결과이다. 따라서 이것으로서는 모더니즘의 동시성의 원리나 병치 등, 시·공간적 형식을 설명할 수 없게 된다.

바슐라르의 '순간성' 개념이 필요한 지점이 여기이다. 바슐라르는 시간을 순간으로 정의한다. 그에게 있어서 시간의 직관은 절대적인 비연속적인 특성과 순간의 절대적인 점 형태의 특성을 지닌다. 여기서 말하는 순간의 점이란 바로 과거와 미래의 선조적 계기가 박탈된 현재의 시간성을 말한다.[46]

모더니즘 예술에서의 현재의식의 부각은 벤야민의 시간관에서 뚜렷이 확인된다. 벤야민은 보들레르와 레스코프에 대한 연구를 통해서 현대인의 경험 구조의 변화에 주목한다. 그는 먼저 경험과 체험을 구분하는데, 그가 말하는 경험이란 기억(Erinnerung) 속에서 엄격히 고정되어 있는 개별 사실들에 의해 형성되는 산물이 아니라, 종종 의식조차 되지 않는 자료들에 축적되어 하나로 합쳐지는 종합적 기억(Gedachtnis)의 산물이다. 따라서 벤야민의 경험은 프루스트의 무의지적 기억(Memoire involontaire)과 유사하다. 무의지적 기억은 의식이 아닌 감각을 통해 수용되어진 것으로 의식적으로 체험되지 않았던 것, 즉 주체가 체험으로 겪지 않았던 것만이 그것의 구성요소

---

46) 한계전, 「바슐라르 시간론의 형성」, 『한국현대시론연구』, (서울 : 일지사, 1983), 239면.

가 될 수 있다.

바로 이러한 경험을 말하는 이가 얘기꾼이다. 벤야민은 이야기가 가능하기 위해서는 청자의 공동체가 단일화되어야 하고, 동시에 이야기 자체와 얘기꾼도 파편화의 가능성을 거부해야 한다고 말한다. 그런데 근대 이후 얘기꾼이 사라진 자리에 정보와 신문의 상품성과 소설의 고독이 들어선다. 벤야민이 보기에 이는 경험의 균열과 관련되어 있다. 즉 노동자가 갇혀있는 반복의 논리는 노동자가 경험에서 봉인되어 있음을 의미한다. 따라서 기계로 일하는 노동자는 '경험'을 경험하지 못한다.

이러한 맥락에서 이글턴은 복제(Reproduzieren)를 본질이 고갈된 역사의 반복(Wieder holen)과 대비시킨 바 있다. 반복의 대요는 새로움의 숭배, 또는 유행의식, 즉 상품물신주의의 최종적 승리이다. 상품은 각 교환의 몸짓이 그 이전의 것의 정확한 반복이기에 그들 사이에는 어떤 관계도 존재하지 않는다. 따라서 상품의 시간은 공허하고 동질적으로 된다. 때문에 상품 교환의 과정은 무한히 환유적이다. 각 상품은 다른 상품의 대체에 의해서만 정의되고 자신의 움직임의 매카니즘인 혼적의 무한한 순환에 의해서만 구성될 수 있다. 노동자의 반복은 이러한 상품의 반복과 동일하며, 그것은 필연적으로 노동자의 소외를 이끌어낸다. 경험의 시간이 전통 안에서의 연속적인 시간성에 관계된다면, 체험으로서의 시간은 독특하고 파편화된 순간의 시간성에 관계된다. 후자의 시간은 소외의, 그러므로 상실로서의 모더니즘의 시간성이 된다.

벤야민은 직선적인 시간을 무의미한 반복의 텅 빈 의식으로 보고, 소외된 노동의 중심 요소로 묘사한다. 따라서 그에게 매춘부의 이미지로 보이는 역사주의는 텅 비어 있다. 반면 역사는 어떤 구성이나 구조물의 대상인데, 이 구조물이 설 장소를 형성하고 있는 것은 공허하고 텅 빈 시간이 아니라, '현재시간(Jetztzeit)'에 의해 충만한 시간이다.[47] 따라서 그에게 있어 모든 역사적 계기의 혁명적 잠재력은 공허한 시간의 무관심으로부터 구제되며 장차 메시아가 들어서게 될 좁은 문으로 인식된다.

 ## 5 맺음말

모더니즘 예술에 나타난 시간 의식의 가장 뚜렷한 징표는 동시성과 현재의식의 충만이다. 세계에 대한 총체적 인식의 가능성이 희박해지고, 주체 문제에 있어서 통일적인 자기정체성의 획득이 지난해진 모더니티의 시대에 모더니즘 예술은 동시성과 현재의식의 부각을 통해 이에 대한 비판적 인식을 표출해 낸다. 서사적 줄거리의 약화와 내면적 자의식의 강화라는 주관화의 경향은 객관 세계의 총체적 인식 가능성에 대한 불신의 반작용으로 볼 수 있다. 이러한 특징적 요소는 시간상으로는 피서술시간과 서술시간의 일치나 혹은 서술시간이 더 늘어지는 등의 방식으로 나타나면서 연기대적 시간의식을 초월한 동시성과 현재의식의 부각을 통해 표현된다. 다른 한편 단선적 시간의 관계성에 있어서 소외와 전망의 불투명함 혹은 상실은 순간성에의 몰입으로 표출되기도 한다.

이러한 모더니즘 예술의 시간의식의 철학적 토대는 베르그송의 순

---

47) 역사와 역사주의는 구별되어야 한다. 벤야민은 역사주의의 연속성을 비판하는 것이지, 연속성 자체를 비판하지는 않는다. W. Benamin, (반성완 譯), 「애기꾼과 소설가」, 『벤야민의 문예이론』, (서울 : 민음사, 1983), 165면.

수지속으로서의 시간의식과 하이데거의 내적 시간성 개념, 그리고 바슐라르의 순간성 개념을 들 수 있다. 이는 모더니즘 예술의 내면에의 천착과 현재성에의 몰입을 설명하는 근거가 된다. 감수성의 자율화와 기존 형식의 해체와 합리주의로부터의 절연, 역사적 필연성이라는 개념의 폐기와 연대기적 시간의 배제, 의식의 흐름을 쫓아서 비동시적 요소를 동시적 구성 속에 함께 표현하기 등은 모더니즘 예술의 외현적 특징으로써, 이는 결국 역사적 모더니티에 대한 비판적 인식과 이를 통한 새로운 시대적 자기 인식을 위한 구성적 운동의 과정으로 볼 수 있다.

5 문학성이 문학의 미래다
– 문학의 미적 자율성과 사회적 운동성의 대립적 이해의 극복을 위한 초고

 문제제기

　근대이후 오랫동안 문학의 언어는 인간 숲의 향기와 바람, 그늘과 생명력을 느끼고 체험하고 사유하는데 가장 강력한 통로였다. 이야기를 좋아하는 인간이 문학을 창안한 것도 아마도 그것을 통해 인간과 세계를 기억하고 사유하며, 그 결과를 다른 사람과 나누기 위해서였을 것이다. 이야기 자체가 원래 인간이 세계를 인식하는 가장 유력한 방법이다. 이야기에서 출발하여 발전해 왔을 문학이란 양식은 일정한 삶의 시간을 우리들에게 들려주되, 개념적인 사유와는 달리, 정서적 감응에의 호소를 통해 인간의 사유를 진작시킨다.

　인간의 삶은 시간의 연속이고, 이야기는 사건의 시간적 기억이다. 작가는 서사행위를 통해 실존적 시간 경험에 질서를 부여하여 하나의 의미구조를 만들어낸다.[1] 인간의 실제 삶 속에는 불일치가 일치를 압도하지만, 문학 속에는 일치가 불일치를 압도하는데,[2] 이는 문

---

1) 프랭크 커모드, 조초희 역, 『종말의식과 인간적 시간』, 문학과 지성사, 1993. 57.

학이 허구라는 증거이다. 하지만 인간은 자연의 혼돈보다는 인위적인 질서를 좋아하고 형식이 주는 위안을 즐긴다. 잘 배열된 문학의 구조 속에서 인간은 불안을 잠재우고, 실존의 고뇌를 덜며, 삶의 의미를 해독해 온 것이다.[3]

문학작품이라는 하나의 통일되고 완전하며 통합적인 역동체는 독자들에게 재미와 더불어, 진리 발견의 즐거움을 선사한다. 그럼에도 불구하고 문학을 사랑하고 문학적 가치를 옹호하는 문학담론은 오랫동안 두 가지 뚜렷한 입장으로 양분되어 왔다. 다시 말해 한국근현대문학사에는 '가치로운 문학'의 내용에 대한 생각이 다른 두 그룹이 있어 왔는데, 그 연원은 일제강점기 하에서 시작된다.

일제시대 프로문학을 주장한 KAPF의 이론가들은 장원유인이 문학에 대한 정치의 우위성을 주장한 것처럼, 문학에 강한 정론성을 요구하였다. 이 시기 문학에 대한 정론적 편향성은 당대의 정세인식이 세계혁명이 임박했다는 판단에서 기인한다. KAPF와 동시대를 산 문인으로서, 이조차도 우리민족이 처한 시대적 특수성에서 기인한 것일 뿐, 문학의 일반적인 본질은 아니라고 본 사람은 이광수이다. 1910년대 계몽적 지식인 가운데 이광수는 최남선이나 신채호와는 달리, 소위 '문학주의적' 문학론을 주장하였다. 이광수는 "나는 계급을 초월한 예술의 존재를 믿습니다"고 당당히 말하고, 작가를 거미에 비유하였다. 그는 거미에게 명령할 수 없는 것처럼, 계급문학을 절규함은 비평가의 소리일 뿐, 큰 수익은 없으리라고 말한다.[4] 이광

---

2) 폴 리꾀르, 김한식·이경래 역, 『시간과 이야기 1』, 문학과지성사, 1999. 51.
3) 엘리자베드 디플, 문우상 역, 『플롯』, 서울대출판부, 1984. 60.
4) 1925년 2월에 개벽지 특집으로 마련된 "계급문학시비론"에서 프로문예운동측의 팔봉, 회월, 석송, 월탄에 맞서 이에 반대하는 측의 횡보, 나빈, 춘원, 김동인 등은 문학의 독자성을 주장한다. 이광수, 「階級을 超越한 芸術이라야」, 『開闢』56호,

수는 문학이나 예술이 정치나 계급의식 등에 종속될 수 없음을 분명히 인식하였던 것이다. 이광수 뿐 아니라 나도향도 "문학은 인생의 전부를 내놓을 수 없는 것이므로 반드시 뿔르니 푸로니 할 수는 없다"는 입장이었고,[5] 염상섭 역시 "소위 예술이니 인생을 위한 예술이니 하지만 그 어느 견지로든지 예술의 완전한 독립성을 거부할 수 없다"고 말한 바 있다.[6]

민족주의 문학론자들 외에도 KAPF를 형성시키는 데 결정적인 역할을 했던 팔봉 김기진 역시, 1927년부터 1929년에 걸쳐 소위 '내용형식 논쟁'을 거치면서 결국 문학의 독자성에 대한 인식을 포기하지 않아, 후대의 문학사가들에 의해 문학주의자로 평가받는다. KAPF 형성 초기에 강경노선을 주도해온 회월 박영희도 KAPF가 볼세비키화된 후인 1934년에 "잃은 것은 문학이요, 얻은 것은 이데올로기다"라는 유명한 전향선언문을 남기고 문학주의로 회귀를 선언하면서 KAPF를 탈퇴한 사실은 너무도 유명한 일화이다. 문학의 사회적 운동성을 강조하였던 KAPF 내부에서조차 팔봉이나 회월의 예처럼, 처음부터 문학의 길을 걸었던 파스큘라계는 끝내 문학의 미학적 자율성에 대한 인식을 견지하고 있었던 것이다.[7]

'가치로운 문학'의 내포를 규정함에 있어서 정론성을 띤 문학과 비정론성을 띤 문학의 분기는 해방과 한국전 이후에도 계속되어, 1960년대의 순수·참여논쟁, 70년대 이후 지속되어온 민족문학논쟁, 그리고 96~97년에 있었던 리얼리즘·모더니즘 간의 논쟁 등에서

1925,2. 55.
5) 나도향, 「뿔르니 푸로니 할 수는 없지만」, 『개벽』, 56호, 54. 「芸術이란 좋은 意味로든지 낫쁜 意味로든지 絶對로 拘束을 拒絶한다」, 『동아일보』, 1926,1.1.
6) 염상섭, 「作家로서는 無意味한 말」, 『개벽』 56호, 52.
7) 김윤식, 『한국근대문예비평사연구』, 일지사, 1976. 31.

누적적이고 반복적으로 재현되었고 최근까지도 지속되고 있다.

문학의 미적 자율성과 사회적 운동성을 둘러싼 문학담론 내부의 오랜 입장차는 '문학'의 본질적인 가치에 대한 인식의 차이에서 비롯된다. 아직도 분기가 뚜렷한 이 이분법적 대립의 지양 가능성을 문학의 본질적 특성인 언어와 재현, 내용과 형식의 관점에서 찾아보고자 하는 것이 이 글의 목적이다.

 ## 2 문학의 본질 I : 언어와 주체

1) 문학의 언어

문학은 언어로 구성된 형상적 향유이자, 형상적 사유이다. 문학의 실체는 작가에게는 창작과정에서, 독자에게는 독서과정 중에 경험된다. 문학을 통한 진리의 인식은 창작이나 독서 과정 중에 발견의 형식으로 이루어진다. 작가나 독자는 허구(비진리) 속에서 진리를 캐어낸다. 그 진리는 마치 지층 속에 화석이 묻혀 있다가 발굴되는 것처럼, 이미 존재하는 것이지만 문학적 재현을 통해 새롭게 발견되어진다. 그 진리는 창작이나 재현과정 전에 작가의 의식 속에 이미 존재한 것이 아니며, 현실 속에서 존재하였던 것도 아니다. 재현된 특수자로서의 상황의 연쇄, 그 상황의 연결이 이루어지는 과정이나, 혹은 그 과정이 만인의 이해 속에 있을 때, 진리는 스스로 얼굴을 드러낸다.

인간이 진리에 도달하는 길에는 문학과 같은 예술 이외에도 철학과 종교적 체험, 그리고 묵상이 있다. 이 가운데 문학은 플라톤 이래 특히 철학적 인식과 자주 대비되어 왔다. 철학은 개념의 논리적 조작을 통해 진리를 인식하고 사유를 진작시킨다. 반면 예술은 감각적 직접성으로 형상적 향유를 통해 진리를 발견케 한다. 특히 소설은 특정 상황의 연쇄 속에 놓인 개체의 경험치를 언어를 통해 재현해냄으로써, 감응이라는 감각적 직접성을 통해 개념으로는 말해질 수 없는 삶의 진실을 개시해주거나, 개념적 사유가 배제해 온 것들을 인식케 한다.

철학을 필두로 한 개념적 사유의 한계는 그간 많이 논의되어 왔다. 아도르노의 『계몽의 변증법』은 그 대표적 예이다. 이 책에서 아도르노는 개념적 인식이 지닌 동일화 과정을 명쾌하게 설명한다. 아도르노에 따르면, 원시인들은 미지이자 위협인 자연의 공포를 떨쳐버리기 위해 이름없는 자연에다 이름(개념)을 붙임으로써, 그것을 이름과 동일시하는 인식을 키워나갔다. 따라서 개념은 태생부터 동일성 사유의 도구로 전용되었다. '개념 Begriff'이란 말은 원래 대상(실재)을 '꽉 사로잡아서(장악해서)begreifen' 자신에게 동화시키는 것을 일컫는다.[8] 개념이 일단 형성되고 나면, 사유는 개념 간의 체계와 연관 속에서 진행되므로, 사유가 진행될수록 개념은 대상의 질적 고유성으로부터 멀어진다. 개념이 대상을 매개한다고 해도, 그것이 동일화의 방식인 한, 근원적으로 대상을 본래의 성질대로 매개하지 못

---

8) 철학이 불가피하게 개념에 의존해야 하고, 개념은 삶의 매개에 실패한 것으로 본 아도르노는 그러나 개념의 가능성을 포기하지 않았다. 개념은 비개념적인 것을 부정하지만 비개념적인 것을 매개하는 것 역시 개념 자체의 몫이다. 개념의 문제는, 개념이 계몽의 역사 속에서 승리를 거듭함으로써 스스로 걸려든 마법, 즉 동일성의 가상을 탈마법화할 수만 있다면, 개념은 자기 자신에게 만족하지 못하는 개념 자신의 고유한 속성을 회복하게 될 것이고, 비개념적인 것을 개념적인 것으로 매개하는 가능성은 열릴 것이라고 아노르노는 말한다. 유진경, 「아도르노 ≪부정적 변증법≫에 있어서 개념의 자기극복의 문제」, 『미학연구』 제7집 (2002,12), 58 - 59.

한다. 개념은 자기 밖의 대상으로부터 벗어나기 위해 사용되었고, 대상을 자기 것과 동일한 것으로 확정함으로써 대상의 질적 고유성을 배제하거나, 혹은 부적합하더라도 자신이 갖고 있는 범주에 대상을 폭력적으로 끼워 맞추게 된다. 때문에 개념에 의한 사유는 결국 삶의 대상들을 내용적으로 매개하지 않는다는 명확한 한계를 갖는다.[9]

개념적 사유의 불충분성 자체가 바로 비개념적인 것의 존재를 요청한다. 문학이나 예술의 존재는 개념의 불충분성을 자각하며, 개념이 대상에 저지른 억압적 포박을 풀어낸다. 예술 혹은 문학은 개념적 인식을 정서적 감응이라는 감각적 직접성의 영역으로 훌쩍 뛰어넘는다. 삶 자체를 확실하게 인식하려면 무엇보다 삶 자체에 밀착하는 일, 즉 직접성을 되찾아야 하는데, 바로 그 감각적 경험의 직접성에 의존하는 것이 문학이며 예술이다. 사랑의 고통, 인간 사이의 소통의 어려움, 현대사회의 소외문제, 공동체의 대의를 위해 움직이면서도 각자 다른 셈속을 지닌 인간들의 내면 등을 무엇으로 풀어낼 수 있을까? 객관적으로 실재하지만 각 개체의 주관적 경험 영역에 속하는 비개념적인 것들을 개념적 사유는 말할 수 없다.[10] 하지만 문학적

---

9) 개념적 사유의 극점으로 데카르트적인 사유체계를 꼽는데 많은 사람들은 동의하고 있다. 데카르트는 확실성의 기반을 '사유한다는 사실'로부터 '사유하는 주체'의 개념으로 전이시켜 활동과정만이 아닌 실체로서의 정신을 확립한다. 그러나 데카르트적 사유체계의 문제점은 대상을 개념과 공리에 보다 완벽하게 종속시킬수록 개념은 대상과 더더욱 멀어지는 이율배반에 처하게 되어, 대상과 개념의 화해할 수 없는 대립이 발생한다는 사실이다.

10) 개념적 사유의 영역인 철학에서도 개념이 비개념적인 것을 포괄할 수 없는 것은 아니다. 개념이 대상에의 친화성를 되찾아, 동일성의 강제에서 벗어난 상태에서 비개념적인 것과의 자유로운 유희의 계기로서 미메시스의 본래적 의미를 회복하여야 할 것이다. 개념이 미메시스적 계기를 회복할 때, 개념은 비개념적인 것, 예를 들어 고통을 다양하게 서술할 수 있을 것이다. 그러나 비개념적인 것을 개념이 서술하는 것은 결코 감성적이거나 직관적인 표현으로 휘발되지 않는다. 개념은 그 고유성이 논리적이고 합리적인 구성 계기에 있기 때문이다. 논리적이고 합리적인 계기는 대상을 양적 동일성으로 재단하는 도구적 합리성

재현을 통해 그것들은 체감적 진실로서 우리에게 다가올 수 있다.

예술 가운데 문학의 변별성은 '언어'에 있다. 인간이 무엇을 지각한다고 할 때, 지각과 대상은 무매개적이지 않다. 거기에는 언제나 언어가 끼어 있다. 한마디로 지각 자체는 언어 속에서 이루어진다. 세계 자체는 언어와 별개로 존재하는 실체가 아니라 언어에 의해 존재하는 것인지도 모른다. 언어는 물 자체나 현상 등 세계를 담는 그릇이 아니다. 언어를 표현수단이나 의사소통의 도구 정도로 파악하는 것은 데카르트의 언어관에서 비롯된다. 데카르트는 '명석판명함'이라는 합리적 이성의 '논리'를 준수하는 '산문적' 언어만 의미있는 것으로 여겼다. 그는 명석하고 논리적인 진술로 표현될 수 없는 것은 애초에 사유가 아닌 것으로 배제하였다.[11] 이런 언어관이나 사유는 '지도가 곧 현실 자체'라고 가정하는 것과 같다.

세계가 언어와 별개로 존재하지는 않지만, 그렇다고 해서 언어가 곧 세계 자체는 아닐 터이다. 세계와 언어의 관계에서 언표된 것은 언제나 언표되지 않은 것에 비해 너무나 적은 양의 정보일 것이다. 이는 언어의 근원적인 한계이다.[12] 즉, 언어로 사물 전체를, 혹은 대상 자체를 말할 수는 없다. 그러나 언어 이외에 달리 세계를 인식할 수 있는 방법 또한 없다. 언어를 이용한 세계에 대한 인식은 결국 추상화 방식인 개념을 통한 철학적 인식과 구상화 방식인 재현을 통

이 아니며, 대상의 질적인 비동일성의 결에 따라 개념을 구성하게 될 것이다.

11) 김정주, 「근대의 이성적 인간과 자기의식에 관한 연구: 데카르트, 칸트의 자기의식 모델과 헨리히 투겐트하트의 해석」, 『범한철학연구』, 제31집, 2003,12. 179 - 202 참조.

12) 리비스는 사유의 다양한 양식들 사이에 가로놓인 심연, 혹은 각각을 고립시키는 경계들에 주목한다. 리비스는 세익스피어와 같이 뛰어난 작가의 언어구사는 이런 경계를 알지 못하는 포괄적인 것이라고 평가한다. 리비스, *The Living Principle*, 97 - 99. 김영희, 「F.R. 리비스: 사유의 훈련으로서의 문학비평」, 『비평의 객관성과 실천적 비평』, 창작과 비평사, 1993. 121 참조

한 문학적 통찰이 상보적으로 작동될 때 어느 정도 가능해진다.

문학의 언어는 데카르트적 언어로는 말할 수 없는 것들을 플롯구성을 통해 개시한다. 문학의 언어가 갖는 특징은 그것이 어떤 현상이나 경험의 세계를 사실적으로 표현한다고 해서 언표된 것의 지시적 의미 속에만 갇히지 않는다는 데 있다. 문학에서 그런 언어는 수인(囚人)의 언어가 된다. 벽을 향한 말이 메아리 없이 되돌아옴을 반복하는 그런 수인의 언어 말이다. 문학의 언어는 눈에 보이는 혹은 정신적으로 경험한 세계와 언표된 것 사이에 있는 깊은 단절의 간극을 메우면서 또 양자를 변증법적으로 종합함으로써 진리를 재구성해내는 독특한 언어이다. 문학의 언어를 통해서 인간은 부분적이지만 유의미한 의미의 한 다발인 현실의 국면으로 다다간다. 문학은 언표된 허구로서 언표되지 않은 진리를 개시한다. 이때 진리는 총체적인 세계인식이 아니라, 삶의 켜 속에 무수히 존재하는 한 조각의 진리이다. 현실은 영원히 그 총체적 재현이 불가능한, 무한대의 원천이라는 사실은 언어의 한계이자 문학의 근원적인 가능성이기도 하다. 언어로 누구도 현실을 온전히 재현할 수 없기 때문에 문학적 재현의 가능성은 무한히 열려 있다. 즉, 현실 자체의 무한함은 다층위의, 다국면의, 다관점의 문학적 재현의 영원한 토양이 된다.

2) 문학의 주체

문학 속 주체에 대한 인식에서 리얼리즘에 토대한 '전형성' 논의는 오늘날에도 지속되고 있다. 이러한 주장을 펴는 사람들은 '의식에 대한 존재의 선차성'을 용인하면 대체로 그가 속한 계급적·사회적·물적인 토대에 의해 인간 주체의 사회적 인식이 좌우된다고 말한다. 이러한 '전형성' 개념의 뿌리는 계몽적 근대성 담론이며, 그 핵심에 데카르트의 주체관이 있다. 언어관과 더불어 계몽적 근대성 논리의 근간을 이루는 것이 데카르트의 주체관이다. 그는 '근대적 주체'란 이성적이고 자율적 주체로서 '자기 확실성'의 논리로 세계를 인식한다고 본다.[13] '자기확실성(Selbstgewißheit)'의 존재로서 주체는 표상하는 자 자신이 자기와 자기에 의해 표상된 것을 항상 그 자체로 알기 때문에, 명석성과 판명성, 자기정립성은 주체 자체에 이미 내포된 것으로 이해한다.[14] 이러한 근대적 주체 구성은 '비인간과 비주체'인 광인/걸인/부랑인/죄인 등을 배제함으로써 근대가 허용하는 '이성적 주체'의 내부를 완성된다. 이와 같은 '근대적 주체'는 사회(법/질서)로부터 선택과 배제의 원리에 입각한 합리성, 즉 통제된 자유로서의 자유와 평등을 인간 정신에 각인시킨다. '근대적 주체'는 '훈련과 규율' 속에서 합리성을 획득하지 못할 경우, 권력에 의해 정신적·육체적인 '감시와 처벌'을 받아야 하는 것이다.[15]

그러나 데카르트 이래로 인식과 판단을 정초하는 사유 주체는 칸트의 계몽적 주체를 거치면서 산업혁명을 통한 자본주의의 발달 속에서 사회학적 주체로 변모하게 된다.[16] 사회학적 주체 즉, 노동하는 주체의 주체성은 역설적이게도 노동자가 자신의 생산물로부터 소외되고 타자에 의해 주체성을 박탈당함으로써 인식적이고 실천적 정당성을 함유하게 된다.[17] 따라서 다양성이 공존하는 후기산업사회의 주

---

13) 윤효녕, 「주체 논의의 현단계 : 무엇이 문제인가?」, 윤효녕 외, 『주체 개념의 비판 - 데리다, 라캉, 알튀세, 푸코』, 서울대학교 출판부, 1999. 1 ~ 14. 참조

14) 김종욱, 「근대적 주체의 형성과 해체」, 한국하이데거학회 편, 『하이데거와 근대성』, 철학과현실사, 1999, 135 ~ 140.

15) M. Foucault, 오생근 역, 『감시와 처벌』, 나남출판, 1994. 423 ~ 441.

16) S. Hall. etc, 전효관·김수진 외 옮김, 「문화적 정체성의 문제」, 『모더니티의 미래』, 현실문화연구, 2000. 320 ~ 385.

체는 자신의 사회적이고 물적인 토대로만 환원되지 않는 특성들을 담지한 주체로 변모한다. 21세기의 주체들은 공동체적 자유와 개인적 자유의 양면성을 추구하는 역사적 구성물로서 새롭게 재탄생하는 것이다.[18]

리얼리즘 문학, 특히 리얼리즘 소설에 등장하는 이데올로기적 주체는 '근대적 주체'의 하위 개념으로 볼 수 있다. 이는 오늘날의 근대적 주체가 가진 양면성, 즉 방어적 얼굴과 해방의 얼굴이라는 양면성을 담아낼 수 없는 주체의 모습이다. 오늘날 문학 속에 등장하는 주체는 사회적 물적 토대에 기초한 계급적 의지나 사회적 실천력의 소유자로서만 통합될 수 없다. 소설에 등장하는 '근대적 주체'의 양상은 때로는 선택과 배제의 원리에 입각한 합리성을 머릿속에 각인한 '근대적 주체'일 수 있고, 때로는 자본주의적 질서가 공고해지는 외중에서 억압되고 배제되어 '체계와 생활세계의 합리적 의사소통'을 기대하기 어려운 현실을 경험하면서, 중심부에서 밀려나 주변부에서 타자의 시선[19]으로 주체성의 회복을 통해 '희망의 원리'[20]를 예견하는 '근대적 주체'일 수도 있다. 다시 말해 소설이나 문학 속 주체를 이제 일면적인 정체성으로 규정할 수 없다.[21] 현실 속의 주

---

17) 이종영, 『주체성의 이행』, 백의, 1997, 11 ~ 86.
18) 박태호, 김진균·정근식 편저, 「근대적 주체의 역사이론을 위하여」, 『근대주체와 식민지 규율권력』, 문화과학사, 1997, 42 ~ 43.
19) A. Lemaire, 이미선 옮김, 『자크 라캉』, 문예출판사, 1997. 247 ~ 256.
20) 블로흐는 "문제는 희망을 배우는 일"이며, "사고란 초월하는 행위"이고 "미래의 사항은 두려운 무엇과 바람직한 무엇으로 의식된다."고 봄으로써 희망이 "모든 '종결된 것'에 비하여 아직 완성되지 않은 긍정적인 특징을 지닌다."고 해석한다. E. Bloch, 박설호 옮김, 『희망의 원리1 - 더 나은 삶에 관한 꿈』, 솔, 1995. 7 ~ 10.
21) 이와 같이 현대소설의 주체가 일면적 정체성으로 고정되지 않는 다중적 정체성의 소유자라는 사실은 최근 활발하게 논의되는 한국계 미국인 작가 창래 리(Chang - rae Lee)의 ≪네이티브 스피커(Native Speaker)≫(1995)에 잘 구현되어 있다.

체가 다층위의, 다국면의, 다관계의 진실과 진정성을 내포하고 있으므로, 문학 속의 주체 역시 복수의 정체성을 지닐 수 있다.

유물변증법적 리얼리즘을 이야기한 맑스도 포이어바하가 역사과정에서 추상된 '고립된' 개인을 설정하고 인간의 본질을 무미건조한 일반성으로서의 '유'(類, genus)로 파악하는 것을 비판하면서, 인간의 본질은 개개인에 내재한 추상물이 아니라, 사회적 관계의 총화라고 하였다.[22] 이 대목은 개인과 사회에 대한 변증법적 인식의 단초를 제공한다. 결국 '계급적 주체'로서의 실천 역시 어디까지나 '개인'의 몫이라는 사실을 말해준다. 개인을 경유하지 않은 사회적 제 관계는 문학으로 형상화될 수 없으며,[23] 그 각각의 개인은 '계급적 주체'로만 환원되지 않는, 다양한 요소의 복합체들이다.

현실 또한 어떤 하나의 핵심이나 기본원리에 의해 움직여지지 않는다. 인간이건 현실이건 그것들을 형성하는 각각의 차원과 측면들이 뒤얽혀, 무한하면서도 생생한 실체를 이루고 있는 것이므로, 문학을 통해 발견할 수 있는 진리는 다양한 층위와 다양한 국면의 것들이다. 신경숙의 ≪외딴 방≫과 최인훈의 ≪화두≫, 박경리의 ≪토지≫와 창래 리의 ≪영원한 이방인≫은 각각의 방식으로 각각의 진실을 현전시킨다. 현실에는 그 모든 진실이 공존한다. 따라서 한 작가나 한 작품이 특정한 시기의 현실을 총체적으로 형상화하기를 기대하는 것은 잘못이다. 인간도 현실도 하나의 본질로 쉽게 환원될 성질의 것이 아니기 때문이다. 작가의 개성과 자신만의 고유한 체험과 사유가 지시하는, 현실의 어느 차원과 측면들에 관심을 갖게 되는 작가들의

---

22) 맑스, 『도이치 이데올로기』 참조
23) 방민호, 「미학주의, 그리고 그 밖의 우울한 풍경과 작은 가능성」, 『비평의 도그마를 넘어』, 창작과 비평사, 2000. 66 - 67.

개성과 그에 기반한 창조의 자유는 언제나 옹호되어야 한다.

개인들의 참된 개별성에 기초하여 현실의 어떤 특정 측면이나 부면을 참신한 표현과 탄탄한 상황전개로 성공적인 재현에 이르렀을 때, 그 내용이 당장에 현실적인 문제들로부터 거리가 있더라도, 혹은 '계급적 주체'로서의 의식적 선택이나 해석이 드러나지 않더라도 그것은 현실과 무관한 문학이 아니다. 문학적 가치는 그것이 다른 내용이나 재현에 드러난 작가의 세계관으로 판단되지 않는다. 문학의 문학다움은 오히려 재현과정이나 재현된 것이 사회학적 보고서나 정치적 입장표명, 혹은 시민운동의 포스터가 아닌, 바로 그 부분에 있다.

따라서 이제 노동자 계급의 삶을 그린다 할지라도 그 작품의 주체의 형상화는 당파성으로 환원되지 않을 것이다. 작품 속에서 주체는 노동자라는 사회적 신분이나 위상 외에도, 개인으로서 그만의 정신세계와 경험, 욕구, 그리고 다양한 관계망 속에서 고유한 개인으로 일상을 산다. 그렇게 그려져야 등장인물 노동자는 노동자 일반을 대표하는 대명사로서가 아닌, 구체적으로 피가 돌고 살이 만져지는 인물로 살아날 것이다.

 문학의 본질 Ⅱ : 반영 · 재현 · 전유

1) 반영(mimesis)에서 재현(representation)으로

문학을 설명하는 가장 오래된 개념은 아마도 '반영'일 것이다. 주지하듯이, '반영'에 관한 인식은 플라톤의 『국가』에서 시작된다. 플라톤

은 세상 만물은 이데아의 모조품이고, 이러한 세상을 모방한 시는 이데아의 모조품의 모조품으로 보았다. 그는 이데아가 진리를 담지하고 있다면, 시는 이데아로부터 두 단계 떨어져 있다고 보았다.[24] 그는 구상화 능력으로서 언어의 운용을 미메시스와 디에게시스로 나누었다.[25] 후자는 소설에서 요약적 서술에서 주로 사용되며, 전자는 언어가 사물 자체에 직접, 그리고 가장 가까이 다가가는 방법으로서, 묘사와 대화 등, 직접화법적인 구체화 방식을 지칭한다. 따라서 미메시스는 디에게시스에 비해 보다 실제 삶에 밀착된 모방이라 할 수 있다.

한편, 플라톤의 미메시스 개념을 이어받은 아우얼바하는, 시의 '모방'은 결국 삶의 모습들을 눈앞에 묘사함으로써, 현실을 해석한다고 보았다.[26] 이러한 관점과 다른 미메시스 개념은 하이데거에 의해 제시된다. 하이데거는 모방이 진리를 향하고는 있으나, 바로 이 점이 모방된 것과 진리 사이의 거리를 이미 함축하고 있음을 지적한다. 모방이란 모방된 것과 진리와의 유사성에서 의미를 찾을 수 있는데, 유사하다는 사실은 이미 불일치를 전제한다는 것이다. 따라서 미메시스란 본질적으로 문학 혹은 예술을 통한 진리의 재생산이 불가능하다는 인식에서 근거한다는 것이다.

하이데거의 '미메시스' 이해는 데리다에 오면, '반영' 대신 '재현(representation)'이란 개념으로 발전한다. '재현'은 원래 플라톤의 '미메시스' 개념에서 부정적이고도 미진한 부분을 거두어내고 문학의 가치를 새롭게 발견하기 위해 아리스토텔레스가 사용한 개념이다.[27]

---

24) 아리스토텔레스, 플라톤 외, 천병희 역, 『시학』, 문예출판사, 1994. 201 - 235.
25) Platon, 박종현 역, *Politeia*, 『국가』, 서광사, 1997. 199 - 200.
26) 에리히 아우얼바하, 김우창·유종호 역, 『미메시스 ; 근대편』, 민음사, 1994. 275 - 279.
27) 백낙청, 「로렌스와 재현 및 (가상)현실 문제」, 동아영어영문학회, 『동아영어영문

재현은 시적(문학적) 특수성을 설명하는 개념으로, 순수한 재현을 의미하기도 하며, 표상된 것을 다시 반복, 재생산한다는 의미의 현전화를 의미하기도 하고, 다른 것을 대신한다는 의미도 갖는다. 데리다는 '반영'이란 개념이 객관적 현실을 '드러내는 것'이므로 작품에 선행하는 무언가의 존재가 현실 속에 있음을 인정하는 개념으로 보았다. 반영은 이데아와 문학 간의 근접성과 간극을 동시에 함축하는데, 이 개념 자체가 문학이 이데아를 드러내는 유일한 장치이지만, 동시에 영원히 이데아 그 자체일 수는 없는, 가짜임을 나타낸다. 이데아와 문학 사이에 존재하는 이 간극이 이데아에 대한 특정한 해석과 왜곡을 가져오는 잠재력의 토대가 된다. 이러한 인식은 문학과 진리 간의 절대적인 선후관계를 상정하기 때문에 생긴 것이다. 데리다는 진리란 문학 이전에 성립하는 것이 아니라 문학을 통해서만 그 존재를 이룩하는 것으로 보았다. '반영'이 아닌, '재현'이란 개념은 바로 이러한 진리의 성취를 가능케 한다. 재현을 통해 이룩되는 진리는 마치 원래 있었던 것처럼 보이기 마련이지만, 이것은 도저히 쉽게 극복할 수 없는 구조적인 환상일 뿐이다. 재현은 우리로 하여금 현실과 진리를 만나게 해주는 매개체이다. 재현은 작품에 선행하여 존재하는 어떤 고정된 것을 모방하는 것이 아니다. 이러한 통찰은 데리다 뿐 아니라, 바르뜨에게서도 확인되며, 무엇보다도 '반영론자'인 루카치에게서도 어느 정도 나타나고 있다.[28]

학』, 제18집. (2002,8), 30.
28) 차봉희, 「루카치의 반영이론 - 예술적 현실 반영의 특수성을 중심으로」, 『루카치의 변증 - 유물론적 문학이론』, 한마당, 1987, 51 - 101.

2) 재현(representation)에서 전유(appropriation)로

‘반영’이나 ‘재현’이 아닌 ‘전유(appropriation)’라는 개념으로 문학의 형상화 과정을 설명한 사람은 바이만이다. 전유는 까간이 『미학강의』에서 말한, ‘미적 전유’에서의 전유(專有)를 말한다. 전유는 재현보다 주체의 작용이 개입함을 보다 적극적으로 드러내는 용어이다. 전유는 재현보다 ‘드러나면서 성취되는 관계’에 좀더 초점이 가 있다. 원래 삶은 재현의 재현불가능한 근원으로 존재한다. 문학은 미적 전유를 통해 한두 가지 사회이론의 층위로 쉽게 환원될 수 없는 삶의 진실을 드러낸다. ‘전유’에 대해 백낙청은 로렌스가 「도덕과 소설」에서 반 고흐를 거론한 부분을 가져와 이렇게 설명한다. 전유란 고흐가 해바라기를 그릴 때, “인간으로서의 자신과 해바라기로서의 해바라기의 생생한 관계를 시간 속의 그 살아있는 순간에 드러내고 또는 성취한다고 할 때의 그것”이다.[29] 사진적 사실주의나 자연주의적 사실주의가 아닌, 인간과 그를 둘러싼 우주 사이의 관계를 그 살아있는 순간에 드러내는 일에서 그 관계란 예술가가 그의 작업을 통해 드러내고 또 성취하는 것이지, 작품 이전에 성립된 어떤 재현대상은 아닌 것이다.[30]

반영에서 재현, 재현에서 전유로 이어지는 문학의 형상화의 원리에 대한 인식은 결국 작가의 작품구현 이전에 진리치가 현실 속에 내재해 있는가, 아니면 작가의 마음속에 미리 간직되어 있는가, 그것도 아니라면 문학이란 창작과정을 통해 진리는 현현하는 것인가, 에 대한 해석의 차이를 나타낸다. 이 점에 관해서는 하이데거에게서 경

---

29) 백낙청, 앞의 글, 32.
30) 백낙청, 앞의 글, 17.

청할 바가 있다. 그는 예술작품 속에는 '존재하는 것들의 진리'가 일어나는데, 이때 진리는 대상이나 명제(주제) 혹은 재현물과 일치하는 것은 아니라고 말한다. 이를 해석하면, 문학은 사회를 반영하나, 문학은 현실로부터 직접 연역되지는 않는다는 것이 된다. 예술작품은 제 나름의 방식으로 존재자의 존재를 열어준다. 여기서 열어줌이란 존재하는 것들의 진리가 스스로를 작품 속으로 들여앉혀 작업상태로 정립함을 의미한다. 예술은 진리의 '스스로 작품(작업) 속으로 들어앉힘'인 것이다. 반 고흐의 농부의 구두 그림에서 진리는 구두라는 도구적 존재의 드러남을 통해 농부의 일상적 노동의 고달픔과 숭고함 같은 '존재하는 것 전체'가 '탈은폐'의 경지에 도달할 때 작동되는 무엇이다. 문학에서도 이는 마찬가지이다. 작품 이전에 현실 속에 존재했던 진리가 아닌, 작가가 작품 완성 이전에 작가의 머릿속에 이미 존재했던 것이 아닌, 작품의 고유한 진리가 독자에게는 독서과정에서, 작가에게는 창작과정에서 스스로를 탈은폐시킨다.

 문학의 본질 Ⅲ :
미적 자율성과 사회적 운동성의 변증법

1) 매개로서의 내용과 형식의 관계

문학 뿐 아니라 예술에 있어서 형식은 개별적인 요소들의 객관적인 조직화를 말한다. 형식은 능동적으로 미학 외적 기능들과 가치들을 작품에서 조형적으로 조직함으로써, 작품의 요소들을 질적으로 새로운 전체로 통합한다. 형식은 작품 가운데서 현상하는 모든 것을 조리있게 객관화하는 조직행위이며 그 결과물이다. 달리 말하면, 형식은 자신의 구조를 통해 내용을 말하는, 일관된 매개라고 할 수 있다. 결국 작품의 내적 구조는 형식과 내용의 상호의존적 매개를 통해 형성된다. 형식과 내용의 호상간 매개에 의해 형식은 "침전된 내용"이 되고, 내용은 "형식의 결정 가운데서 현현"한다. "예술 작품 가운데서 나타나는 모든 것은 잠재적으로 내용이자 형식이다."[31]는 아도르노의 명제는 이런 맥락을 갖는다. 변증법적으로 형식은 자기규정을 위한 내용을 필요로 하고, 내용은 작품의 조형적 구성, 즉 형식에 의존한다. 여기서 매개란 개념은 내용과 형식 간의 이분법적인 분리를 거부하고, 양자의 통일 가운데서의 차이의 존속을 의미한다.

그런데 모든 예술적 형식들은 무시간적이고 추상적이지 않다. 오히려 예술의 형식은 사회적인 것을 입증하는 객관적 정신의 형식들이다. 즉, 작품에서 예술과 사회의 관계는 '매개된 방식'으로만 존재한다. 때문에 예술의 사회에 대한 본질적 관계는 작품 가운데서의 사회의 내재성이지, 사회 가운데서의 예술의 내재성이 아니다. 소재나 주제는 무매개적일 수 있으나, 형식은 그렇지 않다. 현실이 예술을 규정하지만, 이는 대상적 혹은 소재적 영역을 통해서가 아니라, 형식 가운데서 매개된 것으로서 이다.

사회는 예술의 형식 가운데서 나타난다. 모든 예술작품은 형식 고유의 논리성과 일관성에 의하여 그 자신으로부터 형성된 것으로서 예술적 형식법칙에 사회적 문제들은 스스로를 복종시키면서 스스로를 예술적으로 실현한다. 형식을 통해서 예술은 스스로를 비 - 예술로부터 구분한다. 형식은 외부의 경험적인 것에 대한 경계이다. 예술

---

31) 민형원, 「아도르노의 리얼리즘론에 대한 생성론적 연구」, 한국뷔르너학회, 『뷔르너와 현대문학』, 11. 1998,10. 55.

작품의 세계는 스스로를 예술 외적 현실로부터 구별한다. 이것이 예술을 현실로부터 분리시키는 것은 아니다.

예술 혹은 문학은 독특한 자신의 형상화 방식에 따라 자신을 구성하면서 물화된 사회와, 이 사회의 부정성에 대해 비판한다. 예술이나 문학은 '무엇을'의 부분으로 경험세계인 현실에 대해 직접 발성하지 않는다. '무엇을'로 환원될 수 없는 문학만의 고유성 때문에 문학은 문학으로서의 가치를 갖는다. 작가의 의지와 실천이 진리나 현실과 결합되는 매개로서 당파성 혹은 객관성이 작품의 가치를 담보하는 것이 아니라, 미적 전유의 고유성, 작가마다의 '어떻게?' 혹은 '얼마나 깊이?' 라는 재현의 독특함과 통찰적 인식의 깊이가 문학성의 척도가 된다.

이는 마치 무수한 화가들이 목욕하는 여인들을 그렸고, 대부분의 작가들이 과일이나 야채, 꽃과 같은 것을 놓고 정물화를 그렸으나, 피카소의 <아비뇽의 처녀들>과 세잔느의 <사과>는 '어떻게' 그렸는가에서 이전의 누드화나 정물화와는 전혀 다른 차원을 개척하고 있는 것에 비견될 수 있다. 피카소는 목욕하는 다섯 여인을 그리면서 동양적인 목조각에서 힌트를 얻어 대상을 바라보는 주체의 다양한 시점을 한 화폭에 동시에 표현함으로써 다양한 퍼스펙티브의 공존이라는 변화된 사회의 진실을 캔버스로 웅변하였고, 세잔느는 사과를 그림에 있어 관찰 주체의 입장으로부터 벗어난 물 자체의 존재를 보여주었다. 그림을 그릴 때 초보자는 대개 '무엇을' 그릴 것인가에 골몰하지만, 대가들은 새로운 회화의 탄생, 즉 자신의 개성이 묻어나는 '어떻게'의 탐색에 골몰했던 것이다.

'어떻게'에 대한 추구의 무한가능성은 문학 뿐 아니라, 모든 예술적 자율성의 근간이 된다. 그러나 자율성에의 추구가 곧 예술을 사

회적 현실의 피안으로 유배시키는 것은 아니다. 예술의 자율성조차
도 역사적이며 사회적으로 매개되어 있기 때문이다. 예술의 자율성
이란 사회에 대한 미적인 것의 상대적 독립성으로서의 자율성을 뜻
한다. 각기 작품이 추구하는 미적 자율성의 의미를 사회적 제부분과
의 연관 속에서 읽어내는 것은 비평가들의 몫이다. 예술은 오로지
자신의 자율성 가운데서만 경험적 세계, 역사적 현실에 대한 형상적
인식으로서 그 나름의 고유성을 갖는다.

2) 리얼리즘 對 모더니즘의 대립을 넘어

일반적으로 반영론에 토대한 리얼리즘론은 유물론의 기본 명제
즉, 인식과정에 있어서 사회적 존재가 의식을 규정한다는 맥락을 전
제한다. 유물론에서 인식과정은 사회적 존재와 주체의 의식, 이 양자
의 상호작용을 배제하는 것이 아니라, 오히려 양자의 상호과정이야
말로 인간 실천의 총체라고 본다. 다만 전자의 선차성을 인정한다.
레닌에 의해 철학적으로 규정된 범주로서의 반영은, 의식과 독립적
으로 존재하는 객관적 실재로서의 물질 개념에 대한 승인과 그것의
인식 가능성을 의미한다. 이를 문학이라는 특수한 영역 속에서 작품
과 현실의 동일성에 대한 요구를 정당화시킨 범주로 변화시킨 것은
루카치이며, 그 근거를 제시한 것이 엥겔스이다. 하지만 루카치는 반
영을 말할 때, 표피적 현실의 수동적 묘사를 배격하였다.

물질 혹은 현상이라는 대상에 대한 인식가능성에 대한 확신으로서
의 반영론은 데카르트적인 사유체계의 근간인 뉴턴의 물리학에 토대
한다. 반면, 반(反)재현론적 흐름은 칸트의 감성론에 토대한다. 뉴턴
이나 데카르트 및 라이프니츠는 모두 물체의 실재를 전제하고서 이

와 관련된 공간과 시간의 본성을 규정한 바 있다. 반면, 칸트에 따르면, 시공간의 기원은 대상계에서 비롯되는 것이 아니라, 인식자(경험자 혹은 관찰자)에게서 비롯된다. 『순수이성비판』의 「감성론(Aesthetic)」에서 칸트는, 인간은 물 자체(thing in itself)를 알 수 없으며, 감각기관에 주어지는 현상(現象, appearance)을 대상적 지식(objective knowledge)으로서만 인식할 있을 뿐이다. 이때 시공간은 직감의 형식(forms of intuition)으로서 현상의 경험을 가능케 하는 선험적 요소이다. 칸트에게 시공간은 직감의 형식이므로 감각기가 없다면 존재할 수 없는 것인 바, 여기서 빛의 존재는 시공간 감지의 근간이 된다. 실제 세계에서 개인마다 다른 시공간을 가지는 것도 그것이 인식자에게서 연원하기 때문이다. 이러한 주관적 시공간의 동등성은 곧 아인슈타인의 상대성 원리를 함의한다.[32]

이러한 사유는 결국 인식주체에 비해 물질의 선차성을 주장하는 유물론적 관점이나, 사회적 존재가 의식을 결정한다는 입장, 그리고 대상에 대한 인식가능성에 대한 확신으로서의 반영론을 부정하는 논리의 근간이 된다.

반영론을 신봉하는 비평가들은 당파성을 근간으로 하는 리얼리즘 문학이 객관성을 담보하기 때문에 해방의 서사에서 핵심적 지위를 갖는다고 말한다. 문학에 있어서 당파성에 대한 규정은 각양각색인데, 대체로 "진리·현실·객관의 차원을 의지·실천·주관의 문제와 결합해내는" 매개, 즉 사회운동과 문학이론의 통합적 매개로서 당파성을 설정한다.[33] 그러나 실제 작가들이 쓴 창작노트들을 보면, 이

---

32) 소광섭, 「상대론적 시공간에 대한 고찰」, 『과학사상』, 1994년 가을호, 통권 제8호, 6 - 27.
33) 윤지관, 「해방의 서사와 세기말의 문학 - 다시 당파성을 생각하며」, 『당대비평』, 1997년 가을호, 265.

같은 논리는 비평가들만의 논리임을 알 수 있다.[34] 실제 소설 창작에 있어서는 작가의 의지·실천·주관이 진리·현실·주관과 결합되는 것이 아니라, 전형적 상황의 연계가 진리를 캐어내는 것이며, 거기에는 작가의 주관이 개입될 여지가 거의 없다는 것이 작가들의 이야기이다.

작가들이 창작할 때 사실과 묘사의 진실성 이전에, 또 인물의 성격화 이전에 가장 중시하는 것은 플롯을 구성하는 상황의 연쇄라고 한다. 백낙청은 로렌스의 장편 ≪연애하는 연인들≫을 분석하면서, "전형적인 환경에서의 전형적인 인물"이라는 엥겔스의 표현도 '환경'(circumstances, Umstände) 대신 '상황'(situation)이라는 낱말을 쓰는 것이 더 적절하다"[35]고 말한 바 있다. 상황의 전개와 인물의 성격화는 함께 진행되는 것이지만, 상황의 전형성이 보다 중요하다. 작가의 세계관이나 등장인물의 의식은 플롯인 상황의 연쇄에 복속된다. 배경묘사조차도 서사의 전개, 즉 상황의 연쇄에 유기적으로 결합되어 있다. 작가 특유의 문체가 불러일으키는 시적 환기력조차 서사의 일부를 이룰 때, 작품의 생명력은 감동으로 전환되어 독자를 진리의 발견으로 이끈다.

당파성을 옹호하는 사람들은 문학이 사회적 실천으로서 갖는 의미를 중시한다. 그러나 예술 혹은 문학이 사회적 실천의 한 과정으로서 사회를 반영하는 방식은 문학과 사회의 직접적인 일치에 있지 않다. 문학이나 예술은 사회를 반영하는 측면이 있으나, 그럼에도 불구하고 현실로부터 직접적으로 연역되지는 않는다.

문학논의에서 리얼리즘이냐 모더니즘이냐는 이분법적 대립구도는

---

34) 스티븐 킹, 김진준 역, 『유혹하는 글쓰기』, 김영사, 2002, 202.
35) 백낙청, 「로렌스 소설의 전형성 재론」, 『창작과 비평』, 20권 2호, 1992, 84.

사실상 현실 사회의 비동시적인 것의 공존을 돌아본다면, 그 대립의 지양 가능성을 찾을 수 있다. 문학담론의 출발점은 언제나 현실인데, 그 현실의 종합국면에 대한 다양한 탐색이 문학의 임무라 한다면, 오늘날과 같은 현대사회는 시대의 정체성에 대한 논의가 모더니티적 요소와 포스트 모더니티적 요소가 불균등하게 섞여 있다고 할 수 있다. 프레드릭 제임슨과 같이 리얼리즘, 모더니즘, 포스트모더니즘을 일종의 상징체계로 이해한다면, 이 세 가지는 자본주의의 세 단계에 대한 각각 문화적 우세종이 될 터이다. 하지만 이들 우세종은 현실 속에서 비지배적 요소들인 잔여적인 것과 공존한다. 일례로 제국주의의 시대에도 모더니즘이 우세적이긴 하나, 과거의 리얼리즘과 미래의 포스트모더니즘적 요소들이 공존하였고, 모더니즘의 계기로서 불완전한 근대화의 단계에는 근대화가 진척된 부분과 그렇지 않은 부분의 공존, 말하자면, 불균등 발전(uneven development)이 존재하기도 한다.[36] 역사의 서로 다른 단계나 계기들에서 나오는 이와 같은 현실들의 공존을 블로흐는 비동시적인 것의 동시성(simultaneity of the nonsimultaneous)이라 일렀고, 패리 앤더슨은 종합국면(conjuncture)이라 하였다.[37]

리얼리즘, 모더니즘, 포스트모더니즘이라는 상징적 행위로서의 예술이나 문학은 직접적으로 현실에 영향을 미친다기보다 하부텍스트(subtext)로서의 현실을 자신의 형식 속에 끌어들임으로서 역사에 대한 다양한 이야기를 우리에게 들려준다. 그리고 그것은 현실이 지닌 무한대의 풍부함을 각각의 독특한 방식으로 담아낸다. 어느 것이든,

---

36) 이경덕, 「근대성과 모더니즘 - 프레드릭 제임슨의 모더니즘론」, 『세계의 문학』, 89호, 민음사, 1993,8, 236 - 7.
37) 이경덕, 앞의 글, 239.

그것들은 현실의 한 측면, 거기에 묻혀 있는 진실의 한 조각을 독자로 하여금 발견케 할 뿐이다. 이제, 하나의 작품이나, 혹은 한 작가의 작품세계가 세계나 현실에 대한 총체적인 인식에 이르는 길을 보여줄 것이라는 믿음은 지난 시대의 이루지 못한 문학적 열망일 뿐임이 분명해졌다.

5 맺는 말

문학은 재미와 감흥을 통해 인간과 삶을 성찰케 하고, 현실에 대한 비판적 인식이나 인생에 내재된 진리를 발견케 하는 언어적 구성물이다. 인간의 이야기가 개체의 경험을 통해 재현될 때 우리는 거기서 진리를 발견하게 된다. 그 진리의 모습은 인간의 현실, 그 복잡다단함만큼이나 다양하다. 동일한 시공간에서 동일한 사건을 경험한 두 사람의 기억과 이해가 다른데, 하물며 다양한 시공간에서 다양한 상황의 연쇄 가운데 현재를 살고 있는 작가들마다의 동일한 문제의식, 동일한 관점, 본질에 대한 동일한 이해를 촉구하는 것은 폭력이다. 때문에 리얼리즘이냐 모더니즘이냐는 질문은 창작 앞에서, 그리고 그 창작물의 향유 앞에서는 무의미한 논의일 뿐이다.

문학은 본질적으로 미학적 추구를 갖는다. 문학이 예술인 까닭이다. 미적 자율성이건, 사회적 운동성이건, 문학의 특정 기능이나 역할을 물신화하는 것은 풍부하고 변화무쌍하며 다양한 현실로부터 문학이 출발한다는 사실을 몰각한 주장이다. 리얼리즘이건 모더니즘이건, 문제는 언제나 어떻게, 얼마나 깊이, 현실에 대해 사유하는가에 있다. 문학담론은 정치적인 견해표명이 아니므로, 문제의 핵심에 대한 사유의 깊이와 폭에서 양자의 대립극복의 길은 열릴 것이다.

문학의 미적 자율성과 사회적 운동성을 둘러싼 문학담론 내부의 오랜 입장차는 '문학'이 본질적으로 특정한 가치만을 옹호하거나 문학의 기능을 고정화하고 화석화시키는 것에 대한 강력한 저항력이었다는 사실에 위배된다. 문학은 부분과 전체, 분열과 통합, 속악함과 성스러움 사이의 긴장을 포착하고 그려내는 것을 사명으로 한다. 분명, 문학의 '문학다움'은 문학이 정론적 담론이나 사회학적 이론으로 대체되지 않는, 바로 그것에 있을 터이다.

▪1장 참고문헌

⠿ 1차 자료

고혜정(2006), ≪날아라 금빛 날개를 타고≫, 소명출판.
김성종(1977), ≪여명의 눈동자1 - 3권≫, 태종출판사.
김성종(1981), ≪여명의 눈동자 4 - 10권≫, 남도출판사.
노라 옥자 켈러(1996), ≪종군위안부≫, 밀알.
윤정모(1982), ≪에미 이름은 조센삐였다≫, 당대.
창래 리(2005), 정영목 역, ≪제스처 라이프1 · 2≫, 랜덤하우스중앙.

⠿ 2차 자료

권택영(2005), 「기억의 방식과 켈러의 <종군위안부>」, 『호손과 미국소설 연구』, 제12권. 1호 215 - 236.
김미영(2005), 「<네이티브 스피커>를 통해 본 우리시대 본격소설의 가능성」, 『문학수첩』, 제11호 405 - 431.
김운찬(2004), 「역사와 허구 사이 : 에코의 역사 읽기」, 『이탈리아어문학』, 제14집. 한국이탈리아어문학회, 21 - 45.
김윤식(1993), 「사소설의 미학 비판 - <매미의 추억>에 관하여」, 『한국문학』.
김한식(2001), 「서술학과 해석학」, 『외국학연구』, 제5호 283 - 318.
김한식(2004), 「옮긴이 해제」, 리꾀르, 김한식 역, 『이야기와 시간3』, 문학과 지성사.
육영수(2004), 「기억, 트라우마, 정신분석학 - 도미니크 라카프라와 홀로코스트」, 『미국학논집』, 36집 3호 한국아메리카학회. 172 - 199.
윤대석(2006), 「문학자의 해방전후」, 『한국현대문학과 역사』, 한국현대문학회, 2006년 하계 학술대회 자료집. 130 - 145.
최혜실(2002), 「식민자/피식민자, 남성/여성, 부자/빈자 - 노라 옥자 켈러의 <종군위안부> 중심으로」, 『여성문학연구』, 통권7호 7 - 25.
吉見義明 편집해설(1993), 김순호 원문 번역, 『자료집 - 종군위안부』, 서문당.

도츠카 에츠료 지음(2001), 박홍규 역, 『'위안부'가 나이라, '성노예'이다』, 소
　　　나무.
가나이 케이코(2002), 「일본군 병사의 섹슈얼리티를 둘러싼 표상」, 『여성문학
　　　연구』, 통권 7호, 한국여성문학연구회. 26 - 42.
마리아 로사 L 헨손(1995), 후지메 유키 역, 『어느 일본군 '의안부'의 회상
　　　- 필리펀의 현대사를 살아오며』, 岩波書店,
니시노 루미코(1992), 『종군위안부? 원 병사들의 증언』, 明石書店.
오카 마리(2000), 김병구 역, 『기억/이야기』, 岩波書店.
류샤오펑(2001), 조미원·박계화·손수영 공역, 『역사에서 허구로 : 중국의 서사
　　　학』, 길.
니체(2005), 이진우 옮김, 『비극의 탄생·반시대적 고찰』, 책세상
코젤렉Reinhart Koselleck(1998), 한철 역, 『지나간 미래, 역사적 시간의 의미론
　　　에 대하여』, 문학동네.
Chunghee Sarah Soh(1996), "The Korean Comfort Women" *Asian Survey* 36.12.
　　　Dec. 1996. 1226 - 40.
한스 마이어호프(1987), 김준오 역, 『문학과 시간 현상학』, 삼영사.
폴 리쾨르(2004), 김한식 역, 『이야기와 시간3』, 문학과 지성사.

▪ 2장 참고문헌

김욱동(1992), 『포스트모더니즘과 포스트구조주의』, 현암사.
배식한(2001), 『인터넷, 하이퍼텍스트 그리고 책의 종말』, 책세상.
강소영(2003), 「서술자의 태도를 나타내는 표지'보다' - <소설가 구보씨의 일일>을 대
　　　상으로」, 한국텍스트언어학회, 『텍스트언어학』, 제14집.
김명석(2003), 「하이퍼텍스트소설 <디지털 구보, 2001>의 서사분석」, 『현대문학의 연
　　　구』, 제20집.
김상환(1999), 「디지털 혁명은 존재론적 혁명이다」, 『예술가를 위한 형이상학』, 민음사.
김인호(2002), 「이야기의 힘, 새롭게 확장된 플롯의 역할」, 한국서사학회, 『내러티브』,

제5호

김주환(1996), 「기호학자·소설가 움베르토 에코 인터뷰 <디지털 매체, 책 말살하지 못
　　　　　한다 : 백과사전 같은 참고 서적류에만 영향>」, 『시사저널』, 제372권.

류현주(1999), 「하이퍼텍스트 문학 이론 연구」, 경북대 박사논문.

＿＿＿＿(2003), 「디지털 시대의 여성적 글쓰기」, 여성정책연구소, 『여성정책논집』, 제3권.

박인찬(2002), 「포스트모더니즘 소설의 하이퍼텍스트 내러티브」, 한국서사학회, 『내러티
　　　　　브』, 제5호

박태원(1934), 「표현·묘사·기교」, 『조선중앙일보』.

서명수(2002), 「제라르 쥬네트(Gerard Genette)의 <서술체 담화(Discours durecit)>
　　　　　에서 시간의 범주」, 한국서사학회, 『내러티브』, 제5호

이윤진(2002), 「<소설가 구보씨의 일일>의 영화적 수법」, 한국문학이론과 비평학회,
　　　　　『한국문학이론과 비평』, 제15집.

이필렬(2002), 「거리의 소멸, 경계의 소멸 - 디지털혁명과 유전자혁명이 초래할 21세기의
　　　　　변화」, 『창작과 비평』, 통권109호

조일현(2004), 「학습 객체 설계모델에 대한 개념적 연구」, 한국기업교육학회, 『기업교육
　　　　　연구』, vol.7 - 2.

최병우(2002), 「선택되는 플롯, 창조되는 플롯」, 『내러티브』, 제5호

최시한(2002), 「사건이 개념과 갈래 - 서술 층위를 중심으로」, 한국문학이론과 비평학회,
　　　　　『한국문학이론과 비평』, 제15집.

최재모(2004), 「하이퍼텍스트 소설 연구 - <디지털 구보, 2001>을 중심으로」, 한국교
　　　　　원대 석사논문.

한용환(2002), 「닫힌 서사에서 열린 서사로」, 『내러티브』, 제5호

마샬 맥루한(M. McLuhan)(1997), 박정규 역, 『미디어의 이해』, 커뮤니케이션북스

마이클 라이언(1994), 나병철·이경훈 역, 『해체론과 변증법』, 평민사.

미케 발(1999), 한용환·강덕화 역, 『서사란 무엇인가』, 문예출판사.

스티븐 킹(2002), 김진준 역, 『유혹하는 글쓰기』, 김영사.

시모어 채트먼(1985), 김경수 역, 『영화와 소설의 서사구조』, 문학과 지성사.

엘리자베드 디플(1984), 문우상 역, 『플롯』, 서울대출판부.

월터 J. 옹(1997), 이기우·임명진 역, 『구술문화와 문자문화』, 문예출판사.

자넷 머래이(2001), 한용환·변지연 역, 『사이버 서사의 미래 : 인터랙티브 스토리텔링』,
　　　　　안그라픽스

조섭 칠더스·게리 렌치 편저(1999), 황종연 역, 『현대문학·문화비평 용어 사전』, 문학

동네.
폴 리꾀르(1999), 김한식 · 이경래 역, 『시간과 이야기 1』, 문학과 지성사.
프랭크 커모드(1993), 조초희 역, 『종말의식과 인간적 시간』, 문학과 지성사.
George Landow(1997), *Hypertext 2.0. : Convergence of Contemporary Critical Theory and Technology* (Baltimore:Johns Hopkins UP,)

▪ 3장 참고문헌

김동리, 『김동리 전집7 - 문학과 인간』민음사, 1997.
김민주 외 2인 편집, 『역대한국문법대계』 제1부 제7책, 탑 출판사, 1986.
김병민 편, 『신채호문학유고선집』, 연변대학출판사, 1994.
김우창 · 김흥규 공편, 『문학의 지평』, 고려대출판부, 1984.
김우창 · 김흥규 공편, 『문학의 지평』, 고려대출판부, 1984.
김열규 외 3인 편, 『고전문학을 찾아서』, 문학과 지성사, 1976.
김윤식, 『한국근대문학사상연구2 - 문협정통파의 사상구조』, 아세아문화사, 1993.
김흥규, 『문학과 역사적 인간』, 창작과 비평사, 1980.
백낙청, 『민족문학과 세계문학 Ⅱ』, 창작과 비평사, 1985.
설성경 외 4인 공저, 『세계 속의 한국 문학』, 새미, 2002.
이문열 · 권영민 · 이남호 편, 『한국문학이란 무엇인가』, 민음사, 1995.
최남선, 육당 최남선 전집2 - 한국사Ⅱ』, 현암사, 1973.
최남선, 『육당 최남선 전집3』, 현암사, 1973.
최일수, 「문학의 세계성과 민족성」, 『현대문학』, 1957,12 ~ 1958,4.
라카토스 · 무스그레이브 편, 조승옥 · 김동식 역, 『현대과학철학 논쟁』, 민음사, 1987.

▪ 4장 참고문헌

⁞ 국내서

김광숙, 「모더니즘에 나타난 시간성과 공간성」, 충남대 석사논문, 1993.

김아지, 「이인성의 ≪낯선 시간 속으로≫ 연구」, 단국대 석사논문, 2003.

김용운·김용준, 『토폴로지 입문』, 우성문화사, 1991.

김필호, 「질 들뢰즈와 펠릭스 가타리의 욕망이론에 대한 연구」, 서울대 석사
　　　논문, 1996.

김형효, 「내면적 자아의 지속」, 『베르그송의 철학』, 민음사, 1995.

박성수, 『제임스 조이스 소설연구』, 한신문화사, 1993.

양효실, 「Water Benjamin의 미적 모더니즘 연구」, 서울대 미학과 석사논문, 1994.

이인성, 『낯선 시간 속으로』, 문학과 지성사, 1983.

이진경, 『근대적 시공간의 탄생』, 푸른 숲, 1997.

한계전, 「바슐라르 시간론의 형성」, 『한국현대시론연구』, 일지사, 1983.

홍가이, 『현대미술·문화비평』, 미진사, 1987.

⁞ 국외서

A. Houser, (최성만·이병진 譯), 『예술의 사회학』, 한길사, 1982.

B. Taylor, (김수기·김진송 譯), 『모더니즘, 포스트모더니즘, 리얼리즘』, 시각
　　　과 언어, 1993.

E. Husserl, (이종훈 譯), 『유럽 학문의 위기와 선험적 현상학』, 이론과 실천,
　　　1993.

Eugene Lunn, (김병익 譯), 『마르크시즘과 모더니즘』, 문학과 지성사, 1986.

G. Lukcas, (반성완 譯), 『소설의 이론』, 심설당, 1985.

H. Leichenbach, (이정우 譯), 『시간과 공간의 철학』, 서광사, 1986.

H. Reichenbach, (이정우 역), 『시간과 공간의 철학』, 민음사, 1986.

I. Lakatos, (조승욱·김동식 譯), 『현대 과학철학 논쟁』, 민음사, 1987.

J. Habermas, (정정호·강내희 編譯), 『포스트모더니즘론』, 터, 1995.

J. M. Bernstein, *The Novel's Schematism, The Philosophy of the Novel*, The Harvester Press, 1984.

Jurgen Schramke, (원당희 외 譯), 『현대소설의 이론』, 문예출판사, 1995.

M. Calinescu,, (이영욱 외 譯), 『모더니티의 다섯 얼굴』, 시각과 언어, 1993.

M. Foucault, (이정우 譯), 『지식의 고고학』, 민음사, 1992.

M. Horkheimer & T. W. Adorno, (김유동 외 譯), 『계몽의 변증법』, 문예출판사, 1995.

P. Burger, (최성만 譯), 『전위예술의 새로운 이해』, 심설당, 1986.

Paul Requerre, (김한식 · 이경래 譯), 『시간과 이야기1』, 문학과 지성사, 1999.

T. W. Adorno, (방대원 譯), 『신음악의 철학』, 까치글방, 1986.

W. Benjamin, (반성완 譯), 『발터 벤야민의 문예이론』, 민음사, 1983.

▪ 5장 참고문헌

∷ 국내서

김영희, 「F.R. 리비스 : 사유의 훈련으로서의 문학비평」, 『비평의 객관성과 실천적 비평』, 창작과 비평사, 1993.

김윤식, 『한국근대문예비평사연구』, 일지사, 1976.

김종욱, 「근대적 주체의 형성과 해체」, 한국하이데거학회 편, 『하이데거와 근대성』, 철학과현실사, 1999,

나도향, 「뿔르니 푸로니 할 수는 없지만」, 『개벽』, 56호, 1925,2.

나도향, 「芸術이란 좋은 意味로든지 낫쁜 意味로든지 絕對로 拘束을 拒絕한다」, 『동아일보』, 1926,1.1.

민형원, 「아도르노의 리얼리즘론에 대한 생성론적 연구」, 한국뷔르너학회, 『뷔르너와 현대문학』, 11. 1998,10.

박태호, 김진균 · 정근식 편저, 「근대적 주체의 역사이론을 위하여」, 『근대주체와 식민지 규율권력』, 문화과학사, 1997

방민호, 「미학주의, 그리고 그 밖의 우울한 풍경과 작은 가능성」, 『비평의 도그마를 넘어』, 창작과 비평사, 2000.

백낙청, 「로렌스 소설의 전형성 재론」, 『창작과 비평』, 20권 2호, 1992.

백낙청, 「로렌스와 재현 및 (가상)현실 문제」, 동아영어영문학회, 『동아영어영문학』, 제18집. 2002,8.

소광섭, 「상대론적 시공간에 대한 고찰」, 『과학사상』, 1994년 가을호 통권 제8호

유진경, 「아도르노 ≪부정적 변증법≫에 있어서 개념의 자기극복의 문제」, 『미학연구』, 제7집, 2002,12.

윤지관, 「해방의 서사와 세기말의 문학 - 다시 당파성을 생각하며」, 『당대비평』, 1997년 가을호

윤효녕, 「주체 논의의 현단계 : 무엇이 문제인가?」, 윤효녕 외, 『주체 개념의 비판 - 데리다, 라캉, 알튀세, 푸코』, 서울대학교 출판부, 1999.

염상섭, 「作家로서는 無意味한 말」, 『개벽』, 56호, 1925,2.

이광수, 「階級을 超越한 芸術이라야」, 『開闢』, 56호, 1925,2.

이경덕, 「근대성과 모더니즘 - 프레드릭 제임슨의 모더니즘론」, 『세계의 문학』, 89호 민음사, 1993,8.

이종영, 『주체성의 이행』, 백의, 1997,

조만영, 「리얼리즘, 포스트모더니즘, 민족문학」, 『창작과 비평』, 1992년 여름호

A. Lemaire, 이미선 옮김, 『자크 라캉』, 문예출판사, 1997.

아리스토텔레스, 플라톤 외, 천병희 역, 『시학』, 문예출판사, 1994.

E. Bloch, 박설호 옮김, 『희망의 원리1 - 더 나은 삶에 관한 꿈』 솔, 1995.

에리히 아우얼바하, 김우창 · 유종호 역, 『미메시스;근대편』, 민음사, 1994.

엘리자베드 디플, 문우상 역, 『플롯』, 서울대출판부, 1984.

프랭크 커모드, 조초희 역, 『종말의식과 인간적 시간』, 문학과 지성사, 1993.

M. Foucault, 오생근 역, 『감시와 처벌』, 나남출판, 1994.

S. Hall. etc, 전효관 · 김수진 외 옮김, 「문화적 정체성의 문제」, 『모더니티의 미래』, 현실문화연구, 2000.

Steven King, 김진준 역, 『유혹하는 글쓰기』, 김영사, 2002.

Platon, 박종현 역, 『국가』, 서광사, 1997.

폴 리꾀르, 김한식 · 이경래 역, 『시간과 이야기 1』, 문학과지성사, 1999.

찾아보기

【ㄹ】

【ㅇ】

<h2 align="center">【ㅈ】</h2>

저자 **김미영**

1998.1.1. 중앙일보 신춘문예 문학평론 부문 당선
서울대 국어국문학과 및 동대학원 졸.
문학박사.
前 서울대·충북대 강사, 충북대 인문학연구소 연구원.
現 숭실대 국문과 교수

· 최근주요논문

- 「＜디지털 구보, 2001＞을 통해본 하이퍼텍스트 소설의 가능성」

(『우리말글』2005,4)

- 「일제하 조선일보의 ＜가뎡부인＞란 연구」(『한국현대문학연구』, 2004,12)

- 「안정효 소설에 나타난 미국의 이미지 연구」(『미국학논집』, 2004,12)

· 최근평론

- 「문학주의는 문학의 미래다」(『작가와 비평』, 3호, 2005,7)

- 「추억 그리기 혹은 지우기 - 김훈론」(『작가와 비평』, 2호, 2004,11)

- 「넘치는 욕망, 붕괴되는 개인」(『문학인』, 3호, 2002,12) 등 다수

혼성적 사회와 소설의 미래

초판1쇄 발행   2006년 12월 26일
초판2쇄 발행   2007년 10월 10일

저자 김미영

발행   제이앤씨
등록   7-220호

132-040 서울시 도봉구 창동 624-1 북한산 현대홈시티 102-1206
전화 (02) 992-3253(代) / 팩스 (02) 991-1285
E-mail   jncbook@hanmail.net / URL http://www.jncbook.co.kr

*이 책의 내용을 사전 허가없이 전재하거나 복제할 경우 법적인 제재를 받게 됨을 알려 드립니다.
*잘못된 책은 구입하신 서점이나 본사에서 교환해 드립니다.

ISBN 978-89-5668-503-8 03810   정가 22,000원